U0932689

扶华◎著

上册

青岛出版集团 | 青岛出版社

图书在版编目（CIP）数据

师父他太难了/扶华著.—青岛:青岛出版社,2022.5
ISBN 978-7-5552-6267-1

Ⅰ.①师… Ⅱ.①扶… Ⅲ.①长篇小说—中国—当代 Ⅳ.①I247.5

中国版本图书馆CIP数据核字（2021）第128205号

SHIFU TA TAI NAN LE

书　　名　**师父他太难了**
作　　者　扶　华
出版发行　青岛出版社
社　　址　青岛市崂山区海尔路182号
本社网址　http://www.qdpub.com
邮购电话　18613853563
责任编辑　郭红霞
特约编辑　程钰云
校　　对　宋　芸
装帧设计　蒋　晴
照　　排　梁　霞
印　　刷　三河市良远印务有限公司
出版日期　2022年5月第1版　2022年5月第1次印刷
开　　本　32开（880mm×1230mm）
印　　张　15
字　　数　358千
书　　号　ISBN 978-7-5552-6267-1
定　　价　59.80元（全2册）
编校印装质量、盗版监督服务电话　4006532017　0532-68068050

目录

［上册］

目录

[下册]

第一章　仙人抚我顶

临近城门处的水井口街，辛家小院和之前半个月一样，准时响起了孩子的哭闹声和女人的尖叫声，惹来街坊四邻一阵不满的吆喝。

辛家那个女儿自从投井自尽被救起来后，就好像有些疯癫了，再不像从前那样乖巧听话。这半个月来，辛家很是不安宁。

附近早起的街坊在水渠边洗衣，听到辛家一阵鸡飞狗跳的动静。有个妇人朝那边瞄了一眼，顺嘴就道："辛秀那个娘也是造孽，看看辛秀好好一个孩子被她逼成什么样子了。"

坐在上游石墩上的一个妇人说："那后娘能和亲娘一样吗？后娘对辛秀不是打就是骂，什么活都让辛秀干，也不给人吃饱，亲娘能做出这种事？"

"甭管红香对孩子怎么样，那孩子也不能去投井啊，这是不孝！有的吃有的穿，这日子怎么不能过了？"一个年纪大些的老太哼了一声，说道。

水渠对面的尖脸妇人把手里的衣服抖得哗哗作响，插嘴道："这些咱们先不管，你们看辛秀是不是像中邪了呀？我觉着她一定是在水井里撞见了不干净的东西。”她放下衣服，挥舞着双手说，“你们晓得吧？前几天，我瞧见她大半夜一动不动地坐在屋顶上。她也不出一点儿声，那个模样，哎哟，吓死人哪！”

辛家那个小姑娘辛秀，从前是这条街上最干净漂亮的女娃娃，又文静，都不敢大声说话。后娘红香进门后对她不好，她也是忍气吞声，再难受也就是躲着哭而已。

可自从跳井被救起后，辛秀就像变了个人，和街上那些无所事事的小流氓没什么两样。她也不干活，整日在街上乱窜，看看东家小孩儿斗草，望望西家小孩儿玩蟋蟀，偶尔还会站在邻街的戏台下看大戏，一看就是一天，晚上才回家。

后娘红香开始还会教训辛秀，可是后来就不敢了，因为她每次打过辛秀后，辛秀就打她的儿子。红香第一次瞧见自己皮实的宝贝儿子被打得哇哇大哭，心疼得不行，再一看脸都被打肿了的辛秀，她竟然还对自己笑得出来。

“你怎么打我的，我就怎么打你儿子。”小姑娘半点儿不在乎脸上的伤，笑嘻嘻地说，说完了顶着那张被打过的脸招摇过市，惹来一阵流言蜚语。红香恨得牙痒痒的同时，心里又有些发怵。

红香向来是个爱耍赖的货色，可如今的辛秀比她还能耍赖。红香在自家男人辛大面前哭，说女儿不听话，结果转头辛秀就躺在家门口大喊亲娘去得早，爹和后娘要一起逼死自己。

“这样下去也不是个办法啊。”红香坐在床边抹着眼泪，推搡着辛大，要他想个办法。

辛大坐在那儿搓手，不知如何是好。女儿变成这个样子，他能怎么办呢？半晌他才闷声说：“我就说让你不要总打她、骂她，现在好了，她跑去跳井，脑子都在井里被摔坏了。”

红香顿时哭得更大声：“我这个后娘难当啊！要她干点儿活儿，说她几句，她就要死要活的。我也没饿死她、打死她呀，是她自己去找死，这也要怪我呀？！”

“好了，好了，大晚上的，快别哭了，睡吧。”辛大不想和她争这些，上了床把被子往脑袋上一蒙。

红香不依不饶地拉他的被子，急了：“等等，我还没说完呢！我看她不是被摔坏了脑子，是撞见了脏东西。咱们一定要想办法治治她，不然这日子真的过不下去了！”

辛大眉头一皱：“你想怎么样？”虽说他心底也有这个猜测，但还是不愿意相信女儿会遇上这种事，被妻子说破后，心里头就有些不高兴。

红香忙说：“明天刚好是灵照仙人的诞辰，仙人庙不是做法事不要钱吗？我去仙人庙求个仙长来家里看看……”

辛秀蹲坐在辛大和红香的窗户底下听了半晌，听到这里，一边挠了挠脚上的蚊子包，一边想：嘿，我这不属于这个世界的人，可不归你们这里的神仙管吧！

等听不到什么消息后，她猫着腰又悄悄地溜回了自己的屋子。这屋子低矮破旧，是之前的柴房改的，本就逼仄，隔壁还是鸡圈，那股味道真是绝了。

辛秀无比怀念自己的“狗窝”，和这里比起来，那里简直像仙境一样舒适。她怀念种类繁多的外卖，甚至怀念从前嫌弃的公司食堂的菜，还有快递、网络，种种便捷的东西。就连跟她相处得不怎么愉快的家人，和这个世界里辛秀的家人比起来，都显得那么可爱。

可惜，人都是在失去什么东西后才能意识到那东西的好，习以为常的时候是不懂珍惜的。

她摸着饥饿的肚子，有一搭没一搭地想着明天去哪里蹭点儿吃的喝的东西，又想着以后该怎么办。

都半个月了也没能回去，这要是一辈子都回不去，难不成她还真在这儿给人家当女儿？以她二十六年当女儿的经验来看，她的爹娘有很大概率会被气死。她一直怀疑她爸的高血压就是被她气出来的。现在好了，她再也气不到她那个当教导主任的爹了。

辛秀想不明白，自己怎么会到这么个不知名的朝代，成了个十五岁的小姑娘？如果是走“种田”路线，她四体不勤、五谷不分，怕不是要饿死。

想着想着，她睡了过去，眼一睁又是大天亮。她的睡眠质量估计是被从前的室友“传染”的，一直很不错。

她溜达出去洗漱，然后去厨房摸了点儿吃的东西。后娘今天竟然没有尖叫着阻止她，估计是要找仙长作法驱除她这个孤魂野鬼，临时让她吃个饱饭。辛秀也没客气，多拿了两个窝窝头，把午饭和晚饭一起解决了。

这里的人一天只吃两顿饭，辛家又比较穷，后娘还看得紧，辛秀这半个月都没能吃饱。

辛秀照常出门闲逛，想着多熟悉这个世界，顺便找找有没有可以谋生的工作。她来这个世界不久，对很多事情不清楚。

今天街上格外热闹，有一大群人穿着花花绿绿的衣裳，像是唱大戏的，敲锣打鼓地往前走去。十几个人抬着一个花台子，台子上面有一座系了红绸布的雕像，台子前后各有两个人抬着一座小雕像。

辛秀咬着窝窝头凑热闹，踮着脚伸长脖子去看。

“哎，姐姐，这个是什么呀？”辛秀拍拍前面一个妇人打扮的年轻女人，笑着问。

辛秀长得清秀，笑起来像朵小花。那妇人听她问了，便说：“灵照仙人寿诞，这个是城里的金员外给灵照仙人塑的金身，刚从仙人庙抬出来，绕完全城还要回到仙人庙里呢。”

这灵照仙人，辛秀是知道的。她这段时间到处跑，见识了不少风土人情，也听了不少八卦消息，看了不少大戏。

这位经常出现在戏文里的灵照仙人，在这个世界里相当于她原本世界里的观世音菩萨一类的人物。不只他们这里，这个世界里到处都有供奉这位仙人的庙宇，不管大家是求子、求姻缘，还是求福禄，只管找这位仙人就是了。

这位老神仙在戏文里可忙了，又要下凡点化状元，又要救苦救难解决旱灾，还要化成女神和某位皇帝结一段缘分。

她那个后娘想驱邪捉鬼，准备去的仙人庙就是灵照仙人的庙。

辛秀看得津津有味，跟着队伍往前走。

“姐姐，前后那两个是什么？”

妇人挎着篮子，篮子里面放了香烛。她八成也是去仙人庙的，就是不知道准备求什么。

她一路和辛秀说着话：“灵照仙人前面那个是他的左护法胡将军，长得虽然像恶鬼一样狰狞，却是个心地善良的仙将。后面那个拈着花的美貌女子是右护法扈仙子，传说她手中的花就是合欢花，是给世间男女定情用的情花。”

“哦哦，原来是他们！”辛秀把他们和自己平时听到的那些散碎戏文联系到一起，恍然大悟。胡将军怒打恶鬼，还有扈仙子结情网，这样的戏她前几天刚在戏台下听过。

辛秀虽然不相信世界上真的有神仙，但是这不妨碍她欣赏异世界的古代神话。

街上人多，到了仙人庙的时候，人挤人，脚踩脚，简直比一线城市上班高峰期的地铁车厢还拥挤。

辛秀就一直跟在那妇人身边，跟着她挤到了仙人庙中间的一棵大树下。

“姐姐，你这是要干吗？”辛秀一手推开一个挤到妇人身边的猥琐汉子，好奇地问。

被辛秀推开的汉子大喊：“你踩着我的脚了！”

辛秀又踝了一下，这才抬脚：“哦，人太多了，你挤过来我就不小心踩到了。你过去点儿吧，不然我又要踩到你了。”

辛秀说完，扭头又是一脸笑容地问年轻妇人：“姐姐，你难道是要系红绸吗？”

妇人刚才被那汉子蹭得脸带羞愤之色，这会儿被辛秀的动作逗笑了：“是呀，我是来给我出生不久的女儿系红绸的，希望她能沾一点儿仙缘。”

系红绸是这个世界流传了几百年的习俗，据说许多地方的灵照仙人庙里都有一棵系满红绸的大树。家中有孩子出生时，爹娘会从仙人庙里求一条红绸，系在孩子身上三天，然后写上孩子的名字，再系到仙人庙里的大树上，据说这样能沾上仙气，保佑孩子平安长大。

辛秀还在戏文里看过灵照仙人点化有缘人的戏，说是大约百年前的某一次灵照仙人的诞辰上，青天白日，众目睽睽之下，一个有仙缘的孩子踩着满地的鲜花，走进了灵照仙人为他开的一扇门，从此登仙，进仙界去当仙人了。

这样的戏码不只一两出，说得和真的一样。辛秀看完就在想，这位灵照仙人真的很喜欢点化别人。不过这一类传说大多反映普通人对神仙的向往，反正是胡诌的，灵照仙人要是真存在，估计也很无奈。

这个仙人庙里的大树是一棵桂花树。桂花的盛花期刚过，树上还有零星的黄花，浅淡香甜的气味混在庙中浓浓的烟火气里。

辛秀仰头看树上飘飞的红绸，密密麻麻，一层叠一层，有新有旧，风吹雨打后显出斑驳的色调。

这具身体刚出生时，她的娘亲应该也曾为她在这里系过一根红绸，只是不知道那根红绸现在在哪里。

辛秀漫无目的地在绿叶和红绸之中巡视，身后忽然传来一声惊呼。

“你怎么在这里？”

辛秀掏掏耳朵，瞧了一眼，来人是后娘红香。

辛秀随口说道：“这里热闹，我来看热闹啊。”

红香用见鬼了的眼神看着辛秀，辛秀觉得后娘那眼神明明白白地写着“她一个孤魂野鬼怎么敢这么大胆地走进仙人庙？”以及“仙人怎么还没把她当场收走？”。

看辛秀转头不理自己，红香满脸憋闷，忧心忡忡地想：这邪物还有些厉害，怕不是要找个厉害点儿的仙师帮忙看看？可另外找厉害仙师，那得要多少钱哪？！

庙里的钟忽然响了。

悠长连绵的钟声让嘈杂的人群安静下来，众人自发地拥上前，进殿烧香。

这时，辛秀听到了一个渺远的声音，那声音说了些什么，她听不太懂，只觉得身子一轻，周围的人和景瞬间模糊起来。

那棵快过花期的大桂花树在这一瞬间冒出无数花苞，枝叶间簇拥着开出一团团金黄色的桂花，瞬间浓香扑鼻。

“快看！那是什么？”

“天哪！”

“仙人显灵了！她要成仙了！她被点化了！”

人群里发出一阵阵惊呼，人们互相拥挤着，看见那树下的小姑娘的身前出现一道闪着白光的门，玄妙而令人不可直视，仿佛是一道通天之门，而那个小姑娘在金黄色的花雨中走进了那扇门，消失不见了。

红香目瞪口呆地看着这一幕场景，忽然一屁股坐在了地上。

辛秀在走进那道门之前，完全没想到这个世界竟然真的有神仙。

神仙长什么样呢？她一脚踏进那道门时，脑子里思考着这个问题。

白光消散，辛秀仰头，看见碧蓝的天空和白云，低头一瞧，发现自己站在一片绿色的叶子上。

那是铺在河面上的一片巨大的莲叶，边缘还袅袅婷婷地靠着一朵白中带粉的莲花，同样是巨大款。而这样巨大款的莲花和莲叶，整整铺满了一湖。

她站在这里几乎望不到边际，陡然间像是到了巨人国。辛秀拉着自己那灰扑扑的布裙子，心里嘀咕：自己这是变成梦游仙境的那个爱丽丝了吗？

“哇！好……好大的花！”小女孩儿稚嫩的声音吸引了辛秀的注意。

辛秀看过去，发现身后刚刚还空荡荡的地方，出现了一个扎着两个小鬏鬏、脸颊肥嘟嘟的小女孩儿。小女孩儿瞧着七八岁的样子，正看着周围，震惊得张大了嘴，缺了两颗牙，还挺可爱的。

辛秀刚想张口搭话，小女孩儿旁边又凭空出现了一个小男孩儿。他和小女孩儿差不多大小，是个长相富态的小胖子，两个小孩儿并排站在一起，活像一对胖版的“金童玉女”。

“哇！好大的叶子！”小男孩儿发出和小女孩儿一样的惊叹。

接二连三，这片大叶子上又陆陆续续出现了好几个人：比辛秀矮了一个头的瘦弱小乞丐、穿着漂亮裙子显得高冷的小少女、一脸倨傲戴着金锁玉坠的小少爷、土里土气显得傻呆傻呆的黑瘦小村姑、一来就咋咋呼呼四处看仿佛一个人形猴子的独臂少年以及最后一个——刚出现在大莲叶上就开始呜呜哭的穿着开裆裤的小男娃。

辛秀蹲在穿着开裆裤和小兜肚的男娃身前，凑近了打量他。

“小家伙，你有三岁吗？”

小男娃在她凑近时有点儿怕怕地闭了嘴，那双又黑又亮的大眼睛里包着一汪眼泪，眼泪唰的一下像两条小溪流过脸颊。他又呜呜哭了起来，还不敢大声哭。

现在莲叶上一共站了九个人，四男四女，还有一个小乞丐。小乞丐实在太脏了，让人分不清他的性别。辛秀看了一圈，发现自己是这里年纪最大的一个，不由得暗道，如果灵照仙人这么随手一点就让人成仙，那选他们九位仿佛随手从天南地北的人堆里拉出来的小孩子，是不是也太随便了？

九个人性格各不相同，身份也全然不同，有人惊慌失措，有人兴奋异常。因为不熟，他们各自站了个位置，眼睛不够用地打量着四周。

辛秀默默想：此刻应该出现引路人。

天空中一只有一架直升机那么大的大鸟轻盈地飞来，停在莲叶边上。一个年轻人从鸟头上一跃，落在几个人身前，扫了几个人一圈："人都到齐了。"

辛秀一看，年轻人衣袍飘飘，笑眯眯的模样。按照"国际惯例"，这样的人，绝不简单。

"今年有九个呢，祖师爷肯定是觉得咱们蜀陵山人太少了，才会多点几个师弟师妹。"他嘻嘻一笑，神情和蔼又慈祥。

"我是你们的采星师兄……"

那个土气的小村姑号了一嗓子，抖着身子跪下了："仙人！您是神仙，是灵照仙人！"

"哎，使不得。"采星手指一勾，小村姑就被无形的力量扶了起来。他继续笑眯眯地解释道："我可不是灵照仙人！外界说的灵照仙人是咱们蜀陵山的立派真仙，也就是咱们的祖师爷。我呢，师从离明真人，离明真人是灵照仙人的第三十二位弟子。"说罢，他一摆手指，"其实我与你们一样，也是祖师爷在百年前的寿诞上随手点来的，已修炼了一百年。"

"一百年？也就是说你一百多岁了？可你一点儿都不老，看上去也就比我们大一点儿。你已经变成神仙了吗？"倨傲的小少爷抢先问道。

采星笼着手道："嗐，我离成仙还差得远呢，也就学了点儿法术而已，不过算不得普通人了。"

估计发现这位接引人非常好说话，众人都围了过去，七嘴八舌地问起来。

辛秀也准备凑过去听，见脚边的三岁小娃还含着眼泪一副想哭不敢哭的可怜样儿，顺手就把他提起来抱在怀里一起过去了。

“仙人，你会什么法术啊？你会移山填海吗？我们也能学法术吗？”

“你们别叫我仙人了，叫师兄就好。移山填海嘛，如果是小些的山、小点儿的海，我还是可以试试的。学法术自然是要学的，你们到了这里，就是要学法术的。”

“仙人，这里是哪里？我们不是被灵照仙人点化成仙了吗？这里不是仙界天庭吗？”

“别叫仙人了，叫师兄就行。被灵照仙人点化会成仙只是凡间误传而已，成仙可不简单，祖师爷只是把你们收入咱们蜀陵山了。这里是灵界蜀陵山，和凡间不同，可也不是天庭仙界。嘿，可没有天庭仙界这种地方，那都是外面的戏文杜撰的。”

一群年纪不大的孩子纷纷叹气，露出遗憾的表情。

采星还是那副笑眯眯的样子，辛秀总感觉这个眯眯眼的师兄有一肚子坏水等着他们。

“师兄，你说我们是祖师爷选来的，祖师爷是怎么选的我们几个？”辛秀问。

“不要叫仙人，叫师兄……哦，你已经叫了，真乖。”采星伸手摸了摸鼻子，笑道，“这当然不是祖师爷随便选的！外面的许多仙人庙，凡是供奉了咱们祖师爷的，都会有一棵聚灵之树。人们将孩子的姓名写在红绸上，然后系在树上，祖师爷就会在那万万条红绸中选出与我们蜀陵山有缘之人，点到这里来。一般每隔百年祖师爷就会选一次，只选十六岁以下的孩子。从前都是一次选上一两个，这次选了这么多，看来以后要热闹了。”

辛秀点点头道：“原来如此。”内心却有点儿无语，什么叫不是随便选的，这根本就是随便选的吧！

这流程就像微博抽奖，系红绸就是转发了灵照仙人发的抽奖微博，灵照仙人到了时间，就随机从转发的微博里抽出几个幸运儿过来修仙……这么说，难道她现在算是微博锦鲤?

辛秀的心情有一些微妙，她向来运气不好，转了起码上百条抽奖微博，一条都没被抽中过，想不到在这里成了小锦鲤!

“那……那仙人，我是不是再也回不了家了？”胖乎乎的“玉女”小姑娘撇撇嘴问。

采星师兄摸摸胖女娃的脑袋，一副纯良的样子：“别叫仙人，叫师兄。你这傻孩子怎么还想回去呢？祖师爷点的都是家中亲人不想要，或者已经没有了家的孩子呀。”

九个孩子，除了辛秀和她怀里那个啥都不懂的三岁小娃，其余几个人全部沉默了，然后哭成一片，就连看上去无比倨傲的小少爷和穿着漂亮小裙子的高冷少女都没绷住，两个人红着眼睛哽咽，一看就是有故事的人。

不对，还有一个孩子也没哭，是那个断了一只手臂的话痨少年。他从到了这里就到处跑，刚才辛秀还看到他扑在莲叶边上去捞水，大呼小叫说湖里有鱼。这会儿他不知道怎么凑到了采星的坐骑旁边，伸手摸着人家的羽毛，满脸笑容地喊：“这只大鸟的羽毛真漂亮！我也想要一只大鸟！”

在一片悲戚的哭声里，他发出母鸡一样咯咯咯的笑声，显得特别欠揍。

不过，辛秀刚才也注意了那只大鸟好一会儿。那只大鸟是真的漂亮，好像是只放大的翠鸟，羽毛绚丽，在阳光下闪闪发光。说真的，她也想要一只。

“小兄弟，话别说得这么早，说不定以后还有更漂亮的鸟，咱们多看看再选，对不对？”辛秀招呼独臂少年。

那小少年憨厚地问她：“为什么不能全都要呢？”

嗞——这家伙很强啊。辛秀竟然被他说服了，赞同地点头：“你说得很有道理啊。”

见他们两个忽然自顾自地讨论起漂亮大鸟来，刚才那个哽咽的胖女娃带着哭腔也说了一句："呜呜，我也想要这样……呜呜……这样漂亮的大鸟。"

"俺也想要。"小村姑小声地说。

其余几个小孩儿虽然嘴上没说，但那期盼的小眼神也很明显。

辛秀一挥手："只要咱们修仙，还怕没有鸟吗？别说鸟了，只要我们敢想，要龙和凤也不是不可能啊！"

毕竟他们是小孩子，难受不了多久，就被转移了注意力。

"哇，还有龙和凤吗？"

"我想要龙，不想要鸟了。"

"我还是想要鸟！一条龙、一只这样的鸟也很好哇！"

看见几个人开始上手摸大鸟，采星沉默了，走到大鸟的身边，挤开几个小孩儿，顺了顺大鸟蓬松的羽毛，抱着鸟玩笑般说道："你们可别打师兄这只小翠的主意啊，师兄已经养了它几十年了，有感情了，它离不开我。"

大翠鸟猛啄了他一口，辛秀发誓自己听到了师兄的脑壳和坚硬的鸟喙重重撞击发出的声音。她总感觉下一秒采星的脑袋上就会冒出一股血柱，但是半天都没看见有血喷出来，不由得有些遗憾地想：果然是修仙之人，脑壳确实硬。

采星咳嗽一声，荡了荡袖子："好了，各位师弟师妹，接下来的一年，你们要待在这里，算是进入咱们蜀陵山的一个小小考验，咱们一年后再见。"

他说完就迅速骑上鸟准备离开，谁知道衣袍被人拽住了。

采星回头看去："这位师妹，你的速度真的很快啊。"

辛秀紧紧拽着他的衣袍："师兄，等等，你还有很多事没交代清楚，就这么走了吗？"

采星摊手："这也没办法啊，大家都是这么过来的嘛，我也没法儿说得太清楚，以后你们自己慢慢就懂了，反正时间还长着呢。"

辛秀哦了一声：“没事，我就只有一个问题了。”

采星无奈地说：“好吧，那我就再回答一个问题。”

辛秀问：“祖师爷把我们带到这里来，那我们的家人会得到什么补偿吗？”

采星看了她一眼：“你想要他们得到补偿吗？”

辛秀诚实地摇头：“不想。”

采星大笑，手上一挥，轻飘飘地收回了衣角，跃上飞鸟直冲云霄，只留下一句话：“你要是不想他们得到补偿，他们就没有补偿。你要是想要他们得到补偿，他们就有补偿。这因果善恶，咱们祖师爷都看着呢。”

九个刚踏上修仙路的凡人小孩儿，立在初始地图上面面相觑，不知道该怎么办。

辛秀俯视一群小矮子：“好吧，诸位，看来我们修仙的第一步，就是从这里去岸边。”她指了指隐约的湖岸。

小乞丐左右看看，没吭声。

“啊？怎么去啊？”胖“金童”鼓着脸颊很苦恼。

“我会划船，但是这里没有船。”小村姑怯怯地说。

“我不会游泳，呜呜……呜呜。”胖“玉女”哭着，擦着眼睛。

“我们也找只鸟带我们飞。”跛瘸少爷突发奇想。

“呵，你去哪里找？随便找一只鸟，它也不会理你。”高冷少女嗤之以鼻。

“不然我们试试看骑鱼！”独臂少年已经开始放飞思绪。

辛秀一手抱着孩子，一手拍拍独臂少年的肩：“杨过，你真的很敢想，我觉得不错，不如咱们就先试试骑鱼好了。”

独臂少年被人肯定，乐得手舞足蹈。不过，他用右手挠了挠脑袋，有些疑惑地说道：“可是我不叫杨过啊。”

采星骑着翠鸟飞上蓝天。倏忽之间，他脚下的翠鸟越来越小，最后变成拇指大小，啾鸣一声落在他的肩头，而他整个人如同一缕青烟，从一个脸盆大的玉盆里跃了出来。

“出来了，采星出来了。”

“采星师弟，怎么样？这回的师弟师妹如何？”

云中亭中央放置的大玉盆周围，或坐或站着几个男女，都饶有兴致地看着玉盆中缩小的世界和里面的九个小人儿，随口和采星打着招呼。

采星也挤坐到玉盆旁边往里看，笑着摇了摇头：“祖师爷大概是觉得咱们这些徒孙老了，不好玩了，才找了些有趣的小家伙来。来，来，新师弟师妹要在这盆中天里待上一年呢，咱们且看他们怎么做。”

九个人在叶子上坐成一圈，辛秀对这些小孩子说：“大家各自报一下年纪，咱们按照年纪来排序。我先说，我十五岁，年纪最大，又是第一个来这里，所以应该是大姐姐。”

倨傲少爷又摆出那副不服输的表情说话了：“凭什么？我……”

他还没说完，那个断臂话痨少年就举起手喊了声：“大姐！我十四岁，可以当二哥吗？”

辛秀同意了：“好，你是老二！”

倨傲少爷顾不得其他了，赶紧说：“那我当三哥！”

高冷少女仿佛看倨傲少爷不顺眼，冷冷地一抬下巴：“我十三岁，你比我大吗？”

倨傲少爷身体一僵：“我……十二岁。”

辛秀点头：“好的，那你排第四。”她再看向小村姑和小乞丐：“你们两个谁的年纪更大？”

两个人同时说了年纪，小乞丐是十一岁，声音细细弱弱的。辛秀心想：原来这是个小姑娘。小村姑是十岁，排在了第六。接下来的是九岁的胖“玉女”和八岁的胖“金童”，还有一个年纪最小的小男娃排末位。

辛秀心安理得地当了老大，觉得这几个小孩子还挺好糊弄的，就连看上去最不好解决的倨傲小少爷都对不起他的人设，活像地主家的傻儿子，一点儿火花都蹿不出来。她刚才还想着要是有人不服，就打一架再确定老大的位置。

身为一个二十六岁的成年人，面对一群好骗的小孩子，辛秀没有半点儿羞愧感。

辛秀带着大家忙活起来：“老二，你会游泳，就先去问问底下那大鱼肯不肯带咱们一程。”

“杨过大侠”得令去了。辛秀又转向小村姑：“老六，你会划船，带上老三、老四去那边摘几片花瓣，看看能不能当船用。”

小村姑乖乖噢了一声，朝着那朵巨大的花走去，高冷少女二话不说跟上她，小少爷也只能不情不愿地嘀嘀咕咕地跟上去了。

胖“玉女”噔噔噔跑到辛秀的身边，奶声奶气地说：“老大，我做什么呀？”

辛秀摸摸她的脸颊，让她和胖“金童”一起看着小九：“乖——你们三个在这儿玩啊。”

辛秀自己带着剩下的小乞丐去叶子边缘转悠，看看还有没有其他可以离开的办法。

老二那边忽然响起巨大的哗哗水声，一条大鱼跃出水面，甩了一尾巴水，又落进湖里不见了。辛秀看看溅到莲叶上的硕大水珠，再看看从水里冒出个脑袋的老二：“你跟鱼没达成共识，打起来了？”

老二吸了吸鼻子，有点儿委屈：“它不听我的。”

辛秀：“怕什么？它不听也得听！这样，你听我的，咱们找片小点儿的莲叶，把水下的茎弄断。刚才我还在水下看到了水草，你弄一根绑在鱼的身上，让它拖着莲叶走！”

小乞丐小声说：“这样真的可以吗？不太好吧？”

老二已经兴奋起来了：“好，我这就去做！”

辛秀也拖着小乞丐一脑袋扎进了水里，帮忙扯莲花的茎和水草。

“快，快，那里有条大鱼，咱们快缠住它！”

被水草缠住的大鱼在周围溅起一大片水花，拖着莲叶开始在大湖里横冲直撞。

老二趴在莲叶上大喊，不知道是激动还是害怕。辛秀一手拽着小乞丐，一手抱着小九，左右腿上各挂着“金童玉女”，六个人在莲叶上颠簸着。

“不行，这司机开车太猛了，老二，咱们准备跳车了！”

老二：“我感觉很好！”

辛秀想：行吧，那你自己继续坐。

辛秀手疾眼快，一个翻滚，拖家带口地滚进了旁边的一片莲叶。这里的莲花莲叶重重叠叠，而且又软又香，他们这么颠来颠去也没摔疼，小九还乐得咯咯直笑，抱着辛秀的脖子喊：“娘亲，再来，再来！”

辛秀捏了捏小九的屁股蛋：“娘什么娘，叫老大。”

“老二不靠谱啊，是个冒险系的。”辛秀自言自语。虽然她也想继续坐“鱼车”，但自觉是个富有责任心的人，既然当了老大，就不能只顾着自己开心，不管下面的小的，所以他们还是坐更稳当的“花瓣船”吧。

那边靠谱的小村姑三人组已经一人乘着一片莲花瓣做的小船吭哧吭哧划过来了，辛秀又揪了片大花瓣，终于把人全部安排上了船，四条粉色的花瓣小船在水面上晃晃悠悠地朝着岸边漂去。

中途老二被那大鱼一个摆尾甩了下来，划水划到这边和他们会合。

这里暖风习习，温度适宜，三个年纪最小的孩子在船上摇啊摇，干脆直接睡了过去。

天色渐黑，他们离岸边还有一段距离，辛秀直接决定：“大家都下船，找片莲叶睡一晚，肚子饿了，也得找点儿吃的东西。”

“这里有什么吃的东西呀？”

“有莲子呀，那么大的莲子还不够你吃吗？”辛秀理所当然地指着附近一根高耸的光秆莲蓬。

几个人像爬树一样爬到莲蓬的秆子上，摇晃那根莲蓬，又撞又踹，终于弄断了一根，然后一起拖到莲叶上，吃力地扒开莲子皮。

虽说他们这样是辛苦了点儿，但这个莲子的味道真的不错，又非常饱腹，几个人连两颗莲子都没吃完。

能干的小村姑已经揪了花瓣铺床，一大排床铺连在一起。见辛秀看向自己，小村姑扭了扭手指，低声说：“我在家的时候，家里兄弟姐妹很多，大家都是挤在一起睡的。”小村姑看看这里的几个人，有点儿迟疑，“我们是不是要分开？”

辛秀：“不用，就这样挺好的。”

小乞丐单独坐在一侧，小声说：“我身上脏，去另一边。”

辛秀站起来，一只手就把这瘦弱的小姑娘提了起来：“脏就洗洗，这天气也不冷，走，我给你洗。”

小乞丐顿时露出惊恐的神色，挣扎起来：“不……不用了。”

辛秀把小乞丐带到水边：“你是猫吗？怎么还怕洗澡？之前在水里扑腾你也没害怕啊。”

小乞丐：“不，我是说我自己……我自己洗！”

辛秀：“哈哈，小姑娘还挺害羞呢。”

小乞丐快哭出来了：“可……可我不是小姑娘，是男……男的。”

辛秀手一松，小乞丐扑通一声栽进水里。他两手扒拉着莲叶边缘，冒出无辜的黑脑袋。

辛秀撩了一下小乞丐的头发，看他那小姑娘一样圆圆的眼睛，还有细胳膊细腿，心想：这是男孩子？

“嗐，你又不早说。”她站起来吆喝了一声：“老二，你过来给老五搓个澡，好好搓一下！”

“好嘞！”

接下来辛秀一直听见话痨的老二在那边说个不停。老二一会儿说“哇，真小，像个小女孩儿，哈哈哈”，一会儿又说“你看这鱼，在吃你身上搓下来的泥，哈哈哈哈！你等等，别动，我搓个大长条给它”。

两个坐船途中睡着了的小胖子揉着眼睛醒过来时，发现天已经黑了，船还没靠岸，花瓣船停在一片莲叶边上，而他们从船上被抱了下来，此时大家都挤在花瓣做成的铺盖上。

辛秀发觉这两个小胖子醒了，指了指旁边比他们的脑袋还大两圈的圆球，说：“醒啦，要是饿了就吃莲子。”

两个胖娃娃从花瓣铺盖里钻出来，稀奇地瞧着大莲子，第无数次发出惊叹：“哇，好大啊！”莲子皮已经被撕开了，他们可以把脸埋在上面啃，莲子又嫩又甜，一咬就能咬下来一大块，汁水溅了满脸。

他们吃饱了肚子去洗脸，天上的星星倒映在湖面上，落在他们的手边。

这里的夜晚一点儿都不暗，因为星星很亮，连莲叶旁边的莲花都被照得亮堂堂的，一切像一个不真实的梦。

对几个孩子来说，这是从未有过的体验。

第一次离开家的两个胖娃娃挤在老大的身边，找到了安全感。小九早就吃饱睡着了，睡得四仰八叉，一条小短腿搭在辛秀的腿上，一点儿心事都没有。

而几个年纪稍大的孩子没能睡着，特别是那个高冷话少的小少女，一个人躺在最远的地方翻来覆去。

辛秀听到动静，于是问她：“怎么了，老三，睡不着哇？”

高冷少女翻身的动作一顿，随后她闷闷地道：“我不会再翻身了。”

辛秀一听这句话就知道她十分敏感，不禁乐了：“我没嫌弃你吵。我也睡不着。”这些小孩子是今天才离开家，离开熟悉的环境的，可辛秀早在半个月前就离开了家，甚至连待的世界都不同了。

“让我猜猜，你是不是想家呢？”

小少女恨恨地说：“谁会想那个家？能离开那里，我求之不得！”说着，她的声音又低了下去，“但我不甘心，他们凭什么生了我又抛弃我？这么多年来，我样样都做到最好，他们还是不满意。他们不想要我，是因为我不好吗？……”

辛秀跷着二郎腿，靠在一颗大莲子上看着天，随口说：“他们不想要你，可神仙要你呀。”

少女激愤的声音消失了。她猛然坐起来，醍醐灌顶般说道：“对呀，他们不要我，神仙要我，他们难道比神仙还厉害吗？”

旁边那个疑似睡着了的小少爷也突然出声：“说得对，他们不要我，是他们傻，不是我不好！”

大约是被他们的声音惊动，一团幽幽的光亮忽然靠近，远远看去还以为是个提着灯的人。那东西飞近了之后，大家才发现是一只巨大的萤火虫。这东西小小一只的时候是可爱浪漫的，但当它变得比人还大之后，就不那么可爱了。

高冷少女原本待在最远的地方，见这一只巨大的黑乎乎的虫子飞过来，吓得尖叫一声，跳起来就往辛秀这边跑，拽住了辛秀的一只手臂。

小少爷更惨，因为那只大虫是飞向他的。他一扭头迎面看见一只发光的大虫，一下子被吓哭了，就近揪住了老二的手臂。老二这个不靠谱的还跃跃欲试地想去抓那只大虫：“老四，别怕，就是只虫子而已，等二哥抓来给你玩！”

小少爷立马放开老二，扑到花瓣里，蒙着脑袋崩溃地大喊：“我不要！”

其他人都笑出了声。

清晨的露珠在莲叶上滚成一颗又一颗透亮的水珠。

辛秀招呼几个人起床。下半夜的时候，几个孩子睡得挤成一团，手和脚胡乱放着。

他们一个个爬起来后聚在水珠旁边洗脸——直接把脑袋扑到巨大的水珠上面。

几个人嘻嘻哈哈地玩了一阵，重新乘上莲花瓣船。

今天有徐徐微风，他们顺着风，很快就到了岸边。

大玉盆旁边，一个穿着花衣的年轻男子收起扇子，悠然地晃了晃。

采星趴在盆边笑道："余风师兄，你这可是在帮他们作弊，怎么能用风助他们行船呢？"

余风懒散的目光在采星的身后一转，脸上悠然的神色猛然一僵。他慌忙站起来行了一礼，问道："申屠师伯，您怎么来了？"

云中亭外，不知何时悄无声息地出现了一个白发的人影。

一听"申屠师伯"几个字，玉盆周围还在看热闹的人全站了起来，一个个摆出端庄稳重的模样，连采星都不笑了，一脸严肃地束手站在一侧。

申屠郁乃是灵照仙人的第十二位弟子，也是灵照仙人的三十六位弟子中最特殊的一位。

因为某些事情，蜀陵山的弟子都有些怕他。

申屠郁抬起眼皮瞧了这些老实的师侄一眼，也没多说什么，将一样东西丢进了玉盆，而后一言不发地转身缓缓离开。

见他的背影消失，几个人才纷纷放松下来，探头去看玉盆："申屠师伯往盆中天里扔了什么东西？快看看！"

"嚯，这是师伯自己炼制的吧？这一次师弟师妹的运气也太好了。不过申屠师伯怎么突然做这种事？"

蜀陵是一片连绵的群山，弟子总共不过百来人。作为开山始祖，如今修仙界唯一一位修成真仙的灵照仙人共有三十六位徒弟，这些徒弟如今一半在外游历修炼，山中的人就更少了。

今次灵照仙人点了九名凡人来此，山中的徒子徒孙第一时间就知晓这个消息，年纪小些的晚辈纷纷去凑热闹，长辈则矜持些，还在观望。

申屠郁作为灵照仙人的众多徒儿中最受宠的一位，也是少数几位一直没收徒的人。他因身份与其他同门不一样，形貌又异于常人，也未曾想过收徒，只是独自住在幽篁山，沉迷于炼器，等闲不出现在众人面前。

别说底下的几十位师侄，就是同辈的师兄、师弟、师姐、师妹，也极少能见到他。

这一次，他之所以出现在云中亭，都是因为师父灵照仙人的一句话。

灵照仙人从几百年前起就一直在上天台静观天地，申屠郁有好些年没见过他了。修仙之人无岁月，眨眼就是百年也不稀奇，突然收到师父的灵音传信，申屠郁有些吃惊。

“此次来到蜀陵山的九人中，有一人与你有宿世因缘。”

就是因为灵照仙人的这一句话，申屠郁才会走这一趟。

灵照仙人已经是真仙，能看天地因果，特地提醒他这么一句话，必定有其深意。申屠郁觉得，或许师父是提醒自己应该收徒了。

蜀陵山中的弟子各有长处，像申屠郁，最为擅长的就是炼器。因此这一趟去云中亭看新弟子，申屠郁随手带了件简单的见面礼。

他说看一眼，确实只是看了一眼，将那九个幼小的人类孩童看清楚，随即就走了，也没执着于弄清楚哪一位才是与自己有缘之人。不论他与谁有何等因缘，日后自见分晓，不急于这一时。

他是心血来潮去看了一眼，却给其他同门带来了不小的震撼感。

申屠郁离开没多久，就有好几位申屠郁的师弟、师妹一同跑来云中亭看情况。各自的师父都来了，采星与余风只好让开位置，让几位长辈坐在大玉盆旁边闲聊。

“咱们申屠师兄也会过来，真是稀奇事，我上一次见到他还是在三十多年前请他帮我炼制一件法宝。”采星的师父离明真人同样是个眯眯眼，不论说什么都是一张意味不明的笑脸。

用一根长发带扎了个发髻的美貌道姑瞄着盆中天里的小孩子们，说道：“说不定申屠师兄是想收徒了。别说他，就是我都想收个徒儿。我近来修为停滞，苦修无用，不如教个弟子打发时间。”

“哦？那不知茴香师妹看中了这里的哪一个？”

“我看那断臂小子甚是有趣……不过，罢了，还是先让申屠师兄选好了，我再考虑。”

盆中世界的几个人还不知晓外面有一群年龄至少百岁上不封顶的未来的师兄、师姐、师父、师伯看着他们。他们好不容易顺风顺水地到了岸边，一阵欢呼。

“终于靠岸了！”

“咱们接下来要做什么呀？”所有人都不自觉地看向辛秀。

辛秀瞧着面前那些小山一样高的光滑的石头，还有高大得望不到顶的巨木，琢磨着道：“应该会有提示的，找找看。”

“在那儿！那边的石头上有字！不过，那是什么字呢？我不识字呀。”

辛秀一眼瞧过去，暗道糟糕，因为她也不认识这个世界的文字。

好在有人认识。小少爷和高冷的小少女同时说：“上面写要我们自己动手建房，自主建造房屋住下。”

辛秀：“造房？”原来他们不是来修仙的，而是来荒野求生的，该不会建完房还要种田自给自足吧？

几个人正说着，忽然见到天上一个黑点像流星一样落下来，飘浮在辛秀的身前，像是一颗巨大的莲花种子。

有几个人吓了一跳，好像见到了老鹰的小鸡，全部躲到辛秀的身后去了。老二没躲，想去摸那黑色的种子，被辛秀一把拉了回来。

辛秀自己上前，抬手摸了一把飘浮在空中的种子。

下一刻，那种子散发出柔和的白光，猛然绽放开来，从辛秀的脚底下一直往外扩展。几十秒的时间，那颗“种子”就变成了一栋拥有几十个房间、带着曲桥回廊的漂亮的巨大房屋。

几个人踩在光滑的地板上，难以置信地蹭了蹭鞋底。

“这……这是仙术啊！这么大的屋子，一眨眼就变出来了！”

“这屋子太好看了，柱子上还有花呢！快看，还带着院子！椅子、桌子都有！”

辛秀看看自己空空的手掌，一拍脑袋，还真是修仙呢，“一键”建房未免也太酷了吧！

“老大，你怎么做到的？是刚才那个东西变出来的屋子吗？”

几个人在适合他们大小的屋子里跑动。

兴奋过后，高冷少女老三疑惑地问道：“那大石头上不是写着让我们自己建房吗？怎么突然有了栋房子？”

几个人并不知晓这是申屠郁过来看情况时顺手送的一个小礼物。对一个修仙界闻名的炼器大师来说，这样的小屋子，就是随手一做的事而已。

辛秀：“管他呢，既然现在有房子了，咱们就不用自己建了！孩儿们，去找个自己喜欢的房间吧。”

盆中天外面瞧着的一群人拊掌说道：“这是申屠师兄炼制的小玩意儿吧，也就能放在盆中天里当个玩具了。我本来还想看看这群小家伙能建个什么样的房子呢！我还记得我那徒儿当初根本没建房，风餐露宿一整年。”

“哈哈，穆师兄不在乎身外之物，我当初也只是搭了个草棚子而已。”

“虽说建房问题解决了，但问题还多着呢，咱们瞧着就是了。”

一位略发福的男子从袖中拿出一沓书册，天女散花一般令它们飞入大玉盆中，说道：“接下来，看看他们几个属于五行中的哪一行。”

辛秀选好房间，无意间抬头一看，就见天上又掉了东西，连忙喊道：“大家快出来！”

那一片光点飞得不快，辛秀抬手去接，却见那绿色的光点非常有灵性地绕过她的手，飞到了身后的小乞丐的手中，变成一本薄薄的册子。

其余几个人也接住了不同的光点。与其说他们接住了光点，不如说更像那些光点挑选了他们。辛秀手中也落下了光点，一个金色，一个红色，变成了两本册子。

其他人有接住一本的，也有接住两本、三本的。

辛秀眯了眯眼睛，没有先去看手中的册子，而是若有所思地抬头看着天空。之前的采星师兄是往天上飞去后不见的，刚才变成屋子的“种子”也是从天上掉下来的，还有现在这些书册也是来自天上。

辛秀之前以为这里就是那个采星师兄说的蜀陵山，现在看来，这里可能和爱丽丝梦游的仙境一样，只是个缩小的场景，有人在“上面”看着他们。

采星师兄说在这里待上一年是一种考验，那么他们能不能有机会先“上天”去看看？

思考片刻后，她低头看书，翻开来却发现这是一本无字天书，再仔细摸索一番，书上忽然传出一个声音说道：“此乃金系法术，欲修金系法术，先学锻造锤炼。”另一本红色封皮的书上则传出另一个声音：“此乃火系法术，欲修火系法术，先学做菜。”

辛秀一脸疑惑之色，原来之前都搞错了，不是要她种田，而是要她做个打铁的，或者当个厨师。

她看向其他人，几个人都是一脸茫然。

倨傲小少爷呆呆地端着书："这本书说，让我去……捏泥巴？"

"它要我去种树。"小乞丐小声说。

高冷小少女的脸都绿了："它要我每日绕湖游水。"

一共就这五项任务，几个人按照拿到的几本书，各自确认同任务的伙伴，比如和辛秀一起拿到金色书的有"金童玉女"两个人，和小乞丐一起拿到绿色书的有小村姑。最惨的大概是老二，他一个人拿了五本书，每一项任务都有他的份儿。

"我们真的要做吗？"

辛秀一锤定音："做！"

"那我们应该去哪里做这些事？"

辛秀说："去找找，这里肯定不是只有我们来过，这些任务肯定也不是只有我们做过，我们多找找就能找到线索。"

她感觉自己现在像是在玩解谜加建设加升级的游戏，相比这些真正什么都不懂的本世界的小孩子，她的反应就快多了。

小孩子比大人更优秀的地方在于他们能更快地接受新的事物，而且只要有人带领，有人和他们一起去做事，他们就会跟着去做。

九个人离开房子，在莲花池周围转悠，果然没转多久，就发现了一大片果树林。在这所有东西普遍放大的世界里，这里的果树是正常大小的。在这里，正常就是不正常。

"这里应该是种树的地方。"

他们又在附近发现一个茅草小屋，左边有灶台，右边放了个生锈的破炉子。

"这难道是打铁和做菜的地方？"辛秀摸了一手的铁锈。

小村姑发出灵魂之问："没有锅，要怎么做菜呢？"

辛秀说："大概是要我们先打一口锅出来，再做菜。"

老二扑哧笑出了声，好像完全不记得自己也要打铁。

“那边难道是我要玩泥巴的地方吗？”小少爷颤抖着手指，指着一座巨大的泥山，有点儿绝望，“那么多！不可能都要用完吧？！”

老二揽着小少爷的脖子：“多还不好吗？我陪你一起玩啊。”

九个人各自摸索了一阵，完全不知道该怎么完成任务，只好回屋子里休息。回去之前，他们在那片果林里摘了一大堆果子，各种各样的都有。虽然辛秀不知道这些是什么果子，但肯定是能吃的，而且看着还都挺好吃的。

“这就叫前人栽树，后人乘凉。”

“不是，是叫前人种树，后人吃果。”

每个人都兜着一兜果子回去，好歹可以填饱肚子。

他们现在住的屋子既能遮风避雨又干净，和辛秀先前半个月住的破房子相比简直一个天上一个地下，所以辛秀舒服地躺在床上很快就睡着了。

入睡之后，被她放在床边的两本书变成两个光点，钻进了她的脑门。睡梦中，辛秀看见两个身影模糊的人，一金一红，一左一右，对着她念一些玄妙的词句，一个声音从左耳进，一个声音从右耳进，灌了她满脑子的话语。

早上从床上爬起来后，辛秀晃晃脑袋，不自觉地喃喃了一句什么。回过神后，她一把捏住自己的嘴，心想：等等，我刚刚念叨了一句什么？

几个人一碰头，发现昨晚上都是一样的经历，仿佛在睡梦中听了一晚上的课。

小少爷双眼无神地按着脑袋说：“我完全想不起来昨晚都听到了些什么。”

小乞丐小声地说：“我记得一半。”

所有人都盯着小乞丐，辛秀更是充满兴趣：“那你念来听听？”

小乞丐就听话地开始念，虽然磕磕巴巴的，但那拗口的发音和复杂冗长的词句，他还真念出来不少。

“厉害厉害！”辛秀带头鼓掌，给了他一个大拇指。

小乞丐念着念着，众人就看见有淡淡的小光点飘进了他的身体里。

“哎！刚才那是什么？”两个胖娃娃大喊。

小乞丐被吓了一跳，顿住了：“什么？”

其他人催促小乞丐：“你继续念，继续念！”

这回其他人却没见到什么异样。

小乞丐被这大大小小一群人在身上左摸右摸，脸都红透了，这下真的是什么都念不出来了。

辛秀回忆昨晚上听到的内容，把还记得的几句词翻来覆去念了半晌也没什么感觉。

“晚上做梦的时候记得好好听课，醒来以后还记得的我们每天互相教，这样就能最快学完。”辛秀一个个点过娃娃们。

“不得了，这个木系的孩子，才一天时间就能聚出灵气，可见资质很好哇。”蓄了一把美髯的中年人瞧着玉盆感叹，“可惜，这么好的资质怎么就不是土系呢？不然我肯定要收他为徒。”

美貌道姑沉吟：“断臂小子竟然是全五行，这全五行，要么泯然众人，要么出类拔萃，只不知他是哪种了。”

另一个没想收徒的人则对辛秀的兴趣更大一些：“这小女孩儿是金、火灵根，倒是适合做申屠师兄的徒弟。不如我们来猜一猜，申屠师兄看中的是不是她？”

在盆中天里的九个人，每天早上都会自觉醒来。虽然有人想睡懒觉，但只要一睡着，梦里就有人念叨，念得他们头昏脑涨，还不如早点儿醒来算了。哪怕是三岁的小九，都养成了不睡懒觉的好习惯。

他们几个人被迫养生，简直“惨绝人寰”。

九个人之中，最为勤奋的是高冷少女老三，她每日只有一项任务——游湖。等辛秀起来，和小村姑老六、最小的小九一起准备做饭时，老三已经在湖里游了一会儿回来了，给他们带来了最新鲜的蔬菜和肉。

这个看上去高冷实则很贴心的少女，从湖里带回来一截藕带、一小截藕，还有一条小鱼。小鱼是相对于湖来说的，对辛秀他们而言，这是条和他们一样大的鱼。老三能抓到这条鱼，还多亏了一同游水的老二。老二把鱼用水草缠上，骑得这条鱼筋疲力尽，老三这才能拿下这鱼。

老二也起得很早，但不是勤奋，是浑身有用不完的劲，爬起来就招鸟、逗虫、玩鱼。

老三给他们送完今天的新鲜食材，又把胖“玉女”老七从被子里掏出来，带着老七一起去游水。这胖乎乎的小女孩儿也是要学水系法术的。

辛秀、老二、老六、小九四个人到打铁的炉子边做菜。

小少爷老四则带着胖“金童”小八去附近的泥山上打滚。

小乞丐老五非常没有存在感，跟在众人身后，看着大家一拨接一拨地离开，默默地去果园种树，顺带种菜。

虽然小村姑老六和老二都要种树，但选择先跟着老大做菜。

辛秀在泥山脚下勘察的时候从泥堆里摸出来一大堆生锈的铁块。那应该是铁吧，她其实认不出材质，有的铁块的形状像剑和刀。她把这些全部挖出来搬回去了，该清理的清理一下，毕竟废物利用可是国人的优良传统。

形状像铁剑的，她让老三带在身上游湖去了。湖中还挺危险的，上次老三就遇到了一只小龙虾……不，是大龙虾，史前巨兽一样的龙虾。老三差点儿被钳住，所以这铁剑辛秀给少女用来防身了。

至于边缘锋利的铁片，辛秀和老二两个人琢磨了一下，加了个柄，给小乞丐老五种树挖坑去了。

辛秀从里面找出其他还能用的东西，将剩余的一股脑扔进了破炉子。锻造而已，虽然她没学过，但是应该只要一直烧，再不停地锤，就大功告成了。

破炉子有好几个孔，烧火后会从几个孔里喷出火。辛秀不只用这炉子锻造，还用这炉子做菜，比如说烤鱼。

削好的鱼肉被一片一片地穿在粗树枝上，这种树枝有红色的皮，被火烧后会冒出一种清甜的油脂。

辛秀用这树枝当柴烧后闻到香味，便决定用它来烤肉，果然效果特别棒，直接让肉的味道“更上一层楼”。

这里没什么调料，现成的只有破灶台上的盐，其余的调料都要靠他们自行摸索。

“真香！能吃了吗？”老二蹲在一边，跃跃欲试地伸手想去摸鱼肉，被辛秀抓起小棍子抽了一下手。

“急什么，还没好呢！”辛秀招呼老六：“老六，火再小一点儿。”

小村姑老六以前在家也经常烧火做饭，将火候控制得很好，至少比老二这个鲁莽的家伙要好。老二烧火就是使劲加柴，大火一燎，食物就被烧焦了。

“可以了吧？我闻到香味了！”没一会儿老二又说。

辛秀嫌弃老二在这边碍事，摆摆手说：“你去一边打铁去，玩泥巴也行。”

老二噢了一声，跑去玩泥巴。等他一走，辛秀就慢悠悠地揪了一块鱼肉给旁边乖乖坐着流口水的小九，说：“好吃吧？”

小九含混不清地笑道：“好吃。”

没多久，泥巴山那边响起小少爷老四响彻天际的怒吼：“老二！你个浑蛋又砸我！有种别跑！”

显然，老二这祸害又玩泥巴上头，开始玩泥巴砸人的游戏。老四带着“金童”小八，两个人联手反抗邪恶的老二，不一会儿怒吼就变成了嘻嘻哈哈的玩闹声。

这群小男生总是打着打着，感情就越来越好。

过不了多久，这身高排列像是信号标志的三个人，就会揽着对方的脖子，带着一身泥浆下山吃饭。

辛秀专心做菜。她以前在BBQ（野外烧烤）时被称为烧烤大师，最擅长烤制各种肉菜，还会烤各种蛋糕、面包和小饼干。她不喜欢一般意义上的“做菜”，只喜欢做各种零食加餐。从前凡是跟她熟的朋友，没人不喜欢她的烤肉。

和她这种讲究派比起来，老六做菜就是豪迈派的。老六把用铁片做成的锅往炉子上一放，倒水，扔进一些杂七杂八的东西，盖上锅盖，煮熟后端上桌，仿佛喂猪一般招呼大家：“吃吧！”也就只有曾经是小乞丐的老五能一脸平常甚至带着点儿满足感地喝那锅奇怪的蔬菜汤。

等到吃饭的时间，辛秀拿起铁疙瘩做的锤，敲击挂在茅草亭子里的大铁片，哐当哐当的声音能传到很远，分散在各地的小朋友就像是听到下课铃声一样，一窝蜂地回来吃饭。

桌子是从大屋子里搬出来的，这里的温度一直很适宜，大家干脆就在外面吃饭。九个人围成一圈，都在争抢辛秀烤的肉。自从吃过辛秀烤的肉，大家对她这个老大就更加心服口服。这种日渐被尊重、重视的感觉，甚至让辛秀有种自己当妈了的错觉。

“嘿，老二你吃多少了，还抢？留一点儿给老五！”辛秀“猪”口夺食，抢了老二手里的最后一块肉。

小乞丐老五连连摆手：“不……不，我吃饱了，喝汤就可以。”他大概是当乞丐太久，有些放不开，上桌了也不敢像其他人一样抢东西吃。

辛秀不管他的这个毛病，抓了一把烤肉串丢进他的碗里，说了两个字：“快吃！”

老五吃着吃着，眼圈就红了，强忍着眼泪，哽咽着说：“我娘……娘去世之前，也是这样的，把肉都放到我的碗里。”

辛秀：“……”

她莫名起了一身的鸡皮疙瘩。

吃完东西，九个人各自继续修炼。

这种修炼，辛秀觉得更像是小孩子过家家一般玩闹。但是管他呢，考虑那么多干什么？本来他们就是一群小孩子，怎么开心怎么来才是最好的。在她看来，修仙要是不快乐，还修什么仙呢？

因为几个人拿到的册子数量不同，所以大家一会儿打打铁，一会儿玩玩泥巴，一会儿种种树，只有辛秀和单火系灵根的小九一直待在炉子边上。

辛秀锤锤铁片，戳戳铁块，再琢磨着怎么用炉子做点儿吃食出来。她的心态特别随意，做的东西也随意，把铁片打成薄薄一张，用来做铁片烤肉，或者在上面放上切成片的果肉，用小火慢烤，能烤出果干，有些尝试成功了，有些则没有成功。

水果是老五送来的。这小孩儿发表了“妈妈论”之后，辛秀就觉得他好像真把自己当妈孝顺了，他种树的时候看到了好吃的果子就会给她送些过来。

辛秀礼尚往来，给他塞了一口袋烤好的果干，让他带着当零嘴吃。辛秀看着小孩儿高兴地跑回去种树，又看看身边光着屁股啃水果干的三岁小娃，身体一僵，心想：等一下，我这不是真当妈了吧？！

其他几个人发现往这边送东西能被投喂后纷纷效仿，但凡找到点儿能吃的东西都送过来堆着。辛秀没事干，就挑挑拣拣，进行各种创新，做出了炸藕片、水果干、鱼松、辣椒条等零食。其中辣椒条征服了所有人。果然，不管哪个世界的儿童都抗拒不了辣椒条的魅力。

辣椒条是用豆皮做的。他们找到了巨大的豆子，一颗豆子就能吃很久。他们每天撬一颗豆子下来，磨成浆，煮过之后就是豆浆，凝结成的一层油皮就是豆皮。只是要把这豆子磨成浆很不方便，辛秀考虑着什么时候做个石磨。

这种最简单的吃法对其他人来说已经很了不起了。

辛秀再把豆皮晒干腌制，用火稍稍煎过，撒上辣椒粉末和花椒粉末，那叫一个香。每每出锅不到片刻，辣椒条就会被吃得一点儿都不剩。做这种辣椒条的精髓不在于豆皮，而在于辣椒。

辛秀是个无辣不欢的人，在这里最高兴的事就是找到了合她口味的辣椒。果园那边有很大一片辣椒地，应该是以前的人种的，她十分感谢诸位造福后人的前辈，这个辣椒磨粉之后味道超级棒。

云中亭里看着盆中天的人，从最开始探讨几个人的资质心性，慢慢就变成了探讨他们吃的东西。

“闻着确实很香，这小女娃究竟是怎么想到那么多吃的东西的？”一个长胡子的老者抬手在玉盆上扇了扇，仿佛扇出了里面的味道，深深嗅了一口。

这边过了最开始的热闹，观看的人数少了很多，每日也就几个人在。

长胡子的老者景成子也是灵照仙人的徒弟，采星等人的师伯，只是因为性格和善，常和师侄们打成一片，采星几个人不怎么怕他。景成子这几日常来，就是为了看辛秀又做了什么吃的。

“不知道尝起来是什么味道。”景成子自言自语，手指在盆上一勾，辛秀放在桌上的一盆辣椒条就有一条悄然消失，出现在了大盆外的景成子的手中。只不过在盆中天里对辛秀他们来说是正常大小的辣椒条，到了外面的景成子手中也就是指甲盖那么大。

对师侄们那看老不羞的眼神视而不见，景成子把那点儿辣椒条放进嘴里，咂咂嘴，咂摸半晌，才遗憾地道：“这么一点儿，尝不出味道啊，不过下酒应该还是不错的。”

“景成子师伯，您这可是不问自取呢，不好吧？”采星笑道。

景成子顺了顺胡须，颔首道："偷吃确实不太好，所以，我还是光明正大地去吃吧。"说罢，他整个人化成一股青烟，进了盆中天。

采星一阵无语，说道："景成子师伯就这么进去了？"

余风应道："进去就进去，你还能管到师伯头上不成？"

辛秀倒了一碗豆浆，才喝了两口，面前忽然出现了一个白胡子老头。如果不是他穿得花里胡哨的，这大概是最符合辛秀心目中修仙之人形象的人了。

"我乃灵照仙人第二十二位弟子，景成子。"景成子仙风道骨地整了整袖子。

辛秀对此的反应是哐当哐当地敲响铁板，发出吃饭的信号。泥山上打滚的"泥猴"连滚带爬，湖里游水的姐妹拧着头发和裙子飞奔，种树的小孩儿扛着铲子快跑集合。

辛秀吆喝了一声："来新任务了，快！快！"

景成子原本只是准备和辛秀做点儿不太光明的食物交易，没想到会变成这样。看到面前站成一排，目光里满是好奇和期待之意的孩子，景成子只能颤了颤胡须，斟酌着说："其实，我是来收徒的，原本打算等你们一年后从这里出去了才开始收徒，但又觉得你们都是好孩子，所以就先过来看看。"

辛秀瞬间懂了，人力资源的人招收应届毕业生。

辛秀问道："您想要个什么样的徒弟？首先这属相肯定要合，对吧？您是哪一行的？"她一边说，一边招呼老二给景成子搬了张凳子，又给景成子倒了杯豆浆，摆上水果干。

"我是土、木双系。"景成子莫名其妙地就被安排坐下，但面前有吃的有喝的，便没挣扎，安心坐下，尝了尝乳白色的豆浆和酸酸甜甜的水果干，幸福地眯了眯眼睛。

"土和木啊。"辛秀把小少爷老四和小乞丐老五推出来，"他们俩一个土一个木，都合适。"她又拽小村姑老六，"她是土、木、火，也合适。”接着她指向胖“金童”老八，“他是金、土，”又指向老二，“金、木、水、火、土，五行全了。”

“接下来就看您是想要个男徒弟还是女徒弟。我们老六性格淳朴，贴心好管教。老四虽说傻了点儿，但做事认真，长得也好看，每天看着赏心悦目是不是？”辛秀像个推销员，最后一把揽住老五，“还有这个，我是最推荐的，您看看，他这资质，我不说大话，在我们几个人之中绝对是顶尖的，性格文静内敛了一点儿，但人特孝顺。”

景成子思忖着，这小姑娘怎么这么熟练啊？他原本并不是真的打算收徒，但这会儿端着豆浆，还真有点儿被辛秀说动了。

他做思考状，顺手摸上桌上的辣椒条，一条接一条，以不疾不徐的速度塞进嘴里。

几个孩子原本还眼巴巴地等着老神仙做选择，见到他都快把零食吃完了，眼角有点儿抽搐，尤其是老四这个傻少爷，那小表情可委屈了，被辛秀暗地里掐了一把，才收敛一些。

吃完一大盘辣椒条，景成子收回手，抖一抖胡须上的辣椒粉末，仙气飘飘地朝小乞丐老五笑了笑：“我很看好你，希望我们能有师徒的缘分。”说完，景成子起身往前走了两步，化为白云消散。

与此同时，几个人面前都出现了一个小盒子。

景成子的笑声在空中回响：“送你们一点儿小礼物。”

几个人互相看看，兴奋地打开各自的盒子，里面是摸上去格外柔软丝滑的两套衣服。辛秀上手摸了摸衣服，发现灰蹭不到上面。他们在这里没多久，衣服就又破又脏，要是没有这衣服，接下来估计就要剥树皮编织衣服，如野人般生活了。

有新衣服穿当然高兴，也没人觉得失望，他们高高兴兴地在湖里洗了澡，换上了新衣服。

“这衣服穿着真舒服，好像把云披在了身上一样。”

几个女孩子洗完澡，坐在岸边梳头发，高冷老三在给辛秀梳头，老六在给老七梳头。男孩子那边，因为有闹腾的老二在，又打起了水仗，几个人扑腾个不停。

辛秀靠在光滑的大石头上昏昏欲睡，身后的高冷老三忽然问她：“姐姐，我们也能像老五一样被那些神仙看中，然后被收为徒弟吗？”

辛秀盘着腿笑起来：“当然能！你没听到吗？灵照仙人有那么多徒弟，总有一个愿意收徒的。你们都是好孩子，不要害怕没人要。再说了，就算灵照仙人的徒弟不收我们，不是还有他们的徒弟吗？难道你这点儿信心都没有？”

老三那张冷冷的小脸上这才露出笑容：“现在有信心了！”

也许是被景成子的到来刺激了，几个孩子越发努力，尤其是老三。老三几乎一整天都泡在湖里，就连吃饭的时候，不是辛秀去叫，都不愿意从湖里出来。

有一天上午，胖“玉女”老七火急火燎地从湖边跑过来，哭着大声说：“不好了，老大，三姐受伤了！三姐被大龙虾伤到了，流了好多血！”

正跷着二郎腿用打铁炉子熬芝麻糊的辛秀闻言，丢下东西站起来说：“走，去看看！”

老三被人从湖边扶到了屋子里，脸色煞白，额头上冒着冷汗，鲜血顺着血淋淋的右手滴答滴答地往下滴落。

瞧见那么大一个口子，没见过世面的几个小孩子都有点儿被吓住了。

辛秀问其他人：“你们有没有办法给她止血？”

老六立刻踮着脚说：“我看到那边有一种草，我们村里头有人受伤了都用那个草敷！”

辛秀点头：“行，那你去采一些过来。”

老二皱起浓眉，握紧拳头，咬牙切齿地说：“还是原来那只龙虾干的吗？！它也太嚣张了，之前就差点儿伤了老三，这次又来！”

“太可恶了，一定要给它个教训！区区一只龙虾，真当我们怕了它了！走，去打死它！”小少爷老四放了狠话就想走，被辛秀一个头槌捶到了一边坐下。

“急什么？！你先去打铁炉子那边给老三端盆热水回来，清理一下她手上的伤口，不然待会儿不好敷药了。你想打小龙虾，等处理好老三的伤再说。”

老三疼得厉害，脸颊都绷紧了，毕竟那么长一条口子。但她忍着疼，一个字都没说。

小九坐在床边，吸了吸鼻子，忽然哭起来。跟着老三一起游水，亲眼看着老三被龙虾划伤手臂的胖女娃老七被这哭声感染，也抽噎起来。

辛秀神情轻松，挨个儿轻抚他们的头发："都哭鼻子干吗？老三这伤不算严重，过段时间就好了。再说，咱们现在可是在仙人聚集的地方，等见到他们，说几句好话，让他们帮忙给未来的师妹、师弟治个伤，还不是很简单的一件事吗？”

两个小的瞧着她露出的笑容，哭声慢慢止住。连老三看着她，脸色都缓和不少。

辛秀又摸了一下老三的脑袋，安慰道："放心，咱们可是在修仙，保准你连道疤都不会留！”

老三眨了眨微红的眼睛，说："我才不怕留疤！等我好了，我要努力修炼，有一天要亲手把那只大龙虾给宰了！”

辛秀笑道："这可不行，等不了那么久！明天我就带老二他们几个去把那龙虾抓回来煮了！”她眉毛一扬，哼笑了一声，“打我的妹妹，咱们吃了它！”

辛秀没有别的特点，就是特别护短。她妈以前就说她是天生的山大王，大约她前世是花果山的猴。

大家都没有清理伤口的经验，老二有那个胆子，但一只手不方便，辛秀就自己动手了。

她一边给老三清理伤口，一边说话转移老三的注意力：“我想起来，我以前有一次自己做了个秋千，但是绑得不牢，才上去荡了一下，整个人就从上面摔了下来。那秋千下面又有块大石头，非常锋利，我被割到了腿，划开一个大口子，当时那鲜血就哗啦啦地往外冒。”

老三没看自己的伤口，看着辛秀追问：“然后呢？”

辛秀继续说道：“我那时候才十一岁，但一点儿都不怕那个伤口，就怕我爹回来念叨我，可烦了。所以我没吭声，躲在房间里自己用卫生纸……用布擦伤口，擦了很久，血就是止不住，后来流了太多血，我就觉得晕乎乎的。结果这事最后还是被我爹发现了，他什么都没说，哭着把我送去看医……看大夫，等我的伤被处理好了，他才把我骂了个狗血淋头。”

辛秀想起可能再也见不到了的亲爸，动作顿了顿，随即又若无其事地笑了笑：“但我伤好了之后还是继续去玩秋千。”她从老六的手里接过绿色的草糊糊，往老三的手臂上涂，“行了，老三你这手先别乱动，咱们先看看这药草的效果，要是没什么效果，咱们再想别的办法。”

听完她的故事，胖女娃爬上她的膝盖，说：“我想玩秋千。”

辛秀爽快地应道：“行，过两天给你做个大秋千。”她一转头，看见老五这个“孝顺儿子”站在角落里。

老五满脸纠结迟疑之色，一副憋得特别难受、站立不安的模样。

辛秀问他：“老五，你怎么了？”

老五结结巴巴地说：“我……我觉得……我可以……可以试试……”他越说越小声，几个人都没听见他最后两个字说了什么。

辛秀一把抓过他，说：“头抬着，说话稍微大声点儿。”

老五瞧她一眼，确实大声了些，但还是有些迟疑地说：“我……我之前种树，一直在念晚上听到的课文，看到……看到光点了。之前有树苗被我不小心折断，我把很多光点放进去，它就……就慢慢长好了。还有果核，我试过用绿色的光点让它……让它发芽，所以我想……”

辛秀越听眼睛越亮，当机立断，把拇指在木刺上一划，弄出一道特别浅的小划痕，说：“你是想试试在人身上能不能用，是吧？你在我身上试试。”

在好几双炯炯有神的大眼睛的注视下，老五鼓起勇气，搭着辛秀的手指，专心默念那些词句，吃力地捕捉周围汇聚的绿色雾气，让它们混合凝结在一起变成光点，落在辛秀的手指上。

辛秀看不见这些光点，但同样有木系灵根的老六看见了，激动地呀了一声。而辛秀瞧着手上那一道小小的划痕慢慢愈合，睁大了眼睛。

只是这么一道小小的划痕，一两天就能自然愈合，但老五仿佛很累，那小脸都和老三的差不多白了。老五有些沮丧地说：“好像……好像和种树的时候不太一样，树和种子不需要这么多……这么多光点，我也不累。”

辛秀敲他的脑门，让他坐下，说：“说什么傻话？你很了不起了！”

他们是同时来到这里的，两个月不到，其余人还没把晚上听到的那些词句完全记住，更别提触摸到什么灵气，这小子却已经能自行摸索出灵光。

哪怕辛秀不了解这东西，也知道它肯定是很厉害的。老五这家伙，分明是个超级天才。

辛秀再次意识到这一点，拍了一下老五瘦弱的肩膀，夸赞他：“好小子，你很厉害！不过你先别想着给老三治伤了，你这道行还浅着呢，可别把自己给累趴下了。”

没能给老三治伤，老五仍然有些蔫蔫的，其余人，包括老三，却非常兴奋地围着老五追问刚才是怎么做到的，他们也想创造奇迹。

几个人说了一阵，听到辛秀喊才回头，发现辛秀不知道什么时候出去，把屋子里的帘子给拆了下来。

辛秀把那一大堆帘子丢在地上，拍了拍手，说："你们都过来帮忙！咱们编个大网，抓龙虾去！"

这帘子是屋子里本来就有的，辛秀试了试，觉得非常牢固。用这个帘子编成的网，应该能抓住那大龙虾。那龙虾的优势是块头大，但肯定没有他们灵活，而且这龙虾只是大，智商明显没有提升。

要是他们这群有脑子的人还抓不住一只没脑子的龙虾，辛秀觉得自己就不配叫秀儿。

"那只龙虾喜欢在南边的那一片水草中活动。那附近有芦苇丛，我们把网编好后，就拉在那附近。老二，你水性好、胆子大，这次抓龙虾主要靠我们两个，注意配合。老四和老五，你们注意接应，到时候你们拉好在网上系着的绳子，看到我们的信号就把绳子卡在岸上的石头缝隙里。老六，你手脚麻利，做好后勤工作，到时候在岸边看着其他年纪小的小朋友。"

几个人一边讨论抓捕战术，一边编网。编网的主力军是老六，老六以前在村里捞过龙虾，对编抓龙虾的网有些经验。他们花了一天的时间，终于编织完一张大网。

第二天，正如辛秀对老三说的那样，辛秀果真带着几个人去抓龙虾了。辛秀的心态很稳，老二则兴奋得要疯了。其余几个人既紧张又激动，看着他们两个人抱着网跳进湖里。

"老二，带好铁剑，记得保证自己的安全，可别被一只龙虾给钳成两截了。"

"放心吧，老大！你自己才是真的要注意，我可是在那龙虾的手底下逃脱过好几次了！"

"你小子还挺得意呢，让你看看什么叫真正的技术！"

辛秀和老二各自抱着大网的一端，朝不同的方向游去，迅速在水草丛中铺开大网，紧接着湿淋淋的绳子被扔上了岸。辛秀捋了一把头发，招呼岸边的老四、老五："你们现在松松地拉着绳子，待会儿记得卡紧。"

巨大的黑影在水草丛中缓慢移动，而脱了白色外衣在水里如同两只小虫的辛秀和老二则悄无声息地拉起网。

哗啦啦的水声让岸上的老四和老五神经紧绷，他们同时拉住绳子，手忙脚乱地往之前选好的石缝里卡。网突然被大力挣动，卡在石缝里的绳子被扯出去一截，然后被作用力更紧地卡在了缝里。

"快！它真的被网住了！"

"啊，它在挣扎！老大和老二在哪儿呢？看不清啊！"

"我们要不要下去帮忙？"

辛秀靠着一根大芦苇秆掩藏身体，想等龙虾挣扎够了再过去。但是发疯的不只有龙虾，还有个单手臂的"小疯子"。辛秀见到老二举着剑悄悄靠近龙虾，摇摇头却也没露出不赞同的神色，笑了笑也潜进水里，捏着防身用的大铁片游过去。

辛秀自己也不是什么循规蹈矩的乖小孩儿。

在龙虾尾部和老二擦身而过时，辛秀比了个手势，然后抓住大网，恰好藏身在龙虾的爪子抓不到的位置。她吃过不知道多少小龙虾，起码剥壳几万次，找准位置后把铁片插到了虾壳的缝隙里。

岸上的几个人都跑去拽绳子，老三端着手臂坐在一边，神情紧张，眼睛直直地盯着水中挥舞着大钳子的大龙虾。

忽然，老三眼睛一亮，猛地站了起来。

"大虾不动了！快！快！用力拉！"

辛秀和老二在湖里推，其余人使劲扯绳子，最终大虾被众人合力拽上岸。

辛秀和老二一上岸就坐在大石头上休息，累得精疲力竭。

这只小龙虾虽然个头很大，但从壳的颜色来看，年龄不是很大，肉质应该比较嫩。辛秀休息够了，爬起来用铁片卡住龙虾的关节，然后用石头敲击铁片，就像是开采石头一样拆着龙虾。其余人学她，一起把这只大龙虾拆了一半。

“今天咱们先吃这钳子吧，瞧着这么大，里面肯定有不少肉。”辛秀叉着腰，看看老三的手臂，说：“吃什么补什么，吃个钳子，伤口说不定能好得快一点儿。”

老四摸着虾钳的壳：“这么厚的壳，我们很难撬开取出里面的肉吧？”

辛秀回道：“撬开干什么？我们直接把钳子抬到打铁炉子那里，把整个钳子放在上面烤，然后边烤边锤，等它熟了，壳也脆了，就能很容易地将其砸碎。我们可还要学打铁呢，打个龙虾壳怎么了？”

正如辛秀所说，两个拆下来的大钳子被搬到炉子上，火烧起来后，几个人眼瞧着那原本青灰色的小龙虾的钳子，在炉火的炙烤下慢慢变成了红色。

“差不多了，金系灵根的人上来，咱们开始动锤！”

辛秀拿着铁疙瘩锤踩上石头，用力锤击起龙虾壳来，比先前有一搭没一搭地打铁可认真多了，毕竟这可是美食。烤龙虾散发出的香味让所有人都忍不住咽口水，而且红色又很能引起人们的食欲。

嘣嘣嘣的砸龙虾壳的声音不绝于耳，慢慢地变成了咔咔咔的声音，这是龙虾壳被他们砸裂了。

辛秀跳下来拿自己做好的腌制调料。她在周围找出了不少可以做调料的东西，辣椒、花椒、桂皮、大蒜等，不得不说这地方调料和香料是真多。

大盆的调料被她沿着龙虾壳碎裂的缝隙缓慢地倒进去。倒完了她还有些遗憾地说：“调料少了点儿，也没能抹匀，虾钳太大了不好翻动，就凑合凑合吧。”

香味越来越浓，辛秀不得不提醒老二抡锤子的时候记得闭嘴，别让口水流下去了，又喊老四给小九擦擦口水，小九的口水都快打湿兜肚了。

最后，烤好的大龙虾的钳子被搬下炉子，众人围坐一圈等着品尝美食。

辛秀拆开上面几片碎裂的红色龙虾壳，那股龙虾肉混着麻辣调料被大火烤制后散发的肉香，带着腾腾热气冲出来，充斥着每个人的鼻腔，让大家齐齐咽口水。

盆中天外，围观的三个人跟着咽了一下口水，其中一人忍不住问："我要是现在去帮忙给那师妹治伤，能不能跟他们一起吃？"

另一个人板着脸说："不行，祖师爷说了，在盆中天里的一年是历练，除了最开始的引导，我们不许干预！"

"可是之前申屠师伯还送了房子，景成子师伯也进去了。"

"你如果是师伯，也能进！"

"瞧你们这德行。"剩下的那位师姐看不过眼，指着师弟说："亏你还是修仙之人！被区区食物馋成这样！"

那位师弟正羞愧，就听师姐说："这么大的修仙之人了，想吃龙虾不会自己做吗？"

"师姐，我不会做啊。"师弟无辜地答道。

师姐叹了一口气，说："真是……算了，我去问问盆中天里的那位师妹，看她是怎么做的，回来再告诉你。你们先在这儿给我望风。"

说罢，她进了盆中天。

两位师弟内心一阵无语。

辛秀几个人正埋头苦吃时，见到一位漂亮的仙子从天而降。

仙子看起来和蔼可亲，善良美丽，托起老三的手臂，微微笑道："我是桂心师姐，见到这位师妹受伤，所以特地来为她治伤。"

只见她手掌微动，在老三的手臂上缓慢抚过，老三的伤口便愈合了。

几个小孩儿惊讶的同时，露出感激之色。

桂心师姐矜持地收下几个孩子的感谢，眼神似无意地掠过他们吃了一半的龙虾钳子，抬手掩了掩唇，然后柔声开口说：“你们倒是颇有巧思。我修仙多年，许久没尝过此人间之味了。”

辛秀让了个位子，邀请道：“桂心师姐，不如和我们一起吃点儿吧。”

桂心和煦一笑，当场坐下，从袖中拿出自己的玉筷子，说：“那师姐就吃一点儿。”

第二章　盆中见蜀陵

新弟子刚进盆中天的那段时间，蜀陵众人只要有时间就一窝蜂地跑去看热闹，但之后慢慢地就很少有其他凑热闹的弟子了。

除了负责引导的采星师兄会不时过来看看情况，就只有一部分嘴馋的人偶尔来看辛秀做菜过过眼瘾，毕竟他们是修仙人士，主业是修炼，不是看真人秀。

眼看一年之期快到了，盆中天里的几位新弟子即将出来，众人又来了兴趣，过来看的人重新多了起来，仿佛一群下班后相约在酒馆闲聊缓解压力的上班族。

“你瞧，他们又开始折腾了。”趴在大玉盆旁边看着的师兄指了指里面的几个小孩儿，撑着下巴失笑道。

采星和另外两个人见怪不怪，只感叹了一句：“真能折腾啊。”

这九个在盆中天世界里待了一年的小孩儿，已经不是一年前的他们了。

一年前，他们还傻乎乎、土兮兮的，见到一只变大的萤火虫都吓得尖叫。但是现在，他们跟着老大、老二上山下水，打龙虾、抓大鸟，把盆中世界折腾了个遍，连最小的小孩子都结实了不少，不爱哭了。

最近，他们又尝试着主动从盆中天出来。

这个想法最开始是辛秀提出的，采星觉得这位小师妹真的很有想法。

要知道他当年被引导的师兄一说，可是乖乖巧巧地在盆中天里待了一年，从来没想过主动离开那个世界，最多就是把摆在明面上的所有打铁用具和铁块等全部埋进泥山，给后来的人制造困难罢了。

但这位辛秀小师妹不仅敢想，还敢做。

辛秀一开始做了个大大的气囊，打算这样飞上天，但因为盆中天里的风力不足，便放弃了这个方法。然后她又改用在气囊下面烧火的方法，结果气囊不耐热被烧坏了，再次失败。如今她又想着学采星驯服一只鸟，让它载他们飞上天，当然又毫无疑问地失败了。

采星有些得意地抱着胳膊，说："他们自己都没鸟大，还想驯鸟呢！那鸟只是盆中天里的凡鸟，又听不懂人话，怎么能和我的灵鸟小翠比？！"

"看个有趣嘛，师弟师妹如此可爱，哪怕不成功，也值得称赞。"余风师兄挥着自己的扇子，悠悠地说。

采星警惕地看了他一眼，说："你可别帮他们把那什么'大气球'给吹上来了。"

余风摇了摇扇子，说："师弟，你误会我了，师兄哪里是那种喜欢帮助别人的好人？师兄只是想看热闹而已。可惜一年之期也就只剩不到一个月了，等到以后师弟师妹长大了，就不再有趣了，现在且看且珍惜吧。"

盆中天外的师兄师姐没有一个觉得这几个小孩子能自己从盆中天里出来，只把此事拿来当乐子笑一笑。

辛秀这天做了一大锅肉松，是用鸟肉做的。之前被他们抓来尝试飞天的大鸟完全无法配合他们，养着又费劲，所以最终成了盘中餐。

老二起先还觉得有点儿可惜，不过在吃到好吃的肉松之后，就再也不觉得可惜了，鼓着脸颊嚼肉松，给老大比了个大拇指以示尊敬。

这个手势是他们和辛秀学的，辛秀偶尔会有一些习惯和他们不一样，而他们几个因为崇拜辛秀，全部跟着学，至于学了多少，就见仁见智了。

盆中天里没有四季，维持着同样的温度，莲花一直开，各种果树也一直结果。哪怕什么都不会做的人，在这里也不会被饿死。在凡人世界，这种地方大约是“世外桃源”。而有辛秀在，他们的日子就更加逍遥了。

虽然这里很好，但辛秀一直想着离开这里，去外面看看。

如果不知道世界之外还有世界，她不会想出去，可一旦知道了，是非要主动出去看不可的。

几个小孩儿很配合她，一直和她一起进行各种尝试。

“失败是成功之母，”辛秀手里拿着一截小黄瓜，咔嚓咬一口，和底下的弟弟妹妹闲聊，“就是说，你失败的时候先不要气馁，狠狠骂一句‘去你的’，然后继续尝试，就能成功。”

老二这个“粉丝”第一时间用仅剩的手臂拍着大腿，营造出鼓掌的动静，疯狂赞美：“老大说得好有道理！”

辛秀掰了一截小黄瓜分给他，继续说：“既然想做一件事，就不能轻易放弃，要是遇到点儿困难和失败就不想做了，岂不是浪费时间？还不如一开始就躺下当一条咸鱼。”

老三这个少女是和老二不同类型的“粉丝”，把辛秀的话奉为圭臬，认真点头附和：“姐姐说得对，不能轻易放弃！我们失败了一次、两次、三次没关系，还能继续尝试第四次、第五次，一直尝试下去，总会成功的！”

辛秀欣慰地点头，这不是小学课文里爱迪生做电灯实验的故事教给大家的道理吗？辛秀点着头，忽然话锋一转："但是老三，姐姐今天要说的，是事不过三的道理。"

"三这个数字是很特殊的。"辛秀伸出三根手指继续说，"很多事尝试三次，如果仍旧看不到成功的希望，就可以考虑放弃了。一直不放弃，很多时候又叫死心眼，这样的情况下，只有千分之一的可能会出现一个成功的天才，但大多数人会是那剩下的九百九十九个失败的蠢货，所以及时止损才是聪明人应该做的事。"

说到这儿，辛秀还指了指老五，笑道："天才别学我的歪理邪说。我不是天才，教不了天才。"

老五习惯了她在这种闲聊场合顺口和自己开玩笑，害羞地笑了笑，没说话。

老四被她绕来绕去绕晕了，开口问道："所以老大，你究竟是想说什么呀？你想说咱们失败三次，放弃上天了？"

辛秀回他："当然不是！天才可以一直尝试，普通人尝试三次不成功就应该放弃，但像我这种比不上天才而又不是普通人的人，可以额外再试一次。所以，明天我们要做最后一次飞上天的尝试了。"

几个孩子闻言又讨论起来。一群孩子在一起，总有问不完、答不完的问题，整理出来足以写成一本二十厘米厚的《百万个为什么》了。

"老大，你又有新的办法上天了？这次是什么呀？"

"我觉得上次那个'大气球'挺好的，要是风再大一点儿，我们可以飞得更高。难道说我们要做个更大的'气球'吗？"

"大姐才不会用老办法呢，肯定想了新的办法。是不是呀，大姐？"

"上次那个师姐来吃饭，说我们还有一个月就要出去了。在这一个月里，我们能想到办法出去吗？"

"既然我们很快就能出去了，为什么还要尝试各种办法自己出去啊，等着不就好了？”老四有点儿不明白。

辛秀正色道：“老四，你要知道，以后你想做的很多事在别人看来都是没有意义的，但是这些事有没有意义不重要，只要它让你觉得有趣就好。”她这一套理论，曾被她爸斥为吃饱了撑的。

老七摇晃着胖嘟嘟的身子，跑到她的身边摇晃她的手臂，撒娇道：“老大，你就告诉我们吧，又想到了什么办法？”

辛秀神秘一笑，说：“还记得我给你讲过的那个魔豆的故事吗？”她就是从这个童话故事里找到的灵感。

老七连连点头，说：“记得记得，就是那个长得好高好高，一直长到天上去的豆子……啊，难道我们也要爬魔豆藤上天去吗？可我们没有魔豆哇。”

辛秀搂过她，嘻嘻笑，悄声说：“我们没有，但仙人有哇。”前段时间白胡子老神仙景成子悄悄过来吃麻辣水煮鱼的时候，喝多了酒，辛秀就趁机试探他有没有这种神奇的植株。喝醉的老仙人给辛秀展示了一番，辛秀用鱼和他换了两颗种子。

这种子一直被老五养着，老五每日往里面储存绿色的灵气，只等储存完把这两颗种子种下，种子就能瞬间破土长高。至于能不能高到让他们上天，这点辛秀不确定，反正尝试的有趣之处就在于这种不确定性。

老五也是个憋得住事情的人，辛秀让他帮忙，他就默不作声地忙活着，一点儿风声都没透露。

“桂心师姐前几天进来，我从她那里得知，外面的师兄不是每时每刻都在看我们。他们这两天要听什么师伯讲道，所以至少今天到明天这两天，肯定不在。我们就趁着这个时间偷溜出去。”辛秀拿着根树枝在地上画，“当然，前提是那种子能长得足够高，高到让我们能爬出去。”

“老大不愧是老大，原来早就想好了。”老二这回真心实意地用脚给她鼓掌。

辛秀摆出商业互吹的架势："过奖过奖，做老大的，不打无把握之仗。咱们要想成大事，明日还得靠你出力呢，老二！"她揽住老二的脖子，"明天我先上，老三、老四、老五、老六可以跟着，但老七、老八、老九估计爬不上去。那三个落在后面，你就在最后看着负责收尾，我们能上去的话，再把你们全部拉上去。你这个断后的任务可是很重的啊。"

老二不像几个傻孩子，心里明白她是体谅他只有一只手臂不好爬，还顾及他的自尊心才这样安排的，笑呵呵地应道："保证完成任务！"

"好，那今晚大家就都好好休息，保存体力，明天我们最后尝试一次，成败在此一举！"

辛秀从景成子那里骗来的种子被老五养得莹莹发光，被老五小心谨慎地种下后，入土便长。几个人眼睁睁地看着它越长越高，都兴奋起来。辛秀在一旁抱着胳膊心想：难道我这次运气真的还不错，给我蒙成功了？其余几个人则看向老大高深莫测的神情，内心万般敬佩，心想：老大果然是对的，说能成，就能成！

那一直往天上长的植物不太像是藤蔓，反而像一棵通天之树。

辛秀这一年把身体锻炼得很好，也可能是因为在这里生活久了，吃的东西不一般，总觉得自己的身体轻盈了很多，力气也大了许多。面对这样一棵树，她完全没有望而生畏的感觉，绑上保护绳就开始往上爬。

老三他们几个人腰上绑着绳子，跟着她一起往上爬。

那密密麻麻的坚韧树叶，给他们提供了休息的平台。一行人就这么不知疲倦地往上爬着，耐力较差的老四已经在叶子上躺倒喘粗气了，不过眼看着老五甚至老六一个姑娘都越过他往上爬去，也不休息了，一擦额上的汗，不服输地继续爬。

辛秀是最早到达穹顶的一个，往下看了看，发觉这"天"远没有自己之前想的那么高。她带着满心的好奇，触摸到了"天"。

云中亭的大玉盆边缘，一只手忽然探出来，接着辛秀的脑袋也钻了出来。她趴在大玉盆边缘，探头看到空无一人的云中亭，嘴里哇了一声，跳出玉盆，回身看去。

他们这一年来生活的世界宛如一个微缩的盆景，都被这大玉盆装着。无边的莲池湖泊是小小一块，需要走上一天的大果园像一片草地，高高的泥山成了小土包，而里面的人就像一只小小的蚂蚁。

她哈哈一乐，开始用力拽腰上的绳子。

几个人一个接一个，你推我拽，全部从玉盆里爬了出来，齐齐站在云中亭里，和一年前初到盆中天时一样惊叹。

"这里……真的是仙境啊……"老四忍不住颤抖着声音说了一句。

云中亭，正如其名，是云中的一座白玉亭，而除了这一座亭子，周围只有流动的云海。云中亭就好像藏在云层中，天地四方在这里都没有了意义。极目望去，他们只能看见云遮雾绕与明光湛湛，光不知从何处来，但无处不在，举头看不是天，低头望不是地。

其他人还留在原地不敢轻易迈步，辛秀已经找到了路，那是隐没在云中的一条由圆形白色玉石连接的小道。

"快来，我们去找'仙人'！"辛秀挥开白色的云气，朝他们招手。其他人便像之前很多次那样，毫不犹豫地跟上她的脚步。

辛秀觉得身边这些流动的白色云气可能不是普通的云。

在现代，上过初中的人都知道，云雾说起来就是水蒸气，远看是白色一团，凑近了伸手去捞只能捞到一手小水珠。但现在辛秀在云中走了一小段路，伸手搅动了许多次这些白色云雾，身上也没有湿润的感觉。

圆形的白色玉石很大，一块接着一块，小道不知道通向哪里。

走在最前面的辛秀驱赶云气，紧紧跟着她的一群小孩儿也好奇地伸手去摸身边滚动的白云。

“原来天上的云摸起来是这个感觉啊。”

“摸不到啊，我开始还以为摸上去会和软绵绵的被子一样呢。”

胖胖的老七张大嘴，伸出舌头在空中舔了一下，傻乎乎地说：“我没尝出来是什么味道。”

老二蹲在边缘伸手往下捞，什么都没捞到，瞪着那些云苦思冥想，疑惑地问：“这下面又是什么？是水吗？”

老四小少爷和他比较熟，了解他的性格，生怕他直接跳下去看看，立刻紧张地一把拽住他的胳膊，嚷道：“你可别乱来，万一咱们真的是在天上，你一跳下去直接摔到底下怎么办？到时候你摔成那么多片，我们拼都拼不起来！”

辛秀停下，询问他们：“这里有几条岔路，咱们走哪条？”

在他们面前有好几条岔路，看上去没有任何区别。

几个人讨论了一番，不知道往哪条路走，辛秀直接把小九抱过去往前面一放，说：“小九，你来选。”经过这一年相处，辛秀发现小九绝对是他们九个人之中运气最好的那个。小九看看哥哥姐姐们，睁着无邪的大眼睛，随手一指最中间的那条路。

“好嘞，那咱们就走这条。”

他们一直往前走，遇到岔路口也不管，一直走直线。走了一阵，几个人听到了一阵声音。他们下意识地放轻脚步，心里紧张得开始翻腾。

辛秀一眼望见远处有无数高低起伏的白玉柱，白玉柱底部隐没在云里，露出云层的部分有高有低，每一根柱子上面都有一个人。

最高的那根柱子上坐着的人宛如寺庙里的佛像，无比高大，周身还有明亮的光芒。他身前的位置有几根略矮的玉柱，上面的人身形较小，后面则是更多再小一些的身影，在玉柱上或坐或站，宛如众星拱月。

和他们比起来，辛秀一行人的身形显得格外矮小，就像正常人和一只小猫的体形差。

辛秀蹲在云中偷窥远处这场景，轻轻一拍手掌，似乎想通了什么。她刚才就想为什么白玉亭和白玉道都显得那么大，这样看来，他们从那个大盆里出来后虽然变大了一点儿，但还没有恢复成正常体形。

还有，面前这场景莫非就是桂心师姐所说的听师伯讲道？这也太巧了，怎么他们刚好就走到这边来了？

老三拉了拉她的袖子，小声说：“姐姐，你看，那是采星师兄。”

辛秀朝老三指的方向看去，发现坐在后面一根矮柱上的确实是采星师兄。采星师兄是负责引导他们的师兄，和他们打了多次交道。

辛秀一想到待会儿这位眯眯眼师兄发现他们都不见了会是什么表情，就乐不可支。她眼睛一转，和其他几个孩子说起了悄悄话。

几个人说完，就借着云的掩护和体形的便利，慢慢摸到了采星那根柱子下面。柱子不是很高，老二一把将辛秀抬起来，辛秀一伸手就够到了柱子的边缘，抓着边缘慢慢爬上柱子。

采星面上十分认真，背在身后的手却在摩挲一片龟甲。比起听韩房子师伯讲道书，他更想研究自己感兴趣的卜术。尤其是今天，他不知为何一直觉得心绪不宁，占卜几次的结果都显示他会遇上事。采星道行还不够，算不出具体的事由，只好苦恼地捏着龟甲不断演算。

他正演算着，忽然感觉手上痒痒的。

他想：难道是什么虫子？这云间道场里除了他们，没有其他活物，他怎么会感觉有什么东西在碰自己的手？

采星就像一个在课堂上开小差的学生，异常迅速且熟练地微微转过头，眼睛往下瞥。这一看，他就见到一个小小的辛秀站在他的手边，好奇地摸着他的龟甲。

辛秀见他看过来，仰头露出一个灿烂的笑容，朝他摆了摆手。而此时他的柱子下方，其余几个小家伙还在嘿咻嘿咻地爬柱子。

采星呼吸一窒，目瞪口呆。

看见采星师兄那一张大脸上惯见的笑容被难以置信和惊吓的表情取代，连眯眯眼都睁大了，辛秀差点儿笑死。

采星万万没想到会在这里看到这群小家伙，他们究竟是怎么跑到这里来的，又是怎么出来的？他受到了惊吓，一个趔趄就从柱子上摔了下去，引来众人的目光。

最上首那位正在讲道的韩房子，是灵照仙人的第三位弟子，已修成了人仙。韩房子长得一副中年人模样，眉目不动，很是严肃端正。他看似没有察觉什么，但早在辛秀几个人在云间探头探脑时，就眉梢一动。

景成子也在此处，坐在韩房子下首不远处，一副仙风道骨的模样。明明背对着后面的弟子，但在采星受到惊吓从柱子上摔下去时，景成子却仿佛背后长了眼睛，乐得咧开了嘴。见到上面韩房子师兄瞟来意味不明的一眼，景成子才捋了捋胡须，用一把白胡子掩饰住笑容，假装什么也不知道。

韩房子停止讲道，手指一抬，从云间道场摔下去的采星就噗的一声被拉了起来，回到玉柱上。

至于闯入的辛秀一行人，韩房子手指一勾，他们几个就悠悠地飞过玉柱上的众位师兄师姐和前头几位师伯，飘到了韩房子面前。

韩房子还未说话，后排的采星就紧张地开口道："韩房子师伯，他们是这次祖师爷点来的凡人，在盆中天还未待满一年，是弟子没有看好，让他们跑出来了，都是弟子的错，弟子这就带他们回去！"

景成子扑哧一声，又乐了，笑道："采星，你紧张什么？韩房子师兄虽说严厉了一点儿，但对孩子还是很宽容的。既然这几个孩子都跑出来了，也不好再把他们丢回盆中天，要我看，不如直接选徒弟好了。"

韩房子声音沉沉地说："景成子师弟。"他的外表看上去比景成子年轻很多，但露出这样严厉告诫的神情，看上去并不违和。

景成子知道韩房子转瞬间已经弄清了事情始末，便耷拉下眼皮不说话了，瞧着也不像是很担心的模样。

几个孩子这会儿在众目睽睽之下，还瞧见了怒目金刚一样不好说话的师伯，都有些忐忑，不由自主地靠近老大一些，像一群瑟瑟发抖的小鸡崽依靠着一只毛发蓬松点儿的小鸡崽。

韩房子严厉的神情稍有松动，他说道："既然来了，就坐下听一听。"

他们几个现在小小的，又不占地方，就直接坐在韩房子脚下。辛秀还觉得玉台面太冷，带着几个弟弟妹妹直接坐在了韩房子的衣摆上。

底下看似认真听道的同门们，眼睛时不时地偷瞄他们几个，一个个的眼神里都很有戏。

"小辛秀真乃神人也，竟然敢坐韩房子师伯的衣摆！"

"此子日后必定叱咤风云，师兄佩服！"

采星师兄尤其紧张，像只抓耳挠腮的猴子，坐不住柱子，脸上满是担忧之色。虽然他这人有点儿蔫儿坏，但真的担心几个小家伙因为乱跑乱走而惹韩房子师伯不快。

大约今日真的多灾多难，韩房子再次开讲没一会儿，四周忽然猛地摇动起来。

这天摇地动的架势，辛秀很熟悉，这应该就是她原来世界里的地震。她以前经历过好几次地震，完全不怕。

韩房子起身，瞬间消失在高台上，像一轮发光的小太阳投入了云海底下。辛秀探头想看出点儿什么。这底下真能下去吗？不知道下面又是什么？

此时，一个温柔的女声传到几个孩子的耳中："不要惊慌，这是'地龙翻身'。"

不远处，一个神女般的女子倚在玉柱上，手上端着一个玉瓶。

辛秀从刚才就注意到了这位女子，因为她长得十分美丽，而且端着瓶的样子特别像辛秀小时候看的电视剧里的观世音菩萨。

辛秀忍不住又看看身边的老七、老八，要是这神女身边再站一对金童玉女，看上去就更像观世音菩萨了。

于是辛秀忍不住说："这位师伯，您缺徒弟吗？看看我这弟弟妹妹如何？他们两个人长得一脸福相，您带在身边很解闷的。"辛秀把一脸蒙的老七和老八捞到身前，在一片山摇地动中开口问。

"观世音菩萨"愣了愣之后，笑了笑，明明是个年轻女子的外貌，笑容却慈祥得像个老奶奶。

她说："你这孩子，不怕这'地龙翻身'吗？"

辛秀说："我知道，这是地震。"虽然她没想到修仙的地方也能地震，但这也不是很难接受。

"观世音菩萨"笑了笑，挥了两下袖子。云气稍稍散开，辛秀忽然看见那底下的云层泛着闪电，紫色的电光中赫然露出一截龙尾。

辛秀震惊了，心里有无数的想法飘过，那是龙？还真的有龙啊？！他们刚刚说的"地龙翻身"原来不是指地震，而是底下真的有龙在翻身吗？

辛秀看着长龙粗壮的身躯缠绕闪电，偶尔在云间露出一截身子，那闪光的鳞片、张合的龙爪、怒张的须发，都显得凌厉无比。不断游动的身体若隐若现，哪怕辛秀只是这么远远看着，都会被它的威势镇住。

看见连她都被镇住了，不知什么时候跑过来的景成子说："那是一条早年间引起过腥风血雨的孽龙，你们祖师爷把它降服后镇压在底下。只是它性格不太好，时常翻腾，试图撕开封印，所以隔一段时间便山摇地动，闹出些动静。大家都习惯了。"

有韩房子前去处理，震动不一会儿就停止了。只是他看上去也没心情再讲道，一袖子捞住九个孩子，便乘云离去。

景成子忙追赶上去，口中喊道："韩房子师兄，且慢且慢，我选好的徒弟你且让我带回去吧，别全部带走了呀！"

"观世音菩萨"顿了顿，也起身跟了上去。

几位长辈一走，小辈霎时热闹起来。他们几乎都去看过盆中天里的师弟师妹，私底下聊过不少，如今都聚到采星身边看热闹。

“采星，你还不跟上去吗？”

“我哪敢啊？”

“韩房子师伯这是要把他们送回盆中天里去？”

采星摸了摸鼻子，说：“我看不像，师伯去的方向不是云中亭。我看他好像是去自己的洞府了。”

“韩房子师伯该不会是要惩罚他们吧？师伯闭关了这么久，出来后第一次讲道就被打断，估计很生气。”

“这下糟了。”采星被师兄们的讨论吓得头皮发麻，一扭头去找师父了。徒弟遇上事不能解决，当然找师父解决了！

这边韩房子将几个孩子卷进袖中，到了一处山巅石窟。韩房子的洞府一半建在山腹内，一半建在山壁外，许多走廊连接着阁楼，藤蔓缠绕在栏杆上，结着各种颜色的果子。

几个孩子被放在阁楼中。韩房子招手，窗外一截藤蔓就顺着窗户爬进来，停在他的手边。韩房子摘了上面的几个果子，放在辛秀几个人的面前，肃然道：“吃。”

辛秀拿起果子就吃。

“哎呀！”

“哎哟！”

吃了果子忽然变大的几个孩子挤成一团，恢复了正常体形，而且精力十足，耳聪目明，感觉前所未有地好。

韩房子板着脸道：“新弟子要在盆中天里待一年，并非考验。你们乃凡胎，初来修仙界恐无法适应蜀陵灵气，所以才需要在盆中天里待上一年以适应此处。你们提前偷跑出来，实在太莽撞。”

辛秀看他这么严肃，熟悉感就来了。她爸就经常摆出这样的表情训斥她，所以她几乎是条件反射般摆出乖巧的表情说：“我知错了，下次不会了！”

韩房子并没有见过积极认错但死不悔改的“熊孩子”，被她这积极认错的态度蒙蔽，还算满意地点了点头，说：“知错就好，你们先在此处等着各自的师父来把你们领走。”

老三见老大完全不害怕，自己也不怕了，开口问：“我们……已经有师父了？”

韩房子一本正经地说道：“如果没有师父来领，你们就留下，在我这里给我打扫洞府好了。”

景成子是来得最快的一个，乘着仙鹤而来，格外符合凡人对仙人的想象。

辛秀这一年来从白胡子老神仙这里打听了不少东西，觉得他装傻、装酷以及忽悠人都是一把好手。

景成子这样的性格带单纯的老五最合适不过了，或许跟景成子相处久了，老五也能学到点儿厚黑学。

辛秀笑嘻嘻地戳了戳老五的后背，老五立刻不好意思地对几个兄弟姐妹笑了笑，又用那种敬仰的眼神看了看未来的师父。

景成子一来，刚想逗一逗韩房子师兄，结果见到考查了许久的未来徒弟这敬仰的眼神，感觉浑身的骨头都重了，立马端起了老神仙的风范，捏一捏胡须说：“韩房子师兄，师弟我的徒儿，你可要还给师弟啊。师弟连他的丹炉都准备好了。”

韩房子看一眼师弟，再看看几个孩子，点了点老五：“你选的这一个？”

景成子一下在矮榻上坐下，占了一个蒲团，口中说道：“韩房子师兄慧眼如炬。”

韩房子板着脸道：“那你带着徒弟赶紧走，占着我的蒲团做甚？”

景成子哈哈笑道：“不急不急，我这徒儿与另外几个人感情深厚，总得让他看到他们都有着落吧。”

韩房子心中暗想：这混账东西肯定是又想看什么热闹了。

蜀陵的祖师爷灵照仙人，收徒不拘泥于年岁、身份。他早年游历，遇到合眼缘的人就收作弟子。他收景成子这第二十二位徒弟时，韩房子恰好在师父身边，亲眼见证了这一过程。

景成子当时还不叫景成子，那时风烛残年，在官场上惨遭贬谪，亲友离散，妻子去世。然而他躺在病床上，仍能喝着酒大笑，挥笔写出潇洒的诗词。他未修仙之前是凡尘中有名的大诗人，临死之际被灵照仙人收为徒弟。而见到那一幕场景的凡人便说这位大仙人是白日飞升了，为他立了不少庙宇。

这潇洒诗人因为外表最年长，从前经常倚老卖老地和师兄师姐耍赖，好酒好吃又好热闹。有一段时间他惹了麻烦，师父、师兄没时间处理，都是韩房子去给老师弟擦屁股，因此韩房子很是嫌弃这个为老不尊的家伙。

韩房子正想着怎么把这家伙丢出去，又来了一个人。韩房子见到这人，神情和缓许多。

“韩房子师兄，我也来看看，打扰了。”踩着彩色云霞而来的正是之前那位“观世音菩萨”。

“白妃师妹也想收徒？”韩房子示意她坐。

白妃是灵照仙人的第三十位徒弟，性格温和善良，在一众同门中人缘很好。被灵照仙人收徒之前，她是凡间一位帝王的妃子。

人间战争难息，她因为容貌太盛，被诸国君王争抢。男人的野心使兵祸不断，最后却是她一个小小女子得了祸水之名，被夫君于城头祭剑。灵照仙人收她为徒，她修仙百年后回到凡间，辅佐了一名帝王统一诸国，之后又回到蜀陵修行，凡间的人称她为“白娘娘”。

白妃也是蜀陵少数几个从未收徒的人之一，只是这回确实心动了。那灵秀小女孩儿推到她面前的一对男女幼童，让她想起许多年前自己的一双儿女。

她作为凡人的一生颠沛流离，无法掌控自己的命运，连生下的孩子都被迫成为一场战争的牺牲品，在她的离宫里被人烧死。她的那一对孩子死时，大约就是这般年纪。

修仙多年，许多事已经无法触动她，但此时她觉得这是自己的缘分。

“你们过来，让我看看。”白妃朝老七和老八这对“金童玉女”组合招手。

辛秀不知道其中的内情，但看人特别依赖第一眼的感觉，觉得“观世音菩萨”座下很适合两个胖娃娃，于是朝他们示意。

两个孩子牵着手期待地跑到白妃的面前。他们两个刚到盆中天里时就有点儿肉肉的，被辛秀的大锅饭养了一年，现在更是白胖了不少，瞧着就令人心生喜爱之意。“玉女”老七喜欢长得好看的人，直白而天真地问：“你要收我们当徒弟吗？你好漂亮呀！”

白妃抚一抚两个胖娃娃的脑袋，温柔地说道：“我想收你们为徒，你们可愿意？”

两个小孩儿连连点头，嘴甜地喊起了师父。

白妃收了徒也不走，而是学着景成子在这里等着。不过她不像景成子那样想看热闹，而是想让这两个年幼的孩子和他们熟悉的人多待一会儿。

大约是之前云间道场的弟子已经把消息传出去了，有收徒意向的人一个个到来。

“那个土系的孩子我早就看上了，没人跟我抢吧？”

“安心吧，没人跟你抢。”

两位男子联袂而来，一人披头散发不修边幅，一人衣着朴素手拿一卷书。不修边幅的那人一来，也不和韩房子打招呼，直接走到老四面前说：“小娃娃，你要不要做我的第七个徒弟？我教你建造天宫！”

小少爷老四被他吓了一跳，不由自主地身子后仰，听到后面一句话又站直，惊奇地问："建造天宫？！"

男人自豪地说："我叫天工，凡间匠之一道都是我……"

老四猛然跳起来，激动得语无伦次："我知道！你是天工！天哪！是天工！我愿意！师父！"

男人大笑："那就好，咱们走吧！"一眨眼，他带着老四就不见了，走得风风火火的。

辛秀忍不住说："这位师伯肯定是火系的。"

与男人同来的那一位儒雅书生摇头，搭话道："非也非也，他是土系，和他选的徒弟同系。"

辛秀放心了，顺杆子搭话："您有没有兴趣收徒？您看看这一会儿工夫，人都快被挑没了，您想要徒弟的话还是要趁早啊。"

书生含笑点头："你说得有道理，那你看看，我选谁为徒合适呢？"

辛秀问他："您是希望今后的生活过得精彩刺激一些，还是希望少操心，享一享福，或者想尝试一下抚养孩子的乐趣？"

书生不知想起了什么事，摇头叹息："还是少操心吧，之前那两个徒弟，我已经操够心了。"

辛秀知道了甲方的需求，问清楚书生的灵根是土、木双系后，当下就推出了小村姑老六。

"那就一定是我们老六了，她乖巧、贴心、能干活，又是土、木、火三系，是我们剩下的几个人中最适合您的。"辛秀瞄一眼书生手中的书又说，"而且这孩子还很好学。"

书生毫不犹豫地点头同意："那就是她了，多谢小友。"说罢，他也坐下了，叫老六过去小声说话。

辛秀心里嘀咕：这里的人都这么好说话吗？我说什么就是什么？这推荐一说一个准，我当初怎么会想不开去做游戏呢？我要是改行卖保险，可能早就发财了吧！

眼见他们一个个都被领养，老三有些坐不住了。辛秀拍了拍老三的手，安慰这个敏感的小孩儿。正在这时，有一个娃娃脸少年过来了，身后还跟着两个满脸期待之色的青年。这两位青年一矮一胖，对比非常强烈，让人看了想笑。

“君山师弟，你也来了。”韩房子说道。

娃娃脸少年无奈地说道：“还不是这两个孽障，整日想着让我再收个徒弟，好让他们做兄长，我这不就来了？”

这回没有轮到辛秀开口，娃娃脸少年直接就问老三：“你可愿做我的第三位弟子？”

老三是个高冷的小姑娘，但这会儿太高兴了，没压住甜甜的笑容，说：“嗯，我愿意！见过师父！”

见师父要带自己走，老三踟蹰片刻，还是开口问：“师父，能否在这里再稍等片刻？我想等剩下的人都选定了师父再走。”

娃娃脸少年温和地点头同意：“自然可以。”

屋内的人一下子又多了。

而还没有师父的就剩下三个人，辛秀、老二，还有最小的小九。接下来又来了几个看热闹的师叔、师伯，然而都没有收徒的意思，只是来凑热闹。

有一个穿着裙子但俊美无比的簪花男子和景成子喝了几杯酒，好奇地瞄着老二，问：“你这小子，我怎么看你一点儿都不急啊？”

老二莫名其妙地看他一眼，反问：“急什么？我想留在这里打扫洞府。”

簪花男子笑得东摇西摆：“哈哈，我们这韩房子师兄的洞府十分简陋，你怎么还瞧上这儿了？”

老二认真地说：“窗外有许多鸟，等我抓了鸟，从这高崖飞下去，一定爽快！”他满脸期待之色，甚至有点儿跃跃欲试的感觉。

男子乐了，摊手说：“那完了，你怕是不能留下来了。”

老二疑惑地问：“为什么？”

男子把手中的酒壶塞给老二，让他喝酒，同时宣布：“因为我决定收你为徒。”

韩房子脸颊一绷，说道：“伯鸾师弟，你不是说还未玩够吗？怎么要收徒了？”

这簪花男子是灵照仙人最小的徒弟伯鸾，是灵照仙人的三十六位徒弟中唯二非人族的弟子。

伯鸾回韩房子：“没玩够，那就带着徒弟一起玩嘛。”他拍了拍好像还有点儿不乐意的老二：“不就是鸟吗？跟了我，你想驯什么鸟都行。”

屋内众人坐着聊天，但眼神都似有似无地在辛秀的身上打转。辛秀察觉后，觉得有些莫名其妙。

有人悄声问景成子：“申屠师兄怎么还没来，莫不是不知道提前收徒了？”

景成子说：“我来前就给他发了讯鸟，按理说他早该来了。”

“难不成申屠师兄其实不想收徒？”

景成子嘿嘿笑道：“他不来更好，我再收个徒弟也好哇。”他心里想着，这女娃娃做的那些吃食真是美味啊。

辛秀半点儿不急，神情闲适地看着外面的景致。她盯着窗缝里露出的一片白毛看，好一会儿没见到外面动，忍不住半个身子探到窗外，想瞧个究竟。这么一探头，她就见到悄无声息地站在外面墙边的一个男人——一头特殊的白发和一张像反派的脸。

这个男人好看是很好看，但可能是因为他的眼线有点儿重，辛秀觉得他像极了古装电视剧里用眼线代表黑化的大反派。

辛秀下移目光，又看到这男子的手指甲上的黑色指甲油！这位不知名的长辈真的太新潮了，涂黑色指甲油真的很时尚。

男人注意到她在看自己，侧了侧脸。他披着一件白色斗篷，脖子上围着一圈黑色毛边。

辛秀在想这毛是什么材质，感觉摸起来应该很舒服。

辛秀趴在那里看得有点儿久，引起了其他人的注意。韩房子第一个反应过来是怎么回事，露出点儿无奈的神情，扬声说：“申屠师弟，你既然来了，怎么不出声也不进来，收敛气息站在外面做什么？”

其余人脸上露出笑意，又压下去，朝那露出一点儿头发的申屠郁打招呼：

“申屠师兄！”

“申屠师兄，怎么不进来？”

“申屠师兄，快快进来吧！”

外面的申屠郁却没动，只有略低沉的声音传到众人的耳中：“人太多。”

韩房子就知道是如此，他这个师弟不喜欢人多的毛病真是几百年了都改不了。韩房子只好站起来，把其他看热闹的师弟师妹和他们选的徒弟都赶走：“好了好了，你们选好了徒弟就走吧，回你们自己的洞府去。”

等那些人走了，只剩下韩房子、辛秀以及没人选的小九，门外那形貌令辛秀印象深刻的人才缓缓走进来。他走路很慢，而且目光低垂，并不看任何人。

辛秀暗想：这位长着一张反派脸的长辈，好像有点儿社交恐惧症。

韩房子问：“申屠师弟是来选徒弟的？”

申屠郁淡淡地问道：“嗯。”

韩房子又问：“恐怕是选这个女娃娃吧？她也是金、火双系。”

申屠郁答：“是。”

辛秀又想：这个人不仅有点儿社交恐惧症，还不喜欢说话。

辛秀后知后觉，才反应过来这位姗姗来迟、在门外因为人多不想进来的人，好像是她未来的师父。辛秀下意识地看了一眼小九，就剩下他一个了。

小九好像也明白了，抱着她的胳膊，说："我要跟你一起。"

辛秀暗想：不然问问师父介不介意多收一个徒弟？

她还没来得及开口问，在这一年被她养得胆子大了许多的小九，忽然噌的一下跳下矮榻冲着申屠郁走了过去，张开手想抱申屠郁的大腿。这小娃娃想求哪个哥哥姐姐，就会去抱人家的大腿，已经养成习惯了。

只见这娃娃张开手朝申屠郁逼近，可每走近一步，申屠郁就退一步。小九蒙了一下，执着地要去抱大腿。一大一小两个人你进我退，很快小九就把申屠郁逼到了墙角。

辛秀一阵错愕，要不是受过训练，现在就能笑到地龙再次翻身。

她未来的师父，长着一张反派脸，却被一个四岁小儿逼到墙角。这画面真的太好笑了。

眼看对这个人类的脆弱幼崽避无可避，申屠郁不得不看向师兄韩房子。

申屠郁："师兄，你收他为徒，把他抱走。"

韩房子一脸蒙。

小九只觉得眼前一花，就被一阵风刮到了韩房子的怀里。而韩房子看看自己怀里突然被塞进来的小孩儿，再看看已经空无一人的屋内，不禁叹道："真是……"

"哇——娘——"小九搂着韩房子的脖子哭得悲痛欲绝。

先前的众位师叔、师伯，有的乘仙鹤，有的踩祥云，都是正统修仙。而辛秀的师父，反派脸、黑眼线和黑色指甲油，一看就是走邪典路子，甚至连代步工具都不走寻常路。

辛秀被师父一卷，像个被风吹走的塑料袋，呼啦啦地出了韩房子师伯的洞府，落在了一顶竹轿上，就是那种仿佛在蜀地旅游要爬山，当地人自己制作用来载游客的竹轿。但这顶竹轿能上天，能飞，就不再是普通的竹轿了。

抬飞轿的是猴子，看着它们身上金色的绒毛，辛秀忽然反应过来这是金丝猴！

她心想：金丝猴在给我抬轿子，还是八只，这就是传说中的八抬大轿？！

辛秀感觉有点儿不对，但金丝猴在前，它们的金黄色绒毛在云中飘摇，被阳光一照，格外灿烂夺目。她的心神都被那绒毛吸引，她控制不住自己的手，在离自己最近的一只猴子身上摸了一把。

那猴子被她摸了以后，非常不爽地扭头看了她一眼。

辛秀不知道是不是自己的错觉，总觉得它的眼神有点儿凶，它像在警告她不要再摸了。

不过，她这辈子就没听话过，当即朝前面竹轿上的师父喊："师父！你这猴能不能摸啊？"

她那白发白披风，偏偏要在脖子上围一圈黑色绒毛的师父，看上去黑白分明，背影神似大熊猫，就是少了两只黑色的耳朵。

辛秀突然想到一个表情包——熊猫拿下了耳机。

"扑哧！"

她正乐着，听到师父头也不回地说了一个字："可。"

于是，辛秀大胆地伸手继续摸金丝猴。那猴子似乎脾气不太好，仍有些不情愿，偷偷瞪她。辛秀一边摸人家，一边还要告状："师父，它好像不想让我摸。它在瞪我！"

前面的申屠郁扭回头，看了抬轿的几只金丝猴一眼，那只金丝猴立马蔫了，任由辛秀怎么摸都没反应。

辛秀就是试探一下师父的反应，发现他对自己似乎挺容忍的，也不继续逗这只猴，凑到一边去摸另一只。

这八只猴其实摸哪一只都是一样的，只是这些金丝猴的毛发看上去漂亮，但毛量其实不太多，摸上去的手感没有那种被绒毛包裹的充实感，辛秀觉得有点儿可惜。

不过跟了这个师父之后能摸金丝猴，辛秀已经开始觉得不亏了。

眼线和指甲油算什么？她当年还搞过一段时间的重金属和死亡摇滚呢，就走那种暗黑哥特风少女的路线，差点儿把她爸气得犯高血压。哪怕年纪在长，她也没有完全成为一个大人，见到师父这模样，其实还有点儿亲切感。

一前一后两乘竹轿经过一片云海。

辛秀手上摸着猴子，眼睛看向左侧。

在她左侧极近的地方，云层和天空壁垒分明。那一片厚厚云层在群山包围的上方，像一个盖子。而底下的群山形状如同盛开的莲花，“花瓣”一重一重包裹。最外围的山势起伏相连，像水桶围住了里面的山，又被上方的厚重云层盖住出口。

辛秀从未见过这样特殊的景色，之前韩房子师伯把他们带走时，他们是在袖中的，什么都没看见。现在见到这景象，辛秀不由得猜测那边的云层上方就是他们先前所在的云上。也就是说，地龙在那片云层下方的重山之间？

竹轿离那边的云和山越来越远，载着他们往另一个方向飞去。辛秀缩回脑袋，继续看周围的风景。

这边的山不像刚才那样形状奇特，显得很正常。

天是湛蓝的，没有厚重的云层，但缥缈的雾岚环绕在山间树丛中，远处山头还有云像瀑布一样从一片山头上倾泻而下。

流泻的云气如海浪在山间的树梢上翻滚，又悄悄没入树丛中。

辛秀难得安静，入神地看了好一会儿云卷云舒。

这里确实不像凡间，更似仙境。

他们进入一片青翠欲滴的山林，被绿意覆盖的山中有一处很显眼的紫色风景。这满山青翠里，竟有一树紫杜鹃，轿子就落在那棵紫杜鹃附近。

辛秀跳下轿子，见那些金丝猴抬着轿子两三下消失在了树丛中，尤其是她摸过的两只，逃命似的跑了。

辛秀疑惑地看看自己的手，心道：我捋毛的技术这么差吗？以前她走在路上摸人家的猫和狗被嫌弃，现在摸个猴也被嫌弃？！

在天上看时，一树紫杜鹃小小的，但这会儿走到附近，辛秀才发现那是一棵很大的杜鹃，都长成大树了，树干有脸盆粗，树冠上的花开得密密麻麻的。

辛秀朝前面的师父喊："师父，这花可以摘吗？"

她炫酷的师父宛如一个冷酷无情的复读机，告诉她："可。"

辛秀跳起来钩住一根枝丫，手脚利落地折了一大枝花，抱在怀里追上前面走路慢吞吞的师父，又因为体贴他有社交恐惧症，和他隔着三步的距离。于是，两个人双双用老头散步的速度走进了竹林。

这里的树梢上都飘散着雾气，湿气略重，还有些冷，比盆中天里要冷上许多。

辛秀可算知道师父为什么要穿着一件毛斗篷了。人在这种地方住，要是没有点儿防护措施，真的很容易得风湿性关节炎。

她看师父行动缓慢，不禁想：莫非师父真为这疾病所扰？

辛秀立马否定了这个想法，师父好歹是修仙之人，不会被这种小病击倒，应该就是年纪大了，喜欢慢慢地走路。修仙之人不能只看外表，既然师父能被那么多人称为师兄，年纪应该很大了，就是不知道具体有多大。

这片山里绝大部分区域被竹子覆盖，附近的山坳洼地上竹子尤其多，因此住处是用竹子建造的也就不显得奇怪了。不过，用竹子建造的六层竹楼，她还是第一次见。

竹子建这么高的楼，底下能承重吗？辛秀自问自答，当然可以，因为这是修仙的世界，一切皆有可能。

她没事找事，随口搭话："师父，这里好多竹子，你喜欢竹子吗？"

申屠郁说："喜欢。"

咦？辛秀讶异地看一眼师父。师父说得这么直白，那看来是很喜欢了。他喜欢竹子，爱好这么风雅，和他的超浓眼线有点儿不搭。

平时辛秀其实不算话痨，但她不吭声的话，师父也不说话，就显得这里太安静了。

她习惯了盆中天里好几个小孩儿吵吵闹闹的生活，现在骤然安静还有些不习惯。辛秀暗道一声不妙，自己一个好端端的妙龄少女，可不能习惯当妈，虽说她现在还真有点儿作为家长把孩子都送进了幼儿园的闲适感。

“师父，这里只有我们两个？”辛秀问。

申屠郁：“是，我只有你一个弟子。”

辛秀问：“师父，那我住哪儿？”她一脚踩上三级竹阶，顺手拉开一道半开的门往里看了一眼。

“此处，你可随意，我去去就回。”申屠郁好像就是特地亲自把她带到这里，说完这句话后整个人原地消失。

辛秀不知道师父要去哪儿，没见到人，就对着空气笑了一下：“让我随意的话，那我就不客气啦！”

她说完就抱着杜鹃花兴奋地冲进竹楼，顺着楼梯一口气跑上最高层，这一层果然也有房间。她看看，觉得满意了，大摇大摆地占了唯一的那个房间，把杜鹃花插进一个花瓶里，然后四面看看风景。

最高层果然视野开阔，一面可以看见刚才来时的大杜鹃树冠，一面可以看见波涛起伏的竹梢，一面能看见底下的院子，一面能看见远处山间的飞泉。

辛秀见到泉水边有金色东西一闪而过，那是金丝猴，不知道是不是刚才那几只。还有树层里时不时飞起的鸟，婉转清脆的鸟鸣也不知道是从哪里传来的。

辛秀转遍了最高层的地方，又一层层往下逛。

既然师父没说有什么忌讳，让她随意，她就每个房间都打开来看看，见到感兴趣的东西再仔细观察。这么一观察，她就发现这竹楼虽然平平无奇，但有四层楼的房间都摆满了各种不知道是什么用途的东西，刀剑一类的武器也就算了，琴箫之类的乐器也能理解，但还有很多小船、飘带以及盘子这一类零碎的小玩意儿。

“这是什么？葫芦娃？”辛秀拿起塞在柜子上那几个连在一起的小葫芦，再看看旁边的竹编小篮子、微型小房子、袖珍小马车，小小的脑袋里不禁充满了大大的疑惑，这难道是师父的收藏吗？或者是他做的小模型？

辛秀自己给出了回答——一定是手办。

她这师父真是谜一样的男人，虽然画眼线、涂黑指甲油，还染发，但有社交恐惧症，很宅，还做手办，这“画风”何等奇特。

最底下一层楼有个最大的房间，十分空旷，中央位置架着一个造型奇特的炉子，不知道是做什么用的。

辛秀谜一样的师父申屠郁，此刻正在拜访自己的几位师弟和师妹。

在洞府中刚安置好新徒儿的白妃发觉身后多了一个人，察觉气息后，转身行礼道：“申屠师兄，下回真的不必突然出现在我的身后。”

申屠郁点了点头。

白妃便问他：“师兄此来是为了什么？”这位师兄一共也没找过她几次，突然主动上门还真有些令人惊异。

申屠郁抬手，一颗闪着荧光的白色圆珠飞出袖子，落在白妃的面前。

白妃接过那珠子后愣了愣：“传道珠？申屠师兄，这是……？”

申屠郁说道：“我并非人族，不知该如何教导徒儿。你教导新弟子之时，用这传道珠记录下来，我给徒儿看。”

哪怕是白妃，听了这话都有点儿无言以对。她还没听说过用传道珠来授徒的。

一般而言，传道珠是用来记录自己生平道法心得，用来传承己身之道的宝物，用过一次便会消散，偏偏又不易炼制，因此算是难得之物。用传道珠记录小徒儿的启蒙、修仙这些简单的内容，实在是太奢侈了。

如果是其他人，白妃恐怕要多说两句，但面对这个性格古怪又极擅长炼器的师兄，她只能叹气，然后答应下来。毕竟对旁人来说很难得的传道珠，申屠师兄自己会炼制。他既然愿意这么用，旁人也没什么好说的。

离开白妃的洞府，申屠郁又去了其他几位师弟、师妹的洞府，依样留下传道珠，让他们教徒弟时记录下来。除此之外，申屠郁还去找了另外几位有金、火灵根的同门，同样留下传道珠，让他们对着传道珠讲一讲。

被申屠郁突然拜访并得到委托的众同门：“……”

申屠郁完成拜访任务后，回到了自己的幽篁山，准备休息一下。他一天之内见了太多人，说了太多话，太累了。他有好些年没和人说过话了，险些不记得该怎么说人话。

谁知他进了自己的房门，却见床上躺着一个徒弟。

人类的幼崽都长得差不多，但他还是记得住自己徒弟的气息的，非常活跃的那个就是。他的徒弟睡着了。她说了那么多话，估计也是累了。

这是他的房间，但他先前忘了这楼里只有一个房间。现在这房间既然被小徒弟占了，那他就把房间让给她，去其他地方休息。

他静静离开，走进了山林。

竹林泉边有一棵老树，是申屠郁喜欢的休息场所。他坐在老树的一根树干上，放松地靠着树干。

下一刻，他的身形忽然膨胀了一圈，变得高大圆润。树干上的人消失了，却多了只毛发蓬松柔软的大熊猫。

靠坐在树干上的大熊猫白毛似雪，黑毛如墨，黑白两色界限分明，圆圆胖胖的爪子搭在树干上，圆滚滚的身躯随着呼吸缓缓起伏。

辛秀睡了自进入这个世界以来最好的一觉。最开始在辛家那猪圈一样的破房间里，她只是勉强能睡。得亏她睡眠质量还好，换个睡眠质量差点儿的人在那儿住上半个月，绝对能得到熊猫同款黑眼圈。

至于在盆中天里将近一年的时间，她每晚睡着就等于被动上课，那怎么叫睡觉?

现在，就像她猜的那样，出来之后脑子里再也没有上课的声音了，终于可以正常地呼呼大睡了!

这简直就是久违的快乐的暑假第一天!

山林中空气极好，充满草木清香和竹香，湿冷的雾岚不能进入竹楼，房中温度适宜。这么好的睡眠环境让辛秀从下午足足睡到第二天早上，直到饥饿阻止了她继续赖床。

辛秀从床上爬起来，觉得唯一不好的地方就是这床太硬了，换个软垫可能更舒服。

她起身穿鞋的时候忽然从床上摸出了几根毛，有白色的，还有几根黑色的。

“这是什么毛？”辛秀嘀咕，“莫非师父还在这里养了什么宠物吗？”养宠物好啊，她之前也养宠物。

辛秀揪着绒毛仔细看了看，只能确定这不是狗毛。

她打开门出去，从顶楼走到最下层，没见到师父，猜测师父可能比较孤僻，不知道去哪里独自待着了。辛秀也不再找他，反正师父说了让她自己随便。她饿了，自己找点儿吃的东西就是了。

辛秀已经半点儿不见外地把这块地方当成了自己的地盘，因此很自在。她从某个房间里拿出了一个大圆盘，准备当平底锅用。她还看到了小型的丹炉，可以用来炖汤。她搜罗一番，把找到的“厨具”都搬到一楼，在院子里起了个炉灶生火。

这一年来，她最大的进步就是做菜。还有一点值得自豪的是，她摸索出了一个技能——点火。

只要她打个响指，手上就能冒出打火机打出来的一样大的火苗。虽然比不上老五的天赋异禀，但把那些晦涩的课文倒背如流后，她多少也能摸索到空气中的金红荧光，借用它们来点火。

生火、架锅、烧上水，辛秀再去周围找吃的——桃子，摘了；竹笋，挖了；竹鼠，抓了。

辛秀逮住一只胖竹鼠，捏着它肥嘟嘟的肚子笑了，没想到这里竟然有竹鼠，而且这竹鼠大概很少遇见捕食者。刚才她都靠近了，这家伙也不知道躲，被她轻轻松松地当场按住。发现自己大难临头的竹鼠终于开始挣扎，但为时已晚。

辛秀哼着歌捏着它的脖子回去，先摸了个爽才把它剁了，变成一锅肉。

“这刀真的很锋利。”辛秀举着刚才从三楼拿出来的一把长刀，敲了敲刀身。

这把刀真的很不错，剁起竹鼠就和剁豆腐一样，切起笋更是简单。辛秀用了一年的钝刀，现在忽然换上这种快刀，简直停不下来，三两下把两根大笋全部切了。

她还没切够，又跑去用这把平凡无奇的长刀砍竹子。她平平往前一割，都没怎么用力，碗口粗的老竹就倒下了，切口平滑又干净。

辛秀把这根被砍断的老竹拖回去，坐在台阶上，一边跷着二郎腿啃桃子，一边用刀切切刮刮，把一棵老竹切成段，再剖开，做了竹碗、竹筷子，还有喝汤的竹筒。

至于剩下的鲜嫩脆绿的竹叶，她在等肉熟的时候，顺手做了个竹叶插花摆在桌子上。这楼里其实没有桌子，被她当桌子用的是院子里的一块石头。

大石头的一面有个凹陷的弧度，里面盛了雨水，辛秀坐在另一面比较平坦的地方。

闻到炖肉和笋的香气时，辛秀才忽然意识到，没有调料，连盐都没有。不放调料的食物根本没有灵魂，要她吃这种食物，还不如啃桃子。可她跑进竹楼里翻上翻下，也没翻到一点儿调料。

事情很清楚了，她师父可能根本不吃东西，其他同门好像也不怎么吃东西，只有其中几个人偶尔馋了会去她那里蹭吃蹭喝。

她又忍不住想起几个被人领走了的弟弟妹妹，不知道他们的师父会不会带孩子，可别把那群小孩儿给饿死了。

辛秀遇上搞不定的事情，也不纠结，直接搞了个召唤仪式——在院子里大喊师父。

有问题找师父，这个办法她无师自通且灵活运用。

“师父——师父——”

“何事？”

低沉的声音突兀地从身后传来，辛秀霍然扭头看向突然出现的师父。她没有被这个神出鬼没的师父吓到，师父反而被她骤然扭头的动作给吓到了，眼睛睁大了一些，稍稍往后退了一步。

辛秀说：“师父，你还是不要突然出现在我的身后了，会被我吓到的。”

申屠郁看着自己这好动的徒儿，小家伙实在有活力，而且喜欢玩耍。

他的目光在辛秀用来炖肉炒菜的“锅”和“钵”以及切菜剁肉的刀上面滑过。这些都是他炼制的灵器，刀是好些年前有人委托他炼制却一直没拿走的，其他的器具是他闲来无事随手炼制的，只因用不上，他就摆在楼内。

对于徒弟拿这些东西出来玩，申屠郁没什么反应，徒弟想玩就玩，放在那儿也是摆着。

申屠郁作为一个成年已久的熊猫妖，对这个才十几岁的人族徒弟表现得非常宽容。在他看来，这么小的幼崽和刚出生的熊猫崽差不多，这些幼崽都是什么都不懂，又喜欢玩闹的。

辛秀也注意到他看那些东西的眼神了，看起来非常平和，于是心中大定，对他说：“师父，我没找到盐和其他调料，也没有米。”

申屠郁的神情有片刻疑惑，然后他好像才想起什么似的，说：“你原来是要吃这些东西的。”

辛秀也不指望有社交恐惧症的修仙师父考虑问题能面面俱到，点头直言：“师父，这附近有什么集市之类的能买东西的地方吗？”

她脑子里回想起自己曾看过的网络小说，修仙坊市上人来人往，各种修仙人士在那里聚集，买卖灵丹、武器、符箓和各种灵花灵兽，总之那里就像凡人的地摊市场，什么东西都卖。

可她的期待落空了，申屠郁说：“凡人的集市离此处太远。”

辛秀又问：“我是说修仙之人的集市。难道修仙的地方没有集市吗？”

申屠郁露出和她一样的疑惑表情，问道：“修仙之地，怎会有集市？”

辛秀有点儿惊讶地问：“那师父你们要新衣服，要灵丹妙药，要符箓武器怎么办？”

申屠郁答道：“自己制作。”

辛秀还不死心，继续问道：“那要吃东西呢？你们想吃饭的话，那些食材总不能也自己种吧？”

申屠郁还是有点儿疑惑，答道：“蜀陵土地肥沃，灵气浓厚，适合所有植物生长，为何不能种？”

辛秀内心一阵哀号：网络小说骗得我好苦！

敢情她想吃饭还要自己种稻子、种菜，要不然就要大老远地跑到凡人的地界去买？难怪这些一活好多年的老神仙不吃饭，他们其实不是不想吃，而是怕麻烦懒得吃吧！他们长久不做饭，也就懒得动手了。

她在盆中天里胡乱对付了一年，吃了一堆杂七杂八的东西，满以为出来后能吃更多好吃的东西，结果这么惨。

辛秀不太甘心地继续问：“那也没有灵石？”

申屠郁问道：“什么灵石？”

辛秀捂住脸，在心里呐喊：就是很多修仙小说里用来代表货币能买东西的灵石啊！她终于死心了，忧愁地说："好吧，好吧，什么都没有，我明白了。"

徒弟好像很失望，就像熊猫吃不到竹笋一样失望。

申屠郁说道："我传信问问师弟、师妹，他们那里或许有你要的东西。"

在他们等待的时候，辛秀的竹笋炖竹鼠熟了。她连锅端到石头桌上，问师父："师父，你吃不吃？"

本以为师父不会吃，但她一招呼，师父就过来了，还很贴心地只夹笋片，把肉都留给她。

辛秀喝了点儿汤，虽然没有盐，但这汤真是鲜香美味。

安静片刻，辛秀忍不住问："师父，我以后修仙了是不是也要辟谷，就是像你们一样不吃东西？"

申屠郁缓缓咽下嘴里的笋片，垂着眼睛看着筷子说："你已经开始修仙了，不需要，可随意。"说完，他又夹了一筷子笋。

辛秀心想：那还好，挺自由的。要是修仙这个不准那个不许，她干脆下山算了，还修什么仙呢？

"来人了。"申屠郁放下筷子，"在杜鹃树下。"

辛秀瞬间懂了，师父自己不想去，让她过去看。果然，她师父孤僻又害怕社交的"人设"不倒。

辛秀跑过竹林，跑到那棵紫色杜鹃树下，见到了一个熟人等在那儿。

"嘿！采星师兄！"

眯眯眼的采星师兄提着个布袋子，笑道："师父收到申屠师伯的消息，让我送点儿东西过来。我有个师兄自己种了稻子，这些都是在师兄那儿拿的。给你这里送了，我还要去其他几位收了新弟子的师伯那里看看，他们可能也需要这个。"

“多谢采星师兄了。”辛秀接过袋子，一看里面果然是米和用盒子装的盐。

采星师兄望望她，又望望她身后空无一人的竹林，犹豫了片刻，把她拉到一边蹲着，悄声道：“原本我准备在你们出盆中天之前和你说的，没想到你这孩子闹这么一出，搞得师兄都没能和你说。”

辛秀疑惑地问：“说什么？”

采星压低声音说：“我们一早就猜你会被申屠师伯收为弟子。我虽然不是很了解这位师伯，来蜀陵百年都没见过他几次，不过听说过一些他的传闻。他是很有名气的炼器大师，在炼器一道上甚至已经超过了祖师爷灵照仙人。”

辛秀惊讶地问：“什么？炼器大师？这也太厉害了吧！”

采星打断她的话：“听我说完！”他一向笑眯眯的神情严肃起来，“据说这师伯曾用人的魂魄炼器，是个危险人物。你在他身边做弟子要多注意，小心为上。”

辛秀没有被这话吓到，只是神情疑惑地问：“我以为你们是正道，用魂魄炼器什么的不是邪魔道吗？”

采星正色说道：“修仙不分正邪，哪有什么正道邪魔道？你定是在凡间听多了说书戏文，那些都是凡人杜撰的，当不得真。”

辛秀拉住他说：“等下，师兄，难道没有魔域之类的地方吗？就是专做坏事的魔修聚集的地方？”

采星说：“没有魔修，也没有魔域……这都是些什么东西？”

采星抬起手指敲了敲这离题万里的小孩儿的脑袋：“我跟你说的话你听见了没有？你平时乖巧些，可千万别惹申屠师伯生气，不然他一气之下把你的魂魄抽出来炼器，你怕不怕？”

辛秀对他这个吓唬小孩儿的说法不以为然，她和师父虽然相处不久，但感觉师父并不是个危险人物。辛秀相信自己的第一感觉。比起这种说法，她更无法接受修仙世界竟然没有正邪对立的情况！

采星再次叮嘱了她几句话，又想起什么，补充道：“对了，还有，你们这幽篁山和后山接壤，后山是禁地，祖师爷规定弟子无事不得擅闯后山。申屠师伯可能不会和你说这些，你自己要记得，不要擅入后山，很危险的。”

辛秀好奇地问：“很危险？那后山有什么？”

采星看她那好奇的表情就觉得她不会安生，于是吓唬她：“后山住着很多食铁灵兽，它们力大无穷，凶残暴戾，非常讨厌闯入者。像你这样的小孩子，食铁灵兽一巴掌就能把你拍成肉酱！”

辛秀不仅不怕，还很兴奋地重复：“食铁灵兽！”食铁兽不就是熊猫的别称吗？也就是说后山有好多熊猫？！她迫不及待地要去看个究竟，提起袋子转身跑回竹林，边跑边和采星挥手告别：“我知道了！采星师兄，你回去吧，再见！”

采星急了：“等等啊！你这孩子听没听到师兄的话？”他在原地转了一圈，却也不敢追上去。

“罢了罢了，吃了苦头你就知道厉害了！”他嘟嘟囔囔地下了幽篁山。

辛秀回去之后，发现师父已经不在桌边，给她留了大半的竹笋炖竹鼠。不过之前她特地给师父夹的两块肉，师父应该是吃了，就是不知道为什么连他的那副碗筷也跟着没了。

辛秀想：难道师父吃饭比较喜欢一次性的碗筷吗？这还真讲究。

辛秀蒸了一锅饭，准备吃饱了之后去后山探路。

采星师兄说后山有很多大熊猫，她虽然蠢蠢欲动地想去摸，但也要稍微考虑一下危险程度，别到时候“出师未捷身先死”，这很不划算！她要留得小命在，日后才能更长久地摸熊猫，所以这回先看看就好。

她以前去四川找朋友们玩，也见过大熊猫，但还真没上手摸过。也许是因为越不让摸的东西越想摸，她现在就满心期待。

幽篁山很大，她不知道后山是哪里，于是决定翻过这座山去看看。途中，她看到了金丝猴、猕猴和鹿，但如今一心想着摸熊猫，就没有对这些快活的野生小动物出手，清心寡欲地从它们身边走过。

她拿出在盆中天里锻炼出的身轻如燕的技术翻山越岭，从兴致勃勃走到精疲力竭，入目还是只有大片的竹林。她看绿色都快看得色盲了，有点儿怀疑这山里拥有黑白相间颜色的只有自己的师父，并没有大熊猫。

"究竟在哪儿呀？"

"何人擅闯后山？"似乎是在回应她的问题，空中有人大喝道。

辛秀只来得及仰头看去，就被天上一个俯冲的人影按倒在地——就像之前被她按住的那只竹鼠。这可真是天道好轮回，报应在眼前。

"别动手，自己人！"辛秀大喊。

抓住她的那人愣了愣，还真放松了些，也可能是发现自己手底下的是个年岁不大的小娃娃，危险性还比不过这后山上任意一只熊猫崽子。

总之，辛秀得以从地上爬起来，睁着无辜的眼睛瞧着这戴着一顶竹斗笠的男人，睁眼说瞎话："我只是在周围走走，有点儿迷路了，不知道这是哪里。"

这男人长相普通，让人过目即忘，严厉地道："此处是后山禁地，无事不得擅入，你乃何人？报上身份，若非蜀陵弟子，必受惩处！"

这时又从竹梢上飞过来一个戴着竹斗笠的男人，同先前那人一样打扮，瘦高如同竹竿，一身和竹叶分不清你我的绿衣，也是让人感觉自己有脸盲症的相貌。不过他性格似乎稍微开朗一些，语气轻松地问："怎么？又抓到了偷偷来看食铁兽的弟子吗？"

辛秀心想：听这语气，看来和我一样的人有很多，而且这两位看着似乎是这里的守卫，专门抓闯入者的。

辛秀熟练地认错："两位前辈，我是住在幽篁山的，刚认了师父，有很多事还不知道呢，误入此处是无心之失。这回你们就饶了我吧，我下次再也不敢了。”

听她这么说，两个斗笠叔叔对视一眼，不知道是不是错觉，神情缓和了不少，说：“原来是申屠师兄的弟子，既然你是误入此地的，我们通知申屠师兄来领你回去。”

辛秀连忙拒绝：“不用不用，不要麻烦师父了，我自己可以回去，两位师叔给我指条路就好了。”她绕路去看一眼也行啊。

两个人却说：“不算麻烦，免得你一个人乱走再迷路，闯入不该去的地方。”

辛秀暗骂一声，感觉自己好像回到了学生时代，闯祸被抓后等着家长来领人。她虽然不怕，但此来目的没达到，见不到熊猫还是让人遗憾。

她试图和两个人拉关系，乖巧地问：“两位师叔，你们说这里是后山，不能擅闯，是为什么呀？这里面很危险吗？”

斗笠师叔实话实说：“后山是你们祖师爷封住的，因为里面栖息着一些灵兽，食铁灵兽是蜀陵独有的，十分珍稀，祖师爷不欲让人前来打扰灵兽休憩。先前还曾有人潜入后山，试图抓捕这些灵兽，发生了一些惨事，为了避免再发生意外，后山才不许人出入。”

辛秀满脸天真，好奇地继续问：“啊，原来如此，那食铁灵兽长什么样啊？”

后来的那个斗笠师叔突然笑了，说了一句：“日后你就知道了。”

辛秀心里十分纳闷，为什么日后就知道了？辛秀拜了拜，好声好气地说：“师叔，你们说得我都好奇了，我能进去看看你们说的食铁灵兽吗？就看一眼！”

斗笠师叔一板一眼地说：“不行，我们奉命守卫后山，不能随便让人进去。”

辛秀郁闷极了，看来只能另想办法了。

申屠郁来接徒弟，见她灰头土脸地坐在一根竹节上，脑袋上还沾着枯竹叶。申屠郁心想：小徒弟确实好动，自己一眼没看着，她就走出来这么远。他虽然没有带过熊猫崽子，但这会儿也觉得压力有点儿大。这么大的地方，小徒弟要是走丢了，被山上的什么灵兽叼走，也是有可能的，毕竟她才这么一点儿大。

双方没有寒暄，点过头后就分开了，大约是因为师父的社交恐惧症尽人皆知。辛秀老实地跟着师父离开，还有点儿不舍地往后瞄，心里忍不住感叹：可惜可惜，差一点儿，很多熊猫就在那后面！

她看一眼师父的背影，又看一眼，觉得自己或许应该试试师父的态度。

辛秀："师父，我想养食铁灵兽。"

申屠郁不咸不淡、平平常常地说："胡闹。"

她自己还是这么小的幼崽，怎么养灵兽？果然，不论是熊猫崽子还是人类幼崽，都是喜欢胡闹的。

辛秀感觉师父的语气好像不是很严厉，机灵地追问："师父，真的不可以吗？养一只也不行？"

申屠郁回她："暂时还不行。"

若是等徒弟长大了，修为有成，还想养的话，他倒是可以给徒弟找一只养。后山那么多食铁灵兽，只有他一个人开了灵智修成人身，其余同族一代代繁衍，生死之事他并不会去管。偶尔有一两只孤幼崽子无人照料，徒弟想要，或许可以一试。

辛秀开心地说："那就是过一阵就可以啦？那我到时候自己去选，师父你可是答应我了！"

申屠郁第一次当师父，没经验，不知道宠爱徒弟的度，毫无察觉地被徒弟得寸进尺了。而辛秀这个喜欢顺杆爬的，见好就收，及时中止熊猫的话题，另向师父提要求。

"师父，我现在要吃饭，但是没有用得顺手的厨具，你可不可以给我炼制一些？"

既然采星师兄说了师父是个炼器大师，师父之前又说修仙之人若有需要就自己炼制，那她当然是找师父要这些东西。师父这么一个老实人，她不用白不用。

经过熊猫问题，辛秀觉得这种小事师父肯定会答应的。果然，申屠郁想都没想就答应了。小孩子想要玩具而已，他应该满足。

一日为师，终身为父。还未当过父亲的申屠郁，很认真地把自己当成了新手上路的爹，尽着自己应尽的职责。

辛秀原本只想要锅这种简单的厨具，但架不住师父有求必应，又技术惊人，最后得到了一整套厨房用品。

申屠郁给她炼制了一个不用烧柴的炉子。据说炉子里面熔炼进了火石，只要引动火石，炉口温度就会升高，可以一直升高，高到直接熔化铁器——这个炉子的原型本来就是用来炼制刀剑的武器炉，只是现在被申屠郁改成了低配版玩具。

铰肉机和榨汁机是加入了简单机关术的用具，甚至不需要炼制，可以直接用一些材料做出来。只是它们的动力稍稍麻烦，需要写入阵法使其运转。

“烤箱？”

辛秀点头：“是呀，像个盒子一样，里面要受热均匀，可以用来做好吃的。”

师父点点头表示明白，没过一会儿给了她一个盒子，可以和炉子配套使用。

“师父，你会做冰箱吗？”

“冰箱？”

“就是里面的温度一直很低，能保证食材新鲜，还可以让水结冰，用来储存食物和冰饮。”

辛秀给他比画了一通，师父点点头又去做了。

见到师父离去的背影，辛秀觉得自己好像突然拥有了一个擅长做手工的爹，想要什么都能被满足，现在还真的挺想真心实意地叫他一声爹。

辛秀目送师父进了一楼那个有炉子的大屋子，没跑进去看，而是在整理出来的房间里试用自己的定制厨具。过了一会儿，师父出来了，给了她一个长条箱子，像她说的那样做了好几个大抽屉，完美实现了她的描述。

修仙版的冰箱不用电也可以保持寒冷的温度，就像炉子不用生火一样。辛秀把手放在冰箱里试温度，又放了杯水进去尝试冰冻。

她看着师父的目光已经变成了崇敬，充满了火热的感情。现在她才真正意识到自己有多幸运，有一个师父，就拥有了全世界。难怪他敢说缺什么可以自己制作，原来他什么都会。这难道就是她以后修仙要为之奋斗的目标吗？可她现在已经有师父了，不太想朝这个方向奋斗了，这可怎么办？

给徒弟做完简单的小玩具，申屠郁发觉徒弟很好哄，看她那高兴的样子，她自己一个人就能玩得很开心。

他还以为徒弟之前想要养食铁灵兽，是因为她一个人在这里觉得孤单。现在他就放心了。

新手爸爸用初见慈爱端倪的眼神望望徒弟，然后回巢休息。

辛秀忙活着做吃的东西，听到廊下铃铛叮叮响，放下手里的东西从竹林跑出去，跑到外面的杜鹃树下。

这铃铛相当于门铃，是申屠郁装上用来提醒辛秀有访客到来的。来到这里的访客都会很自觉地停在外面的杜鹃树下，不会进入里面的竹楼，辛秀觉得保持距离可能是师父的怪癖。

这次来的访客有好几位，有辛秀认识的，也有她不认识的，多是师兄、师姐得了各自师父的命令来送东西。

这一位师兄送点儿吃的，那一位师姐送点儿用的，被褥衣服鞋袜、米面鲜花干果都有。还有位师兄送了丹药，不过没有辛秀想的那么“高大上”。这丹药能治的是头疼脑热、口舌生疮、食欲不振一类的病，算是升级版的特效万能药。

辛秀听诸位师兄师姐说，每次各位师叔师伯收了新弟子，其他同门那里有用得上的东西都会互相送送，凑齐生活用品。

这么互助友爱、民风淳朴的修仙世界让辛秀有点儿蒙。她甚至感觉自己生活在一个村子里，大家自给自足。

除了师兄师姐，老二也意外地跑了过来。

“我安顿好了，让师父顺便带我过来看看你。”老二提着一只鸡，仿佛是来看望坐月子的亲戚，非常热情且具有乡土气息。

“老大，这只鸡是我在师父的鸡圈里亲手抓的，给你补身体。”

辛秀接过那只鸡，瞅瞅它彩色的羽毛，沉思道：“我感觉它不太像鸡。”

老二接话道：“差不多，吃起来跟鸡一个味道，那当然就是鸡了！”

辛秀娴熟地提着鸡翅膀，制服了这只想要一飞冲天的“鸡”，招呼弟弟：“你等着，我去逮只竹鼠让你带回去吃，这边有很多竹鼠，又肥又傻，还有大竹笋，你要不要？”

老二小鸡啄米似的点头：“要要要，多给我抓几只，我师父也吃的。”

老二拿了竹鼠还不走，只看着辛秀，支吾道：“老大，我问你个事。”

辛秀露出了然的目光：“说是来看我，其实你是听说后山有食铁灵兽，所以想过来看吧。”

老二惊讶地问道：“老大，你怎么知道？”惊讶完，他又凑近问，“老大，你去后山踩过点没有？你既然知道，肯定去过了吧？”

辛秀叹了一口气：“别提了！我还没看见食铁灵兽的一根毛，就被守后山的两位师叔给逮住，然后被我师父领回来了。”

老二问道：“守卫这么森严吗？”

辛秀无奈地说：“我近水楼台都看不到，你现在就别想了。”

老二失望地垮下肩膀，安慰自己："算了，现在看不到，以后也会有机会。还有个事，老大，我的厨艺没有你好，做的菜不好吃，你能不能？……"

辛秀打断他的话："不能，滚滚滚，自己回去练厨艺，我都给你们当了一年的厨子了，当烦了。"她毫不留情地撵走老二，像头赶走成年儿子的母豹子。

除了老二，其他几个分开的弟弟妹妹也陆续前来看望了辛秀，辛秀为几个被领养的弟弟妹妹准备了竹鼠和竹笋当礼物，然后把眼泪汪汪，不舍她的几个人哄回去修仙。

老三是被两个师兄送来的，那两个师兄一看就对老三很好。辛秀看见那两位师兄面上的神情，觉得很是熟悉——当年辛秀还小，放暑假去姥爷家，姥爷给她端一大堆好吃的东西看着她吃的时候，就是这种表情。

辛秀不禁感慨，修仙界的年龄差，真是时时刻刻都在给人一种辈分错乱的感觉。

老四没能亲自过来，拜托他的一位师兄送信来。据说，老四拜入天工师叔门下后，第一天就被天工师叔带在身边搞建设，整日忙得昏天暗地。

老五还是最孝顺的"儿子"，给辛秀带来一大筐瓜果。景成子收的徒弟大多是木系，大家爱种点儿花草和瓜果，老五性格腼腆，被师兄师姐照顾，见面礼收了一堆吃的东西，吃不完就分给他们几个人。

老六拜在书苍生师叔门下，来见辛秀时还抱着两本书在背，很是苦恼地告诉辛秀："师父正在教我读书习字，我每日都要练字背书。"

辛秀顿时觉得自己拜的这个师父真是太好了，对自己都没要求。

老七、老八过得最滋润，就这两三天工夫，眼见就被师父白妃喂得更水灵了。不过，他们非常想念辛秀的小零食。辛秀被他们摇晃着手撒娇，满口答应等自己有空了做点儿零食放着，再通知他们过来拿。

最小的小九是被韩房子师伯抱在怀里来的。韩房子师伯那么严肃的一个人，辛秀之前还以为他不会带孩子，谁知道他抱起孩子来有模有样，显然是经验丰富。而小九这家伙，之前还哭着喊着不要离开她，现在就抱着韩房子师伯的脖子喊爹了，不知道这位师伯是怎么哄好这小孩儿的。

几个人各自的师父已经开始教导他们修仙的初级知识了，连小九都开始学了，只有申屠郁还没有反应，任由辛秀每日在幽篁山上乱窜。辛秀自己也不急。

人生这么长，修仙反正是迟早的事，她急什么？景成子师叔老得胡子一大把了也能开始修仙，所以修仙又不是年轻人的专利。

现在，辛秀更喜欢漫山遍野地跑，除了熟悉这片地盘，当然还有其他小心思。虽然她进不了后山，但幽篁山和后山本来就连在一起，万一里面的食铁兽想散步，一不小心散到幽篁山了呢？那她在接近后山的区域内徘徊，说不定就可以看见食铁兽了。

皇天不负苦心人，辛秀在乱晃了半个月后终于梦想成真。

第三章　幽篁岁月长

这天，辛秀踏足了之前没去过的地方，就在一条小溪附近的大石头后面，发现了一只正在打瞌睡的大熊猫。

她压抑住自己的兴奋之情，内心狂喜，那里有一只落单的野生大熊猫！

这不愧是修仙世界的大熊猫，不愧被称为食铁灵兽，比她在原来的世界看到的大熊猫要大好多！

辛秀第一时间蹲下，把自己藏在树丛后面，没有发出任何声音，然后缓慢且谨慎地朝那只大熊猫挪过去。

这只被辛秀撞上的大熊猫，正是申屠郁。

他原本常去休息的几个地方在徒弟到来后，都变成了她常去的。申屠郁哪想得到徒弟这么精力旺盛，只能另外找地方休息。

比起人形，他休息的时候更喜欢用原形，这涉及另外一个原因。总之为了不让自己的原形吓到这小小的孩子，申屠郁有意避开了徒弟玩耍的场所。

小山溪这边距离竹楼有些远，先前辛秀没有来过这里，所以申屠郁这两天都待在这儿，但辛秀扩张地盘的速度实在太快，师徒两个就意外地在这种情况下相见了。

申屠郁在幽篁山自己的地盘上习惯自由，着实没什么戒备的心思，方才他的心神放在另一边的分体上，就没太注意周遭。等他察觉辛秀的气息，孩子都已经快摸到他手边了。

他微微侧头瞧了徒弟一眼，她做了简陋的伪装，用一种以为他不会察觉的方式慢慢靠近。

他坐在那儿，就好像看到了一只想要和他一起玩的小家伙在做蠢蠢的但很可爱的动作——在人类眼里的大熊猫可可爱爱，在大熊猫眼里，自己活泼过头的人类幼崽徒弟也是可可爱爱的。

反正现在都被看见了，申屠郁干脆就待在原地，装作一只灵智未开的灵兽就是了，徒弟早说想看食铁灵兽，他就让她看看吧。

辛秀见那靠在大石头上，像个人类一样坐着的大熊猫动了动脑袋，挪动的动作立刻停了下来，等它眯起眼睛懒洋洋地蠕动了一下身体，又没动静了，才蹑手蹑脚地再度靠近。

大熊猫虽然长得可爱，但事实上是不折不扣的猛兽，杀伤力惊人。要是有人惹怒了它，它就会从萌物变成行动迅速的凶残野兽。不过，大熊猫因为运动消耗的能量太多，一般看上去都懒懒的，只要她不去做惹怒它的事，应该没问题。

辛秀看看自己戴着的一个手环，这手环是师父给的，说可以保护她，免得她到处乱跑被山上的灵兽袭击。

有这东西在手，辛秀又自信地朝那边没有任何异样的大熊猫靠近了两米。她蹲在石头后思考片刻，看着大熊猫在阳光下显得雪白的毛和两只黑色的圆耳朵，心想：放手摸一下吧，反正有师父给的这个护身符，怕什么？！她好不容易才见到这么一只熊猫，错过这只，谁知道下次再看到熊猫是什么时候？莫失良机呀！

她有点儿明白那些喊“牡丹花下死，做鬼也风流”的色鬼是怎么想的了，因为她现在也是这种心态。

她轻手轻脚地走到大熊猫身边，等着这个毛茸茸的“大可爱”的反应，可这大熊猫压根儿没反应。辛秀暗喜，迅速伸出贼手悄悄摸了一把它的毛，一摸即放地试探。

从前有朋友告诉她，成年熊猫的毛并不软，还没她养的那条狗的毛软，摸上去的手感像个毛刷，但是这只完全不一样啊。辛秀心里嗷了一声，被这柔软的手感给迷住了。她的手像有了自己的意识，又不自觉地伸过去摸了一把。

辛秀心想：难道因为修仙界的熊猫是一种灵兽，所以摸起来感觉不同吗？这就好像被精心保养过的头发更柔顺一样？

辛秀像个迫不及待的“色鬼”，毛手毛脚地摸着熊猫，眼睛仔仔细细地瞧着这只脾气好过头的大熊猫。

没错，它比她以前见过的大熊猫大很多，也干净很多，白毛雪白蓬松，摸上去顺滑柔软，所以这应该是一只极品大熊猫。

辛秀开始畅想后山有一大堆这样好看、好摸又脾气好的大熊猫等着自己。

她摸了好几下，熊猫也没反应。见它没有生气，辛秀用诱拐小朋友的语气和嗓音对它说话：“我也是蜀陵弟子，是个好人，不会伤害你，你不要害怕。我很喜欢你，你真好看、真可爱！我就摸摸你，你不要生气，我摸一会儿就收手，保证……”

申屠郁的心情不知为何有些复杂，他觉得有些好笑，又有些无言以对。

他先前以为小徒弟想养食铁灵兽只是因为听了食铁灵兽的威名有些好奇，等真的见到食铁灵兽后就会被吓住，毕竟它们是危险的凶兽。但他没想到这孩子是真的不怕，在自己身边挨挨蹭蹭这么久，整个人都快黏上来了，真是初生牛犊不怕虎。

担心吓到小孩儿，申屠郁没动，坐在那里让她摸毛。

辛秀摸了一会儿熊猫那戴着黑色“袖套”的胖爪，却对它肚子上的白毛垂涎三尺，手指蠢蠢欲动地在附近移动。她慢慢地、慢慢地把手放到了熊猫的肚子上，准备等熊猫一生气就收手。

可这熊猫只看了她一眼，仿佛是个没有脾气的大型玩具。

辛秀心道：这大概是位熊猫妈妈，对幼崽比较温柔宽容。也可能因为她和它比起来小小的，没有威胁，所以它才对她的行为没有反应。

觉得自己分析得很有道理，辛秀放松地按实了手。熊猫身体变大后，毛也变长了，尤其是肚子上这片雪白的毛，手按下去就好像埋进了绒毛森林，软软的毛蹭得辛秀手心痒痒的。

她的胆子越来越大，两只手都放上去摸，瞥着熊猫的反应，它没有反应就是最好的反应。然后，她放心地把脑袋埋进熊猫的肚子上，再猛吸一大口，小声感叹：“噢！真是柔软的天堂！”

这只熊猫的身上连一点儿动物的味道都没有，闻起来是特别干净的气息。她以前养狗，给狗狗洗澡算是比较勤的，可狗狗的身上多少还是有味道的。修仙的熊猫真好！

辛秀简直上头，宛如猫吃了猫薄荷，半个身子都趴在了熊猫的肚子上。

申屠郁看看自己肚子上被人蹭得乱糟糟的毛，再看看哼哼唧唧的徒弟，有点儿头痛地望向天空。

幼崽真的可怕，会做出一些让大人完全无法理解的行为——莫名开始兴奋、自顾自地玩闹起来。他不觉得自己的肚子有什么好玩的，也不明白徒弟为什么这么兴奋。

大熊猫坐在那儿屈起一条腿，把爪子搭在上面，无声地叹了一口气，特别人性化。他只知道，陪徒弟玩有点儿累。

辛秀还沉迷于熊猫柔软的肚子中，没有看见这一幕，现在已经完全被这只温柔和蔼又大方的熊猫给迷住了。

她摸熊猫摸到忘记吃饭，肚子都咕咕叫了还不想起身。

忽然，辛秀感觉脑袋被碰了碰，是熊猫抬起爪子推了推她，力道很温柔，像是老母亲催促孩子吃饭。

辛秀已经完全不怕它了，感觉它特别好亲近，不舍地抬起手又摸了两下，才结束这一场摸熊猫盛宴。时间已经很晚了，她坐起来大胆地抓着熊猫的爪子，无比真诚且热烈地赞美它：“你一定是个好妈妈！”

目送徒弟离开，大熊猫在原地变成人形。

孤僻的黑眼线师父出现，抬起有黑色指甲的手，缓缓顺了顺自己略毛躁的发尾，抚了抚衣襟及毛领。他带的孩子太疯了，原形的时候还看不出，他变成人形后发现自己的衣服都有点儿皱巴了，领口差点儿被扯开。

申屠郁拉了拉领口，慢慢往回走，心里暗自决定这几天不变成原形了。

看来还是人形好，他是人形的时候徒弟十分乖巧，不会凑过来摸他的肚子。

辛秀第二天又早早地准备去摸熊猫，然而走遍了溪边，也没再见到那只大熊猫。果然，幸运一般是不会和厄运一样接连降临的。

她拖着沉重的步伐失望而归，见到师父难得没有消失，而是在竹楼一楼那个放置了大炉子的房间里。

辛秀问：“师父，你是要炼器吗？”

她的孤僻师父见到她后，不知为何往旁边移了一些才回答：“嗯，今日有些灵感。”

辛秀心想：看师父这动作，几天不见，他是不是社交恐惧症更严重啦?

“师父，我想看你是怎么炼器的，行不行啊？”她有点儿无聊，也有点儿好奇师父到底是怎么炼器的，之前师父给她做厨房用具的时候她都没看。

申屠郁没有回答，不过抬手招了招。辛秀发觉自己身子一轻，整个人朝师父飞了过去，然后和师父一前一后化成青烟进了中央那个样式古怪的大炉子。

辛秀有点儿疑惑，师父不是要炼器吗？难道是要炼我？

她有一瞬间想起了被老君关进炼丹炉的孙大圣。但她的情绪还是基本稳定的，因为进入大炉子只是刹那，等她到了大炉子里，就发现内里别有洞天。

炉内空间高阔，上方一朵巨大的倒悬金莲为整个空间铺上明亮的光，脚下则是用竹子铺成的地板。整个空间宛如倒扣的碗，最中央还有个炉中炉，周围的墙壁上刻画了各种复杂的符文，形状像无数花苞，每一个“花苞”的中心点都系着一根金线。

申屠郁已经在空间最中央的炉中炉前面坐下了，虽然没有说一句话，但辛秀知道自己可以随意了。

她的师父不知道是心太大，还是对他自己收拾烂摊子的能力很自信，从来不嘱咐她需要注意什么，只在她遇到问题的时候出面解决。

这大概就是修仙之人的自信，她这个师父的性格果然和外表一样酷。

辛秀对墙壁上那些花苞一样的东西更好奇，走过去伸手扯那些金线，可是无论怎么用力都扯不开柔软的金线。

这时，她身旁不远处的一条金线松开了，它锁着的“花苞”犹如花朵绽放般露出“花蕊”，从里面飘出一把琵琶样式的乐器。但是乐器上没有弦，上面的花纹也有缺失，像一个半成品。

这把琵琶落入申屠郁的手中，旋即只听一阵轻微的咔咔声响，许多金线绽开，“花苞”后退，飘出不少东西，一样样悬浮在申屠郁的身边。

辛秀猜测这些花苞形状的东西是储存半成品或者材料的。她走过去抓住了悬浮在空中的一块孔雀蓝晶石，晶石呈不规则形状，像从哪里敲下来的一块，略带杂质，但截面颜色十分美丽，不仅通透闪耀，在灯光下还会变颜色。

除了她抓在手里看的那块蓝色晶石，其余的蓝色晶石都飞到申屠郁的手中。

申屠郁只是用手指点了点炉子，无数个开孔的炉底就跳出很多小火团，聚在一起变成安静燃烧的一团火焰。孔雀蓝晶石落进火中，迅速被火焰包裹住。

两朵落单的火焰飘到辛秀眼前，上下跳动，辛秀放开手里的那颗孔雀蓝晶石，两朵火焰迅速抓着晶石熔进先前的火焰里。晶石熔成一团变成圆球，火焰也脱离炉子裹在圆球外面，变成另一个火红的圆球。

辛秀觉得这些东西好像有自己的意识一样，怪可爱的。

除了这些晶石，还有其他的东西被申屠郁招去处理：一块白玉般的贝壳，被一团看不见的无形力量挤压撞击，发出清脆的叮叮声；一块不知道材质的白色物质，被投入另外的小炉中，可以从炉口见到这东西在火焰上方不断变扁，又被拉长，形状每时每刻都在发生变化；一根看着普通的木头，被申屠郁拿在手中，他的手就好像锋利的刻刀在木头上刻画出许多辛秀看不懂的线条。

辛秀认真看了一会儿，觉得眼花缭乱，所以注意力慢慢转到了其他地方上，比如师父的头发。他的白发披在身后，发尾垂落在地板上。

辛秀百无聊赖地伸手摸了一把，只是顺手而已，但摸完感觉手感很不错，于是又摸了一把。她准备摸第三下的时候，申屠郁说话了，辛秀一秒钟收回手。

申屠郁指着火球说："炼。"指着白玉贝壳说，"锤。"又指着炉子里的白色物质说，"锻。"最后指着自己手里的木头说，"造。"

辛秀端坐，仿佛一个认真听课的好学生。

申屠郁说道："炼器一道并不简单，除了此几种方法，还有许多。你日后也要学，先学炼刚之物，再学炼柔之物，炼有形与无形之物。天下万物无不可炼，天地苍生无不可造。"

虽然师父语气平淡缓慢，但他的口气真大。

辛秀听着，说："师父，我是不是要学很多东西？"

申屠郁淡淡地道："不多。"顿了顿，又说，"修身养神，感悟万法，学习御术，此为基本。炼器一道，待脱凡之后才可开始。"

辛秀心想：原来炼器还是进阶版，那肯定还要很久，急不来。于是她又说："看上去还要很久，既然是以后的事，那就以后再说吧。"

申屠郁点点头，现在确实没想过教导徒弟炼器。对她来说，这还太难了，她连金火之灵都还没熟练使用，身体也未脱凡，身体里没有金火之气是无法炼器的。他说这些只是不想被徒弟摸头发。

他将手指伸入火焰球，抓出了那一团孔雀蓝的液体，手指牵引着它们落到琵琶上。

辛秀瞧见圆球状火焰把分离出的杂质团成小球吐到一边，接着散落成很多小火苗，极有灵性地钻到底下的炉子里。她捡起那颗杂质球，扭头一看，师父面前那把琵琶的背面已经镀上了一层美丽的孔雀蓝色泽。

"师父，这是你以前没做完的半成品吗？这是干什么用的？"她作为学生发问。

申屠郁告诉她："这是一件武器。"然后从炉子中抓出白色物质，两指一捻，从里面抽出长丝来，"可用来迷惑神志，是一件修音律之人使用的灵器。"

辛秀继续问："那它有主人吗？"

申屠郁说道："无。"

辛秀又问："那师父你做完了就放在那里也不用吗？"

申屠郁点头。

这会儿辛秀彻底明白了，小楼里面那些摆放了好几层的小模型可能根本不是师父收集的手办，而是他制作的作品。等这个琵琶做好了，可能也会变成小模型被放到那边。

她没坐多久又起身四处溜达，继续和那些锁住“花苞”的金线纠缠。这回她试着调动了一下周围的金红色光点。她并不能时时刻刻看到这种光点，但现在这里的金红光点格外多，尤其是师父那边，她决定从师父那边悄悄拿一点儿过来用。

她从师父那边扒拉过来一部分活跃的小光点，见他没说什么，又扒拉过来一堆，然后尝试用这些光点开锁。她的思路基本是对的，她尝试了一阵后，之前打了好几个死结的金线不情不愿地在她眼前解开了。

辛秀乐了，伸手往“花苞”里面掏，掏出一个碗大的容器。这容器里面游动着一些像鱼的小东西。辛秀觉得这应该是个鱼缸，估计也是师父没做完的半成品，毕竟做完的应该被放在小楼里了。

她把手指伸进小鱼缸里搅了搅，小鱼缸里小小的鱼毫无反应，她也没觉得自己摸到了小鱼。

莫非这是假的鱼？辛秀一边想着，一边把之前那个杂质小球丢进了鱼缸。这么浅的鱼缸，本应该能很清楚地看到丢进去的小球，但辛秀发现小球掉进去后消失了，心想：这果然不是个普通鱼缸。

辛秀倾倒鱼缸，想把水倒出来，然而倒了一会儿，面前出现一片水泽，小鱼缸里的水看上去却完全没有少。

辛秀的好奇心驱使她摸出一根线。她用这根线绑住被当成零嘴随身携带的肉脯，试探着将肉脯丢进水里。奇怪的是鱼缸虽然通透，但她的线和肉脯一放下去就不见了，只有手里拿着的那根线让她能感觉到线的存在。

忽然，线的另一头被扯动，辛秀精神一振，用力拽住那根线。

水里另一头的力量远超她的想象，辛秀拽了半天都没能拽动，但偏就犟上了，踩着鱼缸往上拔线。这线是她在小楼里随手拿的，紧绷得好像随时会断掉，辛秀用了半天力，忽然到了某个临界点，她扑通一下摔倒在一边，手里的线也松了。

她很确定自己从那个小鱼缸里拽出了什么东西，而且刚才倒下的时候听到那东西摔到一边的声音。

她连忙爬起来看过去，在小鱼缸旁边躺着一条……鱼？！她姑且叫它“鱼”吧，毕竟有鱼头、鱼尾、鱼鳍、鱼鳞，哪怕长得丑了点儿。可是，辛秀仔细一看才发现，这一条有她半个人高的鱼竟然在鱼腹的位置上长了两条腿和一双手？！

这到底是什么东西？！

“鱼”用和她差不多的姿势从地上爬起来，好像摔晕了脑子，晃了晃脑袋。

可接着，这条“鱼”就宛如一个被冒犯了的暴躁大哥，气势汹汹地朝她叫骂。虽然辛秀听不懂它在说什么，但很肯定这东西在骂自己，而且它的叫声和它的长相一样不堪入脑。不仅如此，它骂完还想冲上来给她一个教训。

辛秀一时间没能从这个场景的冲击中回过神，被它捶了两拳。这下子她彻底醒过神来。岂有此理，她被一条鱼打了，这怎么能忍？！她被打了，不管是被什么打了，都一定要还手!

辛秀二话不说冲上去和它对打，一人一“鱼”当即展开了殊死搏斗。

听到哐当哐当的声响，申屠郁往后看了一眼，徒弟好像找到了新玩具，看他们玩得多开心。

申屠郁此时的状态如同养了猫的主人，工作时间被小猫不断骚扰后，发现小猫终于找到了其他玩具，不会再来骚扰自己那样安心。

过了好一阵，辛秀终于气喘吁吁地把那条脾气暴躁的鱼暴力地塞回了小鱼缸，天知道这么小的鱼缸它是怎么被完好无损地拽出来的，反正塞回去时辛秀剥掉了人家的一大片鳞片。

战斗胜利的辛秀坐在地上揉了揉膝盖，那鱼刚才跳起来踢她的膝盖，她感觉还挺疼的。

“师父，这是什么东西？我感觉它和我们以前待过的盆中天挺像的，好像里面也有一片世界。”她抱着小鱼缸去问师父。

申屠郁道："盆中天也是我所炼制，自然像。"

辛秀惊道："盆中天是师父你做的？！"回想起自己在盆中天生活的那段时间，想想那真实的小世界，辛秀看师父的目光越发敬仰。这和创造世界也没差了吧？师父这么厉害吗？

此时此刻，辛秀觉得恐怕只有一声爸爸能表达她的心情。

申屠郁没发觉徒弟的惊叹，解释道："一位师弟从前托我给他的人鱼炼制一片可以携带的湖泊，但我还未炼制好，他便出山游历一直未归。这个我炼制得不甚满意，只放在这里，后来就忘记了这事。"如果不是徒弟今天翻出来，他恐怕真的忘记了。

辛秀捕捉到了一个耳熟的词："等一下，师父，你说这里面的是什么？"

申屠郁回道："人鱼。"

辛秀有点儿震惊，修仙世界的人鱼输了！

申屠郁想起徒弟刚才徒手抓鱼的姿势，再想想她每天都很讲究地做饭，对她说："你若想吃，可以抓一条回去。"

辛秀斩钉截铁地拒绝："师父，我就是饿死也不会吃那么丑的东西。"

辛秀最后当然没有吃那个人鱼。她是个有原则的人，而且有格调，对吃的东西尤其讲究，不然也不会花时间琢磨怎么做各种小吃，怎么做才既好看又好吃。那人鱼已经丑到了猎奇的程度，最关键的是它还敢打她。

如果它打赢了她，辛秀愿意克服一下，把它打捞回去吃掉泄愤，但它没打赢，所以她不屑吃这种颜值不行的手下败将。这东西就适合一辈子被关禁闭。

见识过师父的"超神"级水准后，辛秀开始觉得待在炉子里有些无聊，而她师父在正经炼器，不像之前给她做厨具那样迅速，会一连在这里待上好几天。

"师父，我要出去。"辛秀在原地做了五十个仰卧起坐后，终于待不下去了，拉拉师父的衣摆说。

然后她就被大炉子仿佛吐瓜子壳一样吐了出去。

家长要工作，辛秀又变成了没人管的自由身。

她仍然想去找熊猫，于是去后山与幽篁山的边界处溜溜达达，活像个准备干坏事而提前踩点的银行抢劫犯。

但她还没来得及“二进宫”，就遇上了“偷渡客”被当场抓获的场面——巧了，还是熟人。

老二一脸无辜，被神似竹竿的斗笠师叔扣住手，就像犯人被警察抓住那样，被押出了竹林。

辛秀最开始一晃眼没看见老二，只见到走在前面的另一个斗笠师叔，条件反射地为自己辩解：“师叔，我还没走进后山地界呢，只是来熟悉幽篁山的环境！我冤枉啊！”说完，她才看见被押出来的老二，瞬间消声，甚至十分想笑。

两位竹竿师叔都板着脸，辛秀有点儿分不清他们是上次的谁和谁，但他们对她点了点头，没有说话，手中提着被抓获的老二。老二被要求坐在一根竹节上，和之前辛秀是同样的待遇。辛秀心想：虽然知道这家伙会偷偷跑来看食铁灵兽，但没想到会这么早，看吧，现在他坐在这儿要等家长来接了。

她朝挤眉弄眼的老二使了个眼色，用眼神告诉他：闯了祸不要跟别人说我是你妈!

她正想着，竹林里又走出一位竹竿师叔……原来长着这批量生产的模样的师叔有三位，敢问是三胞胎兄弟吗?

这位新到的师叔身后还跟着一个人，穿裙子的花哨美男，老二的师父伯鸾小师叔。辛秀暗道：行啊，想不到还是团伙作案。

“说了好几次，后山不许擅闯！伯鸾师兄，这都被我们抓住几次了，怎么就是记不住教训？！”走在前面的那个竹竿师叔无奈地说。

辛秀注意到他喊伯鸾小师叔“师兄”，觉得有些奇怪，伯鸾小师叔不是祖师爷最小的弟子吗？怎么被这些竹竿师叔喊师兄？莫非竹竿师叔不在祖师爷的三十六位弟子排序内？

伯鸾小师叔宛如一个常进局子，因此对执法人员很熟悉，态度跟着随意起来的小混混。他扶了一下脑袋上的簪花，用敷衍的语气说："我这回不是来偷食铁灵兽，而是来看风景的。"

几个竹竿师叔的表情都是"你看我信你的胡说八道吗？"。

一个师叔无奈地说道："你自己来也就算了，这回还带徒弟一起来胡闹。这孩子还这么小，来这么危险的地方，你也不怕吓着他。"

伯鸾小师叔说："你们听我狡辩！这回其实不是我要来，是这小子非要带我来的。"

老二开口："对，对，师父说得没错。"

竹竿师叔叹息一声，批评伯鸾这个不靠谱的"单身父亲"："你这把年纪了，怎么能把责任都推卸给幼小的徒弟？"

伯鸾小师叔一阵无言，被逼认错后，揽着徒弟的脖子离开了竹竿师叔和围观者辛秀的视线。

辛秀用眼神和老二告别，不禁思考起一个问题：擅闯后山的惩罚到底是什么？

三个竹竿师叔送走师徒两个，转而看向她。辛秀这次没来得及"犯法"，挺直腰杆，笑嘻嘻地和他们重新打招呼："师叔，你们辛苦啦！我想问一下，擅闯后山究竟会有什么惩罚？"

某位竹竿师叔说："擅闯后山受的惩罚，三年一算，根据擅闯次数和行径恶劣程度，由祖师爷亲自决定。"

辛秀心想：根据次数……从这一句话可得知，在违法边缘试探的同门有很多。

她继续问道："具体的惩罚可以透露一下吗？"

竹竿师叔说道："你是个好孩子，师叔相信你不会做这种事的，所以你不需要知道。"

辛秀心里暗暗回答：我会做这种事。

但她知道不能直说，哪有傻瓜会直接对警察说“我准备犯法”的？所以她还是回去问师父吧！

师父沉迷于炼器没出来，一位师伯遣弟子送来一大罐蜂蜜。

辛秀已经习惯这种去“物流点”取件的事，收下罐子道谢：“多谢师兄送我蜂蜜。”

师兄非常朴实地回答她：“师妹不用客气，不是特地送你，这蜂蜜我们每年都会送给申屠师叔。”

辛秀叹气，师兄，你这话让我没法接。脱离社交后的修仙人士不是特别会说话，就是完全不会说话。

她抱着那一大罐蜂蜜回去，思考着师父为什么会喜欢吃蜂蜜这种甜的东西。师兄说每年都送，但她没在竹楼里看到蜂蜜，可见是被吃了。但师父这个高冷的孤僻大佬的内在加上反派设定的外在，喜欢吃蜂蜜是个什么与他不相符的爱好？

师父不是个小气的人，所以她吃一点儿蜂蜜，他应该不会生气吧？

辛秀之前在山上看到了一树山楂，红彤彤的，过去摘了一兜回来，然后坐在小溪边一颗颗洗干净，摘了蒂，挖了果核，往里面的空心灌上蜂蜜，再堵好口子，接着回去熬冰糖。

她做这些小吃的时候总是很有耐心，在竹林里静静熬一锅糖浆的感觉很悠然。

甜蜜的香气萦绕在身边，辛秀闻着甜味削好了小竹签，每一根小竹签只穿一个山楂，把穿好的山楂串在气泡拥挤的糖锅里迅速一滚，让红艳艳的小山楂裹上一层透明的糖液，放在一边等待干透之后，再细细刷上一层蜂蜜。

她不喜欢酸味，所以琢磨出这个带糖心的蜂蜜冰糖葫芦。这个味道很受朋友欢迎，只是她以前工作挺忙，不会经常做。

辛秀拿了个冰糖葫芦尝了尝，也不知道是修仙世界食材好还是怎么样，感觉比她以前做的成功多了。

她一个还没吃完，听见师父的声音在身后响起。

辛秀嚼着冰糖葫芦，扭头看向师父，顺手举了举竹制托盘，示意："师父，我做了冰糖葫芦，你吃不吃？"

师父点了点头，连竹盘一起接了过去。

辛秀内心呐喊：师父，我只是让你拿几串！但她不好说实话，也不好跟师父计较这种小事，毕竟师父现在是她"爹"。不过，师父今天又颠覆了她的印象——他竟然真的喜欢吃甜的东西。

师父就站在那里，而托盘上的冰糖葫芦一个个减少。明明师父的动作看上去挺慢的，但冰糖葫芦减少的速度真不慢！辛秀眼睁睁地看着他把一大盘冰糖葫芦吃完了，突然觉得自己的嘴里也腻得慌，但师父似乎没有这样的感觉。

最让辛秀疑惑的是，师父吃完了托盘上的冰糖葫芦，甚至抬起了那个竹制托盘，似乎准备往嘴里塞。

辛秀暗暗惊奇，师父是想舔盘子吗？这真的没必要吧！

辛秀盯着师父的动作，而申屠郁看了徒弟一眼，动作顿了一下，放下了托盘。

辛秀回想刚刚师父的动作，难道师父真的是想舔盘子吗？他总不至于是顺口准备把餐具吃了吧？她开始考虑师父到底是真的如此嗜甜，还是修仙后没怎么吃过东西，竟然馋成这样。不管是哪一种，师父都未免太惨了。

辛秀突然开口："爸爸，你要是还想吃，我就再给你做一点儿。"她不能让自己的师父沦落到舔盘子的地步。

申屠郁疑惑地问道："爸爸？"

辛秀顺口解释："就是爹的意思，我们家乡的方言。"

辛秀只是随口一叫，申屠郁却沉默了。

他修炼六百年有余，因与同族不一样，从来都是孤独的。后来，他的师父灵照仙人在此修成真仙，见他已经走上修行之路，觉得难得，便收他为徒，此后他有了师父与同门。可他到底并非人族，与人族习性有异，知晓他的真身的师兄和不知晓他的真身的师弟，与他相处起来都是淡淡如水，虽然情谊悠长，但并不热烈。

他这个小徒弟却不一样，大约是她还太小，非常喜欢亲近人，能毫无畏惧地和他相处，而且在这么短的时间里就把他当作父亲，这么直白认真地叫他爹——他并不知道徒弟只是随意认爹，只觉得徒弟对自己这么信任和亲近，内心十分触动。

他感觉到肩上担着沉沉的责任。

因为一句爹，背起沉甸甸的责任的申屠郁不怎么熟练但满怀慈爱地摸了摸徒弟的头发。

辛秀在心里打了好几个问号，就因为自己说要再给他做点儿好吃的东西，师父就感动成这样，连社交恐惧症都可以克服，主动摸她的脑袋？美食的力量强大如斯！

她给师父再做了一锅冰糖葫芦后，打了声招呼说出去玩，就快乐地提着一小竹筒蜂蜜跑了。她准备用蜂蜜诱惑一下后山的大熊猫，说不定闻到甜味它们就出来了，熊都喜欢吃蜂蜜，熊猫应该也不例外。

申屠郁站在竹楼上。只要他想，就能看到在幽篁山晃荡的徒弟，看见徒弟到处找食铁灵兽的模样。

刚有当爹的觉悟的申屠郁有些不安，徒弟这么喜欢他，他却准备避而不见。他不是很想被徒弟摸毛，有些焦虑地吃着蜂蜜冰糖葫芦，又见徒弟失望地坐在溪边的大石头上叹气——垂头丧气、形单影只。申屠郁吃冰糖葫芦的动作越来越慢，最后他把托盘放下了。

辛秀敲着竹筒，觉得今天大概又见不到大熊猫了。她跳下大石头往回走，谁知在路过的竹林里看到一只躺着的白得发光的大熊猫。

辛秀特别激动，那个熟悉的圆润身材，那个体形，那黑白毛，一定是她上回见到的那只熊猫妈妈！她拽着竹筒，用跨栏的姿势跳过中间的两棵大竹笋，跳到熊猫的身边。

“你还记不记得我？我们上次见过的。”她一边说着，一边熟门熟路地摸上了大熊猫的黑爪子。她终于又摸到了，果然还是这个手感好！前几天她在竹楼里翻出一块毛垫子当床垫，手感怎么都比不上真实的大熊猫，看这暖乎乎的毛毛，这软而顺滑的手感真令人陶醉。

“我给你带了蜂蜜，你要吃蜂蜜吗？”辛秀先奉上这次的“贿赂”品，希望看在蜂蜜的分儿上，熊猫妈妈能让自己多摸一会儿。

申屠郁接过那一小竹筒蜂蜜，直接连竹筒一起放进了嘴里。

辛秀还在想它要怎么吃，看见这一幕，摸毛的手都顿住了——好直接干脆的吃法，它咬竹子的声音也好脆！辛秀瞧着大熊猫的两腮动了动，毛毛随之颤抖。她抬手摸了摸大熊猫的圆脸。大熊猫还是脸颊有肉一点儿比较好看，这只真是她见过的体形最棒的大熊猫。

一头扎进毛肚子的辛秀持续发出幸福的咕噜声。

申屠郁觉得不能再这样下去了。

修仙之人……之兽，本不该频繁掉毛，奈何徒弟摸毛时毫不收敛力道，同为金、火双系，被她频繁地用力抓毛，他最近的毛发比往日多掉许多。虽然他的毛发依旧浓密，但掉毛总是不那么令人愉悦。

“唉，师父，你这几日头发有点儿毛糙哇。”他毫不知情的徒弟还如此对他说。

申屠郁用长辈的慈爱之心坚持了差不多一个月，决定给徒弟找点儿事做，好让她不要再惦记食铁灵兽。

他去诸位同门处把先前给他们的传道珠拿了回来，交给徒弟并告诉她：“你该学习了，没学完之前，莫要再在外流连。”

好歹让师父休息几日。

辛秀拿了师父给的传道珠。师父简单解释了一番，她明白了这是什么东西，这就是修仙世界的线上授课。她最会自学了，成年人要是不会自学，早就被网络世界淘汰了，更何况她先前是做游戏的，经常会去看一看相关的网络课程，拓展一下自己的技能和眼界。

传道珠唯一可惜的是不能反复观看，是个一次性用品。

辛秀虽然沉迷摸熊猫，但也没忘记自己是来修仙的，需要完成任务，因此拿到传道珠后就乖乖待在竹楼里琢磨。

辛秀坐在自己屋内那块毛茸茸的软垫上，用这个作为熊猫的替代品，在没有熊猫可摸的日子里还能感受到那么一点儿温度。她揪着毛，点亮传道珠，面前出现白妃师叔观世音菩萨一般美丽温柔的面容，除了有一点儿透明，仿佛就是真人出现在面前。

原来这还是沉浸式教学！辛秀忽然想起那些经典网络修仙小说里主角遇到的奇遇传承，莫非就是这一类东西吗？大佬教学讲课视频？

传道珠投射出的白妃师叔已经开始讲了，没有大段大段的文言文，也没念叨什么无法理解的音符，只是用最浅显的句子开始解释修仙界的常识。

他们修仙，修的基本上是这个身体。他们的身体就好像一种器具，人的魂魄就是寄居在器具里的灵。普通器具和修仙界灵器的不同之处就在于一个“灵”字，也就是说，人要把自己的身体修炼成聚满灵气的容器。当身体变为纯粹的灵气就能和魂魄一起产生质变，就离开了肉体凡胎之列，称为脱凡。

再一次颠覆了辛秀的认知的是这个修仙界没有筑基、金丹、元婴这一类的修炼等级。

搞什么？这可是网络修仙小说鼻祖的设定，用这个设定的小说无数，你说没有就没有了吗？

这里还真没有。

他们这里的修仙人士和凡人的区别就是脱凡，然后这些脱凡的修仙人士中，有很厉害的人或许能修成人仙，这就是目前修仙界大部分人的追求了。

当然还有那么一小拨自信的天才人物，他们的目标是人仙之上的真仙，可惜目前的修仙界只有一位真仙，那就是他们蜀陵的祖师爷灵照仙人。

而灵照仙人之所以能修成真仙，据说是因为得了大机缘。无数人模仿灵照仙人都没能成功地修成真仙，好几百年过去了，这位还是修仙界一枝独秀的真仙。

其实在蜀陵修成人仙的也就几个人而已，其余人那么厉害都没能修成人仙，像辛秀的师父，在辛秀看来都能创造小世界了，还没能修成人仙，这修仙之难可见一斑。

不过，她来到这里所见到的修仙人士似乎都没有争分夺秒地修炼，不像曾看过的那些急着升级的修仙文。可能因为修仙确实是一件需要漫长时间的事，在动辄百年、千年的环境下，大家自然而然地不急了。

因为这是一次性讲课，辛秀拉回了自己越跑越远的思绪，继续听白妃师叔讲课，师叔已经讲到了法术。

他们修仙要学法术，而法术一词可以拆开来理解。辛秀听着，总结了一下。何为法？法就是对世间万物的理解，大概就像是数学、物理里被总结出来的各种公式定理。何为术？术是技能，是各种能把法运用出来的手段。

他们还在盆中天里时，晚上听到的那些不知所云的天书，就是某种“法”。

学法术就好比理解了数学公式，然后利用这个公式去解决具体的数学问题。修仙之人理解世间万物的各种构成，熟悉它们各自组成的元素，因此可以运用它们做各种事，上到呼风唤雨、移山填海，下到凭空凝聚出水球和火焰。

大佬可以总结出不同的“法”，普通人只能学习并且使用它，这就是悟性不同。辛秀自问看不破万物规则，但还能学，这就足够了。

接下来还有一些其他理论，辛秀也很感兴趣，比如说“飞”这一节。人是不能飞的，但修仙之人修到一定程度就能飞，而能飞多高取决于他们的身体的清浊程度。在这里，师叔还洋洋洒洒地讲了一通“天地初开，清浊两分，清上升为天，浊下沉为地”之类的话。

飞鸟不算，最高也只能飞到人目所能望见的地方，但修士飞是冲破云霄，到达更高远的地方。

听到这里，辛秀又开始思考大气层、氧气之类的问题。这些前辈飞天的时候难道飞出了大气层？那他们到底有没有看见宇宙？还是说这个世界根本就不存在她那个世界的地球和银河系？那这个世界的真实面貌又是什么样的呢？

辛秀一个走神，师叔已经讲完了这一节。

辛秀：“……”

好在另一位师叔授课时也提到了相关内容，这回辛秀认真听了。想要飞的话还是得继续倒腾身体，人只能在地上走，不能依靠自己的身体飞。这是因为人出生后身体里全是浊气，他们修身，就是将身体里的浊气排出，然后用清气充盈身体，自然可以飘飘然御风。

清气和灵气又不同，如果说灵气是发招式需要的能量，那清气就是增加人的生命长度的能量。虽说这样的比喻和原意有些不符，但辛秀只能找到这个自己最容易理解的解释。

天地之间的清气、浊气和各种灵气混杂，他们修仙，要将自己需要的东西从天地间分离出来，让它们进入自己的身体，并且让灵气在身体里循环，留住清气。

辛秀听得太多，脑子发胀。听完两堂课后，她总结：清（氢）气能飞。

景成子师叔讲课时就有趣很多。他讲卜算命术，怎么看人的面相之气，说人之善恶能从身体里的清、浊气息中分出来，而人的性格，急躁还是懒怠，这些也和人体内的五行灵气不平衡有关。这一堂课让他讲得妙趣横生，辛秀听得哈哈大笑，总结课堂内容，就是

"如何当一个称职的神棍"。

景成子最后也说到了飞，可能大家修仙最关注的就是飞。辛秀其实也很想飞，尤其听了之前那两堂课后，更想到天上看看。

景成子师叔讲飞，没讲怎么修炼，而是讲怎么借助灵器去飞——修炼还没到家的修士若是想飞，还可以借助灵器。

"修仙界灵器不易得，特别是一些自己独自修炼的山野修士，难求一件灵器。不过，秀儿师侄肯定是不缺的，你想要的话可自去向你师父撒撒娇。申屠师兄看似疏离，其实很好说话，秀儿师侄不妨一试。"景成子老顽童一般朝辛秀眨了眨眼睛，仿佛真的在她对面。

辛秀被景成子师叔说动了。师父很好说话这一点，她刚来就明白了，师父简直比她姥爷还疼爱她。

不过，她向师父要一个能飞的灵器，这个要求太简单了。竹楼里有那么多灵器，能飞的肯定很多，她不想随便拿一个。

一个念头出现在辛秀的脑海里，她去找了纸笔，开始涂涂画画。

"师父！"

申屠郁悄无声息地出现。上一刻他还是只毛茸茸的大熊猫放松地坐在树枝上吹风，下一刻就变回人形出现在徒弟的身后。因为最近经常这样转换，他已经很熟练了。

辛秀没有被他说到就到的行为吓到，笑得像朵向阳花一样捧着纸迎上去："师父，我想要一个可以飞的灵器，可不可以呀？"她从小学六年级之后，就再也没用这种语气和爸妈说过话。如今这种语气重出江湖，她感觉师父似乎还挺吃这一套的。

申屠郁连图纸都没看，就点头答应了下来。

辛秀赶紧喊："爸爸！"

师叔都说难得的灵器，不差钱的师父说给就给。

辛秀紧接着说："爸爸，你看，我想要这样的！"

申屠郁接过那图纸看了两眼，缓缓说道："我从未见过这古怪之物。"

辛秀像煞有介事地解释：“嗯，这是一种车，叫摩托。”而且不是普通摩托。

她进入这个世界之前，公司正在做一款科幻游戏，她设计了十几款摩托，最喜欢的就是这辆线条流畅的黑、蓝两色大摩托。谁知道上司死活要选辛秀自己最不喜欢的那一辆，却对她最自豪的这一辆不屑一顾。

辛秀想：游戏里不用这辆，我现在在修仙世界里做出实物！

辛秀简单给申屠郁讲了讲摩托的使用方法，问：“师父，你能不能做成这个样子呀？”

虽然徒弟想要的玩具模样奇怪了一点儿，但她眼巴巴地看着他，申屠郁这个当师父的自然不能说不行，而且能飞的灵器他炼制过很多，只是换个样貌，并不复杂。于是，他颔首道：“可以。”

辛秀激动地搓了搓手。师父拿着她画出来的那一沓图纸去给她炼制灵器了，她准备投之以桃报之以李，给辛苦的“老父亲”做点儿甜食慰劳一下——蜂蜜蛋糕是目前她能想到的最合适的东西。

老二之前来向她打探怎么摸到食铁灵兽的时候，顺便给她送了一篮子蛋。这些蛋虽然比鸡蛋大很多，蛋壳还是红色的，但是管他呢，反正都是蛋，凑合一下。

她打蛋糊的时候，想到师父爱吃甜的，于是放了三倍的蜂蜜。因为材料不是很全，她只做了最简单的那种。等待烤箱烤制蛋糕的过程中，她在想有机会得搞头奶牛回来，没有牛奶很多甜品没法做，人生岂不是失去了很多快乐？

申屠郁做这个灵器用的时间比辛秀想象中的多很多。他做了三日才出来，将成品放到她的面前。

辛秀看到实物，顿时眼睛都不会转了——师父其实根本不是修仙世界的人吧，他的审美怎么会这么前卫、这么棒？师父做出来的东西完全是她的“梦中情车”！

看看大摩托这优雅的身形，造型和她纸上画出来的有一些不同，但这样的改动让辛秀觉得更心动了。还有这墨黑的颜色，乍一看低调内敛，但这流转的光华和嵌在外壁上的孔雀蓝线条也太美了！

这辆大摩托，用一个词来形容，就是性感！

辛秀暗叹：师父真的太棒了！

她被这辆性感的摩托击中，猛地抱住师父的胳膊，快乐地赞美师父："师父，您怎么这么厉害？！您的审美登峰造极，您的技术无人能比，您的……"

申屠郁捏住她的嘴，用下巴点了点大摩托，低声说："去吧。"

于是，辛秀快乐地去试自己的大摩托了。

这修仙版的大摩托虽然有摩托的样子，但内里的构造肯定和她那个世界里的摩托完全不同。不过，这本来就是她想象中的科幻世界的东西，现在都能飞了，哪还有那些讲究？

这大摩托没有引擎，也不用烧油，辛秀也不知道它具体是靠什么驱动的，肯定不外乎灵气一类的东西，应该很环保。

她学车是那种"先上车骑了再说"的实操型。从小时候学自行车，到大了之后用她爸快淘汰的那辆小汽车学车，她都是上车以后听一下基本操作，其余全靠上路摸索，这回也不例外。

申屠郁是一个非常合格的乙方，辛秀提出的那些要求他全部超额完成。譬如这辆飞天大摩托的把手控制速度、转向都是辛秀提出的，但是他还贴心地加了脚蹬，以防飞天摩托打转的时候人摔下来。

辛秀以前也开过摩托，这会儿上手心里不虚，摸了两把性感的大摩托，高喊道："哦——呼——"直接一拧把手——去吧，初号机！

炫酷的飞天大摩托突突冲进了竹林里，不太像初号机，倒像是野猪冲撞。

辛秀被竹枝劈头盖脸地砸了一阵，顿觉自己好像还缺一副墨镜。她没想到裙子也被竹枝划了一下，可能划出了口子，又觉得自己大概还缺一套皮衣皮裤。

辛秀最开始没把握好往上飞的诀窍，在竹林中半高不高地冲了一阵，摸索着一个前拧旋转，才让大摩托往上冲出重重竹海。

如海浪呼啸的竹海里忽然蹿出一辆黑色摩托，仿佛海中跃起的鲸鱼。大摩托在青翠的浪尖上歪歪扭扭地冲了一会儿浪，又利剑般直冲云霄。

辛秀觉得这比坐过山车和跳楼机刺激多了，毕竟自己身上没有绑保护的绳子，这种仿佛一放手就会摔下去的感觉，让人心脏狂跳。换个恐高的人，怕是会当场死亡。要是来个胆小的人，现在就该哭着喊着要下去了。

辛秀也在喊，不过是因为兴奋。

天上不比地下，基本没什么障碍物，随便她上下翻飞也好，横冲直撞也好，都撞不到什么东西，她只觉得天地间是一片任她自由翻腾的空间，无拘无束。

平时辛秀还能记住自己二十六岁的真实年纪，好歹装出一点儿成熟的模样，但玩到了自己感兴趣的东西后，一下子玩疯了。

申屠郁白发飘飘，负着手跟在徒弟的“摩托”灵器后面飞。哪怕灵器飞得再快，他也保持距离跟在后面——仿佛自家六岁小儿初次骑自行车，不放心地跟在后面的家长。

辛秀余光瞥到师父跟着，就更加不管不顾了。她一拧把手，人和车几乎垂直往上冲。因为速度太快，她整个人都被冲得往后仰，头发衣服乱飞，眼睛都睁不开，只能眯着。

“啊啊啊——爽——”呼呼风声把她的喊声无限压缩。

没有亲身尝试过在天上开大摩托的人无法体会辛秀现在的感觉，她自由得好像变成了鸟，或者云层里的闪电，极致的速度让人飘飘然。大摩托呼一声冲破一层云层，辛秀觉得身上一阵凉爽。大摩托再呼一声冲破第二层云层，一连冲上去好几层才缓缓慢了下来。不是辛秀不想继续往上飞，而是大摩托到了这个高度后，速度自动变慢了。

此时，辛秀已经看见在云层之间那轮明亮的太阳。眼前的景象有些像是她从前坐飞机，飞机飞上云层后看到的景象，但又有些不同。这会儿这轮太阳有些大，既明亮又暖和，她刚刚穿越云层时沾上的湿气迅速被蒸发干透，而现在在这上面，呼吸顺畅，毫无异样。

申屠郁轻飘飘地飞在她身边，陪着她一起慢慢朝太阳的方向飞去。

辛秀刚才骑车的时候一阵乱喊，嗓子有点儿哑，语气里带有还没沉淀下来的快乐和激动："师父，这摩托只能飞到这么高吗？再上面是什么？"

申屠郁解释道："等你的修为增长，你才可以再上更高处。更高处，是无尽头的天。"他望着满眼好奇和期待神色的徒弟，眼中有了一点儿笑意——辛秀此刻头发乱飞的模样简直就是个毛发蓬松散乱的小崽子，"更高处有什么，待你自己日后亲自去探索吧，那是为师无法和你述说的。"

辛秀也不失望，反而更加期待了。

她在这上面骑了一阵摩托，又俯身往下冲，师徒两个一前一后地穿过云层，搅起一片云气，那洁白的云层被他们冲出了好几个洞。

骑飞天摩托，快有快的乐趣，慢也有慢的情调。辛秀穿过最后一层云层，又看见底下的万顷竹林、翡翠山峦。

这回她的速度就慢了很多，她还能靠在车把上瞧着底下的风景。

慢下来后，她的身边飞过一群飞鸟，这些鸟也不怕她这辆怪模样的大摩托，可能修仙之地的鸟也淡然镇定一些，从她身边扑扇着翅膀飞过去。

辛秀突然起了坏心思，见它们从从容容的样子，跟上去伸手一抓，就拽住了一只看上去最肥美的鸟。

这种鸟她还没吃过，不如炖个汤尝尝。

"师父，我可以骑着摩托去看望其他的师弟师妹吗？"

"可以。"申屠郁点头。

自从被辛秀叫了一声爹之后，他说话的字数就变多了，比如这个“可以”，放在最开始，就是个“可”字。

身边有一个喜欢说话的徒弟，申屠郁感觉自己丢下好几年的人话重新被捡了起来。他看徒弟用这灵器还算顺手，想来出不了大事，因此就不跟着她一起去串门了。

辛秀也很清楚师父这个恐惧社交的属性，估摸着他不会再跟，见他说完有意要回幽篁山，连忙跟他说：“师父，我给你做了吃的东西，就放在桌上的罩子下。”

申屠郁欣慰地看了她一眼。辛秀顺手把自己手里嘎嘎叫的鸟递过去，让师父带回去先关起来，等她兜风回去后料理。申屠郁不介意干点儿活，没脾气地接过鸟。那鸟一到他手里，就僵成了鹌鹑，随着他一同在天空中消失。

辛秀对着师父消失的方向招招手，一个人开着摩托往前飞，享受徐徐清风。忽然，她想到一个问题——她不知道几个小孩儿在哪里。他们倒是都和她说了各自待的地方，但她也没张路线图。算了，人活在世上难道还能被这种小问题打倒吗？不认路，她问就好了。接下来的问题是蜀陵这么大的地盘，地广人稀，不是每个山头都有人。要是这些人都像她师父这么低调，随便找一处树丛往里面建一栋绿屋子，她不一定能见到可以问路的活人。

辛秀琢磨着老二说他师父占了座丹丘岛，既然是岛，按照常理应该是在水中。她运气也好，往前飞了没多久就瞧见一片大湖，湖中有一座姹紫嫣红的小岛。她想起来见过的那位伯鸾小师叔，他穿裙簪花的风流男子模样和这色彩鲜艳的湖中岛倒是很相称。

她往那边开过去，车子停在湖边。要是可以，她其实想直接飞进湖中岛，但有人……不，有鸟把她的车拦了下来。这大鸟穿着荧光黄的小马甲，还真有点儿像交警。

“何人？”

辛秀见了这口吐人言的鸟，有些稀罕，笑眯眯地从车上下来：“我是幽篁山弟子辛秀，来此探望师弟，敢问此处是不是丹丘岛？”

她师父的名号特别好用，这大鸟一听，语气一下子好了不少：“原来是申屠君的徒儿，此处正是丹丘。”大鸟又表示亲近地说，“我们大王收的弟子虢小王就常说起您呢。”

虢小王？

他们正说着虢小王就到了。辛秀见老二脚踩两只在湖中游动的红鸟，仿佛踩着两个风火轮，乘风破浪地来了岸边。

“老大！哈哈哈哈，老大你这头发变成什么样子了？！太好笑了！老大你这带的什么东西呀？样子奇奇怪怪的。这鸟会说话，好玩吧？我刚来的时候也被吓了一跳，老大，你没被吓到吗？”

辛秀还没说话，先听老二一通连环发问，看来他话痨的毛病不仅没好，还更严重了。辛秀没回答他的问题，先问他：“虢小王是什么？”

老二闭嘴，无言地看一眼天，认命般说道：“是我师父给我起的名，他说我以前那名字又土又难听，要给我选个厉害点儿的名字。”

辛秀笑道：“虢小王！哈哈哈哈！”

老二认真解释：“不是虢小王，是虢，单字一个虢，小王是这岛上大家对我的称呼。他们喊我师父大王，就喊我小王。”

得，他们师徒一个大王，一个小王。

他这样一解释，辛秀更是乐不可支。“虢”这个字倒是不错的，就是可惜了读第二声，要是读第四声的话，那老二就真成“过儿”了。

两个人进了岛，老二看上去对这里已经很熟悉了。他带着辛秀去看师父的鸡圈，让她自己挑一篮新鲜的鸡蛋带走。

辛秀无语：“我又不是坐月子，你老惦记着给我送鸡蛋干什么？”

老二无辜且热情地说：“我以前看人送礼都送鸡蛋，而且这里好吃的东西就是这些鸡蛋了。”

辛秀去了那个所谓的“鸡圈”一看，捏着下巴道：“我感觉这个不能叫鸡圈，这也真的不是鸡蛋。”世上没有这么漂亮的鸡，通体金红，没有一丝杂毛，体态优美，看着就不是凡物，而且被如此奢侈地养在大玉盘中。老二是怎么把这东西叫鸡圈的？

老二平白多了一股地主家的傻儿子的豪爽憨气：“都差不多嘛，下的蛋都是能吃的，在意这个干什么？”

他又带着辛秀去看了自己居住的宫殿。这座宫殿在成千上万棵绯色花树的包围中，确实华美逼人，底座好像是红玛瑙。

老二又说道：“我师父忒讲究了，不在这个玛瑙做的宫殿里就睡不着。噢，他没出来乱晃肯定就是又在睡觉呢。”

辛秀问他：“小师叔都修仙这么久了，还要睡觉吗？”

老二答道：“不需要睡觉不是不想睡觉，就像不用吃东西，不代表不想吃东西。”

辛秀表示赞同：“你说得很有道理。所以你是在告诉我，你想吃好吃的东西啦？”

老二当场抱住她的大腿，气沉丹田，声震宇内，发出呐喊：“我好想吃火锅呀！”

他们以前在盆中天里，辛秀做过火锅，拿口破铁锅，熬了汤底，扔下去乱七八糟的食材，然后一顿煮，大家吃得热闹又畅快。

辛秀把他提起来：“吃火锅还是人多好。走，去找老三他们一起吃。”

两个人合计着去老三那里，岛上还有鸟来问要不要送。辛秀摆手拒绝，显摆了一下自己的车，载着老二过去。老二上车没多久就被这辆古怪的车征服了，像个猴子一样坐不住，一直喊：“老大，让我开一下试试，让我开一下试试！”辛秀被他闹腾得烦了，下来让他试试，结果被他载着冲进了湖里。辛秀爬起来之后直接吊销了他的“驾驶证”。

老二连忙讨好她："我知道，我们的三妹妹在西岭，蜀陵最高的地方！"

西岭是一座险峻高峰，岭上积雪不化，白雪皑皑，寒意透骨。辛秀和老二两个刚在水里转了一圈的人，上了这里后被冻得瑟瑟发抖，恰好被在高峰上敲冰的胖师兄带了回去。

"师妹，快出来瞧瞧，有人来找你玩了！"胖师兄喜气洋洋地喊道。

老三他们师门的住处是岭上的宫观，前后殿的配置。老三从后殿跑出来，见到两个人，脸上露出笑容，挽住辛秀的手，又有些担忧地问："大姐，你怎么这么狼狈？快随我来，我给你换干净的衣服，梳洗一下。"

同样吸着鼻涕的老二伸手喊道："哎，你们不管我吗？"

老三回头没好气地瞪他一眼："你自己跟我师兄去换衣服，难道还要我帮你换吗？"老三扭头又对辛秀说："老二不靠谱，你们这样子肯定是他又胡来了。"

辛秀连忙点头："对，对，都是老二的错！"

他们在盆中天里时，一共四个女孩子，每天洗完澡后总是坐在一起互相梳头发。辛秀的头发多是老三在梳，老三梳得细致又认真。

老三这个女孩子年纪不大，初见时显得太过冷情，但相处后才知道，内心十分柔软且重感情，只是有时过于敏感。可能是家庭原因，老三心思太重，不太自信。

更小些的孩子反而没有那么多心思，辛秀每日带着他们吃吃喝喝玩玩，他们就过得开心了，但老三不行，所以辛秀总是多照顾她一些，时常开解她一下。不过，辛秀倒也不是正经地开解她，就是天南海北地胡扯逗趣，侃些道理，而老三意外地很喜欢这种不正经的开解的话。

两个人有些日子没见，也不觉得生疏。老三听辛秀说起在幽篁山见到食铁灵兽，听她打趣上回见到老二师徒被抓，还有她的师父竟然喜欢吃甜食这些事，就在她的身后笑起来。

老三说起自己的生活：“我在西岭没遇上什么太有趣的事，但是师父和师兄对我都很好。师父教导我修炼，我有什么不懂的地方，两位师兄都会再给我细细讲解。我要是不会，他们也没叱骂过我，很是耐心。我刚来时有些不适应这里的冰雪天气，两位师兄便给我烧了炉子取暖，师父也特地给我找了皮裘。适应了之后，我觉得还好。这里的雪景很美，尤其是日出和黄昏的时候。有机会大姐一定要在我这里住两天。”

辛秀坐在镜前面带笑容地听着。刚进老三的房间她就注意到了，老三这屋子确实布置得很用心——床上是厚厚的皮毛垫子，床榻前放着地毯，屋中央有冒出带着香气的袅袅青烟的青炉，窗前有用来挡风的屏风，窗边摆放着两盆叶片晶莹剔透的植物。

辛秀感觉脚边忽然传来小鸟或小鸡崽似的叫声，低头瞧，却见到了一只毛茸茸的小球，正在蹭老三的脚。

“小雪，你怎么跑出来了？”老三把那团毛茸茸的东西抱起来，递给辛秀看，“是前几日师兄在那边的山岭上发现的。它的母亲死了，没人照顾它，师兄就把它带回来给我，让我俩做个伴。”白色的毛上有灰色的斑点，一双灰蓝色的眼睛，卷着尾巴，这竟然是只小雪豹。

辛秀把小雪豹抱过来摸了一会儿，这小雪豹便挣扎着要离开她的手，嫌弃之情溢于言表。辛秀乐了：“嘿，你怎么嫌弃我呢？”

老三抱着小雪豹笑：“以前也是这样，大姐摸什么带毛的动物，那些动物都要跑。”当然，这些动物最后都没能跑掉，要么变成一锅肉，要么变成好几锅肉。

辛秀挑眉道：“我可不羡慕你，我现在有食铁灵兽可以摸，它又大又软又暖和，而且我怎么摸它都不会跑。”其实她也有点儿纳闷，从前她总被别人家的猫猫狗狗嫌弃，只有自己养的狗狗才愿意让她摸。现在到了这个世界，其他长毛的动物也是不乐意在她手下过两回，除了熊猫妈妈。

所以说，究竟是她的技术差，还是其他动物和她天生气场不合？从熊猫妈妈每次被她摸毛都那么淡定的反应来看，辛秀觉得绝不可能是自己的手法有问题。

辛秀扎了个辫子，把头发盘起来固定在脑后，这样也省得骑车的时候头发乱飘，弄得好像梅超风一样。

她们出去的时候，老二早就换好了衣服，正在和老三的两位师兄闲聊。两位师兄凑趣说要和他们一起去吃火锅，辛秀欣然应允。

“既然这样，老二你就和两位师兄一起去，我骑车载老三了。”辛秀说。

老二翻了个白眼，一脸“我就知道会是这样”的神情，身体已经朝着两位师兄去了，嘴里还在嘟囔：“我还没坐够呢。”

辛秀才不理他，拉着同样很期待的老三去坐车。

两位师兄也没见过辛秀的摩托这等样子的飞行灵器，围在那儿啧啧赞了两声。

“梅溪师妹，你乘这‘摩托’时小心，千万抓牢了。”胖师兄不太放心地叮嘱。

梅溪是老三的名字，有溪畔梅花之意，雅致秀气。可惜辛秀他们一直是按照排序喊的，这名字直到老三拜师后才重新被人喊。

老三坐上摩托时有些紧张，辛秀没有开那么快，慢慢地让她适应。老三见了底下的景色，果真不太紧张了，品出一些飞行的乐趣，期待地说道：“真想快点儿修炼到能飞的境界，到时候遨游天地，哪里都去得，多么逍遥快活。”

辛秀接她的话：“还好你们都不恐高，如果不敢飞的话，修仙就少了一大半的乐趣。这车能飞很高，飞到云层上面，怎么样？你要是不怕，我带你飞上去看看？”

老三是不肯轻易认输的性子，当即抿唇接受了这个挑战：“飞！”

辛秀带着老三在云层上面兜了一圈下来时，两位师兄早已带着老二到了景成子师叔和老五那里。他们的火锅聚会地点定在景成子师叔处，一来是因为景成子师叔自己也爱吃，性格又好，还喜欢热闹，二来是因为景成子这里的食材多。主要原因就是食材多。

景成子师叔的地盘和其他地方又有不同。他的居处是“茅舍”，附近有水渠，有桃树、李树，有大片良田和菜园，篱笆小院外还有几丛野花，院内院外野草葱茏，俨然是个寄情山水的诗人的归隐处。

见来了这么多人，景成子果然十分高兴，待听了他们要在这里做火锅，更是拊掌大赞妙哉，喊了自己的几个徒弟过来，要他们去各处把老四、老六他们几个也接过来。

“秀儿师侄，你就在这里先熬上汤底，准备好食材，等其余小师侄过来，自然就可以吃了。”景成子说得有些道理，辛秀也就没执着于自己去接人，把这个任务交给了老五的几个师兄师姐。

“艾草徒儿，你领秀儿师侄他们去各处摘些果蔬，你茯苓师兄养的鸭子也颇肥美了，可抓几只来尝尝。”景成子捋着胡须说道。

艾草是景成子给老五起的名字。老五先前是个乞儿，并没有名字，而景成子喜欢给徒弟起带“草色”的名字，譬如艾草、飞蓬一类，大概是觉得这些寻常野草更有生机。他们大多是木系，起这些名字也算相称。

老五听后有些无奈，还是带着辛秀几个人去了茅舍前后各处的瓜果菜园里。

“师父喜欢喝酒，从前常摘了师兄师姐种的灵植，抓他们养的一些灵兽。可惜师父不会做饭，都是糟蹋了好东西，师兄师姐特别心疼。后来，师兄师姐干脆只种些普通的能吃的菜，养些鸡鸭，但这些鸡鸭往往没长大就被师父抓去吃了。”老五的神情虽然哭笑不得，但看上去他对这个顽劣的师父也是纵容的。

辛秀安排老二去长了荇菜花的塘里抓两条鱼，老三去菜园里摘瓜，老五去果园摘果，自己则去抓鸡鸭。辛秀到了地方一看，果真都只是些半大的鸡鸭。她也不客气，多抓了几只，毕竟吃的人有些多，一两只怕是不够。

“不然我们再去抓些野味回来？”跟着来蹭饭的两位师兄不好意思干看着，被景成子师叔忽悠着去抓野猪。

不多时，老六、老七和老八以及小九都来了，就剩下老四不见踪影。茯苓师兄正是去天工师叔处接老四的人，但没能接到。

“天工师叔忙得很，没听我说完话就直接打发我回来了。”

辛秀把处理好的鸡塞进锅里炖，鼻子里哼出一声，有些不高兴：“老四这些日子确实什么消息都没有，但这是我们入门后第一次聚餐，一个都不能少。”说着，她拍拍手，腿一跨，坐上摩托车，丢下一句：“老三，看着鸡汤的火候，将食材洗一洗，我去接老四。”

众人看她一骑绝尘而去，表情各异。景成子率先笑出声，扬声说道：“秀儿师侄这性子深得我心，今儿个高兴，飞蓬徒儿，去把窖里藏的酒都搬出来！”

辛秀这车骑得风驰电掣，一个急转弯停在了天工坊——一座建在山腰上的四合院样式的宫殿门前。这宫殿不仅高大，且处处精巧。辛秀看见里面来往的好几个师兄俱是一副“神魂颠倒”的模样，活像是连续通宵工作三天的程序员。他们见她风风火火地走进来，都没反应过来，呆呆地看着她走过身边。

辛秀毫不见外地在这里找了一通，在角落里找到了老四。

老四这个傲娇小少爷从前是一身锦绣华服，光鲜靓丽，辛秀这回见了他，险些没认出来。老四坐在那儿一边对着谱子刻石头，一边抽抽噎噎，石头灰溅了满身，灰头土脸的。他看上去虽然不像这里的其他师兄那样如“行尸走肉”，但确实也十分疲累。

“看看这是谁在哭呀？你脸上都是灰，这一哭，就画出了两道印。”辛秀笑吟吟地在背后说。

老四听到她的声音，骤然回头，眼眶就红了，委屈得像是第一次离家后看到了家长：“老大……我刚才想去的，但是师父没准许。”

辛秀说道：“知道你想见我们，我特地来接你的，鸡汤都没熬好，也不知道他们能不能看好火候。我们得赶紧回去，走吧。”

老四还有些迟疑：“可师父……”

辛秀早知道老四看上去傲娇，内里却是个一戳就软的家伙，胆子还有点儿小，于是直接伸手去拽他：“走，有什么事我给你担着。”这是她的弟弟，看他这段时间累成什么样了，还不许人歇一歇吗？她才不管什么天工师叔肯不肯，那天工师叔一看就是个建模狂人，一心只有手里的活，是个和她师父完全不同的“技术宅”，这样的人连他自己都不会体恤，怎么会体恤徒弟？

“诸位师兄，我先把我这弟弟带走了，待会儿再把他送回来。”辛秀说着，光明正大地拖着老四离开这里，把他推上摩托的后座。

“坐稳，扶好！”

老四喊道：“啊——”

辛秀乐了：“哈哈哈哈，老四，不是吧，你恐高吗？以前怎么没看出来？”

老四不甘地争辩：“啊啊啊，我不恐高！”

不恐高可是你说的，辛秀乐了，加速！

等他们回到景成子师叔的茅舍，这里已经聚满了人，多了几个认识的师兄师姐和一些不认识的人，连采星师兄和以前常去盆中天里蹭吃的东西的桂心师姐也在。

院子里摆了大桌子，熬的鸡汤汤底已经放上了桌，一盆盆鲜嫩青绿的蔬菜、晶莹剔透的鱼片、瘦肥相间的肉片和硕大的肉丸等都已经摆上了桌。

老二和老三正在忙活烤肉的架子，想把它架起来。

老五抱着坛子从屋里走出来，辛秀闻到了酒香。

辛秀是个很爱热闹的人，不论在哪里，身边都会有许多人。她从前也有很多朋友，时常聚会，而聚众吃喝绝对少不了火锅和烧烤。火锅和烧烤很相似，都有种热闹又喧嚣的烟火气，辛秀觉得这样的烟火气最有人间味道。

她从小的朋友、同学、室友、同事，几乎都受她的影响，喜欢上了火锅和烧烤。哪怕是最孤僻的朋友、最不愿意动弹的室友，都愿意和她一起吃吃喝喝。如今，她虽然远在异乡，吃的火锅和烧烤与从前不同了，身边的朋友也和从前不同了，但这份心情是一样的。总归她的身边还有人陪伴，那些离愁别绪也就能随着食物的香味全部付之一“串”或付之一“锅”。

“大姐，你做的那个辣酱，为什么我做不出来同样好吃的味道啊？”

“大姐，快来，花椒和辣椒都准备好了，蒜也剥好了！”

辛秀见到旁边的老四眼眶红红的，他看到这么多熟悉的人似乎又要哭出来。不过要是真哭出来，他大概又要闹别扭。于是辛秀拍了一下他的后脑勺，说：“快去洗脸，洗完来帮忙，不干活没的吃！”说完，她撩起袖子朝老二、老三那边走去。

蜀陵是个得天独厚之地，物产丰富，人间四季的界限在这里也变得模糊。而辛秀想要的调料之类的东西，只要在山中多搜寻总能找到，或者寻到替代品，有时还能收获一些意外之喜。

油煎的蒜香和油炝辣椒的气味有些刺鼻，但同样很能刺激唾液的产生，旁边自告奋勇地切肉的师兄吸着鼻子，切肉都更有劲了。

“这个肉要薄一点儿才好，薄薄一片，等锅里的水沸腾了，下水一涮，浸上辣油，再蘸一蘸碟子里的小葱辣酱，那滋味美极了！”

“这个菜好，鲜嫩，只是不适合辣锅子。这绿叶子往下一过水，再捞起来，要夹上许多花椒壳、辣椒皮，而且太重的味道容易夺去这新鲜小菜的本味，不好不好，这新鲜蔬菜还是在清汤锅里涮才好！”

“我倒觉得这样的脆嫩青菜，还是放辣锅里更有味，不然味道太寡淡！”

还没开吃，景成子师叔就和师侄们因为清汤锅和香辣锅的问题争论起来，争论的结果是再来个清汤锅对比一下。

“要不熬个鱼汤锅底？这鱼特别好，没有土腥气，鱼腥味也不重。熬个奶白的鱼汤，再放些山药和枸杞。”不知道是哪位讲究养生的师兄这样建议。

“哎，这鱼没刺，大小又正好，熬鱼汤可惜了，做个香辣油浸鱼才最妙！我吃过秀儿师妹先前做的香辣油浸鱼，一整条鱼炸得酥脆，吃完以后口齿留香，我都念了好久了。”

不管先前多么矜持的师兄师姐，谈起吃的东西都头头是道，只有老三的胖师兄最实在，来来回回就一句话：“还不可以吃吗？”

也没人做个开席总结，大家直接就开吃了。好歹都是上了百岁的修仙之人，哪怕外貌年轻也不好和几个真正的小孩子争，于是老二他们几个上桌吃得痛快。辛秀也先吃了一顿，吃过后想吃点儿烤山珍，又跑到烧烤架前去穿蘑菇。

她去哪里，几个小孩子就跟着跑到哪里，都知道跟着老大才有最好吃的食物。小九端着个小碗，熟练地跟在哥哥姐姐的身后，每个人都会回头往他的小碗里添菜。

好些山珍是小九带来的，不过他才几岁，肯定不知道这些，应该是他的师父韩房子师伯给他准备的蹭吃蹭喝“礼盒”。老七、老八过来的时候也带了一篮子葡萄，听说是白妃师叔亲手种的。

景成子师叔吃到兴头上，开始豪迈地喝酒，又到处找徒弟和师侄喝。等他找到自己的小徒弟艾草，试图让小徒弟也一起喝点儿时，马上就被几个年长的徒弟按了回去。

辛秀对喝酒倒是有兴趣，以前也不是没喝过酒，但还是头一次见这修仙世界的酒。可惜她刚提出想喝酒，同样被年长的师兄师姐按了回去。

她吃了一肚子的肉，觉得有些腻，还不能喝酒，只好去榨点儿葡萄汁解腻。其实她这个年纪的身体，喝点儿酒也没什么，但年长的师兄师姐都管着，哄她的语气像哄三岁小朋友。在他们看来，她这十几岁的身体，大约也就是三岁小儿。

宴罢，各人尽兴而归，约着过阵子再聚一回。

只有辛秀没有走，坐在院中消食，顺便等老四醒了把他送回去。这弟弟方才吃饱了，一仰头就迷迷糊糊地睡了过去，手里还抓着一根没吃完的烤肉串。辛秀还以为他喝葡萄汁也能喝醉，一看才发现他是累得睡着了。

老五搬了师父的摇椅出来，让老四躺着。老四睡得熟，大家吃吃喝喝也没能把他吵醒。

“孝顺儿子”老五任劳任怨地打扫场地，处理完了又提了壶茶过来，给辛秀倒了一杯：“是门前那一丛薄荷做的薄荷茶。”

辛秀慢腾腾地在这儿偷闲了一下午。等到夕阳西下，老四才醒来，迷迷糊糊地伸了个懒腰，出神地望着天边。

“在天工师叔那里，是不是不开心？”

老四听到大姐的声音，扭头看去，见她坐在附近，就坐起来摇摇头，有些不好意思地说：“不是……还是开心的，我学会了很多东西，让我觉得自己是有用的。只是很累，还有很多师兄会的东西，我都不会。”说到后面他又沮丧了。

辛秀无奈又温柔地说：“你就是再傻，学个一百年也都会了，更何况你还不傻呢？行了，我送你回去。我也该回了。”

夕阳西下，蜀陵的晚霞色彩绚烂。她常在幽篁山这种清幽之地，很少看到这样的美景。飞到天上，她才看见各种颜色的云层交叠在一起。

她把老四送回去，见他磨磨蹭蹭的样子，差点儿以为看见了自己的一个小表弟。那小孩儿也是这样的。家长临时带他出门，耽误了几节课，送他回学校的时候，他死活不敢一个人进去，非要爸妈陪着他去见老师，把事情说清楚。

所以辛秀就带着老四这个小学生去找天工师叔了。这位师叔邋里邋遢的，嘴里念念有词，正忙着制作一个机关模型，不知道有没有听见她说话，反正头也没抬，赶苍蝇一样挥了挥手。辛秀面色如常，就当他知道了。

“好了，我和他说过了。你记住我的话，很累的时候休息一下，这不是罪大恶极的事。行了，我过几天再来看你。”

辛秀骑着摩托回幽篁山时，天上的星星都已经出来了。她好像飞鸟投林，落进葱郁的竹海。

那棵常开不败的紫杜鹃树下，有一盏灯笼挂在那儿，像引路一般飘在她的身前，引着她走过竹林，回到小楼。她远远地看见小楼，那楼上挂着的灯笼次第亮了。她知道师父是不会特地出来等她的，但这些自动亮起的灯笼，好像是有什么人在等她回来。

“师父，我回来了。”她走进院子里喊了一声。

果然，师父的声音不知道从哪里传来。他说：“嗯。”

辛秀又喊道：“给你留的蛋糕吃了吗？好不好吃呀？”

“好吃。”

辛秀就不再说话了，跑上楼去。她上回觉得洗澡不方便，问过师父后，他就给了她一个最小号的盆中天，里面有一汪温泉。她就把这个盆中天放在房间里，想用的时候进去泡一泡。

她怀疑师父有一段时间沉迷做这种“小盆景”，里面是各种微观景致。像这种“小盆景”，他有好多个，乍一看都是同样的玉碗、玉盘，不知道的还以为是一柜子餐具。

辛秀泡过温泉，洗去一身的火锅和烤肉味，散着头发躺在床上，听着外面的林里的鸟鸣和竹涛起伏声入睡。

每日晨起，辛秀都要在竹林里跑一阵，这是吐出浊气的过程。然后她会找个地方听课，随便找块石头或者一根树杈，听传道珠里师叔师伯的讲课内容。她已经听到讲解各种“法”，也就是天地规律。

她学金火之道要背一大堆书，得做到熟稔于心。修仙先背书，某种意义上来说，真的很科学。

等她能熟悉这些“法”，就能尝试调动更多的灵气，然后才是学习“术”，也就是运用灵气。

她的师父从来不问她的学习进度，也不督促她好好修炼，这要是换个懒散的人，比如她从前那个经常偷懒的室友，估计一辈子也修不到脱凡。不过辛秀还是自觉的，合理安排了时间，基本上定下的计划都会按时完成。

在她的计划里，一天有两个小时的时间是专门划给摸熊猫的，可惜她不是每天都能找到熊猫。熊猫妈妈仿佛和她捉迷藏，需要她到处找才有可能从旮旯里找出来。可能这是它喜欢玩的游戏吧。辛秀也觉得这样有趣，好像在玩一个寻宝游戏。

申屠郁不觉得有趣——任他躲在哪里，徒弟都能找到。他的无奈，连变成熊猫后都要从被黑眼圈包围的眼睛里露出来了。

辛秀又一次逮住了他，快乐地摸着毛，还用一副“我们都这么熟了”的神情去摸他的耳朵。

大熊猫把头往后仰了仰，似乎是躲了一下，但辛秀再次试图去摸时，它又没反抗了，瘫在那儿，露出一脸精疲力竭的神情，于是辛秀摸了个爽。耳朵是不同的手感，没有充满肉感的肚子那么柔软，但同样很棒。圆乎乎的耳朵超级可爱。

等徒弟走了，大熊猫爬起来靠坐在那里，忧虑地叹了一口气。

申屠郁开始认真思考，是否现在就去后山给徒弟找只食铁灵兽养。不过后山地方特殊，师父灵照仙人正在那里，申屠郁不好打扰。还是待他问过师父的意思，再带徒儿过去吧。

只不过，申屠郁还没来得及去见灵照仙人，辛秀就先进了后山。这回，她确实不是故意的。

自从几个弟弟妹妹见识过辛秀的摩托后，都想着要试开，几个小孩子也想坐车兜风，所以辛秀骑车兜风的时候会带上几个人一起在天上逛逛。

摩托很大，按照他们的身形，最多可以坐四个人。

这一天，她去看老四，带他去兜风，又带了老三和老五，谁知恰好被老二看见了。老二死活也要上车，于是一车坐了五个人。

超载会发生车祸，现代交通教育是有道理的。

当时几个人在后面坐着非常挤，老二闹腾着想开车，和老三斗了两句嘴，恰好他们又迎面遇上一群傻鸟扑棱着翅膀撞上飞天摩托。结果他们被鸟群一冲，就一头栽进了后山禁地里，引来守后山的竹竿师叔将他们包围。

原来竹竿师叔不只三个，这回辛秀看见了七个长相相似的竹竿师叔。

辛秀小心地问："师叔，如果我说我们是不小心被撞进来的，你们信吗？"

显然，他们不信，一车五个人，一个都没落下，被提溜着在竹节上排排坐，等着他们的师父来领。

竹竿师叔一共十二人，以十二时辰为名，职责是守护后山禁地。然而这份工作非常难，因为整个蜀陵这么广阔的地方，没什么地方不能去，哪怕云间道场下面镇压着地龙的那地方，祖师爷灵照仙人也没制止徒子徒孙过去溜达，唯独这后山不许人随便进。

这下可好了，越是不许人进的地方，大家就越想进。而且擅闯后山的惩罚还有些儿戏——当时不罚，按照积累的次数，三年罚一次。

竹竿师叔觉得若真不许人进的话，干脆定个严厉些的惩罚，可灵照仙人偏不。

于是，这么多年来总有些小崽子前赴后继地试图闯入后山。有的是为了看据说很凶残的食铁灵兽，有的是为了看在后山上天台的灵照仙人，还有的干脆只是为了故意冒险闯关，想要闯过他们十二人的守关，以此为游戏。

竹竿师叔对此非常烦恼。

好不容易等到弟子年纪大了，比以前稳重些，后山不再是他们的游乐场，新的不懂事的弟子又来了。

申屠郁是第一个来领徒弟的，毕竟他离这里最近。过来时，他正听到自己的徒弟在和几个师侄说："怪我，开车不规范，连累你们了。"

另一个女孩儿说道："怎么是大姐的错？都怪老二坐车不安生，动来动去的。"

独臂少年也不在乎自己背锅，嘻嘻哈哈地撞了撞两个人的胳膊："哎呀，都是异父异母的兄弟姐妹，追究这个干什么？！你们不用怕，我师父都说了，惩罚很随意的。他之前被罚，也就是种一个山头的竹子而已。"

另一个少年心有余悸："刚才摔下来可吓死我了，我还以为要摔成肉酱呢。"

最小也最含蓄的那位青衣少年则细心地询问几个人，有没有哪里摔伤。

辛秀回道："摔不着！我当时眼看要摔，怕真撞出个好歹来，下意识地就往后山这边偏了一下，这边有竹竿师叔守着，我们落地前肯定能被他们拦下。"

申屠郁心想：嗯，徒弟还是聪明的，知道保护自己。

他一出现，辛秀立刻闭嘴了，特别无辜地看着他笑。于是其余师侄也下意识地摆出相似的笑容对着他，看样子是受过严格训练的。

辛秀站起来，准备跟着师父回去，但申屠郁示意她坐下："先在此处等我。"

辛秀坐了回去，和弟弟妹妹以及竹竿师叔一起目送师父走进后山竹林，身影消失在一丛紫竹后。

"师叔，我师父进后山，你们不拦吗？"辛秀问。

竹竿师叔说道："祖师爷说过，申屠师兄可以随意进后山。"

这么特殊的待遇，莫非师父是祖师爷亲生的？辛秀刚想到这儿，老二就悄悄问她："老大，难道申屠师伯是咱们祖师爷亲生的？"

"瞎说什么？要真是亲生的，我能不知道吗？"辛秀反手捶了老二的脑壳一下。

其他人陆续被师父或者师兄师姐领走了，只有辛秀还坐在原地等师父回来。她撑着下巴陷入遐想之中，师父莫非是去给她偷熊猫啦？

这个猜想虽然不全对，但也相去不远。申屠郁确实是去见师父灵照仙人了。

上天台就在后山一个山谷中，是一处看上去极为普通的台子，方方正正没什么花样，既不高也不大，台阶缝隙里还长着野草、开着野花，一派荒废已久、无人打理的模样，唯一特殊的就是台子中央一棵玉树熠熠生辉。

申屠郁踏上台阶，行了一礼。

"怎么过来了？"玉树中传来声音。

"是为了小徒辛秀之事。"

"嗯，你肯收徒了？"灵照仙人问。

申屠郁回道："是师父上次与我说的人。"

玉树那边沉默了一会儿，灵照仙人才再次道："我不是说过，此人与你有宿世姻缘吗？"

申屠郁有些奇怪："正是师父说过此子与我有宿世因缘，弟子才将她收作徒儿，虽不知是何等因缘，但收作徒儿，应是没有问题。"

灵照仙人没说话，不知道该说什么。

他已修到真仙，许多事不再管了，只是对申屠郁这个徒弟有几分偏爱。因此，他上回发觉申屠郁命有异数就随手算了算，发现徒弟情路坎坷。为了让申屠郁少经历一点儿劫数，他便点拨了一句，谁知弄巧成拙……这两个人本不该成为师徒的。

灵照仙人叹了一口气，说道："罢了。"

这些事还是让他们自己去纠缠吧。

申屠郁不明所以，但没问，毕竟师父总是这么说一半留一半，让人感觉云里雾里。他继续说出自己来这里的目的：“辛秀徒儿对食铁灵兽多有偏爱，想带一只回去饲养。”

灵照仙人犹豫了一会儿，应允了：“去吧。”

申屠郁告别师父，在后山寻找合适的食铁灵兽。他也有许久没来这里了，虽然此处是他早年的居处，但漫长的时间过去，山间草木随年岁枯荣，又变成了另一种模样。

第四章　吃喝玩乐事

辛秀已经等得有些无聊，开始靠在两根竹子上背金、火之法，发觉自己可以略微使用一点儿金系灵气。她刚才试验了一下，让金系灵气布满自己的指甲，然后刨土就像刨沙一样轻松。

她的脚边两根还带着泥土的大笋就是刚刚挖土的时候顺手挖出来的。这竹笋通体紫色，笋壳质感如同丝绒。紫竹只有后山这边才有几丛，这个紫色的笋她还没吃过，刚好带回去尝尝鲜。

要不是竹竿师叔看她的神情太诡异，她能把周围这一圈的笋全部刨出来。

辛秀见到师父出现，先是一惊，再是一喜，喜笑颜开地迎了上去："师父！这是给我的吗？！"

她的目光盯在申屠郁怀中的那一团东西上。辛秀心里不住赞叹，这也太可爱了！世界上比大熊猫更可爱的生物就是年幼的大熊猫！

看看这糯米团子一样毛茸茸的小东西，简直像个芝麻汤圆团在汤匙上，被人咬一口露出了里面的芝麻馅儿！

幼崽细小的叫声惹人怜爱，它靠在人怀里、昂起头颅的模样更像个小孩儿。

辛秀激动地说："师父，给我抱！"

申屠郁就把怀里的小家伙送到了另一个小家伙的手中，郑重叮嘱："日后，要小心。"

"好，好，好，我肯定每天给它准备很多好吃的竹笋，用心照顾它！"辛秀满口答应。

申屠郁说道："我是让你自己小心，不要被它伤到。"

这毕竟是以凶猛著称的灵兽，哪怕只是只幼崽，岁数也是徒弟的几倍，一不小心打伤她是很有可能的事。申屠郁先前不想太早让徒弟养食铁灵兽，就是担心她年岁太小、修为太低，会被灵兽所伤。

辛秀露出疑惑的表情，问道："我？被它伤到？"

她打量一番这憨态可掬、只有自己一半大的熊猫宝宝，怎么都想不到它怎么伤自己，难道是用爪子挠她吗？哈哈哈哈！师父也太危言耸听了，这样小的小家伙哪有什么杀伤力？！她姑且认为师父这是第一次做家长，太过操心。

辛秀抱着这个毛茸茸的小家伙，沉甸甸的重量在她的意料之外。这简直是个实心铁球，要不是她修了仙，力气比一般人大，肯定抱不起它。

就算她在原来的世界没有抱过大熊猫，也知道那些大熊猫肯定没有这么重，甚至怀疑这里的大熊猫是不是真的吃铁，肚子里全是秤砣。不过能抱到这芝麻汤圆一样可爱的大熊猫幼崽，重一点儿也是甜蜜的负担，她不在乎。

"我来抱。"很明白食铁灵兽重量的申屠郁主动为徒弟分忧。

辛秀把怀里的大熊猫抱得更紧："不用，不用，我自己抱就可以了。"

她很是稀罕熊猫幼崽，张罗着给它做个竹编小篮子当床，又询问申屠郁这么小的熊猫幼崽能不能咬动竹子，要不要给它找点儿奶水。

申屠郁说道："不用怎么管它，它已经不小了，平时自己也能生存。饿了、渴了，它会去找竹子。"

辛秀想：师父这么宅且孤僻，他估计不知道该怎么养熊猫，不能听他的。

她抱着熊猫幼崽去泡了温泉，和它培养感情，还挖了不少笋，砍了鲜嫩竹子回来，试着喂给它吃。这熊猫果然是野生的，非常好养活，她给它什么它都吃。

半夜辛秀被咔嚓咔嚓声吵醒，发现熊猫幼崽正在咬床，一张不算小的竹床已经被它啃出来一个大洞了。

辛秀叹道："难怪感觉屁股凉飕飕的，你再往这边啃，我就要掉下去了。"她抱着被子坐起来，扶了扶额。她怎么忘了，这竹楼里房顶、地板、家具几乎都是竹子做的。这对大熊猫来说，可能就等于她在一个巧克力做的屋子里，处处都是能吃的东西。它睡到一半闻到香味馋了，爬起来啃也很正常。

"鲜嫩竹子不吃，非要啃这些老竹子，你是喜欢啃脆皮吗？"

辛秀试图把这忙着啃床的熊猫幼崽抱起来。她哪里知道这床是申屠郁睡过许多年的，沾染了他身上的气息。整栋竹楼都浸染着灵气，对灵兽来说，这样的竹子吃起来当然最有味道。

糯米团子发现要和食物分开，很不情愿地抱着床腿。辛秀的动作让它不高兴了，它抬起黑色的小爪子，啪一下拍在旁边的竹椅上。

竹椅在辛秀的眼前四分五裂。辛秀惊了，这么可爱的小爪子，力气却这么大？

大约是听到了动静，楼下的师父出现在门口。灯笼飘在他的身前，照亮了房间里的景象。床和椅子的"尸体"散了一地，徒弟蹲在一边看食铁灵兽的幼崽啃床腿。

"跟我出来。"师父的语气有些严厉。

辛秀起身跟他出去，心想：师父大概是觉得她不应该把宠物抱到床上一起睡，半夜闹出动静。

申屠郁一扭头看见她，却缓和语气说："我不是叫你，你回去睡吧。"

啃了床的熊猫幼崽四爪着地，垂头丧气地从她的身边走过，跟上了申屠郁。

辛秀心里打满了问号，师父是不是搞错了谈话对象？她趴在栏杆上，看见楼下的师父正在和熊猫幼崽谈话，说的什么她听不太清楚，只觉得这场景莫名有点儿好笑。

申屠郁严厉地说道："我选你的时候，不是与你说过了，我这徒儿还小，你年岁比她大许多，怎么还欺负她？"

糯米团子坐在原地垂着脑袋。

申屠郁接着训它："人类很脆弱，尤其她还未脱凡，受得住你的铁爪？"

糯米团子嗷嗷叫了两声，申屠郁神色稍缓："知道错了就好，再不能犯了，否则不能留在我这里。"

见糯米团点头，申屠郁又带着它回到楼上，对徒弟说："我教训过它了。"

辛秀把缩成一团的小家伙抱起来，看一眼屋内的破床随口开着玩笑："师父，不如给我打张铁床算了，省得它闻到香味想吃。"

申屠郁的语气一点儿都不像开玩笑："铁床它也会吃，换成木床。"

辛秀震惊："啊？"

难道修仙世界的大熊猫真的吃铁吗？

辛秀觉得有一件事很奇怪，她的师父偶尔会和那只脾气不好的熊猫幼崽说话——在熊猫幼崽做了坏事或朝她发火之后，师父就会如同安慰吵架的小朋友一样安慰她两句，并把熊猫幼崽训一顿。这一顿操作让辛秀摸不着头脑。几次过后，辛秀推测，这新来的熊猫其实是会说人话的。

“你其实会说人话吧？我也养你好几天了，不如你也跟我说句话？”辛秀蹲在小小的熊猫幼崽身前，用一根笋引诱它。

熊猫幼崽确实出声了，但说的是她听不懂的熊猫语。它要是不会说人话，总不可能是因为她师父会说熊猫语，这又不是随便能学的一门外语。

熊猫幼崽还在嗷嗷叫，申屠郁走过，说：“不得提出无礼的要求。”

辛秀说道：“啊，师父，我说着玩的。”

申屠郁答道：“我是说它，它又仗着你喜欢，提些无礼的要求了，不像话。”

辛秀再次疑惑地问道：“师父，你的熊猫语是从哪里学的？我也想学。”

申屠郁摸了摸她的脑袋，摇摇头走了，临走前还告诫熊猫：“不许和她闹脾气。”

辛秀沉思，莫非熊猫语属于特殊技能，师父教不了她？或者是她现在修为太低，所以学不了？她边思考边把熊猫团子抱到怀里。

软乎乎的熊猫幼崽的皮毛不像熊猫妈妈的那么黑，但毛更细，两只小耳朵也很柔软。它趴在那儿翻动身体的时候，小肚皮随着呼吸起伏一颤一颤的，煞是可爱，像个熊猫玩偶。

但是可爱的熊猫幼崽并不愿意一直让她摸，辛秀摸了没几下，它就挣扎着要离开，滚到一边去躺着，小的熊猫果然没有大的熊猫妈妈那么耐心温柔。

辛秀强行把熊猫团子抓过来摸毛的时候，感觉自己有点儿像恶霸。被师父训过的熊猫幼崽不敢再对她亮爪子，偶尔被她摸得久了也就抬抬爪子摆个敢怒不敢动手的姿势，露出点儿抓狂的模样。不过，它的黑眼圈是个“八”字形，看着特别无辜可怜，做出凶狠的样子也像在卖萌。

养了它没几天，辛秀就发现这小崽子开始到处跑，躲在各种角落里让她找不到。

辛秀暗忖，莫非熊猫真的喜欢躲猫猫这类活动？熊猫妈妈也是这样的。

“找到你了！”辛秀从柜子顶端把熊猫幼崽抱了下来。

“又找到你了！”辛秀从石头缝里把熊猫幼崽抱了出来。

熊猫幼崽虽然是只灵兽，又为申屠郁的威压所震慑，但毕竟没有和人类一样的思考方式，更多的是凶兽的本能。它本就不是亲人的宠物，被辛秀抱烦了，立起身子一个熊掌把辛秀拍了出去，咚一声刚好把辛秀砸到上楼的申屠郁的脚边。

对于自己和宠物玩，结果被其推倒翻滚的事，辛秀并不在意。她以前可是养狗的，和狗狗玩耍时，它很多时候会格外兴奋，对着她又蹭又扑，她被扑倒是很正常的事。有时候它高兴了，跑得非常快，她在后面牵着狗绳跑到要断气。狗狗跑太远，回家跑不动了就撒娇耍赖，她还得把狗狗背回家。

申屠郁并不觉得这事能放任，提着熊猫幼崽把它带走了，临走前对辛秀说：“为你换一个脾气好些的。”

没多久他果然就带回来另一只熊猫幼崽。这大概是另一只，毕竟它们都是同样的毛茸茸的熊猫团子，有同样的黑爪子和黑眼圈，又不像狗那样还有花纹、颜色的区别，熊猫基本一个样，辛秀有些分不出来。

这只熊猫崽子倒是不会动不动就朝她的椅子发脾气，给她制造各种家具的“尸体”，但是它真的太能吃。辛秀把它放在房间里一会儿，就睡了个午觉的时间，它把通往下一层的楼梯给吃了。

辛秀想着：师父告诉过它不能啃家具，也不能摔家具，它确实是做到了。

它不只啃楼梯，还啃墙面，啃出来的形状倒是挺规整的，像一扇门。辛秀看着熊猫崽子在墙壁上给她新开的一扇门，站在那儿往下看是六层的高度，踏出一步就能摔下去——这门太险恶。呼呼的风和云气从外面灌进来，难怪她刚才睡觉时觉得冷。

她又蹲在那个原本是楼梯的悬空的洞前看了一会儿，发现熊猫崽子正在啃四楼的楼梯，她要是再起来晚一点儿，估计四楼的楼梯也要阵亡。

辛秀左右看看，翻出绳子系在柱子上充当楼梯滑到五楼，踩着摇摇欲坠的四楼楼梯下去。

她思索着，熊猫崽子胃口这么好，该不会这整座竹楼都会被它吃光吧？

辛秀师徒二人在院中对坐，中间放着一大锅紫笋肉片和清炒小菜，还有一碟新腌的脆酸笋。师徒俩在这边吃，熊猫崽子坐在走廊的柱子下面看着他们吃。因为它啃掉楼梯和墙壁，申屠郁沿着柱子给它画了个圈，让它待在里面反省不许出来。

于是，熊猫崽子就只能徒劳地靠着那根圆柱子扭来扭去，一会儿身体前倾挠柱子，一会儿蹭尾巴——场景如同一只熊猫在跳钢管舞。

辛秀吃一口饭，看它一眼，又看它一眼，最后说："师父，你还是把这只熊猫送回去吧。"野生的食铁灵兽不适合被饲养。

她说完，咬着筷子想，自己被一群老神仙当作小孩子看待，还真把自己当成小孩子了，简直越活越年轻，竟然做起了小孩子似的事情，嚷着要养宠物，然后半途又后悔不想养了。回想一下，她好像在八岁的时候做过同样的事。后来，她十几岁开始养狗，一养就是十年。

辛秀端着碗边吃饭边思考问题："师父，你说这些带毛的动物怎么都不喜欢被我摸呢？我觉得我的手法也不是很差。"

申屠郁捏着一双竹筷不语。

其实，他评价不出手法如何，自己也没让其他人如此摸过，不过觉得主要的问题恐怕是时间太长了。徒弟喜欢什么就会对什么特别亲近，热情得让动物身上的毛吃不消。不论她的手法如何，她一摸就是很久，舍不得放手，长毛的动物自然不乐意。

“你如今刚修炼，还无法很好地控制金、火灵气，灵气从手中散出，自然不得普通鸟兽喜爱。”申屠郁只能拿出这个理由安慰一下徒弟。

金、火灵气的问题吗？辛秀看着自己的手，恍然大悟。这大概就像手很干燥的时候摸毛容易产生静电，难怪两个熊猫崽不爱让她摸。

辛秀顿时有点儿戚戚然，回想了一下水系的老三和木系的老五，发现他们两个果然更受小动物喜欢，于是酸溜溜地想自己大概只适合养狗，只有她家的狗无论如何都不会嫌弃她。不管她怎么摸、怎么抱，认定了主人的狗都会温柔地纵容她。

如同有些人觉得养的狗特别黏人特别烦，只会没轻没重地表达喜爱，一般的长毛动物根本就不会喜欢爱摸长毛的热情的人类，更别说这人摸毛还起静电！惨，太惨！也不对，她还有个熊猫妈妈。虽然这个世界没有她的狗了，但还有个不嫌弃她的熊猫妈妈，肯让她随便摸。熊猫妈妈一定是真的爱她！

辛秀瞬间精神一振，觉得自己还是去摸熊猫妈妈比较好。

她又开始漫山遍野地寻找“熊猫妈妈”的行踪，并且认定只有它才是熊猫中最可爱、最好看又最好摸的一个。从手感上来说，确实如此，虽然幼崽软乎乎的，又十分袖珍可爱，但大熊猫像毛茸茸的温暖水床。等她和熊猫妈妈更熟了，她一定要趴在熊猫妈妈的肚子上睡觉。

申屠郁见到徒弟漫山遍野地找自己，良心偶尔会受到谴责。徒弟经常想着他，做点儿什么吃的东西都要孝顺师父，他却故意躲着徒弟。

作为一个顶尖的炼器大师，申屠郁不得不开始考虑用其他的方法来满足徒弟的爱好，比如给她炼制一只食铁灵兽。

那么，他是炼制一只“活着”的食铁灵兽，还是单纯炼制拥有食铁灵兽外形的死物?

很久之前，申屠郁并非如今这个模样。他对炼器一道最狂热也最狂妄时，给自己炼制过另一具身体——那种与正常人类无异的身体。甚至为了让那具身体能真正变成一个“人”，他不惜抽出自己的魂魄来炼制，最终他确实成功了。

师父灵照仙人说，他的这一件作品已经超出了“炼器”的范畴。申屠郁身为妖，却炼制出一具活生生的人类躯体，同时拥有了人类和妖的躯体，而两个躯体共享一个魂魄，由一个意识驱使，这真是前所未见，无异于挑战天道法规。

因为这一具身体，申屠郁引来雷劫，足足被劈了三日三夜，休养了近百年才恢复元气。

从那时起，他就开始同时驱使两个躯体。一具人类的躯体常年在外游历，收集各种炼器材料。这一具原身便越发懒散孤僻，每日只化作原形在山间休憩养神，心神大半在另一边。

年轻时狂妄的行为为他带来的影响延续至今，申屠郁再也没碰过这种炼制生灵的炼制之法。不过，他若稍稍变通一下，只是炼制一样能养出“灵”的灵器，也并非不可行。如刀剑武器这一类，时常被主人随身携带使用、寄托了主人之道的器具，最容易生出器灵。“灵”虽不是人类，但能随主人一同成长，为主人所驱使。

申屠郁决定为徒儿炼制一样外形如同食铁灵兽的“灵器”，用来陪伴她。

辛秀不知晓自己的“熊猫妈妈”为了摆脱被她摸毛的境地，煞费苦心地准备给她做个“人工智能”大熊猫。

她现在正和十几个师兄师姐一起在一位师叔那里准备上卜算课。

教卜算的师叔还没来，几个师兄师姐闲聊，说起了申屠郁。

“应该是三百多年前申屠师伯那事，我入门晚不清楚，是陶俊师兄告诉我的。哦，陶俊师兄你们应该不认识，他早几十年出山后一直没回来，也不知道在外做什么。师兄入门早，亲眼见到了当初那场天雷之劫，据说落雷不停，足有三天三夜，把后山和幽篁山交界处活生生劈出了一片盆地。”

“有猜测说，师伯是用人的魂魄炼制灵器，才引来天罚。但我师父说，申屠师伯大约是炼制出了不得了的东西，只是不知道到底是什么。”

“莫非是炼制出了神器？普通灵器不会引发天雷，传说中的神器说不定可以。”

“如你这般猜测的也有，那时有不少别有用心之人来蜀陵拜访，祖师爷说并非神器，把他们都劝走了。”

辛秀问道：“祖师爷这么一说，那些人就信啦？”

“哈哈，不信能怎么办？他们也打不过祖师爷呀，咱们祖师爷可不是用嘴劝说的。”

辛秀懂了，原来不是道理说服，是物理说服。

大家就申屠师伯到底炼制出了什么东西，进行了一番随心所欲的讨论。

在座的一位师兄听着，叹道：“那样的天雷，换成我恐怕要被劈得灰飞烟灭，不愧是申屠师伯，着实厉害。其实我早年间也想学炼器，可惜申屠师伯之前不想收徒，性格又不好亲近，令人畏惧。”

这师兄说着，拍了拍辛秀的肩，又说：“师兄太羡慕你了，辛秀师妹，你可要好好学炼器，不要辜负了师伯的天分。”

在一旁给草绳打结的某位师姐也忍不住加入话题：“我师父曾与我说，其实以前申屠师伯并非这样的性子，是那次天雷劫数过后才变成这般，听说从前的申屠师伯颇为傲气，脾气也不大好，不高兴了就要动手。”

辛秀听得津津有味，追问：“动手？我师父以前还和人打架吗？”这么孤僻的师父和人打架，真难以想象。

师姐继续说：“听说师父以前去找申屠师伯，请他帮忙炼制一样武器，见到桌上有两坛蜂蜜，顺手提回去吃了，结果气得申屠师伯追过去掀掉了我师父的屋顶……当然我个人觉得，申屠师伯不至于为了两坛蜂蜜动手，肯定是我师父胡诌的。”

辛秀在心里嘀咕：我觉得这事有点儿真。

她一时也不知道是感叹师父从那么早就喜欢吃甜食，还是感叹师父这样的人也有年轻气盛的时候。如今炼制出的灵器随便给她玩也不生气的师父，从前却为两坛蜂蜜和师弟生气，这也太好笑了。

“哎呀，来迟了，来迟了，还没开始讲吧？”眯眯眼的采星师兄匆匆走进来，扫了一眼众人挤着蒲团围坐的茶话会场面。

“采星怎么才来？”

“还以为采星师弟今日不来听师叔的卜算课了，正稀奇呢。”

采星和他们打过招呼，走到辛秀的身边坐下，摸着她的脑袋，笑道：“秀儿师妹也来学卜算吗？你对卜算一道有兴趣？”

辛秀直说：“是老六让我来的，我就凑个热闹。”

教卜算的是老六的师父。卜算课不是每天都有，得看老师心情如何，老六觉得师父的卜算课有趣，所以特地喊她来体验一下。

他们刚说到这里，有个儒雅书生模样的人走进来，身后跟着个灵秀的少女，那少女正是老六。

拜入师门才几个月，老六和刚出盆中天那会儿又不一样了。刚见面时的土气的小村姑，如今长开了，显然也受到了良好的教育，举止大方了许多，只有质朴的感觉仍旧未变。她跟着师父走进来，见到辛秀，脸上露出一个笑容，走过来挨着坐在辛秀的身边。

“大姐，你真的来啦。”她小声说。他们几个都知道，大姐养食铁灵兽失败，心情正不太好，所以都商量着有什么有趣的事喊上大姐一起参加。刚好师父有兴致要讲一堂课，她就试着叫了大姐过来。

辛秀不知道这几个弟弟妹妹私底下商量的事，随口说：“你难得提个要求，我能不来吗？我给你带了腌酸笋。”

老六十分惊喜，又有点儿不好意思地笑了两声。

上首师叔开讲，众人全部坐正听讲。

师叔名为卜算子，辛秀刚听到这名字时就想，这不是个词牌名吗？这师叔大约是对诗词歌赋爱得深沉。

她先前看这师叔的气质，还以为他是那种随身带着大毛笔，用这个做武器画个圈圈就能把人困住，出招时会念两句诗的人，结果他竟然主修卜算。

修仙不是件简单的事，修仙不停，学习不止。他们并不是每日只打坐修炼就可以，除了修身和吐纳灵气，还要学习各种不同的技能，像她师父申屠郁那种只擅长一种炼器的修士反而比较少，大部分人学得很杂，而卜算也是修行的一种。

蜀陵里的诸位师叔、师伯、师兄、师姐多少会一点儿卜算，其中最厉害的当数卜算子师叔，他连名字都是卜算，可见他在这一道上十分自信。

学卜算大约需要天赋，辛秀听了一会儿，觉得自己很可能没有这种天赋，因为她听得头晕眼花，满头问号。

她只听懂了前面，师叔说卜算有各种方式。一种是借助物品，如龟甲、卜绳等，达到一定境界后，一个字、一块石头都可以成为媒介。另一种就是以自身感应天地规律寻找因果，掐指卜算，所谓十指连心，这感应都与心脱不了干系。

后面她就听不大懂了，这门玄学实在太玄。所谓上课，有一条定律就是，听不懂课的学生百分百会被老师叫起来回答问题。修仙世界竟然也没能逃脱这个定律。

“辛秀师侄，你来说说，你看出了什么？”卜算子师叔指着眼前飘浮的一个圆圆的墨团问她。

那墨团是他刚才讲课时随手涂抹的，辛秀只觉得这墨水在空中飘浮的样子很奇特，哪里看得出什么？既然看不出，她只好胡说：“嗯，我看出这是个球，它又大又圆，又黑又亮？”

卜算子师叔微微颔首：“师侄很有天分。”

辛秀心想：师叔，不能我胡说，你也跟着开始胡说。她寻思这夸奖应当是看在她师父的面子上礼貌性地夸一下，于是就安然受了这夸奖。

除了辛秀，其余师兄师姐，甚至老六都听得认真，仿佛都听得懂，尤其是采星师兄，听得那叫一个如痴如醉。辛秀暗想，莫非这里除了我，全员学霸？

在座的师兄师姐都不是卜算子师叔的徒弟，不过同门之间互相去师叔师伯处听课都是很正常的。辛秀觉得这就像公开课，只要感兴趣的人都能去听。

一场结束，众人散去，辛秀坐在蒲团上问旁边的老六："你都听得懂吗？"

结果老六一脸真诚地回答她："当然听不懂啊。"

辛秀疑惑了，听不懂你还时常点头时常沉思，装得挺像回事啊。

老六快乐地笑起来："不过现在听不懂没关系，师父说听不懂就多听，以后听得多了就能听懂了。"

"南柯，你要和辛秀师侄说话，为师就先把你的东西带回去了。"卜算子师叔走过来，拿起辛秀带来的那一盒子酸笋走了。

老六以前的名字叫阿男，文艺青年卜算子师叔给她改名为南柯。

老六应道："好的，师父。"她又在辛秀耳边悄声说："师父把酸笋拿去，肯定会吃掉一半。"这小女孩儿竟然学会打趣自己的师父了。

辛秀惊奇地说道："卜算子师叔也爱吃？我见他那模样好似不食人间烟火。"

老六笑得像只小鸭子，说："不是的，我们上回吃火锅，我带了一盘肉回来，都是师父吃的，他吃完还写了一首诗呢，哈哈哈！"

在老六这里待了半日，辛秀又接到了老七、老八那一对"金童玉女"的邀请。两个人说想她了，她就骑着摩托过去看望两个小孩儿。

白妃师叔的洞府是一艘画舫，可以移动。画舫上几座阁楼错落有致，精巧秀丽，在烟波浩渺中随水漂荡。据说白妃师叔长于水乡，后来被困深宫多年，最怀念的就是旧时泛舟水上的时光。于是她得逍遥仙道后，就更寄情于这悠悠山水。

辛秀登上画舫，见阁楼外墙上爬着花藤，一串串红花挂在檐下，红灯笼似的。

老七、老八缠着她说话，很有主人家风范地端上了吃的喝的东西招待她。白妃师叔性子温柔，不和她见外，带着她一起剪了新鲜葡萄，还向她请教了该怎么做出合两个小孩儿口味的食物，一派闲话家常的氛围。

看得出来，白妃师叔与两个徒弟之间的相处满是温情，像母亲与孩子的相处。

白妃师叔温柔地说道："我怎么都做不出你做的味道，抱福和得瑞眼见着瘦了些。"

辛秀心里想着：这瞎话我说不出口，两个人明明就胖了，看这脸圆得撒上些芝麻就是大饼。

辛秀在这儿吃了顿饭，尝了尝白妃师叔的手艺，于是明白了这两个孩子的胖脸是怎么养出来的。

辛秀还围观了白妃师叔培养两个徒弟的艺术情操，白妃师叔教老七跳舞，教老八弹箜篌。

一架朴素的箜篌在白妃师叔手中尽显低调奢华，到了老八手里，他那胖乎乎的手指按在弦上的模样更像是在弹棉花，笨拙的样子逗得辛秀大笑。

教跳舞时，白妃师叔在画舫上迎风一立，就似凌波仙子，长袖一招，回风飘摇。辛秀看得眼睛都不会转了，直在心里喊：朕要是有天下，就送给这美人。

她再一看跟着学的小胖子老七，老七身上那条飘逸的裙子与白妃师叔身上那件材质相同、样式相同，不过穿起来效果截然不同。

要让辛秀评价，她只能说老七扭秧歌扭得挺卖力的。

辛秀乐和一下午后回到幽篁山，又见到一只花喜鹊来给她送信，是老二邀她明天去云间道场下面看地龙。

辛秀捏着信想，这两天是怎么了？她突然这么受欢迎，弟弟妹妹组团约她，一个约完另一个约，无缝衔接。

再稍稍思考，辛秀就明白了，顿时摇头失笑，心想：他们该不会以为我心情不好，故意逗我开心吧？

辛秀突然有种孩子们都很孝顺，老怀甚慰的感觉。

地龙翻身是蜀陵特色，时不时就要发生一次。

辛秀他们出盆中天当日就见识过一次。那时她被师父带到幽篁山的途中，还直观地见到了囚困地龙的地形，看起来非常险恶。

但为什么她一直没有去那边探索的想法呢？不是因为那地方看起来险恶，而是她听说那里根本没有设任何禁制和守卫，允许弟子们随便过去看。

辛秀心想：对不起，不想去了。

那种敞开在那儿，大家可以随便去玩的地方，没有什么好探险的。

老二大概是真的没什么地方去了才想起那里。

不过，辛秀骑着摩托去接老二时，发现他想去看地龙只是个幌子，这家伙就是想开车。

大小伙子想开车，辛秀理解，但他车技这么差，让他开可能要摔断腿。本来他就是个独臂大侠，再摔断腿，连“过儿”都当不了，因此她毫不留情地拒绝了他，让他安心做个乘客。

“先前没能看清楚那条龙的样子，这回去要看清楚一点儿。”老二看着还真的挺期待的。

辛秀头也没回地问他：“其实你自己先去看过了吧？”

老二抓了抓脑袋，说：“哈哈哈，对呀，我去看过，但是走了很久都没见到地龙，只好回去了。老大，你直接开车飞进那个云里面吧，咱们从高处往下看，肯定能看到那条龙。”

辛秀也想这样做。但是她飞到云间道场那片云层下方的时候，摩托就自动下降了。辛秀再一看，跟在她的飞天摩托后面的鸟群都自动回避这一片区域。辛秀猜测这片领域上空禁止飞行。

老二遗憾地说道：“可惜了，难道咱们要走进去吗？肯定走不到最里面就天黑了。”

辛秀：“走着去？你太小看我的摩托车了！”

辛秀觉得老二不能因为自己的摩托车能飞，就忽视这原来是一种在地上开的车。辛秀的摩托车可是陆、空两用的，是师父给她做的，轮子超大，能适应山地骑行。再说了，这车就算不能飞上天空，稍稍悬浮一些还是行的——平坦地面可以贴地骑行，颠簸路面可以变成悬浮摩托。

老二算是第一个见识到摩托本色的人，兴奋地站在后座上，连声说：“这车在地上骑更有趣哇！”

前面有一块大拦路石，辛秀直接一抬车头，从上面跃了过去。

老二爱上了这种飙车的刺激感觉，怂恿她找有很多碎石的路开。他们两个宛如在玩真人马里奥游戏，偶尔拐弯，偶尔往上蹿，一路开着摩托车突突地进了险峻群山里。

因为上方云层厚重，下面常年不见天日，光线暗沉，就好像永远晦暗潮湿的阴天。这里的山岭不像外面的山那样郁郁葱葱，多是些裸露的砂石。石缝中偶尔有几丛野草，也都不是绿色。

这么压抑的地方，不愧是监牢。

辛秀对这被镇压的地龙没有了解，老二知道的消息比她多一些。路上开车无聊，老二就和她闲谈起来：“是很久以前的事了。据说这条地龙曾经掀起大水，冲掉了河流两岸的良田和村落，让大雨接连几个月不停，导致很多地方水灾泛滥。它还吃掉了很多人。听说当年修仙界很多修士想抓住它，但只有祖师爷一个人成功了。祖师爷是抓住了它，但是杀不死它，没办法，只能将它关在这里。师父说它是孽龙，和咱们从前听说的祥瑞之龙不是同一种，孽龙是天生就要吃人的。大姐，你说那些祥瑞之龙在哪里呢？”

辛秀说：“以后你修仙有成，能四处走动了，肯定能找到祥瑞之龙，总不至于这世界上就剩这么一条龙。”

老二点了点头，说道：“是呀，肯定能找到。我还想养龙，最好养两条！”

“你这蝼蚁，好大的口气。”如沉闷的雷声的声音在他们的头顶响起。

轰隆隆的响声里，一只巨大的头颅从山岭中昂起，探到他们的面前，灯笼一样泛红光的混浊大眼带着一股凶气凝视着他们。地龙竟然在离他们这么近的地方。方才它躺在山岭间，身上散布着石苔，暗紫色的龙身看上去好像是黑色山岭的一部分，让辛秀两个人完全没察觉它的存在。

胆子比天大的老二对这突然现身的地龙毫不畏惧，甚至回了一句：“你的口气才很大，你吃了什么呀？好臭！”这地龙说话时，一股腥风扑面而来，异常难闻。

地龙被老二这句大实话激怒了，怒而张口，朝辛秀两个人咬来。咔嚓一声，摩托连着周围的一圈土都被它咬进了嘴里。

辛秀心中清楚，既然师兄师姐说这里可以随便进，那就代表肯定不会有危险。但当那巨大的龙口咬下来时，她还是忍不住心跳加速。三秒过后，她睁开眼，发现他们还是骑着摩托停在原地，只是周围少了一圈土而已。

和她猜测的一样，地龙这恐吓的动作，根本没有对他们产生任何伤害。

他们和地龙简直像在两个不同的世界，只是能互相看见，却碰不到对方。难怪祖师爷敢任由弟子过来看，这是搞了个地龙展览专柜呢！

老二这下更精神抖擞了："龙，你是在故意吓唬我们？哈哈哈哈哈哈，你吓不着！吓不着！"

地龙没见到两个人被吓得屁滚尿流的模样，气得高高抬起龙尾，朝他们拍去。龙尾穿过他们的身体，重重地砸在地面上，激起碎石无数。

"可恶，你们这些可恶的小虫！"地龙一言不合就发起疯来，到处翻滚，引起一阵山摇地动。

老二朝天上喊："龙，听说你吃了很多人，是不是真的？"

地龙在山岭上乱撞，又是怪笑又是大骂："吃！吃人！我要吃人！"

老二顿时无语了，站在摩托上扶着辛秀的肩，低头问她："老大，这地龙是不是有点儿神志不清？"

辛秀理智分析道："应该是，被关久了都这样，而且这地方又暗，它待久了很容易产生心理问题。"

两个人看了一会儿地龙发疯，见它疯着疯着又躺到山岭里没动静了。

"唉，果然无趣，难怪师兄师姐都不爱来这里。"老二有些失望。他们见识过了这一点儿都不漂亮的龙，便掉转车头往回走。

老二安静了没一会儿，又开始说："我以前也被人关起来过，被关的滋味很难受。"

辛秀问他："哦？怎么回事？"

老二耸耸肩，无所谓地说："我也不知道怎么回事。他们说我做了错事，虽然我不清楚，但他们说是就是吧。这龙被关在这儿也挺无聊的，我看我以后偶尔来看看它好了。"

辛秀忍不住问："你确定你不是来刺激它的吗？"老二这想说什么就说什么，从来不看场合只管自己高兴的性格，脾气差一点儿的人能活生生被他气死。

老二信誓旦旦地说："我只是想问问它的老家在哪儿，有没有什么兄弟姐妹而已！”

然后你就要摸去人家的老巢，把它们一锅端了吗？

辛秀都能想象出老二去偷龙蛋的样子，说道：“下车下车，随便你做什么，别把自己的小命玩掉了就行。”

辛秀刚送走满脑子召唤神龙的老二，又迎来了老三。

“大姐，你上次不是说穿裙子骑摩托不方便，想要裤子吗？我问了师兄，他说堇色师姐养的蚕吐丝了，我们可以去找堇色师姐帮忙做衣服。”

辛秀暗暗赞叹：不愧是老三，还记着这事，真是太贴心了。

她早就觉得穿裙子开摩托不方便，尤其风一吹，裙摆都往上跑，腿凉飕飕的。她也尝试过侧坐着骑摩托，但是总感觉不爽快。

辛秀没见过堇色师姐，载着老三，两个人拿着师兄准备的路线图，按图索骥，找到了堇色师姐的桑园。那整片山头都种着桑树，山坡上有一重一重彩色的梯田。

“那不是梯田，是染色池，织出来的布都要在那边染色。”桑林里走出来一个约莫三十岁的美妇人。她提着篮子，用轻纱把一头乌黑的长发裹成髻，还插了两支木钗，通身上下干净又利落。

辛秀二人说了来意后，美妇人笑笑，将她们带进了前方的园中。

园中竟然有不少人，既有三四十岁模样的妇人，也有年迈的老奶奶。这里看上去像凡人世界的布庄，唯独一个看上去似乎是豆蔻年华的少女，穿着花色鲜艳的衣服正坐在那儿刺绣。几十根针在她的身边上下翻飞，迅速绣出精致美丽的花纹。

“堇色师父，来客人了。”

原来这位看上去最年轻的少女才是此间的主人——堇色。

“堇色师姐，你这里的人好多呀。”辛秀一点儿不见外地寒暄。

堇色师姐意外地有些羞涩，说起话来轻声细语：“这都是我这些年外出时带回来的妇人。她们大多在原来的地方过不下去了，我便把她们带回来，这样她们好歹能在这山中安稳地过一生，也能顺便帮帮我的忙。你们是想做衣服吗？告诉我想要什么样的，等做好了我再叫你们来拿。这算是我送给新入门的师妹的礼物吧。”

辛秀只能再次感叹蜀陵民风淳朴，然后提出自己想要的衣服样式。至于皮衣皮裤，辛秀自然是说笑的，但还是需要宽松舒适的裤子。

“这是什么样式的衣服？”堇色师姐还从未见过这种衣服，有些疑惑。

辛秀直接画了出来。她的职业习惯是先画模特，然后画一整套衣服穿在模特身上的样子。

辛秀画了好几套衣服。堇色师姐端详一阵后，评价道：“模样有些奇怪，但很容易做。只是这做出来也太简单了，你们这么年轻的小姑娘，穿这样的衣服未免太朴素，不如做成裙裤？”

辛秀只好和这修仙界的裁缝大师讨论了一番现代服饰的优点，并试图让师姐帮忙做内衣。师姐意外地对内衣很感兴趣，让辛秀画了好几套样式。

“这一套虽然也不错，但没有第一套好看。”

在师姐的柔声询问下，画了一套又一套衣服的辛秀有种再次成为绘图工具人的错觉，尤其那句“还是第一套好”，更让辛秀下意识地激灵了一下。辛秀心想：我都离开工作岗位这么久了，应激反应怎么还在？

拿到一大沓服装稿的堇色师姐表示自己要研究一下，然后亲自将她们送了出去。

辛秀和老三飞到半途，遇上了采星师兄几个人。

“师兄们急匆匆的，这是去哪儿呢？”

采星朝她们招手：“两位师妹快来，咱们去云中亭那边看看，听说陶俊师兄回来了，还带回了有趣的东西。”

陶俊师兄不就是昨日她们聊八卦时说起的那位出门好多年没回

来的师兄吗？辛秀这下子来了凑热闹的兴趣，骑着摩托跟上飞行的师兄们，追问："这师兄带了什么有趣的东西？"

采星答道："好像是一种奇异的生物，高鼻深目，双眼发绿，毛发金黄。"

辛秀心想：高鼻深目、双眼发绿、毛发金黄，难道这位师兄是抓了个外国人回来吗？！

辛秀从前也看过几本修仙小说，总是很好奇一个问题：为什么这些修仙小说中只有中国人，没有外国人？哪怕外国友人不懂中国式修仙，但如果客观存在的话，也该出现才对。此时此刻，辛秀觉得自己大概快要看到这个修仙世界的外国友人了。

云中亭里果然坐着一个风尘仆仆的男人，不过，他看着一点儿都不像修仙人士，更像刚在沙漠转了几圈或者在海上漂了几个月回来的冒险系"驴友"。他坐在那里，周围已经围了好几个师兄师姐听他说话。

辛秀拉着老三跟着师兄们过去，恰好听见这位陶俊师兄说："当时，我被卷入海底旋涡，还以为这回必死无疑了，谁知道竟然绝处逢生，去了一个奇异的世界。那边的风物与我们这里的大不相同，我在那边蹉跎了数十年才找到回来的办法……"

"陶俊师兄，除了刚才那妖鬼，你就没带点儿什么其他的东西回来吗？"

陶俊师兄的脸上露出遗憾的表情，他一拍手，说道："我自然带了，只是在穿过那片怪异之海时，东西全部遗失了，只剩下那妖鬼侥幸跟着我，没有葬身鱼腹。"

辛秀一听这描述，觉得师兄似乎是通过海去了某个奇怪的地方，而且很像是去了海外的某个国度。如果师兄带回来的真是外国友人，人家只是发色、瞳色跟他们不太一样，他们这样喊人家妖鬼不太好吧？那倒霉被抓的外国人究竟在哪儿？

采星师兄急她所急，直接问道："陶俊师兄，你带回来的奇异生物在哪儿？怎么不见它？”

陶俊师兄说道：“你们来晚了一步，方才焱砂师伯过来，把那东西讨走了，说要试试用来炼丹。”

辛秀震惊了，这么凶残吗？她知道焱砂师伯是一位擅长炼丹的师伯，他还曾遣弟子给她送过丹药。她拉了拉采星师兄的袖子说：“采星师兄，咱们快去看看。”

采星师兄说道：“对，赶紧去，免得焱砂师伯已经用完了，咱们看不到岂不可惜了？”

还有几个人也想看，便随着他们一起赶到焱砂师伯处。

采星师兄进门便喊：“焱砂师伯，我们来看陶俊师兄带回来的妖鬼！您还没把它投进炉子吧？”

正在温炉的焱砂师伯头也不回地骂道：“材料没经过处理怎么能投进炉子？老夫炼丹从不炼活物，你不知晓吗？你这小子在炼丹一道上真是毫无天分！”

辛秀松了一口气，在殿内巡视一番，急急问道：“师伯，妖鬼在哪里？我怎么没见到？”

焱砂师伯说道：“它太吵了，不知道在喊叫什么。我嫌它聒噪，把它放进后殿了。”

辛秀无语，是您老人家听不懂，估计那个人说的是外语。

一群人又呼啦啦跑到后殿去。其余人是带着好奇去看热闹的，只有辛秀做好了救人的准备。

后殿里并不吵，反而很安静，角落里放了个罩着黑布的笼子。辛秀一马当先地过去掀开黑布，可当看清里面那东西的样子后，又默默把黑布盖了回去。

这是什么东西？长得真的太奇怪了。

她真傻，单知道这东西“高鼻深目、双眼发绿、毛发金黄”，却没想到这东西压根儿不是人形，就更不可能是她猜测的外国友人了。她失策了，又被现代社会误导了！

这生物确实是高鼻深目。鼻子如同犀牛角，不仅高，还尖。双眼内凹如两个黑洞，里面发出绿光。原来双眼发绿不是形容瞳色，而是真的发绿光。毛发金黄，也不是头发金黄，而是全身都有金黄色的长毛，像个拖把。

辛秀从未见过这样的生物，也怪不得师兄们叫它妖鬼，它的一双如绿色小灯泡的眼睛在黑暗里确实有点儿幽幽的感觉。

其余人也凑过去细看，纷纷讨论起各种古籍上形容相似的妖物记载。

“是黄猴吧，看身形有些像猴子。”

“这说法就太轻率了，黄猴可没有这如同鞭子一般的尾巴。”

“我看它脸上无嘴，那它是怎么进食的，莫非不需要吃东西？”

“待我来试试。”一位师姐从随身携带的百宝囊中掏出一个果子扔进笼子。

那奇异生物凑近果子闻了闻，忽然朝笼外好奇的众人大叫。这叫声也能说奇怪，差不多就是邻居家在装修的声音，难怪焱砂师伯嫌吵了。

它张嘴大叫时，身上针一样的毛发奓开。这下子大家看见了它的嘴，大概从脖子的位置裂开。它的嘴闭合的时候，众人完全看不出来，仔细观察才发现那里有一圈和毛发同色的金黄鳞片。

在大家讨论得火热时，辛秀随口说了一句“不知道这东西能不能吃，味道怎么样”成功让大家闭嘴，并扭头看向她。

采星叹道：“秀儿师妹，你还真是什么都敢吃呀！我们都是第一次见这东西，你就考虑能不能吃？”

辛秀：“总要有第一个吃的人吧，不尝怎么知道能不能吃？”而且发现新的物种首先考虑能不能吃，不是国人的天性与习惯吗？

焱砂师伯拿着刀进来，闻言说：“还是等老夫研究一番，炼出丹药再说吧。若此物无毒性，我就给你留一块肉。”

然后，他在师侄们的围观下，给这奇异的动物剃了毛。他抓着一把毛给师侄们讲课："炼丹要先从材料下手，像这种生物的毛发和角，有时候也会有意想不到的效用。"

辛秀摸了摸这金黄色的毛，开口说："师伯，给我一小把毛。"

焱砂师伯道问道："怎么，你对炼丹有兴趣？要不要跟师伯学？你是金、火双系，炼丹还算合适。"

辛秀解释："不是，这毛的硬度不错，我拿回去做个毛刷。"用来给熊猫妈妈刷毛挺好的。

焱砂师伯沉默了。

辛秀见识了异世界的新物种，带着自己的毛刷材料回了幽篁山。

她提着刀在山上寻找合适的竹子，打算砍一根拖回去做毛刷的柄，顺便做一些餐具，比如碗、碟和筷子。她之前做的一些餐具总是莫名地失踪，她怀疑是被先前那两只临时饲养的熊猫幼崽吃掉了，反正总不可能是她和师父吃的。

自从辛秀开始修仙，身体暂时还没有很大改变，但动手能力逐渐增强。如果缺什么东西，辛秀的第一反应是自己做，不会的她就先请教师兄师姐，实在不行再找师父解决。

之前熊猫崽子吃掉了她的床，于是她和师父一起做了新床。她以为师父什么都靠炼器解决，谁知道并不是这样。他做床就是自己去砍竹子，然后劈、砍、削。她见师父坐在院子里老老实实地做床，被这个接地气的方法惊到了。她的师父真朴素，在享受方面，她觉得自己能超过师父一百年。

她跟随炼器大师师父学会的第一项技能是用竹子做床。之后，修补墙面是师父做的，她在旁边帮忙扎了楼梯。她跟随炼器大师师父学会的第二项技能是用竹子做楼梯。或许很快，她就能用竹子做一切。要是她修仙没成功，回到原来的世界，说不定能当个竹制手工艺人。

经历过这一切的辛秀，做个毛刷不在话下。

申屠郁在炼炉内，心神沉浸在炼器之上。

他抓了一把自己从前的毛发往前轻吹，这些毛发便附着于他身前那团逐渐成形的液体上。

这是他的另一具分身早年在外找到的一种柔金，可塑性强但太柔软，他一直没想好要做些什么。如今，他正好拿出来炼制食铁灵兽的躯体，这样一来，成品摸上去会比普通的食铁灵兽更柔软。

最重要的是这种材质看似柔软，但防御性强、韧力惊人，炼出的食铁灵兽或许能刀枪不入。日后它跟随徒弟出门，还能用作防卫。不过这还只是个半成品，需要许多其他的材料配合炼制。

做出食铁灵兽的外形容易，要做出能滋生器灵的灵器却很不简单，哪怕是他也不敢说定然能做成。有几样材料已经没存货了，好在在外行走的分身一直在补充炼器材料，申屠郁可以让分身回来一趟，把材料补全。

申屠郁今日的炼制到此为止。

他一边思考着如何让这样的灵器养出器灵，反复斟酌材料的搭配，好让成品尽善尽美，一边朝厨房走去。

厨房里偶尔放着徒弟孝敬他的食物，大多是甜的，还是他从未吃过的东西。比如那种松软如云的糕点，烤得有点儿焦黄、蘸上蜂蜜更好吃的软饼，那种酥脆的硬饼吃起来也不错。

正是因为徒弟这样花心思地孝敬他，他更想为徒弟炼制一个最独特的食铁兽灵器。

今日厨房里放着的是一碟脆饼，申屠郁吃着这蜂蜜焦糖小饼干，顺便把装小饼干的竹盘子也吃了。对他来说，圆圆的一个竹盘和小饼干也差不多，区别只在于竹盘不太甜。

申屠郁刚吃完，辛秀就拿着自己做的简易毛刷回来了。

“师父，你看！你知道这是什么毛做的毛刷吗？”

申屠郁接过毛刷仔细看看，从漫长的记忆里翻出一个片段，说：

“我从前曾穿过海中旋涡，去到另一处小世界，那处古怪之物甚多，活物都身覆毛发，发如银松针。”这自然是那具在外的人类躯体所经历的事，不过申屠郁双体一魂，那自然算作自己的经历。

“咦？”辛秀听师父这么一说，发现师父的经历竟然和陶俊师兄的经历很相似，当下快言快语地把陶俊师兄的经历也说了。

“如今陶俊师兄带来的那东西就在燚砂师伯那里，师父你要去看吗？”

申屠郁摇头。

辛秀猜到了宅如师父不会去凑热闹，因此也没觉得奇怪。什么罗刹国，什么海旋涡，和她这个初入修仙门还没资格出山的小菜鸟都没关系，她也就听个新鲜热闹而已。现在她还有其他事情要做，比如试用这个毛刷！

申屠郁看着徒弟又跑到山上到处喊妈了，幽幽一叹，起身。

他之前宽慰徒弟时说的并不都是假话，徒弟最近修炼没有懈怠，双手的金、火灵气很足，被她摸着毛的感觉着实不太好。

不过，辛秀今天很有分寸，摸了一阵大熊猫，就开始专心致志地用毛刷给大熊猫刷毛，还抽空回忆了一下从前给她的狗刷毛的事。

先前被她摸得有点儿毛躁的软毛在毛刷刷过后变得十分整齐，就像雪后没人踩过的洁白雪地，看得辛秀非常想再摸一把，把这肚子上的白毛揉乱。

她没能忍住，于是只好重复这种摸一把再刷毛，刷好了再摸一把的过程。

申屠郁没吭声，任她摸，只在她的毛刷上带了不少毛准备清理掉的时候，示意她把毛留下放在一边。

申屠郁想：这些毛可以用来给徒弟炼制食铁兽灵器，那样毛的质感会更真实。

辛秀换上堇色师姐做好的新衣，一下子觉得浑身轻松。之前那件长裙虽然好看，但太累赘，她平时还是穿裤子方便。柔软的裙裤长到脚踝上方，上衣是收腰的圆领长袖，样式简洁，再配上一双小布鞋，她踩在摩托上感觉更帅了。

在她给出的衣服设计稿的基础上，堇色师姐另外做了一些小改动和装饰，让这些衣服看上去不至于和如今大部分服饰太过相异。虽然衣服样式简洁，但色彩绚丽，看上去颇有生气，很有蜀陵特色。

蜀陵温度适宜，物种多样，山间各式花卉的花期都长得惊人。辛秀这个很有情调的人，每日都会换上不同的花摆在房间里做装饰。堇色师姐则是用各种各样的花草来给布料丝线染色，产出这些精美的艺术品。

辛秀在幽静的幽篁山待不住，做完了每日的任务就会到处乱窜，因而认识了不少师兄师姐。

哪怕是从未见过的师兄师姐，在她去到他们的地盘时，只要不是在闭关修炼，大家都会出来友好地和她说几句话，或者干脆请她吃东西，大家一起喝喝茶、聊聊天。辛秀因此认识了不少妙人。

在堇色师姐的桑园附近，还有个花圃，里面住着苗姑师姐。苗姑师姐和堇色师姐是同一个师父，都对漂亮的东西情有独钟，堇色师姐那些彩色的布就是和苗姑师姐一同琢磨出来的。这位苗姑师姐可不得了，简直是修仙界的美妆大师。

辛秀在苗姑师姐的花圃里参观，发现她培育出了上百种不同的花木，连普通的杜鹃都培育出了二十二种颜色。

“师姐太厉害了！”辛秀毫不吝啬自己的夸奖。

蜀陵里随便拉出个师兄师姐都是了不得的人，毕竟他们喜欢什么就能钻研上几十年。哪怕他们在修仙这一道上不是大师，在各自喜爱的领域都足以被称作大师。

最让辛秀喜爱的就是他们都有各自追求的东西，并且能享受其中的快乐，并不是千篇一律地忙着升级。和这样的一群人在一起，辛秀觉得平凡普通的每一日都有趣味。

“这紫杜鹃的颜色太正，我反而不喜欢，要说紫杜鹃还是申屠师伯的幽篁山上那一树紫杜鹃最美。那可不是一棵普通的杜鹃，当年祖师爷就是在那棵紫杜鹃树下修成真仙的。因为被紫雷劈过，原本的白色杜鹃就变成了紫杜鹃，而且得了祖师爷的灵气灌溉，一夜花开满树，再不凋谢。”苗姑师姐不愧是爱花之人，说起花来滔滔不绝。

辛秀听着她语气里的向往之意，想想自己平时经常揪那棵紫杜鹃的花，不由得有点儿心虚。

之后辛秀来花圃这边玩，特地带上了几枝紫杜鹃当礼物。

苗姑师姐惊喜地接过花，又揉了揉她的脑袋：“你这么随意摘了，申屠师伯不会生气吗？”

辛秀道：“不会，师父从来不生气，他的脾气很好，师姐你不要被假象骗了。”

其实不只是苗姑师姐，很多师兄师姐都对辛秀的师父颇为畏惧，还有些是又敬又畏。辛秀觉得主要是因为师父太孤僻，大家和他相处不多，自然怕他。

苗姑师姐听了她的话却心有戚戚焉地摇摇头，看上去好像知道什么内幕：“你还小，不清楚，你觉得师伯脾气好，是因为师伯喜欢你、看重你，但人和人是不一样的。”

这个道理辛秀懂，她毕竟不是真的小孩儿。但以她所见，师父并不是大奸大恶之人，这从初见时他对小九一个小小孩童避让的态度就能看出。这样的师父应当不至于令人退避三舍才对。

两个人闲聊着走到苗姑师姐的工坊。

在这里，辛秀看到了各种各样的工艺品——采摘下来保存得栩栩如生的鲜花、各种香气的香水、各色香花制作的香丸、用来涂抹身体的鲜花膏脂。

“你看这胭脂，涂抹后气色看上去会非常好，很多师姐喜欢。”苗姑师姐顺手在辛秀的脸上擦了擦。

辛秀一一看去，心想：这不就是美妆大佬的化妆间吗？

“师姐，那边又是什么？”

“哦，那边是染料，你知道的，堇色经常让我帮忙配制染料。”

辛秀问道：“草木染料，能染头发吗？”

“染头发？”苗姑师姐一愣，还真的从未想过头发也能像布料一样染色。

辛秀只是随口一说，但越说越觉得可行：“对呀，染头发！如果能将头发染成各种颜色，苗姑师姐不觉得很有趣吗？我们都是黑发，有什么办法能将头发染成我师父那种银白色，或者红色、黄色之类的其他颜色？”

“可以一试。”

苗姑师姐行动力超强，当即就开始试验，于是辛秀成了第一个修仙版染发剂的使用者。

当辛秀顶着一头和师父同款的银白色头发回去时，路上遇到的某位师兄打量她许久，迟疑地过来问她：“师妹，你这头发……你莫非修炼出了岔子？需不需要师兄送你去找焱砂师伯看看？”

辛秀连忙拒绝：“不，师兄，我没事，我很好。”

她又遇到去给景成子师叔送下酒菜的老五。老五看见她后大惊失色，篮子都差点儿掉了，急急问她：“大姐！你这是怎么了？前两日见你还没事的，怎么突然白了头发？莫非受了伤？你的身体可还好？”

辛秀安抚他：“老五，你冷静点儿，我真的没事。”

好不容易回了幽篁山，她都没喊师父，师父就主动现身了。

他露出疑惑且略微震惊的表情，上前拉过她的手，查探她的身体有无异样，并询问道：“今日出门遭遇了什么，怎会头发全白了？”

于是，辛秀第三次解释自己什么事都没有，就是染了头发。

申屠郁的表情放松下来。辛秀还以为他要像当初自己的亲爹那样大发雷霆，毕竟老人家都不太能接受这种“新潮”的风尚。结果他没生气，只是更加疑惑了，问她：“为何好好的要将头发染成白色？人人都觉白发怪异，你这般出门难免遇到麻烦。”

辛秀笑着拉过他的头发和自己的头发对比，随口说：“白发哪里不好看？你看，我们现在是师徒同款头发了！”

申屠郁心头一震，露出动容的神色。他想：徒弟怎么如此孝顺？她不知晓他身为妖族才有一头白发，竟然为了和他一样将头发染白了！

申屠郁道：“徒儿不必如此，还是你自己原来的模样更好。”

辛秀心想：懂了，师父也不太能接受其他颜色的头发。她过了叛逆期很久，只是随便玩玩，当然没想过以后经常换头发的颜色，因此笑吟吟地答应下来：“好，听师父的，我不染发了。”

于是今天也是“师慈徒孝”。

染发剂的效果之强，有点儿超乎辛秀的想象。大半个月过去了，她的头发还没褪色，但经常能看见她的大家也习惯她这头白发了，并且渐渐品出一点儿炫酷的滋味。

老二这个爱跟风的人，好奇地跑去染了紫色的头发。

辛秀看见以后，在心里默默地说：等你以后长大，变成大佬之后，想起这一段过往一定会后悔的。

老二的师父伯鸾师叔更加夸张，染了一头显眼的红加渐变紫色头发。伯鸾师叔带着徒弟招摇过市，一起大红大紫。自从他们染了头发，辛秀每次看到他们出现，脑子里都不由自主地配上《乱世巨星》的背景音乐。

就连她遇到采星师兄，都看见他的脑后有一缕闷骚的挑染蓝发头发。

在这样平静的日子里，发生了一件不太平静的事——有人来挑战申屠郁，要和他比炼器之术。

辛秀回到幽篁山，见到一个精壮老人和一个一看就知道打铁多年的年轻人站在山脚。他们被看不见的屏障阻隔，进不了幽篁山，老人便站在那里对着前方喊：“老夫数次来此约战，你都避而不见，你枉称炼术第一！我如今又有突破，自信能赢你，申屠君可是不敢应我一战？！”

老人家喊得大声，奈何幽篁山静谧，没有人给他回应。

辛秀停在附近的树梢上听了一会儿，明白了事情的来龙去脉。

老人家不是蜀陵同门，而是外来的修士，也修习炼器一道，多年来被她的师父压上一头，心里很不爽。刚好他现在有所突破，所以迫不及待地过来想和师父比一比，但师父没理他，还不让他进门，所以他现在不肯走，就站在这里，准备用激将法把人激出来。

她寻思着要不要告诉这老人家，师父这个时候可能在炼炉里干活，压根儿听不到这里的动静。

辛秀坐在车上感叹，在蜀陵待久了，还以为修仙界真的没有争斗攀比之事。她就说，有人的地方怎么会没有矛盾？

老人家在那边说了半天，吭哧吭哧地喘着粗气，忽然语气一转：“既然申屠君不想与老夫比，那好，听说申屠君已经收徒，我今次也带来了徒儿。此子是我涂风氏最年轻的小辈，就让两个小儿比一比！”听上去，他无论如何也要比一场才肯走了。

突然被提到的辛秀骑着摩托过去，扬声问：“劳驾问一下老前辈，你这徒儿年岁几何？”

师徒两个人见她出现，都是一愣。辛秀觉得他们应该是被她的白发镇住了。

年轻人看着还挺憨厚，迟疑着道：“未满百岁，今年八十一岁。”

辛秀一拍掌：“巧了，我今年还未满一十八岁。”

那老人家不信：“看你一头白发，你说你还未满十八岁？这如何可能？！”

辛秀无语了，这有什么不可能，不许人家少年白头吗？好吧，修仙界应该没有像她这种闲着没事染发玩的人。别人白发要么是天生厉害，要么是后天厉害。总之，白色头发的人一般看着就很厉害，像她师父那样。

辛秀解释："头发是用一种草汁染的，我确实未到十八岁，前辈真要让这位能当我爷爷的师兄和我比？"

这位老人，涂风氏最厉害的炼者涂风劳，被她挤对得一阵脸红，但还是坚持自己的意见，粗声粗气地道："你既然是申屠君的徒弟，自然有不凡之处。你师父不肯比，你比一场有何不可？我们远道而来，你们就是如此待客的？"对方这是要她代师受过了，或者也是想用为难她的方式逼她师父出来。

辛秀问道："非比不可？"

涂风劳语气坚定地说道："非比不可！"

辛秀也不生气，笑道："老前辈非要我比也可以，只不过我年纪幼小，如今还没开始学习炼器，你们要和我比炼器我是没办法比，除非比其他的。"

涂风劳问道："你说，要比什么？"

辛秀心中已有了计策，从容地说道："炼器之人一般都有金、火灵根，我看这位师兄应该也是，那不如比厨艺？"她又瞎说了一句，"虽说这不是我最擅长的事，但毕竟作为主人，也不好太欺客，就定厨艺好了。"

涂风劳看一眼徒弟，又看一眼她，一口答应下来："那就比厨艺！如果你输了，就让我们进幽篁山。"

辛秀道："要是我侥幸赢了，前辈就不要再来打搅我师父了，毕竟我师父很忙。"

涂风劳被她的语气刺激得不轻，硬气地说道："我们要是输了，立马就走！"他这小徒弟都八十多岁了，要是赢不了这一个十几岁的小儿，他还有什么脸继续待在这儿？

涂风劳原本想象中的是他们马上找个地方就地生火做菜，然后立马评定。就他们三个人在场，他当然是唯一一个评判的人。可是他没想到，这个小姑娘竟然将他们带到了一处茅屋前的开阔平地上，然后呼朋引伴，片刻间陆陆续续来了几十个人。

迅速被蜀陵弟子包围的涂风氏师徒二人有点儿慌张。

“大姐，我收到你说要聚餐的消息立刻就来了！我师父也说想吃，我就带他一起来了。”老二刚来，才说了一句话就注意到两个陌生人盯着自己看，奇怪地问道，“他们是谁？一直盯着我看干吗？”

“看你的头发的颜色非主流。”辛秀随便解释了两句，“他们是来做客的，嫌弃我们没有待客之道，所以我准备聚个餐，招待一下。”

那边的涂风劳忍不住了，问：“比赛何时开始？”

辛秀说道：“快了，快了，准备食材呢！前辈不饿的话就再等等。”

涂风劳感到一丝不解，这和饿不饿有什么关系？

辛秀又抓住老二这个壮丁，说：“去搞个横幅，让老六写上‘蜀陵第一届厨艺大赛’，然后挂到那边的两棵树上。”

老二挠头问她：“厨艺大赛？”

辛秀回他：“当然，总不能每次聚餐都让我一个人当厨师！这次，大家会做饭的一起来，每人做几道菜就差不多够吃了。”

涂风劳没有想到一场两个小辈之间的简单比赛，会办得这么兴师动众，这和他预想的完全不一样。

先是一个小女孩儿在红布上写了“蜀陵第一届厨艺大赛”的字样，随即还写了一副对联，然后红布和对联被另外两个人煞有介事地绑在半空中。因为天色渐暗，周围悬挂起几十盏灯笼。

场中那几十个人也不知道是来干什么的，说说笑笑过后都忙着准备食材和各种器具。这也罢了，还有人摆起好几张大圆桌。桌椅碗筷一放，顿时让涂风劳觉得这仿佛是准备办酒席的场合。

再看看其中几个人的异色头发，涂风劳心想：这还得是山鬼办的酒席。

辛秀正在那儿招呼人把灶台摆好，韩房子师伯抱着小九来了。不只韩房子师伯，还有这场地的主人景成子师叔，几个弟弟妹妹的师父都已经过来了，除了天工师叔。老四这回学精了，接到消息后悄悄溜了过来，总算没辜负辛秀这段时间的教导。

几位住得近或者爱凑热闹的师叔不断前来，他们这些长辈单独坐一桌，算是待会儿的评委。同门难得这样聚在一起，长辈都很乐和，如同过年被晚辈安排看春晚、喝茶、吃瓜果加闲聊。

辛秀统计参加比赛的人员，并且鼓动大家，重在参与。

白妃师叔把老七和老八推了推，让辛秀把他们两个的名字都写上："我教了他们做饺子，两个人做得很不错，一定要让大家尝尝。"原来白妃师叔是过年会让自家小孩儿出来炫技的这种家长。

辛秀笑道："他们两个年纪小，就给他们算一个组合吧，两个人一起。"

白妃师叔笑问："这可是比赛，可以破例吗？"

辛秀豪爽地说："咱们自己闹着玩，哪管那么多条条框框？"

那边涂风劳眼角抽搐。他其实早就想大声把比赛发起人辛秀叫过来质问，但看看那一桌与自己同辈的人，明智地选择了闭嘴。毕竟这是在人家的地盘上，要是一两个人，他仗着自己年纪比较大也就开口了。但十几个人，其中还有已修成人仙的，他把涂风氏全部人喊来也打不赢。

因此他只能带着徒弟干巴巴地等在原地——不，他徒弟那个憨子刚才被一些年轻点儿的同辈弟子拉到一边去说话了。不知道他们聊了些什么，但他感觉那边聊得热火朝天。因为那边扎堆的都是他的晚辈，他也不好过去把徒弟拽回来，于是现在一个人站在夜风中生闷气。

辛秀抬头，见到涂风劳一脸空巢老人不高兴的表情。他走过来，小声质问："我们的约定不是你与我徒儿比赛吗，这又是怎么回事？"

辛秀一脸毫不做作的无辜表情，不解地问："不是前辈你说我们蜀陵没有待客之道吗？为了让前辈感受到我们的热情，我特地请来了这么多师兄师姐及师叔师伯和您做伴，这样隆重的招待，老前辈莫非还不高兴？"

涂风劳语塞了，觉得哪里不对，但又说不出哪里不对。

辛秀已摸清了这老人家的套路，搞技术的人一般在非专业领域的嘴炮上都不厉害，而且当面对决最多就是现代小学生的段数。

她喊了一声："差不多就开始做菜吧，涂风前辈都等不及了。"

大家看向他们，那边景成子笑眯眯地说道："涂风道友饿了吧，放心，很快就可以吃了。来，坐到我们这一桌来。"大家都发出善意的笑声，场上的气氛顿时一片快活。

涂风劳支吾道："我……我没有！我不饿！别瞎说！"辛秀把他推到长辈那一桌，让他被一群大佬包围，随即自然地上了一个灶台。

场上的气氛随着开伙变得更加热烈了，原本在谈些老年养生修仙话题的长辈慢慢都看向一排灶台那边。

涂风劳看着自己的徒弟，默默点头，这火候掌握得很好，不错。这个徒弟是他的几个徒弟中最擅长炙肉的。然而，涂风劳的这份欣慰之情没能保持多久。台上十几个人，年纪有大有小。涂风劳以为那个叫辛秀的小姑娘年纪最小，谁知道还有几个年纪更小的孩子。

老七和老八在剁肉馅和做饺子皮，神情认真，脸上和手上都沾上了面粉。两个圆滚滚的小孩子长得又好，看着格外可爱。涂风劳家中许久没有新生儿出生了，他忍不住露出了和旁边的白妃一样慈祥的笑容。

然后他忽然回神，心想：又不是我的徒弟，我欣慰什么？而且这比赛怎么这么多人参加？！

老六在煮她的大锅菜，大锅菜的配方经过辛秀的修改已经很拿得出手了。国人做菜分为很讲究派和很不讲究派。很不讲究派一般是民间做法，但吃的恰恰就是这一种味道。秋冬之际将七八种剩菜倒进锅里一起煮，边煮边吃，各种味道混杂。不同的菜有不同的味道，连做菜的人都不能完全把控。

老五对素菜情有独钟，每天吃点儿青菜、萝卜。辛秀觉得他小小年纪不该只吃素，让他做菜时加点儿肉，老五很听话地做了夹肉碎的茄合、辣椒合。

总之，老六是用锅炖一切，老五是用素菜裹一切。

老四不太擅长做菜，但也被辛秀逼上了台，只好做最简单的烤地瓜。配上他那刚从工作中逃出来的灰头土脸的模样，真像专业卖烤地瓜的老农。

老三在炖汤，炖的是三鲜汤，算是无功无过的一道菜。老三的两个师兄在场下吹嘘师妹炖的汤如何好喝，炖汤的盖子一掀开，汤简直能发光。这些话引得涂风劳不由自主地多看了老三两眼，心想：做的菜能发光，这是何等厉害的人物？蜀陵真是藏龙卧虎。

此时，涂风劳已经忘记自己带着徒弟过来的主要目的并不是比拼厨艺。

老二虽然只有一只手，但动作丝毫不比其他人慢。他在做鸡蛋卷饼，这道菜同样是辛秀从前教他的——街头鸡蛋饼的改良版。这饼好就好在能解饿，当初在盆中天里，这群小孩儿一个赛一个地能吃，真是半大小子吃穷老子，辛秀每天光琢磨着做点儿什么东西才能喂饱所有人了。

除了他们几个人，堇色师姐、苗姑师姐等人也参与了大赛。毕竟不是所有蜀陵弟子都懒得做饭，或者不会做饭，总有几个沧海遗珠闪闪发光。

苗姑师姐那鲜花糕饼就很能一战，颜值上已经秒杀了在场所有人的菜品，粉嫩如花瓣的颜色让人看着都不忍心吃。

堇色师姐做了烧糖，辛秀还是第一次见到这种食物。只见堇色师姐调出五颜六色的糖汁，素手轻扬，糖丝就一层一层叠在一处，垒成不同的花瓣形状，最后堇色师姐用火烧过它们，糖汁熔化后奇异地变成了一种晶莹剔透又流光溢彩的色泽，活脱脱是件艺术品。辛秀带头叫好，场上唯一一个认真比赛的年轻人涂风充也敬佩地直点头。

场下的涂风劳暗暗拍大腿，心想：这回丢人了，要输了！他似乎也忘记了自己当初要的是徒弟和辛秀比，而不是和这么多人比。

还有几位师兄也做得各有特色，而辛秀自然还是做最拿手的烤肉。毕竟，她也要尊敬一下自己的对手，对方在烤肉，她就用烤肉打败他。

年纪大并没有用，烤肉是不会因为控火能力强到极致就变好吃，让烤肉产生质变的诀窍只有调料。而比调料，辛秀自信少有人比得过自己。这些调料是她充分利用了蜀陵盛产的辣椒、花椒、桂皮、八角等植物，以及鸡汤熬出的鸡精等调配出的，当然还有从擅长炼丹的焱砂师伯那里找到的孜然。

烤肉没有孜然等同于没有灵魂。打量着肉差不多熟了，辛秀撒下了孜然——注入灵魂！

随着孜然粘在微带焦色的肉上，肉串被热油一淋、大火一烤，顿时肉香飘散十里。她这举重若轻、随性洒脱的动作震撼到了旁边的涂风充，而这烤肉的香味也震撼到了底下的涂风劳。

涂风劳颓丧地低下头，暗暗叹息一声："输了呀。"

想他堂堂涂风氏最厉害的炼者，从当年输给名不见经传的申屠郁，到现在他的徒儿又输给了申屠郁的徒弟。这么多年过去了，他还是无法一雪前耻，这莫非就是命定的吗？

涂风劳正丧气着，面前被推来一盘还冒着油的烤肉串，是辛秀把烤肉分给了他们。辛秀还附赠了一个笑脸："来，各位叔叔伯伯尝尝这次的烤肉怎么样，我加了新调料。"

"不错不错，很是不错呀，秀儿师侄你这手艺越来越好了。"

"我可以说这几百年来吃过的最有味的炙肉就是这一串了。"

辛秀收下无数好评，也没有搞什么评委打分环节，直接让大家把各自做的菜都端上来，一起热热闹闹地吃了起来。

涂风充自觉已经败了，露出和他师父涂风劳一样颓丧的表情，只是他毕竟还年轻，还有日后继续往上冲的劲，并未因为一次失败显得失魂落魄。辛秀凑上去和他聊了聊，成功地忽悠着让这位大厨继续烤肉，还将自己的调料分享给了他。

辛秀心里打着如意算盘，有这位师兄帮忙烤肉，自己现在只用吃就可以了。

大家在灿烂星河底下热气腾腾地吃了一顿，又到了散席的时候。

辛秀站在要告辞离开的涂风师徒面前，给神情萧然的老人家说了一句话："人不应当和别人攀比，只要永远超越自己，就能达到更高更远的地方。"

这一碗"鸡汤"撑直了涂风劳前辈弯下的脊背，他仿佛冲破了什么心魔，双眼再次充满神采。他凝视辛秀良久，忽然说道："申屠君后继有人了。若你以后来涂风氏，我们定也以大宴相待。"

用社会人处理问题的方式圆满地把找碴儿的人安排一顿饭送走后，辛秀又去打包了堇色师姐做的烧糖，让师姐留了一个，准备带回去给师父尝尝。

"大姐，你这里还烤着鸡翅呢？我要吃！"老二的声音传来。

辛秀喊道："别动啊，那个蜜汁鸡翅是给我师父带的。"这还是辛秀让涂风充帮忙烤的，他的火候把控得真的很不错，送上门来的厨师不用白不用。

这边以比赛为名聚餐时，申屠郁在炼炉中炼制熊猫灵器，对外界的一切事毫无所觉。

他的人躯今日回了幽篁山，把缺少的材料送了回来。人躯和他不同，还有一头黑发。申屠郁的原身坐在炉中炉前面炼制灵器，人躯就在后面静静地整理和补充各种材料。两具躯体之间没有交流，但配合默契，显得安静有序。

申屠郁就如同一个人玩游戏，同时开了个“大号”和一个“小号”。

辛秀回去没见到师父出现，知道他定然是两耳不闻窗外事，又一心炼制灵器了。搞技术的人都一个样，一旦有了灵感想做什么，就全心全意地扎进灵感的旋涡里。因此，最近这些时日，辛秀感觉看见师父的次数都少了，只能猜测他又在做什么惊天动地的作品。

辛秀把带来的食物放到厨房固定的位置上，一般她把食物放在这个竹盘上，师父就知道这是给他带的，会自己过来吃。

推开隔壁房间的门，辛秀见到中央那个大炉子从炉口发出橘红色的光。师父果然在炼炉里面认真工作。她没有进炼炉打扰师父，转头回楼上泡澡，于是就这么错失了一次和师父的“小号”相见的机会。

辛秀刚回到房间开始泡澡，炼炉里申屠郁的炼制就告一段落，他分出一丝心神感应到徒弟回来了。一般来说，她回来得晚，就不会忘记给他带吃的东西。

虽然炼制暂时告一段落，但申屠郁还不能从炼炉前离开，否则面前这些材料便浪费了。好在他的人躯也在。黑发的高挑男子放下手中整理到一半的材料，飞身出了炼炉，熟门熟路地去厨房拿了蜜汁鸡翅和烧糖。

他端着竹盘子边走边吃，脸上没有表情——这个问题可能是申屠郁炼制人躯的时候出现的，也可能是当初的雷把人躯劈坏了。

他用这具人躯时，无论什么心情，人躯都是那副冷冷淡淡、万物皆空的神态。不过申屠郁觉得问题不大，这具人躯多年来都在外界各种人迹罕至的地方寻找炼器材料，基本没和人接触过，连话都不用和人说，自然也不用做什么多余的表情。

这一具身体尝到的味道炼炉前面的申屠郁也尝到了，他的脸上是和往常一样的赞许以及欣慰的表情——食物还是热的，可见徒弟有多用心。徒弟一定是为了让他这个师父趁热吃，急匆匆地赶回来的，多么贴心而孝顺的徒儿啊。

人躯回到炉中炉端着盘子继续吃，毕竟申屠郁的原身这会儿不太方便，谁吃都是一样的。

只不过人躯吃的话那竹盘子就不能一起吃掉了，毕竟是个人类，身体和牙齿都没有把竹子列为可食用食品。申屠郁是在人躯咬了一口竹盘子之后才反应过来，现在是自己的人躯在吃，所以吃不了盘子，算了。

清晨，申屠郁的人躯静悄悄地走出竹楼，走进带着露水的绿色山林，如同来时一样悄无声息地离开了蜀陵，没有引起任何人的注意。

与此同时，辛秀还在睡梦中。

她照例在床上赖床半小时才顶着一头乱发下楼洗漱。

炼炉房间里的炉子还是亮的，她抓了抓头发，心想：师父真不愧是修仙的，动不动就熬夜。不过修仙之人熬夜也不该叫熬夜，那叫修炼。

清晨的幽篁山还是很有趣的，尤其是山溪边，格外热闹。

让辛秀放弃一觉睡到大中午，起得这么早的原因，就在于清晨光顾这条山溪的客人们——金丝猴、小鹿这些毛不太多的动物暂且不说，最让她爱不释手的是一种浑身洁白、身材圆润的小雀。这种小雀的叫声是稚嫩的啾啾声，身体是一只手可以完全掌握的大小。小雀还有一双漆黑的黄豆眼，那种可爱的气质直击人心。

每天清晨，几十只白色小雀会到这条山溪水流平缓的地方梳理羽毛。辛秀每天在这个时间来这里都能看见它们，早了晚了都见不到，而且除了幽篁山，也从未在其他地方见过这种小雀。

一群白棉花似的小雀在小小的浅水潭里打滚洗澡，发出清脆稚嫩的啾鸣声，嫩黄色的小爪子和白到发光的羽毛掀起清浅的潭水，水珠飞溅。

辛秀早对抚摸它们垂涎三尺，专门搞了一袋小米回来，每天早上抓一把小米来这里喂小雀。看在吃食的分儿上，这些小雀愿意让她摸一摸，熟悉起来后，还会主动跳到她的手上啄食。

有时一只手上停着十来只小白雀，辛秀都不知道该先摸哪一只。这么小的白雀和其他长毛的动物不一样，好像脆弱到她稍一用力都会将其掐死，所以辛秀只用一根手指蹭蹭它们的脑袋。而这些小可爱吃了她的小米，还会主动仰起小脑袋蹭她的手指。

在没有熊猫妈妈能摸的日子里，辛秀全靠摸这些小白雀续命了。

摸过啾啾的小雀，辛秀又想念起自己的熊猫妈妈，好些天没见到熊猫妈妈了，不知道它是不是发生了什么意外。她在幽篁山周围找着找着，不由自主地拐到了后山上，然后在竹竿师叔的逼视下若无其事地收回自己的腿，隔着一道沟和他们闲聊。

"师叔，你们看到过一只很大的大熊猫……我是说食铁灵兽吗？"

竹竿师叔冷淡地说："我们看见过很多很大的食铁灵兽，你是指哪一只？"

辛秀听见"很多很大"，顿时心里好生羡慕，感慨自己怎么就不是后山的守山人呢？

她仔细地询问："那只熊猫的身形起码是我的三倍。它非常干净，黑白分明又很圆润，摸上去软绵绵的手感很好。它还很香，脾气也特别好。"

竹竿师叔听着她的详细描述，脸色渐渐变了，那是看到了犯罪嫌疑人的神情。

辛秀声音一顿，意识到他们在想些什么，解释道："等一下，师叔，我真的没有偷偷进后山。这只食铁灵兽是我在幽篁山看见的，肯定是后山的食铁灵兽散步时不小心走到我们那边了，这可不能怪我。"

竹竿师叔对她的此番说辞嗤之以鼻，并不相信。后山有禁制，食铁灵兽根本不能随意进出，怎么会到幽篁山去？幽篁山只有一只食铁灵兽，那就是申屠师兄。

竹竿师叔忽然意识到了什么，对视了一眼——难道申屠师兄平时会变成原形去陪小徒弟玩吗？

他们对辛秀说："明白了，你继续说。"

辛秀接着说："前阵子我经常见到它，但是这阵子它不出现了，我有点儿担心它是不是出了什么问题，难道它是下崽去了吗？"辛秀觉得竹竿师叔看自己的目光更诡异了。他们为什么露出这种表情？倒是说话呀！

竹竿师叔小心发问："是母的？"

辛秀点了点头："应该是吧。"

她又没养过熊猫，没研究过怎么分辨熊猫的公母，但之前摸毛时太用力，似乎透过厚厚的毛摸到了那个具体作用是哺乳的东西。所以说，它应该是母的吧？

辛秀并不知道她摸的是自己的师父——一个修炼成精的熊猫妖，他变回原形时当然不会像其他灵智未开的食铁灵兽那样袒露器官，所以没能看见显眼特征的辛秀误打误撞地认定了那是只"熊猫妈妈"。

不明所以的辛秀没能得到有效信息，只好在师叔幽幽的目光中默默离开。

"你说竹竿师叔究竟是什么意思？"

"师叔大约是在怀疑大姐你偷偷进了后山。"老三听了她的疑惑后，笃定地说道。

辛秀喊道："我冤枉！我要是能偷偷进后山，早就进去玩了。可我真没进去。"

老二在旁边怂恿："没事，我师父说了，没被抓到就不算惩罚次数！他还说了，月黑风高时，最适合做这种事！大姐，你什么时候再去一定要叫上我！”

辛秀突然坚定了想法：“与其被冤枉，我不如干一票坐实了这罪名。”

她非得想个办法去后山找找熊猫妈妈，看它有没有事。

老二打了个响指：“或许应该去请教一下前辈，我们现在可以汇聚灵气了，学点儿小法术应该绰绰有余，所以……”

所以他们去了陶俊师兄的洞府，就是之前那位带回“外国人”的师兄的洞府。

陶俊师兄在外游历多年，混过熙熙攘攘的闹市，也去过好些奇险秘地。据采星师兄说，当年陶俊师兄鬼主意最多，常试图偷溜进后山探险。他们去问陶俊师兄准没错。

陶俊师兄的洞府有些简陋，但里面放着各种不知道用途的奇奇怪怪的东西，这些东西乱糟糟地堆在一起。而打理过后的陶俊师兄竟然是个看上去很清俊的年轻人，长着一张不会去干坏事的脸，果真人不可貌相。

问明他们的来意，陶俊师兄大笑：“你们可找对人了，我们蜀陵真是辈有才人出，不堕我们这些师兄师姐的风范。来，来，来，让师兄教你们一些实用又简单的小法术！”

他教的确实是一些很实用的法术。

一种是隐身术，能让自己和周围的环境融为一体，令人看不出来。用这个法术时人不能乱动，一旦有大幅度的动作，法术的作用就消失了。不过它的好处是只要不动，别人怎么都摸不到你。

还有一种是敛息术，这个就比较实用一点儿，可以用来收敛气息，让别人注意不到自己的法术，自己就可以在别人的眼皮子底下走来走去。它的缺陷就是不能和人有大的身体接触，否则法术失效。

“这个敛息术很实用。日后你们下山，进入那些凡人的城池，那时候就要用到这个法术。很多时候，他们进城需要验看身份，一些形貌奇特的人不许入城，带着奇怪的东西的人也不好进城。只要你们用上敛息术，普通凡人就会不自觉地忽视你们。”

第三种是挪移术，可以让人看上去像凭空消失了，其实人只是转移到了相距一两米的屏障后面。第四种是传音术，这个法术能使自己的声音像雷声，声音响且传播范围广，仿佛从空中传来，用来恫吓普通人。

陶俊师兄解释：“这两个法术一起用，效果极好。”

辛秀听见这句话，有点儿好奇这位师兄到底经历了什么事。

陶俊师兄眉飞色舞地介绍着挪移术：“这挪移术的神妙之处远不止这些，我们毕竟在人间行走，有时囊中羞涩，少不得要向那些恶霸财主讨点儿生活费，那个时候挪移术能让你神不知鬼不觉地劫富济贫。”

辛秀瞬间懂了，师兄下山是去坑蒙拐骗了。

陶俊师兄说到这儿，又神色一正：“但是，你用法术拿来的钱财一定得是不义之财，而且不可取多，否则天道自有平衡得失之道——你从凡人处得到越多东西，最后便会失去越多。若是你们取的是善人之财，需得给他们补偿，这是我们修士的道义，不可仗着自己的修为随意欺压凡人。

“虽然障眼术也可以暂时将小石子变为金钱，但这也分情况。要是你只想吃个饼，拿石头变了钱去买，人家本分的小生意人多冤枉？所以这种时候你还是向街边恶霸取一点儿更好。

“除此之外，还有影身术，就是将你的影子留在原地，暂时复制出一个不言不语不会动的你，过一阵这法术会自动消散。这个法术也有趣，修仙必学！而且这些小法术需要消耗的灵气都不多，简单易学，你们入门不久，最适合学这些法术了。”

老二还是和从前一样直击问题的根本，问道：“师兄，这些小法术可以瞒过普通凡人，可我们进后山，用这些瞒得过师叔吗？”

陶俊师兄哈哈大笑：“当然不能！若能瞒过师叔，他们怎么会至今还能当这个守门人？”

辛秀、老二和老三一阵无语，没用陶俊师兄你还说这么多?

“不要好高骛远，小孩儿们。”陶俊师兄挨个儿拍过他们三个，“你们多学点儿东西总比什么都不会好。要知道，往往是这些小法术能在最意想不到的关键时刻达成目标，这可是师兄在外多年历经生死的心得。”

第五章　山外人间行

一轮弯月悬空，山林幽深静谧，后山竹林里却响起突兀的猿啸，辛秀第五次被抓。

这一次行动为了精简人员，做到突击潜入，辛秀只带着一个非要跟来并且身手敏捷的老二。不过，两个人同样被抓获。

他们坐在原地开始讨论究竟哪里战术失误：这一次的行动是按照计划来的，谁先暴露，谁就先搞出动静吸引竹竿师叔的全部注意力，给另一个人打掩护。但是，他们还是失败了。最大的原因恐怕是师叔太强了。无论是白天还是黑夜，无论他们试图使出怎样的伎俩去迷惑师叔，都会立刻被识破。

这算是辛秀在蜀陵遇上的第一个不可克服的困难。师叔教会她一个道理：在绝对力量面前，任何小聪明都没有用武之地。

“没办法了，只好回去好好修炼了。等以后我们变成大佬了，再来和师叔斗一斗吧。”辛秀被迫放弃这个办法，按了按老二的肩安慰道。

竹竿师叔在旁边淡淡地笑了一下：“等你们变得很厉害，再来的话我是不会拦你们的。”

辛秀纳闷儿了，这不对呀，师叔这么欺软怕硬的吗？她不解地问道：“不是呀，师叔，你们的职责不是守卫后山吗？怎么能这样？要是遇到坏人要闯山，难道你们也要让开吗？”

一个竹竿师叔淡然道：“当然不是。我们战到还剩一口气时才会让开。”

另一个竹竿师叔接道：“让人进去后，里面还有祖师爷在，我们只需要给闯山人收尸。”

最后一个竹竿师叔道：“所以我们真正的职责应该是陪蜀陵年纪还小、喜欢闯关的小弟子们玩。”

他们竟然会开玩笑了，辛秀觉得一定是他们最近和自己聊天聊太多的缘故。

辛秀拍拍屁股起身，提着自己刚挖的紫竹笋和几位师叔告别。他们现在都这么熟了，她也不需要等师父来领。竹竿师叔当着他们的面，在代表他们闯山次数的竹牌上再画上了一道。

申屠郁见到当天的食物里有紫竹笋，就知道徒弟又去闯后山了。有些师父不太喜欢徒弟去闯后山，像韩房子师伯就不许小九跟他们一起胡闹；有些师父很喜欢徒弟去闯后山，像伯鸾师叔，每天都怂恿老二找她去后山，然后听他们是怎么失败的，以此找到乐趣。

而申屠郁，对这事无所谓，只关心——

“后山如此好玩？看你这些时日去过好几次了。”难得出来和辛秀面对面一起吃饭的申屠郁问道。

辛秀就在等他问起，闻言故意重重地叹一口气，说道：“师父，我不是去后山玩的。我有正事。”

申屠郁疑惑：“哦？”

辛秀解释说：“其实，师父，我一直没和你说，我在咱们幽篁山遇到了一只大食铁灵兽。我从前常常能看见它，但是最近没见到了，怀疑它是不是遇到了什么问题，所以想进后山去找一找它。”

申屠郁咀嚼的动作停下，徒弟闯后山原来不是为了玩，是为了……他吗？他看一眼徒弟，再看一眼面前的紫笋，忽然觉得良心不安，嘴里还没咽下去的笋都不香了。

辛秀觑着他的神色，小心问道：“师父，我看你最近也很忙，常常回来了也见不到你。”

申屠郁心道：徒弟莫非是从时间上猜到了那只食铁灵兽的真身是我？

辛秀继续小心地说：“师父要是哪天不忙的话，能不能替徒儿去后山看看那只大食铁灵兽如何啦？我看师父能进后山，如果不是很为难的话，就帮徒儿这个忙吧！”

要不是实在没办法进入后山，辛秀也不想在师父忙碌的时候对他开这个口。可是她自己摸熟了的大熊猫，总不能久没有消息就放那儿不管了，万一它出事了呢？

申屠郁绷着脸答应了下来。他记挂着这件事，没法入神炼制，只好暂时放下手中的灵器，先变成原形。但是变成原形后，他怎么让徒弟发现自己呢？往常他只需要守株待兔，坐在那儿就能等到一个“猛虎扑食”的徒弟了。

没有办法，为了让小徒弟尽早安心，申屠郁干脆坐到了竹楼后面正对徒弟的窗户的一棵大树的树杈上，把那棵不是特别粗壮的树压得簌簌作响。

辛秀夜里听到外面树叶的声响，还以为是风，但仔细听听又觉得不对，好奇之下跑去开窗，一眼见到那只熟悉的大熊猫。

她只看一眼就能认出这是自己熟悉的“大熊猫妈妈”。

虽然熊猫看起来都长得一样，她也只见过三只熊猫，但让她在一群大熊猫里找，她也有自信能找出这只来。就像以前养狗，把更多长相相似的狗放在一起，她也能一眼找到自家的大宝贝。

因为它们的眼神和别的陌生动物的不一样，那种亲近的眼神让它们和其他动物有了区别。辛秀把它们放在心上，就是被亲近的眼神收服了。

兽和人不一样的地方在于它们的喜爱更纯粹，也更直接。

“你竟然来找我了！”辛秀十分惊喜，差点儿踩上栏杆跳到那边的树枝上去，但不堪重负、咔咔作响的树枝成功阻止了她。

辛秀问道：“你怎么爬到这么高的地方？”她语气轻快，带着小别重逢后的亲昵之意，“你等等，我找个梯子过来，你顺着梯子爬到我这边来。”辛秀不记得从哪里看过，大熊猫似乎不擅长下树。总之，让“熊猫妈妈”现在下树多危险，还不如直接让它爬进屋里来。

准备给徒弟看一眼就走的申屠郁如今是“骑树难下”。徒弟给他架好了梯子，还那么殷切地朝他张开手，他要是扭头就走，岂不伤了徒弟的心？他只能顺着梯子走了。

还差一点儿到房间的时候，辛秀看着慢吞吞的“熊猫妈妈”，有心想帮它，结果一抬没能抬动。辛秀惊了，自己如今可是双手能抬起两百斤的东西，在这样的大力之下“熊猫妈妈”居然纹丝不动。

辛秀忍不住脱口而出道：“熊猫妈妈，敢问您到底有多重？”

净重九百斤的申屠郁无法回答她，毕竟他现在只是一个假装成普通熊猫的熊猫人，是来陪徒弟玩的——不，是来让徒弟玩的。

他最终没能逃脱当垫子的命运，被辛秀撒娇耍赖地推上了床。

大熊猫亲子之间亲近地蹭蹭抱抱其实很寻常，但申屠郁毕竟没有陪幼崽玩耍的经验，只能在心里想：算了，就当哄徒弟睡觉，算了，又不是没脱过毛，算了。

但是这次徒弟没有给他脱毛。

辛秀拿出那个清理干净的毛刷，一遍遍地给他刷毛，动作非常温柔，絮絮叨叨地和他说话，就好像现在在她面前的真的是一个人，而不是一只听不懂人话又令人畏惧的食铁灵兽。

申屠郁的心情有点儿复杂。

“我这段时间一直挺担心你的。毕竟你是野生的，要是不小心生病了，也没人会管你，在山里什么角落躺下去就起不来了的情况也有可能出现。竹竿师叔负责看管后山，但不负责照管食铁灵兽。也不知道后山除了你们，有没有其他的大型食肉动物，一定有吧，你会和它们打架吗？但你看上去这么高大强壮，就算打架，别的动物肯定也打不赢你。”

幽篁山下起了淅淅沥沥的小雨，夜色里，雨滴打在竹叶上，竹子的香气更加清新。

徒弟的话让申屠郁不自觉地想起了一点儿从前的事。他并非生来就厉害，也曾有过弱小的时候。没有母兽照顾的幼兽过得有多辛苦，这是显而易见的事，更何况食铁灵兽的幼兽和成年后相比，格外脆弱，格外不易成活。

哪怕同族之间也不总是和睦，而与同类有异更容易被排挤。他生来比同族懂得更多，在山中吃着竹子时会想，为何其他的同族每日只吃吃喝喝就满足了，并不像他一样想追寻什么，而他想追寻的又是什么东西呢？

他幼时抬头看见天上的白鹭，想要像它一般飞上云霄；低头看见水中的鱼儿，想要像它一般在水中遨游；看见那些来到幽篁山的人类，也想要像他们一般有这样得天独厚的躯体。

此后他跌跌撞撞地踏上修行之路，几百年过去，凡人十几个朝代倾覆，他经历的事情之多是尚且幼小的徒儿无法想象的。

修行的日子太长久就是如此。到如今，他已经很久未曾想过要些什么了。

而此时此地此景，凉夜微风，小徒絮语，甚为可爱，让他回忆起一些陈年旧事。

“我新学了几个小法术，虽然没能闯进后山，但对这些法术的运用确实熟练了很多，可见实战才是唯一提高能力的捷径。后山的竹竿师叔看上去严肃，其实很照顾我们，特地陪我们练习。不过，我每次被拦下还是觉得好生气！咱们蜀陵是不是盛产这种看上去凶不好说话，其实特别心软的人？你每次到幽篁山这边来，他们会假装没看到你，让你过来吗？”

辛秀挨着大熊猫一起坐着，手里梳着毛，嘴里说着一些平常不会和别人说的心事。

“我感觉你是很有灵性的，好像知道我在找你，所以才特地跑来见我，让我安心。下次你要是有什么事需要我帮忙，也可以直接来找我，不要太久不出现了。”

辛秀想起自己的狗狗，靠在“熊猫妈妈”毛茸茸的肚子上，摸了一下熊猫的爪子。她这样温柔的神态和平时的活跃高兴不太一样，申屠郁看着她，几乎要觉得她不像自己认识的那个小孩子了。

“熊猫妈妈”不再闹失踪，很有规律地隔三天出现一次。不过辛秀再试图把它骗到自己的床上当垫子，就没成功过。她一度怀疑这很有灵性的熊猫能听懂她在说什么，遇到它不想做的事就装傻。

但是就算对方装傻，辛秀也没有办法做什么，毕竟她搬不动这实心秤砣一样的熊猫。

因为几个孩子再三要求，辛秀还偷偷把几个小孩儿带去看过“熊猫妈妈”。“熊猫妈妈”也很给面子没有发脾气，让几个孩子分别摸了一把，不过也就是一下，再想摸，它就起身走了。

辛秀总觉得这大熊猫离开的背影有几分落荒而逃的味道，就好像当初她那个躲避小九如躲地雷的师父。

不过，几个弟弟妹妹对食铁灵兽的兴趣并不大，看过后满足了好奇心也就算了，连老二都唏嘘不已，原来传说中的食铁灵兽没有他想的那么恐怖。

辛秀无奈了，好吧，他们不懂国宝的可爱，只能说大家生在不同的时代和世界。她对国宝可是有一份情怀加持的滤镜！

在蜀陵的日子平静却有趣。在辛秀学会了轻身术，能提气纵身跳上三楼，达到从前看过的武侠小说中的大侠境界时，距他们九个人从盆中天出来差不多过了三年。

这一年的辛秀快到二十岁了。放在现代，她应该上大二了，而在蜀陵，还是会被所有师兄师姐摸头说小孩子。

“为了庆祝你们正式入门三周年，办一次聚餐吧！秀儿师妹，大家有一个月没聚餐了。”采星师兄摸着辛秀的脑袋说。

辛秀打趣他：“师兄，你就是嘴馋想蹭饭吧。”

采星师兄嘿嘿笑了两声，抬头忽见两只小白雀朝这边飞了过来。

“咦，这是什么鸟？我怎么没见过？”一旁的老二疑惑。他师父的洞府里别的东西不多，就是鸟特别多，因此在识鸟上，他也算见多识广。

辛秀认出来了，说：“这不是我每天早上在幽篁山后山看到的小白雀吗？奇怪了，我还从没在其他地方见过它们。它们怎么飞到云间道场了？”

采星师兄的表情有点儿奇怪：“这是祖师爷的云雀，别处没有。通常它们只在后山和幽篁山那一块活动，要是飞到蜀陵的其他地方，一般只代表着一件事——替祖师爷给闯后山的弟子送三年一次的惩罚方法。”

辛秀和老二被吓住了。他们都忘了还有这一茬儿了。

小白雀落到辛秀的手上，大概认得她，还歪着小脑袋蹭蹭她的手心，然后吐出一个小泡泡——泡泡内卷着一张字条。

采星师兄惊异地道：“从前都是直接由这些小雀传达声音的，这次怎么改成字条啦？”

祖师爷下发的任务为什么突然由语音改成文字？这大约是“因缘”际会。

老二先展开字条，念道：“出瀛海，寻流潭，上岛后将见到的第一样东西带回蜀陵。”

采星师兄啧啧两声，摇头道：“虢儿，你这运气很是不好呀，怎么得到了这么一个惩罚？”因为辛秀偶尔开玩笑时会叫老二虢儿，所以同门中不少和他们比较熟悉的人会这么喊老二。

“流潭在瀛海中，瀛海之大，哪怕寻常修士也难渡，流潭岛还行迹不定，颇难寻找。岛上之人对外族人异常仇视，据说岛上有一潭族擅长邪异方术，极不好应付。我记得有一位师兄曾路过流潭岛，与我们说起，他只在那儿待了一日就狼狈地离开了，那位师兄还是已经修炼了百年以上才去的流潭岛。你才入门三年，怎么就得了这么难的惩罚？”

采星师兄话音刚落，辛秀就念出了自己的字条：“寻仙西、旧乌、项茅三地仙人洞府送信，时限……十年？”

刚解释完老二的任务有多难的采星师兄默默拍了拍辛秀的肩，都不想多解释了，只说道：“得了，我还以为虢儿的难，没想到还是秀儿的难。”

辛秀琢磨着，这任务难吗？这个任务好像就是送信吧？她记得以前自己玩网游，人物出新手村的任务都有送信，送个信的新手任务能难到哪里去？

采星师兄对她的态度也就只有一句评价了：“秀儿啊，你是初生牛犊不怕虎。”

辛秀觉得这话耳熟，好像不是第一次被人这么说了。其实人真的很奇怪，很怕一样东西是因为不了解，完全不怕一样东西也可能是因为不了解。

辛秀和老二去找了其他小伙伴，既然他们得了这字条，其他几个人肯定也有。九个人里最小的三个因为从未参与过他们的后山活动，所以没有这个三年的任务，其他人个个都没逃脱惩罚。

老三的任务是去终山寻一种雪精花，她的字条上还多了一个花的图案。辛秀看了半天，没看懂这简笔画画的是什么鬼东西。

“这个是花？那这个根怎么长得这么像手？”

“这叫雪精花，是一种雪女花成精后异变而成的，已经不能算寻常之物，更似妖精。”老三的胖师兄解释道。

瘦师兄则忧心忡忡地道：“这花倒不难找，但是想抓住它太难了。梅溪师妹，不然让师兄们陪你一同去吧？”

老三一如既往地倔强和认真，拒绝了师兄的帮助：“不了，师兄，这既然是祖师爷给我的惩罚，就应当我自己前去完成。若是让师兄们帮我，我岂不是坐享其成？太不公平了。”

两个师兄相对叹气，念叨道：“你们还这么小，一般而言第一次惩罚就是种竹子而已，你们怎么不同呢？也不知祖师爷在想些什么。”

相比前面的三个哥哥姐姐，老四的任务不太难，但有些古怪。

人间有个叫“后”的国家，是几个大国中夹着的一个小国，非常普通，而老四的任务就是去这个后国当三年最普通的修城墙工匠。

“我师父只教我如何做普通机关，没教我修城墙啊。”老四拿着自己的字条扶额长叹。

老二给他添上了一句：“你看这个‘普通’，意思是你只能老老实实地修墙，不能一下子用法术搞个城墙出来，哈哈哈哈！”

老四跳起来和他对打：“你还笑我！”

而老五，资质是几个人中最好的，如今似乎要主修医道了，因此任务也与医有关——他要去人间救活一百人。这救活和救治不一样，救活一百人可谓很难，他的任务甚至没有时限。

辛秀觉得老五的任务恐怕比自己的难上数倍。如果是这样，惩罚难度根本就不是按照他们闯后山的次数来定的。

“祖师爷会这么定自然有他的用意，安心吧。”景成子师叔作为老五的师父，很洒脱地对自己的徒弟说道，“艾草，人间和蜀陵不一样。在人群中，听着一样的声音，人很容易被那些愤怒或痛苦情绪同化，从而失去自己的本心，你可要记得自己是谁、要做什么。为师会看着你的，去吧。你从人间来，该再去这人间走一趟。”

老五的神情有些迟疑和忐忑，他仿佛想说些什么，但最后什么都没说，只是抿唇点头应下了。

至于老六，任务是去人间虢国著名的九公学宫给人当九年的老师。

老六转身去看她师父，不自觉地露出求助的表情。她毕竟十五岁未到，骤然听到要去给人当老师，还是九公学宫——这个地方哪怕她当初在自己的那个破村子里都听说过，可见其名气之大。她自然心慌得很。

“我才向师父学了三年，还什么都不懂，怎么能去那里给人当老师呢？……”老六轻轻地说道。她还记得自己从前住的村子里最有本事的先生都不敢对九公学宫有什么妄想，她更是只有仰望的份儿。如今哪怕她的身份变了，那种骨子里对九公学宫的敬畏仍然存在。人的出身带来的限制的确很难轻易摆脱。

她的师父卜算子抬起手中那卷书，在她的额心敲了一下：“这九公学宫乃是我从前所创，只是延续至今，多有弊病。你乃我亲传弟子，替为师前去，有何不可？你尽管去，尽管教便是。”

这三年里，闯后山的人除了他们几个新弟子，也就只有伯鸾小师叔一个“旧人”，毕竟其他弟子岁数都大了，早已不喜欢这项活动。

看见师侄们五花八门的任务，伯鸾小师叔期待地打开自己的字条，希望能看到点儿有趣的任务，结果上面写着：“种满三座山的紫竹。”伯鸾小师叔无言以对。

“从前师侄的任务就有趣，单我是种树，没趣得很；如今来了新的师侄，任务更有趣了，我还是从前的种树任务，可见师父就是故意不让我高兴。我不做了！”他忽然发起脾气来，把小字条捏成团狠狠砸在了地上。

辛秀内心发问：师叔，你是贾宝玉吗？

闹脾气的伯鸾小师叔被送信的小白雀们狠狠啄了一通脑壳。辛秀觉得，要不是他们的惩罚不能互换，伯鸾小师叔恐怕会来抢着和他们互换惩罚任务。

这么看下来，他们姐弟几个人竟然全部要离开蜀陵。

辛秀带着字条回幽篁山，发现师父从炼炉中出来了，正在院中等着她。

“师父，我收到师祖的传信了。”她晃了晃手中的字条，“挺简单的，是要去三个地方送信，时限还特别长。”她估计用不了十年这么久。

申屠郁点头：“我已知晓。好在我为你炼制的灵器总算在你下山前炼制完了。”

这一个能养出“灵”的灵器，他炼制了近三年。这个灵器与那些作用普通、功能单一的灵器不同，是他特意为徒弟炼制的会“生长”的灵器。虽然这个灵器比不上他炼制了几十年才成功的那具人躯，但在他炼制的灵器中也可排进前十了。

若不是时间不允许，申屠郁还想再修改一些地方，做得更完美一些。可惜，徒弟要下山了，他只好先把灵器送给徒弟，让灵器能陪她一起下山。

辛秀双眼亮起，期待地问道：“是什么？”她不知道申屠郁这一个灵器炼制了三年，只以为那是给她准备的下山行李，觉得自己的师父果真是那种做的比说的多的人，不声不响就给她准备了礼物。

申屠郁伸出手，露出手中一只巴掌大的食铁灵兽。

辛秀问道：“一个……挂件？”

大熊猫的模样憨态可掬，栩栩如生，简直就是把她的大熊猫妈妈等比例缩小了。她从师父手中拿过大熊猫挂件，没看两眼，忽然感觉手中一重。大熊猫凭空变大，咚的一声砸到她面前。比她高半个头的大熊猫站在她旁边，毛茸茸的，散发着暖和又好摸的气息。

它像个活物，有一双漆黑的眼睛，懵懂好奇地看着她，一双爪子试探着抱了她一下。

埋在绒毛里的辛秀笑出声，说：“师父，这是给我做伴的吗？”她当然喜欢，但心里还是不由得好笑地想：师父真拿我当小孩子了，出门怕我害怕，还给我做个小伙伴陪着。

申屠郁解释道："这是为你炼制的灵器，为师见你喜爱食铁灵兽，便炼制了它，在外它可以陪伴你。并且它的修为比你高，若遇到危险，它可以保护你。"

辛秀有些惊讶："啊？修为比我高？"师父随便炼制一个灵器都有修为了？！

申屠郁继续讲解自己的作品的用法，在熊猫灵器的肚子上一掏，从里面掏出一把模样朴素的剑，说："它身上有可储物之处，是一个百宝囊。你出门在外不方便，多带点儿东西，若有放不下的，可以存在它这里。"

叮当……叮当熊猫？

辛秀试着拉了拉熊猫肚子上的软毛，看见了那个隐蔽的口袋。她看过之后，熊猫还很灵性地抬起爪子抚了抚肚子上被弄乱的毛发。

辛秀问道："师父，我要是不小心把它弄丢了怎么办？"

申屠郁不紧不慢地说："不会。平时你可将它变小放在身上，若是现在这般大小，它会自己跟随你，一时丢了也不要紧，它会很快找到你。"他炼制的时候加了徒弟的毛发和血。

辛秀心想：这就和自己玩游戏时把宠物设置了自动跟随一样。这下子她放心了，开心地说："谢谢师父！"

其他弟弟妹妹的师父估计也会给各自的徒弟准备一些东西，但她师父给她的东西肯定是最用心也最实用的。

申屠郁接着说："还有，若遇上危险，你还可将它当作甲胄。"

申屠郁一抬手，辛秀感觉自己身上好像平白多了一层衣服。她低头瞧去，见到自己的手变成了熊爪。她成了熊猫？！所以，把它当甲胄的意思就是说她还可以把这熊猫灵器当作机甲吗？她往身上一穿，就可以变成合体熊猫人，力大无穷，打人超凶。

辛秀甚至仿佛感觉身体里涌现出了力量。小时候别的小伙伴想当美少女战士，她不一样，就想当奥特曼，光一闪就能变身。现在她大概也算在另一种意义上实现了梦想，毕竟奥特曼和熊猫人，也就是紧身皮衣到真皮毛绒衣的区别。

她的师父真是个神仙教母，让一切美梦成真，她要疯狂赞美师父！

“爸爸，你真好！”辛秀扑上去给自己孤僻的师父一个大大的拥抱。

然后她去后山找到“熊猫妈妈”，拥抱了它一下午。

刚从师父的形态变成原形的申屠郁想到徒弟要下山，一边高兴于自己不用再陪孩子玩了，一边又觉得有点儿不习惯，抬起熊爪扒拉了一下小徒弟，主动让她躺了肚子。

“知道我要走了，连肚子都肯主动让我躺了。”辛秀趴在熊猫的肚子上说，“你看，不管是人还是熊猫，都是一样的，要失去了才懂得珍惜。”

申屠郁不知道该说什么。

大家为要出门完成任务的六个人办了一场热闹的告别聚会。

和蜀陵的同门告别后，六个从十五岁到二十岁不等的年轻人就离开蜀陵，分道扬镳。从此，他们走向各自漫长人生的第一座山。

“仙西、旧乌、项茅……这三个地方，究竟哪个比较近？”

辛秀坐在大摩托上，一手托着一沓地图翻看，一手拿着葫芦壶喝水。

离开蜀陵的前两天，她一直骑着大摩托在天上飞，没有看到一点儿人烟，除了连绵的山，还是连绵的山。她这才明白，蜀陵究竟有多偏远。还好她有代步工具，否则靠走路，这点儿路程起码要走上十天半月，还是在用了轻身术的情况下。

飞天摩托大大提升了她的赶路效率，不过之前她没意识到的问题也出现了——这个摩托不能连续两天飞行。辛秀终于弄明白，这个摩托飞行的动力是灵气。

之前在蜀陵灵气浓郁，她随便往哪里飞，摩托都能自动充能，所以她没遇到过摩托能源不足的情况，还以为这是无限能源车。结果她现在离开了蜀陵地界，外面灵气的浓度骤降。在这种情况下，车子动力不足，罢工了。她只能停下来休息，顺便让飞天摩托自动吸收周围的灵气。

如果她是大佬，现在还可以选择让自己当充电器，把灵气直接灌进飞天摩托。但她不是，她自己的灵气还不够用，她辛辛苦苦修炼一晚上，还没有这摩托自己吸收的多。

离开蜀陵后，辛秀也不往高空飞了，最多就在半山腰处飞。她也是实在没办法，蜀陵温度适宜，不会太过寒冷和炎热，但出了蜀陵，温度也跟着灵气一起骤降，外面这片地域的气温让人感觉仿佛到了深秋。她在空中飞，不穿毛衣都觉得脸和手脚要被冻掉。

她先前飞到一半把车停到悬崖边上，从百宝囊里翻出厚衣服换上。等她的修为再高些就可以不惧寒暑，可她目前也只能畅想一下以后的畅快生活，再老老实实地找出一条围巾包住脑袋。

就这么走走停停，辛秀终于遇上了人，也不好说是遇上，毕竟情况有点儿特殊。

当时，她骑着摩托飞在半空中，忽然听到一声大叫，开始还以为是山中猿猴的叫声，结果再仔细一听，好像是人声。

她用修仙后直逼望远镜程度的视力找到了喊叫的人——一个山中樵夫。他背上背着柴，对着她的方向不停跪拜大喊，肢体语言传达出的都是惶恐之意。

辛秀听不懂这口音，猜测这叔叔不是在喊妖怪就是在喊大仙，连忙加速飞走了。

辛秀心里念着罪过罪过，这超出他认知的飞天摩托肯定吓到了人家，说不定以后这一片又要流传什么奇怪的妖鬼传说。

既然见到了人烟，辛秀就要开始考虑自己到底先去哪一个方向。

她有三个任务目标，可惜这里不能像现代那样，知道个地名，在地图应用上输入名字就可以自动导航到目的地。现在她只有一沓地图，而且蜀陵只有很古老的那种简陋地图——对山中修炼的修士来说，外面的世界变化太快，频繁地更新地图太麻烦，而且他们一般也用不上。

她现在就要拿着不知道是一百多年前还是两百多年前的一沓老地图，去寻找地图上没有标注的三个地方。

有师兄好心给她指了方向，说仙西在西边，旧乌在北边，项茅在南边。她再问具体哪个更远，师兄说不清楚。她又问三个地方具体在哪个国家或者地区范围内，师兄摊手表示也不清楚。

世界之大，诸位师兄也不是什么地方都去过，就算去过，也没法在这一沓画得并不详尽的地图上圈出个具体位置。最后还是她万能的师父翻看了一会儿地图，给她指出了大概的范围。

只是那个范围真的很大，就像她问北京在哪里，别人给她画出了中国的大概范围，然后说，就在这一片里面。

"既然不知道哪个更近、哪个更远，就只好听天由命了。"

辛秀熟练地做了个色子，六面刻上圆圈、钩和叉代表三个地名，然后往地图上一丢。

"大娘，你知道项茅在哪儿吗？项茅？"

辛秀询问几遍无果后，无奈放弃。

这是她路过的第三个村子，村子很破败，她只看到了老人、小孩儿和面相老态沧桑的中年妇人。她在村头那个水渠边见到两个妇女在浣衣，走上前去问了问。

然而，双方是鸡同鸭讲，和她之前经过的两个村子一样，她听不懂大娘叽里呱啦地说了些什么，而且这三个村子的口音又都不相同。她说了几句，大娘挥舞着手臂指向村子，又指指外面，然后不停挥手。

辛秀虽然没有抱着一问就能得到指路结果的期望，但遇上的问题是语言不通，这未免也太真实了。

奇怪了，她以前看的小说，那些主角到处历险，怎么就从来没有语言不通的问题呢？

她想了想，当年刚到这个世界时待的那地方，就是拜灵照仙人的那个小城里，也不知道是在具体哪个位置、哪个国家，可能只有那里的话才和蜀陵用的通用语相似。

她正感叹着，忽然几个赤脚汉子提着木棍锄头气势汹汹地朝村里跑来，带头的老人和搀着老头的妇女嚷嚷着什么。

辛秀愣了愣，这是干吗？和她说话的大娘忽然紧张地拽住了她的手，生怕她逃跑似的。那群人看表情就知道来者不善，手上还拿着绳子，应该是来绑人的。辛秀手上一转，轻巧地挣开了大娘的手，直接跃上了旁边的一棵柿子树。

树有五六米高，树下的人见她一下子跳了上去，都吓傻了。刚才抓她的大娘惊叫一声，跌倒在地。每个人仰头看她的神情都充满了畏惧之意。只有那个举着锄头的男人绷紧着脸，明明很恐惧，还想去砍柿子树，把她弄下来。但他没砍两下就被旁边的人拽住，一群人又躲妖怪一样跑回村子，哐哐关上了门。

坐在树上看了一场闹剧的辛秀感叹道："唉，这都是什么跟什么，古代村落排外也不至于这么夸张吧？"

正值秋日，这棵柿子树有些光秃，只剩下树顶上不太好摘的几个红柿子。她随手摘了两个柿子，嘀咕："摘你们的两个柿子，就当给我压惊了。"

为了进村问路时不吓到人，她之前把飞天摩托收进了叮当熊猫的肚子里。变成小小一个的叮当熊猫这会儿从她的袖子里钻出来，用黑色小爪子摸了摸她的手指头以示安慰。

辛秀笑道："我没事，这几个人还吓不到我，我就是好奇这是怎么回事。"

她也不把飞天摩托拿出来了，直接用"轻功"在树梢上飞跃。

这次没飞多久，她听到一阵哭声，便停在不远处的树上瞧着。

那边也是个村子，一大群人正在吹吹打打，由一个充满乡土气息的跳大神的人带头，在一片显然收成不好的荒田边转圈。田里不知道种了什么，已经枯死了大半。人群中有一个被绳子绑着的年轻姑娘，十三四岁，哭得嗓音嘶哑，在她身后还跟着一对哭泣的夫妻。辛秀听到的哭声就是由他们发出的。

跳大神的人很有威严，四肢不协调地跳了一阵舞，然后一挥手，绑着的姑娘就被推到荒田枯草上。提刀的汉子面带不忍之色，但还是在跳大神的人的呵斥下举刀对准了那姑娘的脖子。

辛秀算是看明白了，大约是这地方遭了什么灾荒，或者遇到其他让人不能理解的祸事，就有村里的神婆神汉要求用年轻小姑娘的血去祭神，就像祭河神一样。

辛秀在从前的世界里看风俗志，看过不少类似的事。民智未开的蒙昧时代里，这样的事屡见不鲜。当真是太阳底下无新事，换个世界也一样。

刚才那村子离这边很近，估计也是遇到了类似的事，那些人想抓她肯定是用来做同样的事。

辛秀从腰间的百宝小囊里掏出一张黄符，对着食指哈一口气，在黄纸上画符。教这个符的是伯余师兄，辛秀对其他符学得不太好，就画这个雷符最熟练，因为它实用。

她把画好的符朝那跳大神的人一指，青天白日一道雷正劈在那人的脑壳上，将那人电翻在地。见那人一脑袋钻到土窝里，像只撞上了电蚊拍的苍蝇，她心里爽了，哼了一声挥挥手指，将手指间的符灰拂开。

这骤然的变故吓呆了所有人，一时间敲敲打打的人停下了，哭声也停了。只剩下一群以为遭了天谴的百姓，正在不知所措地绝望哀号。

辛秀坐在树上远远地看着那边的混乱场景，忽然想起自己临走和师父告别时，随口问了一句：“师父，你还有什么要叮嘱徒儿的吗？”

然后，她的师父便语气寻常地和她说：“下了山后，不要害怕杀人。”

辛秀当时愕然无语，可现在有点儿明白师父那句话背后的意味了。这世界不太平，尤其是与蜀陵比起来，更显狰狞。

如果她是大侠，现在就该过去救下那个姑娘，不允许这些人再杀人，但她不是。她是修仙的。

修仙之人一般不会管这种“小事”吧？可她想管，只好前去管上一管了。

辛秀站起来，抬手在身上拂过，幻化成景成子师叔那唬人的仙气飘飘的模样。

一群人跪在田中哭号，忽见天上出现一片彩云，一个仙人踏云缥缈而来。他一抬手，被绑住的姑娘身上的绳子尽断，再一挥手，一场甘霖落入田中，洒到他们身上。人们只觉得精神一振，灵台清明，连悲痛之情都散去了。

仙人不言不语，只是满脸慈悲，最后留下一尊木雕像，消失不见，空中只有彩云还在缓缓飘动。

“是仙人！仙人现身了！”

“有救了！仙人降下甘霖，我们有救了！”

辛秀飞进远处的树林里，也听到了那些狂喜的欢呼声，虽然听不懂，但能猜到大概的意思。

因为语言不通，她只能什么都不说。她洒下去的是白妃师叔给她的甘露，白妃师叔的灵宝白玉净瓶能凝聚甘露。这可是好东西，辛秀一共也就得了一小瓶。如今刚出山没多久，她就用掉一小半，心疼得不行。她修炼出来的那点儿灵力也差不多用完了，幻化之术费灵力，再多留三秒她就要穿帮了。

最后她留下的那个木雕其实没什么用，那是老五雕着玩的。他雕了很多东西，临别的时候送给他们几个人做礼物。辛秀把它拿出来，只是突发奇想：如果绝望的人们想要一个慰藉，那不如就拜这块木头好了，总比拉着小姑娘到田里砍头、用血浇田好。

辛秀离开这令人心情不好的偏僻村落，往更南方行去。

经过一条大河后，这边人们的日子显然好很多。成片的村落聚集形成一个个大小城镇，与河的那边相比，肉眼可见地繁华许多。辛秀心想：这里的人应该不会动不动喊打喊杀了吧？

她独自走在进城的道路上，前后有挑着担子进城卖东西的人，也有赶着牛车运东西的人。从他们的衣着和神态看，他们的日子应该过得还算不错。

每次到了有人聚集的地方，她为了不让自己变成引起恐慌的奇异人士，都要把飞天摩托收起来。可是乖乖走路太没效率，她寻思着买个什么代步工具，买马、买驴还是买骡子？

“驾！驾！”

辛秀听见身后传来急促的马蹄声，咚咚如鼓点敲击地面。路上走着的人全部露出惊惶的神色，忙不迭地赶着拉着货物的车往旁边让。辛秀不明所以，也跟着站到路边去。

这大白天的，城墙近在咫尺，不至于遇上强盗吧？这些人这么慌做什么？他们不仅慌，还目光担忧地看向她，欲言又止。

辛秀嘀咕：“我有一个不好的预感。”

一队骑马的汉子停在路中央，辛秀被扬起的尘土刺激得眯起眼睛。她隐约看见马上一个矮壮的红脸膛汉子，正手拿鞭子眼带淫邪之意地打量她，大嘴一咧指着她朝同伴喊了句什么。

她还是听不太懂他们说了什么，这里的话和她之前在偏远村落那边听到的又不太一样。不过，她捕捉到了两个大致能听懂的词，一个“女人”，一个“不是良家”。

红脸膛汉子说出那句话后，后面几匹马上的男人都跟着哈哈大笑，是那种一群男人聊起黄色话题时不正经的笑。

辛秀怒吼了一句脏话。

脏话哪怕让人听不懂，肢体语言也是通用的。那男人露出不大高兴的表情，鞭子熟练地一甩，很有技巧地钩住了辛秀的腰，一用力把她拉上前，伸出手想抓她上马。

辛秀顺着他的力道跃起，抬脚踩上这汉子的脸，把他踢下了马，自己轻飘飘地站在了他的马上。

然后，辛秀幽幽地说道："这个时代，女生一个人出门这么不安全吗？大白天好好走在路上都要被人抢！"

她说完这一句话，干脆又是几脚，把其他几个人也踢下了马。

几个男人滚成一团，目瞪口呆地看着她，再也笑不出来了。

辛秀也不理他们，坐在马上，摸了摸身下这匹马的鬃毛，轻声说："我刚才还在想要不要买匹马，现在不用了，我看你就挺好的，还是白送上门的。小乖乖，走吧，以后你就跟着我了。"

她不太熟练地坐在马上，拽了拽马缰，让它往另一个方向走。

红脸膛汉子在后面一句话都不敢说，眼睁睁地看着她把马骑走了。

辛秀其实没骑过马。她在原来的世界里有一次出去玩，路过一个马场，提出想去试试骑马的感觉，但那次陪她出门的是个懒人，一听要骑马就原地放弃了，说什么骑马很累、颠屁股、想早点儿回家去躺着。辛秀带不动那个"退堂鼓选手"，只能遗憾地和学骑马的机会失之交臂。

不过现在，她终于骑上了马，觉得和骑大摩托有异曲同工之妙。交通工具都是这个特性，纸上谈兵没用，必须得上路才能学会。

辛秀沿着那条不甚宽阔的道路离开前面那座城。再看不到城墙时，她已经能稳稳地驾着马快跑了。

她觉得自己可能有什么天生的驾驶能力，就算开机甲，应该也能很快学会。辛秀坐在马上漫无边际地想着这些有的没的，也没特意控制马儿的方向，就把它当自动驾驶的汽车。这匹马温驯且听话，好像知道辛秀的目的地一样，闷头往前跑着。

这个时代的城和城之间可没有高速公路，除了被太多人踩踏过后露出的黄土，就全部是杂草没过小腿的荒草地。只要离开城镇，半天看不见一个人。这年头大家不兴出来旅游，毕竟交通工具不发达，普通人出门就是遭罪。

辛秀骑了一会儿马，感觉屁股疼，确实很颠簸。

她跳下马，让马到一边去吃草，又把自己的地图翻出来。可是，马停下后并不准备吃草，只凑上来用脑袋轻轻顶着辛秀的肩，碰一碰然后退后，用那双大眼睛望着她。

辛秀奇怪地问："怎么啦？不吃草？我是停下来让你休息的，你不想休息吗？"

这匹被她随手牵来的黑马和它那个寒碜的前主人完全不一样。它长得很俊俏，大眼睛、长睫毛，长长的黑色鬃毛搭在修长的脖颈上。虽然它看上去不是很健壮，但四肢修长，尤其是那个眼神，像一个俊逸而忧郁的美男子。

辛秀被自己的联想给吓到，捶了捶自己的额头，哈哈笑着，自言自语："我真是单身久了，看一匹马都觉得眉清目秀。"

眉清目秀的马儿不断地用那种忧郁哀求的目光看她，她也不懂马语，只好试着坐回马上。

辛秀一坐上去，马儿就继续往前跑。她有点儿明白过来了，这马好像想带她去什么地方。她的好奇心被吊起来了，她也不喊停了，就这么被马儿载着跑了一晚上。

天明时，马儿显得特别疲惫，但当它看见前方出现的城墙时，辛秀明显感觉到它精神一振，连略显疲乏的脚步都重新轻快起来。

城门口虽有士兵守着，但他们神态慵懒，聚在一边大声说笑，也不管进出城门的人。

辛秀骑着马直接进到城内，发觉马儿目标明确。它一阵风般跑到了城西的一座宅邸前，看到那挂着季姓灯笼的府邸大门，终于停了下来，发出一声悲鸣般的长嘶。

辛秀跳下马，揉着自己隐隐作痛的屁股，摸着马鬃毛问：“我看你这么急，还以为你是想去找媳妇呢！你带我来这儿做什么，你媳妇在里面？”

黑马前腿一跪，卧了下来，望着季府大门，大眼睛里流下泪水。

辛秀立马蹲下来安抚它：“你哭什么呀？小伙子，别哭了，这么大一匹马了。”

黑马垂着脑袋，像是悲伤到难以自抑。

辛秀没办法，站起来去敲门。

半天才有人来开门，是个面带愁苦之色的老人家。

老人家见了她，疑惑地问：“你是……？”

辛秀心里松了一口气，真是谢天谢地。虽然这个老大叔说话口音浓重，但辛秀连蒙带猜能听懂。她边说边比画，问这府里要不要买马。

老大叔费劲地听懂了，只摆摆手，好像是说这种事只能主人家决定，他做不了主。

辛秀又说：“不买也行，我有一匹马，想送给你们家主人。”

这时候的一匹马可不便宜，老大叔大约还没遇上过这种上门送钱的事，十分诧异又不解地看着她，嘴里叽里咕噜地说了一通。他说话速度一快，辛秀就听不懂了。

正在这时，门口停了一顶小轿，轿里走出一个醉醺醺的年轻人。

这位年轻人长得不错，可惜气质猥琐，破坏了那张脸的美感。老大叔见到年轻人，忙上前搀扶，辛秀从他的称呼中听出了“郎君”两个字，看样子这年轻人是这季家的主人了。

醉鬼听老大叔说了两句话，乐了，世上还有这等好事？！送上门来的东西不要白不要，他直接让一个尖嘴猴腮的小跟班把黑马牵进家门，然后生怕辛秀后悔似的，把大门哐当一关，将她关在了门外。

辛秀耸耸肩，扭头去附近找了家店坐下，要了一份面。出门在外，她都多久没好好坐下来吃顿热乎的饭菜了？光吃面包、肉干这些东西太容易腻了。

端上来的面没什么油水，但闻上去特别香，面上放了一勺酱色臊子和几根碧绿青翠的小菜，算是很丰盛了。辛秀吃得差不多了，又喝了两口面汤，满足了自己的胃，这才向老板娘问起那个季家的事。

老板娘非常热情，哪怕双方沟通并不顺畅，也没有不耐烦，反而很有兴致地和辛秀说起季家的事。一股语言障碍也无法束缚的八卦之气，生动地从老板娘的眼角眉梢溢了出来。

辛秀听了个大概。

这季家是个富户，季家的老爷和夫人都是善心人，教出了个好儿子——人长得好看，年纪轻轻就考上了秀才。可惜前几个月，这季家的郎君不知道怎么跟人学坏了，请了个道士好吃好喝地供在家里，从此再也不念书了，还到处喝酒赌钱，把爹娘气得病倒在床也不管，反而肆无忌惮地玩乐，转眼将季家的财富挥霍了大半。这事也算是城中人人都忍不住谈两句的奇事。

辛秀若有所思，有一个大胆的猜测，不知道对不对。

她离开那家面店，回到季家，不过没去大门那边，而是转到另一边的青墙下。这高墙对她而言毫无难度，她脚一点就能跳上去。辛秀大咧咧地潜入人家的院子，看见另一边有几丛竹子，还颇有闲心地折了一枝竹枝。

她找到马厩，见黑马被关在里面。隔壁还有两匹马，不过和它们比起来，黑马显得格外焦躁，不断用马头去撞柱子。

“且慢，且慢。”辛秀走过去拉住马脖子，“这位朋友，你先别急，容我问问，你带我来这里，是不是想要我帮忙？”

她问了两遍，马才听懂了似的连连点头。

她接着说：“那我先验证一下自己的想法。我刚刚才想起我带了样东西，可能有用。”

师父给她准备的东西，她都放在了叮当熊猫的肚子里。那些东西她之前拿出来简单看过，一时没想起来。她伸手在熊猫口袋里摸索了一会儿，掏出了一面镜子，就是那种姑娘手持的小镜子。

这面镜子，辛秀叫它照妖镜。师父对这面镜子只简单提了一句，说它能让她分清遇到的人究竟是不是人，因为担心她会遇到别有用心的妖魔鬼怪。可是她没想到，这镜子第一次用，竟然是用来分辨一匹马是不是一个人。

辛秀拿着镜子对着黑马照了照，镜面上很快照出一个人影——一个神情憔悴的俊秀的年轻男人，一头黑发绑了个辫子。辛秀看一眼马鬃毛，那是她路上无聊随手编的辫子，原来这是人家的头发。年轻男人的脸和辛秀看见的那个醉醺醺的季家郎君的脸几乎一模一样。

事情很清楚了，这匹马才是真正的季家郎君。他不知道怎么被变成了这样。

辛秀说道：“看你一路归心似箭，原来是思家心切。”

她话音刚落，黑马又是泪如泉涌，双膝跪下，朝她叩拜，虽未能说出什么，但意思很明显，想求她帮忙。大约黑马那时看见她的神异之处，所以才怀着希望带她来此。

辛秀应道：“行吧，你先等着，我去看看那冒充你的究竟是个什么东西。”如果那东西是妖怪就有趣了，她还没见过一般意义上的人间妖怪呢！

辛秀摸到季家郎君的屋子，见他在床上呼呼大睡，直接翻窗进去，拿着镜子对他一照。然后，她失望了，那是个普通人。只是镜中露出的原本样貌十分丑陋——龅牙、小眼睛、满脸麻子。

她寻思着，普通人怎么能改变样貌，又怎么能把人变成马？瞧他这样也不像什么奇人异士，肯定有人帮他。

辛秀突然想起那八卦中这人供养的道士，此事十有八九就是那道士搞的鬼。

她从叮当熊猫的口袋里掏出剑，想想又塞了回去，然后拿出两张符。

道士的住处在季宅东南角，辛秀找过去时，道士在炼丹。

她见过焱砂师伯炼丹，那才是炼丹大手，眼前这个人手法蹩脚，瞧着就知道是没有人教、自己摸索出的野路子。

辛秀二话不说，直接一道雷符劈过去，没有劈那中年斗鸡眼的道士，而是劈了他的炼丹炉。轰隆两声巨响后，丹炉炸了，屋子也炸了，炼丹的道士被自己的丹炉炸飞，跟门板一起砸到了院子里的花圃中，人事不省。

辛秀虽然知道这人不会很难对付，但这是不是太容易啦？

她这一次当真是误打误撞。

这道士确实有些真本事，若是正面对上，辛秀大约要吃些苦头。但这次正到了炼丹的紧要关头，道士的全部心神都在丹炉上，他炼的丹又是烈丹，受不得一点儿外力撞击。

这道雷符要是劈在道士的脑袋上，说不定只能炸了他的头发，但是雷劈到了丹炉上，丹炉炸了就不得了了，直接连屋子都被炸了。

辛秀自己都没想到有这么大的动静，趁着人昏迷了，立刻拿锁链把人绑起来。

锁链也是师父准备的道具，被这锁链锁上，除非她用灵力解开，否则一般人轻易挣脱不了，通常两百年以下修为的人都能被困住。辛秀提着中年道士的胡子瞧了瞧，觉得他大约没有两百年修为，放心了些。

接下来就简单了，她要把这道士砸醒了问一问。

中年道士疼醒后，先是准备发怒，等发觉自己挣脱不了锁链，立刻就变了脸色，惊疑不定地打量辛秀，摸不准她是什么路数。

辛秀问道："这季家真正的郎君是被你这个巫婆变成马的吧？说

吧，怎么变回来？”

中年道士张口，辛秀听得懂大半。

他说：“我们是同道中人，只要你肯放了我，我就能帮他变回去……”

辛秀踩着他的脸，露出个笑容：“不要说废话，要是我不耐烦了就什么都不想听了，直接割了你的舌头。”

可能是她装变态很成功，这道士身体抖动了一下，咬牙切齿地说了。原来这方法很简单，把几种草药混合后让马兄吃下去，然后让马兄吐出肚子里用符咒卷着的马鬃毛就可以。

辛秀又问了：“怎么把人变成马？我很好奇，你教教我！”

被她踩着脸的倒霉道士不知道该如何反应。

辛秀按照中年道士说的方法，用桃树枝刻符烧成灰，再用这灰画两道倒转阴阳的符咒。符咒这玩意儿不能随便画，只是形状对了不行，需要灵力附着才有用。

“这符咒夹上马鬃毛，让人吃下便是。”中年道士看她学得这么快，眼睛里流露出既羡慕又嫉妒的情绪。

辛秀瞄他一眼，他这样就嫉妒了，要是看到老五学法术的速度，估计要嫉妒得吐血。

真正的季家郎君被辛秀灌了几种草药后到一边去吐了。在呕吐的背景音中，辛秀用自己画出的符咒卷好几根马鬃毛，走到道士面前，准备塞进他的嘴里。

道士察觉她的意图，连连后退：“这位道友何必如此？咱们为同道中人，今日留一线，日后好相见。说到底，我只是将人变成了马，未曾害他性命。”

辛秀揪着他的胡子把他拽回来：“是呀，你没杀他，我也没想杀你呀，只是想让你变成马而已，不是很公平吗？”

道士假意哀求：“我如今已经知错，保证不会再犯，你就放我一马，饶了我这次。看你也是有师承的修士，我们不妨讲道理。”

辛秀捏住他的脸，撬开他的嘴："坏人怎么会和人讲道理呢？"

道士疯狂扭头："我连人都没杀，怎么就是坏人啦？你放了我，我马上走，再也不来这里了！"

辛秀笑了笑："你误会了，我说的'坏人'指的是我自己。坏人，不和人讲道理。"她见道士愕然，手疾眼快地把手里的符塞进他的嘴里，让他咽了下去。

中年道士被呛得咳嗽，但还不忘用仇恨的目光死死瞪着她。如果此时他能挣脱束缚，肯定要上来与她打一架。

不过片刻，辛秀就见到中年道士身子扭曲，身体前伏，腰背拱起，在她面前变成了一匹栗毛瘦马。

辛秀鼓掌道："厉害，厉害！"果然就算变成马，也和原本的长相有关，这匹马看着就没先前那匹长相清秀。

"仙师！多谢仙师救我！"

辛秀扭头，见到恢复了人身的季家郎君。

他脸色苍白，声音虚弱，激动地对着她一拜。他手脚伤痕累累，衣衫褴褛，身上到处是泥巴，衣袍下摆都变成一条条毛边了。

辛秀摆了摆手："客气话不用说了，你恐怕有很多事要做，去吧。"

季家这天着实乱了一阵。不清楚内幕的下人只以为是天降雷火，劈了宅中的妖道。而那妖道十分可恶，将他们真正的郎君变成马远远卖掉，又找了个无赖痞子，用法术让那无赖假冒成季郎君。两个人在季家作威作福，骗过了所有人。如今妖道被真正的仙人降服，他们的郎君也得以回家。

卧病在床的季家老爷和夫人见到了真正的儿子，三个人抱头痛哭。自家的好儿子失而复得，两个老人心病一好，身体也好了大半。

而假冒季郎君的人被押到堂前，见事情败露，连声求饶："我是无辜的！我是被那妖道胁迫的！他说只要我听他的话，用季家的钱财供养他修行，就可以当季家郎君，享尽富贵！我是鬼迷心窍，是他……是他要挟我这么做的！”

可惜没人听他狡辩。

辛秀研究了一下这假冒之人身上的障眼术，发现就算放着不管，这人过上两日也会慢慢变回原样。他要是想一直保持季郎君的外貌，需得每隔三日去找道士要丹丸和符咒，这大约也是那道士控制他的办法。

“既然这样，这个普通人就交给你们了，随便你自己处置。至于那个道士，我就带走了，要是留在这里，有个万一的话你们也对付不了。”

季郎君感激万分，要设宴请她。季家老爷和夫人更是感激涕零，热情地挽留她多住两日。辛秀本来准备立马就走，季郎君说起自家厨子做牛肉乃此地一绝，并再三挽留，她才临时改变主意，留下吃了顿饭。

辛秀心想：我真的很久没吃过牛肉了。

季家买了老死的耕牛，虽然肉质老了点儿，但厨子的烹饪技术确实不错，牛肉十分美味。吃饭的时候，主人家季郎君为了表达感激，还在一边弹琴助兴。他跪坐在窗边，边弹边吟曲。辛秀算是体验了一把淳朴地道的古风弹唱。虽然这音乐比不得现代那种丰富的调子，但也别有风味。

辛秀暗想：实在太风雅了，吃个饭还要配乐。

直到她骑着道士变的马走出好几里地了，才突然反应过来，刚才吃饭的时候，季郎君吟的那首曲子好像表达的是男子对女子的倾慕之意。

她嘀咕：“朋友，这太含蓄了，真的听不懂啊。”

辛秀一笑而过，手里拿着一根野草，继续骚扰屁股底下的丑马：“你这样慢腾腾地跑，什么时候才能见到人烟？跑快点儿，你现在可有四条腿了，赶紧跑起来！”

道士变成的马消极应对，辛秀啧了一声：“看来你对变成马很不满意，不如把你变回来？”说到这里，她忽然语气一变，阴恻恻地说道，“既然你不想当代步的马，就变成猪好了，到时候随便把你卖到哪里去。少有人吃马肉，但猪就不一样了。”

丑马眼皮一跳，求生的欲望让他开始拼命狂奔。

辛秀慵懒地说：“再跑快点儿，要是天黑前找不到能休息的地方，你就要变成猪了！”

天黑时分，丑马终于停在了荒郊野外的一栋宅子前，累得气喘吁吁，舌头都吐出来了。

辛秀拍了拍马脸，问他：“怎么样？当马被人骑着的感觉爽不爽？你多体验一下就知道自己造了什么孽。”丑马嘶鸣一声，辛秀眼皮都没抬，直接给了他一巴掌，“不许骂我。”

丑马沉默了，心想：你难道听得懂马语吗？

辛秀理所当然地说：“就算我听不懂，也能猜到你在骂我。”

辛秀收起锁链，拽着马缰将马牵进了面前的宅子。

这段时间她风餐露宿，就没能在有屋顶的地方休息过，虽然这幢宅子看上去像个久没人住的鬼屋，但好歹能遮风挡雨。外面天色暗沉，乌云堆积，瞧着晚上好像要下大雨。

这里以前似乎是什么有钱人家的别院，三进宅子，天井里长满了枯黄的荒草，苔藓爬满了地砖缝隙和墙面，落满灰的窗被风吹得开合间嘎吱作响，虫蛀空的柱子腐朽得仿佛一推就能倒。

辛秀用一根棍子挥开眼前的蜘蛛网，卷起随风晃荡的破布帘子，准备用它烧火，丑马被她系在了柱子上。

辛秀掏出锅开始煮汤，冰冷的雨夜应当喝点儿羊肉汤暖身。羊肉是她在季家拿的，她还带了块牛肉。当时季郎君看见她在厨房装菜，表情有点儿奇怪。辛秀现在想来，那大概是幻想破灭的表情。

她刚喝完一碗羊肉汤，大雨就稀里哗啦地落下来了。这样的大雨在深秋时节难得一见。

辛秀收拾收拾准备睡了，不过睡前从叮当熊猫的口袋里掏出一把大伞，打开后遮在自己身上，大伞刚好能遮住她整个人。

她笑着对旁边的丑马说：“你知道这是什么伞吗？这是我师父给我的辟邪伞。也就是说，我举着这伞，只要它遮着我，鬼怪近不了我的身。你看这屋子阴森森的，我感觉这里有鬼，你觉得呢？要是没有就最好了，如果有……”她笑了一声，“如果有，我是不会有危险的，就是不知道你会不会有危险。”

丑马四肢僵硬，从刚才辛秀进门时，眼里就没散去过的期待与幸灾乐祸之意此刻都变成了惊怒。他不安地踩了踩蹄子，扭头看向老宅拐角的黑暗处。他确实是感觉到了这里的鬼气才故意把辛秀带过来，想让她死在这里，然后自己借此脱身。

他看出辛秀是个刚下山没多久的年轻修士，这样的人一般好骗，可没想到自己竟然遇到了个不按常理出牌的人。如今他变成这个模样，若宅中的是厉鬼，他恐怕要吃大亏。

那边辛秀哼着“有师父的孩子是块宝”睡了过去，屋内陷入寂静之中。

火堆被突如其来的一阵凉风吹熄，飘出的袅袅青烟歪歪斜斜地、诡异地没入房梁中。道士越发警惕，目光在黝黑的房梁上打转。

凉意袭人的深秋雨夜，呜咽的风声如同女人的哀泣。

黑暗中忽然传出老鼠爬动的窸窣声，有几缕蛛丝一般的黑色碎发悄悄垂下，还有一只白生生的女人手臂从黑暗中探出来——冷色调的白皮肤、纤细的手指。这手臂如同一块白布，在房梁上招摇。

道士暗骂一声晦气，怎么竟然是这样的东西？这是缚怨鬼，还是女鬼，怨气极大，最不好对付。它不仅吃人，而且对地盘上的一切活物都不会放过，所以宅子里连只老鼠都没有。

黑色的头发悄无声息地像藤蔓一样从柱子上爬下来，有一些顺着墙面摸到辛秀身边，又迫于辟邪之力，不甘不愿地绕过了那一片大伞遮住的区域，全部拥向了道士。

见到这一幕的道士内心大骂，眼见黑发要缠上自己，而那边的辛秀毫无反应，实在没办法，强行冲破了体内的符咒和身上的锁链变回人身。他猛地吐出一大口血，眼神怨毒地看向辛秀。修行不易，不到万不得已，他根本不会用这样自损修为的办法破咒，这一下损失的可是他的大半修为。

嗅到血腥气的黑发如同扭动的活虫，不断往道士身上爬，当先承受了道士的怒火。道士怒喝一声，引咒击中房梁，霎时间，尖啸与怒喝声响成一片。

战斗到了最激烈的时候，闭目养神的辛秀掏出耳朵里的耳塞，举着伞爬起来，蹲在一边看现场版的道士治鬼。

先前在蜀陵，师兄给她讲外面有各种各样的鬼怪，她还觉得那种志怪小说里的鬼怪无法想象，现在看到了实物，觉得果真是既恶心又刺激的。

辛秀看得津津有味，大战女鬼的道士看到她的表情，脸色发青。也许是愤怒的力量刺激了他，道士喷出一口血，引血为符将那女鬼重创。女鬼尖叫一声逃走，黑发如潮水般退去。道士也不追击，转身就狠狠朝辛秀打去。比起女鬼，他更想杀了辛秀泄愤。

对着这么一个狰狞着飞扑过来的“大蝙蝠”，辛秀不躲不避，手上一勾，面色狰狞的道士就在空中一顿，扑通落在她的面前，扬起一片灰尘。

“你……你怎会……？”道士面色骇然地看向自己的脚，发觉那里绑着一根透明的丝线。丝线封住了他的灵力，让他动弹不得。可这东西又是什么时候绑到他脚上的？他怎么全无感觉？

辛秀蹲到他的面前，说：“我看你也是个老江湖了，怎么这么天真？我敢收起那捆你的锁链，难道不会留后手吗？我又不是只有锁链可以用。我特意把锁链收起来，就是想看看你能不能自行从马变回人，结果你果然还藏着后手呢。你不是说自己知错了吗？我也是为了给你一个重新做人的机会。可你看看你，完全就是在骗我，根本没有知错的意思，一脱困就想害我，我被你骗得好惨。”

这一番话她说得义正词严。

不过，究竟是谁被谁骗得好惨？道士的脸色如同打翻了的调色盘，无比精彩，最后变成了所有色彩的混合色——黑色。

嘴唇翕动的道士望着她，什么话都说不出来。

辛秀拿出早就准备好的符咒，熟练地塞进他的嘴里，说：“我觉得你可能不想当马了，我们说好了，不做马就当猪。”

当猪的命运近在咫尺，道士此时也不知道该不该后悔自己太冲动。一旦变成猪，他可能就命不久矣，想他从前也风光过，如今竟然沦落到这个死法，可恨！

他一时不甘挣扎，一时满心怨愤，结果脑袋上忽然被人拍了一记。那不知什么来头的年轻姑娘站在他的面前笑着说：“不是吧？你这么脆弱吗？受打击太大，变傻啦？”

道士回神，低头一瞧，忽然愣住了——他没有变成猪，而是变成了一头骡子。

发觉自己没有变成猪，他一时间竟然有种绝处逢生的欣喜之情，心里甚至生出一点儿感激之情——意识到这一点，道士变的骡子脸一僵。

“骡道士，你知不知道项茅在哪里？”

并不叫马道士，也不叫骡道士，本名吕升的道士虽然不想回答这个问题，但如今人在屋檐下，不得不低头，还是忍辱负重地吐出三个字：“不知道。”

辛秀把干坏事的胡子道士变成了骡子，但又很有人道主义精神，让他好歹能暂时说出人话——一匹能说人话的骡子总比一匹不能说人话的骡子要好。

辛秀出门走过的这些地方，语言互不相通。她好不容易遇上能顺畅沟通的道士，当然得用上。于是，她骑着骡子，一边赶路，一边聊天，让他教自己这边的方言。很快，她就学会用当地方言进行一些日常交流。

本着人尽其用的原则，辛秀不仅把他当方言教学机，还准备让他当活地图，看他这一把年纪，说不定知道项茅在哪里。听他这么干脆地说不知道，辛秀想也不想，直接拽着手中的锁链，笃定地道："你不老实，明明知道也说不知道。"

道士一惊，一时没有说话，过了会儿才稳住自己的情绪，反问辛秀："你怎知我说的不是真话？"

辛秀轻松地笑了笑，说："我诈你的！我刚才不确定，现在确定了，你就是没说真话。"这是辛秀跟她妈学会的技巧——诈问。

道士暗自叹气，自己又被算计了。

辛秀接着分析："从你的态度里，我可以猜出来，你不仅知道项茅在哪儿，肯定还和项茅有渊源。你这故意避开的态度不一般哪！"

道士又是一惊，心想：这年轻的小姑娘心思好敏锐。

辛秀不知这道士为什么坚持不肯说项茅在哪里，也不逼他，只慢悠悠地闲聊，东拉西扯。这闲聊反而搞得骡道士心里七上八下的，不知道她究竟是什么路数。

辛秀突然说："骡道士，我看你还挺厉害的，懂得挺多，不如你教教我前两日打女鬼的法术？"

道士被她这理所当然的态度惊到了，心想这人脸皮真厚，抓了他当牛做马，竟然还要他教她法术。不过道士也有心探探她的底，便问："你应当是有师承的，连如何对付鬼物都不知晓？"

辛秀随意地说："哦，我之前光顾着玩去了，很多东西还没来得及学，谁知道这么早就要出门。唉，出门在外，技多不压身，不多学点儿东西，我也不好意思回去见江东父老。"

道士不明白江东父老是个什么意思，只觉得这人胡言乱语，让人摸不透底。

辛秀又说："你要是肯用心教我，也算对我有教导之恩，我也会回报你的。等你带我到了项茅附近，我就放了你，怎么样？"

道士当真开始考虑此事。他确实没想到办法逃脱，与其这样耗下去，不如还是按照这小辈所说。可这么想着，他心中又很是不甘，若不能杀了这个不知天高地厚的小辈，难消心头之恨！

辛秀丢出一个诱饵后，就一边哼着“白龙马，蹄朝西”，一边骑在骡子上画素描。她刚好画完一张，把图递到沉思的道士的脸前，说：“你看，画得像不像你？特别像，对吧？”

道士往后一缩，瞪大眼，看清以后，被现代素描以及辛秀专业的技术镇住了。

辛秀等他看够了才把画收回来，幽幽地道：“我把你画下来，送回去给我师父，以防万一。要是我放你走，你恩将仇报要报复我怎么办？有这画在我师父手中，万一我出了什么事，他替我报仇就知道该找谁了。师父只有我一个徒弟，非常疼爱我，又是个厉害人物，我要是有个好歹，无论天涯海角，他都会为我报仇的。”

她说得和真的一样，但其实压根儿不准备把人放走，现在先骗骗他而已。想要让骡子跑，当然要吊根胡萝卜在它的眼前。

从前的九年义务教育，她从未认真听过思想品德课，全看武松打虎和猴子偷桃去了，才会变成现在这个样子，实在是惭愧。

道士彻底没脾气了，不断宽慰自己，算了，此子肯定来历不凡，忍一时之气，算了。如此翻来覆去地念上几遍，他好不容易才按捺下杀心。

之后的路程上，他就一直在按捺自己的杀心。

辛秀故意把人气得血压飙升，再把人安抚下来，在道士崩溃的边缘反复试探，快乐学习。

令她有点儿诧异的是，道士竟然对鬼物之类的事了解甚多，手段也不少，还会自己改良驱鬼符咒。她越发觉得自己运气不错，误打误撞就把这个家伙降服了，省了不少事。

她学到不少实用的捉鬼术，非常想立马找个鬼来试试，可惜真想找，反而找不着了。

这日，一人一骡路过一条山道，忽听得峭壁底下有人呼救。

辛秀立马拽着骡子的耳朵，略显期待地问："是不是山间的精怪魅惑路人？"她昨日才听道士讲起山间的鬼魅。有些鬼魅会伪装出人声，等待人路过时出声求救，骗得人掉落山崖摔死，然后它们就从山崖的缝隙里爬出来，衔着尸体回巢啃食。

被她拽耳朵的道士从一开始怒火冲天，到如今已经心如止水，平静地说："不是，是普通人。"

辛秀可不信他，自己去查探，结果发现还真是个普通人。他大约是走夜路不小心滑到山崖下的。这一片地区山很多，开凿的山道又有些陡峭，人在上面走，一不小心就掉下去了。这人运气不错，抓到了一根凸起的树根，才得以保住性命。

道士催促她："赶紧走吧，一个凡人有什么好在乎的？"

辛秀自顾自地甩出绳子，把下面那个倒霉鬼拉了上来。

那是个看着面容宽厚老实的男人，四五十岁的模样。大叔绝处逢生，老泪纵横，拉着辛秀，语无伦次地表达感谢之意。他自称是个小商人，这次是出门谈一桩生意，结果不小心摔下山道，跟着他的一匹老马摔死了，他自己侥幸抓住树根才坚持了一天。

在这人的热情邀请下，辛秀不得不随他一起回去。这年头的人表达感谢，就是一定要请吃饭。出门在外，想好好吃顿饭不太方便，辛秀欣然应允。而且大叔说他家就在山下那个镇子上，她刚好可以去借宿一宿。

辛秀出门前从师父那里拿了很多金银，这也是一种炼器材料，主要用于装饰。她拿了不少，还分给了弟弟妹妹，告诉他们出门没钱寸步难行。但是她发现自己失策了，因为她经过的地方十有八九是荒村，根本没有多少能用钱的地方，能投宿的旅店也特别少。

商业不发达，旅游业基本不存在，她有钱都用不出去，只能偶尔行侠仗义，蹭点儿吃喝，维持生活。

辛秀把大叔安全送回家中，果然得到了这一家子人的感谢，上到大叔他老娘、大老婆、小老婆，下到他的两个小女儿。

辛秀吃了一顿还算丰富的饭菜。女主人安排了个干净的屋子给她休息，只是女主人看她的目光有点儿奇怪，充满探究与好奇之意。

辛秀这一路没少见类似的目光。在这些地方，年轻的女子独身出门在外，是一件非常奇怪的事，更别说她的模样太过干净。她不仅衣着、外貌与此地人迥异，气质也与他们完全不同。

这家里还有个年纪大些的仆妇，晚间过来给她送热水，话里话外打探她的身世和家乡，异常八卦。

这一家人看着不是特别富裕，和之前季家那个大宅不能比，但也有前后两个小院子，算是小康之家。

辛秀舒舒服服地泡了脚，难得在软被褥里睡个好觉，可惜睡到半夜，被一阵人说话的声音惊醒。她爬起来去看看情况，发现后面一个小房子里，大叔的小老婆正在生孩子。

先前吃饭的时候，辛秀看到那个肚子鼓得像气球的女人就感觉心惊肉跳，因为这女人和那仆妇一起，上上下下端菜伺候一家人吃饭，还健步如飞。辛秀总是担心这个女人一不小心摔一跤，摔出什么事。

辛秀过去时，孩子恰好生下来。辛秀隔着窗听见女人在小声哭泣，里面还有那个仆妇大娘在帮忙收拾。

孩子也在哭，哭声刺耳，但是只一会儿哭声就突兀地消失在水声里。辛秀觉得奇怪，探头去看，发现那老妇人将孩子的脑袋压进水里，不像是清洗，更像是要溺死孩子。

辛秀愣了愣，扬声问："你在干什么？"

被她的突然出声吓了一跳，老妇人手一松，孩子的脑袋出了水，孩子呛咳着哇哇哭泣。

老妇人发觉是她，有些尴尬，但还是平静地和她说："生了个女儿，不要了。"

生了个女儿，不要，所以他们就将其溺死。

辛秀看着她们，一时失语。

老妇人抓着孩子的脚，倒提着，甚至很抱歉地对她笑了笑：“扰到客人了吧？对不住，我们小声些。”

辛秀厉声质问：“我看你们家并不穷，难道养不起一个女儿吗？为什么要杀？”她不明白他们为什么要这样做，又不是穷得实在养不活。她听说过很多落后贫穷的地方，女人一个接一个地生孩子，如果生太多女儿就不要了，丢掉或者送人，但不知道像这样的人家也会做这种事。

大娘对她的话感到诧异，解释说：“家里已经有两个女儿了，再要女儿也没用，养了浪费米粮。”

面对她们理所当然和不解的态度，辛秀甚至不知道该说什么。离开蜀陵后，辛秀好像经常遇上这种不知道该说什么的情况。

她宁愿遇上些凶狠丑陋的妖魔鬼怪。

这家主人和他的老婆过来化解了这场僵局。男主人也十分尴尬，劝辛秀这位恩人回去休息，也没说要杀死那女婴了。辛秀走回房间时，隐约听到身后的女主人抱怨了两句好管闲事之类的话，被男人大声呵斥后住了嘴。

小院在镇子最西边，旁边就是一片湖，连着河流。秋日，湖边的芦苇丛倒伏一片，苇絮于秋风中瑟瑟颤抖。

借着不甚明亮的月光，仆妇将手中的孩子悄悄扔进水里，转身快步走了。

辛秀站在芦苇丛中，听到那边扑通一声响，轻微的波纹荡到她的脚下。她走过去把女婴捞了起来。辛秀把浸水后惊醒，再次哭得撕心裂肺的女婴拢在身前，擦了擦她脸颊上带着泥腥气的湖水。

辛秀连夜走了，带着道士还有那个捡来的女婴，没和那家主人打招呼。

“骡道士，这样大的女婴要喝奶……嗯，骡子产奶吗？你行不行？”

道士不知道该说什么。

最后，辛秀只能找村子里有奶水的女人，出钱或者出东西请她们帮忙喂一喂这个女婴。有时候实在碰不到人，辛秀便把甘露拿出来兑水喂给女婴喝。孩子跟着她一起饥一顿饱一顿，风餐露宿，竟然也没生病，反而日渐健壮，精力旺盛。

也许是对自己一出生就要死的悲惨命运有足够认知，女婴特别爱哭，那种奋力猛哭的架势和奋力进食的架势一样。

他们行走在旷野间时，这小娃娃的哭声能吓退野狼，狼听到女婴的哭声后都不敢叫了。

有时候，辛秀听孩子那大嗓门的哭声，感觉自己的耳朵要失灵了。道士没被辛秀逼疯，差点儿被这爱哭鬼逼疯，无数次游说辛秀赶紧把小孩儿丢了。

哪怕是只猫猫狗狗，辛秀都没办法随便丢弃，更何况是个婴儿。辛秀捡都捡了，也只能暂时带着。辛秀虽然也很痛苦，但见到道士比她更痛苦，就感觉快乐，继而再坚持一段时间。

她准备去个大点儿的城镇，说不定能找到想养女孩儿的人家。

辛秀抓到了一个弱鬼。这个弱鬼不是那种人死后滞留世间的鬼，而是怨气和死气汇聚后异变出来的东西，就像是旷野上徘徊的影子，没有神志。辛秀不费吹灰之力地把它抓住，然后把它放进透明的泡泡里，用那根绑过道士的透明丝线绑住泡泡的一头，让它像氢气球一样飘着，另一头就系在骡子的耳朵上。

小女婴窝在辛秀的怀里，见到“气球”里偶尔露出不同的狰狞的人脸，被逗得咯咯笑，也不哭了，张口“啊啊啊”地流口水，口水滴落在骡子的背上。

辛秀故意抬手去拨气球，让里面的弱鬼贴在透明泡泡壁上，出现各种表情。

小女婴：“咯咯咯咯！”

辛秀觉得快乐："哈哈哈哈！"

道士朝天翻了个白眼。

秋冬季节，湖泽干涸，露出河床。附近村里，几个年纪不大的小孩子撅着屁股在湿地里挖青蛙。这个时节已经很冷了，青蛙都钻进洞里避寒了，他们就提着个小篓子，从洞里把青蛙摸出来。

在粮食不足的时候，像这样的村里的孩子都会到处跑，上山下湖，寻摸着一切能吃的东西。

在这群穿着打补丁的粗布衣裳的灰扑扑的孩子中间，混入其中的辛秀就和麻雀堆里的白鹭鸶一样显眼。

"你在那里是找不到的。你看，要找这样干的洞！"光着屁股和脚丫的黑瘦小孩儿认真地和辛秀解释。

辛秀听不太懂这边的口音，从他的动作里大概弄明白他是什么意思，从善如流地换了个更干燥的小洞。她把手指伸进去，果然没一会儿摸出一只青蛙。

"哈哈哈，果然抓到了！"她一边高兴地喊着，一边把青蛙丢进面前那小孩儿提着的小破篓子里。那小孩儿咧嘴笑，露出几颗距离甚远的牙齿。

几个小孩儿一样黑瘦，但常年在外跑，看着还算活泼健康，在这冷风中穿得少也浑然不在意。

"啊！她要掉下来了！她要掉下来了！"教辛秀摸青蛙技巧的那个小孩儿，忽然指着辛秀背的竹背篓喊。

辛秀不疾不徐，手往后一接一推，熟练地把那个爬出背篓的小女婴给推回了背篓里，在背篓里撞得咕咚一声的小女婴坚持不懈地往外爬。小女婴也就只有睡觉的时候才会乖乖待着，一醒过来就折磨人了。

辛秀掏出个大柿子往背篓里扔，女婴坐在垫了小被子的背篓里，抱着从天而降的大柿子又玩又啃，这才暂时安生。

几个小孩儿抓青蛙抓得差不多了，准备把青蛙洗洗剥皮烤了吃。

眼见他们熟练地在河边找了几块圆石头堆在一起准备生火，辛秀毫不见外地坐过去，骄傲地说："我烤肉厉害得很！怎么样，要不要让我帮你们？"

几个小孩儿将脑袋凑在一起，嘀嘀咕咕了一阵，弄懂了她的意思。大概是因为刚才她帮了他们，双方建立了良好的信任基础，年纪最大的那个孩子走过来把篓子递给了她。

从辛秀烤的青蛙开始冒出香味，围成一圈的几个小孩儿就不停地咽口水。等到她摸出自己做的简易调料粉撒在青蛙上，从未闻过的香味就降服了所有孩子。他们咽口水的声音大到让人无法忽视。

"还不能吃吗？"

"可以吃了吧？我们以前随便烧一烧就能吃了。"

"可以吃了，熟了。"

小孩儿们催促着，辛秀不为所动。

等到辛秀终于点头，把烤青蛙分了出去，几个孩子迫不及待地把食物塞进嘴里，也顾不得烫嘴，一阵狼吞虎咽，话都没法说一句。

辛秀也吃了一串。旁边竹背篓里的小女婴抓着竹背篓边沿啊啊啊地喊，辛秀抓起大柿子糊了她一脸，小娃娃又抱着柿子开始吧唧吧唧地啃，其实根本连皮都啃不破。

他们一起吃了顿美食以后，辛秀询问村里有没有人能给孩子喂奶，几个孩子明显热情多了，带着辛秀上门给小女娃找到了口粮。

离开这个村子，辛秀骑骡背篓，继续往前走。

她这一路经常如此，遇到各种各样的人，够格让她称一句"好人"或者骂一声"坏人"的很少，大多是寻常人，像路边的野草一样随意又努力地活着。

她想给捡来的小女婴找个愿意养她的人家，但目前还没找到。不仅没找到，她甚至又捡到了一个被遗弃的女婴。

她捡到女婴时，一只野狗正在撕咬女婴身上的衣服，女婴一动不动，面色发青，像是已经死了。

“哎，小狗，别咬了，去那边。”辛秀走进野地里，掏出自己中午烤了没吃完的肉干，朝那条瘦骨嶙峋的野狗挥了挥，远远丢了出去。

野狗是聪明敏锐的生物，哪怕辛秀态度并不凶恶，它也能感觉到这是个自己对付不了的对象。它松开小孩儿朝肉干跑去，叼了之后头也不回地钻进了草窠。

辛秀没去管它，上前把女婴抱了起来。

跟着她的道士如今说话随便多了，见她探那女婴的气息，就忍不住语带讥讽：“本就有个麻烦包袱甩不脱，你还再捡一个！这世间那么多弃婴，你管得过来吗？！”道士对她的行为很看不上眼。

辛秀沉声道：“我现在心情不好，想找个人打一顿缓解压力，哪个人这么幸运呢？”

道士瞬间安静，不敢说话了。辛秀这么说了，也真敢这么做，而在这里会被打的只有他一个。道士毫不怀疑，哪怕把刚才那条野狗拖回来和自己摆在一起，会被打的也只会是他。

辛秀晃了晃自己快见底的甘露瓶子，啧了一声，还是给女婴喂了一些，再给女婴喂些温热的糖水，将人抱在胸前。

这附近有个村子，辛秀站在田边问了问一个在犁地的农夫。那人比画着告诉她，孩子是村里一户人家的。那家连生了好几个女儿，之前几个女儿都没了，这个生下来有毛病，眼睛都睁不开，人家不想要，就丢在村口，想让人捡走，但是一直没人捡。大家都以为那个孩子已经饿死了。

“没有看到那婴儿，被野狗叼走吃了，你不要给人送回去，人不要了。”农夫连连摆手。

听到这一句，辛秀按了按包在小被子里的女婴。

她们命如飘萍，却又天生顽强。虽然世道不好，但来世上一遭，她们大约也不想随意死去。

辛秀把这被救活的女婴和先前捡的那个放在一起，这一个生命力没有那么顽强。有几次，辛秀都以为这个孩子熬不过去了，但把这孩子抱在胸前，过一阵又发现孩子慢慢有气了。

辛秀原本最不会用灵力梳理身体，现在已经无师自通地学会了用灵力引导女婴呼气和吸气，为女婴梳理身体里的气了。

辛秀一连梳理好几日后，女婴终于能睁开眼睛了，或许是因为眼睛之前无法睁开，眸色比较淡，好在看上去并没有问题，能看清楚人。

辛秀做了个小摇篮放在叮当熊猫的兜里，晚上休息的时候就拿出来，把两个孩子放在里面，然后让叮当熊猫变成成年人大小，坐在旁边摇摇篮，哄两个孩子睡觉。

叮当熊猫的性格很好，有种温和的气质，辛秀觉得它像自己的大熊猫妈妈。如果夜晚寒冷，辛秀就靠在叮当熊猫柔软厚实的肚子上，一左一右各躺着一个孩子。他们就这样度过许多个夜晚。

辛秀下山后，见到了第一场雪，也终于找到了一座稍大些的城池。这座城池城墙高厚，守城的两个士兵目不斜视。这样的大城市还有个好处，就是见到她一个独身女子出行，不会动不动就有人用奇怪的目光扫视她。

城里终于有旅店客舍了。辛秀先找了个地方大吃一顿，然后去客舍和老板商量着，弄了不少热水泡澡，顺带把两个孩子一起洗洗。她出门在外，难免邋遢些，好好泡一回热水澡，感觉自己好像重新活了一回。

她以前看小说和电视剧，那些大侠每回穿白衣出场都纤尘不染，那真是和方便面广告一样的欺诈行为。

她一个修仙人士，哪怕什么事都没做，只是走在路上，都没办法保持白衣服洁净，一天下来身上全是灰。所以她现在已经学乖了，会穿耐脏的衣服，还会戴上帽子遮挡头发，不穿舒适的布鞋改穿靴子等。

两个孩子被辛秀养得白白胖胖的。辛秀其实也觉得挺奇怪的，自己随便养一养，俩孩子怎么长得这么好？她给两个孩子换上新买的小衣服，挨个儿点了点她们的脑门："我要在这里给你们找个家，等我的好消息。"

辛秀把叮当熊猫留下来照顾两个孩子，踏雪而去。她准备找一些院子看上去不小、家中有些钱财的人家，然后观察一下此家主人的为人。

她顶着纷飞的大雪，踩着人家的屋顶和院墙看了好几日，都没遇上合适的对象。

有一次，辛秀偶然听见两个妇人说起城里的求子庙，这才豁然开朗。她可以去求子庙看看，有想要孩子的人家会去那里上香，省得她这样漫无目的地寻找。

她在那个求子灵验的寺庙里的横梁上又蹲了两天，听见十个求子的女子九个求的是男孩儿，还有一个男女都可，只是想要个孩子。辛秀跟着那位夫人偷偷回了家，蹲在她的卧房里，听她和丈夫说私房话。

辛秀其实找过这家宅子，院子里人很少，冷冷清清的。

辛秀听他们说话，才发现这家男主人竟然还是个官。辛秀不了解男主人具体是什么官职，不过他在管这座城的巡防治安。男主人看着很正派，最重要的是，在这个男女关系天然确定了强弱从属特点的时代，这个男人很在乎自己的妻子。

他们没有孩子，似乎是因为女人身体不好，不能生孩子，男人一直在宽慰妻子。

辛秀决定选择这户人家，至于要把哪个孩子给他们，辛秀想了想，最后决定好事成双，两个都给他们。

"你们虽然出生在不同的地方，但有相似的命运。今日你们有缘分能成为姐妹，愿你们相互扶持，好好生活下去。”辛秀回去后，一边轻声叮嘱，一边将两枚金色的吊坠给两个孩子挂上。吊坠是她用金子熔炼的，熔成了两个大熊猫的样子，算是给两个孩子的送别礼物。

家住城北的徐夫人三十多岁，嫁给丈夫十几年都没能为他生下一儿半女，孩子的问题已经成为她的心病，哪怕丈夫时常宽慰，她也难免郁郁寡欢。

这一日下了大雪，侍女来告知她，院中的一棵石榴树上开了两朵花。徐夫人诧异至极，这样的雪天怎么会开石榴花，还单单开这两朵？

徐夫人小心地剪下那两朵傲雪开放的石榴花，移进花瓶，放进温暖的房间里。

徐夫人在屋内望着那两朵红彤彤的石榴花，忽然感觉一阵困倦。迷迷糊糊中，她仿佛看见一位浑身散发着灵光与仙气的神女出现在面前。

神女手持玉瓶，面容美丽，朝她微笑，启唇说了句什么。徐夫人没有听清楚，只见那神女抬手一招，手中出现两朵石榴花，石榴花凭空变成两个女婴落进了她的怀中。

徐夫人愣了愣，随即狂喜。

从玄之又玄的梦境中猛然惊醒，徐夫人发觉自己怀中一重，忙低头看去，那梦境里见到的两个女婴竟然活生生出现在她的怀中，正用水灵灵的黑眼睛看着她。

徐夫人喜极而泣：“啊！孩子！两个！”

辛秀装神弄鬼完，蹲在房梁上观察情况，见到徐夫人狂喜至极的模样，不由得放心了些，徐夫人抱着两个女儿动都不会动了。

先前辛秀幻化成景成子师叔，这次则是幻化成了白妃师叔，谁叫白妃师叔的样子更符合“送子观音”的形象和气质呢？

借由托梦、神仙显灵这样的异事，将两个孩子托付给能信任的人家后，辛秀也没急着走，在这城中多待了几日。她每日除了在城中闲逛，观察风土人情，寻些好吃的东西，就是去徐家看看两个孩子的情况。

徐夫人非常珍视这两个孩子，她的丈夫也是。那个身材伟岸、不苟言笑的中年男人抱着两个软绵绵的女儿，任由她们抓自己的胡子，疼得嘴都抽搐了，也没舍得让孩子抽出手。夫妻两个还一人抱着一个孩子，去送子庙还愿。

辛秀坐在横梁上，单脚垂着，看着这一家人的模样，轻轻笑起来，悄悄地朝这一家人挥挥手，自言自语："再见啦！"

辛秀牵着骡子出了城，继续往南边走去。

一下子少了两个孩子，道士还有些不习惯，总忍不住往背后瞧。那两个孩子被辛秀抱在怀里的时候总忍不住去抓他身上的毛，拽他的耳朵。

辛秀则"无孩一身轻"，骑在骡背上写游记，又琢磨着画地图。她准备把自己走过的地方都详细地画下来，或许以后会成为一大张地图。她走过这些地方后，心里隐隐约约有个念头。虽然如今说出来还太早，但她觉得自己现在就可以开始准备了。

扶华◎著

下册

青岛出版集团 | 青岛出版社

第六章　红尘妖鬼现

辛秀发现自己越往南走，越能听懂人们在说什么。这个地区的口音和她最开始到这个世界时所在的辛家的口音比较像。

与此同时，附近的城镇里出现了灵照仙人庙。

辛秀心想：这儿有祖师爷的庙，不就代表着这儿是祖师爷的地盘？祖师爷罩着的地方，四舍五入我这也算是到了蜀陵自家地盘了。她的心中一种亲切感油然而生。

与她之前走过的一些地方相比，这边更富裕热闹些，哪怕是寻常村落，也能看见青砖瓦房。这里和更北边那些只有黄泥稻草糊墙的村落相比，不说天差地别，也是差距甚大。

辛秀牵着骡子进城。

隆冬时节，路上没有多少行人，尤其是黄昏时分，哪怕是在外做事的人都已经下工归家与亲人团聚，一同围着火炉吃饭聊天。夜色中的长街，家家关门闭户，只有两三家客舍和食铺开着小门，橘黄色的灯光从里面透出来，映在雪地上，在雪夜里透出一股融融暖意。

辛秀嗅着食铺里飘出的香味，收起落了雪的伞，拂掉肩头几片雪花，撩开布帘子走进店去。

店内有两三桌客人，各自桌上放着小炉子，炉上咕嘟嘟地炖着热菜，白烟袅袅，给屋内带来许多热气，辛秀一嗅就知道这里面炖的是牛肉。她走近柜台去点菜。

“今天除了牛肉，还有新鲜的黄鱼——浇油炸酥鱼，客人要不要来一份？”

“好哇，有没有什么新鲜的小菜？再来一盘小菜。”

“好的，您先请坐，稍等，菜马上就上。”

辛秀出门遇到的大多数生意人，尤其是旅店、客舍、食铺这种地方，老板都是和气的人，见人说话先带三分笑。哪怕辛秀刚进门的时候听到老板娘在和丈夫吵嘴，吵得眉毛倒竖。辛秀往这儿一站，老板娘也能立刻露出笑容来招待她。

而且点起菜有商有量，她要是对菜色不满意，还能和店家说，店主人和她商量着怎么做。这有点儿不像是出门吃饭，更像她从前回家和老妈讨论晚餐吃点儿什么，和现代越来越专业的各色店铺相比，多了很多淳朴的人情味。

辛秀找了张避风角落的桌子坐了，热情周到的老板娘给她端来暖身的热茶，寒暄了几句：“外面雪下得这么大，可冷了，快喝点儿热茶暖暖身子。这么晚了你出门也不好找住处，我家也兼做客舍的，后面一排屋子都可以租给客人。客人要有需要，尽管唤我。”寒暄之余不忘记拉生意。

小火炉被端上桌，摆上冒着热气的饭菜，辛秀又招呼老板娘给她上了一壶酒。

要说这时代的酒，度数真是不高。这种普通小店里也没什么好酒，辛秀也就喝个味儿而已。她要酒，不过是突然想起“绿蚁新醅酒，红泥小火炉”，于是凑趣应个景。

在她原来的世界，这个时间差不多要过年了，但在这里，他们不兴“过年”。那么广阔的地域和那么不同的国家，语言文字都不统一，风俗更是各不相同。辛秀习惯的各种节日，这里十有八九是没有的。

到了这种时候，辛秀难免生出一点儿天地之大，却“独在异乡为异客”的寂寥感。

不过等她把热腾腾的炖得酥烂的酱味牛肉吃进嘴里，那点儿寂寥感就不知道飞到哪里了，她光顾着感叹好吃了。这么好吃的牛肉，可遇而不可求，毕竟不是每个食铺的食物都合她的口味，有些地方就是水煮菜，没有半点儿调料，她完全吃不下去。

辛秀正吃着，忽然听到门外有人大喊。

“救命啊！有鬼！有鬼！啊——”

她扭过头，发现屋内其他人都习以为常，瞄一眼门口就继续吃自己的。

老板娘拿着把扫帚过来，笑着对辛秀解释道：“那是个疯子，遭了鬼，被迷了心眼，每日黄昏后关都关不住，跑出来在街上大喊大叫，客人不必理会。”说完她就提着扫帚气势汹汹地出去骂了一顿，让那个在门口大喊有鬼的男人赶紧滚远点儿，别在这里吓人。

辛秀听着老板娘骂街的声音，端着碗出去瞧了瞧。

那是个嘴歪眼斜的男人，大张着嘴，手脚扭曲颤抖，最惹人注意的就是他裸露的胸膛上有一个狰狞的恶鬼图案。那个图案会动一般，看着有些吓人。

辛秀见那个人一边喊着有鬼，一边颠儿颠儿地走了，好奇地问：“老板娘，刚才那个人的胸口上是什么东西？”

老板娘见她不害怕，还很有兴趣，便和她讲了讲。

“那个人是我们这里一个有名的流氓。他从前正常的时候就不做好事，后来想偷仙人庙里的东西，就被仙人庙里的恶鬼给迷了，变成这个疯傻样子。那个恶鬼上他的身，才让他的身上出现了那些古怪可怕的图案。”

辛秀颇有兴趣地说：“仙人庙里的恶鬼？仙人庙是什么仙人庙？”

老板娘说：“灵照仙人庙哇！哎哟，那仙人庙以前很灵验的，可惜后来有个被恶霸欺压的读书人在里面吊死了，那里就开始闹鬼，有人进去就要倒霉，不是丢钱就是平白摔跤。慢慢地大家也不敢进去了，只好废弃那里，又在另一边新建了一座仙人庙。”

辛秀心里嘀咕：祖师爷的仙人庙让一个恶鬼鸠占鹊巢了？那我一定得去看看。

她吃完饭后，按照老板娘说的地址找到了那座废弃的仙人庙。这座庙说是被废弃了，其实看着还挺整洁的。她推开门后，发现里面像有人整理打扫过一样干净，祖师爷的雕像前还燃了香，摆放了鲜花和供果。

这儿和她想象中被恶鬼占据的破落仙人庙不太一样。

道士不高兴地念叨：“你是看到点儿不平事就要管吗？大冷天的，你还跑这种地方来抓鬼！”

“谁跟你说我是来抓鬼的？”辛秀一把将他推进庙里，“你先探路，看有没有危险。”

道士不忿地说：“这点儿鬼气，就是个小鬼，连那怨女鬼都赶不上。”

于是，辛秀大摇大摆地走了进去，先给祖师爷上了香，毕竟是祖师爷。然后她环顾四周，笑道：“哪位兄弟占了我们祖师爷的庙，出来认识认识？”

她的话音刚落，突然阴风阵阵，一个声音嘶哑地鬼叫道：“滚出去！”

辛秀双手间变魔术一般抖出一沓符，射飞镖似的射出，瞬间贴满周围一圈，打得那声音立刻消散。

旁观的道士无言以对，这是他见过最浮夸的引符方式，明明两道符就能解决问题，她非要用一沓，他教的时候明明不是这样教的。

随即道士才发现，辛秀似乎用的不是灭鬼的灵符，而是困符。道士不明白，这样弱的魂鬼，连怨气都没多少，直接打散就是了，她为什么要费心思将其困住？难道她是想问清渊源再决定要不要灭？

道士真是不懂辛秀这家伙，有时候她特别心狠，有时候又奇怪地狠不下心。

一道缥缈的人影出现在符咒围绕的圆中，宛如被关进了透明玻璃罩的小虫，左右寻不到出口，徒劳碰撞。

辛秀蹲在那儿，肃然开口问："城里那个疯子男人身上的恶鬼图案是你弄的？"

玻璃罩里的影子用一只眼睛透过长发看着她，神情充满了警惕和抗拒。

辛秀好声好气地和他商量："你那个文身图案挺好看的，给我也弄一个，我想文在肩上。你这个是文的吧？应该不掉色吧？能维持多久？"

影子鬼不懂辛秀想干什么。

道士好一会儿才明白辛秀在说什么，忍不住质问："你不是来收鬼的吗？"

辛秀奇怪地问："我什么时候说过我要来抓鬼啦？"

道士一时失语，回忆了一下，好像她还真没说过，但是像他们这种人，不是来抓鬼的话特地来看鬼做什么？

辛秀告诉了他新的答案——她把那鬼抓起来，让他给自己在肩上文个恶鬼图案。

"这叫文身，你懂什么？我刚才看到那个图案觉得很不错，想要个同款！"辛秀如愿以偿地弄了个文身，满意了，拿起供桌上的花糕，边吃边在这小小的仙人庙里转了一圈，"这里有房间，我们就在这里休息一晚吧，省得大半夜还要出去找客舍。"

她吃着祖师爷的供品，睡着影子鬼的巢，第二天早上放了那影子鬼，又大摇大摆地牵着骡子离开了。

道士觉得她莫名其妙，问道："你怎么不打散那鬼物？"

辛秀觉得他更莫名其妙，反问道："我打散他干吗？"

如果是个恶鬼占了祖师爷的庙，把那里弄得又脏又破又血腥，她就动手了。但她昨日见到小庙被维护得那么好，就知道影子鬼显然用了心。那么弱的一个鬼，连她这种才学了两招捉鬼术的半吊子，随便拿两张黄符就能把它制住。它能在庙里安稳待着，大概是祖师爷愿意收留它。

辛秀慢悠悠地说："我之前还以为出门会遇上很多危险，全部是我对付不了的妖魔鬼怪。现在看来，是我想太多，根本就没那么多危险，连厉害点儿的鬼都遇不上。"

有时候，话真的不能乱说。墨菲定律告诉大家，当你觉得一件坏事不会发生的时候，它就一定会发生。

辛秀在黄昏时踏入一个偏僻安静的小镇，百无聊赖地想着待会儿去哪儿找点儿吃的东西。谁知她进了城，发现城内一片黑暗，没有一户人家亮着灯。街道两旁处处门户洞开，露出黑洞洞的内里。

"什么情况？这里没人住吗？"辛秀刚说完这一句话，连一点儿心理准备都没有，抬头就见到两颗头颅从空中飞过来。

她手上挂着的叮当熊猫嘭一声主动变大，两爪子把那飞过来的两颗脑袋给砸了出去。那两颗脑袋仿佛活人的脑袋，被熊爪砸开后，发出啊啊的惨叫，辛秀这才反应过来——飞着的头颅？

"这是什么东西？我怎么没见过？是妖还是鬼？"辛秀脱口而出。

道士心中一沉，说道："赶紧退出去，这是飞头鬼。"

辛秀从他的语气里听出这东西的厉害了，如果这东西不厉害，叮当熊猫不会第一次就主动出来挡在她的面前。她也没不自量力地非要往里冲，准备听道士的话溜了再说。

可是一转身，她发现身后挤满了人，没有头的人，宛如丧尸围城，朝她围聚而来。在这样的时刻，这样的场景更显诡异可怕。

辛秀惊道：“这又是什么鬼东西？”

道士沉声道：“这是地行尸！”

辛秀理解了：“我明白了，他们和之前会飞的脑袋是配套的。他们看上去不准备放我们走。”

她嘴里说着的同时，摸出了一把长刀。在幽篁山时，她常用这把长刀削竹子。大约是觉得她用着顺手，师父就收拾收拾让她一起带来了。

道士见她要动手，简直想尥蹄子，有点儿绝望地喊道：“一般刀剑根本奈何不了这些刀枪不入的地行尸！赶紧跑！”他刚说完，就见到辛秀一刀斩断了扑在最前面的一只地行尸。他不由得盯着她手中的长刀看。他还从未见过有什么东西能直接斩断地行尸，这究竟是什么神兵利器？

辛秀躲开那喷溅出的尸液，说道：“我手里的能是一般刀剑吗？你对我还没有正确的认识。”

她心里得意：不好意思，我是氪金玩家，还有大佬带飞，随身特级装备。

道士下意识地想嘲讽两句，话都要出口了，猛然变成一句：“小心天上！”

辛秀抬头挥刀，见到铺天盖地的脑袋飞过来。

它们一个个张着大嘴，表情狰狞，显然是来支援地上的兄弟姐妹的——空陆包围式人海战术。她是不小心进了鬼窝吗？

眼见着陷入地行尸的包围，头顶还有飞头鬼在虎视眈眈，趁机偷袭，辛秀觉得有点儿棘手。她一扭头，瞧见道士的骡子脑袋被一只飞头鬼舔过后秃了一块，没忍住笑了一下，心里想着：对不住了，要是变回人形，您可能要当个阴阳头了！

道士咆哮："我们都要死在这里了，你还有心思嘲笑老夫！"

辛秀继续用切水果的姿势来切地行尸，抽空回答："那怎么办？笑着死总比哭着死好！"

话虽如此，但辛秀并不觉得自己会死在这里。叮当熊猫已经变成一只两米高的巨兽，一巴掌能砸开好几只地行尸。辛秀觉得有它保护，应该没问题。

然而，叮当熊猫只有一个，地行尸却越来越多。辛秀砍得手都累了，抬头一看，还是一样密密麻麻的尸群。她也开始觉得头皮发麻，忍不住骂道："这到底哪儿来的这么多地行尸？"

呼——

天上一层飞头鬼突兀地烧了起来，染上了天边最后一抹夕阳的色彩。

辛秀若有所感地回头望去，见街边屋顶上站着一个人，黄昏的风吹起那人的黑色长发。在那人手中燃烧起来的飞头鬼像陨落的流星，坠落在辛秀脚边。

申屠郁的原身许久没有出过蜀陵，人身却一直在外行走，去过不知道多少奇险偏僻之地。

他用炼制出的人类躯体在外寻找各种需要的炼器材料，而这样的炼器材料大多不在寻常地方，因此申屠郁很少踏足凡人聚居的区域，更少与普通人交谈相处。

这一次，小徒儿要出山，申屠郁的原身仍然待在幽篁山上，却操控着人身跟在徒弟身后。徒弟入他门下不过三年，没学过多少法术，申屠郁担心她独自出门在外遇上危险，决定随身保护她一段时间。

辛秀装作景成子去阻止村人杀害少女的时候，申屠郁就站在不远处的树枝上；辛秀在季家去找妖道麻烦的时候，申屠郁站在季家的围墙下；辛秀带着孩子和一群小孩儿摸青蛙的时候，申屠郁坐在另一边的芦苇丛边；辛秀冒着雪去给两个女婴找领养人家的时候，申屠郁待在她的客舍里，看了看徒弟捡到的两个小娃娃，又被她们的哭声逼退。

很多个夜晚，辛秀躺在那些破宅荒庙里入睡，申屠郁便坐在屋顶上，默默等待黑夜过去。

这一回，辛秀入了鬼城，申屠郁自然跟随在后。他原本并不打算出手，毕竟这也算是徒弟的历练。可是，他看着徒弟陷入困境，又察觉这座鬼城有些古怪。尸鬼被人操控，而控尸之人的修为不低，徒弟如今对付不了，他才出了手。

和辛秀那半吊子的符与剑不同，申屠郁有几百年道行，只是用火就能轻易烧了那些敏捷乱窜的飞头鬼，把这些凶煞的飞头鬼烧成飞灰。

辛秀在街上斩杀地行尸时，感觉天上飘了一片黑灰，好像下了一场黑色的大雪。

迅速解决了飞头鬼的不知名大佬站在屋顶上看着她，并没有下来继续为她解决这一堆地行尸的意思，只站在那儿观望。

没了飞头鬼的攻击，辛秀感觉轻松很多，配合着叮当熊猫，一鼓作气地把这些地行尸打退。明明是没脑袋的尸体，这些地行尸竟然好像还会思考，知道害怕，见势不妙，全体技术性撤退，只留下一地残肢断臂，就好像去看演唱会留下一地垃圾的不道德观众。

刚才情况危急，辛秀没觉得有什么恶心之处，现在危机解除，看到这一地没打过马赛克的块状物，闻着这股刺鼻的臭味，觉得自己短时间内可能不想吃肉了，真的倒胃口。

天色已经完全黑了下来，辛秀抬头，见到那个路见不平拔刀相助的大佬还站在屋顶上没下来，两个人一上一下地对视了片刻。辛秀发现他转身似乎准备离开，连忙开口喊道："朋友，能不能下来给我签个名？"

申屠郁动作一顿，心想：签名？徒弟要我写名字是什么意思？

虽然他不知道是什么意思，但徒弟都叫住自己了，要是他就这么不理她走了也不太好。

他原本并不准备用人躯和徒弟相见。可事发突然，既然徒弟已经见到了，他只好先隐瞒身份应付一番再说。这毕竟还是徒儿自己的历练，若被她知晓师父一直跟着，她心里大约不会高兴。

他跃下屋顶，轻盈地落在辛秀面前。

“你要我的签名是何意？”申屠郁这具人躯的声音比原身的更清朗一些，听上去也更冷。因此，申屠郁话一出口就觉得这声音有些冷淡，又闭上嘴凝视刚刚遭遇了危险的徒弟，见她略显狼狈的模样，不由得心中有些怜爱。

他是一路上这么看着她过来的，这个孩子可谓十分坚韧、十分努力了。

辛秀就着晦暗的光线，看清楚大佬的脸，心里惊叹了一声。

他竟然是个眉飞入鬓的古典美男子，长睫浓黑，眉正鼻高，唇薄而红。这完全是她的理想型，她感觉自己的梦中情人也就长成这模样了。

可能是因为刚才被人家救过，辛秀觉得他看上去特别面善，有种莫名的亲切感。像宝玉初见黛玉，忍不住说一句“这个妹妹我曾见过”，辛秀此时此刻也想说一句“这位哥哥我好像见过”。

男人的脸上一点儿表情都没有，但他出乎意料地好说话。辛秀一喊，他就过来了。辛秀觉得他大概是面冷心热的人，不然他们也不认识，他怎么会出手救她？

辛秀解释：“签名就是留个名字，也好让我知晓恩人的名讳。还没多谢你救我，你吃饭了吗？不然我请你吃个饭以表感谢？”

在一旁觉得脑壳凉飕飕的道士觉得这场面有点儿怪，但又不知道具体哪里奇怪。

辛秀就这样把自己师父的“小号”带进了附近一条街的屋内。她进了屋，自然地点上灯，到处翻找桌椅摆上，又牵着骡子进了厨房，还没忘记像个主人那样招待申屠郁先坐下，说：“我先去洗个手，你想吃什么？我看看我这里有没有带材料。”

申屠郁回道：“你可随意。”

如果是普通人，在这里遇上了危险，脱离危险后肯定要第一时间离开这个鬼地方。辛秀不一样，想着进都进来了，而且鬼尸都走了，要是现在离开这里，刚才的地行尸就白杀了，简直亏大了。她杀了那么多地行尸，难道不应该享受胜利的果实，占了他们的地盘吗？总之，没道理让她这会儿落荒而逃又把地盘让给那些地行尸。再者说，谁知道城外这会儿是不是同样有危险？这里好歹还有屋子可以遮风挡雨。最重要的是大佬被她拉来了，有人镇宅，她无所畏惧。

辛秀洗了手，感觉那股臭味消失了，这才觉得舒爽，又一瓢瓢地往道士的脑袋上浇水，给他也冲冲身上的臭味。

道士看着坐在前厅的那个男人的背影，压低声音对辛秀说：“你就不觉得古怪？这样一个地方怎么还有人？这人出现得突然，又不知来历，说不定就是做出了那些飞头鬼和地行尸的人……”

哗啦——辛秀一瓢水浇到道士的脑袋上，说：“怕什么？管他是什么人？！你难道没听说过一句话吗？”

道士好奇地问：“什么话？”

辛秀顺手把瓢盖在他的脑袋上，小声笑道：“牡丹花下死，做鬼也风流。”这美男子如此好看，哪怕是别有用心要和她共度一夜良宵，她也不是不能考虑。这人大约是不会杀她的，不然刚才多此一举地救她做什么？

申屠郁端坐在前面，听到身后的徒弟和骡子开玩笑，连眉毛都没动一下。他这个小徒儿就是爱开玩笑，哪怕刚遇上危险，现在仍旧能如此健谈爱笑，很不错。

辛秀请恩人吃了一顿简单的青菜汤面。面是先前在食铺跟老板娘买的他们自家做的面条，青菜就是从院子里拔的，她放了勺辣椒酱，这碗面的味道平心而论只能说一般。

单看在恩人好看的脸和身体的分儿上，辛秀也愿意给他做点儿好吃的东西，奈何条件不允许，只能将就一下，好在这人看上去并不介意吃简单的食物。

见对面沉默的美男子吃完了青菜辣椒汤面，辛秀也跟着放下筷子，目光在人家的脸上转了一圈，笑着收起碗筷，坐到他旁边试图聊天："你也是修行之人吧？刚才对付飞头鬼用的是什么法术？真是厉害！"

申屠郁淡淡地道："寻常控火术而已。"只不过他修为高，寻常的法术用起来也威力巨大。

辛秀又问他："既然是寻常控火术，能不能教教我？"

被系在柱子边上假装自己是只真骡子的道士闻言，在心里嘀咕：又来了，这人看到什么就开口要学。可人家跟你又没关系，哪会愿意教你？真是天真。

申屠郁悠然开口道："可。"

道士十分震惊，开始回想自己艰辛的求学之路。他从前想学点儿什么法术十分困难，人人敝帚自珍。他都是四处偷学，为此还被扫地出门。他怎么遇不上这种随便张口要学就能被教的好事？

辛秀笑容满面，听申屠郁讲控火术。他语句简洁，不多说一个字。辛秀心想：果然是个酷酷的小哥儿，而且不善言辞，简直和我的师父一样——像我的师父好呀，像我的师父的人都靠谱。

申屠郁认真讲解："控火术虽简单，但你目前并不能用出威力，我可另教你几个法术。"他要是知晓徒弟这么早要下山，也不至于任她自己乱学一气，早早就会教她些能用的东西。

辛秀笑着应了："好哇，你要教我什么？"

申屠郁说道："你灵力不济，单靠自身，威力不足，配上武器最佳。"

他让辛秀拿出了刀，辛秀也毫无异议地拿出来随手交给了他。

申屠郁单手提刀，一手引出灵力，在长刀上一拂，旋即手指轻弹刀身，让它发出铁击的清鸣。

他讲解着："此术可让刀剑与你身体里的灵力流转相连，让你不至于提刀劈砍片刻就觉疲累。"这个问题是他先前看徒儿退敌时注意到的。她手里拿的是世上难得的宝物，却不能用出千分之一的威力，一来是她灵力不足，二来是没有技巧，用此术可稍微弥补一二。

辛秀没想到他说要教，竟然这么认真，坐直了些请教："我要如何做？"

申屠郁抬手捏住她的手腕。

辛秀小声说道："嗯……"心想：朋友，你这手直接就牵上来啦？

辛秀的视角是：从天而降来了出英雄救美的神秘美男子，在烛光晚餐后，以交流教导为名拉了自己的小手。

申屠郁的视角是：教导徒弟。

道士的视角则是：深更半夜，孤男寡女，拉拉扯扯，越靠越近，成何体统？！

申屠郁捏住辛秀的手腕，一指点在辛秀的手臂的灵脉上，说："我给你一些灵力，你先试试这长刀与之前有何不同。"

他说完就放了手。辛秀略觉遗憾，但面上仍是正经神色，提刀挥劈两下，眼睛一亮，说："确实比之前感觉更顺手，似乎没有那么费力了，隐约还有灵气与我手臂的灵脉相连。"

申屠郁颔首道："不错，还有？"

"还有……"辛秀再试了试，"感觉这刀好像能劈开风。"

申屠郁点头说："这便是拂刃之术，哪怕寻常凡铁用此法术，也会胜过其他兵器。"

最后，申屠郁真的教了辛秀一夜法术运用技巧。

辛秀充实地学习了一整夜，感觉整个人被榨干。虽然她学到很多法术，但莫名有点儿失望，还以为有什么天降艳遇，结果完全是想太多了。

申屠郁倒是很欣慰，徒儿悟性不错，他教的东西她都基本掌握了。他的徒儿如此聪颖好学，谁比得上？

一夜无事，天明时分，申屠郁拍拍辛秀的肩说：“休息片刻便离开此处吧。”

辛秀精神一振，望着他暗示道：“你教了我一晚，大约也累了，不如一起去休息？”

申屠郁见徒弟关心自己这个“陌生人”，又在心中夸了句徒儿体贴入微，面上仍是没有什么表情，说道：“不必，我在此守着，你尽可安心休息。”

辛秀遗憾地叹气，这人真是矜持，直接就拒绝了。

辛秀刚去屋内休息没多久，申屠郁便抬手在这屋内布下了一个禁制，这禁制是为了防止邪物进入此处伤及徒弟。

他准备前去处理鬼镇内的东西，当然要先安置好徒弟。

申屠郁在离开前看了一眼角落里的骡子，跟了徒弟一路，自然知晓这道士是什么样的底细。虽然这道士现在看上去很老实，但先前屡次三番想伤徒弟，而且贼心不死。这道士暂时听话，只不过是因为被徒弟反制住，不得不装出无害模样罢了。

申屠郁思考了片刻要不要直接在这里替徒弟解决了他。

道士从被他注视开始就觉得脑壳发凉、后臀发凉，要是全身的毛能奓起，他立刻就能变成一只毛茸茸的骡子。先前申屠郁都没正眼看过自己，道士只是觉得这人神秘。如今被他用这种目光一望，道士心中警惕不已，觉得此人定是个危险人物。

申屠郁朝他走近一步，道士猛地后退，差点儿没忍住冲进房里去找辛秀救命。可申屠郁走了一步，又改变主意，并没有真的对道士动手。

申屠郁想：要是杀了这道士，徒儿一路没个活物做伴，也没有代步之物。也罢，看在这道士还算识相，先暂时饶他一命，等他有异动了再处理不迟。

于是申屠郁转身出了屋子，还顺手带上了门。

道士大松一口气，踩着步子嗒嗒嗒地走到房门边，准备去喊醒辛秀，让她赶紧走人，别在这儿和神秘男子胡乱纠缠，免得不小心连小命都纠缠没了。他觉得以这男人的修为，这人不可能无缘无故地对辛秀那么好，绝对是另有所图。

道士忧心忡忡，准备让辛秀认识到美貌男子的险恶之处，刚想用蹄子敲门，就猛地反应过来，觉得有一点儿不对劲。他和这小丫头又不是一伙的，他可是被迫与她同路，如今还被欺压着，他们之间可是有仇的。她若真遇上了个心怀不轨的恶徒，被骗了、被杀了，对他不是更好？到时候他趁乱逃走，还有别人替他报了仇，岂不美哉？

道士终于整理清楚了，顿时心安理得，甚至有点儿幸灾乐祸地期待起来。该，这被美色所惑的小丫头，活该被人骗，就让她见识见识这世界的险恶！他这样想着，又老神在在地踱回了自己的角落。

申屠郁离开屋子，拂袖立于空中，一双眼睛深沉地巡视着周围的屋舍。

明明已经天亮，可阳光照在这镇中，让人感觉不到丝毫温暖，只看见惨淡的白色景象。

他的目光定在镇子最远处的一座寻常宅院上。这镇中各处都有飞头鬼和地行尸身上散发出的浓烈恶气，只有那座宅院全无鬼物气息——太过干净便是异常。

以他的修为，这个距离，他眨眼便到。

申屠郁站在宅院门口，见院门紧闭，只有两只白色灯笼轻轻摇曳。申屠郁手指一弹，两只寻常的灯笼上冒起火光。

被他点燃的一瞬间，白色灯笼变成两个长着白毛的脑袋，猛然张开大嘴朝他咬来。

申屠郁眼皮都没抬，从它们中间穿过去。他掠过它们身边的时候，两个白毛飞头鬼猛然被火焰吞噬，变成两个火球，发出噼啪的燃烧声。

白毛飞头鬼比寻常的飞头鬼更难炼制，只是一只白毛飞头鬼喷吐出的口涎，就足以让方圆数里的人生出疫病。然而这两只白毛飞头鬼不幸遇上了申屠郁，没发挥出半点儿威力就被烧成了渣。

院门上贴了两张门神图。在飞头鬼开始燃烧后，凶神恶煞的“门神”突然活了，赤脸红瞳，张着血盆大口，从画上探出脑袋和身子。

申屠郁对这种虚张声势的小东西并不在意，一手按在门上，直接将两个还没完全钻出来的东西给按了回去。他的手修长且白净，因为徒手捏碎一张凶恶脸庞的动作，指节弯曲如刀，显出一种凌厉气势。

他捏碎一张凶恶鬼脸时，画上一张“门神”的画直接自燃起来。另一张门神画中的凶恶鬼脸见状，露出惊恐万分的表情，红色的画纸瞬间褪色，仿佛油彩剥落。一道形状如虫的阴影从画上脱落，逃命般没入门缝儿，往宅子里去了，大约是去给主人通风报信了。

申屠郁推开门，见宅院内十分幽寂，树木荫蔽，湿气弥漫，泥土腥气甚重。

他踩在地砖上，脚下用力，地砖发出嘎吱的碎裂声。从这碎裂的缝隙里冒出一堆触须，又慢慢爬出一只黄褐蚰蜒。

这是一种常见的小虫，十几对细长的足分布在节肢身体的两侧，看上去轻易就能被踩死。可是，这里并不只有一只。碎裂的缝隙中不断爬出蚰蜒，眨眼间就遍布整个院落，密密麻麻地覆盖住青砖地、两旁的游廊和树丛，还有不少蚰蜒试图往申屠郁身上爬。

申屠郁垂眸看向这些小虫，对这能吓晕密集恐惧症、吓死怕虫人士的一幕场景毫不畏惧，眼中反而露出一点儿意外之色。

原来这里躲着的是一只妖，若他没感觉错，大抵还是他从前见过的妖。同为妖族，哪怕他现在用的这具躯体是人类，也能感觉到周围似有若无的妖气。

他抬手轻勾，那一丝丝妖气从虫群中散出，像轻飘飘的丝线落在他的手中——妖族相认，从来都是认妖气——确实是他当初见过的那一只蚰蜒小妖。

申屠郁确认后，抬手挥散那丝妖气，抬脚往前踏了一步。沾到他的身体的蚰蜒，像被大火烧灼，瞬间变得焦黑，空气中弥漫着一股刺鼻的焦味。

申屠郁踩着虫潮走出去几步，正前方晦暗的屋内走出一个貌若秦罗敷，却身材高挑、胸部平坦的男人。

男人眯起眼睛与他对视，态度慎重，语气怨毒："何方修士非要来此与我过不去，烧了我看家护院的飞头鬼，如今还要烧了我这些无辜的徒子徒孙？"

申屠郁淡然道："你要伤我徒弟，我自然来杀你。"

蚰蜒妖气极反笑，说："你的徒弟？你说的若是那小姑娘，她并未受伤，反倒是你们杀了我那么多看家护院的狗。我没有找你们的麻烦，你又何必跑来赶尽杀绝？左右我们也没有深仇大恨，各退一步如何？"他自觉打不过这人，才愿意服软低头，可若这人真的不知好歹，他也绝不让这人讨了好处去。

申屠郁无视他眼中的凶光，语气波澜不惊："你睚眦必报，我既然已经坏了你的巢穴，若今日不杀你，他日你定会加倍报复。"他倒不至于怕这小小蚰蜒，可他的徒弟尚且幼小，蚰蜒妖欺软怕硬，只会对徒弟出手。

虽然申屠郁与此物同为妖族，还有些渊源，但他并没有手下留情的意思，或者说，他从不知手下留情。

蚰蜒妖眼神一凝，越发警惕起来，问："你这话说得倒像是认识我一般。"

申屠郁不再多说，伸手向前，蚰蜒妖几乎同时动作。

院内的森森草木被申屠郁周身之气冲击得往四周倒伏，而满园的蚰蜒猛然变大。高出屋顶数丈高的蚰蜒将申屠郁埋入无数带毒的触须内，然而眨眼间申屠郁破虫而出，挡在他身前的蚰蜒被锋利的金气斩成碎块。

他眨眼间逼近蚰蜒妖，蚰蜒妖慌忙后退，甚至变为蚰蜒原形来抵挡这一击。巨大的黑色蚰蜒盘绕在屋前，外皮十分坚硬，泛着黑光，替它挡住了申屠郁手中无形的锋利金气。

蚰蜒妖还未来得及松一口气，就见申屠郁手中金气消散，转而直接将手指卡入它的节肢缝隙里，然后用力一撕。

蚰蜒妖只觉身体一阵被撕裂的痛楚，它引以为傲的铠甲竟然被此人徒手撕开了，这是何等巨大的力量？！然而撕裂的痛楚还未结束，它就发觉又一股巨力袭来，自己整个妖身被扯成了两半。

“啊——啊——啊——可恶！”

申屠郁并不畏惧蚰蜒妖的毒，他炼制的这具身体本身就是一件武器，不管是皮肤，还是手，或者是脚。此时他的手就如同刀剑，轻易划开失去外壳保护的蚰蜒的身躯。

蚰蜒毫无还手之力，恐惧地望着申屠郁的面容与动作，忽然觉得这样的气势有几分熟悉，仿佛见过。再想到昨日看到的那小姑娘身边的食铁灵兽，蚰蜒蓦然睁大双目，惊道：“你……莫非是深涂妖王！”

申屠郁的人身与原身容貌并不相同，仅有两分相像，相比原身的妖异，人身的容貌更为寻常——至少在申屠郁眼中这模样很寻常。蚰蜒妖本不确定，因为没感觉到妖气，可见面前之人看过来的眼神，立刻就确定了。

深涂妖王，在蚰蜒妖从前修行的妖洞窟里曾与其他几位妖王平起平坐、称兄道弟，后来他与妖洞窟的诸妖闹翻，竟然入了灵照仙人门下，从此与他们这些恶妖划清界限。

蚰蜒还记得，自己从前尚且是个小妖，曾想追随这深涂妖王，却被他拒绝，不，是被他无视。

据说他被灵照仙人收下后，常年居于蜀陵内不出。蚰蜒妖没想到会在此处遇见他。蚰蜒妖原本还想反抗，如今知晓面前之人是谁，彻底放弃了，摆出束手就擒的姿态，只片刻就被拆得七零八落。

申屠郁抬手捏碎了蚰蜒妖的头，扭头望了望不远处的屋顶，收回目光后抖落一片火苗。火苗落在满地的蚰蜒尸体上，将这满园蚰蜒烧毁。

远处趴在屋顶的辛秀坐回屋脊上，矮身躲过申屠郁的目光，捏捏手边的叮当熊猫，说："大佬是不是发现我在这里偷偷围观了？"

申屠郁出门不久，辛秀就悄悄跟上了，她这人就是对什么都好奇。她猜测大佬是特意来这个鬼镇行侠仗义的，凑巧救了她后，肯定要去对付这里的大 boss（难度较大、打败后奖励较高且出现在最后或剧情关键时刻的角色），所以就悄悄跟了上来，准备看个"现场直播"。不过她很清楚自己这点儿修为靠得太近会被波及，所以距离很远地看着。

哪怕她看不太清楚具体情况，但是看到了冲出屋顶的大蚰蜒也不虚此行。

她忍不住赞叹，大佬不愧是大佬，几米高的虫子说撕就撕，先不提力气，就这份面对怪兽的淡定从容气度也足以让自己为他鼓掌。

辛秀心想：得想个办法和大佬深入交流一下。

申屠郁早就注意到徒弟躲在远处偷看，但假装没有发现，慢慢走回之前那屋子，给徒弟留足在他之前赶回去的时间。

在他身后，整座宅院都烧了起来。大火之中房梁倒塌，蚰蜒大妖尸体底下的土壤深处，窸窸窣窣爬出一条手指长的黑色蚰蜒，慌乱逃窜。

游颜一路逃出镇子好几里外才敢变回原形，此刻他元气大伤，连人身都无法维持，腰部以下都是黑色的蚰蜒身体，手臂之下还有好几对触须，但好歹还活着。

“若不是我从前侥幸吃过一株仙草，能让我脱壳复生，今日就彻底死在此处了。”他惊魂未定，狠狠将手指扎入泥土中，“深涂妖王，此仇我游颜非报不可！”

游颜虽不知深涂妖王怎么会以如今这个模样出来行走，但以深涂妖王这身修为来看，必然对付不了妖洞窟里那些与他有仇的妖王。若是自己把深涂妖王的消息告知妖洞窟诸妖……游颜狰狞一笑：“哪怕杀不了你，也要让你尝尝被人逼得狼狈逃窜的滋味。”

他说罢，再满目复杂地向鬼镇的方向望了一眼，手指微微屈起，转身钻入泥土里消失不见。

辛秀装作刚起床的模样从房内走出来，见大佬坐在门边，目光没有聚焦地望着人家院墙内长出来的一棵枯树好像在发呆，微风吹过，他的颊边黑发飘飘——乌钰俨然是个美人雕像。

果然，人若貌美，连发呆的模样看上去都和别人不一样。辛秀压下自己吹口哨的冲动，上前说道：“乌钰，我休息好了。你现在还要去做什么吗？需不需要我帮忙？”她态度殷勤得仿佛想追女同学的大学男生。

申屠郁一开始还没反应过来徒儿是在喊自己，他这具人身在外不需和人打交道，因而根本没有第二个名字，乌钰这个名字是昨日徒弟问起他时他随口起的。

申屠郁站起来，缓缓说道：“无事了，你该离开此处了。”虽说蚰蜒小妖解决了，但这地方还有不少地行尸和飞头鬼，确实不适合久住。

辛秀听美人如此冷淡地拒绝了自己，仿佛昨晚并没有和她交流一夜，不由得对他更感兴趣。没错，她是个俗人，就喜欢这种冷冷淡淡的调调，他对她越冷淡，她越想看看对方热情起来的模样。

“你应该还要去解决镇中那些地行尸和飞头鬼吧？虽然我修为低微，但多少也能帮上忙，不如让我和你一起去？”辛秀盘算着大boss已经被大佬单挑完了，剩下的她肯定要跟着一起去处理，与大佬建立一点儿同伴情谊。当然，就算约不到人家，跟着大佬蹭点儿经验也是好的。

申屠郁其实并不准备解决那些东西，但面对积极的徒弟，没说出拒绝的话。不是每一个修士都像辛秀这样爱管这些不平事，对很多修士来说，这都属于“红尘俗事”，事事管清楚太影响修行。

他想，徒儿大约还是年纪太小，修行不久，才会有这样的朝气与一颗善心，既然如此，他做师父的当然要护持她。

师徒两个心思各异，却都将对方放在了“是个善良好人”的道德高地，然后相偕前去扫尾，处理藏在镇中各处的飞头鬼和地行尸。

道士见他们要走，自觉跟上，却见走在后面的辛秀给了他一个眼神，让他别跟上来。

道士心想：这小丫头怎么回事？把他一个人留在这儿就不怕他逃跑吗？不去就不去，他乐得在这里休息。

辛秀成功制造出孤男寡女相处的机会，然而不等她搭讪，申屠郁就对她说：“我们分头处理。这些飞头鬼与地行尸在白日威力大减，你应当可以应对。”说完，他就走了。

辛秀一时无言，好耿直一个男的，不过她喜欢。

她独自一人行动，也不装友好了，一脚踢开一户人家的大门，口中喊道：“扫黄！都出来！”

藏身屋内的飞头鬼被惊动，像受惊的蝙蝠一样脱离身体冲她飞来。

辛秀举起大扫把把它们打落，用刀一一穿上，这才发现原来这些头白日是好好待在地行尸身上的。不过她有点儿奇怪，这么多头乱飞，它们还能找到自己原来的那具身体吗？还是它们随便找个身体安上去算了？

她一手扫把一手刀，觉得在这种情况下扫把比刀还要好用，就和扑蛾子似的，还怪有趣。不一会儿，她就抓出了一串地行尸和飞头鬼，并且把它们堆到空地上，打火烧着。

昨晚乌钰教了她搓火球，她现在就抓住机会练习，勤勤恳恳地搓了一个又一个火球，不断加火。大火熊熊燃烧，烧地行尸的毒烟熏得她眼眶都红了。

申屠郁回来时，见到徒弟对着火堆红了眼眶。

辛秀察觉他回来，扭头看向他，眼眶里被熏出来的眼泪顺着脸颊滑落。

申屠郁还是第一次见到徒弟哭，走到她身边，轻柔地摸了摸她的脑袋，安慰道："这些人早已死去，魂魄不存，你如今也算令他们解脱，不必难过。"

突然被安慰的辛秀愣了愣，明白了，原来乌钰喜欢多愁善感的，听听他努力放轻柔的声音，他尽力了。

机不可失，时不再来，她当机立断，一手拉住了乌钰的手，抬头看着他，低声说："嗯，我知道。这里的事已经结束了，乌钰，你是不是要走了，能不能再陪我一起走一段？我还想多和你学点儿东西。"她这一番话可谓直接，但凡乌钰眼睛没问题，都能察觉她这依赖中带着情意的暗示。

可惜，申屠郁的师父滤镜开得太厚，厚到人脸都要模糊了，他完全没听懂徒弟这番充满粉色泡泡的暗示。他只看到小小一只的徒弟拉着自己的手，说想和他一起走一段时间，想多学点儿东西，觉得徒弟真是坚强又努力。

申屠郁心想，她先前一个人时那么快活自在，原来还是害怕的，是想要同伴的，只是太坚强，才让自己看上去无所畏惧。

他原本是准备暗暗跟随，保护徒弟，可徒弟这样拉着他的手想要他结伴同行，他不忍心拒绝。

片刻后，申屠郁说道："过一阵，我会离开。"他只好先陪她一起走一阵了。

辛秀觉得甚是完美。

道士自从知道那个神秘美男子会跟着他们一起上路后，就十分安静，连走路都不带出声。

辛秀揪着他问：“你怎么这么怕乌钰？他虽然表情冷淡了一点儿，但又没对你做什么！”

道士忍了又忍，还是没忍住，气道：“你这小女娃知道什么？他先前可是想杀我！”

辛秀乐道：“哦？他想杀你？那看来他是个好人了。骡道士，你对自己的认知不清晰呀，好人才会想杀你，知道吗？”

道士目瞪口呆，但没法反驳。

辛秀把他气得眼睛大睁，又笑着小声说道：“乌钰教我法术，你在旁边看着多学点儿，学到就是赚到。”

道士愣了愣，目光复杂地看着她，扭头再也不说什么了。

他们和往常一样住在荒村古庙里，辛秀看一眼和自己隔得有些远的申屠郁，开口：“这穿堂风还真有些冷，乌钰，你冷不冷？”如果他说冷，她就顺理成章地让他过来和自己坐一起取暖；如果他说不冷，她就说自己冷，然后顺理成章地让他过来和自己坐一起。

申屠郁什么都没说，一抬手给她添了两个火堆，把她围在火圈中间。

他完全没感觉到徒弟的小心思，而是在想，徒弟从前都拿叮当熊猫出来取暖，如今他在这里，她不好用叮当熊猫取暖，大约是不想在他面前让叮当熊猫显出太多特殊之处，这份警惕之心很不错。

辛秀觉得自己现在像一块烤肉，忍不住在心里叹了一口气，是修仙阻碍了自己追人的道路。

他们走在路上，辛秀捏着一个梨咬了一口，见乌钰看她，笑着将手中的梨递过去，说：“乌钰，你要吃吗？很甜的！”

她想通过和他吃同一个梨，营造暧昧的气氛。

申屠郁拒绝："不用。"

申屠郁心想：徒弟确实很好，只有一个梨，也要分给别人。

辛秀心想：乌钰真是个贤良之人，滴水不漏。

道士幸灾乐祸地看着辛秀，心里嘀咕：郎心似铁，看你能怎么办。

辛秀接收到道士的眼神了，也不恼怒，慢悠悠地吃完了梨，扭头继续向乌钰请教法术。撩人这种事，不熟练没关系，她多练练就是了，总会成功的。

两个人进了一个临水小城。城中十分热闹，一条水渠穿城而过，水渠中央能行乌篷小船，两岸各种摊贩叫卖。冬季已经过去，虽然还有些寒冷，但岸边柳枝已见新绿，人家院落中早开的桃花也露出了花蕊。

辛秀最喜欢这样的热闹，可很快发现乌钰不太适应这样人多的地方。他那一张脸越发冷淡，走在她的身边，他不和任何人有触碰，连眼睛也不看任何人，仿佛身边空无一物。冰山美男是经久不衰的经典款，哪怕他满脸写着拒人于千里之外，还是有人忍不住看他，不知不觉地他就被人围观了。

辛秀心道：我长得也不错，但走在街上也只是回头率高，怎么不见人来围观我？

她带着乌钰穿过最热闹的那条街，走进偏僻小巷，也不提他的异样，只说："天要黑了，我们在此处找个客舍休息一晚如何？"

申屠郁回道："可。"

辛秀只要了一间房，万分无辜地把申屠郁领进屋，反手关上门。辛秀脸上的表情恳切又自然，她说："我身上没多少钱了，所以只要了一间房，你不介意吧？"

申屠郁不介意，不过觉得徒弟的眼睛好像特别亮。

辛秀瞄了一眼整洁的客舍大床，暗示："这床似乎挺大……"

申屠郁想起他那天变成原形被徒弟拉着和她一起睡时，徒弟的手搂着他的脖子，脚却把他往床下踹。

于是他不紧不慢地说："你睡床，我无须休息。"

辛秀端了热水回来洗漱，两个人就隔了扇屏风，结果另一边的乌钰连头都没抬，根本没想看她。

她想：是个正人君子，我喜欢。

她散了头发坐在床上，抱着被子望向乌钰，问他："你真的不过来休息吗？"她都这么明示了，哪怕是多么不解风情的木头，也能理解她的意思了吧。

可惜她披着"马甲"的师父是个九百斤的熊猫，仍旧没能理解她的暗示，还觉得徒弟太单纯，被他救了就如此信任他，心中有些忧虑。

申屠郁教育徒弟："日后出门在外，不要如此轻易信任他人，以防他人居心不良。"

辛秀语塞，心里想着：对不住了，但我现在就是希望你能居心不良。

她直言："你是不是不喜欢我？"不然这么坐怀不乱没道理，要么他性冷淡，要么他根本对她没意思。

申屠郁疑惑地问道："你怎会如此想？"他确实很喜爱这个徒儿，不然怎么会特意前来护持？果然还是他这具人身的样貌太凶恶了，用原身时，徒弟从来没有怀疑过他的疼爱。

辛秀见他否认，心下放松了些，觉得自己可能太含蓄，还是直接点儿比较好。于是辛秀下了床，拉住申屠郁的手，说："那就一起睡。"

申屠郁身为一个熊猫妖，实在摸不着头脑，还在推却徒弟的盛情邀约："不必如此，我确实不需要休息，你尽可以独占这床榻。"

两个人正站在屋内拉拉扯扯，忽然一个人影穿墙走进房中，打断了他们驴唇不对马嘴的交谈。

打断了人家的好事的穿墙人士是个脚跟离地、身影飘忽的女人——不，是女鬼，长相不错。

不过一般人见了她，大约没法注意到她的长相是不是不错，都会第一时间被她的胸口吸引——她的胸口处有个大洞，露出内脏。从伤口看，那里似乎被什么利器剖过，又被人硬生生地扒开了。

这女鬼仿佛是从恐怖片里临时被拉出来的，面容凄惶，双手用力撕扯着自己伤口边缘的皮肉，将身体里面的心脏露出来给人看。鲜血从她的伤口处流下来，顺着厚重的衣裙和裸露的脚尖，落在她经过的地面上，汇聚成一摊血。

辛秀不想管这位大姐为什么突然出现在这儿，觉得自己现在都冷静了，不只冷静，还觉得自己的胸口也一阵疼。

这形容凄惨恐怖的女鬼穿墙进来，没有攻击他们，只是扒拉着自己的胸口，带着哭声说："你们看，你们看清楚了吗？你们看哪！"

辛秀没忍住，回她："我看到了，姐姐，你这样不疼吗？"

女鬼仿佛没听见她的声音，继续念着"看哪看哪"，一路走着直线，又从他们的房间的另一面墙穿了过去，消失不见，只留下一地鲜血。很快，随着女鬼的离开，这些鲜血也慢慢褪色，仿佛透明的水渍。

辛秀问道："乌钰，这位是你找来的吗？"他特地找来让她冷静的？

申屠郁没听懂徒弟是在开玩笑，摇头道："她并非我找来的，应当是个冤鬼。她滞留人间，魂魄不散，是因为冤屈不平。"

其实不用他解释，辛秀也看出来了，刚才滴在地上的鲜血不是真的血，而是怨气所化。可这样大的怨气、这样凄惨的模样，她应该死得痛苦又冤屈，竟然没有变成害人的厉鬼。

"也不知道她是怎么一回事。"辛秀自言自语。

辛秀这人好奇心旺盛，此刻还真没心思干别的事了，只想知道刚才的姐姐到底是什么情况，不弄清楚今晚上估计都睡不着。

“啊——”

旁边的房内传出一声尖叫，应该是又有人发现那位穿墙女鬼了。

辛秀穿好衣服出门看热闹，果然隔壁屋门被打开，跑出来一对同是外乡来的男女。女子惊魂未定地倚靠在男子怀中，腿软得站不住，整个人都被男子抱着。

辛秀一见，心思飘忽了一下，扼腕叹息，当时她怎么没想到装害怕，然后顺势抱住乌钰？她只会直勾勾地盯着人家女鬼看，现在想起来也晚了，白白浪费了一次机会。

“怎么又是她？她怎么又来了？”

“是呀，怎么游荡到这边来了，之前不是一直在宋家巷子那边吗？”

听到附近两个人的交谈，辛秀过去问：“两位似乎不怕这女鬼？你们认识她吗，她是什么来历？”

年纪大些的男人说道：“有什么好怕的？她都死了十年了，也没见她害人，不能害人的鬼也就是看着吓人了点儿。都是大老爷们儿，谁会怕她？”

他旁边那个八字胡的男人说道：“你们是从外地来的吧，不知道这女鬼，她在我们城里也算是有名的，叫胡三娘。”

这人一听就是和不少人说过这个故事，从头到尾说得那叫一个流利顺畅，唾沫横飞。从他口中，辛秀听到了一个令人不太愉快的故事。

胡三娘是本地人氏，爹娘早逝，被叔婶养大，十几岁嫁到宋家巷子里的一户人家。因为胡三娘长得好看，她的丈夫总怀疑她和旁的男人有什么说不清道不明的事，时常因此打骂她。不知是谁传的谣言，说看见她与卖货郎说笑，她的丈夫因此险些将她打死，甚至怀疑她生下的孩子不是自己的种。疑神疑鬼之下，她的丈夫在一次醉酒后打死了他们三岁的儿子。

胡三娘痛不欲生，可她的丈夫只斥骂她和人偷情生下孽种。周围邻居又碎嘴，到处传她为别的男人生了儿子，儿子被丈夫打死了也是自作自受之类的话。

人人都觉得宋家郎君是个热心肠的人，觉得胡三娘是个黑心肝的妇人，认为她嫁到宋家是享福，却不知道珍惜，还给丈夫戴绿帽……风言风语从未停歇。

后来，胡三娘终于疯了，在丈夫又一次诬蔑她后，拿起菜刀剖开了自己的胸膛，喊道："你们要怎么才能相信我？我没有做过那些事，没有做过！我把心剖出来给你们看，够吗？你看呀！你们看呀！你们看看我的心，看看它是不是黑的，我没有说谎！你们看哪！"

"听说她把自己的肚子和胸口都划开了一个大洞，里面的东西直往下掉。可她还没死，疯疯癫癫地从宋家跑了出去，挨个儿去敲周围人家的门，哭喊着让人去看自己的心是不是黑的，直到走完了那一条巷子，血都快流光了才断气。"男人说起这件事，语气里没有多少唏嘘，倒是有着猎奇的兴奋。

辛秀听到一半时表情就冷下来了，此时全听完了，问道："现在你们都知道她是被丈夫误会的了？"

男人嘿嘿笑了起来，说："谁知道呢？管她是不是，跟我们又有什么关系？我们也就是随口说说罢了，那么较真干什么？！不过要我说，这胡三娘也是不应该，她现在变成了这个模样，衣服大敞，胸都露出来了，还到处让人看，岂不是人人都看过她的身子了？就算之前没偷情，她现在也不干净了。"

别人血淋淋地把心剖出来给你们看，你们看不见，却去看她的胸有没有露出来，辛秀突然觉得一阵恶心，抬脚追向女鬼胡三娘离开的方向。

那个身上滴答滴答地流着血，没有片刻停息的女鬼在街头游荡，辛秀见到了她，抬手丢出一道黄符，把她拘住放在手中。

申屠郁跟在徒儿身后，见徒儿拘住了胡三娘后回过头来问他：

"乌钰，有什么法术能让我看见她生前的记忆吗？"

申屠郁道："有通灵之术，能让修士看见鬼魂的生前事。"

辛秀又说："你教我。"

辛秀学了这通灵术，看了胡三娘的生平。

哪怕是作为一个外人，辛秀依旧觉得无比愤怒，胸口堵得慌。

胡三娘是个性格温柔的美丽女子，可是太过美丽，邻家的妇人因为嫉妒她的容貌，造谣她不守妇道。其他的男人垂涎她，用她不存在的桃色逸事满足自己的肮脏私欲，捏造与她幽会的传言。他们所有人一起逼疯了她，杀死了她。

人言如刀，杀起人来就如千刀万剐。

因为不知道是哪一把刀最终割断了她的喉咙，所以每一把刀都没有错吗？当然不，每一把刀都有错。

辛秀从额头上撕下通灵符，揉成了团丢在一边。她一手按在拘住胡三娘的灵符上，问："你既然有勇气剖开自己的胸膛，当时那把刀为什么不扎向打你的那个男人？为什么不扎向每一张带着恶意的嘴？"

胡三娘当然无法回答她，她也不需要胡三娘的回答。辛秀看了这事不高兴，非得做点儿什么事才能痛快。

辛秀去了宋家巷子，此时是半夜，每个人都沉在梦乡里。

辛秀找了一户人家，直接进了他们的屋子，从床上拽起了一个肥胖的妇人。她在胡三娘的记忆里看过这个人，这个妇人最爱在女人们一同洗衣时，故意问胡三娘脸上的伤是怎么来的，假意关心，转身就和人说胡三娘又与人偷情被宋家郎君发现后打了个半死。

"你还记得胡三娘吧？"辛秀将人制住后问道。

妇人被她吓得不轻，跑又跑不了，惊恐而结巴地说道："我……不……不记得！她不是我杀的呀！我没杀她，她是自杀的！她自己想不开，和我没……没……没关系啊！"

辛秀拍拍妇人的脸，压着怒气说："谁说和你没关系？你看你这张嘴没少凌迟别人，这么喜欢传谣言，以后就不要用了。”在妇人惊恐的目光中，辛秀一指点上了她的喉咙。

辛秀丢下捂着喉咙发不出声音的妇人，又转向妇人身边的男人，微微一笑，说道：“你也是，造谣自己和胡三娘有染，很爽是不是？”

这一晚，辛秀走遍了几十户人家。申屠郁跟着她，但没有阻止她做任何事，只是看着。

道士也跟着她，心情复杂，望着辛秀忍不住说：“你这是用失声术让他们以后都无法说话了？”

辛秀满面轻松地说：“有些说得不多的人，失声几年也就算了。说太多的人，我就让他们一辈子都说不出话。”

道士真的有些看不懂这个小姑娘，她平时看上去像个好人，爱多管闲事，可有时做起事来又显得有些邪性。

“你不是好人吗？好人可不是这个做派。”道士问她。

辛秀说：“你又忘了，我说过自己是个坏人。”好人做事会为别人，坏人做事只为自己，她只想要自己痛快。而且做坏人可比做好人要好多了，因为好人只能做好事，而坏人可以做好事，也可以做坏事。

骡道士轻哼一声，说：“你要真是个坏人，就该杀了这些人。”

辛秀轻轻地笑了，说：“他们死了就什么都不知道了，哪有活着受罪好？不过，有一个人如果不杀，我心里不舒服。”

胡三娘的丈夫在胡三娘死后匆匆搬家，摆脱了胡三娘，如今住在外县，小日子过得还不错。

辛秀这人就看不得别人做了坏事后还继续过好日子。

辛秀沉默了一会儿，说：“我从前看到过很多不平之事，哪怕离我的生活很遥远，但这哭声传到了我的耳边，我总觉得不舒服。”

她那时每每看到这样的事，都忍不住想：如果有能力让那些人得到惩罚，我一定要做些什么。现在，“如果”成真，在这个修仙世界，她可以做些力所能及的事。

辛秀轻描淡写地说：“所以，哪怕现在是半夜，我也要找过去杀了那个男人。”

她用上了久违的大摩托，没花多少时间就找到了宋郎君的家。

这是个和睦而美满的家庭，男人有了新的妻子，还有个几岁的孩子。辛秀在他们的床前站了一会儿，那个几岁的小男孩儿醒了。小男孩儿看到她也没有惊叫，而是很好奇地从床上爬起来，小声问她：“你是谁呀？你是神仙吗？”

辛秀抬手捏了捏小孩儿的脸颊，说：“小孩儿，半夜不睡觉，会遇上妖怪的。”

她用手在小孩儿的额头上一点，小孩儿困倦地闭上眼睛，重新倒在了爹娘中间。

申屠郁在徒弟身后，见她沉默良久后幽幽一叹，还是将手按在了宋郎君的脑袋上。

她没有杀他，但抽掉了他的生命，此人的寿数也就剩十年了，并且这十年里他将疾病缠身，迅速衰老，受尽病痛的折磨。

“就这样吧。”她收回手，自言自语。出了屋子，她礼貌地帮人带上门。

望着天边一点儿熹微的光，辛秀缓缓呼出一口气，说：“总算觉得心里舒服了一点儿。”

“我第一次做这种事，手法生疏，缝得不好，请你见谅。”辛秀收回手，没什么诚意地随口谦虚地说了一句，在她面前坐着的是胡三娘。

辛秀抓住胡三娘后，把她放出来准备处理，觉得胡三娘的胸口那里看着疼，于是折腾着用自己的灵气做丝线，把她的胸口缝了起来。

道士先前还笑辛秀异想天开，冤鬼这个模样是死前最后的样子，冤屈不平是无法改变模样的。结果他刚说完，就看见辛秀真的用“针线”把人胸口缝好了，像缝个破布娃娃那么直接又随便。

胡三娘仍显得呆呆的，也不知道是不是个有神志的冤鬼。

不过，辛秀没管那么多，把人家从黄符里抓出来，乱缝了一通后，通知胡三娘：“你以后就跟我一起走。”接着，她将胡三娘塞进了一个小木雕里——木雕仍然是老五送的离别礼物。

辛秀之前拿出过一个小木雕，假装仙人雕像，现在又取了个憨态可掬的小女娃木雕，给胡三娘当栖身之所。

木雕像用的木头是蜀陵山中的灵木，胡三娘待在里面也有益处，辛秀真没想到老五送的木雕这么实用。

小小的一个木雕被辛秀挂在了骡子的耳朵上，随着他的走动一晃一晃的。道士提出异议，辛秀理所当然地无视了，就像当初道士反对小女婴抓他的耳朵，同样被无视了。

他们离开那座城之后，好些天都没再进城，一直在荒路上走着，半天看不见一个人——为了体贴那个好像生活在深山老林，几百年没见过人的乌钰大佬。

辛秀比较了一下城里的热闹和乌钰的脸，果断选择了美貌。为了乌钰高兴，她不进城又有什么关系？荒郊野地，孤男寡女交流谈心，岂不是更妙？

只可惜，乌钰似乎并不爱聊天，辛秀只好一会儿和道士斗斗嘴，一会儿和不吭声的胡三娘说说话。

辛秀跟胡三娘说：“你都死了这么多年了，还一直待在那个小地方，真的没必要。你以前肯定不敢一个人出门，死了变成鬼也不敢。现在我带着你出门看世界，你就不要自闭了，多看多听多说。不是所有人死了之后都能变成鬼的，物种都变了，你就当重活一回，鬼生愉快。”

有时候，人之所以把自己困在一个地方，就是因为所见的世界太小。要是一个人眼里、心里都有广阔的世界，一座城怎么能把人困死？

辛秀说完过期“鸡汤”，偶尔乌钰不在周围，她还要晃着胡三娘的木雕和胡三娘说几句真心话：“当人窝囊，做什么都窝囊！我跟你讲，你当时就应该跟在你那个丈夫身边，日日夜夜跟着他，睡觉坐在他的床头，吃饭躺上他的饭桌，看他还敢不敢找女人生孩子！我保证他连饭都吃不下去！

“还有那些人，天天传你的谣言！你变成鬼拥有穿墙能力了，你知道哪家丈夫和哪家婆娘偷情、谁家小叔子和嫂嫂不清不楚，就去那人家里对着他们喊，有多大声喊多大声，全城广播，搅得他们鸡犬不宁！他们自己打起来，都不用你动手，看热闹难道不快乐吗？”

胡三娘因为辛秀好些天的念叨，终于理她了，这会儿期期艾艾地说出了第一句话：“那……那我现在……去……”

辛秀打断她的话：“现在去什么去，事情都结束了！就像吵架吵输了没有第二次机会一样，哪怕你想到了绝妙的反击方法也已经太迟了，只能吸取教训，下次跟人吵架记得用上宝贵经验。”

胡三娘不吭声了，辛秀最后给她总结了一句话：“你把那样一个男人当救命稻草去依靠，人家只会变成你的上吊绳。”

道士听了她们的交谈，忍不住出声道：“你对男人的怨气怎么这么大？”

“我不是对男人的怨气大，是对浑蛋的怨气大。浑蛋不分男女，只不过我遇到的浑蛋是男人的概率大到离谱。”辛秀拍一把骡子的脑袋，余光看见乌钰提着晚餐食材回来了，特意放大了声音说，“你看乌钰就很好哇，我特别喜欢他！”

道士语塞，心想：你那是喜欢他吗？你是馋他的身子！

辛秀结束和坐骑以及“挂件”的闲聊，凑到乌钰身边，想方设法地夸他：“呀，你今天带回来的这个野鸡羽毛真好看，你真有眼光啊！”

好看吗？申屠郁看看手里提着的野鸡，忽然想起当年自己在妖洞窟的时候，有个雉鸡妖王，羽毛颜色更艳丽好看，徒弟应该会喜欢。

辛秀继续赞美："长得好看，吃起来味道一定也不差。"她笑着看着乌钰和他手里的野鸡，意味深长地说。

申屠郁没听出徒弟的一语双关，点点头，夸徒弟："你的厨艺很不错，什么都能做好。"

辛秀已经确认了，乌钰绝对是隐居高人，根本听不懂她的各种明示和暗示，简直是铁打的"直男"，还是单身了几百年的那种。

事实和她想的相差不远，她的师父确实是个单身几百年的打铁直男，吃的是铁和竹子，肚子里都是秤砣——钢铁、直、"憨憨"。

想起之前被胡三娘打断的那个夜晚的事，辛秀又有点儿蠢蠢欲动。两个人晚上找了个小山神庙休息，她特地把道士赶到山神庙后面让他自由地吃草。

道士抗议："老夫又不是真骡子，怎么会吃草？！"

辛秀心不在焉地驳回了他的抗议："那么你今天试试，说不定就爱上了。"

道士见辛秀进了庙里，将脑袋往破窗子里戳，眼睛搁窗户上往里看，好奇今天辛秀会怎样被人拒绝。

辛秀走到申屠郁身边坐下，挽起鬓边的头发，对他笑了笑。

申屠郁不知道为什么，明明徒弟看上去格外友善温柔，自己却有点儿坐立难安。

辛秀将手放在乌钰的手上，让他感受自己的手心的温度。按理说这一幕场景非常暧昧，可她抬头后只看到乌钰一双充满了疑惑之意的眼睛，他甚至连手都没动，静静地看着她，好像在等她解释这是要做什么。

辛秀压低声音说："你现在有什么感觉？"

申屠郁不明所以地答道："你的手心温热，说明你今夜不冷？"

之前徒弟晚上偶尔会说自己冷，今天她的手倒是一点儿都不凉。

辛秀只沉默了三秒就放弃了交流，一只手缓缓拉开自己的衣领，语气勾人：“我给你……看一样东西。”

申屠郁听徒弟这么说，真就没有动了，虽然不知道要看什么，但还是顺着徒弟拉衣领的动作看下去。

辛秀正用心表演，营造气氛，听见乌钰忽然冷声道：“这是怎么回事？”辛秀还以为他终于反应过来自己要干什么，现在准备把她推开大声说“我不是这样的男人”，结果他按住了她的肩膀，力气格外大。

申屠郁的手按住徒弟肩头的恶鬼“文身”，那是辛秀之前路过一个灵照仙人庙时，让那里的一只鬼文上的。

虽说当时申屠郁也跟着徒弟，但不会时时刻刻紧盯徒弟，坐在屋顶上难免发呆。更何况那次又是在灵照仙人庙，他知道出不了什么事，就没有关注庙里的徒弟在做什么，因此不知道她主动要求文身这桩事。

于是，现在就悲剧了。

申屠郁问道：“你身上怎会有恶鬼的痕迹？你让我看的就是这个吗？不用怕，这恶鬼修为低微，印记也没有什么作用，我这就为你消除。”

辛秀蒙了：“什么？等一下！”

奈何她阻止的速度没有师父动手的速度快。

申屠郁如此关心徒弟，自然第一时间伸手一抹，把恶鬼印记给除去了。

“没事了。”他看着徒弟恢复白皙的肩头，语气缓和，还宽慰了她一句，又顺手给她拉了拉衣领，嘱咐她，“以后再遇上这种事，定要早些告诉我，不要不好意思说。”

辛秀此时才反应过来发生了什么，她的文身！她勾引男人不成反被洗掉了文身！这是什么展开？她没有失身却失去了文身！

道士在山神庙后面笑得像驴打鸣，又突兀地停住，只剩下诡异的咕咕声。

辛秀恼羞成怒，恶向胆边生，抬手就去推乌钰的胸膛。她对自己的力气很有自信，分分钟能把人推倒，但盲目的自信使人失败。她没能推动乌钰哪怕一丝一毫，感觉自己在推一座山。

而被她推了下胸膛的申屠郁自以为明白了，站起来往旁边坐了坐，给她腾了个位置。

辛秀：绝了，这男的，真绝了，我今天非让他搞明白自己是什么意思！

她起身，手刚钩住自己的腰带，山神庙的大门忽然被人推开，一个男人跌跌撞撞地走进来。因为位置，辛秀和乌钰在另一边的柱子和雕像后面，半夜闯进山神庙的男人一时没发现他们。

但辛秀的动作已经被人打断了，她额头青筋一跳，心道：怎么每次到关键时刻就有人闯入捣乱？这回又是什么事？

半夜跑到荒山野庙里的男人拿出绳子，挂上房梁准备上吊。上吊之前，他还跪在山神像前哭了一场，语不成调地说了说自己的经历，声音哽咽嘶哑，令人不忍听闻。

辛秀面无表情地坐下，和旁边未曾明白方才究竟发生了什么惨剧的申屠郁摆出同款的表情。凄风冷雨的夜晚，男人痛苦地自述着，再加上辛秀此刻的心境，氛围竟然分外凄凉。

这男人是附近的村民，女儿和爹娘都病死了，如今妻子也得了病躺在床上，可他家中穷苦，无钱买药。前些时日，他好不容易找了个替人送货物的差事，背了好些天的货物，腰腿都差点儿被压垮，雇用他的人却说货物被他弄脏了，不肯给他结工钱。他上门讨要，求情，想着能要到一半工钱也好，对方却直接把他打出了门。

男人走投无路，想到妻子还在家中等他拿钱回去买药，更加无法回去面对妻子。他觉得自己无用，所以半夜来到这山神庙里，想在这里吊死。

听着汉子绝望地哭着，胡乱求不知道是不是存在的山神，辛秀从百宝囊里拿出一块金子，随手一扬丢了出去。

那个男人正拉着绳子准备上吊，脑袋一疼，被什么东西砸了一下。他下意识地低头一看，不敢相信地放开绳子，把那块砸他脑袋的“石头”拿起来仔细看。

“是……是金子？！”男人茫然又狂喜地握着那块金子，环顾这座并不大的山神庙，而后喜极而泣，跪在那儿对着破烂的神像磕了好几个响头，“谢谢神仙！谢谢神仙！”

辛秀心想：不用谢了，大叔，你赶紧走吧，谢谢你！

“哈哈哈哈哈……”

“你笑够了没有？”辛秀不满地扯了扯骡子的耳朵。

她昨日出师未捷身先死，道士笑得口水落满襟。乌钰在的时候道士还不敢这么笑，等他们离开乌钰的视线在周围寻找食物的时候，道士才长笑出声。

对比幸灾乐祸的骡道士，胡三娘迟疑地说：“恩人，您……您如此做，是不是不太妥当？你们毕竟并非夫妻，这样……这样岂不是无媒苟合？会被人诟病的。”

辛秀不知道被胡三娘的这番话戳到了什么笑点，笑得差点儿从骡子身上跌下来，半晌才乐道：“我为什么要管别人怎么说？我想怎么做就怎么做，轮得到不知哪里来的别人给我定对错吗？而且，我现在忽然觉得‘苟合’这个词有点儿带感。”辛秀用一种“没错我就是变态”的语气说出了这句话。

胡三娘被她这直白的话震撼了，一时都不知道该说点儿什么，只在心中有些惶恐地想：神仙是不是就是和普通人不一样啊？

道士故意说道：“那乌钰不乐意，你也没法强来，你打不过人家啊。”

辛秀倔强地说道：“打得过我也不会强来，我又不是土匪，这种事讲究的就是快乐，要是不快乐还搞什么？！”

道士哼了一声，道：“瞧你，口口声声说自己不是好人，若真是如此，就直接想办法把那乌钰弄到手。还有，昨日那打断了你的好事的男人，你怎么不杀了他泄愤？你还给他金子。那么窝囊的男人有什么资格活在世上？让他死了算了。”

辛秀的目光在周围的草丛里寻找食物，她随口问：“人活在世，都会有那么一瞬间被生活压垮，骡道士，你落到过绝望至极想去死的境地吗？”

道士没吱声。

辛秀了然地说：“哦，你有。那时候的你，和昨天晚上的那个男人有什么区别？我倒是没有遭遇过那种绝望，毕竟像我这样不管做什么事先看自己爽不爽，不太会去管后果的人，总会比别人过得快乐。我无法理解别人的绝望，只是喜欢看到绝望的人绝处逢生的惊喜，那种表情让我心情好。我从不介意去做任何让我自己觉得快乐的事。”

话音刚落，她一道雷符劈到前方几十米外的草丛土洞边。

她笑道：“打中了。”随即弯腰钩起一只脑壳被劈焦了的兔子。

“我从来没听说过用雷击符咒抓兔子的。”道士转移话题。

辛秀也不介意地跟着转移话题，把兔子挂在他的身上，说：“那你现在见到了。”

辛秀带着食材回去时，发现乌钰望着附近长出了嫩芽的一棵树，坐在原地等待。

她不禁感叹，美人沉思，也不知道他究竟在想些什么，这么严肃，莫非是什么人生大事？

申屠郁在发呆。

辛秀喊他：“乌钰，你在看香椿，是想吃吗？我摘一点儿下来给你做香椿蛋饼，你要吃吗？”

申屠郁回过神来，对着徒弟点头：“好，吃。”

他在幽篁山被投喂习惯了，已经形成了条件反射，徒弟给什么他就吃什么。

辛秀寻思着，给什么都吃，真好养活，要是晚上他也能这样，将什么放到他面前，他都“吃”什么就好了。

申屠郁看着徒弟哼着歌去做菜，有些欣慰。哪怕在这荒僻的山野中，没有屋瓦遮身，连做菜的工具都不全，食材简单，徒儿大部分时间也能自得其乐。

申屠郁虽然有人躯，但很少踏足凡人栖息的地方。这么多年了，还是此次跟在徒弟身后，他才真切地体验到了人间百态，见到各式各样的寻常凡人，人与妖果然有很大不同。

他的师父灵照仙人曾说，他空有人身，却没有一颗人心，因此无法修成人仙。和人比起来，妖总有各种不足之处，申屠郁并非想要修成人仙，对修为并不执着。他很早就对什么都没了执着心，因此日子过得有些了无生趣；徒弟却与他不同，她不管去哪里都充满活力、情绪高涨，不管是喜是怒，情绪都分外鲜明。

申屠郁忽然问：“你不是喜欢热闹的城镇吗？为何近来经过许多城池而不入？”

辛秀回头笑了一下，说：“你不是不喜欢人多吗？你不喜欢我们就不去咯。”

申屠郁无端觉得，徒弟此时的笑比昨晚那个笑容要好看许多。想起昨晚的事，申屠郁还是有些微妙的感觉，却又不明白究竟有哪里不对劲。

当然，他很快就明白了，因为辛秀根本没打算拖多久。她越挫越勇，隔了两天再度尝试诱惑乌钰。

这一晚，他们在一家驿站休息。按照辛秀的经验，一般来说这样的驿站是不给住宿的。但大约是这地方太偏了，驿站又破又小，还没人管，里面那位大叔就顺便搞点儿兼职，弄起了食宿。虽然伙食味道不怎么样，但这里好歹有床。

辛秀照样要了一间房，并且热情地把准备在旁边修炼一晚上的乌钰劝到了一张床上。

辛秀想：他到底是对自己也有那个意思，还是迟钝到这种地步，都被拖到床上来了还没明白什么意思？

已经习惯变成大熊猫后被徒弟抱来抱去的申屠郁，根本一丁点儿往歪处想的意识都没有。当他发现徒弟脱了外衣，露出两条白胳膊坐在他身边让他看时，他只侧头疑惑地问了一句："恶鬼印记不是已经消了吗？"

然后他看见徒弟伏到自己的胸膛上，撑着下巴笑着说："你是真的不明白吗？我以为我已经表现得很明显了，我想和你……"她后面几个字是侧头贴在申屠郁的耳边说的，说得格外小声，但这几个字听在申屠郁耳中，不亚于惊雷——还是当初他炼制出人身时那个惊天动地的雷声。

申屠郁瞪大了眼睛，霍然起身，摔下了床，仿佛三连定格动画。

辛秀没想到他的反应如此之大。平时没有表情的乌钰，已经用动作完美表达出了他的震撼心情。她想不明白，想和他在一起这件事对他的冲击这么大吗？这反应就有点儿让人难受了。

可随即她又觉得乌钰整个人摔下床，还僵在那儿望着她的神情和姿势特别好笑。她忍不住扑哧笑了，趴在床边乐道："你干吗吓成这样？你不愿意我又不能强迫你，直接拒绝我不就好了？"

不仅申屠郁的人身摔下了床，实际上远在万里之外的蜀陵，坐在树上的申屠郁的原身也从树杈子上摔了下去。

申屠郁终于从地上站了起来，看着徒弟，内心觉得很荒谬，怎会如此？

"怎会如此？"申屠郁很认真不解地问了出来。

辛秀眨了眨眼睛，说："原来你真没看出来！我第一次见你的时候就挺喜欢你的，这一路上我不是常说吗？"

申屠郁还是很不解，徒弟抱着他的食铁灵兽原形时，也经常喊着喜欢之类的话。他以为徒弟只是单纯直接，又问：“你为何会对我产生男女之情？”

辛秀觉得这话就问得更奇怪了，说：“你是男，我是女，我看你喜欢，所以有男女之情。还有问题吗？问完你再考虑一下能不能答应我。”

申屠郁猛然开窍，颇觉无法面对徒弟，于是恢复了木然的表情，匆匆摇头说了一句：“我……告辞。”然后，他落荒而逃，不见踪影。他还不是从门口走出去的，而是从距离最近的窗户离开的，离开的速度快如闪电。

辛秀看着敞开的窗户，吹着小凉风，把被子披在身上沉思：“我这就把人吓跑了？”

“哈哈哈哈……”道士又笑出了打鸣的声音。

辛秀坐在骡子上不轻不重地踢了他一脚，说：“笑够了就住嘴。”

从昨晚上被吓跑后，乌钰就再没出现。辛秀估计他是不准备和她同路了，于是恢复了从前一个人上路的状态。

她拿出镜子照了照脸，分析道：“我觉得把人吓跑，应该不是我这张脸的缘故。”

道士忍不住笑：“噗噗噗。”

辛秀接着分析：“具体问题具体分析，说不定是他的原因。”

道士自己长得磕碜，对乌钰的美貌十分嫉妒，酸溜溜地说：“长得好看的男人都没什么用。”

辛秀不轻不重地说：“嫉妒令人丑陋，骡道士，你再这样下去就丑到不能看了！我主要怀疑乌钰是不是修了什么童子功，不能和人睡，要一直保持童贞。”

胡三娘忍不住开口：“是您太直接了，女子应当更含蓄，不该如此轻易提起这种事啊。”

“这又不是去毁灭世界，还要深思熟虑吗？”辛秀不解地说道，最后，对这事进行了一句话总结，“算了，命里有时终须有，命里无时莫强求。”把这一页揭了过去，然后进了最近的一座城，准备好好找点儿吃的喝的东西弥补一下自己，这段时间她风餐露宿，实在有点儿辛苦。

辛秀看上去对被人拒绝这事不太介怀，道士笑够了，语气和缓地感叹：“你这小丫头，被人拒绝了怎的也不见羞恼？”

辛秀直言不讳：“我对乌钰无非是见色起意，这样浅薄的喜欢怎么能长久？我自然也没法在心里一直记挂。”

她这边是不记挂了，殊不知她师父申屠郁如今是满心的暴躁和不知所措。他连人身都不敢跟上徒弟了，就待在那个小破驿站旁边的树林里，望着徒弟骑着骡子走远，站在树上思考到底为什么会变成这样。

他是第一次当人师父，就要面对这种难题。

他当然不觉得徒弟有什么错，毕竟徒弟也不知道他是师父，徒弟只是喜欢上了一个陌生男子。可他并非有意欺瞒徒弟，也没想过徒弟会喜爱这种模样的男子。若是有朝一日被徒弟发现“乌钰”的真实身份，徒弟要怎么面对他？

养一个徒儿，果真不是一件简单的事，她竟然还要处理这样复杂的纠葛关系。

申屠郁回想了一下自己的师兄师弟，仿佛没人有过这样的烦恼，或许这样的难题，他应当询问一下师父。

蜀陵幽篁山中白发的申屠郁，腾起云雾去了后山求见灵照仙人。

灵照仙人听了申屠郁的难题后，感觉十分复杂。

徒弟因为被徒孙喜欢上了，不知道该怎么办，所以来向他寻求帮助。但是徒弟不懂这种事，难道他懂吗？

沉默了一会儿，灵照仙人端庄地回答：“你可自行处理。”

第七章　项茅妖洞窟

辛秀又遇到了灵照仙人庙。祖师爷是个神奇的祖师爷，他的庙不全分布在大片大片连在一起的地方，也有的零星散落在各个地方。他的信众分布地区这么不平均，或许和现在大地上各个国家混乱的现状有很大的关系，而且从中可以看出，祖师爷当年也去过不少地方。

她每次看到灵照仙人庙都是直接住进庙里。这些庙里大多有人管理，不许人随便进去住。她觉得每次都要和人解释自己是灵照仙人的徒孙太麻烦了，况且人家还不一定信，所以选择了最方便的做法，直接给自己来一个隐身法术，然后进去白吃白住。

不过，她住进庙里，从来不忘给祖师爷上香。大部分的灵照仙人庙很热闹，来上香的人络绎不绝，这次她进的灵照仙人庙，又有不少人在求姻缘。

辛秀早就觉得，祖师爷真乃神人也。别的神仙只固定负责人们求姻缘、求子、求富贵钱财中的一个愿望，但是祖师爷不一样，他老人家好像什么都管。辛秀一路上看到来上香的人，求什么的都有，求子、求姻缘、求富贵这些就不说了，还有牛丢了求牛回来，少年白头想求头发变黑的……

辛秀听着旁边的姑娘羞答答地求一个好夫婿，也跟着拈了香，和祖师爷念叨：“祖师爷保佑，我也不求什么姻缘了，只求下次看上眼的男子不要被我吓跑就行。”

祖师爷表示：其他凡人跟我求姻缘就算了，你身为蜀陵弟子，也不知道祖师爷根本不管姻缘吗？

辛秀念叨完，心安理得地把香插上，然后就看见自己的香在香炉里熄灭了。

辛秀语塞了，祖师爷这是什么意思？是说她一辈子单身，还是说蜀陵弟子不许谈恋爱？

她看看前面那座慈眉善目的雕像，心想这一定是风吹灭的，于是又把香点燃了，然后香再一次在她眼前熄灭——行了，就是风的错！

辛秀把香抽出来，整个烧成灰，然后一把将香灰撒进香炉里，笑嘻嘻地说道：“祖师爷，你可答应了，下次可别让徒孙的追人之路如此坎坷了！”

祖师爷：我没有答应。

辛秀离开灵照仙人庙后往南走，应当是又到了另一个国家。这里的人的衣着和先前看到的不一样，口音也与之前的有区别，甚至街边酒肆旅舍外面挂的幡子上的字都变了。不过，好在这时代识字的人才是少数，真正需要用到字的地方还挺少的，至少辛秀学了几句常用语之后，在这里够用了。

这个地方周围没有饥荒，人们生活也不困苦，具体从街边店铺里食物种类的多寡就能看出来。这边食物的口味和蜀陵的口味相差不远，都有辣椒，只是多了点儿酸味。辛秀在这边吃上了久违的酸辣粉，当然和她原来世界里的不一样，但也足以令人涌起一点儿思乡之情。

辛秀在高矮错落的屋舍中间行走，跟着那些嬉闹的小孩子一起看这里的人排演的鬼戏。

鬼戏就是一种大型祭祀舞蹈，许多人装扮成奇诡的模样，腰间系着鼓，手中拿着槌和幡，戴着面具赤足走街串巷，据说这是用来驱邪除秽的。

在辛秀看来，这就是聚众跳大神。人们满足了生存的基本需求之后，就需要精神建设了，这充满乡土味道的鬼戏就是当地民众的精神建设的一种。

这里的人并不排外，见到辛秀这样一个生面孔，也没露出什么警惕排斥的神色，许多孩子还嘻嘻哈哈地围到她身边，好奇地看她身上的衣服，看她身后跟着的骡子，叽里咕噜地对她说些什么。

辛秀笑眯眯地说：“你们说什么呢？姐姐听不懂。”

她特意模仿这边的口音，本地人听来确实有些奇怪。这些小孩子一齐哈哈大笑起来；路边坐在屋门前做手工的女人听了，也发出善意的轻笑；还有大眼睛的少女，声音清脆，纠正了她的自称。

辛秀喜欢这样的气氛。她路过太多地方，很多地方的人见了生面孔第一反应就是赶紧远离，甚至首先想到的就是迫害，野蛮而愚昧。

她跟着街上玩耍的小孩儿一起看鬼戏，见他们最后停在了一个大广场上，上百人围在竖起的彩旗边呼喝，咚咚咚的鼓声响彻四方。他们觉得鼓声越大，除秽效果越好，所以那些麦色皮肤的男人都铆足了劲儿敲鼓。

到中午了，众人各自散去了，街巷里的女人和老人呼唤着自家孩子回去吃饭。先前围在辛秀身边听她说话，看她用一根彩绳编手环的孩子都恋恋不舍地散去，只剩下一个头发有点儿发黄的小女孩儿仍然站在那儿，眼巴巴地看着她编的彩色手环。

辛秀编完最后一截，收了个尾，见到小女孩儿的眼神，随手把彩色手环给了她："送给你了。"

小女孩儿听了这外乡人的话，露出喜悦的表情。她接过彩色手环，对上面穿着的剔透的红色小石头尤其喜欢，不停地抚摸，好一会儿才把手环戴在了细细的手腕上。

辛秀坐在石头台阶上微笑着，看她摆弄。这里的女孩儿都穿着颜色鲜亮、花纹复杂的衣裙，身上、头上戴着银饰。面前这小女孩儿虽然也穿着差不多的衣裙，但从她身上稀少的银饰来看，她家中并不富裕。

有人喊小女孩儿的名字，小女孩儿应了一声，一个看上去十几岁的少年找了过来。少年皮肤黝黑，体格健壮，臭着脸说了句什么，意思大约是小女孩儿为什么还不回家吃饭。小女孩儿不怕他，嘟着嘴回了两句话，很快又高兴地朝他展示了一下自己手腕上漂亮的彩色手环。显然，这是一对兄妹，而且感情不错。

少年要拉小女孩儿回家，小女孩儿却指了指辛秀说了句什么，意思好像是要请她回家去吃饭。少年好像不太乐意，但没能拗过妹妹，最后还是示意辛秀跟着他们回家。

辛秀就这么用一根彩色手环收获了一个小女孩儿的友谊，并且得到了免费食宿。不过，和她猜想的一样，这对兄妹的家里不富裕，他们的屋子相比其他家更小些，家里只有他们兄妹二人，没有其他大人了。

辛秀现在也有二十一岁，当然不会让穷苦人家相依为命的小兄妹节省他们自己的口粮来招待她。她拿出自己百宝囊里剩下的食材，打发走了想钻进厨房做菜的少年，给他们露了一手。

她只是做了普通的炖肉，还有烤饼，结果兄妹两个吃得头也不抬。刚才那个怀疑她是不是要给他们下药的少年，此刻好像完全忘记了自己的顾虑，吃完后对她的脸色好了不只一点儿，而且对她的好感产生了质的飞跃——能对她笑出一口白牙了。

他们的屋子很潮湿，被子也不常晒，一股霉味。招待她回家睡觉的小女孩儿这会儿知道不好意思了，抱着被子要去给她晒一晒。

辛秀接过被子，三两下爬上屋顶，抖抖被子把它晒好，又觉得春日阳光美妙，干脆躺在草铺的屋顶上休息。

小女孩儿也爬上来，指着隐约能看见彩旗的地方对她说，晚上那里有鬼师来给他们驱邪祈福，说着说着觉得有些遗憾，因为鬼师很厉害，能带走病痛和灾难，但外乡人不能享受鬼师的祈福。

辛秀费劲地听懂了小女孩儿的意思，对这个地方十分好奇，这里的人们对“鬼”这个词有着莫名的尊敬和喜爱，这一点和她之前经过的很多地方不一样。

下午，辛秀又走街串巷地瞧热闹去，小女孩儿跟着她一起。那些小孩儿见了小女孩儿手上的彩色手环，一个个都想要，胆子大的小孩儿就拉着辛秀的手摇晃。

辛秀给每个人发了一条，又收获了一群小孩子的友谊，得以被他们邀请回家去坐坐。这些孩子家里的大人，见小孩子带陌生人回家，也不骂他们，欣然端了茶和吃的东西招待辛秀。他们的屋子的样式差不多，大堂里都摆着特别显眼的神像——系着小鼓举着槌的鬼面神像。

“那是鬼母，鬼母会庇佑我们。鬼母有三千鬼子，一千在人间，一千在地府，一千在生死之间，鬼子就是我们的鬼师，他们掌管号令世间所有的鬼。”老人一边说，一边拜神像。

辛秀差不多听懂了她的意思。辛秀见过不少信仰，对本地人的信仰的理解程度很高。她只是很好奇，他们祭祀的这个鬼神是不是和她的祖师爷一样，是个真实存在的神仙？如果真是这样，那什么鬼子就是鬼神的弟子了，可能也算修仙人士。要是遇上了，她可以去问问人家知不知道项茅在哪儿，自己还有送信任务要完成。

到了晚上，辛秀蹲在广场附近的屋顶上，看人们聚集起来等待鬼子，也就是鬼师，来给他们赐福。

每个人都穿着簇新的衣裙，把自己收拾得干干净净。辛秀亲眼看着小女孩儿和她哥哥戴上了所有的银首饰，展现出最隆重的接待礼仪。

一轮弯弯的月牙出现的时候，辛秀听到了丁零零的铃铛声，铃铛声后，就是轰隆隆沉闷的鼓声。

“鬼师来了！”底下的人群欢呼沸腾起来。

辛秀若有所觉，抬头看去，见到月亮之下的天空出现了一片雾气，雾气中隐隐约约有上百人，上百个穿着白衣的人如同影子森林，簇拥着一个鬼面人过来了。

辛秀觉得那飘飞的白幡，还有这一群人，真的很像送葬队伍。

“送葬队伍”无声地落在广场上，人群一片寂静。人们自发排好了队，一个接一个地走到那所谓的鬼师面前，低下头，任由鬼师将手中的白幡招过他们头顶。

辛秀托着下巴，感觉到那边灵气涌动，心道：果真同为修士，就是风格和蜀陵那边完全不一样。

那边的鬼师也察觉了她的存在，面具后的目光朝她逼来。

坐在屋顶上的辛秀笑着朝他招了招手，热情得好似他乡遇到了久违的亲人。

那边的鬼师肉眼可见地顿了顿，忽然也抬起手朝她招了招。

那个招手看上去像一个表达友好的动作。

辛秀想着，这里的修士果然和这里的人民一样热情好客。她跳下屋顶，把道士从屋后拽出来，准备去广场和人会面。

可道士十分不安，忽然低声说：“你说过找到项茅就放我走的，对吧？”

辛秀脸上带笑地说：“是呀，可这不是还没找到吗？”心里想着，道士好像到了这里就一直特别安静，连话都不说了，装得像个真骡子，莫非道士知道这是什么地方，或者说这里确实离项茅很近了？或者更直接点儿，那个鬼师就是项茅的人？这很有可能。

辛秀拽了拽骡子的耳朵，说：“你不老实，都到了项茅也不提醒我，莫非是准备眼睁睁地看着我路过项茅？”

“怎么会？我还想着你尽早到项茅，也好尽早放了我。你看，反正我会的东西你都学完了，现在我对你也没什么用，不如你现在就放了我。”道士没想到她反应这么快，底气不足地说，说着说着就装起了可怜，“我们这段时间相处得这么好，我对你早就没有恶意了，现在就只求找个地方安身，并且再也不做坏事，不害人。看在咱们这些日子的情分上，你放过我这个老头子吧。”

辛秀不为所动，说道：“你那中年大叔的长相还够不上称老头子，不在我尊老爱幼的范畴里，而且你怎么说得好像我们有什么似的？我们可是很纯粹的人骡关系。”

道士听后，心里暗骂一声，这浑蛋是不准备放他了！他如今可以确定，他们两个人都各怀鬼胎，当初说的约定就是放屁，而辛秀这丫头比他还无耻！

一人一骡正在角力，寂静的街道上忽然涌出一片白晃晃的人影，静默无声的人影挨挨挤挤，将他们包围。

辛秀见到戴着鬼面的鬼师大步走来，扬起一个笑容：“还亲自来迎接我？这么客气吗？我刚准备过去见道友。”

鬼师却不理她，手指直直地指向道士，道士不知什么时候躲到了辛秀身后。

“吕升，你还敢来此。”鬼师开口说道。

辛秀心想，这人直接喊出了骡子的真名，原来两个人真的认识，而且听鬼师的语气，他们大约有仇。

辛秀往旁边让了一步，把道士露了出来，可她刚移动一步，鬼师就朝她喝道：“你与吕升是一伙的？”

辛秀：“我不……”

道士突然大喊一声：“她和我就是一伙的，你要是抓我，她也会来救我的！”

鬼师：“既然你们是一伙的，那就连她一起抓！”他的动作比声音更快，刚出声时白色的鬼影已经将辛秀与道士包围起来。

辛秀心想：这人脾气怎么这么暴？话都没说清楚他就动手。她抬手刚想反抗，就听道士在她耳边说："他是项茅的人，现在要带我们去项茅，你不是想去项茅吗？"

辛秀手一顿，又放了下来，说："你说得很有道理。"被人抓到项茅和她自己找到项茅，四舍五入是一样的。大不了等到了地方，她再告诉这位鬼师的上司，她是来送信的。

但前提是，鬼师真的要把他们带到项茅，而不是其他地方。

"你给我说清楚，这里是什么鬼地方？"辛秀揪着骡子，指着周围一口口竖立在土中露出大半的棺木和棺木里面那些成了人干的尸体，严肃地问他。这里简直是个棺木丛林，看得人心里发毛。

鬼师驱使着那一群白衣飘飘的鬼影将他们抓住，一路上连声音都不吭。鬼师直接把他们扔进了这个地方，又挥挥袖子走了，不屑搭理他们。这和辛秀想象中被押到项茅的大本营三堂会审的大场面完全不同，这明显就是随便处理垃圾的做法。

"唉，何必互相伤害呢？"道士看上去像是破罐子破摔了，往地上一伏，说，"这里确实是项茅。"

辛秀接着他的话说："我感觉你这句话后面，应该还有个'不过'。"

道士无奈道："不过，这里是项茅的游尸林，是他们放置尸体、炼制尸体的地方。游尸林里有进无出，我们被扔进这里来，在他们眼里已经是尸体。"

辛秀被他骗了一把，也不是很生气，拽着他的缰绳饶有兴趣地问："你会的法术都和鬼、尸体一类有关，项茅的修士看上去也是这个路数。我看刚才那个鬼师对你很看不起的样子，还一出手直接把你丢到这里来，莫非你从前曾是项茅弟子，后来背叛了他们？"

"哼，"道士语气又酸又苦，阴阳怪气地说，"我哪有资格当他们项茅的弟子？他们自诩神仙，所有鬼师弟子都是鬼母亲自选择，亲自养育，我这样资质不好、长相不佳、年纪又大的人，哪能被他们这群神仙看上？”

辛秀懂了，说：“原来你是之前想进项茅，被人无情拒绝了，所以呢，你偷学了他们的法术，鬼师看你才会是那个表情。”好像看见不得光的偷吃老鼠一样。

道士沉默了，他的经历都被辛秀猜得八九不离十了，他也没什么好隐瞒的，昂起脑袋说：“他们看不起我，还不是被我偷走了鬼术一书，被我学到了他们的法术！他们有什么了不起的？我无人教导也学会了，若我也有机会，定能比他们更强！”

辛秀点头：“原来如此，你偷学了人家的法术，被人发现，可能还被人追得屁滚尿流，然后你慌忙逃窜远走，躲到一个偏远的小城里。”

道士强调：“是我主动避开他们，这里毕竟是他们的地盘，我岂会自投罗网？”

辛秀纳闷地说：“奇怪了，难道法术不是随便就能学的吗？”不管是在蜀陵，还是出门遇到了乌钰，他们的法术都是随便教人的。

道士又嫉妒到她身上，说：“法术一道，人人敝帚自珍，哪会随便让人学去？我可没有你这样的好运气。”

“你到现在还没被人打死，就已经是好运气了。好了，事情已经搞清楚，那我走了。”辛秀毫不客气地打他的脑袋，看了一眼那些棺木，笑嘻嘻地拿出自己的辟邪伞，说，“虽然这儿是个看上去很邪性厉害的地方，但我有师父给的辟邪灵器护身。至于你嘛，自求多福了。”

他们周围的棺木发出砰砰的撞击声，里面的尸体陆续睁开眼睛，从棺木中爬了出来。这是被他们散发出的生气吸引醒来的游尸。

游尸这东西，用中国古代故事的设定来讲，就是僵尸；用现代外国故事的设定来讲，就是丧尸。总之，被他们咬了的人就会成为他们的同类。而这里的游尸还有行动便捷、速度很快的地方特色，杀伤力成倍提升。

道士见她要走，呼一下踩着蹄子站起来，喊道："等等，你自己一个人走了？不管老夫了？至少把老夫变回人身啊，不然这个模样，老夫岂不是要被这里的游尸生吞了？！"

辛秀看了他一眼，似笑非笑地说："您刚才故意害我，害我被人扔进这个破地方，现在还有脸要我管你？拜拜了，您自求多福吧。"

道士瞪着眼睛看着辛秀举着辟邪伞，跳过那些还在爬动的游尸，在棺材林里走远，他的表情从瞪着眼睛的愤怒，变为了老奸巨猾的笑容。这表情在骡子脸上说不出地古怪微妙。

他自言自语道："呵，小丫头，任你有辟邪伞也出不了这里，等着在这里被困死吧！这可是项茅的鬼师杀的你，不是我杀的，就算你背后有什么厉害师父找麻烦，也找不到我这里。"

至于他自己，从前能从这游尸林里逃脱出去，现在也能逃出去第二次。他当初九死一生，在这里受了那么大的罪，可不是白受的。

他那时候在城中看见鬼师，就在考虑要怎么从鬼师和辛秀手中逃脱。他们都看不起他，因此不自觉忽视他，他就可以利用这一点。

道士心里清楚，鬼师根本不稀罕对他用太多手段，最大的可能就是直接把他丢进游尸林。而辛秀肯定不会动手杀自己，这丫头还有几分天真，但他骗了她，辛秀也不会继续和他一起走，最有可能丢下他一个人，那他的目的就达到了。

所有的事都按照他的计划发生，道士自觉料事如神，算无遗策，得意非凡。

他还真没有那么怕这里的游尸，它们才刚从地上爬起来，目前杀伤力并不大，而他知道游尸林里有个安全的地方。等他在那里待上一晚上，等到白日降临，游尸回到棺木里，他就能循着当初找到的那条路线离开这里。

他一边辨认着路线，一边哼起了歌——还是辛秀常哼的歌："任你昨日得意有何用，今日得意轮到我。"

道士找到那口镶嵌在山壁上的石头棺木，从缝隙里挤进去，就在那里待了一晚上。躲过游尸出来游荡的夜晚，白日就安全许多，他一路顺顺利利地从自己记得的路线离开，找到游尸林的法阵破损处钻了出去。

他看向面前项茅的三座大山，简直想大笑三声，但也怕惊动山崖上的项茅鬼师，于是只压低声音笑了两声。

“呵呵。”

道士心中一惊，这好像不是自己发出的笑声。

他略显僵硬地扭过头，见到了辛秀那张熟悉的脸。

“我就知道，道士你肯定留了后手，果然没错，跟着你很顺利地就离开了那个据说能困死人的游尸林！真不愧是能从项茅偷走法术的人！厉害厉害，我大开眼界！”辛秀手中拿着伞，随意晃了晃，朝他露出胜利者的笑容，走过来重新扣住道士脖子上的缰绳，说，“我要向你学习的东西还有很多呢。”

道士呆呆地看着她的动作，突然悲从中来，号了一声哭了出来。

辛秀乐道：“哭什么？你被我抓住，总比被鬼师他们抓住好吧。”

道士心想：这倒是。他竟然莫名有种被安慰了的错觉。

“来，你说说，我们要是想偷偷潜入项茅，要怎么办？”辛秀问。

道士不解：“你为什么要偷偷潜入？你不是来送信的吗？”她之前没来得及说，现在把人招来了直接说不就得了？

辛秀随意地说：“被人抓了一次，我现在觉得，送信就要亲自送到人家的大本营才行，偷懒走捷径是不行的。”

道士心道，你这明显是记仇，而且想搞点儿事情。不过，辛秀搞到项茅人头上，他竟然觉得有点儿期待。

辛秀在潜入项茅内部之前，打算先填饱肚子。真不凑巧，她的百宝囊里的食材存货没了，需要找食物，道士就把她带到了项茅山下一处牛栏边。

项茅的三座大山，靠近游尸林这边是一片光秃秃的山壁，风吹日晒，侵蚀出许多的黑色空洞，最底下的山崖边往内凹陷，变成了天然的牛栏，这里面关了起码上千头牛。

“项茅的鬼师喜欢骑牛，这些牛都是他们养了当坐骑的，也会用牛骨来制作骨幡和祭器。”道士还挺了解项茅的情况，连这种事都知晓。

辛秀问他：“这边除了牛没什么其他吃的东西了？”

道士老实地说：“除了牛，还有石头和尸体。”

辛秀无奈地说道：“那就吃牛吧。”

她吃了一小块，毫不客气地把剩下的牛肉存进百宝囊，准备之后路上再吃。

“他们养的牛味道不错呀，肉质这么鲜嫩，不知道是用什么养的。”辛秀随口说了一句。

一边的道士悠悠地说：“我的法术都是偷学的项茅之术，把人变成马这法术自然也是。项茅的鬼师最擅长将人变成牛马之术了。”他特意加重了那个“牛”字。

辛秀啃牛肉的动作慢下来，最后顿住，她看着自己手里啃了一半的牛肉，沉默了。

道士继续用一种讲恐怖故事的语气说：“他们啊，会把得罪了自己的人，变成牛马，这里这么多的牛……”

辛秀立刻吐掉嘴里的肉：“呸。”

她站起来，眼神恐怖地看向道士，从百宝囊里抽出刀顶在他的脖子上。

道士见了刀，立刻充满了求生的欲望，赶紧解释：“你冷静，老夫是开玩笑的，就是随便吓唬你一下。你也是修士，仔细看不会看不出这是真牛假牛吧？”

辛秀把刀放回去，重新露出笑容，说：“对呀，你吓唬我，所以我要吓唬回来。”

道士内心嘀咕：你还真是一点儿亏都不肯吃。

辛秀吃完肉擦擦手，准备开始自己的潜入行动。道士自觉跟上，却被她拦住。

道士急了：“老夫跟着你一起去，你潜入项茅的把握就更大了。”

辛秀不紧不慢地说：“免了，我怕你待会儿骗我，拖我的后腿。”

道士义正词严地说：“老夫早已改邪归正，不会这么做的！”

辛秀不听他狡辩，把他变回人，又揪了几根牛毛夹在符中给他塞下去。可怜的吕升，才刚变回人三秒钟，又变成了牛。

辛秀满意地说：“好了，骡道士变成了牛道士，你能完美融合进这一大堆牛群里了，哪怕我暂时回不来，你也没那么容易被发现。”

道士不知道该说什么。

辛秀从山道上了项茅山。她觉得项茅这个地方真的比不上蜀陵的钟灵毓秀，这里山上光秃秃的，都是些岩石。这座山上就一条上山的道路，这路几乎是在山壁上凿出来的，只能容一个人走，连栏杆都没有，而且风还大，人走在上面好像一不小心就会被风吹下去。

山道旁边偶尔延伸出几个平台和小道，远远看去有点儿像血管的分布。

辛秀好奇地从一条岔道过去，见到一个小山洞。山洞里是一排排倒吊的风干腊肉——不是腊肉，是风干的尸体。

她心想，这里的人对尸体是有什么奇怪的执念吗，到处都能见到尸体和鬼魂，而且非得像做火腿一样把尸体都挂在山洞里风干？看看这些尸体，都长毛了，白毛、紫毛和黑毛，要是再潮湿点儿估计还能在毛里种蘑菇。

辛秀凑近敲了敲倒吊的一具尸体，这具尸体和其他尸体不一样，脸上血肉饱满，还没有干瘪下去。如果不是这具尸体脸色惨白，摸上去也没温度，辛秀真要以为这是个活人了。

辛秀的手捏在那张脸上还没放开，她忽然和这倒吊的尸体对上了眼。

不好，尸体被她的生气吸引，诈尸了。辛秀迅速捏出一张符，贴在尸体的脸上，暂时镇住他。

尸体随即抬手，把脸上的符撕下来，问："你是何人，为何擅闯我项茅山？"

辛秀没想到他竟然是个活人，听语气好像还是一位鬼师。

她只愣了一秒就笑起来："我还以为你们鬼师时时刻刻都要穿着那身跳大神的衣服，还戴着面具。你怎么不穿那些，而是像具尸体一样倒挂在这里？"

也许是辛秀的态度太自然了，不知名的男子顺口解释道："我修炼时自然是这个模样。"他说到一半，猛然反应过来面前的人好像是个不怀好意的闯入者，双腿一蹬要从石壁上下来。

谁知辛秀已经趁着这个时间，手一抖，用早已准备好的细细的铁索捆住了他，并且顺手把他倒吊着插回了尸体堆里。

她这一串连贯的动作异常顺畅，男子都没反应过来自己修炼被人打断，倒挂着瞪她："这是什么铁索？为什么我挣脱不开？"

辛秀解释："你挣脱不开才正常，毕竟是我师父给我防身的。"之前她用这个捆道士也非常顺手。

她想：这些整天和尸体打交道的项茅鬼师真不行，难道和尸体接触多了思维僵化？他们整个人都木木的，遇到点儿突发状况都反应不过来。

见男子嘴唇翕动，像在念什么咒术，辛秀一把捂住了他的嘴："别叫人，不然我要打晕你了。"

男子虽然没张嘴，但他的声音还是从腹部传来："你是来我们项茅偷东西的？"

辛秀惊了："你会说腹语，你这腹语术能教我吗？"

男子沉默了。

辛秀轻松地说："实不相瞒，我其实是来送信的。我是蜀陵弟子，你听说过吗？我们都是同修，大家没必要打打杀杀。”

男子看她的目光突然变了：“项茅与蜀陵有旧怨，蜀陵弟子敢踏入我们项茅地界，都必须死。”

辛秀无比震惊，祖师爷太不厚道了，什么都不说清楚就让徒孙来这种地方。这哪里是来送信？这是来送死！

她有点儿庆幸之前见到那鬼师的时候，没有大喊“我是蜀陵弟子，来这里送信”，否则可能当场就要去世。

辛秀小心谨慎地问：“我能问问你们至今杀了多少蜀陵弟子吗？”

男子沉默片刻后说道：“一个都没杀。”

辛秀乐道：“那你刚才说得那么厉害，什么来了就必死，我还以为你们业务很成熟了。”

男子又微妙地沉默了片刻，说：“想杀人，得先能抓住人。”

辛秀明白了，也就是说他们压根儿就没抓住过蜀陵的弟子。等等，她好像有点儿明白他们为什么仇视蜀陵弟子了，又说：“你们这么多人怎么连一个蜀陵弟子都抓不住？”

男子犹豫地说：“这一点我也不太明白，但是，你会是第一个被抓住并且被杀死的蜀陵弟子，留下做我的尸体吧！”

整个洞里的长毛“干腊肉”全部掉了下来，一双双红光闪烁的眼睛仿佛警报器，照射着辛秀。男子虽然被困住，一时无法做更多事，但还可以指挥尸体来攻击她。

辛秀随意地说：“狠话不要放太早，不然结果反转，你承受不起。”

她举刀挡了两下，感觉这些尸体和下面那些游尸不是一个段位的。这些被炼制过的尸体竟然还有可伸缩指甲，它们的指甲不知道多少年没剪过了，唰一下从手指里戳出来，一个个都像剪刀手爱德华，手臂挥动间只能听到咔咔的尖锐声响，一不小心脑袋都能被它们闪着寒光的指甲削掉一大半。

她之前能砍断地行尸的长刀，到了这里竟然只能给这些尸体刮体毛，最多划开一道小口子。饶是这样，被吊着的男子已经十分惊讶，问她：“这是什么刀？为什么你这修为凭这刀也能伤到我的石尸？”

辛秀骄傲地说：“能砍伤你的石尸才正常，毕竟是我师父给我防身的。”她师父是炼器大师，就是能创造奇迹，只是她这个徒弟太不济，给自己炫酷的师父丢脸了。

洞口不知道什么时候被堵住了，辛秀考虑了三秒要不要变身熊猫人，直接靠护甲和蛮力冲出去，想想还是算了，就这情况还轮不到熊猫侠出场。

她突然想到一个绝妙的主意，收起长刀，一把将倒吊的男子扯下来，将他整个人当作棍子，在石尸堆里挥舞。

辛秀踩着魔鬼的节拍，唱道：“来，左边跟我一起画个龙！在你右边画一道彩虹！”

她把一根人棍舞得虎虎生风，周围石尸无不退避三舍，然后她一路举着这个挡箭牌，劈开尸群，逃出这个洞，逃出去之前还没忘记顺手拿走放在一边的鬼师衣服和面具，再把整个洞口堵住。

她看着男子，笑起来：“哎，你别害怕，说到底我和你又没有仇，我最讨厌无缘无故的仇恨。我只是来送信而已。不然，你教我腹语，我就放了你。”

男子顶着一张被她用来砸石尸砸到肿胀的脸，拒绝了她的提议。

辛秀摊手道：“那就没办法了，我借用一下你的衣服和面具好吗？不会还你的那种借法。”

项茅山腹地是一片凹陷的石谷，石谷沐浴在阳光和雨露中，长出了一片和项茅山外表格格不入的绿色树林。林中有高低错落的建筑，有悬挂的彩色丝绦。几十米高的白幡飘飘摇摇，在树林高处舞动。

一个鬼师从后山石壁处走进来，站在那儿仰望着山腹里的丛林。

这里还有好几个相同打扮的鬼师，见她如此也没多注意。毕竟那儿是鬼母的住所，他们对鬼母都十分敬畏和爱戴，常有人这样仰望鬼母表达崇敬之情。

这鬼师看了一阵，忽然抬脚朝山林走去，还未踏入林中，就被旁边两个摆弄瓶瓶罐罐的鬼师拦了下来。

“没有鬼母召唤，不得进入飘林。”

那鬼师哑声道：“不敢擅闯，只是寻到一样宝物，想上供给鬼母，请二位转交。”

那两个鬼师随随便便答应了下来：“我们知道了，等鬼母召唤，我们会替你转交。”说完，他们继续回去倒腾他们装鬼的小罐子。

辛秀把放着信的盒子交出去，又穿着那身鬼师服大摇大摆地走出了山腹。她心道，这真不怪道士能偷到他们的法术，就这松懈的守卫和随便的态度，他们连身份都不查验，对她送的盒子也不检查。

可能是因为统一制服，他们人又多，据说好几千人，估计也不是所有人都互相认识，这就给了贼人可乘之机。一时间，辛秀真的很为他们的安保情况担忧，他们这里可能时常遭贼。

辛秀举止自然地下了山，途中还见到了其他鬼师。有个鬼师看上去风尘仆仆，好像从很远的地方回来，摇着铃带着一队跳尸上山，在山道上和她狭路相逢。

那鬼师见到辛秀，停在她面前一米处，看了她很久，辛秀几乎以为他看出自己是个冒牌货了，结果这人一脚抬起，踩上了旁边的山壁，从她脑袋上跳了过去。

辛秀心想：这是两只猫在围墙上相遇的场景吗？刚才的迟疑对方是在想怎么让路吗？这么不方便他们为什么不干脆把道路凿宽点儿？

从她脑袋上跳过去的鬼师又一摇铃，那一队跳尸接二连三地从她头顶翻着跟头跳过去——好一队体操员！最后一个小跳尸跳得不太熟练，落地的时候一个踉跄，差点儿摔倒。辛秀下意识地扶了他一下，等他站稳才松开手，看着他跟着其他跳尸一起蹦蹦跳跳地走了。

其实这地方蛮有趣的，人也有趣，都有点儿呆呆的。可惜这里和蜀陵有仇，她还是趁现在办完事赶紧离开比较好。

辛秀牵着变成牛的道士出了项茅，琢磨着自己接下来去哪里。她的送信任务的地点是仙西、旧乌、项茅，现在项茅的信已经被送到了，还剩仙西、旧乌两处。

辛秀问道士："牛道士，你知道仙西和旧乌在哪儿吗？"

道士老实地说："我不知道。"

辛秀反问："哦？"

道士听她说"哦"就头皮发麻，连忙解释："我这回是真不知道，各种仙山福地又不是随随便便就能找到的，我也只不过是有幸偷学了点儿法术。"

辛秀突发奇想："你说，我要不要到处造谣，散布仙西和旧乌的坏话？要是那两处的修士听到了传言，就会主动过来找我算账，到时候我就能知道仙西和旧乌的地址了。"

道士故意赞道："真是好办法！主动去找，不如等人来找你！"

辛秀啪地拍了一下道士的脑袋："我看你这个糟老头坏得很，你是想我死，这种烂办法都说好！"

她从路边摘了一朵黄色小花，用最随便的办法决定下一个目的地——扯花瓣，算数量，单数去仙西，双数去旧乌，最后得出答案。

"先去仙西。其实送信任务也不难，我一年都没用到，就已经完成了三分之一的任务，这样的任务给我十年，完全没必要嘛。"辛秀丢掉手里的花梗，有些感慨，说完顿了顿，回味了一下刚才的话，说，"我突然感觉不太妙，好像自己立了什么 flag（旗帜），接下去一定会出现什么波折，让我不能顺利找到仙西。"

鬼母殷郎是一个相貌普通的青年男子。项茅山中，鬼母殷郎看着面前的信，脸色黑沉，怒道："怎么又被人混进来了？还是蜀陵的修士！"他又看了看信的内容，终于没忍住大声骂了一句，"混账玩意儿！蜀陵弟子没一个好东西，去给我把那胆大包天地闯入项茅的蜀陵弟子抓回来！"

底下的鬼师领命而去，从随身的罐子里放出白飘飘大军，眨眼就是铺天盖地的架势——一片片白色魂体从项茅山飞出，远望如同一群白鸟离巢。

妖洞窟内，蛐蜒妖终于将深涂妖王之事告知了与申屠郁结仇的妖王。

"你说的可是真的？"

游颜狼狈地伏于地上，下半身还是那个蛐蜒的身躯，说道："游颜所说句句是真。那深涂妖王不知为何用的是一个人类身躯，跟在一个岁数不大的女子身边，还说过那是他的徒儿。"

红蛟妖王的神情有些狰狞，他说："当初深涂叛出我们妖洞窟，还杀死了虎妖王，更让我们丢了那么大的面子，这仇不能不报。他若是一直躲在蜀陵那灵照老儿的手底下，我们奈何不了他。可他既然主动出来了，我们自然要为老虎报仇！"

雉鸡妖王容色艳丽，在妖洞窟的迷离灯光下俨然一个活色生香的大美人。他抬起眼皮，有些懒散地说道："都过去那么久了，我是懒得计较了，阿龙要是想去，就自己带人去好了。"

红蛟妖王对雉鸡妖王的消极态度很不满意，说道："鸡毛，你莫不是怕了深涂，不敢与他为敌？"

雉鸡妖王回他："我看你呀，才是怕了他。你要真不怕，就自己去报仇，硬要拖上我们几个给你壮胆吗？"

红蛟妖王怒而站起，说："你们禽类当真无胆！"

雉鸡妖王连动都懒得动，说："哦，随你怎么说。"

红蛟妖王气结，摔了雉鸡妖王的一个玉杯，大步走了。他出了雉鸡妖王的洞窟，便化作一条红蛟飞往湖边。

湖中有座岛，龟妖王就在那里，好多年没有挪过窝了。因为太久没动，龟壳上长了花草树木，就成了座岛。寻常妖族不敢上这座岛，只有无知无觉的一群普通鸟儿在这树上筑巢，龟妖王也不管这些小家伙。

红蛟妖王在湖中翻腾许久，才把嗜睡的龟妖王吵醒，和他说了深涂的事，问他："你要不要与我们一同去报仇？"

龟妖王慢吞吞地问他："深涂，是谁？"

红蛟妖王忍无可忍，大怒："你睡傻了吗？深涂你都不记得了，就是当初杀了老虎那个！"

龟妖王是他们之中年纪最大、活了最久的，其他妖在他眼中都是小孩子，所以对红蛟的态度并不生气。他只是把脑袋缩回龟壳里，任由红蛟妖王在外面撒气，最后没办法地离开这里。

红蛟妖王接连受挫，气得在林间长啸，林间立即有蛇从树枝间探出脑袋，嘶嘶相应。

红蛟妖王从属下那里得到豹妖王的位置，气势汹汹地朝那个方向过去。见到躺在树杈上的黑黄相间的大花豹子，红蛟妖王落地变成人身，狠狠踢了一脚大树："豹暴！"

大花豹子看了他一眼，又把脑袋搭回两只前爪上，说："你有哪一天是不生气的吗？"

红蛟妖王忍着气，把深涂的事和他说了。对豹妖王愿不愿意和他一起对深涂动手，红蛟妖王并没有把握，这才最后一个来找豹妖王。当初深涂还在妖洞窟的时候，和豹暴相处最多，两个人都爱躺在树上，一个发呆一个休息，一个在高树杈上一个在矮树杈上，感情还不错。

谁知豹妖王一口答应了下来："去，当初那一战我没能打过他，这一次我会赢他。"

红蛟妖王这才高兴了，宣布：“那好，我们先一同追捕深涂，找到他的行踪，把他抓回来给老虎报仇！”

红蛟妖王找到等候在洞窟门口的游颜，抬手将妖气打入他的体内，助他将半身蚰蜒身躯化成人身，说：“游颜，你不是说你留下了气息，能感觉到他们师徒的行踪吗？那就由你带领先锋前去拦住他们，等我们前去！”

游颜得了红蛟妖王的妖气，恢复了一些妖力，惊喜拜倒，说道：“多谢蛟妖王！”

妖洞窟所在的山脉，飞禽走兽的啼鸣嚎叫此起彼伏，蛇虫鼠蚁当先从山中出来，散入广阔大地。

辛秀刚经过一座道观，眼看天色不早，准备前去借宿，道士死活不肯进去——画面似曾相识。

辛秀纳闷地问道：“干吗？你又认识这道观里的人？”

道士看着天，不看她，也不回答。

辛秀明白：“看来又是有仇的。”

道士哼哼了两声。

辛秀无奈地说道：“那你就在这儿待着，在山下随便找一处草地睡。我自己去住。”

道士心想，要不是被那奇怪的锁链扣住了脖子，老夫这就逃跑了！

辛秀走过几十级台阶，前去敲门。从道观的规模和大门石级的整洁程度来看，这是座有些来头的道观。

这个世界的道观和她原来的世界的道观不太一样。这里大部分道观供奉的是原始玄灵老君。

辛秀不知道这位完整名字超长，有十几个字的道祖究竟是何方神圣，询问师兄师叔都没能得到准确答案。有人说他是很早以前的仙人，有人说他是天生之神，但不管怎么样，现在肯定已经是道庭寂落，寻不到传承了。

所以，如今一些道观里的道士，大多就是会些炼丹炼药之术、轻身之法，比寻常的普通人要好些；一些道观则是顶着道观的名头，供奉些不知道哪里来的不知名的神。

辛秀一个孤身女子上门借宿，也没被这道观里的道士拒绝，他们还很有礼节地为她准备了食物甚至饭后水果。水果看上去像梨，闻起来很香。

“这是我们观主亲自种的，名为人参果，能治百病。女客在此人参果成熟之际恰好来此，观主说女客乃是有缘人，因此赠了这一枚果子。”年轻的小道士说。

辛秀原本都准备拿着果子吃了，听了这话，又停下动作，心想：这是人参果？你们观主是看过《西游记》吗？她开口问道：“敢问此处是不是万寿山五庄观？你们的观主是不是镇元子？”

小道士不知道她在说什么，表情很迷茫，说：“不是，我们这是丹云观，观主是毕真人。”

辛秀把小道士送走，瞧瞧那人参果，不太想吃，顺手把它塞进了百宝囊。她在床上躺到半夜，被叮当熊猫推醒了。辛秀察觉有陌生人的气息靠近这里，而且已经近在门外。

辛秀敢孤身一人到处借宿，还敢半夜在人家的地盘上睡大觉，当然是有倚仗的。师父给的叮当熊猫就是个称职的守卫。她休息的时候，叮当熊猫就坐在她的脑袋边守着她。

辛秀撑着脑袋从床上坐起来，看见窗外的黑影，心里嘀咕，还以为这是个热情好客的好道观，有一群周到礼貌的好道士，结果全是假象。

在辛秀门外的两个道士手拿绳索和麻袋，低声交谈。

“她应当睡熟了吧，我们现在进去直接将她抓住就好了。”

“这么个弱女子，观主怎么还要浪费一个人参果在她身上？就是不用人参果迷晕她，我们也能制服她。”

“听观主的肯定没错，观主从来没看走眼过，他说这女子不简单就肯定不好对付，更何况人参果也不算浪费，反正被她吃下去，等她被炼成人丹，那人丹治病的效果就更好了。”

两个人正说着，忽然感觉一只纤细的手搭上了他们的脖子，本该在房中昏睡的女子披头散发地站在他们身后，说：“你们这里，用人炼丹啊？”

道观里半夜忽然一阵喧嚣，然后就烧了起来，大火映红了天空，等到快天明火才熄灭，只剩下袅袅青烟在清晨的阳光中散去。

辛秀打着哈欠从道观里出来，神情如常地下了台阶，从树林里牵出道士。

道士看了一眼那还算完好的道观外墙，又从没关的道观大门看见里面的废墟。

辛秀坐上牛背，抱怨道：“一晚上没睡好。”

道士干笑：“啊，哈哈。”

辛秀不在意地说：“你知道这里面是群邪道吧？怎么都不提醒我呢？”

道士低声说：“我相信你能应付这么点儿小事。哈哈。”

辛秀慢悠悠地说：“我看见他们炼丹的那个大丹炉才忽然想起来，那丹炉的样式和我第一次见到你时你用的那种很像，所以，你认识这些道士，是因为你也在这里偷了人家的炼丹术？”

道士小声解释：“我就是借来看看，他们的炼丹术错漏百出，与其学他们的，我还不如研究自己琢磨出来的。”

辛秀将手搭在牛脖子上，笑着说：“你要庆幸你没有学他们炼人丹，不然，我第一次见到你的时候就杀了你了。”

之后好几天，道士都非常乖巧，再也没敢故意坑辛秀。

辛秀一连好几天没遇上任何事，每天都坐在牛背上昏昏欲睡，忍不住望着夕阳感叹了一声："真无聊啊，都没有点儿有趣的事情。"

有趣的事情立马就到了她面前。

项茅鬼师带着数不清的死魂和尸体大军追上了她。一群不知道哪里来的妖怪，嚷嚷着报仇，同样堵住了她。

辛秀暗忖：这是前后夹击呀。

她骑着牛，看见项茅的鬼师像古装玄幻剧里的天兵天将一样，站满了半片天空，忍不住仰头问道："你们有必要吗？我都跑这么远了你们还要追过来！我就送个信，又没杀人，顶多吃你们一头牛而已。"

站在最前面的鬼师举着白幡朝她一指："鬼母敕令，抓你回去受死！"

辛秀语塞，心想：这群人一点儿谈话技巧都没有，都说了要抓我回去受死了，那我肯定不会乖乖跟他们走。

她又看向地上那群妖怪，问道："请问诸位又是怎么回事？我都不认识你们，你们是不是找错人了？你们要报仇，我们能有什么仇？"她开始回想自己路上吃掉的那些野鸡、兔子、傻狍子有没有修炼成精的，应该没有吧？

寻仇妖怪一方的领头是位头发全白、手拿乌木杖的老太太，她左边是一位水蛇腰美妇人，右边是一个有着狐狸眼的美女姐姐，身后则是一堆长相美丑不一、形态各异的妖怪。

有些妖怪连化形都不完全，不怪辛秀能一眼看出来是妖怪。虽然不合时宜，但她乍然看到这么多妖怪，还有点儿激动和好奇。

老太太自称白姥姥，态度和蔼地说："我们是来找你师父深涂妖王报仇的。"

辛秀松了口气，说："那你们找错人了，你们找深涂妖王，跟我师父申屠郁有什么关系？"

白姥姥解释："你师父从前就是妖洞窟的深涂妖王。既然你师父不在，抓你也是一样的。等你在我们手中，深涂妖王自然会现身。"

辛秀问道："那你们暂时应该不会杀我吧？"

白姥姥仍然态度和蔼地说："不杀，我们要用你做人质威胁深涂妖王。"

辛秀心想，虽然大家都明白这个流程，但就这么直接说出来还真是妖风淳朴，都没人讲究含蓄的吗？

"哪里来的妖怪？项茅办事，速速离去！"天上的鬼师忍不下去了，用个小喇叭扩音器喊道，"将此蜀陵弟子留下，立刻退去，不然休怪我们不客气！"

美妇人黄姑姑嗤笑道："哪里来的一堆鬼和尸？真是臭死了，我们妖洞窟要的人，谁敢抢？"

狐狸眼胡姐姐娇笑："笑死妖了，不过一群装神弄鬼的人类，养了些不成气候的鬼祟，怎么敢在此大言不惭？天上风太大，你们可别闪了舌头。"

鬼师们喝道："大胆妖孽！"

辛秀乐了，鬼师和妖怪吵架，鬼师阵营输了，反应慢真吃亏！

作为被争抢的人，辛秀建议："你们聊也聊不出个所以然，不如先打一架，谁赢了我跟谁走，这样不是更简单直接？"她心里想着，快打起来！

这双方混战，集合了妖魔鬼怪，简直乱成一锅粥。

辛秀站在一边看，忽然大喊："住手啊，快住手，你们不要再为了我打架了！"

露出了一条黄鼠狼尾巴的黄姑姑闻言，扭头娇斥："你方才还让我们打架，现在怎么又反口？"

辛秀大笑，道："抱歉抱歉！我就是突然想试试说这种偶像剧女主角的台词是什么感觉，你们不必理我，继续继续！"

黄姑姑回头对付长毛鬼，嘀咕："深涂妖王这徒儿难道是个神志不清的人？说些什么让人听不懂的话？"

辛秀见他们打得火热，一度想乘乱逃走，结果走到哪里，战场就跟到哪里。

场上鬼师怒骂她："休想逃跑！"

妖怪们也朝她喊："卑鄙无耻，竟然想乘乱逃跑！"

鬼师要抓她，被妖怪隔开；妖怪要夺她，被鬼师的鬼尸撞开。

辛秀只能待在原地无奈地举手，说："好，好，好，我不跑了还不行吗？你们好好打架，别为了我分心。"

话虽如此，辛秀也不老实，在战场上浑水摸鱼：见到鬼师要杀妖怪，就帮妖怪；见到妖怪要杀鬼师，就帮鬼师，又引来一阵怒骂。

"你究竟是帮谁的？"

辛秀乐道："我谁都不帮，站中间。我只是心地善良，不忍心看见谁死亡。"照他们这不掺水的打法，很快就能分出胜负，这可不行，他们最好打到天荒地老分不出胜负，这样她才有可乘之机。

她正浑水摸鱼搞得人仰"妖"翻，忽然感觉脚下一陷，腰被钩住，整个人往下坠去——她被什么东西钩进土里了？她鼻子里都是土腥味。这样颠倒片刻后，辛秀感觉脚下一空，落进了一个空洞里。这里好像是个地下水井，水井已经干涸，周围的青砖壁上长了苔藓，昏暗的空间里能看到上方井口的一轮圆光。

她身边有另一个人的呼吸声，那人还抱着她的腰。

"失礼了。"男子清朗而柔和的声音在黑暗中响起。

辛秀手中生起一团火，照亮了身边的人，原来是个俊俏书生。

她打趣道："你挺厉害的呀，能在混战中把我偷出来。我看你不像鬼师阵营的，你是妖一方的吧？"

男子朝她笑了笑，色如春晓之花，语气诚挚地说道："你误会了，我并非方才那些妖一道的。我只不过是住在附近的一只小妖，听见这边的动静，才误打误撞救了你而已。我名为游颜，悠游自得的游，镜里朱颜的颜，不知道你怎么称呼？"

辛秀同样语气诚挚地说道："原来是这样，是我误会了，真是多谢你救我，我名为辛秀。"

这个世界上，果然除了鬼，什么东西都会说鬼话。辛秀心道：这些妖怪，原形是什么，名字就叫什么，这么不讲究，生怕别人认不出来吗？

说到游颜，她就想到同音的蚰蜒，继而想到当初在那个飞头鬼、地行尸遍布的地方看见的大蚰蜒，难道这是巧合？

游颜看着垂下脑袋似乎对方才的场景心有余悸的女子，面上带笑，心中则想：深涂妖王不知为何放心让这徒儿独自上路。方才他在暗中观察，混战良久也没见深涂妖王出现，他们应该是暂时分开了。

他当初在辛秀身上留下了隐蔽的气味，不敢将手脚动在申屠郁身上，所以此次带着众妖追踪，追到的只有辛秀一人的行踪。游颜见到辛秀孤身一人，虽然有遗憾，但很快就生出了个绝妙的主意——他要勾引住这小姑娘，让她迷恋上自己。

深涂妖王那般对他，毁了他的百年道行。他若不能狠狠报复回去，怎么甘心？若能让深涂妖王看重的徒儿匍匐在他的身下，不知道深涂妖王知晓后会是什么表情？

游颜想到这里，脸上的笑容更加明显，温柔地说："此处距离那边太近，恐怕还会有危险，不如你跟着我，先躲到我的住处，等安全了我再送你离开？"要怪就怪你是深涂妖王的徒儿！

辛秀欣然答应："好哇。"应付一个妖怪总比对付一群妖怪要好，她倒要看看这妖究竟是好是坏，又给她准备了三十六计中的哪一计。

他们从这井中出去，辛秀本可以自己跳出去，但蚰蜒轻轻扶住了她的腰，温柔地说道："小心，我带你一同上去吧。"

辛秀被恶心到了，他这眼神，不知道的还以为这人暗恋她几十年，已经情深似海了。

游颜将她带到一个隐蔽的小宅院里，幽静的院落里开着花，非常清雅。辛秀看着这院子，脑子里却忍不住想这是不是个障眼法，雕梁画栋其实是蛛网破柱，满树鲜花都是枯枝烂树。一般故事里那些荒郊野岭里出现的鬼宅妖府，现出原形后都是大变样的。

“来，我带你去休息。”游颜故意拉住她的手，又特意凑近她的耳边说话，气息暧昧，举手投足间尽显温柔体贴，“你想吃点儿什么吗？我去为你准备。”

辛秀沉默了，想起自己当初好像也是这样勾引乌钰的。

历史果然是相似的，先前她想勾引别人，现在就有人想来勾引她。不自己亲身体验一下，她真的不知道原来被这样老套地勾引，体验感这么差。

现在事情很明显了，游颜用的是美男计。

辛秀为难了。她这人很挑剔，一定要外貌看得顺眼、身材符合审美、性格也喜欢，才愿意，又不是路边随便一个长相不错的人她都能将就。这位游颜虽然样貌还行，可是看着他，她觉得更合适做姐妹。

如果换成乌钰给她使美男计，她还能考虑一下，但对游颜她是拒绝的。审美不合，一切都白忙活。

被辛秀在心里拒绝的游颜无知无觉，还在用心攻略辛秀。他特意穿了件很显腰身、胸膛都快露出来的衣服来嘘寒问暖，又是弹琴又是吟诗，展示自己的才华，还对着花忧伤，展露自己有故事的一面。

辛秀看得很认真，学到了这个摆拍的姿势，但是内心忍不住感叹，这位仁兄真的好熟练，怕不是已经勾引过百八十个闺中小姐了？所以他真的是蛐蜒妖不是狐妖吗？

游颜微笑着说：“我为你准备了晚膳，恰好院中的花开了，为了不辜负这美妙春光，不如我们在院中的花树下一同用餐？你觉得如何？”

辛秀欣然同意：“好哇。”

游颜看着她的背影，皱眉露出些不耐烦的神情。这女子年纪不大，看着也天真，对人没有警惕之心，可能是被人保护得太好，轻易相信了他。可她同样也是真的不开窍，对他的暗示都没有半点儿反应，既不羞涩，也不心动，好像根本不懂男女之情。

看来，他只能用点儿手段了。

“来，吃点儿这个，这是用花瓣做的，有一股花的甜香，你一定喜欢。”游颜温柔地说。

辛秀戳了戳碗里的花糕，问：“这院中不是只有你一个人吗？这花糕又是谁做的？”

游颜顿了顿，然后笑道：“是我亲手所做，你看看合不合你的口味？”

辛秀心想：亲手所做，这不会是蝎子、蟑螂、蛆虫吧？

她放下花糕，一本正经地说：“我不能吃太多甜味的食物，会变胖的。”

游颜笑容僵了僵，说：“你说笑了，你的身材秾纤合度，怎么会胖？”

辛秀故意反驳：“怎么没胖？你的腰都比我的细了！”

游颜接不下去这话，提起酒壶给她斟酒，说：“那你尝尝这酒，也是我自己酿的酒。”

辛秀天真地说：“我这个年纪，师父师叔都不让我喝酒。”不过她出来后自己经常喝。

游颜沉默不语。

眼看游颜好像要不耐烦了，辛秀又装模作样地端起酒杯，说：“不过救命恩人这么说了，我就试试吧。”她把那酒喝了，有些嫌弃地吐了吐舌头，装足了第一次喝酒的模样，“这味道好古怪，这就是酒吗？”辛秀从百宝囊里掏出一只白玉瓶，咕咚着给自己倒了杯甘露漱口，“我还是喝自己的甘露吧，酒不好喝。”

辛秀拿出来的甘露隐隐散发出清甜的灵气。游颜隐晦地看了一眼，心道果真是蜀陵弟子，这样的甘露随手拿出来喝，自己若是有这样一瓶甘露，不知能补回来多少元气。

这时，辛秀端起甘露玉瓶，顺手给他也倒了一杯，招呼道："你要试试我的甘露吗？这是我师叔送我的，味道很不错。"

游颜没有抵挡住诱惑，笑道："盛情难却，那我也试试。"甘露喝进腹中，果真有一股暖流流经四肢百骸，他先前受伤的隐痛消解不少。

可是很快，这股暖流就成了灼灼火焰，在他的腹中烧了起来。游颜捂住腹部，脸色发白："怎么……怎么回事？"

他蓦然抬头看向辛秀，见她含笑望着自己，丝毫没有毒发的情状，眼中有着戏谑的光。

辛秀悠然地说："你给我下药，我也给你下药，就看我们谁药得过谁了。不过，出门在外，吃别人的东西，你都不自备解毒丹吗？"

游颜这才发觉自己看走了眼，这辛秀根本不是什么天真女子。

他强忍着疼痛，说："你竟然没被我迷惑。"

辛秀慢悠悠地开口："男人对自己的脸太过自信的时候，人就显得油腻了。我劝你不要太自信，美男计对我没用。"

她俯身要绑游颜，谁知游颜喝了她下药的甘露后还有余力挣扎，猛然变回原形。一只巨大的蚰蜒张开带毒的节肢将她包裹住，变异的口器朝她的脑袋咬下来。千钧一发之际，辛秀按住身上挂着的叮当熊猫，整个人瞬间裹上熊猫铠甲，变成了一只小型食铁灵兽。

辛秀变身熊猫人后，被包裹在那一层坚韧的皮囊下，清楚地感觉到自己的力气增强了不少，身手比之前更敏捷，连灵力都增加了许多。蚰蜒身上的毒对现在的她毫无作用，辛秀直接将这只巨大的蚰蜒撕开，按在地上捶。

这场景和不久之前那一次过于相似，给游颜带来的不适感直达灵魂深处，令他颤抖。

游颜从未见过这样的灵器，也不知道世上竟然还有这样的灵器。他只见到辛秀变成了一只"食铁灵兽"，自然而然地想歪了，说："你是妖！可你身上怎么没有妖气？莫非你是深涂妖王的亲生女儿？”

他越想越觉得应是如此。如果她不是深涂妖王的孩子，那位多年不出蜀陵的深涂妖王怎么会特地为了保护她而出山？而且深涂妖王的人身本就古怪，他的女儿也有人身，如此就能说通了，定是灵照仙人用了什么法术为他们父女二人遮掩。

辛秀把蛐蜒那满身令人头皮发麻的节肢全扯了下来，将他扯成一根虫棍，再也无法挣扎，这才用那根铁索把他捆住。辛秀见他修为似乎不错，担心不保险，又拿出了师父给的另一样法宝——天网。这天网裹在大虫子身上还是很正常的，但虫子变回人之后，看上去就有点儿糟糕了。

辛秀确定制住了游颜，解除了熊猫人变身的状态。就刚才打了那么一会儿，她现在就觉得四肢有些酸痛。

她一屁股坐在地上，用从蛐蜒身上扯下来的节肢戳戳他的小白脸，问："说说看，你们这些妖怪找我师父报什么仇？又为什么要喊我师父深涂妖王？"

游颜被她骗住，被打得如此凄惨，根本不想和她说话，可听她这么问，仍是讶异："你竟然不知自己师父是妖？"

辛秀很感兴趣，问道："我师父是什么妖？"

游颜疑惑地问道："你自己不也是妖吗？"

辛秀更纳闷了："我怎么不知道？我什么时候变成妖了？"

游颜不相信她真的不知道，便问她："你若不是食铁灵兽，为何能变成食铁灵兽？你不是深涂妖王的女儿？"

"我好像猜到了什么。"辛秀沉默了一会儿，忽然站起来，抱着胳膊在院子里转了一圈，脸上的神情也不知道是纠结还是狂喜，最后猛一扭头，扯着游颜的衣领问，"我师父是食铁灵兽，对不对？"辛秀从游颜的眼神和表情中看出了答案，咬了一口自己的拳头，"我师父是大熊猫！这也太酷了吧？！"

辛秀仔细想想，其实这也不是无迹可寻。师父那个眼线，她就说从来没见过师父画眼线，也没见过脱妆，只能是天生的；还有那白发，熊猫白发很符合设定；他还住在竹林里，是大熊猫没错了！原来师父的外貌根本不是她以前猜测过的走火入魔导致的。

她确实没养成熊猫，但是被熊猫养了。而且从某种意义上来说，她还当过熊猫饲养员——先前她常给师父做吃的东西。

这么说，她又想起经常神秘失踪的竹餐具。她先前还想是不是师父比较讲究，餐具都用一次性的，用完就扔了，现在看来莫非被他顺口吃掉了？毕竟，用食物装食物，都是吃的，他全吃掉也没问题。

师父还爱吃甜食，尤其是蜂蜜，熊馋蜂蜜这一条也对上了。

辛秀想到的细节越来越多，她激动地在院子里走来走去，喃喃自语："天哪！天哪！我究竟错过了什么？我要早知道师父是大熊猫，肯定求他变回原形给我看看是什么样的，有机会还要摸个痛快，我错过的何止几个亿？"

且慢——她真的没摸过熊猫师父吗？辛秀忽然想起了对自己百依百顺、耐心十足的熊猫妈妈，熊猫妈妈充满慈祥气息的面貌浮现在眼前——那该不会是师父的原形吧？

有什么东西在辛秀的脑子里串联起来。食铁灵兽全部在后山，在幽篁山她只见过那么一只落单的大熊猫；师父和熊猫妈妈没有同时出现过，师父在忙的时候，熊猫妈妈也失踪了；后来她和师父说起熊猫妈妈的事，当天晚上熊猫妈妈就来找她了。这凑巧的一切事情都表明：爸爸就是熊猫妈妈，熊猫妈妈就是爸爸！

辛秀狂喜，道："哈哈哈，我有熊猫了！"

"我有个熊猫师父"，这句话概括提炼一下，不就是"我有个熊猫"吗？

游颜眼睁睁地看着她一个人在那儿不知道为什么发疯，心中忍不住想：深涂妖王这徒儿难道是个疯子？

辛秀开心够了，回来面对着游颜都是笑容满面的。辛秀和他分享喜悦："我真高兴。"

游颜不懂她到底在高兴什么，高兴自己的师父是个妖怪？

辛秀一高兴，大度地说："我今天这么高兴，就不杀你了。"

游颜怔了怔，昂起脑袋："当真？！"

辛秀点头："前提是你没乱杀过人。"

游颜的脑袋又垂了回去。

辛秀乐道："你这反应不是不打自招吗？"

游颜顶着一张俊脸靠在地上，忽然流出眼泪，哀戚地看了辛秀一眼，说："我虽然杀过人，但那是不得已。是人类先伤害了我，我才会动手报复。"

辛秀心里嘀咕：有事不能好好说吗？非要装可怜，就算你哭得梨花带雨，我看过刚才你狰狞的样子，也怜惜不起来！

辛秀满脸好奇之色地追问："什么？人怎么伤害了你？你说说看？"

游颜心想：这女人没有一点儿同情心吗？

"我当时初来人间，从未想过害人，只是喜爱人间热闹。"游颜低声诉说，"我在一座小城遇见了一个女子。她在自家院内荡秋千。我经过她家院外看见了她，她也见到了我，她红着脸匆匆下了秋千，再也没上来荡过。我第二次经过她家院门口，捡到了里面飞出来的风筝，知道了她的名字。后来我与她相爱，决定用凡人的身份与她在一起一生一世。"他说到这里，语气一变，"可是海誓山盟，都抵不过凡人愚昧！"

辛秀兴奋地猜测后面的故事："哦，后来她发现你是妖怪，所以要杀你？或许有和尚或者道士在里面掺和，给了她什么符咒法宝来对付你？"

游颜声音低柔，缓缓地说："不，她生下了我们的孩子。孩子出生后，变成了蚰蜒原形，她吓坏了。"

辛秀语塞。她真想说，朋友，不管是谁发现自己突然生了堆虫子都会被吓到的。

游颜继续说："所以，她将我们的孩儿浇上灯油，活活烧死了。你知道我回去看他们母子，却发现自己期待许久的孩子们被深爱的女人烧得焦黑是什么心情吗？她对我的态度完全变了，她恐惧我，厌恶我，还想杀我。可笑她一个普通凡人，若我不想死，她不可能杀得了我，不过徒劳罢了。"

辛秀好奇地问："所以，你把她杀了？"

游颜露出脆弱的表情，说："她背叛我，不再爱我，还要杀我，我当然要杀了她。这难道是我的错吗？"

辛秀定定地看着事到如今仍旧满眼愤怒仇恨之意的蚰蜒妖，突然严肃地说："所以，你杀了她之后，也没放过她的父母，甚至那整座城里的人，对不对？我上次经过的死城，在里面兴风作浪的就是你吧？那些地行尸和飞头鬼，也是你弄出来的吧？那些原本都是城内的人吧？"

她干脆直接地戳破了游颜装出的脆弱假象。

这妖大约是终于确定她不吃装可怜这一套，只好不装了，脸色一变，悲痛和脆弱神色散去，露出了面庞上的残酷妖气，恶狠狠地说："我杀那些人当然是有理由的。我杀了阿棠，那些人都传阿棠被不知道哪里来的妖物蒙骗玷污了，他们的言辞辱骂令我不快，我当然要杀他们。"

辛秀不解："你还真奇怪，你自己恨人家恨得不行，有人骂她，你又要去杀别人。"

游颜邪气一笑，说："妖物不是如此，怎么配称妖？如你这样道貌岸然之人，肯定要杀我。不过你杀了我也没用，妖洞窟不会放过你们师徒的！难道我死了，你们能有什么好下场吗？哈哈哈哈！"

辛秀等他笑完了，才摸出一个小罐子，捏着他念了一句口诀，将他变成一只小小的虫子塞进了罐子里，说："我还没想好要不要杀你、怎么杀你，所以先把你放在罐子里关着你，等我考虑清楚了再解决。”

游颜被她收押后，院落看上去却没有什么变化。方才摆食物的桌边，开的是一株海棠花，辛秀多看了一眼，起身离开这里。

她现在还被追杀着，要是真被抓了可就不好玩了，还是赶紧跑吧。

“不是说找到人了吗？游颜这又是怎么回事？”红蛟妖王带人来到此处，发觉早已人去楼空，怒不可遏，一掌砸了院落。那株娇艳的海棠被砸断，落在一片残垣断壁中。

“游颜说想骗得那深涂妖王的徒儿乖乖听话，以此来要挟深涂妖王。”白姥姥小心地说道。

红蛟妖王从鼻子里喷气：“还想骗人？我看他是被人给骗了！还有你们，就任由游颜破坏我的大事！”

白姥姥讪讪地说道：“当时我们正忙着对付项茅的鬼师……”

“行了，行了，”红蛟妖王不耐烦地说，“别废话了。她逃不了多远，先把她抓回来再说！”

白姥姥拿出一个小木筒，放出一条黑色的小蚰蜒，说：“蛟妖王放心，游颜先前给了我们这追寻气味的小东西，定能找到。”

辛秀忙着逃命，把搁置多时的飞天摩托取了出来。道士被她遗落在战场上，她也没想这个时候去找回来，先让他自己躲着吧，她如今可是自身难保了。

飞天摩托的速度无疑很快，然而红蛟飞天的速度更快。红蛟妖王将一群下属扔在原地，在一片山脉上方的云层中追上了辛秀。眼见云中带着深涂妖气的女子越来越近，红蛟冷哼一声，整个人瞬间出现在辛秀的飞天摩托跟前，抬手——

轰——

申屠郁自从上回用人躯跟在徒弟身边，被徒弟看上，对他投怀送抱，吓到摔下床后，就再也不敢跟着徒弟瞎晃。

申屠郁没能从师父灵照仙人处得到解决办法，觉得此事万分棘手，需要好好考虑怎么处理，因此在解决事情之前，只好让人躯远离徒弟。

只不过，他毕竟还是有那么一点儿担心她一人在外遇上危险，离开之前给叮当熊猫增了一道护身屏障。若是有能直接威胁徒儿的性命的攻击，而徒儿无法抵抗，叮当熊猫就会主动弹开屏障，为她挡下一击，同时他这里也会感受到灵力波动，知晓徒弟遇上了不能解决的麻烦。

这一道屏障不过是他顺手而为，以防万一。申屠郁跟在徒儿身后看了那么久，也见到了她的处事方法。徒儿胆大心细，常有出人预料之举，在申屠郁看来，她远超诸多师侄，因此相比她刚出蜀陵时，对她放心多了，只是他终究没能放心到底。

申屠郁感受到自己留下的那阵灵力波动时，在蜀陵幽篁山中的原身与在一片不知名深山中的人躯同时睁开了眼睛，露出一模一样微微颦眉的表情。

他想：难道徒儿遇到无法应对的危险了？

感受片刻灵力波动传来的方向，距离更近的人身从高高的树枝上站起，瞬间消失在原地。

申屠郁的人身虽然比不得原身，但修为也是绝佳，只是少了原身作为食铁灵兽妖族的天生优势，修为比原身低上两层。他这个修为，多年来已经足够用了，因此他第一反应就是让人身前去处理。

可是当他追着气息与灵力波动找到一片山脉中，探寻到此处除了徒弟留下的气息，还有他颇为熟悉的妖气时，哪怕是他在蜀陵的原身也坐不住了。

那是妖洞窟红蛟妖王留下的法力残余，红蛟妖王的妖气像他本身一般残暴可怕。申屠郁很清楚红蛟妖王的行事风格，落进红蛟妖王手中，徒弟便是不死，也要重伤。

申屠郁挥开倒伏的断树，看见了自己给徒弟做的飞行法器，那个被她称作飞天摩托的东西，此时已经变成了一片残骸，七零八落地散在地上。

最开始他给徒弟炼制这个，不过是为了满足徒弟的喜好，这个东西更像是个逗小孩儿的玩具。

可她那时候收到这玩具，表现得那么开心，日日骑着飞来飞去，常常清晨从幽篁山离开，傍晚从外面回来，落进幽篁山的竹林里。她就像一只小小的鸟，日日归巢，而他时常坐在林中树枝上，望着徒弟飞来飞去。

如今，她最爱的飞行法器被毁了。

申屠郁看向天空，那里有一缕寻常人看不见，在他眼中却异常显眼的红色妖气。那缕妖气仿佛在嚣张地告诉他，他想要回徒儿就来寻。

“红蛟，你猖狂至此。”

他冷哼一声飞上云间，顺着踪迹往前寻去。红蛟若是把人带走，只可能是回了妖洞窟。

蜀陵幽篁山，申屠郁从熊猫原形变成了人，一头银白的长发拂过山间竹叶，带起点点四溢的妖气，有着黑色指甲的修长双手在空中挥动。

黑、白双色的妖力如雾气一般弥漫到山间，不过片刻，整座幽篁山就喧闹起来。猿啸声声，鹿鸣呦呦，獾猪嚎叫，鸟雀叽喳，各种各样的声响一齐应和，沸腾得有些不像往日清静悠然的幽篁山，这是幽篁山从未有过的热闹景象。

等到申屠郁走出竹林，那些金色毛发的猿猴早已等在那里。它们如今已经不是辛秀从前见过的样子了，而是变成三米高，模样狰狞，蹲坐着像是一座又一座高大的金色雕像。

巨猿朝他们的主人伸出长长的手臂，申屠郁便踩着它们的手臂走上巨猿肩膀，坐在领头巨猿的肩上。

“走，去妖洞窟。”申屠郁语气如冰如刀。

巨猿们长啸，脚下踏着云雾流霞，身后跟着花鹿、豺狼、獾猪、孔雀以及一些小型的动物，仿佛出征的大军，从幽篁山拉出一条长长的云河，没入天边。

当他们离开幽篁山时，身上都发生了变化，一个个陆续幻化成人形，千姿百态地落在肩负申屠郁的巨猿身边。

所有蜀陵弟子要离开蜀陵，都必须经过云间道场，今日恰好采星与几位师兄师姐在这里交流占卜，一抬头就见到这一队人气势汹汹地经过，不由得惊住了。

“这……这是哪位师伯出山？怎么这么大阵仗？”采星微睁自己的眯眯眼，眺望着速度飞快、眨眼就划开一道云河的队伍，却只瞧见了个尾巴。

“看那头白发，好像是申屠师伯？”

“申屠师伯身后怎么跟了那么多妖？那是妖吧？都妖气冲天了！”

“不愧是我们神秘的申屠师伯，竟然收服了这么多妖，不过他是什么时候收服的？我们怎么不知道？”

入蜀陵才几百年的弟子大多不知晓申屠郁是妖，此时都面面相觑，唯有一个年纪大些的弟子听过些传闻，还能考虑到其他问题，说：“申屠师伯不是很多年都没出过山了吗？我师父还说申屠师伯恐怕再过几百年也不一定挪窝，他老人家现在这急匆匆的样子是怎么了？”

“莫非是外面出了什么大事？连申屠师伯都能惊动，我们没道理不知道啊。快占卜一下，看能不能占卜出来什么！”有师姐招呼他们。

采星忽然一拍手中的星盘，说：“不会是秀儿师妹在外面被欺负了，申屠师伯赶着去给她撑腰吧？”

诸位师兄师姐都看他，随即嗤之以鼻，纷纷开口：“不可能！”

“弟子出山是为历练，我们哪位师兄师姐没在外面受过欺负？想当年我遇上危险都要死了，向师父求救，结果她隔了一个月才姗姗来迟，说是路上看热闹耽搁了时间，那时候我都自己解决问题了。”

“师弟，你这个还算好的，你师父好歹去了，已经算是给你面子。我当初遇上危险被困，向师父求救，他可是压根儿没理我。”

“咱们蜀陵可没有那种为了徒弟的一点儿小事就大惊小怪兴师动众的师父。”

“没错没错，说到师父，我都几十年没见到他了，有点儿忘记他长什么样子……”

众人讨论半晌，一致否决了采星的猜测。

采星无奈地说道：“行吧。”但他莫名就是有种直觉。

申屠郁没管这一路被吓到的师侄。他一声令下，整个队伍用最快的速度赶往妖洞窟。蜀陵离妖洞窟太遥远了，好在他还有个人身，已经控制着人身先行前去确认徒弟是否安全。

若是徒弟当真出了什么意外，今日他亲自过去，就是去剥了红蛟那厮的皮，抽了那厮的筋。

而被他担心生命安危的辛秀，如今正待在妖洞窟的一个监牢里和人打麻将。

话说那时她被红蛟妖王堵在路上，当场发生了飞车祸，机毁人伤。红蛟妖王本来追下来想揍她，多亏她及时认输才没被打个半死，只是一条胳膊被红蛟妖王扯断了。如今这条胳膊只能用布条吊着挂在胸前，她只好暂时当个独臂大侠。

作为一个人质和诱饵，她的待遇当然好不了，直接就被扔进了监牢，还配了三个看守人员——白姥姥、黄姑姑和胡姐姐。

这外貌横跨老、中、青三个年龄段的女妖，原形分别是白蛇、黄鼠狼和狐狸，都是辛秀曾听过的民间神话故事里耳熟能详的经典妖怪，因此她还觉得有些亲切。而她与她们之间的故事，从她主动的一句“反正被关在这里也是无聊，不如我们来打麻将”开始。

白姥姥她们先前从未听说过麻将，但一接触就爱上了这游戏，连最开始很嫌弃的黄姑姑都越打越起劲，打麻将的哗啦哗啦的声音回荡在整间囚室里。

辛秀随身携带的麻将、纸牌等玩意儿，是她以前在蜀陵的时候做的，那时候主要用来和师兄师姐打牌，毕竟她每天出门也不全是去学技能，偶尔也要放松放松。

几圈麻将打下来，三位看守人员对她的态度明显好上不少。游戏交友这个路数，长盛不衰。

辛秀一只手抓牌、码牌，熟练而迅速，丝毫不比另外三个人用双手的速度慢。另外三个人初学打麻将，难免要询问一些技巧，辛秀也不藏私，认真教导。辛秀爱笑，态度又和善得好像自己根本不是被抓来当人质，而是来做客的，白姥姥三个人不知不觉地就和她聊了起来。

四个人边打麻将边聊天，很是愉快。

“所以，我师父以前住在妖洞窟的鹿蹊啊，我被带来的时候都没仔细看，也不知道是在哪一块，有机会真想去师父的故居看看。”辛秀边打麻将边感叹。

黄姑姑瞧着自己的牌，纠结着要打哪一张，头也不抬地说：“鹿蹊是我们这里唯一有竹林的地方，一看就知道了。其实那边也没什么好看的，当初深涂妖王在的时候，也只是有座楼，后来深涂妖王走了，那楼就被红蛟妖王砸了。你不知道，当年深涂妖王在我们这儿脾气可大了，我们寻常都不敢去打扰他。”

辛秀笑着说道：“哈哈哈，是吗？我是真想不到师父脾气差是什么样子。我做他徒弟的时候，他的性格就已经很好了，他从不生气，应该是多年修身养性的结果。”

胡姐姐啪地打出去一张牌，说：“要说脾气差，深涂妖王哪比得上蛟妖王，还有以前的虎妖王啊？那两位才是真的脾气差，动不动就要打打杀杀的。尤其是虎妖王，还爱吃人，那张血盆大口真叫我看着就怕！虎妖王从前要我陪他……你们是不知道他身上那味道多重，真为难死我了！”

辛秀心想：当妖怪也有职场骚扰吗？这可太真实了吧。

几个人聊起虎妖王，辛秀这才知道，红蛟妖王找师父报的是哪门子仇。原来红蛟妖王是给好朋友虎妖王报仇——她师父离开妖洞窟的时候把虎妖王的皮剥了。

说到他们，就不得不谈剩下的妖王。雉鸡妖王爱享受人又懒散，向来不关心这些争斗，只喜欢跳舞，这次要对付深涂妖王，他就没表态。还有个龟妖王，年纪最大，也不爱管闲事，每日在湖中修炼睡觉。

“还有豹妖王，以前和虎妖王关系不好，听说深涂妖王没来之前他们就总是打架，后来深涂妖王来了，与豹妖王时常在一棵树上休息。按理说豹妖王也不会为了虎妖王和深涂妖王决裂，这次怎么就赞同蛟妖王的行事了？”

“还不是因为豹妖王不服输，从前输给了深涂妖王，咽不下这口气。”

女妖怪八卦起来，完全不输于人类。

辛秀听了满肚子的妖洞窟的恩怨情仇，外面吵闹起来时，还听得意犹未尽。

第八章　相亲不相识

先赶到妖洞窟的是申屠郁的人身，他这个模样身上没有妖气，看上去就是个彻头彻尾的人类，忽然出现在妖洞窟，自然引起了所有妖怪的注意。

“这人类修士是疯了不成？他敢孤身闯我们妖洞窟？”

“这人活得不耐烦来找死？”

林间两条蛇妖箭一般朝申屠郁伸出尾巴，要将他绞住，申屠郁抬手为刀，利落地斩断了两条蛇尾，没有片刻停顿，踩过树梢，飞落在一道瀑布山壁前。妖洞窟的监牢在哪里，他自然知晓。哪怕徒弟的气息到了妖洞窟后被众多妖气遮掩，他也毫不犹豫地直接来到此处。

红蛟自有他随后赶来的原身对付，他如今只要先将徒弟救出，确保她的安全。

见申屠郁一声不响地斩断了两位蛇将的妖尾，原本聚在林中的胆小的妖怪见势不妙，都赶紧转身逃跑去通风报信。他们在妖洞窟待久了都知道一个道理，很厉害的人来打架时，万不可离得太近，否则被殃及，死都不知道怎么死的，可太冤枉了。

留在这里还未离开的，就剩下那些修为不错、自认为能与人类修士一战的妖，还有一些胆子颇大的妖。

“何方修士，敢来我们妖洞窟撒野？！爷爷多年没吃过人肉了，你刚好送到爷爷面前，可别怪爷爷今天开荤！”一只肥头大耳的野猪妖提着两把大刀扑上去，结果被申屠郁抬脚踹进了瀑布潭水里。

这一脚可了不得，直接将猪妖踢得变回了原形，半晌众妖才见一只膘肥体壮的大野猪哼唧哼唧地从潭里爬出来，头也不回地直接冲进了树林里，逃之夭夭。

而此时，那位斩蛇踢猪的壮士已经分花拂柳般解决了拦在他面前的大小妖怪，速度快到令人难以置信。

瀑布之内就是妖洞窟的监牢，白姥姥三个人听到外面隐约的吵闹声，互相看了一会儿，犹豫着想起身去看看情况。

辛秀适时地说：“姥姥，你带着姐姐去看就行了，看一眼赶紧回来，咱们这一盘还没打完呢。”

黄姑姑马上要赢了，好不容易才等到自己赢一局，对外面的吵闹声很是厌烦，也跟着说：“我在这里看着，你们去，让外面那些家伙小声点儿，闹什么闹？吵死了！”

白姥姥和胡姐姐立刻嘱咐：“你这无耻之徒，可不许偷看我们的牌！”

辛秀安慰道：“放心放心，我看着呢，保证公平。”

两个人这才走了，刚走到外面，就见一个面色沉冷的男子迎面进来，二人同时惊道：“你是何人？”说完，她们才见他身后已经躺了一堆化为原形的妖怪。白姥姥立即伸手召出木杖，朝申屠郁头上掷去，同时推了一下胡姐姐，说：“快回去，让黄姑姑把人看好了，这是来救人的！”

他们妖洞窟的监牢不是普通监牢，哪怕是妖王来了，也不能很快破开牢门，需得有钥匙，否则只能细细磨上半天。这时候应该已经有妖去通风报信了，只要她拖延时间，等其他几个妖王赶来，这个不知哪里来的修士自然要倒霉。

胡姐姐扭腰奔回监牢，口中喊道："黄姑姑，别打什么麻将了，赶紧把人关回监牢去！"

她们原本在监牢里面打牌，但监牢潮湿里面什么都没有，坐在地上不好摸牌，辛秀又说自己伤口疼，十分可怜，要求在监牢外面的桌上打麻将。她们三个人自觉看住一个辛秀绰绰有余，就答应了。这时候有来救人的人，她们当然要赶紧把辛秀塞回监牢里面。

"嗯——"白姐姐刚转个弯，就感觉眼前一花，有什么东西刚好贴在了她的眼睛上，同时一股刺鼻的气味钻入她的鼻子里，熏得她头晕眼花，全身灵力都聚不起来——这是黄姑姑的武器黄风囊！白姐姐突然被攻击，破口大骂："黄鼠狼，你搞什么？你攻击错了，是我！"

她耳边却传来一个带着笑意的声音："没攻击错，白姐姐，是我呀。"

白姐姐手上一紧，感觉自己被丝线似的东西捆住了，她这才反应过来，更是气急，说道："是你这狡猾的小丫头，你做了什么？"

辛秀把她和已昏迷的黄姑姑绑在一起，又从她身上摸回了自己的百宝囊，说："对不住啦，但犯人想办法逃跑天经地义，对不对？我先走了，下次有机会再找你们打麻将！"

辛秀丢下两个人，飞快跑向外面。

白姥姥的手杖落在申屠郁面前，立即扎根长成了柔韧的树枝，交错隔开了申屠郁，而在他的巨力之下被毁坏的树枝、树干，以一种远超被破坏的速度生长。

申屠郁见状，抓住树干的手中忽然腾起火焰，烧得树干噼啪作响。焦黑树干这回没有办法轻易长出新枝了，申屠郁也只停滞片刻，就穿过火焰捏住白姥姥的脖子，把她扯成一条长长的蛇丢到了瀑布外。

辛秀听到声响还以为是师父来了，兴奋地准备去迎接，谁知转过拐角一抬头，看到的不是师父，而是乌钰。

辛秀一句师父还没喊出来，就马上改口：“师……乌钰？怎么是你？”辛秀真没想到还能碰见他。两个人上次分别并不愉快，说实话，瞧他上次被吓成那样，她还以为自己这辈子都遇不上这位应该改名叫柳下惠的男人了。

申屠郁方才还来一个丢一个，满脸肃杀冷漠之色，乍然转角遇上活蹦乱跳还能喘气的徒弟，放松欣慰的同时，几乎是下意识地就想起了那一晚被震撼支配的心情，停在原地看着徒弟，不敢上前。

不过，他很快看见了徒弟无力地垂吊在胸前的手臂，整个熊猫都出离愤怒了，说：“你的手受伤了？”

辛秀走近他，无所谓地说：“哈哈，对呀，手断了。”

其实她也不是没断过手，小时候学骑自行车就把手摔断过，上学都吊着绷带，吊了很久。这次虽然痛了点儿，但往好的方面想，她都被抓进敌人大本营了，除了断个手没有其他地方受伤，已经很满意了。

申屠郁不解：“伤了怎么还能笑得出来？”

辛秀笑道：“见到你我高兴啊。”她这次可不是瞎撩拨，而是发自内心地高兴。

乌钰能这么快赶来救她，不就代表着其实一直在关注她吗？他们说起来也没什么关系，不过是同路了一段时间，这样他也不介意她之前的莽撞，愿意闯进这里来救她。这人真是让人不知道该说什么好。

辛秀开心地说：“好了，有什么事之后再说，我们赶紧先逃。”说完，辛秀主动用完好的那只手拉住了申屠郁的手。

申屠郁沉默了。

他又开始纠结起徒弟的感情，这份烦躁的火气当然不能对旁边一无所知、十分快乐的徒弟发泄，好在此时红蛟妖王赶到了，申屠郁的满腔怒火都给了这成事不足败事有余、以前就很烦人的红蛟。

红蛟妖王还没分析出赶来的男子到底是不是游颜说的深涂的人身，就见这人和自己有深仇大恨一般，抬手就打。

红蛟妖王自然忍不得这种挑衅，也不管他是不是深涂了，随着他一起从地上打到树梢，二人很快将周围的树木巨石推平了一片。这一上手，红蛟妖王就确认无疑，冷笑着道：“果然是……”

红蛟妖王一句话未说完，申屠郁已经一拳头砸上了他的嘴，生生把红蛟妖王要揭露自己身份的话砸回了肚子里。

申屠郁隐蔽地看了一眼底下的徒弟，砸红蛟妖王的嘴的动作更大更快，逼得红蛟妖王一个字都说不出来。方才申屠郁被徒弟牵着时觉得怎么都不自在的手，现在砸在红蛟的脸上，总算舒心自然了。

红蛟妖王被他砸得怒从心头起。红蛟妖王当然不会打不过申屠郁的人身，只是和申屠郁打起来之前还没放狠话，整个人憋得慌。眼见申屠郁没有和他叙旧的意思，他也不再试图说什么，投入全部心神专心地和申屠郁打，这下情势很快逆转。

辛秀见到乌钰被红蛟妖王打到吐血，脸色越来越难看。她这人自己受伤了还能笑嘻嘻，但她看中的人伤了她就无法忍受，恨到牙痒痒。可她这会儿自身难保。那些小妖围着她打，她护着自身都勉强，完全无法帮到乌钰。

对乌钰来说，他见到徒弟在底下被欺负，才是最难受的，直接就想甩开红蛟下去帮徒弟。然而红蛟妖王怎么会放过他，嚣张而舒心地大笑，一手变成蛟爪，撕开了乌钰的胸膛。

见天上乌钰的鲜血洒了一片，辛秀没能沉住气，大声喊道：“乌钰，不要和他打了！快回来！”既然打不过，他硬拼下去只能是送死，完全没必要。

乌钰本就不想和红蛟打下去，方才特意送上去被抓了一下只是为了脱离战场。他落到辛秀面前，扫开了一片小妖。

辛秀迅速抓着他，看了一眼他的胸膛，皱起眉想把他藏到身后。

可乌钰也是同样的动作，偏偏他力气还比她大，直接把她按到身后，低声宽慰了一句：“不用担心……”为师的原身快要到了。

辛秀无奈，抓住他的手说：“你这人真是……脑子有问题吗？你我非亲非故，你何必为了我这么拼命？”

申屠郁心里默默说道：有亲有故，但是我不敢说。他此刻的心情，是人身这张有毛病的僵脸完全没法表达出来的复杂。

妖洞窟上方忽然一片云霞遮罩，一众大小妖怪，包括还想追下来继续打的红蛟妖王见状都露出诧异的神色。

“深涂？”见到坐在金色巨猿肩头的申屠郁，红蛟又扭头看底下被他抓伤的男人，一下子有点儿蒙，怎么会有两个深涂？游颜那家伙不是说深涂不知道因为什么变成人身，如今修为大降，正是处理他的好机会吗？莫非游颜那家伙骗自己？底下那个确实比他弱上一些的男人根本不是深涂？可那个男人打起架来的样子，分明又和深涂一样，他与深涂交手过许多次，怎么会认不出来？

红蛟惊疑不定，目光在两处之间不断流连。

申屠郁原身看上去气势惊人，尤其带着当初与他一同离开的妖族，好像是准备来打群架的，众妖心中都有些打鼓。

在一众如丧考妣、惶惶不安的大妖小妖中间，满脸喜悦之色的辛秀格外明显。她大喊一声：“师父，徒儿要被人打死了！”

申屠郁用人身看见徒弟的断臂，心中怒一次，现在用原身看徒弟的手臂，又怒一次。他走下巨猿肩头，走到红蛟妖王面前，说：“抓我徒儿，你是准备和我不死不休？”

红蛟妖王左看右看，没看见申屠郁的模样有什么不对，脸色不由得僵硬起来，心中暗骂游颜，这家伙敢骗自己，真是活得不耐烦了。他是知晓深涂生起气来有多可怕的，当即也管不了那么多了，长吟一声：“豹暴，人都到了，你还不来，是准备待会儿给老子收尸吗？”

在这短短的时间内，红蛟的心情可谓是大起大落。

他先是喜深涂这家伙果然不知道因为什么变成了柔弱的人身，简简单单就被他打伤。可还没爽够，他就发现所谓的“深涂”可能是个假的，还把真的深涂给惹过来了，真的这位看上去不仅没有比以前弱，气息反而比从前强上不少。

那他这一通是在白忙活什么？自以为有机可乘，结果跳了个大坑？

红蛟虽说想给老虎报仇，顺便出口恶气，但是没准备把自己搭进去。此时此刻，他除了呼叫盟友一起分担，真的不知道用什么方法来阻拦面前这只看上去非常生气的食铁灵兽。他甚至回忆起从前惹恼深涂后和深涂打架的场景，感觉到一阵从记忆里传来的隐隐抽痛。

辛秀发现如今的场面有些尴尬，除了自己的师父和红蛟已经打起来——是她师父先动的手——其余双方的属下都不动弹，就在一旁面面相觑，连拉拉队都不当，只和她一样看着两位大佬打架，像一群草原上仰望天空的土拨鼠。

她看了片刻，发觉师父并不需要她担心，这才低头看乌钰。只有乌钰一个人没有关注天上的打斗，已经干脆利落地开始处理自己的伤口。

辛秀见状，感觉一阵愧疚与怜爱。乌钰太委屈了，明明是来救她的，受了伤还要一个人默默处理伤口，她都没有好好关心他。她追人追得一点儿诚意都没有，难怪他不愿意接受。但是，她之前好像也没想追他，只是想和他发生一点儿和谐友好的单身互助行为。不过，她现在是真的想和这人谈恋爱了。

辛秀接着他的动作，替他把伤口处理好。她的一只手还断着不能动，就用一只手给乌钰帮忙，不比方才打麻将熟练，现在显得有些生疏和忙乱。

她的手软而冷，贴在乌钰肩上的伤口周围的时候，他的皮肤被激起一片鸡皮疙瘩。

辛秀注意到这一点后，就小心地不用手碰到乌钰的身体，似笑非笑地瞧了他一眼。

申屠郁被她这一看，不知为什么，只觉背后突然起了一层薄汗，内心有点儿发怵。他想，也许是因为蛟爪上的毒，都怪红蛟这厮。

辛秀见他不说话，还以为他伤得厉害，扶着他略显僵硬的身体坐下，解释道："那上面的是我的师父，很厉害的，对我又好。只要师父来了就不用担心了，我们很快就能平安离开这里，到时候我为你找个地方治伤，一定照顾你到伤口彻底养好为止。"

申屠郁不知道该说什么。徒弟对他这么信赖、这么尊敬，他却欺骗了徒弟的感情。

辛秀见乌钰的额上冒出一层虚汗，抬手给他擦了擦，说："你先闭目调息吧，不必说话，我守着你。"

申屠郁也不敢多说什么，将人身的意识抽出，专注于原身，于是他的原身的神情显得更加狰狞和焦躁。

他对面的红蛟看得心惊肉跳，又遭他的熊爪撕脸后，怒道："我只不过是抓了你的徒弟，也没对她怎么样，你还当真要杀了我不成？"

"都是你这蠢货误我！"申屠郁简直是从牙缝里挤出这句话的，凉飕飕的。

红蛟一脸疑惑之色，这熊又乱发疯了？

红蛟说："你当真以为我怕你了？"

红蛟说完，扬声喊道："豹暴，来得正好，你我联手！"

一个齐肩黑金短发的男子倏然出现在申屠郁身后。

辛秀只看见又来了一位妖王，并没有看见师父怎么躲过这一击，他们的速度都太快了。她的肉眼能捕捉到三个人的身影时，他们已经换了个地方，在远处山头上战成一团。

辛秀心想：一个打两个，我师父太厉害了！

申屠郁带来的巨猿早已经围在了辛秀身边，自觉地把她和妖洞窟的群妖隔开，像一群保镖。辛秀多看了它们几眼，心道：师父的社交恐惧，现在看来只是针对人类，不过，他老人家又是从哪里骗来这么多妖怪的？

她多看一会儿，开始觉得这一众妖怪莫名眼熟，看看这巨猿身上金黄色的毛，还有领头那个看她的嫌弃的眼神，都是如此熟悉——是幽篁山上的金丝猴！金丝猴到底怎么变异成巨猿的？

还有那位头上有两根鹿角的小哥哥和他身后的一群小姐姐，莫非是每天早上在那条溪边喝水嬉戏的鹿群？从数量上来说是对的。

还有很多外表与人相差无几，没有显著标识辛秀认不出来原形身份的，都用一种看熟人的眼神看着辛秀。

所以说，难道眼前这一群人，就是她从前在幽篁山追赶着摸毛，无聊之下骚扰过的朋友吗？

她要是早知道他们都是妖，能变人，当初绝对不至于拽住某几位硬要看他们是男是女。

她突然想起来，她在幽篁山抓过很多竹鼠吃，糟糕了，莫不是不小心吃过几个妖？

“有竹鼠妖吗？”辛秀问了这么一句，只见一个长胡子老人家猛地一瑟缩，藏进了巨猿投下的阴影里。

辛秀心里嘀咕：看来，这位就是竹鼠妖了，对她的心理阴影看上去就和他现在藏身的这片阴影一样大，莫非他撞见过她在竹林里抓竹鼠的样子？

辛秀小心地问：“我应当没吃过您的子孙吧？”

竹鼠妖连忙说：“没有！没有！”

那个嫌弃她的巨猿忍不住口吐人话：“要是能被你抓住煮了吃，还当什么妖怪？不如去撞竹子自杀！”

辛秀放心了：“多谢你的安慰了，兄弟！我有点儿好奇，师父怎么这么快就赶过来救我了？”她从白姥姥她们那里打听到的消息，红蛟妖王应该还没来得及去通知师父才对，蜀陵离妖洞窟这么远，师父未免来得太快了。

巨猿骄傲地说："我们深涂妖王就是厉害，还要解释吗？"

辛秀点了点头："嗯，你说得很有道理。"师父说不定是算到的。

轰——轰——轰——

远处山头上传来接连三声巨响，辛秀的目光又被吸引过去，同时附近传来一个懒洋洋的声音。

"深涂不愧是在灵照仙人的指点下走上正途的，修为增长比我们这些无人教导的野路子快很多呀。"男子侧躺在一张毛绒床榻上，是被人抬出来的，身上穿着五颜六色的羽衣，一看就知道他的原形是禽类。

这位应当就是白姥姥她们提起过的雉鸡妖王了。见他躺在这里没有上前去围攻师父的意思，辛秀对这人的观感好了不少。她问道："您是雉鸡妖王吗？小辈冒昧一问，您不会帮着对付我师父吧？"

雉鸡妖王瞧着她，懒洋洋地说："敢主动和我说话，你胆子倒不小。要是和深涂打架，我这一身漂亮羽毛就别想要了！这些羽毛长起来要许久，打架又累，还是算了吧。"听起来他像是有过什么惨痛教训。

"啊——深涂你这该死的！"远处传来红蛟妖王的喊叫，听起来也很惨痛。

旁边的雉鸡妖王似乎没有什么同事情谊，听了这惨叫心情也不见波动，悠悠地说："深涂从前就是这样，与人打架时，尤其喜欢撕扯别人的原形，将皮与毛撕下来随手就扔了，撕下来肉就直接吃掉，一点儿都不讲究，所以我不喜欢与他动手。我还以为他在灵照仙人座下已经被教导改掉这习惯了，没想到根本没变。"

雉鸡妖王说完，问辛秀："你是深涂的弟子，可我见你只是个人类，为何你会拜深涂为师？深涂又为何收你为徒？"

辛秀正经地说道："可能是天定的师徒缘分，师父选我，必定有他的道理。"

雉鸡妖王说："我看他很在乎你这个弟子。"

辛秀继续说道："那当然，我们情同父女，师慈徒孝。"

靠在一边装死的申屠郁的人身手指颤抖。和红蛟、豹暴打架的申屠郁的原身自然也听到了徒弟的这一席话，又发狠撕下一条蛟肉，塞进嘴里嚼得咯吱作响。

红蛟痛到面目扭曲，充血的眼睛迎上申屠郁眼中的一点儿寒光，说："你怎么光撕我，不撕豹暴？！"

豹暴喊道："别理红蛟了，来跟我打！"

申屠郁听着徒弟在下面诉说他们的师徒感情多么深厚，整个头都疼了，现在只想撕蛟。如果不是豹暴拦着，他真的要把红蛟活活撕了。

"你确实今非昔比，已经与我们不是一路了，我们输了。"豹暴拦住他，目光复杂地叹息。

申屠郁终于收回手，没有对昔日的伙伴们说些什么，只扭头飞回到瀑布前的平地上，走向自己的徒弟。

辛秀终于等到师父回来，站起迎了两步，喊道："师父！"

她见到师父嘴边有血，迟疑片刻，问道："师父，你这是受伤了，还是吃饱了？"

申屠郁没说话，但嘴里嚼了两下，往下咽的动作告诉了辛秀真相。

辛秀扑哧笑了，朝他扑过去，抱住了师父。

申屠郁没有躲开，对和徒弟的这种接触并无不适，因为徒弟看着他的眼神和看着乌钰的眼神不同。比如现在，她扑到他怀里，就像个看到长辈想撒娇的小女孩儿，可面对乌钰的时候，就像个成熟的女人。他更习惯徒弟这个样子，不会让他背后冒汗。

"小心手臂。"申屠郁托了托徒弟断了的胳膊，细细摸索了一下。这应该是红蛟用妖力震断的，骨、经脉和灵脉都断了，需要细细接好。

辛秀见到师父的神情，笑嘻嘻地拉着他的袖子，说：“师父，我不痛。”

申屠郁有些心疼，说：“怎会不痛？待我为你医治。”

辛秀解释：“可是我吃了焱砂师伯那里拿的镇痛的丹药，确实感觉不到痛，而且方才听到那位红蛟妖王痛呼，就更不痛了。”

申屠郁老父亲般摇摇头，用手拂过徒弟的手臂，先为她将灵脉接好。修仙之人，灵脉是最重要的，等到灵脉畅通，里面的经络和骨头都能再慢慢生长。这样的伤，以徒弟的修为，需要几日才能自然长好。

申屠郁处理好徒弟的伤，就被徒弟拉到了自己的人身的面前。

他共享意识的原身和人身面对面站着，徒弟在中间，给他们互相介绍。

“师父，这是乌钰，乌钰救了我两次了，我这一路上多亏他照顾。”

“乌钰，这是我师父申屠郁，你刚才也看见了，我师父修为高绝，人又和善。”

两个男人——不，一个男人看着自己的半身，陷入无边沉默之中。

申屠郁带着自己的徒弟和自己的“小号”乌钰，离开了妖洞窟。

乌钰被安置在一旁休息，一直保持沉默。申屠郁则和徒弟坐在被巨猿托起的轿中，进行了一段以乌钰为主角的师徒谈话。

申屠郁说道：“为师不同意你和那个男人在一起。”

辛秀差点儿被这句经典的王母娘娘式发言逗笑，缓了缓，才满脸严肃地回答：“师父，你不能当那种封建家长，上来就阻挠孩子谈恋爱。一般而言越被反对的感情越让人无法自拔，会越陷越深的。”

申屠郁还没听过这种论调，闻言有些犹豫：“当真如此？”

辛秀肃然点头：“当然是这样，师父要是让我和他顺其自然地相处，说不定时间久了我就不喜欢他了。”

申屠郁差点儿被她说服，同意她去试试了，如果他们谈论的那个“男人”不是他自己的“小号”的话。

他沉默片刻，说：“我们修仙之人，不受拘束，你自然可以享受世间情爱，但是乌钰，不行。”

辛秀不解：“乌钰不行？师父你从哪里看出来的？难不成修为高，你连这个都能一眼看出？”

申屠郁没反应过来徒弟在说什么少儿不宜的话，只以为徒弟问的是正经问题，因此也一本正经地回答道：“我看他修为不行，不适合你。”

辛秀心道，师父是被自家孩子最优秀的这种心态遮蔽了双眼。她点出真相，说：“如果乌钰的修为不行，那我不是更不行？我比他差得远了。”

申屠郁又说：“他容貌不好，太过普通。”

辛秀震惊地说：“师父，你认真的吗？乌钰是个美男子呀，徒儿一眼就看上了。”她转念一想，师父是个熊猫妖，大约妖的审美与人的不一样，莫非自己在师父眼中也很丑？

审美迥异的师徒两人对视一会儿，申屠郁又找出了新的理由：“为师看他寡言少语，你爱热闹，你们相处起来会辛苦。”

辛秀越听越觉得自家师父像个挑剔女婿的老父亲，心下觉得好笑，也带着包容老父亲的心态说：“可我就喜欢这样不爱说话的男子，像师父一样，都是可靠的男人。”她还顺便拍了拍师父的马屁。

被拍了马屁的师父看上去并不高兴，还继续给乌钰这个大好青年找毛病，说：“他的脸庞僵硬，没有表情，说不定是哪里坏了。”他亲手炼制的，就是被天雷劈坏了。

辛秀无奈地想着，师父都开始诬蔑人家了。她说：“师父，这叫‘面瘫’，是个让一部分人很喜爱的特性，很有魅力。”

她的师父顿时露出了“圈子不同无法相融”的茫然表情。

师徒两个就乌钰这男人到底好不好进行了好几轮问答，辛秀都开始惊叹师父今天格外话多了，申屠郁也没能在徒弟这里成功抹黑自己的“小号”。

病急乱投医的熊猫开始乱点鸳鸯谱，说：“你若喜欢，不如在蜀陵弟子中选。”

辛秀心想：难道师父赞成门派内部消化吗？她探究地打量似乎不太对劲的师父，说：“师父，你究竟为什么不赞成我和乌钰在一起？刚才你说的那些，我觉得都是借口，你是不是瞒了我什么？”难不成她和乌钰是失散多年的亲兄妹？师父这是阻止她犯错吗？

申屠郁摇头，不动也不说话时那张脸还是足够唬人的，辛秀诈不到师父的真话，只好和师父理智分析：“师父，你也不用如此，我和乌钰还没在一起。乌钰如今是不是喜欢我，我也不清楚，等我和乌钰真的在一起了，我们再谈论这个话题吧，好不好？”

申屠郁觉得没办法了。徒弟这边劝不了，他只能用乌钰的身份来解决此事了。

他心念一转，在另一边休息的乌钰就站起来，走过来辞行：“我还有事在身，就先告辞了。”

申屠郁一人分饰两角，立刻答应：“好，你走吧。”

他马上就让乌钰消失在徒弟眼前，让乌钰躲到徒弟找不到的地方。

“等等，你还伤着呢，怎么这么急匆匆地要走？”辛秀抓住乌钰的衣角问道。

乌钰严肃地说：“我确有要事在身。”

辛秀从另一个角度解读这句话，说：“你是抛开要事先来救我的？是不是说明我对你来说很重要？”

申屠郁（乌钰）：不知道说什么。

乌钰认真地说道：“我救你只是顺手而为，不用在意，告辞。”

这回辛秀没拉住乌钰，眼睁睁看乌钰没入云间消失不见。

申屠郁在一边趁机说："看他如此态度，着实不像话，你还是忘记他吧。"

辛秀坐到师父身边，念叨："师父，他这态度一定是因为听到你方才嫌弃他，不愿意让我为难。他离开才是为我着想，这样的男子哪里不好？"

申屠郁百思不得其解，问道："你怎么看他处处都好？"

师父一看就没谈过恋爱，辛秀语重心长地说道："师父，这世间男女向来如此。若是喜欢什么人，他哪怕一百个不好，在我眼中都会是一千个好；若是不喜欢什么人，哪怕一千个好，在我眼中都成了一万个不好。"

申屠郁懂了，"束爪无策"。

辛秀在竹轿上和师父大眼瞪小眼，忽然看了一眼下方的山脉，说："师父，你不会要带我回蜀陵吧？我还没完成任务，不如就在这里放我下去？"

申屠郁警觉："你想去找乌钰？"

辛秀和师父装傻，说："怎么会？乌钰这会儿都走远了，我去哪儿找他？不然，师父你直接送我去仙西或者旧乌，让我送信去？"

申屠郁抬手，队伍停了下来。辛秀张口想说什么，最后还是笑眯眯地闭嘴了，只朝师父招招完好的那只手，扭头落入林间。

目送徒弟离开，申屠郁合上眼睛，心神大半放到了人身那边。他的人身此时确实已经离开很远了，到了一处深山水潭边。

他的人身不比原身，被红蛟狠狠抓的那一下，其实伤得颇重。红蛟毕竟是一方妖王，蛟爪上的毒与瘴不是先前那些蚰蜒小妖之流能比的，他那具人身如今需要安静调息休养才可散去瘴毒。

关于这一点，他倒是不怎么担心，他的人身对他来说就是一样器具，坏了可以再炼制修补好。说到这里，他回去恐怕还要为徒儿再炼制一样飞行灵器，以替代她先前那个飞天摩托。

申屠郁的人身在水潭中修炼，肩上溢出点点猩红的血与黑浊之气，又很快被流水冲刷带走。水潭周围很安静，连鸟雀的啾鸣都慢慢消失了。

申屠郁缓缓睁开眼睛，忽然察觉什么，侧头朝右边的树林望去。

辛秀坐在不远处的一棵大树的枝杈上，下巴搁在膝盖上，不知道在那儿看了他多久。

申屠郁心情复杂，徒儿前脚才和他说不会去找乌钰，结果这么快就找来了。

竹轿上申屠郁的原身抬手按了按额头，以徒弟的修为不可能这么快就找到他的人身，而且她为了那个男人对他这个师父撒谎，她当真就那么喜欢乌钰？想到徒弟喜欢的那男人是自己，申屠郁更觉浑身难受，十分不对劲。这个反应具体表现在人身上，就是他整个人僵在原地。

辛秀坐在枝头上，看着乌钰紧贴在身躯上的湿衣，看了半晌，收回了视线。她跳下树，走到水潭边，说："我只是看你伤得严重还要强撑无事，担心你路上遇到什么危险才会跟上来。"

她那时候拉了他一下，在他身上沾了蚰蜒妖的气味，再利用游颜才追了上来。这蚰蜒妖还被她装在罐子里，虽然先前骗她，但总算还有一点儿用处。当然，最重要的是乌钰对她没有丝毫防备，所以她很简单地得手了。

为了能顺着那点儿浅淡的气味迅速追上他不把他跟丢，她连揭穿师父熊猫妈妈"马甲"这件事都没做，准备和摸毛的事一起之后再处理。

辛秀蹲在潭边，伸出一根手指发誓，说："我保证这一次没经过你的允许，绝对不主动碰你一根手指，也绝对不会骗你上床，你完全不用怕，这样行吗？"

申屠郁听到这些话，觉得怪怪的，对徒弟真是满心的无奈，说："我并不怕。"有什么好怕的呢？他无非是顾忌徒弟不小心被自己伤到。

辛秀不置可否，她的感觉还是很敏锐的，乌钰分明就很怕她凑近，每次她凑近他就想躲，她都怀疑乌钰以前是不是当和尚的，这么不近女色。

她说：“你的伤还没处理好，继续在此修炼吧，我替你守着，你放心疗伤。”

辛秀是真心实意来保护他的，也是真的感谢他那么义无反顾地去救她。

她虽然没有表现出来，但当时在妖洞窟，猝不及防地见他一脸肃杀冷漠地出现在面前时，心里狠狠一震。这种感觉完全不同于她一开始见到他的心痒痒，让她愿意更耐心地去等待。

乌钰比她想象中更加认真而温柔，她也不应当那么轻浮地对待他。

她和乌钰说完，见他看着自己不说话，就当他默认了。她走到一边坐下，琢磨着做点儿什么给乌钰吃。

他们先前同路，她发现乌钰尤其爱吃肉和各种带着甜味的食物，他都伤成这样了，她得做点儿好吃的东西犒劳他一下。乌钰吃了她的食物，对她的态度好歹会更耐心些吧。

申屠郁缓缓地继续给人身清除毒素。他如今的要求已经降低了，变成了徒弟不对他这具人躯动手动脚，就能当作不在意。

闻到香味时，潭中的申屠郁抬头看了一眼岸边的徒弟。

她的一只手还不太能动，她挥舞着一根树枝练习纵火术，显然是等待令她无聊至极，只能开始自己找乐子了，连燃烧树枝都玩得起劲。

她身边摆着的正在炖的一盅汤，里面飘出的香味中夹杂着他在竹轿上给她的疗伤丹药的气味。她自己不用，却把疗伤丹药加在汤中，显然是要给他的。

能让徒弟这样对待的一个男子，若非这男子是他自己，他这个当师父的，无论用什么办法都非得让徒弟称心如意不可。可偏偏，这世间并无“乌钰”。

“你的骡子呢？”

“骡子变成牛，牛半路走丢了。”

之前项茅的鬼师和妖洞窟的妖怪混战，牛道士没被游颜带走，成了个留守人士。辛秀给他戴了一件灵器环，环没主动回来，说明他肯定没事，说不定溜走了。那家伙鬼心眼还挺多，逃命本领十分高超。

既然这样，她以后遇上了道士，再把他拽回来当牛做马。目前，还是眼前的人比较重要。

乌钰如今是个伤号，难得显出两分虚弱，简直就像大石头上开了朵小花那么可爱。

辛秀不知从哪里听来的“受伤了应该多晒太阳，住在通风温暖的地方”的论调，准备另找个地方让乌钰养伤。为了避免毒伤发作，乌钰如今不好擅自动用灵气，辛秀提出要背着他过去，被他一口拒绝。

申屠郁想着，让手臂受伤的徒弟背自己，这太不像话了。

辛秀无奈地说道：“没有骡子，你又不肯让我背，那么我只能临时给你找个坐骑了。”她从林子里牵出来一只野猪。

见乌钰不动，辛秀拍了拍自己的背，直言：“要么上它，要么上我。”

申屠郁坐在了野猪背上，辛秀牵着猪走过山林。在野猪哼哼唧唧的声音中，申屠郁听见徒弟哼着一支小调，他没听过，但调子喜气洋洋的，还挺可乐。

辛秀主动和他说：“你知道这歌叫什么名字吗？”

申屠郁问道：“叫何名？”

辛秀开心地说：“这首歌叫‘猪八戒背媳妇’，讲的是一只猪妖背媳妇的故事。”

申屠郁缓缓低头凝视身下的野猪，肥壮的野猪在他的凝视下瑟瑟发抖，身上的猪肉抖出了几层波浪。

好在地方不远，附近就有一座云雾缭绕的山，那头野猪总算没被这对师徒吓死。山的另一侧灵气稍稍浓厚些，一天中大部分的时间有阳光，更有溪流山花，风景绝佳，是个难得的风水宝地。辛秀找到此处让乌钰养伤，也算是花费了不少心思。

辛秀突然说：“我觉得此处还应该有个房子。”

申屠郁想，既然徒弟这么觉得，那就应该有个房子。他自然而然地准备用法术做一个，却被徒弟阻拦，她说：“你现在不好用法术，这种事还是让我来。”

申屠郁拒绝了她：“你的手同样未好。”别人的伤她记得住，轮到自己时就不长记性了。

辛秀套路他，说道：“那好了，我们只能一起动手建屋子了。”

两个人坐在一起处理木板，商量着要做个什么样的屋子，房间做几个，要不要做厨房。

申屠郁有片刻觉得好像不太对，过了好一会儿，才发现这场面宛如一对神仙眷侣准备隐居，正在商量着如何建筑爱巢。想到这里，申屠郁钩住木板的动作顿住，放下也不是，拿起来也不是。

徒弟坐在架好的房梁上朝他伸手，说：“把木板递给我，我觉得这块木板卡在上面就差不多了。”

申屠郁看着徒弟的笑脸，把木板递给她，听到她在上面说：“我建房子的技术还不错吧！从前我师父教过我修补墙面和楼梯，房梁这些是我自己琢磨出来的，你好不好奇我为什么会做这些？”

申屠郁当然不好奇，因为没人比他更清楚了。他们之前住的小楼被食铁灵兽幼崽啃出了许多大洞，是他带着徒弟修补好的。他当时看着小徒弟兴致勃勃地学着做手工的样子，怎么会想到有今天？

辛秀见他不说话，也不在意，继续做房子。这造房子对修仙人士来说就像是搭积木，还挺有趣的。

她又说：“我给你造个大阳台如何，放个摇椅就能晒太阳了。”

说是如此说，但她不会做阳台。阳台踩上去摇摇晃晃的，她跳一下就塌了，站在一地废墟中挠下巴，申屠郁只能上前教她。

最后，屋子果真是他们两个人合力完成的，处处都有着他们两个人不同风格的痕迹。

辛秀很在意一些细节上的问题，喜欢享受，讲究格调，所以院子里的花必不可少，甚至准备在屋子旁边开垦一块菜地种点儿菜。

申屠郁不禁怀疑，自己是不是什么时候用乌钰这个身份答应了和徒弟一起归隐过日子。

辛秀在田里折腾了一天，天女散花般撒了一把种子，然后不管了，回来对他说："唉，种田好累，算了，让它们自己随便长吧。"

申屠郁想起徒弟之前在幽篁山，其实也折腾过种田，想种点儿菜吃，同样折腾两天后就不管了。

他当时见了，便让那些金丝猴时不时去照料一下，于是菜地里多少有点儿产出，还算不错。

徒弟不清楚这些，每次见到田里的菜长出来，就掐一把回去炒个小菜，顺便和他炫耀，得意扬扬地说："师父，你看我种菜厉害吗？这就是流传在血脉里的炎黄之力，种田天赋，随便撒把种子，哪怕不管它都有好收获。"

这孩子大部分时间聪明，有些时候却又有点儿可爱的天真傻气。

"你在想什么？你的眼睛在笑。"辛秀忽然问。

申屠郁回神，眼里的笑意就散了。

"你是不是喜欢过什么人？"辛秀追问。

申屠郁摇头："未曾有过。"

辛秀不信："你刚才眼睛里分明都是笑意，肯定是想起很喜欢的人了。"

申屠郁否认："胡说。"他想到的明明就是眼前这个令师父烦恼和为难的徒弟。

辛秀问起他之前有什么要事在身。申屠郁也不好说自己是随口找的借口，只能绷着熊皮继续编："我要找一种名为万岁光的灵物。"

他确实是要寻找这种炼材，不过并不急用。他现在该考虑究竟用什么办法才能躲过徒弟。

他如今觉得徒弟太聪明了也是件头痛的事，连避开她都要花很多心思。其实若他能狠下心，想让徒弟对乌钰死心，应当有办法。可关键就在于，他并不能对徒弟狠心。

他只希望徒弟能自己想清楚，修仙大道，不必为区区一个男人执着，生出心魔。

辛秀沉思片刻，说："还以为你当时是为了骗我随口说的，原来还真有事。那你现在伤着岂不是耽误了事情？不如你告诉我那万岁光是什么模样，我替你去找好了。"

"不必。"申屠郁还想着借这理由，等到灵力恢复大半就马上离开。而且，万岁光不好找，也不好拿到，乌钰凭什么让徒弟为他冒险？

申屠郁说道："我的伤很快就能好，不碍事。"

可辛秀是我行我素的行事风格，根本不会别人说什么就乖乖听着。她刚答应不去找万岁光，后脚就把小罐子里的蚰蜒妖倒出来，捏着他问了万岁光的事情，没想到还真给她问到了。

蚰蜒妖被她折腾得生不如死，如今见到她就想求个痛快，问什么说什么。

"万岁光是一种石液，是某种玉石吸收日月精华后熔化而成的灵物。我以前去寻仙草时，曾机缘巧合见过一次。"

辛秀反反复复问了无数次地点、模样和周围的情况，各种细节都问得清清楚楚，甚至半夜把蚰蜒妖倒出来问了一遍。

蚰蜒妖简直痛不欲生，说："我知道的都已经告诉你了，你还要怎样？"

辛秀不在意地说："哦，重复多遍询问，只是一种为了对比你有没有撒谎的技巧，万一你骗我呢？"

游颜沉默不语，甚至出了冷汗，庆幸自己没有一时想不开故意骗她，否则恐怕早被她听出端倪了。

辛秀又问：“还有件事我挺好奇的，你说你去找仙草，难道是为了复活你的那个阿棠？”

游颜否认：“不，找到的仙草是我自己吃的。”

辛秀又说：“也就是说你把她杀了又后悔，想去找仙草复活她，可找到了又觉得还是恨得牙痒痒，干脆自己吃了，对吧？你还真是够纠结的。”

这世间的大实话总是诛心的，游颜无言以对，第一次主动爬进了罐子里。

申屠郁在这简陋的小屋里住了十几日，伤好得差不多了。他如今也没了一开始赶紧躲开徒弟的心情，只因为这次徒弟确实没再说过那些话。她甚至和在幽篁山的时候一样，基本上不来打扰他，一大早出门去，晚上才回来。申屠郁很习惯她这作息，不知不觉就住到了伤好。

他有些犹豫，不知道自己是否应该趁徒弟不在的时候就此离开。

就在他离开的前一天，他见到阳台椅子上放了一把小壶，壶上贴了张字条——“送你的临别礼物，谢你之前救我，一路顺风”，壶中是万岁光。

这不肖徒弟，不声不响地就做了这件事。她这么点儿修为，手才刚好没多久，竟然敢独自去寻万岁光，如此大的胆子。

申屠郁手一拂，那瓶万岁光被他收了起来。他看看周围，没发现徒弟的踪影，心中思索片刻，抬脚离开此处。

他一走，小屋内彻底安静下来，阳光暗淡下来，一抹余晖给屋内简陋的家具披上了一层淡淡的黄色光芒。

辛秀这会儿终于提着小棍慢悠悠地回到了小屋，先感受了一番屋内灵气——乌钰果真走了。她敲着小竹竿，敲敲门，又敲敲台阶，一路敲敲打打地走到阳台，一屁股坐在摇椅上，跷着二郎腿闭目养神。

她倒不是无聊了才敲敲打打，这世上还有一种人走路要用棍子探路——盲人，如今她的眼睛暂时看不见了。

她去取万岁光的时候，避开了游颜说的毒草，避开了周围的毒虫，想办法引开了吊在山洞上的鬼脸蝙蝠。她费了那么多心思，满以为事情都解决了，谁知道最后取万岁光的时候，那东西竟然还会流动，居然想逃跑，为了抓它，她的眼睛溅进了几滴万岁光。

她最开始没什么感觉，等到带着一壶万岁光回来的时候，眼前就开始发黑，渐渐地看不清东西了。

她没有恐慌，而是第一时间开始权衡思考，是顺势把乌钰留下来照顾自己好培养感情，还是装作没事赶紧把乌钰打发走。

她摇摆良久，最后决定综合一下这两个选项。

有时候脸皮不厚是谈不了恋爱的。辛秀奉行的是，想要什么就该费尽心思自己去取。

她写了字条和人道别，然后自己去附近的山林里睡了一觉。

她心想，乌钰这男人对她一直狠不下心，见了这字条肯定不会就这么走了，十有八九要悄悄留下来看看她是否平安，这时候见到她眼睛出了问题，肯定会主动照顾她。如此一来，培养感情的事就稳了。

辛秀在摇椅上躺了一会儿，敲着扶手想：乌钰啊乌钰，你究竟有没有如我所愿留下来？我有没有算到你？

她抬起手在眼前晃了晃，嘀咕："还真看不见了，这下可好，要饿死了。"

辛秀嘴里喊着要饿死了，抬手就从百宝囊里掏出了一块牛肉干磨牙。

在她嚼牛肉干的时候，申屠郁的身影从墙边慢慢浮现出来。

经过上一次的疏忽教训，申屠郁确认了自己身上没有任何不该存在的气味，又隐去踪迹和气息，便一直负手站在这里，等着徒弟回来。

亲眼见到徒弟拿着根竹竿，双眼无神地从外面慢慢摸索着回来，申屠郁的脸色又冷下来。虽说乌钰的身体确实做不了什么丰富的表情，但这回申屠郁确实感到不愉快，连眼神都冷了。

徒弟莽撞，行事自我，这些他当师父的都不觉得有何问题，但她既然受了伤，就应当向人求助，不该这般自己一个人硬撑。他早就发现，自己这徒儿惯爱做些帮别人的事，却很受不了开口让人帮自己。

她往日在幽篁山，偶尔朝他要点儿什么，却极少打扰他，要他帮忙解决问题。

申屠郁悄无声息地走过去，也暂时隐去了呼吸，走到辛秀身边，俯身注视她的眼睛，他的一缕乌黑的头发就垂在她的脸颊边。

两个人靠得极近，但辛秀没能发现自己面前咫尺之处师父在替自己看眼睛，还有一搭没一搭地咀嚼牛肉干，脸颊偶尔鼓起一下，无神的双眼朝着上方，睫毛微微颤抖。

申屠郁随手一点，身边飘浮起一团光。他垂眼看徒弟，那镀着光芒的侧脸俊美，线条锋利，修长的手指在她的眼睛上方虚虚拂了一下，探查伤情。

看够了，他慢慢直起身，背着手在旁边思索了片刻该怎么处理此事。

万岁光是一种灵物，他要万岁光，是用来炼制灵镜。这东西也可用作幻境炼材。如今这灵物进了眼睛，恐怕不好处理，因为会在活物的身体里生长。

若他没看错，万岁光现在恐怕已经在徒弟的眼中长满了。她现下看到的只是一片黑暗，过上一阵恐怕就不是如此了。只是，具体她会看见什么样的世界，他也不确定。

申屠郁没出声，辛秀以为这里只有自己一个人，静静躺了一会儿又躺不住了，坐起身来，扶着椅子扶手站起。

她第一次尝试当盲人，眼前一片漆黑，总感觉四周都成了遍布陷阱和坑洞的地方，有些不知道该用什么姿势下脚走路。为了消除这种不自觉的恐慌，她有一下没一下地用竹竿点着地面。

听了一会儿竹竿敲地的声响，辛秀抬脚往前走。申屠郁就跟在她身后，看她想做些什么。辛秀用自己的手确认了屋子里各处摆设、家具的位置，因为比较简单，走得又稳，看上去还是游刃有余的。

只是毕竟看不见，没一会儿，她被一块凸起的地板绊了一下，往前扑去。这块地板还是她自己铺的。当时树干上有个结，她觉得模样很不错，像个眼睛。于是她直接将那个结保留了下来，特地没有磨平，还说着日后谁不注意说不定要在这里绊一跤。谁知最后绊倒的是她自己，可见人就是不能想着害别人，否则害人终害己。

辛秀斜斜摔了个六十度角，被一层灵气在空中给拦住了，没有真摔到地上。反应了片刻，辛秀就明白这是什么情况，她的脸上不由自主地露出愉悦的神色，顺势躺在灵气垫子上，手撑着脑袋，摆了个优美的姿势，开口说："乌钰，原来你没有走啊。"

他果真没有走。

申屠郁站在她身后，看徒弟对着墙面摆姿势、抛媚眼，还是出声道："在这里。"

辛秀也不觉得尴尬，一个翻身，继续摆好同刚才一样的姿势。

申屠郁反倒觉得有些好笑了，摇了摇头。

辛秀得意地说："'你要是有事就先走吧，我一个人可以的'这种客气话我就不说了，既然你还在，麻烦你这几日照看我一下。"

申屠郁说道："恐怕不只是几日。"她这眼睛，还有些难办。

辛秀爬起来一拍手，说道："那完了，你要是有事，只能带我一起上路了。"

她说着，手试探地抓向乌钰的衣服。

先前申屠郁顶着乌钰这个身体，是被她吓怕了，所以避免和她有身体接触。可如今，他见她一只手在空中茫然又胡乱地摸索，哪里还忍心？嘴上虽不吭声，一只手臂却已经主动放到了她的手底下。

辛秀一下抓住了乌钰的手臂，满足了，揪住他的袖子，嘴里还要申明："我可不是占你便宜，我就抓住你的胳膊，绝对不碰其他地方。"

她绝对不碰其他地方？

半夜时分，申屠郁两手插进辛秀的胳肢窝底下，像提小孩子那样把她从自己怀里提了出来，让她坐在一边。

辛秀不挣扎，双手托着自己的脸说："我看不见，睡着了就窝到你怀里去了，这可不怪我。"

如果申屠郁刚才是睡着的，说不定就信了徒弟的鬼话了。可偏偏他一直是醒着的，所以是亲眼看着徒弟摸着黑过来，挤到他的身边躺下，还悄悄摸了两下他的胸膛，发出嘁嘁的窃笑声。

虽然徒弟这动作和反应颇为可爱，但不能姑息，他说："下次再犯，把你绑着再睡。"

他如今已经学会吓唬徒弟了，不过，徒弟好像没被吓到，她的脸上浮现出让人看不懂的笑容，说："你会绑人吗？我可以教你。"

虽然申屠郁不明白徒弟究竟在想什么，但敏锐地察觉有什么不正经的东西在徒弟的脑子里转。他如今终于意识到，在乌钰面前的辛秀，不是在申屠郁面前的那个辛秀。

他随口纠正徒弟："应当是我教你。"毕竟他才是师父。

辛秀又嘁嘁嘁地笑起来。

两个人离开那栋小屋。申屠郁准备去找些东西给徒弟治眼睛，不过不准备告诉她。辛秀也不多问他去哪里，要去干什么，半点儿不担心自己被人卖了，高高兴兴地跟着人家走。

他们先前也曾一起上路，不过那时候辛秀占据主导位置，从哪里走、什么时候休息、住在哪里、每日吃些什么都是她来决定，如今则是换了个位置，这些都由申屠郁来决定了。

他们进了城，辛秀听着耳边车水马龙的喧嚣，非常惊讶，拽着乌钰的胳膊问他："你不是不喜欢人多吗，怎么进城了？"

申屠郁认真地告诉徒弟："我不会做饭。"他做的食物估计徒弟吃不下去，但他不可能把徒弟饿死，也不能剥夺她品尝美食的爱好，所以只能克服一下自己的情绪，带着徒弟去人多的地方找吃的。

辛秀高兴地说："你看你，都愿意为了我这样委屈自己，还说不喜欢我。"

申屠郁无言以对，一手托着她的胳膊，带着她让过街上一个横冲直撞的莽汉，走到人少的屋檐下，顺手给他们二人施了一个法术，让这些普通凡人不自觉地忽视他们，免得引起很多不必要的注视。

辛秀闭着眼睛，嗅着面前的味道，忽然说："我闻到很香的气味了，这周围肯定有好吃的东西。你跟我来！"

辛秀反手拽住乌钰的胳膊，往香味传来的方向走去。

她的脚步急促了些，难免撞上人流，但申屠郁在身边，不阻止徒弟跑动，只微微抬手，街边快要撞到辛秀的人就不由自主地身子一斜，避开了他们，仿佛小船分开波浪。

"咦，怎么回事？"

"哎，谁推我？"

这边的路面并不平整，都是砖石，被人踏得久了，有些砖石凸起，有些砖石坑洼。辛秀踩上去的时候，凸起的砖石往回落，坑洼的砖石被填平，于是，辛秀走的路就成了一条平坦的路。

等他们走完这一条街，申屠郁收回手，被他们抛在身后的人群才忽然发现了什么似的，稀奇地瞧着脚下的路面，纷纷发出疑问：

"这条路怎么突然变得平整了许多？"

"我记得这里砖石松动，里面有积水，一踩上去就要溅起水，怎么被填平了？"

"稀奇稀奇，我怎么没注意到这路什么时候被修整过？"

辛秀眼睛看不见了，可她表现得根本就不像个盲人，还和眼睛完好时一样爱凑热闹。申屠郁只是发了片刻呆，就发现身边坐着的徒弟不见了。

他找了一会儿，在一个小摊边看见了她，她正和那卖糖的摊主说话：“你这是什么糖？怎么熬的？闻上去可真香。”

申屠郁宛如带着女儿逛街，却发现女儿跑丢了的妈妈。他磨了磨那一口钢牙，决定想个办法。于是，转眼间，他发明出了修仙世界的第一个儿童防走失带。

辛秀感觉自己手腕上一凉，好奇地摸了一下，笑起来：“乌钰，为什么突然送我手镯？定情信物吗？”话刚说完，她就摸到手镯上连着一根绳，顺着摸索过去，绳子的另一边连着乌钰手腕上的镯子。

辛秀沉默了，这不是手镯，这个东西的样式宛如手铐，所以他是想送她去坐牢？她真的只是偶尔调笑一下，口头上占点儿便宜而已，乌钰不至于送她去坐牢吧？

想了一会儿，辛秀开玩笑：“这根绳是红色的吗？不是红色的我可不会乖乖被你系着。”

申屠郁说道：“这是为防止你走丢。”

辛秀有点儿不解：“可是，如果走丢了，我们可以用法术找人，为什么要用这个？绊住人了岂不是很不方便？”

申屠郁将两个镯子一撞，叮一声过后，镯子上连接的绳子消失了。辛秀没有再摸到绳子，只剩个细镯子还套在她的手腕上，但动手的时候仍能感觉到镯子另一边传来的拉力。

她试着拉了两下，觉得这玩意儿有趣，没再多说什么，而是抬起另一只手，手上拿着刚买的糖，说：“来，刚买的糖，给你吃。”

申屠郁伸手接过戳到脸颊上的糖，面无表情地放进嘴里咔嚓咔嚓咬起来，拇指擦了擦脸颊。辛秀发现他接过去糖吃了，凑到他旁边，抬手摸索，说：“我刚才是不是不小心用糖戳到你了？我戳到哪儿了？”

申屠郁淡淡地说道：“脸。”

辛秀碰到他的脸和手指，哦了一声，忽然仰起脑袋在他的脸上舔了一下，这次的位置倒是找得正好。

申屠郁的脸颊一热，瞳孔一震。

片刻后，他咔嚓一口咬掉了穿糖的竹签子，用手臂隔开徒弟的脑袋，心道，下回要注意，不能对这孩子掉以轻心了，她根本不按常理出牌。

辛秀顺势把脸埋在申屠郁的手臂上，哈哈大笑。

申屠郁再次把徒弟从怀里拔出来放到一边。她现在连半夜睡蒙了梦游过来这种借口都不想找了，被他扒拉出来后就坐在原地打个哈欠，并且丝毫没有被抓的羞愧，直接将脑袋靠回他的肩上。

她明明都这么困了，还非得等到半夜爬起来躺到他旁边，申屠郁也不知道是该夸她执着还是说她胡闹。

“我教你用灵识。”申屠郁觉得这觉是不能继续睡了，撑起徒弟昏昏欲睡的脑袋说，“灵识虽说比不得双眼所见的清晰色泽，但用灵识能见世间万物之气，可以分辨面前之物是人是妖，是鬼是怪，是花鸟鱼虫，或是草木山石。”

辛秀听到学习，靠到乌钰的手掌上的脑袋立刻就抬起来了，说道：“我修为不够，灵力不足，用不出灵识。我师父曾跟我说，想用灵识，我恐怕还得再修行几十年。”

申屠郁沉默了，这话他确实说过，但今时不同往日，徒弟这个样子，他还是早些教会她用灵识比较好。

“无碍，需要用灵识时，我可以分你灵力，但你如今要学。”申屠郁说。

“让你教我这个，多不好意思呀。”辛秀只意思意思地推拒了一下，就立刻迫不及待地说，“那我们现在就开始学吗？这个修炼，你分我灵力我们需要脱衣服吗？需要我们坐在花丛中双掌相贴吗？”

申屠郁实在搞不懂徒弟究竟在想些什么，没有表情的脸上是没法被看出的大大的疑惑，不解地问："修炼为什么要脱衣？"

辛秀哦了一声，略显失望地说："原来是正经修炼。"

申屠郁再次沉默了。

辛秀感觉到乌钰微冷的手指敲在自己的额心上，一股灵力顺着眉心涌入，知道乌钰这是又招架不住"车轮子"压到脸上的感觉了，所以用这种办法让她闭嘴。

辛秀觉得真是奇哉怪哉：她这几日不管做什么，乌钰都不生气，这样的包容和她亲爹差不多了。唉，如果这都不算爱，她以后还有什么好期待的呢？

"定神，不要胡思乱想。"申屠郁说道。

辛秀神情严肃，心想：行，定神。

申屠郁引导徒弟的神识破壳，人的神识就像脱胎于肉体的更自由的一种"生灵"。神识可以感知万物，比人类的五感更加敏锐。从前有上古大能神仙，神识一念可移山填海，可行千万里，可控制无数人，甚至可以让时空倒转，世界翻覆。

如今自然无人可以做到如此，就算是修为最高深的修士灵照仙人，据说他的神识可以覆盖百万里，可洞察前世今生上下几千年，也远比不上从前的那些神仙。其他修士，神识之力有高有低，如辛秀这般修为太低的修士，神识还未"破壳"，仍在窍中。

申屠郁如今做的便是助辛秀的神识出窍。

即使神识出窍，辛秀也不能运用，最多只可以用灵识，灵识就像隶属神识的一种技能，让她能"看"见万物之气。辛秀觉得自己的身体像干涸的河床，神识像大海，现在就是要开闸放水，让水流经其中几条河流。

申屠郁其实不太会教人，但好在辛秀的自学能力很不错，态度又积极，还会举一反三地大胆尝试。在申屠郁从旁看顾的情况下，辛秀也没出什么岔子，顺畅地扯出了灵识。

辛秀只感觉漆黑的眼前猛然一亮，又黑了下去，仿佛突然来电又突然停电，说：“乌钰，我灵力不足。”

申屠郁将手覆在辛秀的手上，给她传进灵力，辛秀反手就抓住他的手，十指紧扣的那种。

申屠郁一看她又开始做小动作，就明白刚才教的东西她全明白了，不然她没心思做这种事。他在传灵力，不好随便放开手，只好也闭上眼睛，眼不见为净。

唉，算了，算了，她是自己的徒弟，凑合过算了，她又不能不管她。熊猫师父说服了自己，但过一会儿又睁开眼睛告诫徒弟：“不要摸。”

辛秀满脸正直之色地说：“我不是在摸你的手，是在探查你的掌纹，实不相瞒，我跟我的一位师叔学过相命。”

申屠郁心想，为师倒要看看你能怎么胡诌。

辛秀表情严肃，看着还真有几分可信。但这种事发生太多次了，连申屠郁这种对人类所知不多的食铁灵兽，都学会只听一半，只信三分。

申屠郁问她：“看出什么了？”他还是很给面子地问了徒弟一句。

辛秀摸着他的手不放，叹了口气，道：“我看你的姻缘有点儿坎坷啊。”她如此主动，也不见他半推半就地同意多个女朋友，这样耿直的性格，他的姻缘岂不是很坎坷？

根本没觉得自己会有姻缘的师父拿回自己的手，督促徒弟：“相术一道你还需学，不过现在，先用灵识。”

辛秀笑了笑：“我已经在用了。”刚才她开玩笑的时候就已经用灵识把面前的乌钰扫了一遍。她用灵识看到的乌钰，就是一个人形的白影子，像个发光的荧光人，眼耳口鼻和衣服这些都看不清楚。

等到他们离开此处到了大街上，辛秀眼里就是一片白影子，有的色泽比较灰暗浅淡，那是生命力太弱，颜色越明亮越白，就表示生命力越强。

辛秀瞧着街边一个躺着的人，亲眼见到他身上浅淡的白光消失，最后变成了一片混沌的灰色，像一盏飘摇暗淡的灯被风吹灭了。她停下脚步看了一会儿，拽拽乌钰的袖子，指向那个角落。

“那是什么？”

“一个乞丐，刚刚死去了。”

辛秀沉默片刻，又用灵识盯着看了一会儿，问：“他不变鬼？”

申屠郁道：“不是所有人死后都能变成鬼物，须得有恨、怨、执念或得了什么机缘。”

辛秀又问：“用灵识看鬼是什么样子？”

申屠郁温柔地问：“想看？”

辛秀连连点头，说：“想看！”

申屠郁带她去看了，不同的鬼物也是不同的模样，但颜色都是灰黑色或一种发红的暗色。如果说人用灵识看是棉花样的絮状，那鬼的模样就像流动的污浊泥浆。

“妖呢？妖是什么样的？”辛秀来了兴致。

申屠郁带着她在城内找了好一会儿，才在一家破败的粮坊后面找到一只鼠妖。这只鼠妖的气像云，带着偏黄的颜色。

辛秀问道：“所有的妖都是像这种黄色的吗？”

申屠郁一手捉着那只吓到快昏厥的鼠妖，回答她：“不一定，这鼠妖常年藏身地底，与土系灵气亲和，久而久之就是这颜色了。”

鼠妖痛哭流涕：“求求你们放过我，我再也不做坏事了！”

这鼠妖大约是个“憨憨”，都没被逼问，竟然主动承认自己做过坏事。

辛秀掂了一下这老鼠，觉得这鼠妖体重宛如橘猫，一只老鼠肥成这样，做了什么坏事真是很容易猜。

果然，鼠妖说：“我不该把这个粮坊吃空，再也不敢了！”

辛秀追问：“你把人家的粮坊吃破产了吧？白吃人家那么多东西

总要还吧？”

老鼠妖继续哭：“可小妖什么都不会，修为低微，不知怎么还啊。”

辛秀了然地说：“这很简单。”

她让乌钰把这肥老鼠变成了猫，然后让鼠妖去那户人家中当一只帮他们抓老鼠的猫。

发现自己变成了猫的鼠妖看见自己的猫爪子，吓得在墙上蹦跳，不知道还需要多久才能克服这种对天敌的恐惧。

辛秀朝地上乱爬的橘猫摆摆手走了。解决这件突发小事后，她继续用灵识看各种东西。她感觉自己像个耗电速度异常快的智能机，没多久乌钰给她的灵力就被用完了。

“再给我一点儿！”

“再来一点儿！”

到最后，辛秀直接紧紧牵住乌钰的手。手机这么耗电，她只能一边充电，一边玩了。

申屠郁看着自己和徒弟牵在一起分都分不开的手，露出一点儿迷茫之色。不知为何，他突然觉得自己仿佛做了一件傻事。他是不是不应该教徒弟用灵识？

“那是什么？那边地上有个像头发团一样扭曲的东西吗？”

辛秀睁着眼睛朝他这边找过来，眯起眼睛笑，显得格外快乐。

申屠郁解释：“那是怨气汇聚成团的秽物。”罢了，看她如此开心，自己就随她吧，反正只是牵着手而已，她也没做其他事。

之后，他发现徒弟又半夜挤到自己旁边睡觉，犹豫片刻，也不再把她拔起来了。

他心想：罢了罢了，她只是躺在旁边而已，也没做其他事，就让她睡着吧。

只是，他没把徒弟拔起来，徒弟自己却醒了。

辛秀悄无声息地摸索起来，坐到了门外的一棵树下。申屠郁起身跟上去，见她无声地捂着眼睛，弓着腰轻轻吸气——那是一个强忍疼痛的姿势，她弯起的脊背都是紧绷着的。

月光洒在她的身上，申屠郁看见了她咬紧的腮和脖子及脊骨那一块凸起。往日她活力十足，只让人觉得她健康活泼，此时他才发觉，她仍旧是个年纪不算大的女子，甚至能说身形单薄。

申屠郁走上前，按住徒弟的肩，感觉她微微颤了一下，似乎是受惊。但她很快就放松下来，擦了把脸，抬起头对他说："乌钰，怎么又被你发现了？我怀疑你每天晚上都不睡觉。真的没必要，你放心睡好了，我又不可能对你做什么。"

申屠郁对她的调侃不理会，只望着她紧紧闭起的眼睛，一手将她的脑袋抬起对着月光，问道："眼睛疼？何时开始的？"

辛秀轻松地说："你刚才抬我的下巴这姿势，我以为你要亲我。"

申屠郁严肃地说道："我问你，眼睛何时开始疼的？"

辛秀惯常是天不怕地不怕的，可这会儿听到他淡淡的声音，忽然感觉背后一凉，莫名感觉到一股沉重的压力，不敢继续顾左右而言他了，老实地回答："就昨天。"

申屠郁仍是用那种冷淡的语气说："疼了不会与我说？"

辛秀看不见他的神情，不知道他这样说到底是什么意思，试探着嗯了一声，又下意识地用不正经的语气说："怕你心疼！"

她习惯自作多情了，谁知说出这句话来，却听面前的乌钰说："确实心疼。"

辛秀反而愣了愣，大惊失色地说道："你莫不是个假的乌钰吧？！"

申屠郁按住她的脸，撑开她的眼皮，果然看见她从前黑白分明的眼睛里浮现淡淡的碧色，可能是因为疼痛，里面水光闪烁。

他凑近轻轻吹了一口气，辛秀只觉得有一股气钻进眼睛里，那种刺痛的感觉一下子减轻了许多，眼睛也不酸涩流泪了。

申屠郁沉声说道："我们应该走得更快一些。"

辛秀说："所以，你果然是要带我去找药治眼睛？"

申屠郁淡淡地说："不是。"他是去找炼材。

万岁光这东西进了眼睛就开始生长，十分麻烦。既然如此，他就用炼材直接将它在徒弟的眼睛里炼化了。

他申屠郁连人躯都炼制得出来，何况区区万岁光？他不若就给徒弟炼制一双能看穿幻境幻象的眼睛，也算顺势而为。

申屠郁放开辛秀的脸，难得主动地在她的额上拂了拂，安抚一般说道："疼了再与我说。"

辛秀捂了一下心口，说："我疯狂心动！我怎么现在就看不见呢？"她现在确定乌钰方才生气了，想看乌钰生气是什么模样。

"乌钰，我的眼睛又疼了。"辛秀撒娇道。

申屠郁面无表情地看了徒弟两眼，不知道她这次说的是真是假，但还是凑上前去给她吹了吹。他吹出的并不是普通的风，而是含着金气的风，这金气能暂时压制徒弟眼中生长的万岁光，可以为她缓解疼痛。

不过，如果万岁光并未发作生长，这一口金气吹进去，她的眼睛只会更疼。

辛秀噎了噎，睫毛颤抖，眼泪唰地流了下来。

申屠郁问她："更疼了是吧？"

辛秀仍旧嘴硬："没有，我这是感动的。乌钰，你对我真好，我无以为报，只能以身相许了。"

申屠郁说："若是说谎，受罪的是你。"

辛秀没回他，忽然咦了一声，抬手在面前晃了晃，旋即看左边，又扭头看右边，上下左右看了个遍，满脸诧异和迷惑之色。

申屠郁不以为奇，早就知晓万岁光的特性，徒弟的眼睛疼了三日，她也该看见些奇怪的东西了。

辛秀看了片刻，捂着眼睛跟他说："我能看见了，但看见的是一片花花绿绿的碎片光点，这是怎么回事？”

她之前眼睛看不见，感觉周围都是黑色的。后来她用灵识看，世间万物都有轮廓和气，就像用X光照过一样，像是在一部恐怖片里。

可现在，她眼睛疼过一阵后，眼前忽然就亮了。她看见了很多东西，眼花缭乱，像各种颜色的镜子碎片，又像反射光芒的碎钻水晶。具体形容的话，她就好像在看一个超级大的，大到把她整个人都囊括进去的万花筒。世界太花，什么东西她都看不清楚，只有一片光怪陆离的景象。

辛秀一开始还有些新奇，可看了一会儿就不行了，直嚷嚷着受不住：“看久了也太难受了！怎么闭着眼睛还看得到？”

申屠郁早料到此事，让她开启灵识，说：“一旦用上灵识，就看不见这些东西。”这些东西是万岁光长在她的眼睛里面的，所以哪怕不睁开眼睛，她也有“看得见”的错觉。

辛秀闻言，下意识地牵住他的手，开着灵识果然看不见那些花哨的东西了，感叹：“和刺眼的万花筒比起来，果然还是恐怖世界更能接受一点儿，至少不刺眼睛。”

她从乌钰这边接收着灵力，开着灵识，忽然反应过来，说：“难道你早就知道会这样，之前才特地教我用灵识？”乌钰没有回答，但她已经确定了，顿时又眉眼含笑地使劲夸他，“乌钰，你真好！你贴心又贤惠，细心还周到；上能打妖捉鬼，下能买饭倒水！世间怎么会有你这般优秀的男子？”

乌钰被她夸得眉心一跳。远在幽篁山的食铁灵兽原身也叹息着在身上抓了一把，看着爪子上的毛略觉担忧，最近他的毛都掉了不少。

他们从之前路过的一个城镇买了不少干粮，辛秀猜到他们之后大约是要去什么没有人烟的深山老林。

“我们是要去什么危险地方吗？如果是那样，我就不开灵识了，给你省些灵力。”辛秀体贴地说。

“不必，开灵识所用的灵力，九牛一毛罢了。”申屠郁随口说道。

他真是好大的口气，而且好像没有这种觉悟，这样习以为常地自信从容，真不愧是大佬。

辛秀拉着他的手，温柔地说道：“乌钰，你这样说话好迷人，我又被你迷倒了。”

乌钰……乌钰不敢再说话了。

辛秀忍住笑，用灵识观察环境。她如今发现不只是人、动物与妖鬼，就算是石头和树木也有生命，她可以看到它们的不同的气。

树木葱葱的绿色在树干枝叶里像水一样流动，石头厚重的轮廓在地上叠加，也有不同的颜色。哪怕水流、树木、土这些本身就代表着五行灵气的东西，也并不纯粹，其中也夹杂着其他灵气，因此，石头和树木的颜色也并非一成不变。

辛秀先前见过一汪池水，并不是水的蓝色色泽，更多的是带着木的灵气。

乌钰告诉她，那池水中生长了无数细小的绿植，长满了整个池子，因此她用灵识看去绿色反而比蓝色多。

她还见过金色比土黄色多的石头，乌钰说那块石头内含精金，因此颜色更偏金而非土。

她暗想：如果用灵识来赌石，她岂不是一看一个准？

辛秀偶尔会觉得，不能用眼睛看其实也没什么不好的，用灵识观察世界反而更能看清楚万物本来的面貌，透过外表直接看到内里。

“并非如此。”申屠郁听了她这说法，告诉她，“你的灵识只能看到这些最简单的东西，若是有修为高于你的人做了伪装，你是看不出来的，有时反而容易被误导。”

“好，我明白了，多谢师父，师父还有什么要教导的？”辛秀随口调侃。

申屠郁听到这声师父，差点儿被吓飞，还以为自己的身份被看出来了，半晌才反应过来她是在开玩笑，语气有些惊疑不定，问道：“为何叫我师父？”

辛秀哈哈笑道：“你一路上总是教我法术，也常有类似这样的教导，把我师父该做的事都做了，简直像我师父一样。”

申屠郁心里默默说着：我不是像你师父，而就是你师父。

他犹豫着开口：“其实……”他突然有些想直接告知徒弟自己的身份，不然一直这样拖下去，恐怕真的会出事。

辛秀自顾自地说：“唉，你要真是我师父倒好了，若是你的话，师徒恋也不错呀，听上去就刺激。”

申屠郁差点儿又被她这句话吓飞，到嘴边的话咕咚一声落回肚子里，不敢直接开口。他真的担心说出来之后，徒弟一个想不开，到时候他们连师徒都没的做了。

他无言地看着徒弟，满心忧虑和烦躁，斥责她：“胡说八道！”

辛秀不以为意地笑着说道：“是，我是胡说八道，毕竟我已经有师父了，你看样子是当不成我师父了。”说完，她还要开玩笑，“不过这话你可得保密，若被我师父知道我说过这种话，说不定要用竹条抽我。”

申屠郁默默叹气，若不是这周围没有竹条，师父现在就要抽你两下。

之后申屠郁一直没开口，不管辛秀说什么都不应。

两个人已经走入申屠郁要寻找的地方，辛秀用灵识看到周围地气不对，也不敢再玩闹让他分心，安静地跟着他。

普通地气都是土色的，但他们说话间到达的地方，土色夹杂着红色。辛秀感觉脚下土壤松软，温热气息从地下透出，甚至穿过她的鞋底，她的脚都能感受到那种热度。

周围的树木，看脉络似乎是树木，颜色却不是木的绿色而是红色，她仰头望去，觉得自己简直是行走在一片血管丛林里。

辛秀想着：还是关闭灵识吧，璀璨刺眼的万花筒也比眼下这血色的世界要好。

辛秀关了灵识，申屠郁立刻就发现了，但没有松开她。此地是赤地，对他这人躯来说不算什么，但对徒弟来说是个险恶之地。徒弟在他身边，他也能及时护住她，不然让她一个人乱走，片刻就要被这赤地吃掉，成为地底下养育大阳花的一具尸体。

辛秀如今就是个什么都看不见的人，自然也看不见自己脚下的土地里伸出一颗又一颗骷髅头，骷髅头仰面，张开口要咬她的脚；还有许多白色的骨手，像地里的大白菜一样长出来，骨头上闪着尖锐又险恶的红光，同样刺向她的脚。

她只当面前是平地，无所畏惧地往下踩着。

申屠郁保持着比她快一步的步伐，在他的脚落地后，微微的震荡波向四周涌去。等待获取食物的骷髅与骨手瞬间变成一把灰，落在赤地上，被紧随其后的辛秀一脚踩下，激起一阵烟尘。

辛秀跟着申屠郁往前走，浑然不知脚下的坦途上一刻还险恶可怕。她是不知者无畏，申屠郁是无畏，看这些东西就如看路边野草，不曾多注意片刻，甚至此刻比走在凡人众多的大街上更放松些。

辛秀竖着耳朵，没听到一点儿声响，也没听见什么奇怪的打斗声，还以为目前没有遇上危险，表情轻松地拽着申屠郁的手。

可他们此时，已经走到了赤地中心。

这中心位置和之前他们走过的地方没有任何不同，申屠郁之所以知晓这是赤地中心，只是因为他曾来过这里。他毕竟是个炼器大师，需要各种炼材，当然也是取过这种赤地里生长的大阳花的。

申屠郁单膝蹲下，将手按在地面上，他的手像按在雪上的热铁，不断往下陷，很快半条胳膊都按进了土地里。

闭目片刻，他抽出手，甩开手臂上沾着的一点儿暗红色泥土，刚才被他埋进土地里的那半截手臂变成了肉红色，与另外半截白色的手臂对比鲜明。不过，他没有在意，眼睛只盯着面前的坑洞。

坑洞周围的土地褪去暗红色，开始变成金色，并且不断蔓延。

辛秀蹲在他的身旁，不知道他在做什么。但她好像听见了一声不太愉悦的尖啸，然后就是乌钰不知道在对谁说“多谢”。

一只合拢起来足有脑袋大的骨手从洞里不情不愿地伸出来，在申屠郁的注视下张开五指——白骨的手心里长着一朵五瓣白花。

申屠郁摘了那朵白花，骨手又咻地钻回洞里，泥土立刻下陷遮住坑洞。

申屠郁也不为难它了，将那些蔓延开来的金色收回，让土壤重新变回暗红色。

“走吧。”申屠郁把乖乖蹲在旁边的徒弟拉起来，往回走。

辛秀疑惑地问道：“什么？这么快就走了？你刚才在做什么？你不是来取东西的吗？怎么不打架？”

申屠郁说道：“和此地主人讲了道理，它愿意送我一点儿。”

辛秀惊奇地说：“我还以为要打架，原来能讲道理。”

申屠郁淡淡地说：“它有赢的可能时，我们才会打起来；根本不可能赢的时候，它还是能讲道理的。”

第九章　送君去千里

申屠郁要拿的炼材不只一样，那些炼材不仅大多有主护着，而且都长在常人到不了的各种险地。

“这是什么地方？太热了吧！”

申屠郁把辛秀拉过去，说道：“不要往那边走，那边有岩浆。”

他说得简单轻巧，就好像在说脚边有个水坑，但事实上，在辛秀身侧不足十厘米的地方，就是十几丈高的悬崖，底下火红色的岩浆流动翻滚。

火焰在半空中燃烧，炽烈毒风卷起火焰冲向他们。虽说火焰未卷到他们身上就被申屠郁拂袖挥开，但热度仍旧是有的，所以她才会忍不住说热。

她只以为周围有热风，哪想得到两个人现在根本就是行走在钢丝上，周围还有几十支喷火枪对着他们，除了没撒盐，他们和烤鸡也没什么区别。

因为不知道实际情况，辛秀还能轻松地讲冷笑话：“乌钰，我觉得我们两个现在已经很熟了。”她一语双关。

乌钰这脸是笑不出来，但幽篁山的申屠郁笑出来了。

乌钰说："哪个熟？"

辛秀继续一语双关："生米煮成熟饭的熟。"

她说完，感觉身子忽然腾空了一下，被身边的人抱了起来——还是被公主抱！她竟然没能亲眼见证这宛如偶像剧男、女主角关系飞跃的经典场面！

"前面路窄，你安分些，不要乱动。"申屠郁说道。

"好哇。"辛秀抬手抱住他的脖子，脸埋在他的肩上，果真老实地不动了。

在他们面前，那原本一条窄窄的路已经突兀地断掉，现在根本不是路窄，而是无路可走。

申屠郁一只手绕过辛秀的膝弯，抱起她，腾出另一只手。那手上先前在赤地拿大阳花时变红的颜色还未完全退去，在另一只手的白色对照下显得更加红一些。

他抬手从底下一抓，那些涌动的岩浆受到吸引，冲天而起形成一片浪头。在火浪最高时，申屠郁撒下一片金沙，红色的岩浆猛然变成金属的颜色，凝固在空中。

申屠郁就这样踏着金色的浪尖走过了这片火焰翻飞的天路。在他走过后，热度惊人的毒火岩浆迅速将金色的浪头熔化，又一起落回了底下的岩浆河流中，熔化的金属在红色河流里留下一道油彩似的金色痕迹。

申屠郁在此处要取的是一种火，它在地底最深处燃烧了几万年，纯澈明净，用它来炼化眼睛不会伤身。

接下来一段路没那么容易过去了，申屠郁见到那景象，不由得有些迟疑，最终还是将徒弟放下，把她安置在尚且安全的地方，叮嘱她："你在此地不要走动，我去前面。"

辛秀有点儿不情愿地说："哦。"

申屠郁对早有前科的徒弟不放心，又叮嘱了一句："不可乱动，此处对你来说很危险。"

辛秀随口说："你这么不放心，不如把我绑起来好了。"

申屠郁一想，觉得可行，说："你说得对。"

辛秀挣扎着说："等一下，我是开玩笑的！"

申屠郁没开玩笑，直接用一道千重丝绑着她的腰，把她固定在原地，说："我很快回来。"

申屠郁记挂着徒弟一个人在外面，速度很快。他一个人时，在这里更是如履平地，什么毒风火都无法奈何他，只在最后取那纯净火焰时，遇上了些麻烦。

纯净火焰外围有一圈黑色的火焰，纯净火焰有多纯净，那些黑色火焰就有多少火毒，毕竟火中的毒素和杂质都被外围的火焰吸收了。申屠郁想取里面的纯净火焰，就无法避开外面的那圈黑色火焰，只能生生受了这火毒。

申屠郁感觉火毒顺着手臂进入身体。他的手臂上青筋凸起，又被他强行抚下。他这人身早已习惯受伤，对火毒也不在意，取了火焰转身就走。他赶回去，发现徒弟还在原地，就松了口气。

辛秀听到特地加重的脚步声，扭过头来问："你受伤了吗？"

申屠郁听到她关怀的话语，心中一暖，说："没有。"

辛秀严肃地说道："我不信，我现在又看不见，让我亲手摸摸我才信。"

申屠郁沉默了。徒弟这到底是关心他还是惦记他的身体？

辛秀认真地说："哦，我先说好，你不要胡思乱想，我是在关心你。"她这么一说，反而更让人难以相信了。

辛秀坚持问："真不能摸？"

申屠郁叹了一口气，上前牵住她："走了。"

辛秀叹道："唉，好吧。"为什么她说真心话的时候总是没人信呢？

他们去极热之地拿了火焰后，又去极寒之地拿冰晶。

“这反差也太大了，之前在那里差点儿被烤熟，今天就要在这里被冻成冰碴儿了。”辛秀哆哆嗦嗦地靠在申屠郁身边。她是金、火双系灵根，修为又低，在这种冰天雪地的环境下被压制得厉害。

他们翻过雪山，进入冰封之境。寻常凡人根本到不了这个地方，若是没有灵力护体的普通人或动物，在这里不出片刻就要被冻成冰雕。

申屠郁不放心她一个看不见东西的人在外乱跑，就把她带在身边，见她冷得受不住了，只好和之前在火洞窟时一样，把她抱在怀里。

他不太清楚辛秀的极限到底在哪里，因此时刻关注着她的情况，发现她确实被冻得嘴唇失色，心中有些后悔。他这具人躯在外一直是一个人，从没照顾过别人，因此身上也没有什么相关的灵器，要是换成原身，就有许多可以抵御寒冷的灵器。

看来，徒弟下山，他给的灵器还是少了点儿。

申屠郁修为高深，在这里还算从容。辛秀抱着他，感觉他的身体一直温热，那热度让她缓了一口气。这真是太舒服了，零下几摄氏度吹完冷风再回家吹暖气，也就是这体验了。

在这冰冷的世界，只有乌钰的身体还有一点儿温度。

“真是太冷了，我的鼻子要被冻掉了。”她低声抱怨了句，不自觉地撒娇，冰冷的鼻子蹭在申屠郁的脖子上。

申屠郁抱着她，这些天都有些习惯了，也没躲，侧头安抚地摸了摸她的后脑勺，说：“很快，我们拿完东西就走。”

冰封的天地里只有寒风呼啸，没有任何其他生物的声息。过了寒风最盛的风口，天上就有雪花飘下来，漫天的雪花让人看不清前路。

雪花落在申屠郁的眉毛和眼睫毛上，他没有注意，倒是低头拂去了辛秀头上的雪花。

申屠郁感觉她越抱越紧，又给了她一些火灵力，说道：“调动你体内的灵力试试。”

辛秀哆哆嗦嗦地说：“我在调动，这周围基本上没有火灵力了，简直就像鼻塞，喘不过气。”

申屠郁叹道：“你修为太低，不能开灵海，只用灵脉储存的这一点儿灵力，实在不足。”

辛秀说：“好，好，我知道了，我会努力修炼的，但修为这东西又急不来，总归是要一年年慢慢增长的，对不对？”

申屠郁说道：“对，也不必着急。”

他们走进半透明的冰刃之林。这里无数几丈高的冰刃如小山一般矗立，虽说严寒，但也是绝美的景致，只可惜辛秀看不见。

因为看得多了，申屠郁原本也不在意这些景致。但先前两个人一起行走时，辛秀对这些自然景色格外青睐，见到了美丽的景色总要招呼他看。如今，他不由得想到，如果徒弟现在能看见周围场景，大约会惊叹一番面前的景色。

越往里走，辛秀的脸越凉，她也不说话了。申屠郁停下脚步。他低估了这里的严寒程度，没想到徒弟会受不住。

他严肃地说：“我送你出去。”

发觉他真的要转身，辛秀连忙使劲拽他的脖子，说：“不行，都走到这里了，不继续走下去不是白走了吗？来都来了！”

世上有种名为“来都来了”的精神，这精神常能让人在生出放弃念头时继续坚持下去。

申屠郁没有办法，只好加快赶路速度。这里面不仅风雪大，还有特殊地力，对灵力也有压制。他本身是金、火双系灵根，这样的压制效果是双重的，多亏了他的修为深厚，才能在此行动如常。

要取冰晶需得进到冰山内部，再一直往下走。冰山内部，山壁、地面都璀璨如镜。没有了外面的寒风，可这些冰散发出来的气息更加冰冷，反而比外面还让人难受。

申屠郁知晓徒弟受不住，不敢像之前那样贸然放下她，只能紧紧抱着她，一路穿过坚冰往下走。

申屠郁顺利地在最底层取下一块透明冰晶，也松了口气，对徒弟说道：“再坚持一下，我们这就出去。”

辛秀搓了搓脸，给他一个笑容：“唉，比我想的要容易，这么顺利就解决了。”

她刚说完，只听外面轰隆一声，仿佛是冰山崩塌的声响。

申屠郁本不在意这动静，可侧耳倾听了一会儿，好像听到了什么声响，整个人停在了原地。

辛秀觉得难以置信：“我是乌鸦嘴吗？”怎么每次她说顺利就要出事？

申屠郁缓缓说道：“外面的冰山崩落了，还有雪崩，规模不小。”

辛秀敏锐察觉出了他话音中的凝重之意，正经了些问道：“怎么？雪崩很难处理吗？”

申屠郁解释：“雪崩不足为惧，但是方才我听到了冰龙的长吟，这附近恐怕有冰龙出世。”

听他说得那么肯定，辛秀也能想到这种情况下，两个人恐怕暂时出不去了。

“我们蜀陵山也有一条龙，我问过师兄师姐，都没听说还有哪里有龙。我以为世上只有那么一条龙了。”辛秀对所谓的冰龙有些好奇。

申屠郁说道：“确实许久未曾出现过新龙了，这条冰龙出世，也不知要闹出何等风雨。”

那些暂且不提，眼下他们这情况才是真的有点儿棘手。

申屠郁的神识不能靠太近，但他也发现了，那条出世得不是时候的冰龙正在雪原上肆虐，附近的冰山都被卷成一团，雪原上起了飓风。

“我们只能在此等候那条冰龙离去或者恢复神志。”申屠郁看向怀中的徒弟，说，“你可还受得住？”

辛秀吸了吸鼻子说："我可以的，你再抱紧点儿，最好让我躺在你的身上，我就更可以了。"

申屠郁坐在一块冰晶上，让辛秀蜷缩在自己怀里，两个人靠着变大的叮当熊猫。这里面除了冰没有其他的东西，辛秀的百宝囊里只带了一条外出露宿时盖的薄被，也已经被裹在了她身上。可是这样仍旧抵挡不了这里的极寒温度，她只觉得自己从未这样怕冷过。

这样的寒气，有压制灵力的作用，并不只是冷而已，能直接穿透身体，甚至在体内冻住修士的灵脉。

没过一会儿，叮当熊猫的毛都被冻硬了，平时温暖的体温，也在辛秀这个主人灵力不足的情况下难以为继，只能保持最后一点儿温度。它只是一个灵器，并不怕冷，还会安慰地摸摸辛秀的脑袋。

辛秀呼出一口气，说："要是大熊猫妈妈在这里就好了，她身上特别暖。"

说完她才忽然想起来，大熊猫妈妈很有可能就是自己师父的原形，不该再叫"大熊猫妈妈"了。她还没来得及扒了师父的这层"马甲"，也不知道什么时候才能回去，拿这事好好打趣师父一番。

"我脑子都被冻糊涂了。"辛秀忽然笑起来。

听她说起"大熊猫妈妈"，还不知道自己这个"马甲"已经被扒的申屠郁又陷入了微妙的沉默之中。

"听说特别冷的时候，是不能睡觉的。要不我们聊聊天？乌钰，你怎么这么不爱说话？一般没有正事，你都不会聊天。"

申屠郁看徒弟难受，自己也不好受，应道："你想说什么？"

辛秀低声说："说说你过去的故事？"

申屠郁说道："我的过去没有什么好说的，只是到处走而已。"作为乌钰这个身份来说，确实没有值得拿出来说的事，在遇上徒弟之前，他的这具身体连名字都没有，哪有什么故事？

辛秀又问："人活在世上，总要有最在意的东西，那你在意什么？不知道我有没有那个荣幸，能占据其中一部分？"她又用那种调笑的语气说话了。

申屠郁却不好回答她，若照实说了，她就更觉得他们两情相悦了。有自然是有的，她是他唯一的徒弟，格外得他喜爱。若是她对他不重要，他何必如此烦恼和犹豫？

听他不答，辛秀自以为明白了，也不气馁，换个话题继续问："那你以前喜欢过什么姑娘吗？"

申屠郁觉得这个问题可以回答："没有。"

他做深涂妖王时，妖洞窟的许多妖在这种事上很随性，当然不乏主动送上门求庇护的，可他没有兴致。他那时候脾气又不好，其实没有多少妖敢到他面前来说这种话，更别提像徒弟这样缠着他，若是有，大概早就被他撕成肉条吃下肚了。

后来，他入了师父灵照仙人门下，一心钻研炼器之道，想要登上炼器之道的顶峰。蜀陵山一派又多是清心寡欲的修炼路数，他更没想过这种事。

因此，他上次突然发现徒弟对他有那种心思，许久都没能反应过来。他以为自己如此，徒弟应当也没有这种想法，谁知她走的是随心随性的红尘之道——这红尘道可不好走。

"没有哇——"辛秀拉长了声音，意味深长地重复了一遍他的话，忽然起身，紧紧环着申屠郁的脖颈，低声在他耳边问，"那我想再问问，你为什么不能接受我？我看得出来，你不讨厌我，甚至可以说喜欢我，既然我们互相喜欢，你又何必顾虑那么多呢？"

他们的姿势本就亲密无间，此时更是有一种别样的"亲密"感。

申屠郁感觉颈侧被辛秀微凉的嘴唇亲了一下，顿时脑袋都转不动了，机械地说："不可。"

"哪里不可？"辛秀呼出的气都是冷的，柔软的身子像一条蛇一样缠在申屠郁的身上，"给我一个理由。没有让我认可的理由，我不会放弃，我这人可不是随便能被打发的。"

申屠郁闭了闭眼睛，一手按在身侧的冰晶上，说："不要如此，你若是知晓我的身份，定会后悔。”

辛秀的手指在他的后颈上滑动。她说：“什么身份？说来听听。”

申屠郁沉默着，不知该怎么开口。在这种充满了男女之情的暧昧氛围下，他说了，日后师徒二人要如何相处？最后，他也只是抬起手试着拉了拉辛秀的手臂，想让她退开一些。

辛秀贴着他的脸颊。她看不见，所以感觉更加敏锐。她感觉到乌钰的心跳激烈而杂乱，不知是在迟疑或是挣扎什么。

他从来没办法狠下心对她，往常他并不是这样的人，似乎也只有对她才如此。她莫名高兴起来，抬手把他的手臂按下去，微微抬起身子，直接坐在了他的手臂上，压着他，将肆无忌惮、得寸进尺演绎得淋漓尽致。

“反正我不管你是什么身份，只要我喜欢你，我就不在乎。你发现了吗？你拒绝我从来都是说我不能接受，没说过你自己不能接受。你呢？你能接受我吗？你能爱我吗？”

申屠郁被她问得愣了愣。他确实从未想过自己愿不愿意，一心想着被徒弟发现身份，恐怕场面会变得很糟糕。

“我……”

申屠郁滞住，敲了两下眉心。

他确实不知道。活得久并不代表什么都知晓，就像他也不知晓该如何养一个徒弟。明明是当作孩子一般养的徒弟，可现在看看，他不知道两个人要变成什么模样了。

“好冷啊。”辛秀把手放进他的后衣领里，碰到了他温热的肌肤。

申屠郁身子一绷，也不能把她推开，只好试着站起，说：“我带你出去再说。”

他还未站起，就被辛秀按了回去。

“你害怕呀，怕会在这里发生什么事吗？”她忍不住笑着说，“我最多就是摸两下取暖而已，外面冰龙还在，它可比我危险多了。”

申屠郁心道，那倒不见得，打不过冰龙也就受重伤罢了，一场战败而已，可在徒弟这里，他都不能还手，食铁灵兽从没有这么憋屈过。

辛秀的手越来越往里摸，那没有一层阻隔的温度让她舒服地叹了一口气："真暖和。"

申屠郁顾了这边顾不上那边，整个熊猫都要炸了。那贴着他的后背的手明明是冷的，他却觉得仿佛烧红的烙铁，烫得他汗都要出来了。

幽篁山中申屠郁的原身都感觉自己背后好像有什么令人难以忽视的触感，扶着额头在山中转来转去。那气势惹得满山装成灵兽的妖怪不敢靠近，连声音都不敢发出，生怕这位不知何故焦躁不已的妖王突然发飙。

"妖王这是怎么了？"

"许久没见主人这么暴躁了？"

"你还敢看，赶紧离远点儿，不然待会儿被一掌拍成肉泥！"

小妖们窸窸窣窣地说着，忽然听到一声巨响，是申屠郁一掌拍断了他平日最爱用原形坐着的那棵老树。二人合抱粗的老树从中间断裂开来，轰隆隆地倒在青翠的山林间。可拍断了一棵粗树的幽篁山主人，看上去仍然是一副心神不宁、不知该如何发泄的模样。

也不知是不是心绪起伏太剧烈，申屠郁感觉自己人身的手臂开始疼起来，先前被他压制在手臂里的火毒被寒气一激，变本加厉地钻进灵脉四处游走。

徒弟还腻在他身上不安生，撒娇玩闹。他咬了咬牙，说："阿秀，起身。"

"怎么？"辛秀话音一停，仿佛感觉到什么，下意识地伸手按了一下，随即用一种特别正直的语气平铺直叙地说道："你硬……"

她话未说完，申屠郁忍无可忍，一手按住她的脖子，把她掐晕了，抬手托住她软倒的身子。

申屠郁实在没能忍住，露出狰狞的表情，使劲按自己的额头，好像想借此让那反应退去。

再也没法在这里待下去了，申屠郁抱起晕过去的徒弟往外走去。

该死的冰龙，若不是它拦路，事情怎么会变成这样？

食铁灵兽恼羞成怒，再度迁怒起来。可事情就是这么凑巧，他刚出发，就看见冰龙遥遥飞向天际的身影，一咬牙，昂着脑袋，也不看怀中的徒弟，直接腾云而起，往蜀陵的方向飞去。

就和每一次人身回蜀陵一样，乌钰没有惊动任何人，把辛秀带回了幽篁山。

还是那座静谧的小楼，还是那座炼炉，辛秀躺在中间无知无觉，申屠郁的原身和人身，一左一右坐在她旁边，背对着她，用同样的姿势按着额头，久久没有反应。

"是火毒的原因。"

"嗯，如果不是火毒，不可能对徒弟有这种反应。"

"没错。"

两具身体好像在自问自答，说完，安静的气氛再度降临。他们同时起身看了一眼脸色恢复红润的徒弟，又同时移开眼神。

"材料都已经搜集齐了，先把她眼睛里的万岁光炼了。"

申屠郁说完，镇定许多，也能看徒弟了。他原身手指修长，略长的黑色指甲在辛秀紧闭的眼睛上方点了一下，让她睁开了眼睛。随即，他双掌一合，取出当初炼制人身时铸造的一座炼炉。

他要先温炉，然后再将徒弟整个人放入炉中炼制。这比炼制灵器更加烦琐，但也远比不上当初他给自己炼制人身时困难。

这段时间乌钰带着辛秀一路收集的材料全被拿了出来。见到这些材料，假装忙碌的申屠郁忍不住又顿了顿，等到无色的火焰开始在辛秀身上燃烧，才摒除一切杂念。

这样的炼制需要很长时间，但他现在就是需要很长时间来恢复冷静。他在炼器一道几乎已经达到顶峰，一切都有条不紊。不过在炼制途中他产生过一个念头——或许，他可以想办法取走徒弟关于乌钰的记忆——他的手按在辛秀的额心上许久，最后仍然叹息着收了回去。

“罢了，你要走红尘道，要炼心，且受这一次煎熬吧。”他低声说着，“以后，不可如此了。”他无意识地拂开徒弟额上的乱发，收回手，取出最后一样冰晶，让它落入辛秀眼中。

转眼三个月过去，炼制进行到尾声，申屠郁又开始坐立不安，恰巧这时，厚重的钟声传到他的耳边。

他在炼炉内的炉中天地一般是听不见外面的声音的，这钟声之所以能传进来，是因为这钟声是代表蜀陵遇上大事的鸣钟，乃是从灵照仙人所在的后山上天台传出来的。

这钟数百年也没响过几次。

申屠郁看一眼徒弟，抬袖在她身上一拂，让她陷入更深的沉睡中，然后他整个人如一阵青烟卷出炉中天地。

蜀陵地界因借了灵照仙人修成真仙的那一点儿机缘，化成仙山宝地，永远四季如春，繁花似锦。

今日，蜀陵却受到了漫天冰霜的侵袭。

寒气一直从云间道场蔓延进翡翠山林。沸腾云海结出一层晶莹冰花，近处的树梢上也挂上了白雪。不过这雪色无法再前进半步，被一种柔和的无形之力推开。

一阵春风拂过，那些被冰霜染白了头的树木重新焕发生机，长出绿叶，片刻间就恢复如初。

这一场山门前无声的较量过后，冰龙从云中现身。

它的龙形身躯硕大，通体是一种带着些蓝色的莹白色，熠熠生辉。它从云间道场的云海中探出头颅，张口就朝蜀陵山深处长吟，口中喷溅的寒气成团随呼啸散开。

“霜色龙！稀奇，稀奇！老朽虽然听说过，但这还是头一回见到真家伙。”景成子捋着白胡须出现在空中，像打量什么珍奇宝贝一样打量着云间的冰龙，并且避开了那一团冰霜寒气。

“景成子师兄，就这么看着，可不好吧？”白妃带着两个小徒弟也来了。

两个人说话间，这片山门前已经默默出现了几十道人影。这些还在蜀陵的灵照仙人弟子，说话仍从容不迫，只是都不约而同地化出了法相。

法相不同于人身，更符合世人对神仙的外形猜测，身形比人要高大许多，更有清气和仙气环绕。像此时的白妃与景成子，他们一位站在云台上，一位坐在葫芦上。身后的徒弟和他们的法相比起来显得格外渺小，像脚边的一颗小石头。

法相的大小和威慑力直接与修为有关，作不了假。修士能化出多大的法相，就代表着有多高的修为，是一种最简单直白的震慑力量。面对来者不善的冰龙，没有人准备用大道理感化它。

申屠郁来得不算早，与韩房子师兄同时到达，他们二人是这里最晚到的两位。

韩房子是灵照仙人的第三位弟子，修为高绝，自不用说。申屠郁虽未修成人仙，却也地位超然，若真打起来，并不逊色于三师兄韩房子。

申屠郁居住的幽篁山，乃是灵照仙人静修之地上天台的最后一道屏障，能处于这个位置，本身就是一种对他的认可。

申屠郁与韩房子到来时，半边天幕都是他们的法相虚影，一左一右像耸立的两座大山。和他们比起来，其他同门们的法相又小一些。这漫天大大小小的法相，当真像神仙聚首论道的场面。

气势汹汹的冰龙见此情景，不由自主地收敛了一些。它停在云间，低下头颅看了看云层底下的场景，旋即开口道：“只要你们放了我弟弟，我今日就不会在这里做什么。”这是个女子略带沙哑的声音。

韩房子的法相威严，有种不近人情的肃穆感，如果不是一个丁点儿大小，穿着红兜肚的小男孩儿坐在他的膝头啃桃子，他看上去就更令人害怕了。

他开口，声音洪亮且沉稳：“孽龙杀人毁城，孽债深重，理应被罚，不可放。”

冰龙冷笑一声，说：“不过是些凡夫俗子，寿数最长不过几十年，草芥一般，死了自然还有更多。这有什么好在意的？这又算是什么大事？你们出门踩死了一片野草，难道也会在意吗？实在可笑！你们抓了我弟弟，关了它这么多年，我不与你们算账，你们就该庆幸，如今我愿意与你们好好商量，你们竟然还推三阻四！”

看来是谈不拢了，韩房子侧头看了一眼师弟申屠郁，问道：“申屠师弟觉得如何？”

申屠郁的法相也是人形，但气息与其他人有些不一样。他的法相的眉眼比起平常外貌，更添了许多凶煞狰狞之气，令人不敢直视。

连韩房子都忍不住在心里嘀咕：这申屠师弟好端端的怎么这么一副样子？莫非是因为他不喜欢人多的地方，被迫来镇场子，所以心情不愉快？唉，申屠师弟这不喜人多的性格，也真是麻烦。以后若是再出现其他事，他不是更难接受？

申屠郁看到这条冰龙，就想起之前在冰山洞底时发生的事，看它的眼神都是杀气腾腾的。都怪这冰龙出现得不是时候，不然他现在何至于无法面对徒弟？！

“打。”申屠郁一个字回答了师兄，表现出了现在的暴躁情绪。

“诸位师弟师妹觉得如何？”韩房子又问。

其他人也纷纷附和。

“既然申屠师兄都说要打了，那便打吧，反正咱们人多。”

“哎，不好这么说吧，我们这修为就是凑数的，可以不把我们算上。”

“别说了，快些打完让申屠师兄回去吧，瞧他都受不住你们的聒噪，要发怒了。”

冰龙也是暴躁性子，不再多说什么，直接张口一吸，云间道场的云被它吸掉了一层。那些云进了它的龙嘴又被喷吐出来后，化成锐利冰针，无差别地扫射在场所有蜀陵弟子。

申屠郁几乎与它同时动作，漫天火光像巨大的花苞一样绽放开来，挡住所有冰针。韩房子则在申屠郁的一侧挥袖，无形屏障笼罩住蜀陵的所有生物，确保花花草草都不会受到伤害。

和这俩一位急先锋一位坚实后盾比起来，景成子确实就是来看热闹的。景成子一袖子捞起徒弟往后退了退，说："哎哟，瞧见没？你们申屠师伯这一手。他是金、火双系灵根，前面那个火能直接融掉那些冰针！"

"岂不是要变成一场大雨了？"

"哈哈哈，这大雨下不下来！你们申屠师伯用这火炼器，炼了这么多年的好东西，既是在炼器，也是在炼火。因此，温度太高了，冰针变成水还来不及掉下去就全部蒸发了，回云间道场继续当云了。"

"以前听说申屠师伯厉害，还从未见识过，如今总算窥见一鳞半爪了。"

景成子笑着说："所以，师父这不是特地带你们来开眼界了吗？你们申屠师伯动手的情况可不常见。"

"哇，大姐的师父好厉害啊！"白妃膝头上坐着的两个徒弟托着下巴赞叹道。

他们从前九个兄弟姐妹，上面六个都出山了，只剩下他们三个小的还在山中，少了许多乐趣。这会儿跟着师父出来看热闹，他们都有些兴奋。

"师父，师伯的火底下还有金色的花托，那是怎么做到的？"

白妃给两个小徒弟讲解："申屠师兄不仅擅用火，更擅长金系法术。那火在前，阻断了冰龙的攻势，这金系法术紧跟其后，用来攻击，你们看——"

火焰下方的金色花托瞬间分成万千细针，像之前的冰针一样，回敬回去，全部扎向了冰龙。

“哇——”

“哦——”

这边斗法你来我往，小弟子们时不时发出惊叹，各种讨论之声不绝于耳。

韩房子在压阵，不让这两位斗法伤及其他人或物，也时刻准备在师弟露出颓势时出手帮忙。毕竟师弟再厉害，修为上还是比不过这条冰龙的。他作为师兄在旁边看着，总不好让师弟受伤。

只是，他左等右等，等到几个师弟师妹在一边下起将棋顺便观战的时候，申屠师弟还在那儿一手金一手火地和冰龙对战，没有退下的意思。

韩房子心想：师弟这是怎么了？好像和这冰龙有深仇大恨一般。

好不容易等到申屠郁落到下风，韩房子想着自己是不是该上场了，就听见一声鸟雀啾鸣。韩房子扭头一看，见小师弟伯鸾跃跃欲试，顿时头痛地一拂袖把伯鸾扔了回去，说：“别在这儿添乱，坐一边看着去。”

伯鸾很不服气，说：“申屠师兄可以，我怎么不可以？”同为妖族，他只是年纪比申屠师兄小一些，从血脉上来说他还更胜一筹！

韩房子都不知道怎么和他讲道理，一个“你”字刚出口，忽然察觉什么，往后瞧了一眼。接着所有人都察觉了，仰头往上看。唯独场上正在斗法的两个人，因为对峙，无法有其他动作。

一阵微微的波动从远方传来，霎时间就到了眼前，整个天幕如夕阳景色一般美丽，紫色、红色、黄色、橘色的光绚烂交织，好似黄昏降临。

一个缥缈的人影形成巨大无比的法相，如同展开翅膀的鸟儿，遮天蔽日，从远处铺展到众人的头顶。在这一具法相面前，申屠郁与韩房子的巨大法相也成了渺小的蝼蚁。

“师父！”

“是师父出来了！”

“祖师爷的法相也太好看了吧，怎么看不清脸？”

“怎么连祖师爷都出来了？这冰龙这么难对付吗？”

灵照仙人的法相停在冰龙面前，伸出一只手，轻轻巧巧地就将它按在云间道场上。申屠郁骤然失去对手，也不留恋战场，扭头就回到韩房子师兄身边，看上去仍旧是不怎么高兴的模样。

“冰龙，你若愿意代替雷龙留下被关押，我可以放了它。”

灵照仙人此言一出，所有人都愣住了。

韩房子疑惑地问道：“师父？”

申屠郁也略觉意外，但什么都没说。

那冰龙原本以为自己能与灵照仙人一战，谁知才照面便被他一手制住，心中已经明白，今日恐怕不仅无法救出弟弟，还要把自己搭进去。谁知峰回路转，灵照仙人竟做出这种承诺，一位真仙的承诺会直接被天地认可，断不会毁诺。

“好！这可是你说的！”它没有丝毫犹豫，直接说道，“我答应你！”

云间道场下方就是关押孽龙的地方，除了将它镇压进去的那一日，这云再也没有散开过。今日，厚重云层第一次散开，让阳光照进终年黑暗的山间。

“弟弟！”冰龙在半空中化作一个白衣白发的女子，在阳光下和乌云间，白得像一团雪。她冲向那条被束缚在地上的雷龙。

雷龙被突然的阳光惊动，腾空而起也没看清面前是什么东西，用龙尾将姐姐砸了出去。

冰龙大怒道：“你打我？！”

她冲过去按着雷龙的巨大龙脑袋猛捶，轰隆之声不绝于耳。

围观的蜀陵弟子啧啧声四起。

景成子叹道：“真是令人感动的姐弟情啊，如此真挚且真实。”

“你这爱闯祸的孩子，我不过在冰封山下养了千年伤，你就把自己弄得这般凄惨，真是没用！”冰龙打完弟弟，一把将其抛到天上，仰头朝灵照仙人喊：“你可是答应了放他走。”

灵照仙人答道：“自然。”

云层再度合拢，云间道场恢复原状。灵照仙人用手掌盖住仍旧浑浑噩噩的雷龙，下一刻雷龙就变成一个头发蓬乱、胡子拉碴、着一身破烂暗紫色衣服的疯子。

“我给你下了禁制，不危及生命时，你无法再变回龙形。你去吧。”雷龙随着他的摆手消失在原地。

韩房子上前一步，问：“敢问师父为何要放走雷龙？”

灵照仙人声音缥缈地说道：“他与我们蜀陵一位弟子有缘，该去应他的缘了。”

韩房子若有所思地说道：“弟子明白了。”

灵照仙人说话间，法相消散。

申屠郁开口道：“师父，徒儿也有一事想问。”

灵照仙人看他一眼，眨眼间就消失了。

申屠郁不懂师父这是什么意思。

韩房子离师弟和师父很近，亲眼看到了这令人费解的一幕。他暗道奇怪，师父不是向来对申屠师弟非常疼爱吗？怎么今日这么避之不及？

“申屠师弟，可是发生了什么事？不如与师兄说说？”

申屠郁看一眼师兄，想到他也教出过徒弟，可能比自己更有经验一些，于是斟酌着问道：“韩房子师兄，若是有一日你喜欢上自己的师父，该当如何？”

韩房子突然就听不懂了，觉得师弟在说什么可怕的话。

他的申屠师弟还在问：“你觉得师父应该答应做你的道侣吗？”

韩房子看着师弟的表情越来越诡异，什么叫应不应该？师父根本不会答应，不可能的！师弟怎么会平白无故地说出这种假设的问题？除非这是他自身遇到的问题。难道师弟喜欢师父？

脑子里出现这个猜测，韩房子师兄的表情都要裂开了。韩房子想起刚才师父明显不想理会师弟的模样，心想：师父也知道师弟的心思吗？师弟竟然敢这样欺师灭祖吗？师弟的胆子可不是一般大，自己都被师弟吓住了。

韩房子定了定神，说："师……师弟，师兄觉得不可。"

申屠郁叹了一口气，说道："果真不可吗？"

韩房子斩钉截铁地说："你们是师徒，年纪、阅历都相差甚大，断无可能！而且师父只把徒弟当作孩子看待，还是不要强求了！你早早断了这念头，好好修行，不好吗？"

申屠郁有些走神，没有听见韩房子说漏嘴的那句"你们是师徒"，更不知晓他误会了什么。申屠郁心不在焉地朝师兄点了点头，回幽篁山去了。

韩房子看着师弟的背影，愁绪满怀。怎么会发生这种事？师弟这魂不守舍的模样，分明就是陷入了情网。可这几百年都好好的，师弟怎么突然产生了这种感情？

其他师弟师妹看他一个人站在那儿久久不动，好奇地过来问："韩房子师兄，方才悄悄和申屠师兄说什么呢？怎么神情如此严肃？"

韩房子颇觉心累，什么都不想说，一言不发地摆手离开了。

申屠郁回到幽篁山，进入炼炉天地中。作为乌钰的人身在他离开的这段时间一直坐在那儿看着徒弟，以防炼制出现什么差池。两个人坐在那儿，眼睁睁地看着炼制到了尾声。

申屠郁幽幽地叹息了一声。

幽篁山的气息和他处不同，这里的空气湿润而清澈，还有一丝杜鹃花的香甜。辛秀在这里住了几年，对这味道异常熟悉，眼睛还没睁开，就已经知晓自己这是回家了，整个人都放松着，直到忽然想起自己晕倒前的情况。

辛秀觉得自己真是冤枉死了。她只是发现了一个事实，顺嘴说了出来，结果还没说完就被乌钰弄晕了。她当时就是担心这男人脸皮太薄受不住，都没想打趣他，特意用那种平静的语气叙述，结果这人还是这么大反应，让人又好气又好笑。

辛秀睁开眼睛见到熟悉的竹楼，一时间还没反应过来怎么一睁眼自己回到幽篁山了。她见到坐在旁边的师父，下意识地喊了一声："师父。"然后她惊坐起来，说，"嗯？我能看见了？"

申屠郁在她醒来前已经做了许久的心理建设，现在好歹能端起师父的正常态度了。结果辛秀稀罕了一会儿自己重见光明的眼睛后，就目光炯炯地盯着他，把他看得再度不自在起来。

辛秀忽然石破天惊地来了一句："师父，我知道你的另一重身份了。"

申屠郁一惊，险些坐不住，被他捏着的椅子扶手发出咔的一声。

他混乱地想：徒弟知道了？她知道乌钰也是我了？可她是怎么知道的？难道是这眼睛……不对，我给徒弟炼制的这双眼睛只能看破一般幻象，看破妖鬼之流的真身，或许还有一点儿其他的迷惑作用，但并不能看穿他人的神魂。更何况乌钰那身体在屋外，她都还没看见，怎么一睁眼就说知道我的身份了？他反思片刻，确定自己并没有暴露什么。

申屠郁瞬间想到许多事，神情复杂极了，缓缓开口："你是怎么知晓的？"

相比申屠郁的神色凝重，辛秀就轻松多了，她笑着说："从蛐蜒妖那里知晓的，而且后来在妖洞窟那么明显，我当然也猜到了，又不难猜。"

大家都喊师父深涂妖王，哪怕没人在她面前直说他的原形，师父自己也没谈起这事，但她又不愚笨，当然能确定他的原形是食铁灵兽，自然而然也能确定他就是那只"熊猫妈妈"了。师父怎么这么诧异她能发现？她在师父心里难不成是个傻憨憨？

申屠郁想起那只蚰蜒小妖，惊愕于徒弟竟然那么早就发现了，咬着牙，有些微怒地说道：“你早就知晓为师的身份，却一直没说？”

辛秀点头道：“对呀。”她这段时间又没回蜀陵见师父，怎么说这件事？

申屠郁见徒弟毫无悔过的意思，甚至没有多一句解释，更没有忐忑，反而没头没脑地乐和，当真不知道该怎么说她了。

徒弟在妖洞窟那会儿就知晓了乌钰的身份，那之后她还能假装不知，对乌钰做出那些事，当真不顾师徒情分，一心想与他在一起？

辛秀发现师父似乎有些惊慌失措，还有些生气，甚至不肯与她对视，一直扭头看着一侧窗外，简直乐死了。师父在闹什么？他是怕她害怕他是妖吗？

她一把按住申屠郁的手，双眼发亮，说：“所以，师父，不要再隐藏了！”

申屠郁试图抽出自己的手，说：“胡闹。”

辛秀撒娇道：“变成原形给我看看嘛！我已经知道你就是‘熊猫妈妈’了，哈哈哈！”

申屠郁抽了一半的手顿住，他茫然了一瞬，突然反应过来，自己说的和徒弟说的似乎并不是同一件事。

徒弟说的身份好像不是乌钰的身份，而是食铁灵兽……申屠郁的情绪一下子从生气变成了加倍的心虚。

为了试探徒弟，他闭嘴了，让屋外的乌钰走进来转移徒弟的目光。

辛秀见到乌钰，果真立刻移开了目光，惊讶又高兴地说：“原来你在。”

她一觉醒来发觉自己回了幽篁山，心里猜测着，是不是乌钰搞不定她的眼睛，所以把她送回来求助师父了。而师父之前那么反对他们在一起，又见她双眼失明，肯定要为难乌钰，直接把他赶走都是轻的。

她如今见乌钰好端端站在这里，怎么能不惊喜？

“师父，你对我真好！”她笑嘻嘻地按着师父的手，像个需要调和母亲与儿媳的关系的儿子，一边安抚爱子心切的老母亲，一边明里暗里地给乌钰说好话。

“是不是乌钰把我送回来的？我先前不小心失明了，一路都是乌钰在照顾我，还几度为我涉险去找各种宝物。虽然他说不是，但我知道那肯定都是为我的眼睛找的东西。”最后她总结道，“师父明察秋毫，应当不会为难徒弟的恩人吧？”

申屠郁无话可说，实在不知道该怎么演——一只患有社交恐惧症的熊猫，要怎么承受这种两个人之间的复杂三人关系？

他只好胡乱应付一番，让乌钰保持沉默无表情的脸，又用原身发话让乌钰赶紧出去休息，然后怀着罪恶感，继续用师父的身份面对一无所知的徒弟。

辛秀眼看乌钰才刚进来看了自己一眼，就被冷酷无情的师父赶走，心道：难怪从古至今那么多婆媳剧，夹在中间的男人左右都不讨好，她现在可算明白那是什么感觉了。

见师父脸色不好，辛秀还以为他仍然不喜欢自己与乌钰来往，便嬉皮笑脸地说道：“师父，别生气，跟你说个好消息，徒儿和乌钰还没有在一起呢。”

师父高兴了，才不会为难乌钰。

申屠郁僵硬地说：“这是好消息吗？”

辛秀撒娇道：“对师父来说，可不是好消息吗？”她又像小女孩儿一样抱怨道，“我看我们还有的磨呢！师父你是不知道，乌钰简直是个和尚，清心寡欲，碰都不让碰。”那时候他反应那么大，她都怀疑他是不是从来没有过那种生理反应。

和尚？申屠郁听了辛秀这无心之言，忽然灵光一闪，说起来，这确实不失为一个拒绝徒弟的办法。

“刚才我们的话还没说完，师父，你到底承不承认自己是‘熊猫妈妈’？”辛秀追问。

申屠郁思考着方才灵光一现的想法，口中随意地应道：“承认。”和另一个身份比起来，这个算不了什么。

辛秀快乐地蹭着师父，说：“谢谢师父，先前徒儿不知晓那是师父的原形，多有冒犯，想来师父也不会和徒儿我计较。”

申屠郁回道：“不计较。”

辛秀得寸进尺：“那日后师父还愿不愿意化为原形，让徒儿为师父梳理毛发，表一表孝心？”她给自己的摸毛活动加了个冠冕堂皇的名头，瞬间就成了孝顺徒弟的典范。

申屠郁继续思考，说道：“好。”

辛秀歪了歪脑袋，说：“师父，你看上去好像没什么精神，怎么了？”

申屠郁不着痕迹地把她的手从自己身上拿下来，说道：“没什么，只是先前与冰龙斗法，有些累了。”

辛秀昂起脑袋问：“冰龙？冰龙到我们蜀陵找麻烦来了？”

申屠郁到底还是把手放在徒弟的脑袋上轻轻按了按，说：“没事，祖师爷已经出面解决了。”

辛秀对他还是很像个乖巧的小徒弟，立刻就说：“那师父赶紧去休息吧，徒儿不闹你了。”熊猫原形以后有的是时间看。

申屠郁前脚离开，辛秀后脚就跑出去找乌钰了。

“乌钰，你在这儿啊。”辛秀走到那一棵紫杜鹃树下，和乌钰站在一起，试探着说，“幽篁山这座小楼地界，师父寻常不让人进来，你这次能进来，可见师父其实也不是不能接受你。”

乌钰方才已经在和徒弟的谈话中得到了灵感，此时转身正对辛秀，肃然对她说：“阿秀，我有一件事要告诉你。”

辛秀问他：“你突然这么严肃，好像有什么大事一般，别吓我。”

乌钰认真地说：“我不可能与你在一起，也不会做你的道侣。因为我是自在天的佛修，很快就要回自在天去，再不出来了。”

辛秀茫然地问：“什么？什么佛修？”

乌钰抬手，取下自己的一头黑色长发，露出个光脑壳，说：“不信的话，你看，我已经剃度了。”

辛秀震惊了。

她看着那个光脑壳，很久都没有说话。

半晌，乌钰才听到她说：“你这……假发，看上去质量挺好的。”

申屠郁心想：完了，徒弟受到的打击太大，人都傻了。

辛秀忽然一个激灵，抬手擦了擦眼睛，发现乌钰的脑壳还是那么秃，才尝试着重新组织了一下语言，说：“乌钰，你听我说，我喜欢你不是因为你的头发，所以，你不用因为没有头发而自卑。你看，你还是很好看的，光头才是检验美人的唯一标准，我完全不介意，不如说我忽然觉得这样更有感觉。”

看徒弟还是不愿意接受现实，申屠郁咬咬牙说：“你可知晓自在天是什么样的地方？”

这个辛秀有所耳闻，据说那个地方在西天以西，是天下佛修的朝圣之地。有许多一心向佛的人跋涉万里，历经千辛万苦前往自在天，想得到佛缘，但很有可能终其一生都不能见到自在天的真容。而自在天里的佛修都很神秘，都是圣洁慈悲的化身——用通俗简单的话来说，这群大和尚和尼姑，不能破戒。

辛秀知道得不算清楚，但知道乌钰肯定不能和她做道侣。

“我修行数百年了，若是一朝破戒，就会修为全失，成为一个普通凡人，一生都不能再入自在天。”申屠郁有些庆幸人身的脸被雷劈坏了，所以他现在说起谎话骗徒弟也没有露出什么不应该有的神情，让徒弟察觉不对。

辛秀听到这些话再也笑不出来了。哪怕她一贯以自己的感受为重，也不能理所当然地强求别人为自己牺牲最重要的东西，来成全她的想法和打算。

她将自己代入了片刻，如果是她修行了几百年，是否愿意为了一段感情放弃所有修为？她想，自己是愿意的。她为了得到喜欢的东西，做什么都愿意。可这和失去自己的信仰又有所不同，纵使她再喜欢什么，也不肯为了那个存在失去自己一直以来坚持的东西。

乌钰恐怕确实有些喜欢她。可惜，他不可能为了这么一段短暂而暧昧不清的感情，放弃多年修行与坚持，更不会为她动摇自己的信仰。

所以他们之间的关系，确实已经走到死角了。

他先前有那种反应的时候，那么无法接受，也让他终于下定决心和她说清楚。

原来如此，真是造孽，她险些害得“御弟哥哥”西天取经之路夭折。

辛秀叹道：“圣僧，你怎么不早说？”

圣僧？

申屠郁不知这个典故，只心道：徒儿，不是师父不想早说，是师父早前没有想到这个借口。他问：“你……不怪我？不生气？”

辛秀解释：“我生什么气？追人当然要做好追不到的准备，要是追不到人家就要责怪怨怼，那太糟糕了。”追人的时候不能要脸，但追求失败的时候就要注意要脸。

“这些日子以来，你让我很高兴，我要多谢你。如果你没出现，我这么多年了还遇不上一个喜欢的人，也挺没趣的。”辛秀语气平静，甚至带着几分轻松的笑意，“我也要和你说声对不起，我有时候缠人也挺烦的，还差点儿害你修行出错。不过，你拒绝别人时的态度真的不行。记住了，下次再遇上我这种追求者，你拒绝的态度一定要坚决，不然很容易被人得寸进尺。你要是不会口头上拒绝，我教你，直接打一顿就行了。”

申屠郁看着徒弟的模样，感到格外欣慰，不愧是他的徒儿，拿得起放得下。但不知为何，他心底生出些微惆怅之意，说道：“不会再遇到别人了，只有你而已。”

辛秀又说：“我再教你一件事，在小树林里拒绝人的时候，不要说这种撩人的话。”

申屠郁疑惑了，心想：我说了什么？

辛秀叹了一口气，说：“算了。你如今解决了我的事，是不是要走了？”

申屠郁应道：“对。”

辛秀问他：“回自在天吗？”

申屠郁答道：“是。”

辛秀不死心地问：“以后我们没有再见的机会了？”

申屠郁严肃地说：“我不会再出来了。”乌钰这个人以后也绝对不会再出现在徒弟面前了。

辛秀沉默了一会儿，说：“那好，我送你一程，送你到自在天，也算与你告别一场。”

辛秀回到小楼，在炼炉中找到发呆的师父，可怜巴巴地对他说：“师父，我想熊猫妈妈了。”

刚顶着“小号”拒绝了徒弟的申屠郁，没忍心拒绝这个小小的要求，原地变成一只肉乎乎的黑白大熊猫。辛秀立刻扑上去抱住那毛茸茸的熊猫肚子，酝酿了一下感情，嗷一声哭了出来。

“师父！啊——徒弟我失恋了！”

熊猫师父被徒弟这一声吓得两只黑色圆耳朵都立了起来，一脸震惊和疑惑的表情，怎么回事？徒弟刚才和乌钰说话的时候还好好的，根本看不出哪里难过，分明是不在乎的样子，现在怎么突然这么伤心欲绝？

“果然初恋都没有好结果！我这辈子再也不会爱了！”

熊猫师父又被这句“绝望”的话吓到了。徒弟竟然受到了这样大的伤害，以后都不会再爱了，这可非常严重！

他不明白，现代女青年的网络用语就是这么浮夸且虚张声势，什么“我死了”“我好到昏厥”“我笑到楼下邻居闯进家中来打人”之类。

辛秀只是随口一说，他却当真了，顿时那叫一个坐立不安，熊爪把旁边的炼炉抓出几条道。他小心翼翼地说：“你若生气……不如，师父帮你杀了乌钰？”

申屠郁为了拯救绝望的徒弟，甚至病急乱投医，准备搞一个假死场景，让乌钰彻底和徒弟告别，从此让徒弟把他忘掉。他想，只要人死了，徒弟大约就不会记挂乌钰了，也不会难受了。

没有经验的熊猫，如此想当然。

辛秀哭不下去了，把脸抬起来，按住师父咯吱咯吱挠铁的熊爪，说：“师父，不行，不可以，这样太凶残了。你可别真悄悄地把他干掉了，不然到时候我哭得更惨，直接用眼泪给你洗个澡。”

申屠郁变成原形看徒弟，更觉得她只有小小一个。徒弟眼角挂着泪坐在那里，趴在他的手臂上还担心他真去找乌钰的麻烦，也不哭了，耐心地和他讲道理。徒弟确实有些可爱。

“那是个坏东西，日后你不要与他有牵扯了。只要不是他，你和谁在一起，师父都不会反对。”申屠郁如此信誓旦旦地说道。

辛秀忽然想到什么，说：“师父，你之前那么反对我们在一起，是不是其实知晓他是个佛修？”

申屠郁缓缓说道：“嗯，为师看出来了。”

发现徒弟没有怀疑这个临时搞出来的身份，熊猫悄悄擦汗。

“还有，你的飞天摩托，师父为你重新做了一个。这一个不需要那么多灵气也可一直飞行，上面还有防御罩，可抵挡攻击。”申屠郁把重新炼制的飞天摩托拿出来，转移徒弟的注意力。

他不想再看到徒弟哇哇大哭了，徒弟哭得他心慌。

辛秀看到自己的新摩托，不由自主地发出一声赞叹。这个进阶版的飞天摩托看上去更加朴素厚重，比起先前的科幻感，更有种荒野独行侠的气质，低调又实用。

“还有你的叮当熊猫，师父也改了改。日后你进入寒冷的地方，可直接将它化作外罩披在身上，就能抵抗寒冷了，也不需要你输入灵力。”

这些都是申屠郁给辛秀炼制完眼睛之后，空余时间琢磨着炼制的，为了让徒弟在外面行走更加方便。

辛秀拿着这些东西，这回是真的眼睛有些发酸。她方才哇哇大哭，多是因为心里有几分无法发泄的憋闷和不甘之意，所以故意和最亲近的长辈闹腾，也就只有她的师父会这样无条件地让她闹。

“师父。”辛秀用力抱了一下师父。

她想：果然外面的男人都没有自家师父好，师父能给她治眼睛，在知道她遇上事的时候立马出山给她撑腰，还能给她准备行李。此时此刻，她真的很想为师父唱一首《世上只有妈妈好》，把歌词里的妈妈换成师父也毫无违和感。

只有师父才会担心她出门没有车代步，担心她出门冷了没衣服穿，这是何等慈师之心？

被徒弟抱得越来越紧，熊猫感到慌张。

申屠郁紧张地说：“师父该休息了。”

辛秀开心地说：“那师父休息吧，我给师父梳毛！”她要当个孝顺的女儿。

申屠郁不敢睡。

辛秀柔声说道：“师父，徒儿明日就走了。等把乌钰送到自在天，我就转道继续送信，还有仙西、旧乌两处要去，等送完信我再回来。”

申屠郁点头说道：“若是路上遇到什么困难，你也可回来。”

辛秀认真地说：“如果遇上不能解决的困难，我一定会回来找师父帮忙的，师父放心。”

辛秀摸了一顿熊猫后，觉得自己好多了。

辛秀和乌钰一起悄悄离开了蜀陵，没有惊动其他人，不然恐怕少不了要举行一个大型庆祝晚会。

辛秀骑上自己的飞车，示意乌钰上后座，说：“上车，我送你。”说出这句话的一瞬间，辛秀觉得自己好像个把妹的机车男。

乌钰从拒绝她之后就很沉默，这会儿也没吭声，直接上了车。

辛秀开出去一段时间后，实在忍不住了，扭头说道：“唐长老，敢问您是在我的车后座上打坐吗？”乌钰坐得直挺挺的，和她保持着十厘米的距离，连她的一根头发都没碰，这么避嫌真是绝了。

申屠郁疑惑地问道：“唐长老？”

辛秀随口解释：“哦，我从前看过的故事里的一个人，是一个同样没有头发的高僧，带着徒弟去西天取经。劳烦你身体前倾扶住我的腰或抓住我的衣服，用正确的姿势乘坐摩托。”

申屠郁凑近了点儿，默默地将手虚搭在她的腰上。

在这段路途中，辛秀果真没有再试图动手动脚，各种小动作都没了，对待他的态度就像对一个普通的朋友，偶尔还会开一句玩笑，但话少了很多。

他们晚上没有停下来休息，飞车擦着云边，在月亮下飞过，又从月亮旁边飞到太阳旁边。

申屠郁说道：“下去休息片刻吧。”

辛秀应道：“哦。”

落了地，申屠郁习惯地开口说：“我去给你找点儿吃的东西。”

辛秀说：“不用，我带了干粮。”她从百宝囊里拿出饼，就靠坐在车上吃起来。她吃完了拍拍手，见乌钰站在那儿，用一种复杂的目光看着自己，不知道该做点儿什么的样子，看上去怪憨的。

辛秀莫名想笑，说：“上车吧，我耽误你那么多时间，早点儿送你回去。”

申屠郁说：“也不必急。”

上路一阵后，辛秀忽然说：“方才不让你去准备食材，是因为知道了你是佛修，不知道你杀生有没有影响。我是为你考虑，不是要和你恩断义绝，所以，你别用这种眼神盯着我了。”

这是一段枯燥的旅程，申屠郁就不是个能活跃气氛的人，现在辛秀也不主动和他说话了，埋头赶路，两个人之间就只剩下沉默。

先前辛秀与乌钰相处，总能妙语连珠，逗得一个面瘫都忍不住让笑意从眼睛里溢出来。她还时不时想个法子来招他，路边一朵野花、一株野草、一个路过的赶路人，都能成为谈资。她总有说不完的话和用不完的快乐，偶尔还带着他一起去管闲事，让他看看凡人百态。

可这回，这些全部没有了，申屠郁察觉出，徒弟内心可能远比表现出的更加难过。

“自在天快要到了，今夜在此休息吧。”

两个人落在戈壁上一个石窟附近，越是靠近西边这个方向，一路上的佛教信徒就越多。像这样雕刻着许多佛像的石窟，大大小小如同珍珠一样被穿在这一条戈壁之途上，是这里居住的人们为了自己虔诚的信仰自发雕刻的。

甚至一家人世代居住在这里，父传子，子传孙，奉献几辈子，只为了在这片连绵的戈壁上留下一尊大佛。

这里漫天黄沙，荒野上除了石头和沙子，极少能看见植物。他们落脚的这个石窟非常大，里面雕的佛像自然也非常巨大。辛秀不知道这佛像到底是这个世界的哪个佛，也不知晓这是一种怎样的信仰，但这不妨碍她对人类的做工与毅力惊叹。

她以前去看过乐山大佛，这一尊比那一尊看上去更大。

他们停在大佛脚下，那儿有个避风港，就是大佛的脚掌。

这里似乎是个常有人来休息的临时驻地，地上还有火塘的痕迹，旁边放了几块光滑的大石头。辛秀坐在大石上打了个响指，让火塘里的火烧起来，申屠郁一言不发地坐在她对面。

“自在天是在那片沙漠中吗？”

“是，明日大约就能到了。”

说完，两个人又沉默下来。

外面起了风沙，呜呜咽咽的风声听上去有几分难言的凄凉之意，火焰微微摇晃起来，映出他们的影子，影子在背后的大佛脚下跳动。

辛秀心想：是自己的错觉吗？为什么配上这个风声后，气氛这么凄苦？仿佛是送这辈子再也回不来的丈夫去打仗，而且不是她送乌钰，是乌钰送她。

气氛这样沉闷，她倒是可以说点儿什么来缓解一下，就怕乌钰不愿意听。好在没过多久，辛秀听到一阵驼铃声。有一队人从远方过来了，停在大佛像旁边，也准备到这里来休息。

这一队人还挺多，七八十人，男女都有，他们一过来气氛顿时就热闹了。他们用骆驼驮货物，还用好几只骆驼拉了一架金顶华盖的宝车，从宝车上面抬下来一个老得眼皮都抬不起来的老人。老人是连人带垫子一起被抬下来的，垫子上是彩色团花，老人身上也是彩色团花，乍一看就是个花人。

要不是辛秀还能从老人身上看到生气，见他一动不动的模样，怕是要误以为这是具尸体。除了这老人，其余侍从、家属模样的人，都穿着各种颜色鲜艳的衣服。

这附近有很多信佛的国家，都是小国。围着一个绿洲，可能几百人就是个小国家。这些人都爱穿彩色的衣服，可能是因为在戈壁上黄色景象看得多了，就向往繁花似锦。

他们先收拾出老人休息的地方，再搬吃的和喝的东西，然后分吃的，喂骆驼，休息。

辛秀和申屠郁的模样和打扮都和他们截然不同，坐在角落里，竟然也得到了一份食物——一块不知道是用什么动物肉做的烤肉、两个干饼、一小袋葡萄干和奶酒。

他们语言不通，但肢体语言是互通的，辛秀如今已经能很熟练地和语言不通的人利用各种方法交谈了，所以没过一会儿就和人聊上了。

那烤肉、干饼和奶酒，辛秀原本分给了乌钰，想了想又拿回来，只给了他一块干饼。虽然她以前也没见他拒绝过吃这些东西，但今时不同往日，还是避讳点儿好。她心安理得地混在一群人中间说笑吃喝。

辛秀很快弄明白了，他们来自比较远的一个绿洲里的小国。他们的国王很老了，要去世了，临死前想看一眼自在天圣地，于是他们就带着老国王出发，前往自在天。哪怕看不到真正的自在天，能更靠近一点儿，老国王都能死得更安心。

在这里，太多人想去自在天朝圣，所以这群人都不问，也将辛秀他们当作了去自在天朝圣的人。大家信仰相同，有时候就像喜欢着同一个偶像的姐妹，互相还不太了解的时候，气氛总是和谐的。

辛秀喝着奶酒，听他们讲着一口沙漠外语给她传教。为了让她充分感受、沐浴信仰的光辉，他们还即兴给她表演了一段故事，故事是歌舞系列，最后的大合唱尤其好听，在夜晚的风沙下传出去很远，调子悠扬，充满异域风情。

他们太热情了，辛秀喝得微醺，撑着脑袋看他们唱歌。舞动的影子披着金色的火光，在轮廓圆润又高远漠然的巨佛的注视下，演绎出一派众生雷同的悲欢喜乐景象。

在这本该凄风苦雨的离别前夜，因为这一群人，辛秀度过了很愉快的一夜，快黎明时才回到乌钰身边。

“走吧，我看你进自在天后，也该往回走了。”辛秀说着。

申屠郁看徒弟比先前高兴些了，心里感到很安慰。对徒弟要亲眼看着他进自在天的要求，他并不在意。因为他确实可以进入自在天，所以全然不怕露馅儿。

当初，灵照仙人要收他为徒的时候，还有个自称灵性佛的真佛说要度他进自在天。虽说他选了灵照仙人，但因为这一段经历，那真佛说过，若有一日他愿意，也可以进自在天看看。

他们在太阳出来时走过一片往前倾斜的断崖。

断崖前方是接天黄沙，整条断崖像天然形成的千佛图，各个姿态的佛像轮廓看上去像风沙侵蚀出来的，而不是凡人雕琢出来的。最前方有一只佛手，遥遥地指向远方，所以这地方被称为佛指岩。普通凡人若能穿过黄沙，最多也就到这里了。

在岩下有一圈似雪的白色东西，那不是雪，而是有幸穿过后面那片危险的黄沙漠来到此地，最终选择死在这里的人。他们身上的衣服都被风化，只剩下一堆堆白骨，最后化作佛像脚下的一片尘埃。

辛秀站在佛指岩上，看见乌钰走到巨大的佛手之上，又回头看了她一眼，仿佛到了此刻还在担心她是否仍然因为他难过。

其实这一晚上，他都用这种眼神看她，还半点儿没注意，完全不收敛。辛秀想，他真是太可恶了。

他们没有等待多久，风中忽然响起梵音，一个巨佛的影子浮现在黄沙中，在那佛影之后的黄沙深处，不断浮现巨佛的影子，如石像阵一般。

最前方的佛像十分缥缈，额心处映着太阳，伸出一只佛手，恰好落在佛指岩的佛手上，宛如对了一指。乌钰一脚踏上了那缥缈的佛手，身影随着巨佛一同慢慢消失。

辛秀站在原地眺望，久久没有动弹。

申屠郁站在一条通天之途上，听到虚空中有带着笑意的温和声音问："你终于想好了，要入我自在天？"

申屠郁记挂着外面的徒弟，说道："我只是来看看，马上就走了，多有打扰。"

申屠郁进了这地方，没有多看，待了一会儿，想着徒弟差不多走了，于是起身离开。以防万一，他还掩藏了身影。

他重新出现在佛指岩上时，才发现徒弟竟然还没走，她坐在一尊小些的佛像手中，痴痴地望着他先前消失的方向。

申屠郁按住心口，感到心痛，徒弟竟然爱得如此深，还不愿离去！

他再次想，敢让徒弟这么伤心，但凡乌钰不是自己的人身，他这当师父的肯定马上把这人撕成肉条！

狂暴熊猫亏就亏在没有读心术上，因为此刻他眼中“痴痴”的徒弟辛秀，望着前方，其实心中想的是：乌钰还真就这么进去了，这么久没出来，看来他真没骗人，确实是这里的和尚！

她先前怀疑这男人是为了摆脱她，所以讲了这么蹩脚的谎言。但辛秀又觉得乌钰不至于为了拒绝她把自己搞成秃头，心中摇摆不定。她了解过如何能进自在天，发现条件严苛，修士都进不去，只有自在天的和尚能进。她就想着，亲眼看他进去就清楚了。

好了，现在事实摆在面前，她再等下去也无济于事，看来只能走人。辛秀悻悻地摸了把鼻子，转身跃下佛指岩。

暗中观察的申屠郁想着，徒弟黯然离去了。

辛秀咬了根干草，溜溜达达。乌钰不在，她又恢复了那个懒散的模样。

她想着：现在该去哪儿？应该是仙西。她问出大致方向了，往那边走就行。

申屠郁见她好半天才穿过前方那片沙漠，心道：徒弟没精打采的，这是舍不得啊！

辛秀穿过沙漠的时候，遇上了昨晚见到的那队人。他们遇上突如其来的沙漠风沙，险些被吹散，辛秀暗地里帮了个忙，让他们得以安全度过了这一场危机。她想了想，又跟着他们一起往回走，悄悄地把他们平安地送到了佛指岩下。

等到这队人将只剩一口气的老国王按照意愿安置在佛指岩下，又一个个上前虔诚地抚摸过每一座佛像，准备离开时，辛秀又跟着他们一起离去，再次护了他们一程。

走过最危险的那一片地方，她挥挥衣袖飘然远去。

申屠郁看她远去，没有再跟着，而是转道回了蜀陵。他已经决定了，要把乌钰这具人躯改头换面成另一副模样，这副容貌和名字都不能要了，绝不能让徒弟看出不对。

他思考着这次要炼成什么新的模样，徒弟才不会对他起那种心思。最后他决定：把自己的这具人躯换个性别。

若人躯是女子，徒弟应当不会再爱上他了。

“迎菩萨！”

“天王保佑！”

一条长街上，几十个大汉抬着系着红绸的石雕像颠倒呼喝，热闹又威风地从辛秀面前走过。

辛秀瞧着这场景，觉得有些像自己初到这个世界时看到的灵照仙人诞辰庙会，还以为此地的人又是祖师爷的信徒，跟着凑了会儿热闹。可她听了一会儿，隐约听出他们喊的不是什么灵照仙人，而是什么金刚啥啥菩萨。

她心想：好吧，这世界太大，地方太广，信仰分布也很乱，祖师爷的信众还没发展到这边，这边是别人家的地盘。但不管是谁家地盘，都妨碍不了她凑热闹。

这民间活动，甭管他们到底信的是西边的佛还是东边的仙、天上的神还是地下的鬼，活动形式都是一样的，要么穿着奇装异服游行，要么抬着雕像游行，反正总离不了这一类。

辛秀眼见这队人进了长街尽头那座宫殿，而那座屋顶金黄、富丽堂皇的宫殿在这城中简直鹤立鸡群。和其他破旧屋舍比起来，这座宫殿更是格外显眼。

辛秀还是第一次见到这么夸张的神仙庙宇，用半生不熟的本地话好奇地询问旁人：“好气派的宫殿，你们这儿供的是什么神？”

那路人没理她，匆匆走了。

辛秀转头又去问另一个人。那人眼神怪异地瞅着她，说道：“是金刚天王菩萨！你连金刚天王菩萨都不知道？你到处去问，哪里还有人不知道他的？”他的语气就好像知道这什么菩萨是天经地义的事。

辛秀很懂这种感觉。当初朋友和她说起自己的偶像，她回“那是谁？”的时候，朋友也用这种眼神看她，难以置信地反问“你连他都不知道？”。

自以为尽人皆知的事情，可能脱离某个环境后，就是无人知晓，所以人不能太理所当然了。

辛秀又问：“你知道灵照仙人吗？”

路人疑惑不解：“那是什么？我劝你别信那些乱七八糟的神仙，信金刚天王菩萨更好，信了他就无病无灾。你要是不信他，要疾病缠身、家破人亡的！”

这可稀奇了，从来都听说信什么得什么，没听说过不信什么神仙就要遭报应的，这么霸道！

辛秀不以为意，说道：“既然他这么厉害，那让他来找我，看看我不信他会不会疾病缠身、家破人亡。”

路人噎了噎，想来是没见过她这么嚣张的人，生怕遇到她沾上晦气，匆匆避开她钻进人群里去了。周围还有几个人听到了她方才说的话，都纷纷远离她，如避瘟疫一样。

辛秀也不管他们，抬脚准备去前面那什么天王菩萨庙看看。她去过很多灵照仙人庙，虽然庙宇不见得修得多好，甚至有乡间田地边半人高的小土庙，但庙里大多香火鼎盛，简单来说就是人多。面前这庙，修得如此富贵逼人，却不让进。

辛秀大声问道：“你说要捐钱才能进？”

那守门的男人像各种小说里狗眼看人低的门卫，斜睨着她说道：“一分两分你就别想进了，至少也要是一块金子！你当金刚天王菩萨是随便谁都保佑吗？”

这就更稀奇了，上供的钱不够他就不保佑，这么直接的吗？

辛秀越发好奇这庙里是哪个天王老子，参观一次，门票这么贵。她自然带了钱，但就是把钱随手扔到人堆里，也不想用在这种地方。好在师兄教过她把石头变成金子的法术，此时不用，更待何时？

“喏。”辛秀说道。

沉甸甸、金灿灿的一大块“金子”到手，门卫不拦她了，喜出望外地说道：“这么虔诚的信徒，金刚天王菩萨会保佑你的。”

辛秀心想：这倒不必，在外面求别的神佛保佑，祖师爷可能会打我。

庙里人很少，看着都是些有钱人，一个个都穿金戴银佩玉，格外虔诚。大殿里跪了两排人，他们都在磕头焚香。

辛秀既不下跪也不上香，站在那儿琢磨人家的神像。这神像瞧着是个威武的将军，背后有一只狰狞的凶兽，凶兽的几对獠牙长而尖，煞是威风。

这位神佛名字叫菩萨，看着却不像佛教里的人物。她看了一阵，兴致缺缺，转身走人。

她不喜欢这里的气氛，连午饭也不想在这儿吃了，出了城继续往前走。

出城不多时，辛秀见到路上打南边来了一队人，他们用板车运着石头，在烈日下挥汗如雨。

这应该是个采石队，男女老少都有，上到满脸褶子、沟壑纵横的老人，下到才十岁出头的孩子。有的人驮着石头被压弯了脊背，有的人憋红了脸拖车，腰上的粗绳深深勒进了他们的肉里。此时还不到最热的时候，但这群人都浑身大汗。

辛秀一边走，一边吃油饼，和他们擦身而过的时候，有个走在母亲身边、瘦猴样的小男孩儿用漆黑的眼珠直勾勾地盯着她。他大约是这队人里年纪最小的，背上一个背篓里也放着两块略小的石头。

辛秀听到他肚子咕噜噜地响，他咽口水的声音也特别大。小孩儿长得还挺眉清目秀的，她撕了一半油饼，顺手就塞进了小孩儿的嘴里，然后溜达着越过他们往前去了。

谁知傍晚时，辛秀又遇上了他们。可能是她半途走岔了路，到了一个采石场。这里晚上还有人在工作，用工具凿石头，不断发出刺耳的叮叮当当声，山壁间传出非常响亮的回声。辛秀就是被这声音吸引过来的。

山壁上一片白色景象，都是被开采的石头，附近有十几个草棚，好几个妇人烧了水正在做饭。

“没什么好吃的，好歹是碗热汤。”面容沧桑的妇女给了辛秀一碗汤，大概是太疲惫，也摆不出很热情的模样。

辛秀接了那只不怎么干净的碗，觉得这菜根汤确实清汤寡水，比白开水也多不了什么。

小男孩儿坐在一边，吸溜着汤，没半点儿嫌弃的意思。

过了一会儿，有个满身白色石粉的男人回来了，接过妻子递过去的一条毛巾擦了擦脸，好歹露出了一张嘴，能端碗喝汤。他看了一眼辛秀，不怎么在意，既不问她是谁，也不问她从哪儿来，像累得没有说话的力气，整个人都是木然的。他吃了点儿东西又起身往外走去，没多久，外面叮叮当当的声音再度连成一片。

女人让孩子在草棚子里的一处草堆上睡了，用件破衣服搭在他的身上，然后走到辛秀身边，凑着微弱的亮光缝补衣服，问她：“你怎么自己一个人在外面，不回家去？这世道一个女人家在外面走，多危险。”

辛秀噢了一声说：“我力气大，一般人打不赢我。”

女人却摇摇头，露出畏惧的神色，说：“我们这里有妖鬼，还有疫鬼。你不知道那些东西多可怕，遇上了就逃不掉，连一个大男人都对付不了它们。那些东西晚上最多，你晚上就不要出去走了，在这里歇一夜。”女人说到这儿，连忙对着简陋桌上的一个小石像拜了拜，说，“我们是在给金刚天王菩萨采石建庙，他保佑我们，所以这里没有什么疫鬼、妖鬼敢来。”

辛秀这才发现，原来桌上还摆了座雕像。

女人又和她说，他们村子的不少人被妖鬼吃了，所以他们要给菩萨建庙。

“菩萨保佑！等建好了庙，村子里一定不会再死人了！”女人看了一眼自己陷入沉睡的儿子，混浊的眼睛里有两点亮光。

辛秀心道：又是那位天王老子，原来此处有妖鬼为害，信他就能得庇佑，难怪这一路上她看到的多是他的忠诚信徒。

这家的男人半夜才回来休息，辛秀躺在草棚子上睡了一夜，大清早就走了。

她这一路上遇到了太多人，无非是富裕和贫穷、快乐和悲苦这几个词互相组合出的人类。可能有些人和她多说了几句话，她连名字都不曾知晓，真正是萍水相逢、聚散无常。

隔日黄昏，辛秀到了个破旧的小村落里，好多天没好好吃顿像样的饭菜了，准备犒劳一下自己，刚想着要不要去村里借个厨房用，忽然听见嘈杂的尖叫声。

她踩着树枝掠过去一瞧，只见地上躺着个小女孩儿，一个半人高、肚子大、四肢细小、通体漆黑的怪物正准备用爪子剥开女孩儿的脑袋，想将一张尖嘴探进去吃女孩儿的脑子。

旁边吓到瘫软在地的可能是女孩儿的母亲，妇人怀里还死死抱着年纪更小的男孩儿。举着镰刀的应该是女孩儿的父亲，正挥舞镰刀，试图逼退面前另一只对他们虎视眈眈的怪物。

这莫非就是之前那女人和她说过的妖鬼？原来是这东西，她还以为是什么呢。

辛秀见周围恰好长着一棵柏树，折了一枝柏树枝，一跃而下，落到女孩儿与妖鬼身边。她一手轻巧地按住那妖鬼的脖子，将它摁倒在地，手里的柏树枝扎进它的脑袋里，就像用筷子扎豆腐那么容易。

她提起那根柏树枝，身影一闪，再度出现在另一边，同样将柏树枝扎进另一只妖鬼的脑袋里，一根树枝穿了两个妖鬼。两个妖鬼还没死透，细瘦的四肢徒劳地抓动着，鼓起像蛤蟆眼睛一样的大眼瞪着她。

“啊——苦儿！”那女人扑到女儿身上大哭。

辛秀正翻看着两只妖鬼，听到旁边的哭喊声，随口说道：“放心吧大姐，人没事。”

一家人死里逃生，女人号啕大哭，半晌才被男人制止，过来向辛秀道谢。

这村子里的口音辛秀又听不太懂了。从这对夫妻口中，她大约理解了，这东西确实是她猜测的本地一大害。

世上的怪物有那么多种，他们不知道怎么分类，就直接将其统称为妖鬼。

“这东西能忽然从地里冒出来，皮很硬，爪子也利，一下子就能剥开人的脑壳，刀又砍不死它。这里有很多人是睡到半夜，被这妖鬼剥开脑子的，第二天早上才被发现人已经死了。”男人心有余悸，说的大致是这意思。

辛秀说道：“刀砍不死这东西，但是用柏树枝直接就能插死它们。下回你们再遇上这种东西，用柏树枝就行。”

她在蜀陵听师兄谈起各种妖魔鬼怪时，提过这玩意儿好像叫墓生鬼。这种东西是从坟墓中的死人的肚子里生出来的，可以在土里行走，喜欢吃人脑子。

辛秀以为自己说了这办法，他们以后就不用再怕这东西。谁知听了她这话，夫妻两个人反而犹豫着，更加烦恼和恐惧。

“要是杀多了妖鬼，会引来疫鬼，就算能杀，我们也不敢杀啊。”

“妖鬼吃一个人就走了，疫鬼一来，我们这一片的人都要死了。”

两个人说着，女人又呜呜哭起来，连声抱怨：“为什么我们这里不建菩萨庙？要是建了金刚天王菩萨庙，这些东西就不敢来了！”

男人握着拳头，说：“可我们没有那么多钱建庙，人都要饿死了。”

辛秀问道：“所以，你们说的疫鬼又是什么？”

女人抹了抹脸，说：“我没见过，但是听说很厉害。隔着河的那边就有疫鬼，已经死了很多人了。”

辛秀准备去看看据说很厉害的疫鬼又是哪种鬼怪。

第十章　歧路遇故人

辛秀去过很多祖师爷灵照仙人庇佑的地方，那些地方，虽说不一定有多富裕，但人们也算安居乐业。

她到了这片据说是金刚天王菩萨庇护的地方，却只能看到无数愁苦的脸和无数惶恐的人。街上房屋十分简陋，唯独金刚天王菩萨的庙一座比一座华丽高大。

她有时看着那些一座连一座的庙，觉得它们仿佛是长在尸体上吸足了养分才开得这么好的花。

辛秀进入疫鬼肆虐的地方没多久，发现到处看不见人，路过的好几个村子都空了。

她停在河边想洗把脸，凑近河边，却发现河水混浊，还有一股臭味，是什么东西腐烂的臭味?

她往上游走了一会儿，看见水底下有一团团乌黑的水草，感觉有些不对，于是用岸边的枯枝一挑，把那水草团挑到岸上，这才发现那根本不是什么水草团，而是人的脑袋!

这一条河流不知道通向哪儿，但只是她看到的这一段水域里面就有不少这样的“水草团”。这河里怎么会有这么多的尸体？

辛秀丢开手里的枯枝，沿着河流往上走，没过多久，就闻到了越来越重的臭味。随着这熏人臭味一同出现的还有河里一具具被泡得惨不忍睹的发胀的尸体。

先前那段水域里还是沉在水底的脑袋，到了这段水域，水里直接是整具尸体了，而且越往前尸体越多，像人肉沙包一样填满了河流。这里的人难道把这条河当作抛尸地了？他们难道没有往河里抛尸会让各种传染病更加严重的意识？

辛秀站在河边，对面前的场景无法理解。

远处，混浊恶臭的河水里忽然冒出一个脑袋，竟然是个人，好像是个少女。少女在尸体堆里翻找一阵，又钻进水里去找，也不知道究竟在找什么东西，但这样一条光是看着就令人作呕的河，少女也敢往里钻，真是勇气可嘉。

“哎，你在找什么？”

少女听到辛秀的喊声，扭头看到她，喊道：“找我的妹妹。”说完，她又准备钻到水里去。

辛秀又问：“你的妹妹长什么样？我帮你找。”

少女有点儿意外，但立刻说：“她八岁，有些瘦，头发枯黄，穿一件深蓝色的小袄和一条麻布裤子。”

辛秀问道：“她还活着吗？”

少女激动起来，大喊：“一定还活着！她刚被人丢到这里，一定还活着！”

辛秀点点头，开了灵识，在这死人堆里晃。活人身上的气和死人身上的气是不一样的。也不知道是不是师父给她治眼睛的时候额外做了什么，她感觉自己的眼神比起从前好了很多，扫了一眼过去，就瞧见了少女说的那个小孩儿——在河中心另一边的尸体堆里。

小女孩儿的半个身子都被另一具尸体压住了，虽然气息微弱，但确实还活着。

辛秀脚尖一点，轻飘飘地跳到河中心，把那小孩儿提了出来，举高问少女："这是你妹妹吗？"

少女看见辛秀会飞，整个人都惊呆了，待见了她手上的女童，什么也顾不得，蹚着水，拨开尸体就往这边跑，身上都是在河里沾上的脏东西。

辛秀看不下去，朝少女跃了过去，一把钩住少女的后衣领，把少女从河里拔出来，将姐妹两个都带上了岸。

"你的妹妹是染了病？看样子快不行了。"辛秀望气探脉。她在蜀陵没学什么正经的东西，倒是被师兄师姐教了一大堆乱七八糟的东西，所以什么东西都会一点儿，可能现在能充当个赤脚医生。

少女从河边一块石头下拿出一个油纸包，扑到妹妹身边，说："没事的，我拿到神仙肉了，吃了神仙肉，她的病就会好的！"

少女一边说着，一边抖着手把油纸包拆开，露出里面一小片薄薄的肉片，大约也就指甲盖大小。少女小心翼翼地捏着肉片就往妹妹的嘴里塞。

辛秀抬手拦了一下，说："劝你最好不要，这可不是什么'神仙肉'。"

少女愣愣地抬头看着辛秀，忽然一抖，好像捏了个烫手的火炭，下意识地丢开了那块小肉片。可是很快，少女又露出咬牙切齿的神色，重新捏起那肉片，生怕辛秀再次阻拦似的，迅速塞进了妹妹的嘴里。

少女捂着妹妹的嘴，低着头，肩膀颤抖，低声说道："不管是什么肉，只要能救妹妹，都可以，而且……而且，为了这么一块神仙肉，我……"

辛秀皱眉道："这块肉里面确实含着灵气，但我还是要说，吃了这肉，你的妹妹也不可能会好。"

少女猛然抬头，满面愤怒之色，眼睛亮得逼人，喊道："怎么可能？那么多得了病的人，只要吃了神仙肉，最后都好了！难道金刚天王菩萨只肯保佑那些有钱的富贵人家，不肯怜悯我们姐妹吗？”

辛秀心里叹道：那可能是他们吃得足够多。她这才发现，少女样貌很好，是个不可多得的美人。

“你说的神仙肉是怎么回事？”辛秀平静地问。

少女紧紧抱着妹妹，过了一会儿才说道：“神仙肉就是神仙肉……我们这里很多人染了疫病，天王菩萨座下的泥龙护法到了这里，染病的人只要能求他赐下神仙肉，吃了就能痊愈。有很多富贵人家会给泥龙护法供奉，护法就会赐给他们一些神仙肉。有些人明明没有染病，却把神仙肉当作延年益寿的补品，甚至当作宴会上一道用来显摆的菜！”

少女说到这里，牙齿咬得咯咯作响，辛秀大约猜到她是怎么得到这么一小块“神仙肉”的了。

辛秀准备离开，那少女却扑通朝她跪下，说：“我刚才看到您会飞，您是不是神仙？您是不是金刚天王菩萨座下的护法？您也有能治疫病的药吗？求您再赐我一些，救救我的妹妹！我愿意当您的仆从，一辈子服侍您，您让我做什么都可以！”

辛秀叹气，揉了揉额角，说：“我要是能救，刚才就直接救了。”

她走出去很远，还能听到那少女在后面绝望的恸哭声。

神仙肉……辛秀如今对这位金刚天王菩萨越发不待见了，不如先去看看那位金刚天王菩萨座下的泥龙护法是个什么玩意儿。

她都不需要询问，直接就能在城里找出那位护法的住处——不是最豪华的地方就是第二豪华的地方。

果不其然，金刚天王菩萨庙旁边就有一座规模略小的宫殿，同样是生怕别人看不出有钱的装修风格。她走近了能听见里面奏乐欢歌，还能闻到浓浓的菜香和美酒的香味。

辛秀考虑着要如何潜入。既然能发展出这样的信徒规模，那金刚天王菩萨大约不是个简单角色，他座下的护法应当也不好对付。

她要是真这么贸然进去，万一打不过对方，岂不是上去送死？她不如想个办法悄悄潜入。

“哎哟！该死的兔崽子，站住！”

“快，快，抓住他！别再让他跑了！”

护法宫旁边的一条街上，身穿铠甲的守卫举刀大喝，好几个护卫一拥而上，想抓住中间那个一米六高的少年。可少年身手灵活，在几个人高马大的护卫的手下一通乱窜，愣是没被他们抓住。

他逃出包围圈往街口跑去，扭头做了个吐舌嘲讽的姿势，谁知道一头扎进了等在街口的另一个护卫的怀里，被逮了个正着。

辛秀在一旁目睹了全程。

“好哇，让你杀了妖鬼还敢往护法宫菩萨庙里扔，今日老子就让你死成七八块！”

举刀的护卫狞笑着，抬刀要剁人，辛秀在暗处动了动手指，那刀不由自主地拐了个弯，砍在了抓少年的护卫的胳膊上。

“哎哟！你往哪儿砍？”抓着少年的护卫喊道。

少年也机灵，趁乱挣开钳制，一矮身躲进了旁边的街道。

辛秀方才听到那护卫说这少年杀了妖鬼往庙里丢，对他起了些兴趣，跟在他后头。

“我看你们这里的人都信金刚天王菩萨，你好像不信？”

听到突然响起的声音，少年吓了一跳，背靠着墙警惕地看向四周，问：“谁？！”

辛秀蹲在墙沿上拍了拍手，说：“这里，小孩儿，刚才可是我救了你，你不必如此警惕吧？”

少年看了她一会儿，回答了她先前那个问题：“金刚天王菩萨、护法，都是骗人吃人的妖怪！”

辛秀问道：“哦？你怎么知道的？”

少年老实地说：“是一个神仙说的。”

辛秀更感兴趣了，问：“你还认识神仙呢？实不相瞒，我也是神仙，既然大家都讨厌那什么菩萨，不如你也介绍那神仙给我认识。”

少年神色一黯，说：“神仙因为教我们杀妖鬼，教我们治疫病，被那些妖怪抓走了。你说你也是神仙，那能去救他吗？”

辛秀摸了摸下巴，问：“他被抓到哪儿了？莫非就在护法宫里？我看你先前在那儿转悠。”

少年看她有答应的意思，精神一振，说：“是，没错，他肯定就在那里！我想去救他，但是根本进不去。你要是去救人，我可以帮你引开一部分护卫！”

辛秀摆手，说：“算了，我自己去吧，要是见到你说的那位神仙，能救就顺手救了。”

“哎，等等，你知道神仙长什么样吗？”少年见她从墙的另一边消失，急匆匆地喊了两句，又爬上墙往那边张望，却没见到半个人影。

辛秀再度回到护法宫，见到一辆又一辆装着舞女、歌伎的香车正从大门驶进去，也不必多费什么事了，直接上了其中一辆车，使了个隐身术让她们带着自己一同进去。

等到她们下车往前面的大殿走去，辛秀也下车，往和她们相反的方向走去。

根据她多年玩网络游戏的经验，这种救 NPC（非玩家角色）的副本里，但凡是座宫殿就一定有地牢，反正一定是守卫森严的地方。

虽说她从前看过的大部分网络小说的设定在这个世界不通用了，但有些经验还是有道理的，这里果然有个地牢。

辛秀目光往那儿一扫，瞧出来守在门口的好几个护卫都是妖怪。辛秀感觉自己这双眼睛好像变成照妖镜了。这几个妖怪看上去是人样，但坐在那儿吃肉喝酒的时候，露出来的獠牙还是暴露了身份。

辛秀本以为这儿是龙潭虎穴，没想到还挺容易进的。多一事不如少一事，她再用了个叠加的隐息法术，没有惊动这些喝到酩酊大醉的妖怪，走进了地牢。

地牢阴暗潮湿，却没什么臭味，只是格外冷，像个冰箱，里面也没有关满人。辛秀一路走过去，看到十几间地牢都空着。

她随意张望着，一直走到最后一扇牢门前，往里看了一眼。这里面有个人被吊在墙上，垂着头，模样凄惨至极——他的两条腿，从大腿上开始，只剩下两根骨头。

辛秀盯着那颗低垂的脑袋看了一阵，心口一跳，忽然抬手扯掉了牢门上的锁，几步快走进去，抬起了那颗头颅。

哪怕这个人双眼紧闭，面色青白难看，还沾着血污，她又哪会认不出来这是谁？这分明就是老五，她的几个弟弟妹妹中最乖巧、资质也最好的五弟艾草！

“天王护法！你给我等着！”

辛秀几乎一瞬间就想明白了所谓的神仙肉究竟是什么东西。那肉块上面充满了灵气，所以肉不易腐。而老五是木灵根，身体天生比其他灵根的人更能保存生机和灵气，所以那“神仙肉”十有八九是老五身上的。

辛秀怒火中烧，嘴里骂了一句脏话，恨得想立马出去大杀四方，把那该死的什么护法连带着他主子天王菩萨全部片成肉片，做成火锅烫了喂狗。

也许是听到辛秀的声音，老五颤了颤睫毛，缓慢而吃力地睁开了眼睛。

若是换成凡人，双腿被剔成这个样子，就是流血都要流死了。但他们修了几年仙，总归厉害些，不至于死，可半死不活是一定的。老五显然是神志不清了，一双眼睛睁开后没有半点儿神光，好一会儿对不到焦。

辛秀暗悔怎么没有求白妃师叔多给点儿甘露，托起他的脸问：“老五？我是大姐，看看，你还认识我吗？”

老五动了动嘴唇，好像喊了“大姐”两个字，又神志不清地露出个难看的笑容，带着点儿委屈，好像小孩儿在外被欺负后见了长辈的模样。

辛秀将他放下来，裹住他的腿，安慰道："放心，大姐来了，这就带你走。"

老五眼神涣散，还强撑着意识想说话，哑声道："护法……厉……害……小……"

辛秀知道他的担心，安抚道："行了，我知道，你闭眼睡觉。"

老五不知道是太听话还是真的坚持不下去了，安静地闭上了眼睛。他才是个十六七岁的少年，身形纤细，辛秀一把将他背了起来。

在辛秀离开地牢时，那几个妖怪小卒已经喝高了，纷纷趴在地上，只有一个妖怪还在摇头晃脑地哼哼什么。他们大约是作威作福惯了，没有遇到敢来招惹他们的人，所以才这么随意，没有半点儿警惕心。

辛秀来时没想过杀他们，但现在改了主意。

她暂时放下老五，拿出许久没用过的刀。这把刀是她从师父那儿拿来的，从前多被用来烤肉、杀鱼，如今被拿出来，好像隐约还有一点儿烧烤味。辛秀提着这烧烤味的刀，悄无声息地走到那几个醉倒的小妖怪身后，手起刀落，一刀一个，把他们全部剁成了两截。他们的脑袋落在地上后变回了原形，是几只黄鼠和花鸡。

刀上那点儿隐约的烧烤香被血腥气覆盖。

辛秀收回刀，重新背上老五往外走，说："大姐先收点儿利息，等日后再打到他们的老巢，一个个算账。"

辛秀平时不忍气，要是忍了，他日定要加倍讨回来。

她背着老五走在护法殿里，撞见一个提着盒子往这边走的男人。男人一见她背后的老五，马上就要张口大叫。她一脚踢上他的嘴，将他踢倒在一边。男人手上的盒子一下子就被摔开了，露出里面的空盘子和好几把小刀。

辛秀原本都走出去几步了，瞧见那小刀和盘子，立刻明白了，这人大约就是去剐"神仙肉"的。她脚下一转又折回来，踩住那男人的脸，盯着他的眼睛和他对视。

她的眼睛是黑色的，但是现在正慢慢地透出荧荧的绿光，让她的面容看上去有两分妖异。辛秀感到双眼发热，自然而然有种明悟，将灵气汇聚到双眼中。

她望着那男人，见他目光放空，便开口说道：“老五遭受的事，你也要遭受一遍。”

男人果真拿起了刀……

辛秀寻了个方向离开，心道：师父给她好大一个惊喜，眼睛失明一次后竟还因祸得福了。她不仅能直接看穿那些小妖的真身，还能迷惑凡人，就是不知道这招对道行深一点儿的妖怪有没有作用。

她知道自己的眼睛如今还能这么用后，找到护法宫里的两个护卫，迷惑他们，让他们赶着护法宫里的马车，在那些守门护卫的眼皮子底下将她送了出去。

辛秀带着个伤号，多少有些顾虑，没有在这里多停留，直接将自己的二代飞天摩托拿出来，骑着车飞过这片疫区。

先前她过来时发现路边有很多废弃的村落，找了间还算干净的青砖瓦房，把老五安排进去，又把叮当熊猫放出来给自己帮忙，先给老五处理了腿上的伤。

老五的腿应该是被人砍断的，没有了脚，腿上的肉以后还能长起来，但他的脚恐怕和老二的手臂一样，暂时没办法复原了。

像这样的肢体残缺情况，原本的肢体已经没了，如果硬装上不合适的肢体恐怕对修行有碍。四肢本是相连的，灵脉也如此，不是随便什么替代品都可以配上的。

若非如此，她会把那护法麾下一群妖魔鬼怪和走狗的腿挨个儿斩下来，一双双给老五试，看他喜欢哪一对就装哪一对。

辛秀处理完伤口，看着弟弟那张惨白的小脸，越想越生气，气得走去厨房砍了一顿柴。大腿粗的柴，她砍了个十八截，才略消了气，抱着柴塞进灶膛做饭。

不管怎么样，她先等人醒了，吃点儿东西恢复些体力再说。

老五醒来的时候，感觉阳光有一点儿刺眼，恍惚地看了一眼窗户。窗户大开，外头一棵树叶子油绿，枝头上还站着两只鸟，正歪着脑袋往里瞅，发出啾啾的叫声。

他一时还没反应过来自己是在哪里，迟钝地扭头，瞧见床边的小桌上坐着个人抱着个碗在吃面条，香味非常浓郁。

老五下意识地开口说："好香啊……是卤肉面……"

然后他才看清了那是大姐，同时记忆回笼，想起昏过去之前好像是见到大姐了。他还以为是做梦，大姐怎么会找到这里来呢？

辛秀敲了敲碗，老五看着她，眼睛一热，眼泪忽然就涌出来了，哽咽地喊了一声："大姐。"

辛秀放下碗，安慰道："你哭什么？想吃我马上给你下一碗就是了，还有卤蛋。"

老五都在这儿躺三天了，辛秀守着他，顺带鼓捣了不少吃的东西。要治愈心灵上的伤害，肯定要用好吃的，她瞧他被人关在那儿，肯定也没什么吃的东西。

老五吃了一碗热腾腾的面，眼睛还是红的。辛秀跷着二郎腿在床边等着，见他吃完了面，才丢下手里的桃核，靠着桌沿和他聊天："说说，你这是怎么回事？"

老五的任务是在人间救活一百个人，辛秀虽然觉得这不容易，但也没想到他能把自己弄成这副凄惨的模样。

"你出山时，景成子师叔没给过你什么救命的宝贝吗？"

老五低着头说："师父给了我一枚生机丹。"这丹药是给他救命用的。

辛秀其实知晓，蜀陵那么多师叔师伯，教徒弟的方式各不相同，不是所有人都像她师父申屠郁那般护犊子。她有点儿什么事，师父就马上赶来给她撑腰，顺便给她各种法宝，怕她路上被人欺负。

她师父这样的人是极少数，大多数师父并不会去管徒弟入世后会遇到什么，更没有什么遇到危险发信号求助，找长辈帮忙的机制。他们那么多师兄师姐，没有一个没经历过磨难，陨落的蜀陵弟子也不在少数。

这一次，若不是她恰好过来管了这件闲事，老五说不好就要死在这里了。

辛秀问道："所以，我猜那生机丹你肯定没给自己用，给别人用了吧？"

老五乖乖地点头，说："嗯，我遇上一个身患恶疾的少年，我的医术不行，救不了他。我也不能眼睁睁地看着他去死，所以就把生机丹给他了。"

辛秀一点儿都不意外，老五就是这种性格，接着问："那你是怎么被那泥龙护法抓住的？"

这回老五沉默了，一副难以启齿的样子，别过了头。

辛秀踢了踢床沿，说道："说。"

老五仿佛觉得自己做错了什么，拽着身上的被子。他这个样子看着特别像辛秀见过的邻居家的小胖子。那小胖子每回惹他妈生气，被数落的时候，就是这种神情。

"我到了这里，发现这里瘟疫肆虐，就留下来想救人。我配了暂时抑制病情的药方，但是发现要根除疫病，需要先除掉这里的疫鬼……大家觉得杀了疫鬼会惹来更大的灾难，不肯听我的。后来，他们见我用生机丹救了小佟，就要我用同样的办法救他们的亲人，可我只有一枚生机丹，没有办法救那么多人，他们便觉得我是故意不肯救人。"

老五想起那些疯狂的人，他们发现哭求无用后，就走上了另一个极端，对他举起了刀。

"他会仙术，不是神仙吗？我听说那些传说里，吃了神仙肉的人能长生不老，神仙肉肯定也能治病！"

"怕什么？反正都是要死，既然他不肯救我们，我们就自己救自己！"

曾经憨厚地笑着喊他神仙，请他去家里吃饭的汉子；曾给他送过瓜果，声称要给他建个小庙供奉他，让他哭笑不得的年轻人；还有许许多多这样的人，在疫病和死亡的威胁下，为了自己和亲人能活下去，在有人领头时一起站出来对他举起了刀。

辛秀听了很生气，说："你不要告诉我你打不过他们！"

老五沉默了一会儿，说："他们太过疯狂，我要是对他们动手，一定会死人。"

辛秀恨铁不成钢地问："所以，你站在那儿让他们打？"

老五连忙摆手："没有，没有，我跑了。"

只是，他当时受了伤没走远，遇上最开始让他借宿的好心老妇人。老妇人悄悄把他带回家，说让他暂时躲在家里，结果却叫上人偷袭他，砍掉了他的双脚。如果不是小佟把他带出来，他可能在那里就被他们吃掉了。

这可真是好一出贪心不足、恩将仇报的戏码！

哪怕辛秀自己出门在外，不知看过多少这样野蛮荒诞的事，到今日还是会为了这种事愤怒。

她面无表情地问："最后你又是怎么被那什么护法抓住的？"

老五低声说："他们砍了我的双脚……染了疫病的人就痊愈了。他们担心我报复，将此事报给了金刚天王菩萨。"

之后，那些吃人的妖怪就过来把他抓住，真把他的肉当作了神仙肉，按片卖了。

辛秀听罢，点了点头站起来。

老五忙问道："大姐，你……你去做什么？"

"去给你买一架轮椅，顺带找个人来照顾你。"辛秀生气地说。

老五见她生气，什么都不敢说了。

天刚刚黑下来时，辛秀端着一把木质轮椅回来，身后还跟着个忐忑的少年。她朝床上的老五努了努嘴，说："怎么样？这个是你说的神仙吗？”

那个忐忑的少年正是辛秀之前在护法宫旁边顺手救了一次的人，也恰好是老五口中的小佟。

老五和小佟见了面，都喜出望外。

辛秀坐在一边，等小佟高高兴兴地和神仙哥哥说完话出去，才语气随意地对老五说道：“你的任务是救活一百个人吧？你是不是已经救活十几个了？”

老五点头，那十几个人，几乎都是吃了“神仙肉”痊愈的。

辛秀淡淡地说道：“那你这任务可能清零了，重新开始吧。”

老五反应了一会儿，才明白她是什么意思，忽而瞧见她的鞋面上有一道鲜血的痕迹，眼睛慢慢瞪大了。

老五愣愣地看了她很久，辛秀都以为他要傻傻问一句“大姐你是不是杀人了？”，结果却见他一言不发，眼里忽然漫上了眼泪，最后号啕大哭起来。

辛秀：“……”

老五哭泣着说：“对不起！大姐……呜呜，对不起！”

他们从前在盆中天的时候，一起摸爬滚打，老五有一次从树上摔下来，疼得好几天走不动路，也没掉过一滴眼泪，不敢给他们添麻烦。

老五哭得鼻涕都出来了，辛秀还是第一次看他哭得天昏地暗的模样，给他递了块手巾，说：“把鼻涕擦一擦。”

等老五哭过那一阵，辛秀认真地告诉他：“你在这儿跟我说什么对不起？你没有做错任何事，救人不是你的错，别人伤害你也不是你的错，你不许说对不起。”

或许因为从前做过乞丐，又有被人抛弃的经历，老五性格挺软，就有个毛病，不管在哪里都下意识地想要讨好别人，不希望让别人不愉快，期盼着其他人都更喜欢他，不要抛弃他，为此就会一直委屈自己。

这样的人，如果一直生活在世外桃源里，可能是个大家都喜欢的好人，但若身处人间，必定过得无比辛苦。

老五抓着手巾看着她，说："对不起，我让大姐去做了不喜欢的事。"

辛秀没想到他是这个逻辑，一时都不知道该说什么，狠狠捋了一把他的头发，说："别说傻话，我想做的事就是我的事，跟你没多大关系！我自顾自地去做了什么事，然后来说是为了你，这种一厢情愿的说法跟碰瓷没有区别！与你无关，你不许道歉！"辛秀用力按住他，说，"听大姐的，以后不许向人道歉。"

老五遇上什么事了第一反应就是道歉，哪怕不是他的问题也道歉。

老五下意识地又想道歉，但及时反应过来了，只能点点头。

辛秀说："行了，都不是什么大事，等你的伤养得差不多了，我们就去杀了那什么护法，捣了他的老巢。还有那金刚天王菩萨，大姐把话放在这里了，非要把它的头剁下来。还有他的庙，我以后看到一座毁一座。只要这世上还有一座他的庙，我这辈子就算跟他没完！"辛秀说这话的时候，虽然脸上带着笑，但那口气不友好极了，足以称一句狠绝。

老五听得又瞪大了眼睛，欲言又止半天，好像没想到大姐会做到这种地步，犹豫着说："可是，那泥龙护法已经很厉害了，金刚天王菩萨肯定更厉害。"

辛秀不在意地说："怕什么？我们先自己看着办，能搞死多少就搞死多少，实在搞不定了再回去找师父，师父不行还有师祖。"

老五认真地问："这都可以吗？师父不会出山来管我们历练的事吧？师祖……师祖不是在清修，轻易不出来吗？"

辛秀严肃地说："你试都没试就知道不行吗？听大姐的，我说可以就可以。"

老五本身性格温和，又加上年纪不大，听辛秀这么一说，果然就被说服了。他心道：自己这么没用，但大姐向来厉害，肯定行的。

辛秀沉默半晌，忽然叹了口气，温柔地问："老五，大姐杀了那些人，你怪大姐吗？"

老五立即摇头，声音也低了下去："怎么会？我总是不知道自己做一件事是对还是不对，但大姐做的事一定是对的。"

辛秀摇头，说："不是，我做的事也不一定对。只是我觉得，在这样没有秩序的世界，如果每做一件事都要分辨对错，那万事都复杂得很，还不如不看对错，只看自己的意愿。我的性格就是如此，你和我是不一样的人。我觉得你这样就很好，善良有什么错呢？

"有许多怨天尤人的人怨恨'善良'，但其实他们怨恨的不是善良，而是善良的人得不到善待。大姐没法教导你以后要怎么做事，只能说，你尽管遵从自己的本心，做什么事都可以，是非对错的评判都是别人的事，而别人与你无关。你不要被世人的毁誉裹挟，做身不由己的事。"

老五若有所思，又有些茫然，过了一会儿才低声说："大姐，我不知道怎么说，只觉得很难过。他们……那些人曾经对我也很友好。其实我在路上遇到过很多坏人，但我现在才慢慢发现，坏人不一定永远都是坏人，好人也不一定一直是好人。

"我以前当乞丐的时候，遇到过不少好心人。我每次快要饿死的时候，都会有人给我食物。因为他们的帮助，我才能长到这么大，所以我很感激他们。我心里一直在想，要是我有机会，也愿意做一个能帮助别人的人。当初接到这个救人的任务时，我心里是高兴的，但又有点儿不知道该怎么办。大姐，我真的可以吗？"

辛秀坚定地说："你当然可以，有什么不可以的？我们修仙之人，就是要学会对任何人和任何事都大声喊出'我可以'！你不知道，我以前有很多朋友，她们的口头禅就是'我可以'，随时随地都能喊出这个口号，你要向她们学学。"

老五虚心接受，说："原来是这样吗？她们好自信、好厉害啊！"

辛秀半点儿不心虚地替姐妹们收下了单纯小少年发自内心的钦佩之情。

老五受了这么大的委屈，辛秀表面上没表现出什么，心里却在担心他会不会有什么心理阴影，带着他在这儿养伤恢复元气的这些天，时常和他聊天。

当初她在盆中天的时候，经常和几个小孩儿谈心，如今重操旧业，也算得心应手。

今日阳光不错，老五坐着辛秀给他带回来的轮椅，在外面晒太阳，只是裤腿处空荡荡的。辛秀给了他几块木头，让他随便雕东西打发时间，自己在旁边画地图，写游记。

“大姐，你画这些地图做什么呀？”老五好奇地问。

辛秀叼着笔端详自己的地图，往游记上添几笔，含糊地道：“以后干大事的时候用。”

老五又看见她大咧咧地摊开的游记，问：“大姐，你写的是什么？我怎么看不懂？”

辛秀解释：“这是我独有的文字。”其实就是简体中文。她虽然会这里的修仙通用文字了，但这种随手的笔记还是更习惯用自己最常用的文字。

辛秀回答完，忽然想到什么，放下笔看向老五，说：“老五，其实我有件事想和你商量。”

老五像小白鼠一样纯良地看着她，等她说话。

辛秀问他：“你喜欢医人吗？”

老五有些茫然地说：“我……我不知道。我不知道自己喜欢做什么，有个师兄说我在医道上有天赋，让我试试。”

辛秀点了点头：“明白了，也就是说你不是非走医道不可，对吧？那你听大姐的一句话，学医救不了世人，不如你改研究农业吧？”

老五更茫然了：“啊？”

辛秀把凳子往他那边搬了搬，用手指给他画出地图上的大片区域，说：“你看，这是大姐去过的地方。”

老五不由得发出赞叹：“大姐真厉害，去了好多地方啊。”

辛秀说道：“我去了这么多地方，见过各种各样的人，发现一个问题。”

老五好奇地问：“什么问题？”

辛秀老实地说：“基本上所有人都很穷。”

看见老五再度流露茫然的神情，辛秀笑了笑：“你知道为什么我们在人间行走，总能看到很多恶事吗。我觉得主要原因就是大家都太穷了，没法吃饱穿暖。再弱的人，为了活下去，都能变得野蛮凶残。所以，我想让见到的所有人都能吃饱。”辛秀这话说得很随便，像是个玩笑，但老五听得一愣一愣的，惊讶得说不出话来。

“这……这怎么能做到？这么多人，大姐，这太难了。”

辛秀哈哈笑，说道：“确实很难，所以我问你要不要来帮忙。他们的粮食产量太低了，很多地方不适合种能填饱肚子的粮食，再加上粮食种类太少，这些都是问题。你是木系灵根，从前我见你种田挺快乐的，在这上面也有天分，所以我问你想不想试着去培育一些能结出很多果实的粮食，然后找出适合种在人间各个地方的粮食。”

这个念头，辛秀很早以前就有了。

“你的任务不是救活一百个人吗？如果你真的培育出这样的粮食，岂止能救活一百个人，简直能救活世间千万人！”辛秀挥手，说，“既然要定目标，咱们不妨定个大的。”

老五简直被她的奇思妙想镇住了。少年哪怕修了仙，也没有过这么大的“妄想”和“野心”，但心又莫名地怦怦跳动起来，结结巴巴地说道：“可是，我的任务不是治好一百个人吗？”

辛秀摇摇头说：“不是，你的任务是救活一百个人，祖师爷又没限定让你用医术救活一百人。”

辛秀忽然觉得很有趣，因为祖师爷的原话是“救活”，而不是更有指向性的“救治”。

“你看，你的任务还没有期限，哪怕你研究几百年都没关系，这不是太妙了吗？祖师爷让我们出山，没给我们指路，大约就是为了让我们自己找路——不管是完成任务的路，还是自己决定走的人生路。”

老五觉得大姐说得很有道理，说道：“啊！”他被辛秀说得越发激动起来，脸都有点儿红了，问，“可是，大姐，这么大的事，需要很久很久才能完成吧？”

辛秀不管做什么，身上都有种浑然不在意结果的自信气场，此时也是如此。她豪迈地说：“怕什么？我们可是修仙的人，最少也能活上几百年，要是幸运，都能活几千年了。用这么久的时间做这件事，我不信我做不好。而且……”她笑着说，“而且，咱们不是还有那么多兄弟姐妹吗？老二他们肯定也要来帮忙，再不行咱们蜀陵还有那么多师兄、师姐、师叔、师伯，还怕找不到人帮忙吗？”

老五又啊了一声，说：“二哥他们，对呀，还有二哥他们。”

辛秀掰着指头给他数，说道：“你看，老六去九公学宫给人当老师了。她当老师的，好好教，多教出一些能治国的人才。还有，这人间国家那么多，听说南边还有战乱，十几个大小国家经常打得不可开交，我们看看她能不能教出一个统一天下的帝王。”

老五不解地问：“为什么要统一呢？”

辛秀认真地说：“因为秩序需要统一，需要结束战争。我们想做的事，光靠我们几个，那得做到猴年马月。既然是让人们能过得好，当然需要普通人自己配合，简单来说，我需要人间政权的配合。

“有好种的、收获多的粮食可还不够，我们还需要各种能让种田更方便的工具、各种各样让生活更方便的工具，还有大型水利工程。这些就可以找老四，他跟着天工师叔学习，总不能只学做天宫吧？做点儿能造福大众的东西不是更好，也更有趣吗？”

老五听得入了迷，问道：“那二哥和三姐做什么呢？”

辛秀悠悠地答道："种田需要沃野，我见过很多贫瘠土地，都被浪费了。老二不是想养龙吗？日后他要是真有龙了，就让他改变河道来创造沃野。如果老二没有龙，我们还有老三，老三是水系灵根，有她在也是一样的。"

"等到大部分人能吃饱穿暖了，就有了接受教育的基础，越来越多的人会摆脱野蛮和落后的生活。长此以往，一代代下去，哪怕恶无法被灭绝，但总会越来越好。"辛秀说到这里，往椅背上一靠，"到那时候，我们再在人间行走，就不会经常看见无辜的女子被当成祭品、许多女童被随意丢弃、因为贫穷养不活家人的男人无奈自尽、生病得不到救治的人选择吃什么'神仙肉'……这些现象，都会消失的。"

她最开始有这一系列的想法，也只是想要一个热闹友好的人间，那种她可以尽情游玩，所有人都敢出门尽情游玩的人间。

老五的眼睛随着她的描述越来越明亮，先前一直笼罩在其中的阴郁之色终于被驱散，重新变得清澈起来。

"好，我……我可以！"他鼓起勇气说了这么一句话。

辛秀哈哈大笑，朝他竖起一个大拇指，同样说道："我可以。"

虽然辛秀像每一个满口梦想的老板，展望遥不可及的美好未来，把五弟忽悠上了船，但这事确实不是一朝一夕就可以完成的。

她目前还在第一阶段，准备先走遍全世界，亲眼看看各处的情况。毕竟，她没有深入了解过情况，就空口白话说制定什么政策方针，纯粹是瞎扯。

可老五已经迫不及待地想动工了，也不再搞什么木雕了，让小佟找了些稻谷回来试种。

辛秀乐见其成，给他提建议："要那种生命力顽强、在贫瘠土地上也能种的粮食，结的穗子要大，产量要高，味道怎么样倒是其次。"

这种植株培育，蜀陵似乎也有师兄在做，但他们尝试的是如何让食材味道更好、更有灵气。

“除了稻子，还有其他植物，在更北方的人应当不是吃稻子的，到时你跟我一起过去，亲眼看了才知道。”

老五点头说道：“大姐，我明白，植物生长的地方不同，土和水不同，长出的模样也会截然不同。我会采集一些土壤和水，之后和其他地方的进行对比。”

辛秀想起师父炼制的盆中天，心道：不知道师父能不能炼制那种小说里出现过的能种田的芥子空间，如果能炼制，让师父给老五配几个，老五就可以随时随地观察试验田了。

还有老五的脚，才坏了没多久，师父可能有办法给他炼一对假肢。虽然假肢比不上原本的脚，但总归可以方便一点儿。

要是老五觉得不错，顺便给老二也想想办法炼只假胳膊。

“神仙姐姐、神仙哥哥，吃东西了！”小佟端着一个托盘过来了。托盘上面放了两碗热气腾腾的面，面上盖着肉酱。这是小佟在辛秀的指导下制作出来的，已经得了辛秀的五分真传。

小佟就是老五先前用生机丹救了的小少年。此少年真乃能人也，对他们的神仙身份接受良好，人聪明，又孤身一人，一心想留在老五身边报恩。辛秀让小佟留下后，他就自觉地为他们做饭，为老五清洗身体、换衣服，把老五照顾得妥妥帖帖。

老五是男孩子，总有些事是辛秀不方便做的，有了小佟这个勤快能干的少年，情况就好了很多。而且他和老五的年纪相差不大，她外出的时候，老五在这里也能有个说话的伴儿。

辛秀吃完面，一抹嘴，靠在椅子上休息了一会儿，就站起来说道：“我出去了。”

老五还没吃完，奇道：“大姐今日出去很早啊。”

辛秀回他：“食材都吃得差不多了，我顺便去打个猎。”

她这些日子都是吃完了饭就出门，说是去探察泥龙护法的底细、摸清楚情况，老五也没怀疑。

实际上，辛秀可不只是探察而已。她自己一个人已经偷偷开始动手了，先前说的等老五伤好再一起行动，根本就是骗小孩儿的话。

她自然没这么傻，直接一个人去找泥龙护法对打。对付没有把握制服的敌人，就要扬长避短，她选择用各种小手段骚扰敌人，先让他们乱上一乱。

辛秀写了许多小传单，具体内容就是“妖鬼、疫鬼都是金刚天王菩萨的手下，金刚天王菩萨根本不是什么神仙菩萨，而是个吃人的妖怪，每日要吃一百个人”。

管他是不是，她先胡诌了再说。

还有诸如“泥龙护法也是妖怪，他的神仙肉是人肉，这种丧心病狂的行径会惹来天谴”“金刚天王菩萨会吸人财运，拜了金刚天王菩萨的人都会越来越穷困”的话。总之不管他们有没有做过这么多丧心病狂的事，辛秀都把屎盆子往他们头上扣。

谁还不会编故事说瞎话骗人呢?

辛秀用法术搞出了很多小字条，又用了个传信的法术，让法力凝聚出的信鸟吃了大堆传单，飞到城内上空后往下吐。

人最容易轻信谣言了，何况这种压迫下充满恐惧的信仰最容易反噬。

她不只发传单，还去了附近的金刚天王菩萨庙，用雷符一个个劈，劈得那些庙宇的主殿坍塌，神像碎裂，手动营造出“天谴”的现象。

人们对“天雷等于上天的惩罚”还是深信不疑的，辛秀用雷符劈掉的庙越多，人们的信仰就越动摇。

除此之外，辛秀还让传音鸟飞到各地去喊，毕竟很多人不识字，声音、文字双重传播，效果更好。传音鸟除了散播金刚天王菩萨那一群人的坏话，更重要的是传播杀死妖鬼和疫鬼的办法。

妖鬼可以用柏树枝轻易戳死，而疫鬼通常藏身于尸体的肚子里，需要剖开染疫病的人的肚子，用桃枝将疫鬼钉死。

她是说了办法，但这里的人愿不愿意听从就很难说了。老五先前说他们不肯除疫鬼，除了他们害怕被报复，爆发更大的疫病外，还有就是他们无法接受这个办法。人人都觉得人死了是件大事，就该入土为安。剖别人的肚子，亲人是万万不肯干的。而没人管的尸体随便被扔了，更没人愿意去动死人的肚子。

他们不肯干，辛秀就自己干。

老五以为她就白天出门，没想到她晚上也偷偷出门。她到处刨坟挖尸，那些妖鬼、疫鬼被她杀了一片又一片。她把尸体穿起来，做了无数条“项链”，闲得没事的时候，都挂到金刚天王菩萨神像的脖子上。

老五还是年纪太轻，办事讲究，别人不肯做这事，他只会徒劳地劝解。换作辛秀，才不管他们愿不愿意，直接自己动手。

辛秀闹出的动静这么大，泥龙护法自然不会坐视不理。在辛秀把老五带出去的第一日，泥龙护法就得知了消息，勃然大怒，从酒池肉林里伸出一个脑袋，大喊着让属下抓人。

然而，这些人根本抓不到鬼精的辛秀，反而被她遛狗似的骗得满城跑，连她的一个影子都瞧不见。

泥龙护法见这些小喽啰没用，又亲眼看见那些传单，甚至传音鸟都落到护法宫窗户外面骂他了。泥龙护法气得酒菜都吃不下去了，摔了杯子，让自己的两个心腹出马。

这两个人确实有些本事，根据辛秀的作案规律，蹲守在下一座即将被雷劈掉的菩萨庙里，准备当场把她拿下。

然而，今日辛秀提早出门了。

一山还有一山高，辛秀的心眼可是多如筛子，比常人多上九十九个孔。她特意定时定点地搞事情，就是为了引蛇出洞。

那两位穿着铠甲、神情狰狞的妖怪躲藏在暗处伺机而动的时候，辛秀就在他们的头顶上，那两个妖怪但凡抬头就能瞧见她。

“差不多该来了吧？”

“那人实在是太嚣张了，竟然敢惹到咱们护法头上，待抓到她，非得将她丢进油锅里炸了，炸得酥脆！”

“对，先切成一百零八块，再用油锅炸！”

这两个妖怪对自己还挺自信的，为了避免阵仗太大把人吓跑，没有带小喽啰，只是结伴来了。

他们在这儿等了大半日，等得心浮气躁、腹内饥饿，这时候瞧见庙外走进来一个村妇。

村妇打开篮子，上供了一大盘烧肉。

那烧肉不知是怎么做的，闻起来很香，那香味勾得他们口水都要流出来了。等那村妇絮絮叨叨地说完菩萨保佑离开后，两个妖怪也不客气，上前你一口我一口地把那盘烧肉分吃了。

“这味道果真不错，我还从未吃过这样好吃的肉。”

“对，对，也不知是怎么做的，方才那妇人手艺这般好，不如把她抓走，送到护法宫给护法做菜。”

“还是你脑子灵活，待抓了胆大包天的贼子，咱们就去寻那妇人。护法吃得爽快，再给我们哥俩记一功！”

说着说着，两个妖怪感觉一阵天旋地转，晕乎乎地靠着供桌，倒在地上四肢抽搐，刚好瞧见房梁上方托腮等待的辛秀。

辛秀对着两个瞪大眼睛的妖怪微微一笑，一跃而下，落在两个妖怪身边，迅速卡住他们的脖子。

“你们妖怪平时都这么大意吗？送上门的吃食都不检查一下，你们就敢直接往肚子里塞。”

她这是第二次药晕妖怪了，他们这么“单纯”，她都有点儿不好意思了。有点儿不好意思的辛秀，抬手按着两颗脑袋狠狠往地上一砸，她的手劲越发大了，直接将地上铺的砖砸出两个洞。两个妖怪出师未捷身先死，成了她的刀下鱼肉。

“原来是一只野鸡和一只狍子。”辛秀提着两只死后变回原形的妖怪，起身用一个雷符轰掉了神像，完成了每日任务。

小佟在洗衣，见她提着东西回来了，连忙擦擦手上前来帮忙，说："神仙姐姐，你今日回来得也早！哎，除了米面和肉，你还带了野鸡和狍子回来，我们今天要吃狍子吗？"

辛秀把其他东西给他，仍然自己拿着野鸡和狍子，笑着说道："这可不是我们吃的，我是准备送人的。"

小佟有个优点就是不乱问，噢了一声就抱着米面进厨房整理去了。

辛秀挽着袖子，提着野鸡用热水拔了毛，再给狍子剥皮，一举一动都充满了大厨的风范。小佟早已被她的手艺折服，跟在一边给她打下手，顺便偷师。

"神仙姐姐，你把这野鸡切成这么多块是要做什么呀？"小佟问。

辛秀笑眯眯地答："切成一百零八块，炸个鸡米花。"

说着，她果真架起了一口油锅，慢条斯理地炸起了鸡块，炸完了鸡块还有狍子肉，炸一部分，烤一部分，香得小佟直咽口水。

"神仙姐姐，这个不如我先替你尝尝味道？"小佟说着就试图伸手去拿肉。他早发现了，这两位说是神仙，其实都好说话，这样的笑闹他们并不在意。

辛秀用长筷子打开他的手，一脸和善的笑容，说："不行。"

小佟嘿嘿笑着收回手，老五在一旁也忍不住露出失望的表情。两个人眼睁睁地看着辛秀把做好的菜装进盒子里，然后出门。

"大姐，今日还要出门吗？"

辛秀说："对呀，刚做好的东西，得趁热吃，不然不好吃了。"

老五见她远去，心道：大姐打猎回来，亲手做了菜，还要主动送去，莫非是送给什么朋友或者恩人的？

这一盒子食物最终出现在泥龙护法的食案上，他照常满身酒气，见侍从端来这散发着奇香的食物，心情大好，吃空了整盘食物。谁知他吃到最后，盘子底部有一只蜷缩着的传音鸟动了动脑袋，昂起头朝他说："泥巴虫，你的两个好下属的肉好吃吗？哈哈哈哈哈！"

泥龙护法所在的护法宫是个名副其实的"酒池肉林"，奢华至极，但都是品位堪忧的金灿灿的装饰。暗金色的地面上挖了大大小小的池子，有的堆着珠宝，有的流淌着美酒，泥龙护法的座位旁边环绕着一条室内美酒河。

他虽然名叫泥龙，外貌却不甚威武，反而肥墩墩的不怎么灵活，脖子都没了，整个人除了油腻还土气，长得特别一般。他此时生起气来，凶煞的脸上肥肉抖动，不说下巴有三层，连抬头纹都有三层。

"该死！该死的东西！"他一脚踢翻了面前的几案，几案砸在美酒池里。先前依偎在他身边的美人吓得花容失色，纷纷爬开，还有下面唱歌跳舞的男女和侍从，全部吓得瑟瑟发抖。

"这么一个小跳蚤都搞不定，还让她到老子面前来跳，真是没用！她居然用这种小手段！不敢出来见我的人，能是个什么了不得的人物？爷爷我倒要看看，到底是个什么东西如此大胆！"泥龙护法大喝，"来人，将本护法的千道环取来！"

下面有个机灵些的小妖怪，从一边取了他的武器——一套叠在一起的圆圈，上前送到他手边。

泥龙护法看也没看那小妖怪一眼，顺手拿过那套圈，忽然觉得不对，低头一看，发现那套圈内部竟然贴了两张符，而那面生的"小妖怪"此时忽然一手捏诀，迅速往他身上一指，往后退了三步。

只听轰隆两声，两道雷劈了下来，将泥龙护法连人带圈劈了一遍。这一切发生得太快，泥龙护法还未反应过来，生生受了这两道雷击，头发被烫卷了许多，还有隐隐的肉香四溢。

"小贼藏在这里！"

泥龙护法的头上冒出白烟，不知道是被雷劈出来的，还是被辛秀气出来的。

伪装成小妖怪的辛秀已经拿出了刀，双指在刀锋上一拂，开刃，毫不犹豫地上前往他的脑袋上劈。泥龙护法双臂一挡。他那千道环已经被套上了手臂，和辛秀的长刀相撞，发出铛铛的刺耳声响。

辛秀见劈不开它，抽刀后退，同时一手挥出一片粉末，说：“看我的暗器！”

泥龙护法本想追，见了这粉末，又听得她这么说，连忙闭气。

辛秀笑了笑，手指微弹，一阵微风将那些粉末全部吹到泥龙护法身上，粉末从他的衣领里钻进去。这家伙不知道做了些什么不和谐的事，衣服都不好好穿，露了那么多肉在外面，这药刚好给他用。

这东西是辛秀从前在焱砂师伯那儿玩的时候，和焱砂师伯一起搞出来的小玩意儿，叫痒痒丸，人吃了之后全身瘙痒。不过，这东西的味道有点儿冲，一般人闻着味就不会吃。痒痒丸被辛秀磨成了粉，虽然效果没有吃下丹药那么强，但也够折磨人的。

泥龙护法闭气也没用，这些粉末沾到了他身上，马上见效。他一边对付辛秀，一边浑身抽筋似的抖动。他那千道环可以变大变小，被他放出来套辛秀。

辛秀举刀格挡，还要大笑，说道：“泥巴虫，你这舞跳得不错，比方才看的歌舞好看多了！”

泥龙护法哪受过这种奇耻大辱，大喝一声，那些圈竟然分成了一百多个。辛秀眼花缭乱，好几次险些中招被套住。要是她被这圈套住身体，瞬间大圈可以变成戒指大小的小圈，直接就能把她分成好几块。

泥龙护法口中念念有词，又大喝一声。

辛秀还以为那套圈要再增加，骂了一句：“你是卖套圈的小摊老板吗？这么多套圈！”谁知这时她脚下一空，竟然落入了一个凭空出现的坑洞。这定是泥龙搞出来的，他把这砖变成泥地了。

辛秀这一个趔趄，露出破绽，几十个圈将她套住，瞬间就开始收缩。

电光石火之间，辛秀闭眼念口诀，白光闪过，变成了一只虫，而套圈套空，噼里啪啦全落在了坑里。

辛秀变回人身后呼出一口气。这变化之术很耗费灵力，以她的修为，她多用几次就可以直接等死了。

泥龙护法脸色越来越红，他的那些圈也开始颤抖。

辛秀了然地说道："怎么样，很痒是不是？"痒不是病，但是很要命。

泥龙护法大喊一声，好像再也受不了了，一头扎进了旁边的酒池里，试图洗掉身上的粉末。辛秀见他跳进酒池，反手就往那边使了个燃火术。

众所周知，酒精浓度太高就很容易烧起来。这泥龙护法喝的酒都是难得的好酒，这下子可好，酒池瞬间成了火池。

这还未完，她向来是个喜欢火上浇油的人，当即又引来好几道雷，往酒池里劈。

这下子好了，这池子可真是乱七八糟的。

不过，片刻后酒池忽然干了，泥土翻卷上来，扑灭了火。从泥土中跳出的泥龙护法瞧着是遭了些罪，皮肤上焦痕纵横，瞧上去比先前凶狠百倍，大喊道："受死！"

辛秀脚下一崴，忙用轻身之术跃起。她跳到哪里，哪里的土地就往下陷落，踏在柱子上，柱子底下的泥土也翻卷上来，让柱子崩塌，眼看着整座大殿都要不保了。

人们从方才起就纷纷尖叫着往外逃窜，如今留下的都是些小妖怪，近不了他们的身。辛秀故意往他们那边跳，谁知泥龙护法竟然连他们也一起埋。护法宫不要了，自己的小弟也不要了，看来这位泥龙护法当真被她气得发疯。

辛秀面对着这一波又一波卷起来如同海浪的泥土，心道：要是自己直接被这泥埋进地底，恐怕真的凶多吉少，这泥龙护法果然有点儿本事。

可惜，谁叫他刚才吃鸡米花吃得那么开心，她亲手做的东西，这泥龙消受得起吗？

没过多久，辛秀就感觉这泥浪声势稍歇，显然后继无力。她飞起一脚将面前的泥墙踢散，见泥龙护法跌坐在原地捂着肚子哀号，上前笑嘻嘻地说道："你们妖怪吃东西真的从来都不检查有没有毒！"果然用烂了的手段才是最好用的，什么时候用都能有人中招，永远不过时。

趁他病要他命，辛秀毫不犹豫地抬刀斩下，将那圆胖的一堆肉砍成两堆。她一脚踩上其中一堆肉，有些奇怪地想：也没有想象中那么难，这不是被杀死了吗？

她正这么想着，忽然瞧见那两堆肉的气息产生了变化，多了生气。

辛秀瞳孔紧缩，立刻就要往后退，但有些晚了。一只手从下往上，重重地捶在辛秀的肚子上，将她远远地打飞，她撞在摇摇欲坠的最后一根柱子上。

轰隆隆——

护法宫塌了大半，烟尘四起。

在这漫天烟尘中，一道黑白相间的影子砸飞了身上压着的柱子和屋顶，从废墟里跳出来，正是用了叮当熊猫铠甲的辛秀。

而另一边则站起来两道身影，那是先前被辛秀一刀砍成两截的泥龙护法，那两堆死肉在她眼前变成了两个没那么多肥肉、显得更壮实的男人。

辛秀心想：得，砍他还是给他减肥了，顺便整出来一个兄弟，这家伙果真不好对付。老五没和她说过泥龙护法一下杀不死，还能变成两个，估计老五也不知道。其实泥龙护法变成两个，辛秀也不是很难接受，但万一再砍他一截，他变成四个呢？

辛秀忽然大声说道："怪不得叫泥龙，笑死人了，什么泥龙？我看根本就是蚯蚓吧！"

两个泥龙护法脸上都露出怒色，朝她冲来。看这一脸怒气，辛秀知道自己肯定是猜中了，既然他真是蚯蚓，谁知道他能分成几截，还是先走为上。

辛秀按了按自己隐隐作痛的肚子，抬起爪子，直接用铁爪挥开朝自己冲来的圆圈，头也不回地往隔壁金刚天王菩萨庙里跑去。

“想跑？没门！”泥龙护法不肯放过辛秀，带着阴魂不散的圈和翻涌的泥土追了上来。

辛秀套上这食铁灵兽的铠甲之后，速度飞快，既不怕蚊子一样讨厌的圈，也不在乎摇晃着的地面，连面前的墙都直接一拳打穿。

他们二人你追我赶，拆殿毁庙，眼看金刚天王菩萨庙被他们拆了大半，辛秀一头钻进了供奉金刚天王菩萨的主殿里，泥龙护法跟着追了进去，然而殿内静悄悄的，什么声音都没有。

“滚出来！”泥龙护法怒道。

殿内香火袅袅，金幡舞动。泥龙护法多少有些顾虑，不敢直接动手毁了这里把人逼出来。辛秀就是笃定他不敢砸了自己老大的神像，才会躲在这里。

泥龙护法寻了一阵找不到人后，狠狠地哼了一声，说道：“好！我倒要看看你能在这里藏多久？！”

他转身出去，没一会儿，这一座大殿就被团团围了起来。外面一大群妖怪，手拿一张闪烁着光芒的大网罩在大殿的上方。

辛秀躲在天王菩萨的神像里面，在黑暗中双眼微微变成绿色。她看见那网，心想：这回可真是变成苍蝇都飞不出去了。不能往天上跑，也不能往地下——那泥龙护法擅长驭土，她进了土里不就等于进了他的口袋？她看着好像是没法跑了。

不过，她并没有慌张，在神像里伸展了一下身体，拿出百宝囊的垫子垫了一下腰——刚才被打的那一下，让她的脏腑受了些伤。她这身体和其他妖怪比起来，真是个瓷娃娃，一碰就坏。

既然暂时逃不了，那她就先躲着，没什么大不了的。

第一天，泥龙护法在殿内转来转去一直没离开；第二天，他没有一直待在这儿，但来了好几次，每次都在大殿内翻看一圈；第三天，他就只来了一次，看一遍，骂一阵，就走了。

辛秀蹲在神像里摇头，这泥巴虫也太没有耐心了，这样做得了什么大事？难怪她躲在这儿让他抓，他也抓不住。

连老大都这样，底下的小妖怪更不用说。照这样下去，再过几天，他们就会放松戒心，到时候她再伺机逃跑。现在唯一的问题是，她怎么和老五解释她这几天失踪的事。

不过，事情的发展出乎辛秀的预料。

这天晚上，外面忽然有火流星从天而降，砸了刚重建起一个架子的护法宫。

辛秀被吵醒后从窗边看出去，见到那火流星中间站着一个身穿黑衣的女人。

女人身材修长，比例完美，一身黑衣劲装在风中猎猎作响，右手握一把长剑，凌空而立，俯视下方。

如今，辛秀的这双眼睛能轻易看见黑夜中距离甚远的事物，那女子的脸在她的眼里也无比清晰。女子长眉、凤目、红唇，眼尾微微上挑，仿佛画了眼线的眼睛，任谁看了都要赞一声，好冷艳的姐姐。

这姐姐从外表看就十分犀利，下手更是如此，仿佛是特地赶来寻仇的。她天外一剑挑飞了迎出来的泥龙，扑上去眨眼间与他战了百来个回合，下手狠辣极了，把那么大的一条泥巴虫剁成了泥，撒了满地。

辛秀心道：泥巴虫碎成这样，看来是没法再活了。

那位姐姐看上去深谙赶尽杀绝的道理，最后一把火把地上的肉泥都烧成了灰，这下泥龙护法彻底死绝了。

她匆匆而来，又匆匆离去，没有多停留片刻。

辛秀从藏身的菩萨庙里出来，再抬头去看，冷艳姐姐已经离开了。

辛秀想了想，回头给了这菩萨庙一个雷，把庙劈塌，也拍拍手走了。

“大姐，你怎么能这么做呢？”

“好，我知道了，下回不会了。”辛秀毫无诚意地顺嘴说完，就见老五一脸无言表情地看着她。连她的爸妈和师父都对她毫无办法，老五这个“乖儿子”怎么可能拿她这德行有办法呢？

老五摆了半天忧虑的表情，生气也没法生气，最后无奈地说：“大姐不是说带我一起去吗？怎么就自己去了？我虽然没什么用，但还是帮得上一点儿小忙的。”万一有危险，他好歹能给大姐争取一下时间。

少年坐在轮椅上，虽然身子单薄，但神情相比起刚出山那时已经截然不同，眉宇间隐隐有些历练过的沉稳之色。

辛秀眼珠一转，伸手推着他的轮椅往外走，说：“是说好了带你一起，慌什么？你还怕没事干吗？那么多金刚菩萨天王庙没有被劈，走，现在就带你去劈一座！”

泥龙护法死了，金刚天王菩萨还在他的老巢里，正是搞破坏的大好时机，不然，等金刚天王菩萨发现自己的小弟已经死了一窝了，追究过来，他们就只能先逃命了。

老五这几日让小佟出去探听消息，自己也出去了。他猜大姐可能去找泥龙护法的麻烦了，但直到辛秀回来，才知道泥龙护法已经死了。

老五由衷地赞叹道：“不愧是大姐，真是厉害！泥龙护法那么难对付，大姐也能把他杀了！”

辛秀笑道：“泥巴虫虽然死了，但并不是姐姐杀的，是另一个漂亮姐姐杀的。”

老五疑惑地问道：“嗯？”

辛秀便把当时的情况给他说了一遍。老五听了，说道：“大约是与泥龙护法有仇。”

辛秀点了点头，说道：“我也是这么想的，不过那位姐姐刚好这个时间来寻仇，算是救了我一次。不是大姐瞎吹，自从大姐下山以来，运气就一直很不错，遇上危险次次都能转危为安，还能得贵人相助！”

老五笑了起来，说：“是这样的！大姐勇武善良，是个能逢凶化吉、给别人带来好运的人。”

辛秀高兴极了，说：“老五，你说话好听又真诚。下次要是咱们没钱了，就让你化成景成子师叔的模样去给人算命赚钱！”

老五沉默片刻，有些尴尬地说：“大姐，其实我先前就化成过师父的模样去给人算命赚钱，实在是囊中羞涩。”

辛秀大笑，看来单纯的老五出来这一趟，也学到了不少东西。

两个人一起去毁庙，老五的修行速度比辛秀更快，画符的速度也比辛秀快，只不过雷符还是辛秀这个金、火灵根画的更有威力。老五最适合画润养万物一类的符。

辛秀说：“老五，你还需要多练啊。”

老五点头说道：“好，我会勤练的。”

这些庙都是人们亲手修建的，他们见庙被雷劈塌了，大多吓得跌倒在地，随后就大哭大喊，一副死到临头的模样。

老五看得叹道：“修这样一座庙，耗费了他们那么多的钱财与力气……”

辛秀同样在看那些绝望地哭喊的人，说：“这庙破了，他们难受一时，可能只是这一代人受苦；若庙不破，让它一直在，他们怕是要一世受苦，世世代代都要深受其害了。”

“大姐说得是。我也明白这个道理，只是亲眼见他们为了修庙甚至累死，有些难受罢了，但既然已经开始砸庙，就没有停下来的道理。大姐，我们要加快速度了，除了此地，还有许多地方有金刚天王菩萨庙。”说到后面，他语气里的悲悯变成坚定，“我不能继续在这儿养伤了，我们修仙之人恢复一口元气就好，这些皮肉等它慢慢长出来。我们先往南边去。”

辛秀说：“行。”

他们走到哪里，哪里的金刚天王菩萨庙就大片地被雷劈，还有妖鬼、疫鬼也成片地死去，加上辛秀的传音鸟四处揭露金刚天王菩萨的真面目，一时间人心惶惶。

这些百姓还没有经历过信息爆炸的冲击，见了这些异状，大多数人摇摆不定，不知道该怎么办。

他们不敢动会说话的传音鸟，也不敢再去重建被雷劈的庙，可妖鬼、疫鬼还在，被逼无奈的人能拿刀杀人，当然也能拿刀杀妖鬼。

辛秀杀了妖鬼后特地到处扔，人们也不知道这些妖鬼究竟是谁杀的，眼见着都杀了这么多了，开始跟着杀。

辛秀非常明白这一从众心理，稍一引导，事情就朝着她希望的方向发展了。凡是辛秀和老五路过的地方，金刚天王菩萨的信众都开始战战兢兢地处理妖鬼和疫鬼了。

动静闹太大，难免引起正主的注意。辛秀与老五带着小佟刚走过五六处地方，就有一队“天兵天将”追来。

那是一队穿着金甲、银甲，看上去非常威严吓人的士兵，真如神兵天降，忽然出现在辛秀他们面前，将他们包围住。

这些“天兵天将”自然是金刚天王菩萨给自己的屁股上贴的金。在辛秀的那双眼睛里，这哪是什么士兵，分明就是一群妖里妖气的蛇虫鼠蚁和猫狗鸡鸭。

不是辛秀自夸，这群穿上金银盔甲的妖怪，都没她师父座下那些常年变成原形在山里闲逛的妖怪气势强盛。

“就是他们！我只以为他们是寻常借宿的人，不知道他们竟然是逆贼，天将大人千万莫怪！”带路将他们引到此处的是这屋子的主人，说完这句话连忙退下。

领头的是个犬妖。辛秀养过那么多年的狗，对狗很有好感，可这一只恶犬朝她狂吠，还要咬死她，她就无法手下留情了。

“就是你们……”犬妖未说完，就见辛秀朝他们一指。

“雷来！”辛秀最擅长，觉得最好用的就是雷击术，因为这种法术杀伤力大，主要是还不耗灵力。

没见过阵前对骂还没进行完就直接动手的人，“天兵天将”被突然降临的雷劈得四处弹跳，先前的威风阵势一下子就被打散了。

辛秀一推轮椅，说：“老五，继续降雷！”

“好。”老五轻声应了，张开纤长细白的手指说，“雷。”一下降了五道雷，质量比不上辛秀的，他用数量取胜。

辛秀则变身熊猫人跳进妖怪堆里。食铁灵兽的力气和威势极大，她随手就夺过为首的犬妖手上的长戟，往前一扫，扫出去一大片妖怪。

穿上食铁灵兽宝甲的辛秀只要不是对上有些修为的妖怪，怎么会打不过这些小喽啰？

老五在后方尽职尽责地帮辛秀把大片的妖怪分成几小堆，方便她清扫，再给她处理一些想偷袭的漏网之鱼。辛秀没有了后顾之忧，第一次体会到变身熊猫人有多么爽。她小时候看过《功夫熊猫》，觉得自己现在真的很有那熊猫的感觉，甚至想唱一首《中国功夫》。

“棍扫一大片，枪挑一条线，身轻好似云中燕，豪气冲云天！”

肃然对敌的老五被她逗笑，手一歪，一个雷把他们先前住的房子劈塌了。他下意识地道歉：“抱歉，抱歉，我不是故意的。”

辛秀在小妖怪的包围里大笑，说：“老五，劈得好！”

老五无奈，专心给她清扫后路。

两个人配合无间，连守在老五身后，原本面色发白的小佟都看得激动起来。他跑上前几步，捡了一把长剑，壮胆似的挥劈了两下，跃跃欲试——辛秀一棍子又一棍子地把人成堆扫出去的模样实在太令人热血沸腾了。

见了辛秀这模样，那群“天兵天将”也心生退意。他们本就是山精鬼怪的乌合之众，很快留下一地尸体，灰溜溜地逃跑了。

辛秀脱下叮当熊猫后，立刻就地躺下了。叮当熊猫很好用，可用的时候也确实很耗费灵力，她坚持不了太久。

老五过来试图把她拽起来，问道："大姐，你还好吗？起来找个地方休息片刻吧。"

辛秀摆手，过了一会儿主动爬起来，叉着腰，捶着背，踢了踢那些留下的尸体。她一踢，脚下的一个尸体就变成了一只黄鼬。

"咱们把这些尸体丢到大街上去，让大家一起来看看这些'天兵天将'变回原形的样子。"

先前"天兵"从天而降，这里的人都见到了，而"天兵"逃跑的模样，也被人看得清清楚楚。如今辛秀把尸体摆在大街上，挨个儿让它们变回原形。原先不敢来看的人，在门后、窗后偷偷窥见这变化后，都忍不住尖叫出声。

"那是什么？"

"是老鼠！天哪！天兵天将怎么会是老鼠？"

"你看那儿，还有蛇！"

细细碎碎的声音从各处传来。

辛秀搞完事情，带着老五和小佟转移阵地。这回他们不找地方借宿了，直接停留在荒废的屋子里，或者干脆和之前一样露宿，也特地避开周围的人。这里的人几乎都是金刚天王菩萨的信徒，又少见外来人，见了他们，马上就把他们的行踪报到菩萨庙那边了。

先前一拨"天兵天将"被辛秀打得七零八落，下一拨估计很快又要来了。

这闯关卡，有这么一个趋势，一关更比一关难。辛秀先前险胜了一次，不确定自己下次还能不能坚持下来，决定先低调行事。

她和老五装扮成寻常农人，模样也做了掩饰，戴上了斗笠。

"我们还需要一头牛。"辛秀这么说完之后，看见旁边地里的一头牛，顿时就笑了，上去把它牵了过来，说道，“这就齐了，走吧。”

老五顿了顿说：“大姐，我们随便牵人家的牛，不好吧？”

辛秀随手一指牛原先的牛棚，说：“我不是放了钱在那儿吗？足以买这头牛了！而且，这头牛本来就是我的，不知怎么流落到了这里，我只是买回来而已。”

她说着，笑眯眯地一拍牛头，说道：“牛道士，好久不见了，这段时间咱们失散，我可是一直念着你呢，瞧你混得不太好哇，怎么乖乖在这儿给人犁地呢？”

本想假装成普通牛让辛秀放过自己的道士，气到口吐人话：“还不都怪你！你究竟做了什么？为什么我用原本的方法也变不回人了？”

如果不是这样，他也不会直到现在还是牛身，需要到处跑，一不注意就被抓住犁地。

老五惊奇地说：“牛说话了！”愣了一下，他又反应过来，“啊，大姐，你认识这妖怪？”

辛秀乐得大笑，说道：“这不是妖怪，他是我从前抓住的一个坏家伙，把别人变成马任人驱使，所以我就把他变成牛充当坐骑了。”

老五好奇地问：“还有这种法术吗？”

辛秀笑道：“自然有！这是项茅的法术，你要是感兴趣，我教你就是。”

道士插话：“算我知错了，都过这么久了，求你放过我不成吗？！”

辛秀说：“不行！你跟着我一起上路不快乐吗？我劝你别乱跑了，不留在我身边，你可就永远变不回人了。”她要是没搞点儿什么小动作，哪放心把牛道士丢外面这么久不管？“不过，我没有特地去找你，随便路过都能遇上你，咱们这缘分还挺深。”

牛道士在心里默默叹气，他不想与这小姑奶奶有缘。

辛秀把轮椅收了起来，让老五坐在牛背上。牛走起路来缓慢稳当，适合他这种有伤在身的病患。

辛秀特地在一户农家给他买了个大婶手工制作的垫子垫着。垫子朴素的青色花纹加上他们一行人朴素的装扮，牛背后还有两个竹筐子装东西，让他们看上去像三个卖货归家，还顺便种田的小商人。

“这里的稻和先前看到的稻有些不一样。”老五拿着两束稻穗细细地观察着。

辛秀走在旁边，问老五：“怎么不一样了？我看着都差不多。”

老五把手里的稻穗递给她看，说：“它们的叶脉不一样，还有，一个叶子更细长些，一个更宽些。这种细长叶子的稻穗颗粒更长，宽叶的颗粒更圆润，也更小些，虽然宽叶的颗粒更小，但一穗结得更多。”

辛秀觉得老五真厉害。让她这个四体不勤、五谷不分的人来观察这些，她就没办法了，能认出来没脱壳的是稻子就已经很不错了。

老五开始还在和她说，后来就变成了自言自语：“这儿的土地确实比我们先前经过的地方的土地要肥沃一些，土壤颜色也不同，我在想，造成颜色不同的原因是什么呢？”

辛秀随口哼道：“肥料掺了金坷垃，一袋能顶两袋撒，肥料掺了金坷垃，能吸收好多好多氮、磷、钾。”她哼完发现老五盯着自己看。

老五问她：“大姐，金坷垃是什么？”

辛秀心想：这个不太好解释啊。

老五想了想又问她：“氮、磷、钾又是什么？”

辛秀沉默了，当初化学学得不太好，不会解释这个问题。于是，她也只能含糊地说：“大概是一些能让植物长得好的东西。你想，有些地方土壤肥沃，那些粮食就长得好，肯定是肥沃的土壤里面比寻常的土壤多了些什么东西。”

老五恍然大悟地说道：“确实如此，我先前也在考虑，只是不知道那些东西叫氮、磷、钾。不愧是大姐，懂得真多。”

辛秀尴尬地笑道："哈哈哈。"惭愧惭愧，她只是看多了鬼畜区的视频。

道士嗤笑："厉害什么厉害？她经常随口哼些不知所谓的东西。你别看她说得头头是道，其实压根儿不知道那是些什么东西，只有单纯的人才会被她骗住。"

辛秀抬手就扇了牛头一巴掌。老五见她经常和道士吵架，劝了两句："算了，大姐，就别打他了，我看他只是不会说话而已。"

道士这两天成了这少年的坐骑，发现这少年虽说是辛秀的弟弟，但与辛秀着实不像一个娘生的。少年为人厚道温和，不太爱和人计较一些小事，与睚眦必报的辛秀比起来，好骗……不是，好说话多了。

道士当下就装起了可怜，说："可怜我这么一大把年纪了，只是因为犯了些许小错，就成了这么一头身不由己的老黄牛，这些时日，日日为人犁地耕作，苦不堪言……"

道士话未说完，辛秀又拍了一下他的脑袋，说："不许装可怜骗老五，你这心眼也就比我少那么一点儿！咱们都是千年成精的狐狸，谁不清楚谁，跟我在这儿装什么小白兔？"

老五和小佟看他们斗嘴揭彼此的短，十分快乐。

他们停下来休息的时候，道士趁着辛秀出去打猎，又凑到老五面前叫唤："哎哟，我这腿真是太疼了，应该是走路走太久了。"

小佟机灵，见状赶紧过来牵他，想把他牵到一边，说："神仙姐姐说了，你不是什么好东西，别想骗神仙哥哥。"

老五脾气很好，一边捏着一根人家田里长着的植物观察，一边说："没事，那我们多休息一会儿。"

道士又说："我这是变牛太久，骨头都错位了，只有变回人的模样才能缓解。不如你向辛秀求个情，让我变回人松快一天半天，之后再把我变回牛也可以啊，我确实太难受了。虽然我以前干了些坏事，但也不至于连这么一点儿放松的时间都没有吧？"

小佟死活拽不动牛，见他对自己不屑一顾的耍赖模样，气笑了：“我看你精神、身体都好得很，我使这么大力气也拽不动你。”

道士说：“嘿，你这没礼貌的小子，怎么这么不知道尊重老夫？老夫也是神仙！”

“哟，又趁我不在，在这儿骗小孩儿呢？”辛秀的声音带着笑意，她提着几只鸟回来，也不多说，只对神情有些犹豫的老五说了一句话，“这道士从前好几次都想杀我呢。”

老五的神情立即变了，看向道士的目光是前所未见的凌厉，片刻后，道士只听这善良的少年向辛秀建议道：“我觉得轮椅不错，不需要用牛，不如杀了他吧。”

道士感到震惊，心想：老五不是善良温柔的大好人吗？怎么一开口就要杀我？

辛秀打发了老五和小佟去做青菜汤，晃悠到牛道士身边，笑嘻嘻地说道：“你就别想着老五能放你离开了，他现在对你的印象可不怎么好。”

牛道士沉默了，不明白怎么会变成这样，辛秀却是再明白不过。

她这位老五弟弟确实是个大好人，要是有一天让他为了活下去而杀害无辜的人，他是宁愿自己死也不愿这么做的。可要是对他说，如果不杀无辜的人，那他在乎的人，比如她这个大姐或者他师父就会死，那他也会去杀人。

归根究底，是因为他把太多东西摆在自己的生命之上了——坚持与善心在他的生命之上，在乎的人则更在坚持与善心之上。这样的人要是遇上抉择问题，注定会活得痛苦又纠结，所以辛秀才格外看顾他几分。

虽然道士之后还是作为老五的坐骑，但再不敢像之前那样动不动耍个心眼，让老五停下来休息了。因为老五根本不理会他，他就是再唉声叹气也没用。

“你们怎么惹上了金刚天王菩萨？我从前虽然没听说过他，但这段时间流落在这边，可是听够了他的鼎鼎大名。连项茅鬼母都没有这么多信徒，先不说他究竟有多么厉害，只是声势就了不得了，你们怎么敢和他对上？”道士见他们搞事情，心里是喜忧参半。

喜的是万一他们倒霉被杀了，他就解脱了；忧的是自己现在和他们是一伙的，他们要是被抓到，自己恐怕也逃不了，死也死成一堆。

辛秀乐道：“不是我招惹他，是那什么天王菩萨惹到我了。老五现在这样就是拜那什么天王菩萨所赐，而且这妖怪不干好事，闹得妖魔鬼怪肆虐，不然我平白无故烧他的庙、打他的小弟干吗？”

道士阴阳怪气地说：“你这人不是只要觉得有趣，什么事都干得出来吗？我还以为你是闲着没事找事干，就和上次在项茅一样。”

辛秀本想反驳，但一想又无法反驳，于是反手给了他一掌，理直气壮地说：“那又怎么样？”

道士无言以对。

这边仍有很多金刚天王菩萨庙，但问题是，只要他们劈了一座庙，就等于放了个信号表明自己的位置，马上就有一大群“天兵天将”赶过来。这些“天兵天将”里，除了些小喽啰，还有好几个泥龙护法那样的人物。辛秀就是再自信，也知道自己打不过，可是又不甘心就这么放弃毁庙。

辛秀说：“既然如此，我们来研究一下定时炸弹吧。”

老五问她：“定时炸弹是什么？”

辛秀解释：“就是放一道符，隔上半个月才会引雷劈下，那时候我们早就不知道走到哪里去了，他们也确定不了我们的行踪。”

老五又说：“听上去这办法确实可行，但是，我没有听说过这种符咒。”

辛秀不以为意地说道：“没有，我们就自己造，那么多符术又不是天生就有的，都是有了需要才有人研究出来的，前人能行，难道我们不行吗？”

道士说："说得简单，你以为自己造符是那么简单的事吗？"

辛秀笑眯眯地看着他，说："这不是还有你吗？你以前也改过符术，有经验，加上我这么聪明的人在旁边帮忙，还怕不能成功？"

道士脸上明明白白地写着：我凭什么要帮你？

辛秀意味深长地说："只要你帮我搞出了这个符，我就把你变回人。你要是不帮我，我就把你变成尸体。"

在辛秀的威胁下，道士和从前一样，开始研究这个符。辛秀反正不急，让他慢慢研究。

他们这边还没研究出个所以然来，辛秀就瞧见天上飞过一大片黑云。那群眼熟的"天兵天将"再次出动了，而且气势汹汹地直接从他们头顶飞过去。

辛秀疑惑了，搞什么？这些"天兵天将"不是来抓他们的吗？

"看这抓捕反贼的架势，除了我们，莫非还有人觊觎金刚天王菩萨的江山？"辛秀一好奇就坐不住了，说，"你们在这里等我，我去看看。"

老五都没来得及拦她，她就消失不见了。

老五叹道："唉，算了，大姐向来想到什么就去做，拦也拦不住。"

他看向道士，说："大姐不在，你也不可懈怠，还是好好研究符术吧，我看着你。"

道士郁闷地说："你以前喊老道都客客气气的，咱们这是有误会了，不如趁此机会说清楚。"

老五摇头说："没有误会，我之前不知道你想杀我大姐。你该干活了，不然，我便不让你说话。"

道士语塞，心道：这人瞧着是个单纯的孩子，怎么也这么死心眼不好哄？

辛秀隐匿了气息跟在那群"天兵天将"后头。因为他们气息杂乱，她跟得又远，所以她并没有被发觉，远远见他们落到一座建在山巅的菩萨庙里。

这座庙就了不得了，是附近的富人斥巨资联合建造的，几乎占据了整个山头。这群富商造了这么华丽的一座宫室，又上供数不清的金银，得了金刚天王菩萨的庇佑，在此地乃是地头蛇霸主。

辛秀来到这里后就听过他们的名字，附近十里八乡的土地都归他们。原本的乡民为了得到庇护，主动或者被迫将手里的田地送到他们名下，因此也成了农奴，为他们耕种，就为了摆脱那些无处不在的妖鬼和疫鬼的威胁。

这些富户得了好处，又花费更多的金银、人力去反哺金刚天王菩萨。这些富户和金刚天王菩萨是越来越满意了，苦的只有那些没日没夜劳地作却只能混个温饱的普通人。

大多数人就是累死在地里也不敢反抗，而就算反抗也毫无作用。他们绝望之后也就习惯了，还能安慰自己，比起其他地方的人，好歹他们能活。

辛秀打听过，这里最出名的金刚天王菩萨庙就是这一座。她还想着什么时候来烧了这个地方，又因为听说这里也有个什么飞天护法，就没有轻举妄动。

谁知今日，她想做的事被人先一步做了。

辛秀瞧见那华丽的庙宇变成漆黑的废墟，一阵舒爽，同时也看到了一个眼熟的人——那位先前杀了泥龙护法，无意间救了她一命的冷艳姐姐！

这位姐姐实在嚣张，毁了人家的地方不赶紧跑，见了一大群妖怪和好几个护法级人物也不慌，反而站在废墟中间的一根柱子上，用拇指擦了擦剑，转头冷声道："来寻死吗？"

山风吹拂起她颊边的黑发，那一转头的风情，真如电影画面一般赏心悦目。

辛秀远远蹲在山间的一棵松树上，心想：好帅的姐姐，自己一定要想办法和她做朋友。

这位让辛秀想交友的冷艳姐姐，自然是她师父申屠郁的“小号”了，前身乌钰，一个被徒弟逼到假装剃度的悲苦熊猫。因为不想和徒弟谈恋爱，他只好销号重来，如今被捏成了一个女生。

申屠郁心想：自己都变成女子了，徒弟无论如何都不会喜欢上自己了吧？

他带着这种放心的心态，随便捏了捏人身的面貌和身材，可作为一个炼器大师，手法就是这么好，随便捏的人身也非常优秀。他等级太高，做不出品质低的东西。

给人身换个外貌和性别，对申屠郁来说是很简单的事情，他唯一需要适应的就是这具性别不同的身体。他自然知晓男女身体构造的不同，但真的用了女身，才发现有一些不甚方便的地方。尤其与人打架时，他感觉身前的东西太累赘了，晃动得厉害。

申屠郁内心叹道：失策，当初制作的时候就应当考虑到这一点，还有我制作的那些灵器，不用真的不知晓哪里不合心意。

申屠郁一边漫不经心地思考，一边将这些来找麻烦的妖怪打得七零八落、落荒而逃。

申屠郁还记着当初徒弟送别乌钰时痛苦不舍的模样，将人身改造完毕就悄悄跟了上来，看看她的情况有没有好转，恰好遇上徒弟被困，就直接出面把泥龙护法剁了。

这段时间他跟在徒弟身后，也见到金刚天王菩萨有多么嚣张，又见徒弟苦恼，干脆帮她做了这件事。徒弟想做但做不到的事，他这当师父的代劳便是。

在辛秀眼中，这冷艳姐姐举重若轻，杀退敌人，令人心生向往。

辛秀见冷艳姐姐收剑要走，忙现出身形，说道：“这位朋友，请留步。”

申屠郁自然早就看见徒弟了，所以才匆匆要走，但动作还是不够快，又被叫住了。

申屠郁心道：这场面，是否有些似曾相识？

他思考着，不自觉就停下了脚步，隔着一大片废墟看着辛秀。他没说话，辛秀靠近两步，他就退后两步，保持着距离，看上去异常不好接近。

辛秀内心赞叹：这冷冷淡淡的气质真是绝了，除了白妃师叔，我第一次看见这么漂亮又有气质的女子。

辛秀是那种走在路边看到小孩儿摸泥鳅，都要凑上去看看，和人家混成一团的“自来熟”，要想和人结交，根本不会畏惧区区冷脸，当下笑着说道：“朋友可能不认识我，但上次杀泥龙护法时，我正被困在旁边的菩萨庙里，还要多谢你救了我一命。那时我便想道谢，可惜朋友走得太快，我深感遗憾。这次有缘重逢，大家看样子都与金刚天王菩萨有仇怨，不知能否交个朋友？你便是不想交朋友，也要让我好好感谢一番救命之恩……这样吧，我请你吃个便饭？”

申屠郁莫名觉得，这话语也似曾听过，连忙拒绝：“不必。”

他直觉不妙，决定赶紧离开。

辛秀见这姐姐孤僻、警惕心重，也不在乎，退而求其次，说：“你既不愿，我也不勉强，但可否告知我姐姐的姓名？哦，还未说，我叫辛秀。”

两三句话，辛秀已经喊上了姐姐。

第一次被人喊姐姐的申屠郁消化了片刻，他这个身份也没有名字，只好临时起一个。

在辛秀看来，这位冷艳姐姐似乎在犹豫要不要告诉她姓名，最后也许是被她的诚意打动，冷淡地说：“我名白无情。”

辛秀觉得这个名字有种穿越剧女主角的名字的感觉，就那种“她，冷心冷情，被伤害后决心这辈子再也不相信爱，只用仇恨报答那个男人，看他痛苦后悔”的文案小说，真是一听就有一段内情，看来这姐姐也是个有故事的人。

申屠郁确实有故事，一段被徒弟逼入佛门的故事，表明了他宁化为女身也不和徒弟谈恋爱的决心。

辛秀遗憾地看着白无情远去。

虽然没能交上朋友，但是两个人已经互通了姓名，辛秀有预感，自己和这位白姐姐肯定还会再见面的。毕竟大家都走在推翻金刚天王菩萨的道路上，既然是同路人，或早或晚肯定会遇上。

辛秀已经开始考虑怎么让厉害姐姐在报仇的时候顺便带她一起。她最擅长深入敌营搞破坏了。

老五安抚道："那位前辈既然愿意将姓名告诉大姐，心里肯定也是愿意和大姐交朋友的，至少没有恶感。"

道士嘲讽道："得了吧，肯定是辛秀死皮赖脸地问出来的。"

小佟也对冷艳姐姐颇有好感，说："她比神仙姐姐还厉害，应当也是位仙子。自从认识了神仙哥哥，我都见了好几个神仙了。"

第十一章　无情恼多情

辛秀想要的定时爆破雷击符还没制作出来，但远方一直传来金刚天王菩萨庙被烧的消息，她知道那肯定是白姐姐做的。为了给白姐姐减轻一点儿压力，辛秀偶尔也会骑着飞天摩托去找一座稍远些的菩萨庙烧了，烧完就跑，然后到处放传音鸟，混淆视听。

金刚天王菩萨的那些小喽啰一会儿到东一会儿到西，被遛得苦不堪言。

如此四处点火，辛秀一行人到了后国边境。

辛秀问道："后国？这名字听上去有点儿耳熟。"

老五应道："四哥的任务不就是在后国当三年修城墙的工匠吗？不知道那个后国是不是这个后国。"

辛秀说道："肯定是！既然来了，我们不如去找找老四，反正这就是个小国家，人不多，应该很快能找到。"

后国确实是个不大的国家，辛秀一打听，后国南、北最长直线距离大约九百里。她骑个飞天摩托，用最快的速度半天能飞遍全境。

不过，最让辛秀不愉快的是这个国家的国教就是金刚天王教，金刚天王菩萨被奉为无上国师。听说国主就是最虔诚地供奉金刚天王菩萨的人，还下令让所有民众都必须信仰金刚天王菩萨。

看来，后国国都就是金刚天王菩萨的大本营了。

辛秀问："老四不会就在国都吧？如果他真在国都，不就是在贼窝里吗？"

老五有些担忧，说："四哥没事吧？他性子直，易与人起争执。"

正在这时，前方忽然有一个声音大喝："戒严！什么人？！全城戒严，不许进入！"

辛秀几个人正披着暮色准备进后国的边城黄石城，谁知道他们刚迈进城门，迎面就有好几个士兵打马匆匆而来。领头的那个人手里拿着长枪，大喝一声，马头直冲他们，丝毫没有减速，像是准备直接用长枪把他们都叉出去。

辛秀连"天兵天将"都敢打，哪里畏惧几个小小士兵？在那枪头戳到辛秀的眼前时，辛秀一手握住枪头，直接把马上那个男人挑了起来，接着一举长枪，把他挂在了墙上。

其余士兵被她这一动作给镇住了，纷纷警惕地勒马，围着他们。

被挂上墙的男人反应过来，大喊："劫走城主夫人的贼子就力气惊人，肯定与他们有关系。快将他们拿下！快来人！别让他们跑了！"

辛秀语塞，这人恐怕脑子不太清醒，眼看着对付不了她，不夹着尾巴装死，还敢这么大呼小叫让人来抓她。

辛秀喊道："兄弟，你都被我挂在墙上了，哪里来的信心能抓我？"

那男人傲然道："为城主而死，我徐某人也是一腔赤诚忠勇之心，区区贼子有何畏惧？你们再厉害，难道还不惧我们上百铁骑吗？"

辛秀轻松地说：“嗯，你说对了，我还真不怕。”

说话间，街角已经匆匆跑来一队人马，城墙上也有守卫架上弓箭对着辛秀他们。被挂在墙上的男人仿佛已经胜券在握，哈哈大笑，说道：“还不快束手就擒？！”

辛秀也哈哈大笑，笑得比他更大声，用长枪把他挑下来举在头顶，说：“我不是第一次用人盾了，既然你不怕死，今天就用你当盾牌。”

那男人发觉自己不能动了，脸色一变，对上那些箭尖也紧张起来，喊道：“都不要轻举妄动！”

“将军！”有骑兵喊道。

辛秀乐道：“哎，你还是个将军呀？！你若真像自己说的那么忠勇，这个时候难道不应该喊‘不要管我，直接射箭，拿下这些贼子’吗？你说是不是？”

男人语塞，随后又破口大骂：“你们究竟想做什么？”

辛秀无辜地说道：“什么叫我们想做什么？我们只是无辜的路人，想进城找个地方休息，谁知道一进来你们就喊打喊杀。我又不知道什么城主夫人，为了自保只能对你动手了。”

男人又是一阵语塞，还挣扎着说：“不是贼子，那你们心虚什么？”

辛秀怒道：“你哪只眼睛看到我们心虚？”

天色暗了下来，周围已经燃起了火把，但这时火把竟然忽然齐齐熄灭了。今夜又没有月亮，普通人什么都看不清，自然引起了一阵骚乱。辛秀和老五却能看见，她瞧见一个熟悉的人走到身边，拉住她的手，示意她跟着走。

辛秀心想：人真是经不起念叨，才刚说起老四，这就见到了。

在一片混乱中，大家敌我不分，辛秀还特地使了个混淆术，让场面更混乱，他们几个人轻易地走出了包围圈。

带路的人将他们带进一个小院，才转身一把抱住辛秀的胳膊，又跳起来揽住牛身上的老五的脖子，热情地打招呼：“大姐、五弟，你们怎么会在这儿？我刚才看到你们，还以为在做梦！”

老四被晒黑了很多，打扮得像个搬砖工，笑起来时露出一口白牙，宛如遇上战友那么热情，充满了淳朴的乡土气息，从前那个傲娇小少爷的模样真是一点儿都不剩了。

辛秀摸一把他的脑袋，说：“老四啊，你这是经历了什么？大姐都有点儿认不出你来了。”

老四挠了挠脑袋，说：“唉，这个……这个真是一言难尽，你们先进来吧。”

屋门吱呀一声开了，屋里有一位容颜略显憔悴的中年女子，她看向屋外的几个人，虽有几分戒备，但见老四这态度，戒备的感觉也慢慢消散了。

辛秀手中还提着之前准备用来挡箭的那位将军，他被辛秀提得直翻白眼，此时缓过气一睁眼看到那女子，顿时骂道：“城主夫人果然是你们劫持的！还说你们不是一伙的？！”

辛秀听明白了，面前这女子就是先前他们要找的什么夫人，原来这锅没白背。她当即笑了笑，说：“说来你可能不信，刚才我们确实不是一伙的，不过现在是了。”说完，她直接手下一个用力，把人彻底掐晕了。

辛秀把那位倒霉的将军掐晕了，左右看看，见没什么椅子，便随手将他扔到院子里空置的鸡笼上，拍了拍手上的灰尘，感叹道：“老四啊老四，我真没想到，一段时间没见，你都敢偷人家的夫人了。”

老四无奈地说道：“大姐，本来是很正常的一件事，不知道为什么被你这么一说就感觉怪怪的。”

两个人随口开着玩笑。

老四介绍那位女士："这是黄石城的城主夫人，对我有恩，之前帮助过我，所以这一次她遇到杀身之祸，我救了她。"

几个人进到屋内详谈，老四这才发现从牛背上下来的老五坐上了轮椅，老五的衣摆下方没有鞋子，空荡荡的。老四立刻上前一把拉开老五的衣摆，倒吸一口凉气，问道："这是怎么回事？怎么回事？老五的脚呢？"

"说来话长，我总结一下，"辛秀说道，"金刚天王菩萨必须死。"

"又是他们！"老四愤愤地说道。这个又字足以说明他肯定也和金刚天王菩萨有过节。

原来，老四当初离开蜀陵，一路寻找后国，运气还不错，很快找到了黄石城。他的任务也没说让他具体去后国哪里，既然是修城墙，那么到哪里都一样，于是他就直接留了下来，混进一群服役的人中，勤勤恳恳地修墙。

他毕竟修了几年仙，哪怕才十几岁，力气和状态也不是一般人能比的。在一群面黄肌瘦、愁容满面的修墙劳工里面，他就格外显眼，显得特别精神。

修墙期间，他顺便帮了一个体力不支的大爷，替大爷干了两次活。结果大爷家里有个年岁正好的姑娘还未成亲，大爷觉得他不错，准备把女儿嫁给他，巧的是那姑娘来给父亲送水，已经见过老四几次，心里也暗暗喜欢他。

辛秀听到此处，直摇头感叹："我怎么就没有这么好的运气？"她是追人，还没追上！

老五也拱手，一本正经地说道："恭喜四哥了。"

老四按了按额头，说："你们别笑话我了！那不是后来就出了事嘛！虽然我也没准备娶那姑娘，但她人挺好的，给我送了两次烤饼。烤饼还挺好吃的，有点儿像以前大姐给我们做的那个肉夹馍，就是里面没有肉，要是加点儿肉会更好吃……"

辛秀打断他的话："不要说馍了，继续说姑娘。"

老四顿了顿，接着说："那个金刚天王菩萨手底下的十八护法到处为他搜罗金银财宝和妙龄少女。云樱样貌不错，被一个护法看中，直接被强抢了，我也不好放着这事不管，就偷偷把她救了出来。还好他们没怎么防备，我就把人救出来了。"

辛秀问道："人呢？"

老四理所当然地说："为了避免再被抢，我就送她和她爹离开这里了。"

他自己留下和追兵周旋，几次都差点儿被抓。有一次他受伤严重，遇上城主夫人，恰好被她所救，藏在屋内才躲过追兵——黄石城的城主是后国国主的表弟，还算有点儿面子。

辛秀心道：老四简直就像金庸故事里的男主角，一个有能力但不是特别厉害的傻小子，为了救姑娘惹上强大的仇人，危急之时被某某夫人藏在房中躲过一劫……照这趋势下去，老四怕不是要一路走桃花运。

辛秀面上正经地问："那这位夫人是怎么回事？"

夫人静静观察了他们一阵，此时自己开口说道："夺权失败，被丈夫关进大牢准备杀死。"

辛秀诧异地看向她。

夫人微微笑起来，温和地说："我那丈夫粱中峤是个蠢货，不过是因为身份才能当这个城主，什么事都做不到，昏庸无用，爱好享乐还贪财好色，黄石城的百姓在他的治下过得越来越艰难。我还记得当年我爷爷在世时，这黄石城有多么富饶，人们也不会活得像现在这么战战兢兢。"

夫人名为黄苇，黄石城世代都是黄家人治理，上一任城主是她的父亲。也是在她父亲这一代，后国开始信仰金刚天王菩萨。她父亲亲眼看到乱象，为此忧虑成疾，上任不久就撒手人寰。她的弟弟本该接手黄石城，然而被娇惯坏了，耽于享乐，被国主召入国都，从此乐不思蜀，将黄石城的治理权拱手相让。

他们这几座边城与国都的关系本就很难明说，弟弟这么一退，国主刚好将自己的表弟送到这边接管城主之位，还让她这位前城主女儿嫁给了新任城主，以稳定黄石城的民心。

黄苇夫人遗憾地叹息："我筹谋几年，只要能不知不觉地害死梁中峤，我就能以城主夫人的名义接掌黄石城。可惜那厮身边有个朱煞法师，朱煞法师是金刚天王菩萨座下弟子，看出了我下的毒药，救了梁中峤。我的谋划全部落空，还害得一群帮助我的忠心下属如今全部身陷牢狱。"

辛秀直接说："你说得这么清楚，看来是想让我们帮你？"

黄苇夫人直言不讳："是！我也厌恶金刚天王菩萨，我们有共同的敌人，他们让我的民众受苦，不是什么好东西，若我能执掌黄石城，要把他们全部赶出这里。"

辛秀忽然问道："如果让你执掌后国，你会把他们赶出后国？"

黄苇夫人一愣，忽然大笑："是，若我为后国国主，我不会容忍这种怪物盘踞在我的家国之上，不会让他们的阴影永远笼罩我的人民！"说完这一句，她又骤然收敛起笑容，"可惜我身为女子，别说后国，就连黄石城都没办法握在手中……奈何……奈何！"因为她是女子，父亲哪怕明知道她比弟弟优秀百倍，临终前也不肯将黄石城交给她。

她恨自己生为女子！

辛秀摸了摸下巴，说："这有何难？我有办法让你立刻执掌黄石城。"

黄苇夫人激动地说："哦？此话当真？我如今已经暴露，就算阁下能帮我制服朱煞法师，恐怕届时难免会引起国都那边的注意。"

辛秀狡黠一笑："那就由你来做城主梁中峤，我来当朱煞法师，如此，万事大吉。”

冒名顶替当然也是有办法的，修仙世界有各式各样奇怪的符咒、符术，辛秀先前从牛道士那里学到的一种杂术就能让两个人交换相貌。

“但是有个问题，”辛秀说道，“要施这个法术，需要交换相貌的两个人阴阳相合。”简单来说，就是进行一种不能详细描写的行为。

黄苇夫人听懂了，不以为意地摆手，说道：“如此倒是简单，到时候若能潜入，直接将他打晕，我自己便宜行事就是了。”

辛秀鼓掌道：“夫人好胆识。”

顷刻间谈妥事情，当夜，他们就直奔城主府。

黄苇夫人将他们从一条密道带进城主府内，说：“我家在此居住几代，自然知晓几条密道。若是没有诸位帮助，我想逃生，也只能依靠这几条密道了，这是我最后的底牌。”

黄苇夫人熟门熟路地将他们带到粱城主居处，路上守卫全被辛秀放倒了。

辛秀如今使用迷瞳术越来越熟练，越发觉得眼睛好用。老四背着老五跟着她，都没有用武之地。

老四赞道：“大姐，咱们都只学了几年，怎么你就如此优秀？”

辛秀说：“不优秀怎么能当大姐？虽然都是些小法术，但若能灵活运用，用得巧妙了，小法术也能起大作用。”

幸好那朱煞法师没有贴身保护粱中峤，粱中峤今夜也没有找小老婆，方便了他们行事。辛秀跟着进去施法术。

老四、老五坐在门外守门，听到身后屋内的声响，两个人面面相觑，都耳根通红。

屋内隐隐约约传出人声。

有人说：“要变成如此丑的男人，夫人勇气可嘉啊！”

有人回：“我还和他同床共枕多年，岂非更勇气可嘉？！”

“说得也是，其实仔细一看倒不是丑，就是油腻了些。夫人之后多运动，定能改善身材，说不定还有救……你这样也不知道要磨蹭到什么时候，我这里有一枚丹丸，给他吃了，直接点儿。”

“这厮在这方面确实不太行，还没我身边的护卫有用……用药也好，免得浪费时间惹人注意。”

老四、老五缩起脖子，抱住自己的膝盖，假装什么都没听见。

城主梁中峤一觉醒来，还在回味昨晚的春梦，一睁开眼发现自己换了张脸，变成了自己的夫人，登时吓得花容失色。

“这……这是怎么回事？！”女子难以置信地摸着自己的脸，又去摸自己男性的象征，那当然是摸不到了，以后可能一辈子都摸不到了。

已经变成“梁中峤”的黄苇拂一拂衣袖，比梁中峤适应得多，对自己的“夫人”微微一笑道：“夫人，虽然你之前陷害我，但我们毕竟夫妻一场，我也不会把你如何，你放心便是。日后，你就好好待在我的内宅里养病，至于你的那些属下，我也会全部放出来，都是有才之人，我会好好重用的。”

梁中峤扑上来，喊道：“黄苇！你这是想取代我的身份！你不怕我告诉朱煞法师？！”

黄苇冷笑道：“你觉得我会让你有机会开口吗？夫人？”

梁中峤吓得脸都白了，目眦欲裂：“我往日对你还不够好吗？我赏赐你诸多宝贝，后院中那么多女人，谁能及你半分？！”

黄苇漠然地看着他，说：“我想要的不是那些珠宝和你所谓的宠爱。我要权力！我要能主宰自己和别人的生命！我能自己拿的东西，为什么要等你来施舍？我以后都可以自己拿了，而且，那本来就是我的东西！”她一把甩开梁中峤。

黄苇对旁边看热闹的辛秀拜了拜，说：“多谢你，今后但凡有事，我必鼎力相助！”

辛秀轻松地说：“先别急着谢，咱们还要解决朱煞法师。”

黄苇点头说道：“说来也简单，这朱煞法师好色。”

辛秀打了个响指，说：“我明白了。”

为了感谢朱煞法师救了自己一命，城主搜罗了一位绝世美人送到朱煞法师的宫殿里，还有上百坛美酒。

美人端坐轿内，朱煞法师眯了眯小眼睛，一手挑起白纱帘往内看，第一眼便呆愣住了，旋即露出色眯眯的神情，还异常油腻地舔了舔颇厚的嘴唇。

轿内的女子眼波流转，含羞带怯，望他一眼便慌张地低下头去，再不肯抬头，果真是他从未见过的美人。

送美人前来的小胡子殷切介绍：“这美人是城主四处搜罗而来的，不仅容貌不俗，更身带异香。法师，您闻，这美人香是不是十分神异？！”

朱煞法师耸了耸鼻子，果真闻到一股沁人心脾的幽香，赞叹道：“好！人美，这皮肉也香！”说罢，他伸出肥猪手，把轿中美人拉了出来，细腻的触感又让他心荡神驰了一番。

小胡子适时送上开封的美酒，说：“恭喜法师得了美人，不如请美人敬法师一杯。”

女子果真拿起酒杯，欲送到朱煞嘴边。朱煞却反手一推，让她先喝，等她喝了一口，这才自己接了杯子照着美人的唇印喝了剩下的半杯酒，自以为风流其实很猥琐地笑道：“美人喝过的酒，果真更有味道！”

说完，他还在美人脸上亲了一下。

扮成小胡子的辛秀看到“美人”娇羞低头时脸上的僵硬神情，差点儿没绷住笑出来。

老四，坚持住，你可以的，不要浪费大姐捏出来的这一张绝世美脸！

辛秀见过的美人不少，不说蜀陵里的诸位同门，漂亮的师姐师叔多了去了，就是之前在妖洞窟里见过的妖精也有不少美人，还有这一路上遇上的人，譬如那个冷艳姐姐。她心中有万千美人，捏出来的脸也异常好看，哪怕脸庞略显僵硬，也足以勾得这朱煞法师神魂颠倒。

这朱煞法师果真是个好色鬼，喝过几杯酒，就想搂着美人办正事。辛秀算算时间，还需要拖延，便给老四使了个眼色。

老四得了这暗示，细声细气地说道："我一直很仰慕法师威名，想给法师舞一曲以表心意。"

朱煞法师一听，满口说好："好，好，好，你速速跳来！"

老四下场，身姿如蝴蝶蹁跹，低眉抬手，像模像样。在来之前，辛秀紧急给他培训了一番。

老四当时黑着脸说："大姐，我不会跳舞啊。"

辛秀告诉他："很简单的！你听我的，先转圈圈、抬起袖子、遮脸，然后露出一半脸，再抛媚眼，再转圈。你要抬脚把裙子提起来转圈，摆动手臂。成了！"她看那些影视剧里的女主角也不怎么会跳舞，还不是技术不够脸来凑？

辛秀安慰道："放心，你这张脸，哪怕是跳大神，朱煞也会买账说好的。"

老四如今照实发挥，连辛秀看了都忍不住赞一声好，心里大喊：很不赖啊，老四，不愧是你！

辛秀看得津津有味，甚至想，回山的时候搞火锅大会，让老四当场给大家表演一个节目。

朱煞那咽口水的声音大得辛秀都听见了，他迫不及待地下场，拉住"美人"的手，说："美人的心意我收到了，不如我们这就……”他顿了顿，似乎觉得腹内有些不对。

老四本来不想靠近他，这会儿主动凑上前，一把揽住他的手臂，说：“好哇，让我来好好伺候法师！”

朱煞嗅着美人身上的幽香，丝丝缕缕的香气驱散了他的不适感，让他感觉有些飘飘然，携了美人就往后走去。没过片刻，内里忽然传来朱煞的怒喝：“该死！怎么回事？”

老四大喊：“大姐，快来，成了！”

辛秀走近，把老四拉开，说：“行了，别靠太近，待会儿血溅你满身。”

朱煞法师疼得在地上打滚，怒视两个人道：“你们……你们是来刺杀我的！”

老四冷笑，一把抹去身上的伪装，说：“自己做过什么好事自己不知道吗？你先前和那个护法一起强抢民女应该很高兴吧？”

朱煞法师眼睁睁地看着美人变成一个黑皮肤的少年，震惊得一瞬间都忘记了腹内疼痛，声音听上去比方才还要愤怒：“美人是假的！竟然是假的！我的美人呢？那么美一个美人怎么说没就没了？！”

他看上去很不能接受这个事实。

老四又是脸一黑：“死到临头了还惦记美人，还是担心你自己的小命吧！”

朱煞法师直觉腹内阵阵疼痛更加厉害。他自然有些手段，可往常那些手段都没了用处，疼痛越发明显，好像有什么东西在啃食自己的脏腑一般。

“你给我下的什么毒？我怎么……怎么解不了？……”

辛秀拿了刀出来，闻言，奇怪地说道：“都说你对毒很了解，我怎么会给你下毒？”她放进酒里的是其他东西。

朱煞疼到在地上打滚，肚子越胀越大，似乎要爆炸了。辛秀踩住他的一只手，老四连忙帮忙按住挣扎的朱煞。辛秀比画了一阵，划开他的四肢，随着鲜血溢出，伤口处慢慢爬出了一条条血红色的小蚰蜒。

吃饱了血肉的蚰蜒从伤口处钻出来，那模样瘆人得紧。然而还没完，朱煞惨呼一声猛然变回了原形，果真是只妖怪。

辛秀乐道："嚯！还是只好肥的野猪！待会儿要是还有剩，不如把他烤了吃？"

老四说："大姐，别开玩笑了，快躲开，他冲过来了！"

朱煞对他们真是恨意满满，这种时候了，还要强撑着意识攻击他们。

辛秀脚下一点跃到房梁上，避开那垂死挣扎的野猪的冲撞。见他去撞老四了，辛秀又从梁上翻落，落到野猪的身侧，抬脚在他胀大的肚子上一踢。

只听噗一声，野猪的肚子爆开，里面稀里哗啦地落下一堆东西，血块、碎肉混杂着小蚰蜒。

大野猪轰然倒地，露出几乎被吃空的腹腔和内里一只硕大的蚰蜒——辛秀先前抓住的那只蚰蜒妖。

没错，辛秀放进酒中的是游颜和他那些小蚰蜒。游颜本身是妖怪，生命力顽强，又不像毒药无色无味，缩小后只有头发丝那么小，朱煞没察觉危险，没有多加防备，又被美人迷得晕头转向，喝下了加了许多蚰蜒的酒。

老四身上的香是由内而外散发出的，蚰蜒闻了他嘴里溢出来的香味，就不会往他身体里钻，全挤到朱煞那边去。在蚰蜒妖的带领下，它们在朱煞的身体里长大、啃食，吃了一顿饱的。两方妖怪相斗，果真不出辛秀预料，游颜赢了。

大蚰蜒伏在朱煞的尸体之上，忽而变回人形，大约是吸收了朱煞的血肉，恢复了一些，抬头看了辛秀一眼。辛秀笑眯眯地招手，道了一句“辛苦了”，蚰蜒一句话都没能说出口又被她收了回去。辛秀继续把他塞进了小罐子里。

老四见大姐过完河就理直气壮地拆桥的行为，沉默了一瞬间，又对她说：“大姐，那是你养的妖怪吗？我看他十分凶残的样子，大姐能驱使他吗？”

辛秀自豪地说：“师父给了我一些宝贝，暂时制住他还是可以的。”她身上带了妖怪，带了女鬼，零零碎碎的小东西多了去了，大多是随手带在身边的。

“好了，朱煞既然死了，以后我就是朱煞了。”辛秀随意地说。

黄苇夫人没有修为，想和梁中峤换脸只能用那种办法。辛秀作为修仙人士，直接变就行了。不过，直接变比较耗费灵力，她还是使用捏脸的小法术，更节省灵力。虽然这样做有很多破绽，但只要不遇上同道和有修为的妖怪，她足以应付普通人。

辛秀准备动手，看着地上那一堆尸体，忽然又放下手，幽幽一叹，说道：“我和黄苇夫人真是同病相怜，我们都要变成这么丑的男人。老四，你觉得朱煞比较丑，还是之前那城主梁中峤比较丑？”

老四想了想，认真回答：“丑得不相上下吧，我实在分不出来。”

两个人再迈出大殿时，妙龄少女已经变成了一个肥头大耳的油腻男子，黑皮精神小伙则变回妖娆美人，这两个人亲亲密密地站在一处，真叫人不忍直视。

黄苇夫人，如今该叫她“梁中峤”了，收到辛秀成功的信号，立即着手处理城内事务。她首先安顿自己从前那些下属，接手原本梁中峤的属下。她手段雷厉风行，哪怕有人对她所做之事有些许疑虑，也抵不过“朱煞法师”同样支持城主。

于是，没过多久，黄石城的人民就发现，先前街上那些当街抢人的法师宫士兵没了，欺男霸女的城主府下人也不见了；大家要交的供养菩萨税没了，先前要修建的几座巨型宫殿和菩萨庙也搁置不建了；被胡乱打发去修城墙和各种建筑的男人得以回家，从前因为得罪城主被关进牢里的人也被放了出来。

“这是怎么回事啊？”

“管他怎么回事，人回来了就是好事！”

黄石城也有妖鬼，毕竟有妖鬼闹事，惧怕的民众才会乖乖听话，如今“梁中峤”大手一挥，吩咐：“灭妖鬼！”

知晓内情的两位忠心的下属忧心忡忡地说道：“城主，你初掌权，如今需要维持稳定。你这样接二连三地与先前的梁中峤行事迥异，会引起国都那边注意，到时候你恐怕就危险了，不如徐徐图之。”

“梁中峤”说道：“我何尝不知呢？我想将权力握在手中，不就是为了我的城民吗？若是我能眼睁睁地看他们受苦，又何必冒险来当这个城主，不如安生做个城主夫人。我要是害怕，就不会走到这一步……你们放心，我自有分寸。”

如今她得遇贵人相助，要把握机会，大刀阔斧地斩去这些陈腐恶疾，不然那几位仙人离去后，她再想改变就更加困难了。再者，她做这些事，也是为了向那位辛秀仙人表明自己的诚意。如果她不能旗帜鲜明地表示与国都那边对抗，辛秀如何会帮她？

好在这时代消息流通真的不快，他们在此安生了两个月，黄石城都慢慢开始恢复从前的模样了，也没有国都那边的问责消息传来。不仅如此，还有附近的大商户前来进贡——向辛秀这个“朱煞法师”进贡。

“我们想求法师庇佑。”前来的富户有赵、钱、孙、李四家。

辛秀纳闷了，他们是按照百家姓的顺序来进贡的吗？

这四个富户，说来辛秀也是知道的。先前她看见那位冷艳姐姐烧掉的山巅的华美菩萨庙就是这几位富户修建的。他们还供养了一位护法，当然那护法也被冷艳姐姐杀掉了。看来，如今他们是想找个新的靠山，就找到她这里来了。

朱煞法师的好色大约是声名远扬了，这几位富户除了带来常规的金银财宝，都额外送了好几位美人。

辛秀一把搂过旁边美人模样的老四，又一把揽过伪装成另一位美人、文静端坐的老五，哈哈笑道："我如今得了两位绝世姐妹花，正新鲜着呢，你们送的什么庸脂俗粉要是比不过这两位美人，就不要来丢人现眼了！"她转念一想，又说道，"既然你们想供奉本法师，总要有些诚意。这样吧，本法师近来刚好有闲暇，想出去转转，不如就到你们几位家中去做客。若是谁招待得好，我自然有赏赐，庇佑也好说。"

几个人自然笑容满面地说着蓬荜生辉之类的话，匆匆回去准备，等待她大驾光临。

人一走，老四就问："大姐，你去这些人家中干什么？"

辛秀啧了一声，说："这些人可没少干坏事，为虎作伥听说过吗？虎要杀，伥我也不想放过。我不如先去仔细看看他们都做了些什么事，然后解决了他们。"

她先前路过这几个人名下的农庄，亲眼见到有老人因为被迫没日没夜地劳作而猝死。说是老人，其实那人不到五十岁，可那苍老的模样如她那时代七八十岁的老者样貌，可见劳累至极。

田间还有面容枯槁的妇人像老黄牛一样耕耘土地，还要被管理田地的富户家的恶奴拖到一边的林中强占，饶是如此，她们也不敢得罪恶奴，连眼泪都没有了，等恶奴离开，还要回到田间继续木然地劳作。

辛秀看见这些荒诞的场景，时常觉得费解，这样的日子他们怎么过得下去？他们不觉得无法忍受吗？后来她想，这些人大约没有经历过美好的生活，所以也不明白这样的日子究竟可怕在哪里。

哪怕她杀了几个恶奴，想想也觉得索然无味。如果这个鬼蜮横生的世间没有被改变，她杀一两个恶人又有什么用？大家都过得不好，想要过得好的人就变成了恶人。

老五细心，看出她沉默片刻是为何，忽然说道："大姐，我们可以的。"

辛秀笑起来，又一把搂过两个弟弟，坚定地说："对！"

老四忍了忍，看着她的脸没忍住，问："大姐，不是我说，你这脸我看着真的很难接受，你离我远点儿行吗？"

辛秀扭头看向老五，说："老五，你教教老四应该怎么说话。"

老五点头，对四哥说："四哥，你现在应该说'就算大姐现在顶着这副丑陋的模样，内心的美好也像明月一般闪耀'。"

老四沉默了一会儿，用眼神表示：五弟，你变了。

老五也沉默了，用眼神回他：惭愧，都是为了生活。

"你们来选，赵钱孙李，我们先去哪一家？"

"不如选钱家？他们一听就很有钱。"

"那就去钱家。"

朱煞这人平日里出门架子就大，排场威风。辛秀顶了他的身份，那架势比原本的朱煞还要大。朱煞先前手下有两位厉害人物，以防万一，辛秀将这毫无防备的两个妖怪骗去杀了，于是就剩下一些唯命是从的小妖怪。这些小妖怪被她指挥得屁颠屁颠的，让她暴露身份的可能性大大减小。

辛秀如今出门，除了带上朱煞原本那些撑场面的小弟，还有城主"梁中峤"特地为她拨来的护卫。这些护卫倒不是为了保护她的，毕竟怎么看她都不需要普通凡人保护。这些护卫是城主让辛秀带上探察情况的。

"城中财政不容乐观啊。"城主在她离开前这么感叹。

辛秀瞬间就明白了，城主想搞钱。

辛秀带着两位“美人姐妹花”，坐在十二人抬的超大镀金轿子上，前往钱家。原本抬轿子的是十二个健壮凡人，但辛秀上轿子前嫌弃地说了句：“凡人力气小，抬着不舒服，给本法师换些力气大的妖怪来抬轿子，别颠着我的两位美人了。”

于是下属都知道了，法师很宠爱这两位美人。先前法师身边也有很多好看的美人，在他身边待上一阵，待他腻了就直接被吃掉了，不知道这两位美人又能活多久。这两位美人长得这么好看，大约能待久一些。

顺理成章地换上了妖怪来抬轿子，辛秀下令迅速赶路。这些妖怪出门在外，打着朱煞法师的名义欺负惯了人，臭名远扬。在路边远远看见这一行人过来，所有人都吓得赶紧躲藏起来，有人吓到翻墙逃跑，有人吓到跳河。

老四愤愤地说道：“这朱煞太可恨了！死得太便宜了！”

辛秀说：“老四，你说话的时候别恶狠狠地盯着我的脸，成吗？”

老四讪讪地笑了，心中暗道：都怪朱煞这张脸太拉仇恨了，我这不是不自觉就瞪上了嘛！

饶是如此，还是有躲避不及的路人。

一个农人背着竹筐，因为佝偻着身子看着地上，没有发现他们，等到发现时，他们已经近在咫尺。避让不及之下，那些开道的小妖怪毫不犹豫地抬手就要杀人。

轿子里忽然飞出一个重物，把人砸到了田边，随后轿子里响起朱煞的声音：“两位美人，看我丢得准不准？”随后就是一阵轻柔的夸赞声。

听到这句话，本准备杀人的小妖怪也不敢上前掺和了，忙退回去。

直到他们这一行人走远，那被砸到田里的农人才一脸蒙地爬起来，揉揉一点儿都不疼的肚子，再拿起之前把他带倒的重物一看——好大一块金子！

钱家人早早得到消息，提前很久就忙活起来，家主带着一众儿子迎到路边，亲自把辛秀一行人迎进了家里。

钱家不愧是有名的豪富之家，单单这宅院就是人家一座小城的规模了，院子里还圈进去两座山，好一个土皇帝。

辛秀从进了大门，就看见到处是雕梁画栋，处处都是金钱堆砌起来的精致景象。里面的奴仆有男有女，女人格外多，而且容貌姣好。辛秀了然，钱家主这是投她所好。

果不其然，进了为朱煞准备的法师殿，钱家主还特意办了一场家宴，这次为她介绍了自己的十几位女儿。从他女儿的平均样貌来看，这位钱家主后院的老婆长得都很漂亮。

辛秀瞧瞧那些被亲爹当作礼物，准备插在猪粪上的女子，忽然说："其实，本法师近来觉得美貌男子也别有一番风味。"

钱家主一惊，下意识地去看自己那一排儿子，那些方才还笑吟吟的男子突然神情僵硬，谁都不敢轻易作声。

这……让自家的姐妹去攀附权贵，然后全家人依靠裙带关系得到好处，这都是"历来如此"的惯例了。但他们这些男儿是用来继承家财的，顶天立地的大好男儿怎么好为了些好处出卖自己的色相?

辛秀在上头看着众人的神情，颇觉有趣，这时候目光又特意在那一排钱家郎君身上扫来扫去。她现在这相貌，这一眼的杀伤力可不是一般大，但凡被她看过的钱家郎君都感觉一阵恶寒，又不敢表现出恶心的样子，害怕得罪她。

钱家主眼看着自己的继承人要遭殃，连忙说道："这……我们府上也有一些模样不错的后生……"

辛秀脸一沉，把手里的东西砰一声砸在了桌上，怒道："你是在敷衍本护法？那些家奴哪里比得过娇生惯养的郎君？"

钱家主在这一刻想了许多，心道：反正我有这么多儿子，牺牲一两个保得家宅平安富贵也没什么！

"不敢不敢，法师能看中小儿，是小儿的运气。"钱家主这话一出，那一排男子都傻眼了，僵硬地等待厄运降临。

辛秀早就选好了人，这一排人里她只对一位眼熟，先前曾撞见这位骑马出游，呼呼喝喝好不威风，现在自然要选他。

辛秀抬手指了指，笑眯眯地说："就这位郎君吧，到本法师身边来。"

排行第二的钱二郎一个踉跄，又在父亲的逼视下勉强扬起一个笑容，坐到了辛秀身边。

现在钱二郎尚且稳得住，可等到辛秀开口让他跟着去休息的时候，简直面如土色，几乎能感觉到背后的兄弟在嘲笑他。

钱二郎跟进屋内就倒下去了，老四收回手，双腿岔开坐在地上，抱怨了一句："当女子也太麻烦了，连坐着都要保持姿势。大姐，你把这人弄过来干什么？"

辛秀随意地说："当然是找乐子！我先前见这人随便踢死了一个人。"

老五和老四都皱起了眉。

辛秀笑了笑："现在就先玩一玩吧，老四，老五腿脚不方便，你上吧。"

老四愕然地睁大了眼，说："大姐！我上？我上什么？"

辛秀大笑道："想什么？我让你打他一顿，照着屁股打，会不会？"

老四长舒一口气，拎起人就是一顿毒打。

于是第二天，钱二郎发觉自己的臀部一阵火辣辣的疼，真以为自己被猪拱了，那一瞬间恶心欲呕，羞愤欲死，回去都不敢见人。

他的兄弟来探望他，一个个表面上关心，幸灾乐祸的语气却掩饰不住。钱二郎差点儿气得吐血，他的大哥最为可恶，明里暗里说他没资格再和自己争家产了。

“二弟，既然朱煞法师喜欢你，你就好好伺候他，咱们钱家就靠你了。”

钱二郎的亲妹妹也来探望他，钱二郎正怒气上头，喝骂道：“怎么？你也来看你哥的笑话？！”

他妹妹一撇嘴，翻了个白眼，说：“你被那家伙糟蹋了就恶心成这样，之前又劝又骂，让我去‘献身’的时候，怎么没想过你妹妹觉得恶不恶心？”

钱二郎一时语塞，随即回骂道：“你是女人，我是男人，这怎么一样？女人天生就是伺候人的，男人不是！”

他妹妹笑了笑说：“不管怎样，你都被糟蹋了。”

钱二郎双眼泛红，怒道：“滚！你给我滚！”

第二日晚上再被召唤到法师的院子，钱二郎已经想要报复社会了。他对辛秀说：“我家大哥也十分仰慕法师威仪，让我代为转达。我家大哥就是先前在宴上一直照顾法师的那位俊朗男子。”

辛秀差点儿笑出声，故作欢喜地说道：“既然他仰慕本法师，何须你传达，直接让他过来，大家一起玩！”

钱二郎听到这个一起玩，脸色有些扭曲，但心里同时有一种微妙的畅快感：大哥，你笑话我，等到明日，你就与我一样了！

钱大郎听到召唤时，正在院中搂着美婢厮混，闻言惊出一身冷汗，结结巴巴地说：“不行……不行，我……我要装病！”

不过片刻，朱煞法师麾下的小妖怪便带着“神丹”过来了。他们一给钱大郎喂下“神丹”，钱大郎就从床上跳了起来，被两个妖怪擒个正着。两个妖怪一路推着钱大郎，把他送到了辛秀面前。

兄弟二人昏迷后，遭到同样的毒打。

辛秀在一边指挥着："老四，照着屁股打，你打哪儿呢？老五，用点儿力，这么轻干什么？这又不是你的心上人，你不用这么小心翼翼！算了，让我自己来。"

老四疑惑地问道："大姐，你拿辣椒酱干什么？"

辛秀乐不可支："哈哈哈。"

总而言之，钱大郎满身酸痛，火辣辣地醒来时，也觉得自己失身了，一阵失魂落魄，仿佛失去了什么东西。他和弟弟对视一眼，两个人眼中都闪着仇恨的怒火。

"好哇，二弟，你竟然这么对我！"

"呵，大哥，咱们彼此彼此！"

钱家宛如陷入大型宫斗剧情，除了那几个钩心斗角、互相伤害的钱家郎君，辛秀还遇上了自荐枕席的钱家姑娘——这姑娘排行第四，竟然不是被逼前来，而是主动送上门的。

辛秀心道：这位姑娘真是个狠人，能对着我这张脸笑得如此甜美，心理素质过硬，一定是个能干大事的人。

辛秀十分感动，然后让老四把人丢了出去。

辛秀叹道："唉，这样每天都有人投怀送抱的日子，我过得有点儿腻了。"

老四沉默不语。

辛秀接着说："老四，不如我们换换。"

辛秀这句话不是问句，所以，总是嫌弃朱煞法师的容貌的老四变成了朱煞法师，而辛秀顶着老四之前那张美人脸，去钱家四处游玩。

她走到钱家后院，虽然后院不许人随便进去，但是她脸一抬，摆足了仗势欺人的架势，说："我可是朱煞法师最宠爱的美人，你们敢拦我，活得不耐烦了？！"

趁人犹豫，她一手肘挤开看守的人，大摇大摆地走进了人家的园子里。

钱家的一群兄弟姐妹正在聚会，辛秀不请自来，环顾一圈笑道：“哎呀，好多姐妹在这里，好热闹，不如也让姐姐一起热闹热闹？”

有个小姑娘怒气冲冲地说道：“谁是你的姐妹？”

辛秀娇笑道：“我说的姐妹不是你，是你的哥哥们！小姑娘，你还没资格和我做姐妹呢！”

好几个钱家郎君的脸瞬间就黑了。

辛秀不仅去搅和了他们的宴会，还溜进钱家后院看过了钱家主的一群老婆，没有一位有黄苇夫人那样的奇才，令她有些失望。

她还翻出了钱家的三条密道和两座宝库。这些都是她抓到的一个老鼠妖找到的，生活在钱家的老鼠都比外面的猫肥硕，辛秀逮着它威胁。等它翻到钱家宝库，辛秀轻而易举地进去晃了几圈，感叹道：“唉，这辈子都没见过这么多的钱哪！”然后，宝库里的东西当然是毫不客气地全被装进了她的百宝囊中。

这种不义之财，自然要取之于民用之于民了。辛秀把一堆烂石头、破木头变成金银财宝放回原处，迷惑钱家人。没两日她就搬空了钱家的宝库，回去又和老四调换身份，让他缓一缓，两个人轮流着变丑。

这一日轮到辛秀变成朱煞法师，她坐在临水的亭子里喝小酒吃小菜，忽然见到湖中的莲花上悄无声息地立了一个漆黑的人影。

周围灯火朦胧，倒映在湖面上，给那窈窕的身影镀上了一层如霜如雾的边。辛秀看见那张脸的轮廓，一下子认出来是那位冷艳姐姐！

她先是一喜，随即一惊，心道：这姐姐该不会也把她当真的朱煞法师，是准备来杀她的吧？

冷艳美女白无情当然不是来杀“朱煞法师”的。

毕竟申屠郁大部分时间跟在徒弟身侧，知道徒弟最近用这副模样在玩些什么。他现身过来，是为了提醒徒弟一件事

“国都方向来人，是朱煞的兄长。此妖颇厉害，你早做准备，他过上几日就到了。”

辛秀听到冷艳姐姐突然说出的话，有些惊讶，但脑子一转就明白过来她的意思。这位姐姐是位厉害的人物，修为不俗，肯定能看出自己这皮囊下的真身，知晓自己不是朱煞法师。而这位姐姐特地前来提醒自己，应当是记着前次相见，把自己当作友军了。这位姐姐还真是面冷心热。

辛秀不紧张，反而踩着水走到这位姐姐面前，笑眯眯地说道：“多谢姐姐特地前来提醒，若非姐姐提醒及时，我猝不及防地见了来人，露了马脚，那真是要死了。”

当然，辛秀走过去之前，没忘记把身上朱煞法师的皮囊扯下来。不然辛秀担心姐姐看到那张脸会忍不住想打人，要知道平时自己都不照镜子了。

两个人站在湖中心，踩着倒映在水中的灯光长影，这还是两个人第一次站得这么近。辛秀赫然发现，白无情竟然比自己高那么多，身材也比自己傲人多了。

申屠郁经历乌钰的事情后，对徒弟的靠近下意识地退避，见她凑近了，立刻想走，说：“你既已知晓，我走了。”

他其实可以直接帮徒弟把过来的那妖怪打死，可亲眼见到徒弟这一路的成长，又觉得有些事还是让徒弟自己来，多历练一番才好。她要是可以一试，尽管让她自己去试，等对付不了那妖怪，他再出手帮助不迟。

虽然他是温和慈爱的好师父，奈何在辛秀眼里，白无情姐姐是复仇的冷艳美女，可以组队提升战斗力的人。辛秀既然听说有更厉

害的人要来了，不会轻易放走一个强大的队友。

“且慢，且慢，姐姐看起来对我也有所关注，我前次就说了，我们都和金刚天王菩萨有仇，我看姐姐单打独斗难免有不方便的地方，不然我们联手，姐姐与我们一道行事如何？”

申屠郁更想在一边看着，因为要他演戏实在太为难他了，担心相处多了，会被聪明的徒弟看出“白无情”和“乌钰”有什么关系。虽然他的外貌变了，可有些东西是不会变的。

申屠郁想到这儿，残忍地拒绝了徒弟：“不必……”

辛秀暗暗观察了她好几次，早就确定她是面冷心热、口是心非的人，这会儿为了让她和自己一起行事，毫不犹豫地抱着她的胳膊撒娇：“姐姐再考虑一下吧，虽然我们并不相熟，但我觉得和姐姐一见如故，不知道为何心里就是特别亲近。姐姐要是喜欢独来独往也没关系，不开心了随时可以走，我就是想跟姐姐学些本领。”

申屠郁在幽篁山的原身汗毛直竖，人身僵硬。他不知道，将人身捏成女子确实很大程度上可以杜绝辛秀对他产生什么不和谐的想法，但是，这不代表成为女子对他来说就安全。因为身为同性，辛秀根本不会和他保持距离。

此刻，申屠郁一边头皮发麻，一边犹豫，受不了徒弟撒娇提要求，不知道怎么的，身体好像有自己的意识，不自觉就答应下来。

辛秀说：“无情姐姐真好，那就说定了，姐姐先与我们一道行事！”

申屠郁：“……”我刚才答应了吗？又答应了什么？这人身是不是哪里没炼制好，出现了毛病？为什么他的思维有片刻停滞？

然后他又回想：徒弟方才是不是对他用了瞳术？他亲自给徒弟炼制的双瞳确实有迷惑人心的能力，可是以他的修为，他不应该被迷惑才是。

辛秀喜滋滋地牵着白无情往亭子里走，没从白无情姐姐的脸上看出任何后悔的表情。她开心地说："没想到姐姐这么好说话，我还以为姐姐不会理我，甩手就走呢。"

申屠郁内心嘀咕：说实话，师父刚才就是这么打算的。

辛秀笑眯眯地说："我很好奇姐姐之后准备怎么做，我也有一些不成熟的对付金刚天王菩萨的想法，想和姐姐讨论一番，不如我们姐妹今夜促膝长谈，好好聊聊？"

申屠郁惊讶地说道："什么？！"他想不明白怎么就促膝长谈了，连忙拒绝，"不必，我不习惯与人靠太近。"

辛秀说："哈哈哈，姐姐，你不习惯是因为以前没有这样的经历，之后总会习惯的。只是聊聊天而已，要是姐姐不想说，我来说就好了。大家都是女子，怎么这么害羞？莫非姐姐一直都独来独往？"

鬼使神差地，辛秀忽然加了一句："我从前也见过一个和姐姐一般羞涩的人，不过那是个男子。这么一说，我忽然觉得你们还有几分相似。"

虽然两个人的脸并不像，但那种冷冷淡淡的性格和气质十分相似。

辛秀陷入思考之中：我难道特别喜欢这种类型的人吗？不管男女，只要是这种性格，我就好感倍增。

申屠郁重重地说："我……是女子。"

辛秀下意识地看了一眼无情姐姐的胸，好笑地说道："我看得出来，所以姐姐怕什么？我也是女子，如假包换，绝对不是男扮女装，哈哈哈哈！"

她顺嘴开了个玩笑，笑得她男变女身的师父一阵心虚气短。

自来熟的人对上有社交恐惧症的人，有社交恐惧症的人毫无招架之力。

老四、老五见辛秀嘻嘻哈哈地带着一个满脸冷淡疏离之色的美人回来，都投来疑问的目光。

辛秀介绍道："这是我先前和你们说过的白姐姐。"

老四、老五了然，不愧是大姐，随便遇到一个陌生人，见过几次就能把人领回来了。不过，他们早在蜀陵就见识过大姐的交友能力，她认识的师兄帅姐比他们几个多多了，和人见一次面就热火朝天地聊天，见第二次面就邀着一起吃火锅。

"刚才白姐姐告诉我，有找碴儿的妖怪要来了，好像还是朱煞法师他哥，据说不是个好对付的妖怪。"

老四、老五同时肃然。

老四认真地说："大姐，那我们现在还要继续待在钱家吗？"

老五则说："恐怕还要通知梁城主那边，让她也做好准备。"

老四点头附和："对，我回去通知一下吧。"

辛秀安抚他们："不用，我放了一只传音鸟回去，梁城主那边不必怎么担心。你们两个好好休息，我先和白姐姐商量一下，明日再和你们一起准备对付猪哥。白姐姐，我们去我房里说话。"

申屠郁被拖来拖去，脚步缓慢。等走到屋门口，辛秀拽不动人了，回头奇怪地看他，问："怎么了？"

申屠郁觉得徒弟对别人太没有防备心了，可是再想想死在她这张毫无防备的笑脸下的人和妖，又觉得可能不是徒弟的问题，而是自己的问题。他这人身是不是真的有什么不对劲的地方？怎么每次徒弟见到他都这么自然而然地推心置腹？

辛秀见白姐姐不说话，只用一种深沉的目光看着自己，自以为明白了，说："哦，我知道了，白姐姐不想休息是吗？我都忘了，白姐姐修为应当很高，不需要休息，既然这样，那我们换个地方说话吧。"

申屠郁稍稍松了一口气，不管哪里都好，只要她不把他往床上拖就好。他有点儿心理阴影。

辛秀带着他走了一阵，指向前方的温泉，说："这钱家真是太会享受了，建了春夏秋冬不同季节的汤池。这一座汤池温度不是很高，在这样的天气泡着最舒服了，还能疏松经络、减轻疲劳。此处风景也好，还不怕有人偷听。"

申屠郁再次受到了打击，心里默默想着：我要收回前言，为什么徒弟要带着我这个不熟的陌生女子来泡澡？

申屠郁百思不得其解，以手扶额，一瞬间竟然产生了还不如刚才进房里促膝长谈的念头。

在辛秀看来，和同性友人一起泡澡就和一起吃火锅一样，是快速拉近人与人的关系的办法。她从前经常和朋友一起泡温泉、做SPA（水疗美容与养生），舒适又快乐，顺便聊点儿八卦新闻，可以让关系迅速升温，她们马上就能一起聊前男友或者更私密的话题。

辛秀笑吟吟地招呼人："白姐姐快来！"

辛秀觉得白无情的面色一直不太好，唇色很红，显得脸颊太苍白了，而且眼下有一点儿黑色，像没休息好或者心情太抑郁，可能是心中记挂仇恨日久。辛秀觉得有必要请这位姐姐好好放松一下。

考虑到这位姐姐的性格比较内敛，辛秀怕她不好意思，连衣服都没脱光，还留了件小衣。

申屠郁起身想走，又被辛秀笑着拉了回去，她问："怎么了？不是说好了吗？怎么又要走？快来！"

辛秀看着貌美又冷漠的白姐姐捂着衣襟，一副甚至有点儿仓皇的模样，不知道为什么觉得有些反差又十分可爱，险些笑出声。白姐姐是怎么回事？真的太有趣了。

辛秀温柔地说："喀喀，好吧，姐姐不习惯的话，不如直接穿着衣服进水吧。"

申屠郁还是被徒弟拉下了水，看一眼徒弟露出的胳膊，就移开了目光，心道：不必太在意，只要没脱完衣服，一起泡在水里就不算一起洗澡。

辛秀趴在她旁边的石头上，问她："白姐姐注意到我，是不是因为看到我也在毁金刚天王菩萨庙？"

申屠郁沉默，不知道该怎么演。

辛秀说道："果然如此，我看姐姐一个人毁了不少庙，还杀了几个护法。我还记得第一次见姐姐时的场景，真是令人向往。"

她说得十分真诚，申屠郁终于开口了："我只是年岁比较大，等你到我这个年纪，自然会比我更厉害。"

辛秀哈哈大笑，这种夸赞安慰的口吻，让她有种莫名的熟悉感。

为了缓解白姐姐的紧张，辛秀随意谈论着一些话题："姐姐杀泥龙护法时，天降流星火雨的场景是怎么做到的，可以教我吗？"

徒弟见了什么都想学，申屠郁觉得徒弟真是个热爱学习的好孩子。不过，他摇了摇头："以你现在的修为还不行，以后我再教你。若你想看，下次有机会我再让你看看便是。"

辛秀愣了愣，觉得白姐姐太好说话了，和她的外表完全不配，而且她自然地就说了"以后"，看起来不像是要很快和自己分道扬镳的样子。看来不仅是自己对白姐姐莫名有亲近感，白姐姐对自己也很亲近，莫非她们是注定的异父异母的亲姐妹？

人和人之间的感觉和缘分，有时候真是难以言说。

辛秀自觉和她更亲近了，又凑近她一些，问："白姐姐知晓朱煞法师的兄长要来，怎么没有亲自动手解决？我没有其他意思，只是好奇，因为先前白姐姐已经杀了好几个护法，并不像顾忌他们的样子。"

申屠郁当然不能说是觉得这个妖怪适合徒弟历练，所以准备让她练手。犹豫片刻，他抬手按了按心口，说："我有伤在身，目前不好亲自动手。"

辛秀眨了眨眼，问："受伤了？"想一想，她又说，"白姐姐放心，我有办法对付那家伙，姐姐尽管好好养伤。”

辛秀说着，眼睛往白无情的胸口看，问：“姐姐受的什么伤，需不需要我看看？或许我帮得上忙。”

申屠郁一惊，迅速往后缩了缩，说：“不用。”

辛秀寻思着，这受惊后退的模样也有点儿眼熟。

两个人说了一阵，起身准备离开。

辛秀见白姐姐穿着一身湿淋淋的黑衣往外走，忙把她拦住：“姐姐，换件衣服吧。”

申屠郁愣了愣，他还真没带衣服，老实说他这身衣服没换过，因为不会脏。

辛秀拿出一件白裙子，说：“如果没有，刚好我这里有能换的衣服。”

白无情换好衣服，辛秀看一眼白姐姐的白衣，再看一眼自己身上的绿裙，忽然乐了——这有点儿《白蛇传》里小白和小青的感觉，她们果真适合当姐妹。

“大姐，你想到办法了吗？”老四一大早推着老五过来，见她在吃早餐，不由得说道，“看大姐这胸有成竹的样子，肯定已经有办法了。”

辛秀咬了一口半透明的水晶小笼包，说：“就是没想到办法，早餐也要吃呀！这么好吃的东西不多吃点儿，等我们离开又吃不到了。”

两个人也坐下来一起吃，但是他们心中有事，都吃不下。

老四咬着筷子，说：“大姐，我昨日也想了想，不如我们设计伏击那妖怪吧，他应该还不知晓朱煞法师已经死了。大姐和我，加上老五，还有昨日那位白姐姐，如果她也愿意帮忙，我们一定能赢的。”

辛秀嗯了一声，说："那不行，白姐姐受了伤不能动手。"

老四挠了挠脑袋，说："那好吧，那就我们三个。那妖怪和朱煞法师是兄弟，说不定一样好色，不如我们故技重演？"

辛秀吃完了，没有评价弟弟想出来的办法，只是擦擦嘴，开始述说自己的计划。

"这赵、钱、孙、李四家虽然来找朱煞法师投靠，但其实暗地里还接触了一个黑山护法。我之前在钱家密室里散步，看到了相关的书信和账本，他们已经开始准备给黑山护法造新护法宫了。"他们还挺懂"鸡蛋不能放在同一个篮子里"的道理。

老四惊奇地说："他们这不是朝三暮四吗？明明已经找了我们，他们怎么又找别人。"

老五小声说："四哥，我觉得'朝三暮四'这个词不适合用在这里。"

辛秀笑了笑，说："总之，我们可以利用这黑山护法一番。我刚才叫了几个朱煞法师麾下的小妖怪过来，聊了会儿天，最妙的是他们说朱煞和他哥关系很好，而黑山护法和朱煞以前还有点儿不和，这对我的计划就更加有利了。"

她凑近两个弟弟，如此这般说了一通，两个人的神色从凝重变成敬畏。

老四鼓着掌赞叹："大姐，还是你擅长用阴谋诡计！"

老五看一眼大姐的神情，委婉地提醒："四哥，我觉得这个词用得也不太合适。"

辛秀的计划总结一下，就是"祸水东引"以及"鹬蚌相争，渔翁得利"。

首先她准备让老四扮成朱煞法师宠爱的美人，想办法被黑山护法的人抢走，然后她就装成朱煞法师前去找碴儿。当然，找碴儿要选对时机，她要务必做到不动手，骂一阵然后赶紧走，不然动手容易露馅儿。

然后等回到钱家，她就当着朱煞法师麾下妖怪的面，当场表演原地死亡。朱煞法师的尸体她还留着，刚好用得上。等到朱煞法师的那位哥哥来了，就会听说自己的弟弟死得不明不白，疑似和黑山护法有关，再一看弟弟凄惨的尸体，肯定怒火冲天，就要去找黑山护法报仇。

这可是杀弟之仇，他们要是打起来，死一个不亏，死两个赚到。哪怕朱煞他哥不死，受了伤回来，辛秀也可以趁他不备捅他一刀，那时候再杀朱煞他哥，自然简单多了。

申屠郁也听说了徒弟这个栽赃嫁祸的计划。他还没想过能这样，心里不禁觉得徒弟真是聪明，换作别人就是狡猾。他是直来直往惯了的食铁灵兽，哪里听说过人类肚子里这么多弯弯绕绕的想法?

辛秀敲定计划后就开始安排。

黑山护法的住处距离钱家有些远，辛秀干脆不管钱家那一团糟的事，直接拍拍屁股带着人离开钱家，去了孙家。孙家和黑山护法的地盘更近，辛秀有理由怀疑他们早就勾搭成奸了。

为了保证老四不出纰漏，辛秀跟着老四一起去，就在一边看着老四顺利按照计划被黑山的手下抢走。这些妖怪看到大美人就要抢，看那熟练的模样，可见不是什么好东西。

虽然老四的演技没多高超，但也算可圈可点，是个可塑之才，至少没露出什么马脚，反正把辛秀特地安排的两个跟班的妖怪唬住了。这两个妖怪当即火烧屁股似的跑回去，向老大报告美人被人抢走了。

辛秀前脚变成朱煞法师，后脚两个小妖怪就来报信了。她酝酿好情绪，开始演一个勃然大怒的人。辛秀演技一流，还很感染人心，那些下属都怒起来，抢他们老大的女人那还了得?他们当然不能让对方就这么损了他们的面子!

一群妖怪浩浩荡荡地过去要人，黑山护法的下属当然拿不出人来，因为老四早就逃出来了。他要是真被带进黑山护法的老巢，被人拆穿了真身怎么办？反正他们只是需要营造一个美人被抢走的场景。

双方一言不合，自然是要动手。在这一点上，妖怪似乎比凡人要直接许多。黑山护法不在，所以辛秀临时发挥，让一群小喽啰和黑山护法的下属对打，激发他们的凶性。反正双方都是敌军，多死一个算一个。

黑山护法被惊动，匆匆赶来。这妖怪身材高大，毛发茂密漆黑，像头大黑熊。根据这些妖怪的名字是什么，原形就很可能是什么的设定，辛秀怀疑他就是头黑熊。她突然想起自己的师父，都是熊，怎么颜值差这么多？她师父虽说看上去非主流了点儿，但也是个自带妆容效果的大美人。

“朱煞，你是故意来找碴儿的不成？！”

辛秀来这里用的是变化之术，也就是消耗灵力、不容易被看穿的那种法术。她坐在轿帘后面，面容隐隐约约露出，更不容易让黑山看出破绽。

“黑山，你抢了我的美人，现在还在这儿装模作样，赶紧把她还回来！”

黑山护法十分不耐烦地说：“你这好色毛病真是不改，就算我抢了你的美人又如何？你敢为了区区一个美人来得罪我？！”

朱煞法师虽说也是金刚天王菩萨座下弟子，但不怎么受宠，比不上这些法师的地位，只不过是仗着兄长的威风，其他护法才会给他面子。

“朱煞法师”大怒道：“黑山，你……！你好哇！”到这里她差不多就该走了，可那黑山说动手就动手，忽然上前一掌打向她。

“敢来我的地盘撒野，还打伤我的人，总要给你个教训。”黑山护法怒道。

辛秀心念一动，叮当熊猫为她卸去了那隔帘一掌的大半攻击，好在黑山也没想打死朱煞，下手不重。辛秀演戏逼真，装出受伤的模样，在轿子里恨恨骂了一声，然后才不情不愿地带着下属离开。

朱煞法师的轿子刚被抬回孙家，轿子旁边那些妖怪就听轿子里传来一个女子的惊叫："啊，法师！你这是怎么了？"然后是朱煞法师痛呼："卑鄙黑山，竟然这样害我！我必饶不了你！啊——"

他们都听到了朱煞法师的惨叫，还有一声炸响，有妖怪察觉不对，上前掀开帘子，恰好看到朱煞法师的尸体七零八落地散落在轿子里。朱煞法师变成了原形，尸体模样凄惨——辛秀为了掩饰朱煞的真实死因，再次处理了一番，尸体看上去难免比较破碎。

朱煞的下属大惊失色，不知道这是怎么了，但是一联想他方才大喊的那句话，只觉得这事与黑山脱不了干系，顿时都很愤怒，吵吵嚷嚷，乱成一锅粥。

这种情况下，当然没什么人注意轿子里的那位美人。辛秀散去之前的幻化术，收起木头小人，然后自己变成美人，偷天换日，光明正大地又变了个身份。

朱煞法师暴毙，不仅他手下那些妖怪万分惊恐，孙家更是掀起波澜，生怕被迁怒。

"如今可怎么办，要不要去找黑山护法说个清楚？"

"还和他说什么，赶紧走吧，不然被灭口了可怎么办？！"

"我们回黄石城去？"

"不妥，不妥，还是回国都去，把法师死了的消息告知朱荣护法！"

朱煞法师手底下唯二聪明的下属早就被辛秀解决了，现在这些妖怪都是头脑简单的家伙，忙乱了一天还没个章法，第二天才匆匆抬着朱煞法师的尸体准备往回赶，还没到黄石城，就迎面遇上了从国都赶来的朱荣护法，也就是朱煞法师他哥。

朱荣护法是金刚天王菩萨的十八护法之一。听说黄石城近来没有供奉菩萨，菩萨发问，他这才前来。本来此事轮不到他来，只不过因为他的弟弟在黄石城，他担心是弟弟搞出的事，才特地自己跑一趟问责。谁知到了地方，他却听到弟弟暴毙的噩耗。

“是黑山护法做的！那黑山护法实在太嚣张，先是派人强抢了法师最宠爱的美人，法师带着我们前去要人的时候，不少兄弟被杀了。黑山护法还嚣张地打了法师一掌，肯定是他暗中下了什么黑手，法师回来后就出事了。”

“是，法师临死前也亲口说了，是黑山护法用了什么卑鄙手段！我们都亲耳所听、亲眼所见！”

妖怪众口一词，朱荣护法一眼看出他们没有骗人，再见到弟弟那惨不忍睹的尸体，怒不可遏，都不忍心多看。

不出辛秀预料，他果真立刻前往黑山护法处。此时的辛秀伪装成小妖怪，混在人群中，方才第一个提起黑山护法的就是她。

浑水摸鱼到现在，辛秀深谙混入群众挑起事端的精髓，又撺掇道：“我们跟上朱荣护法，一起去给法师报仇！”

“对！一起去！”

辛秀他们赶到时，朱荣护法已经和黑山护法打了起来。

朱荣护法刚经历丧弟之痛，正是愤怒的时候，黑山说什么他都听不进去，更别提黑山这妖怪压根儿没想解释，还顺口嘲笑朱煞实在太没用，被自己随便一掌就打死了。黑山护法等于主动背上了黑锅，承认是自己打死了朱煞。

辛秀暗道：老哥，厉害，这一下火上浇油，今天你不死谁死？

双方打到最后，自然是两败俱伤。两个妖怪都是重伤到动弹不得，嘴上还互相辱骂，被双方下属各自抬了回去。

辛秀转念一想，没有和朱荣一起走，反倒混进了黑山护法的队伍里。

因为老大重伤，他们也是一片混乱，都没发现辛秀混进来了。

她潜伏在黑山护法宫里，趁他被送进宫殿里修炼养伤时，悄悄潜入，一刀剁了他的脑袋。黑山护法连眼睛都没能睁开，不知道杀自己的是谁，就命丧黄泉。

辛秀抬脚踢了踢落在地上的一颗黑熊头颅，心道：果真是个黑熊妖怪。要不是朱荣牺牲自己给她营造了大好的机会，她对付这黑熊怕是要费老大功夫。

她大胆杀了黑山护法，又悄悄溜走，赶上朱荣护法的队伍，和另外几个妖怪一起把朱荣护法送到孙家暂时休息。

可想而知，朱荣护法单独休息的时候，就是他命丧黄泉之时。她毫不客气地在朱荣的颈部剁了一刀。

辛秀心想：一刀解决一个护法，感觉怎么那么爽。

等老四、老五过来，辛秀已经把朱荣的皮做好了，自己披上朱荣的外皮，躺在床上理所当然地“养伤”。

“好了，解决了。”辛秀对他们微笑。

申屠郁本准备在徒弟对付不了妖怪时再出来收拾残局，结果根本没有他的用武之地。

空巢熊猫没能出场发挥帮助徒弟，颇觉失落。

辛秀完美解决了一场危机，摆出这样不值一提的轻松模样，多少也是为了向白无情表达一下诚意，顺便展现实力。

她既然邀请人家和她同行，总不能让人家觉得自己什么都干不了。她是想告诉这位还在犹豫、思考的合作者：虽然我们修为不够，但你与我们合作，我们是能帮上忙的。

双方合作最怕遇上队友拖后腿，要是有这样的队友，还不如自己一个人好。白无情的犹豫，辛秀看在眼里，也表示理解——虽然她这个正常思路的理解和白无情心里的顾虑其实天差地别。

“白姐姐，你可以放心养伤，等你养好伤，再有什么行动，我也全力配合。”

辛秀友好得让申屠郁心生不忍。徒弟这么努力想得到他的认可，想和他同路，他再残忍拒绝好像不太好。

怀着诚意、认真想和人交朋友，她要是被拒绝了，肯定十分难过，他已经让徒弟难过一次了。一只耿直的熊猫又陷入似曾相识的头脑风暴中，并且再度成功说服了自己。

反正如今他是女子身份，就算在徒儿身边，也不会出现先前乌钰的那种事，最多让她喊一段时间姐姐便是了。

修仙日久的食铁灵兽，今天也为自己挖了坑。

辛秀见白无情缓缓点了头，仿佛做出决定一般，眼睛一亮，暗暗道：白姐姐果然被我的聪明机智打动了。我成功得到一个强力队友，距离去国都解决最后的大 boss 又进了一步。

朱煞法师虽然死了，但来了个朱荣护法，孙家自然好好招待着，真如孙子一般孝顺了。

辛秀没跟他们客气，同样到他们的密室宝库里走了几圈，带走了他们的金银珠宝。

“大姐，你要用这些钱去做什么？”老四问。

辛秀答道：“还没想好，但我就是在路边撒着玩，也比让它们待在这些家伙的宝库里好。孙家的钱搞完了，我们去下一家！”

听说这里从前不只有四家富户，但这四家人最没良心，所以钱越赚越多，有良心的富户都被他们排挤、吞并了。这样的环境里，当大部分财富和权力汇聚在没良心的恶人手里时，那没良心的恶人就会越来越多。

辛秀一气把这四家的泼天财富席卷一空，又不像先前庇佑这几户人家的护法一样，想留着他们长长久久地给自己生钱，还要注意别竭泽而渔。她做得这么彻底，就是想看他们一夕败落，被从前他们欺压过的、他们口中蝼蚁般的贱奴撕咬成渣。

她做事敷衍，这四家人自然很快发现密库失窃，金银都变成了石头，可是无人有证据，也不敢当面质问她。只有孙家一位郎君忍无可忍地问了一句，而辛秀理所当然地反问他："是我又如何呢？"

看见朱荣护法那张脸上的神情，郎君因愤怒而通红的面颊瞬间变白，冷汗涔涔，仓皇地低下头。

是啊，是他又如何呢？对方要他们死就和捏死蚂蚁一样，拿了他们的东西，他们难道还能讨个公道吗？如果真有公道，那些被他们强占家产的人又怎么会得不到公道？这世间不就是这样吗？

这些绮罗披身的富户郎君，终于从膏粱堆里爬起来，清醒了一点儿，又陷入没有钱财供养的慌张情绪中。然后，他们理所当然地做出决定：没有了钱，就再去那些比他们弱的人手里抢，让更弱的人想尽办法为他们赚钱，就是敲骨吸髓，也要尽快聚集财富！

见这些人离开，老四还乐呵呵地直骂活该，没有反应过来，而比他更小的老五已经眉头紧皱，问道："大姐，你是不是故意的？你想让这些人再去逼迫那些穷苦的百姓吗？"

老四笑声一顿，看着大姐和五弟对视，并陷入沉默之中。

辛秀忽然笑了："对呀，我拿光了他们的钱，他们当然要赶紧再去赚。所以，我们现在也该去帮忙了。"

老五语气沉静地说道："怎么帮忙？我觉得大姐说的帮忙，应该不是替他们杀了如赵家这般的富户。"

辛秀只笑，撕去身上朱荣护法的皮囊，说："走吧。"

他们去四处看了看，看见赵、钱、孙、李四家富户名下广阔的农庄上那些被逼到绝境的奴隶再也忍受不了，终于从木然的表情里溢出愤怒。

可是这些奴隶就如软弱的羊群，只要有一只凶神恶煞的狼在外，他们就随波逐流，不敢反抗。

辛秀仔细地看着这一切，不同于老四感同身受的愤怒、老五的悲悯与无奈，她更像是在寻找什么。

老五敏锐地察觉了："大姐，你在找什么？"

辛秀干脆地说："找羊群里的'头羊'……找到了。"

她落在田边的林梢上，指着田间那一个拿起锄头的男人。他在愤怒之下砸死了一个看管他们的恶奴，没有惊慌失措，反而显得更加愤怒和激动。

辛秀说："就是他了。"

死了一个恶奴不是大事，但有人开始反抗就是大事。如果不先把这一个出头椽子敲死，以后就会出现无数个这样的人，以后这些富户还怎么安安心心地压榨他们？

这是李家的农庄，李氏家奴凶神恶煞，几十个人手拿长刀，吓得先前那些同样蠢蠢欲动的奴隶再度老实下去。

这些奴隶不是人人都有农具在手，大部分人赤手空拳，更何况常年忍饥挨饿，又没力气，如何打得过这些人？有人后退，只有先前被辛秀点出来的那男子没有退，愤怒地看着那些围拢过来的家奴。

老五开口："大姐，我知道你的意思，可是他们……他们都手无寸铁，你要他们如何呢？"

辛秀说："手无寸铁，所以我给他们送铁来了。"

辛秀挥挥手，将百宝囊里那些刀枪剑戟撒出去，让这些武器轻轻巧巧地插在那些奴隶面前。

老四没想那么多："让他们自己打不一定打得赢，干脆我们上吧，反正就是些普通人！"

辛秀敲了敲老四的脑袋，说："我们固然可以帮这些人解决那些恶奴，难道我们还能替这些人活吗？如今武器插在他们面前，有人站在前方带领，如果这样他们都没办法为自己拼命一次，那救他们一次并没有意义。”

有的人需要一顿饱饭救命，而有的人需要火才能救命。

天降的武器吓到了在场的众人，领头那男人反应很快，也有一些聪明，用方言大喊：“这是天意，是天要我们反抗他们！”说完，他拔起身前锋利的长刀，冲向那些惶恐起来的家奴。在他的带领和煽动下，一场毫无技术含量的厮杀上演，鲜血浇灌了那些贫瘠的土地。

老四还未见过这样的场景，脸有些发白，喃喃道：“他们这样，要死很多人……”

辛秀坐在树枝上望着那边的场景，手指偶尔动一动，说道：“不死人不流血，他们长久的愤怒情绪又要怎么发泄出来？世上没有不流血的变革。”

又不是小孩儿过家家，大家互相理解，抱头痛哭一场然后尽释前嫌，一起重建美好家园。他们的矛盾太深了，不可调和，总有一方要成为胜利者。

老四忽然注意到辛秀在动手脚，偏帮下方战场上的人，问道：“大姐，你是在悄悄帮那些人吗？你在帮他们避开那些家奴的攻击！”

辛秀随意应了一声：“虽少不了要流血，但在我眼前，能少流一点儿就少一点儿。强弱相争，帮弱者是国际定论。”

帮弱者战胜强者，然后等弱者变成强者，出现了另一群弱者，就再帮弱者战胜强者——她这么一想，简直就是勇者斗恶龙，又成为新的恶龙被人斗。

任何事物本身都是循环的。

“结束了。”辛秀站起来说，“走吧，去下一个地方。”

那四家富户没有想到会在这么短的时间内爆发这么沸腾的民怨，奴隶、百姓被欺压多年，不是没反抗过，可从来没有这样可怕过。成千上万的奴隶，还有许多活不下去的百姓，一起砸开了富户家华丽的大门，烧了他们的院子。

富户家的人不得不逃出来寻求朱荣护法的保护。

“护法救我们，那些刁民如此大胆，求护法赐下天兵天将，将他们全部杀死！”

辛秀披着朱荣的皮囊，笑望这些愤怒又狼狈的华服老少。

他们仿佛终于意识到了什么，一个个都停下了抱怨和怒骂，恐惧地问：“护法……护法为何不说话？我们……我们多年信奉金刚天王菩萨，是你们最忠心的信徒。我们以后都会建庙，建很多菩萨庙、护法宫，护法……护法你不能放着我们不管哪！”

辛秀跷着二郎腿，轻描淡写地说道：“可我不想管了。”

每一个人脸上都露出绝望的神情，辛秀还有印象的那位钱家四姑娘从人堆里爬出来，踉跄着扑到她面前：“护法，我愿意伺候护法，哪怕给您当个小小奴仆都行。”

朱荣作为朱煞他哥，这张脸说实话也没好到哪里去，这四姑娘先前想伺候朱煞，现在又说要伺候朱荣，倒是真不挑。

辛秀淡然道：“我不需要。”

四姑娘闻言大哭出声，忽然崩溃了：“那些人会杀了我的，我是无辜的。我没有像父亲和兄长他们一样杀过人，也没欺负过那些贱民，他们不能这样对我！”

辛秀安慰地拍了拍她的肩，说：“你并不无辜，何必如此愤愤不平？”

辛秀还记得那一次去看了他们兄弟姐妹举办的小宴会，这四姑娘非常热情，给她展示了身上几十个织娘花了两年时间才织出来的裙子，告诉她裙子的丝线染成云霞的颜色需要去高高的悬崖上采一种石头，而石头异常难采。

四姑娘那时的语气那么骄傲。她知道为了那一条裙子要死多少人吗？她大约不知道，但辛秀知道。辛秀先前曾路过采石山崖，听说为了采石，那里已经摔死了许多人。有妇人扑在尸体上痛哭，哭声回荡在山间，被那座山崖的回音壁远远传出去，传到了辛秀的耳朵里。

“既然你享受了别人的血肉这么多年，别人要你还的时候，你只能割下自己的血肉了，有什么不对？”

辛秀说罢，一挥手，让小妖怪把他们都赶出去。离开了这里，他们会是什么下场，她不用想都知道。

有妖怪觉得很疑惑，不明白朱荣护法为何这么做，辛秀只说了一句话就让它们信服了。辛秀说：“我的弟弟死在这里，他们当然要负责。他们还和黑山护法有牵扯，我留他们不得。”

这番话合情合理，一众妖怪摇旗呐喊：“护法威武！护法威武！”

辛秀叹道：“罢了，走吧，我要带着弟弟的尸体离开这个伤心地。”

于是他们转了一圈回到黄石城。

先前匆匆一面送走了朱荣护法的城主一直担心他们出事，如今才算是放心，心里对他们的能力更为信任。

辛秀说道：“黄苇夫人，你的黄石城地盘还不够大，我给你找了一块无主之地，那里百废待兴，恐怕需要城主派人前去打理、收编了。”

城主朝她行了个大礼：“多谢仙人大礼。”

辛秀又说：“我还给你带了一份大礼。”

城主好奇地问道：“哦，不知是何？”

辛秀直截了当地说："钱。"

城主心想：这还真是够直接的。

她说："我明白了。我会令他们休养生息，多谢仙人。"

辛秀说："哦，对了，我们要离开了，只有一个黄石城这么鹤立鸡群也不太好，我决定往旁边走，多给你找点儿同伴。"

城主笑了笑，再次拜倒，说："那我就等仙人的好消息了。"